TRILHA DE SONHOS

Rani Manicka

TRILHA DE SONHOS

Tradução
Márcia Frazão

Título original
THE RICE MOTHER

Copyright © 2002 *by* Rani Manicka
Primeira publicação na Grã-Bretanha em 2002
pela Hodder & Stoughton, uma divisão da Hodder Headdline

O direito de Rani Manicka de ser identificada como autora desta
obra foi assegurado por ela em conformidade com o Copyright,
Designs and Patents Act 1988.

Todos os direitos reservados. Nenhuma parte desta obra pode ser
reproduzida ou transmitida por qualquer forma ou meio eletrônico
ou mecânico, inclusive fotocópia, gravação ou sistema de armazenagem
e recuperação de informação, sem a permissão escrita do editor.

Direitos para a língua portuguesa reservados
com exclusividade para o Brasil à
EDITORA ROCCO LTDA.
Av. Presidente Wilson, 231 – 8º andar
20030-021– Rio de Janeiro, RJ
Tel.: (21) 3525-2000 – Fax: (21) 3525-2001
rocco@rocco.com.br
www.rocco.com.br

Printed in Brazil/Impresso no Brasil

preparação de originais
SÔNIA PEÇANHA

CIP-Brasil. Catalogação na fonte
Sindicato Nacional dos Editores de Livros, RJ

M245t	Manicka, Rani
	Trilha de sonhos / Rani Manicka; tradução de Márcia Frazão. – Rio de Janeiro: Rocco, 2009.
	Tradução de: The rice mother
	ISBN 978-85-325-2494-2
	1. Mulheres – Malásia – Ficção. 2. Mães e filhas – Ficção. 3. Romance malaio. I. Frazão, Márcia. II. Título.
09-4979	CDD-813
	CDU-821.111(73)-3

Para meus pais, deuses protetores
a cada início de todas as minhas jornadas.

Agradecimentos

Agradeço a minha mãe, pelas preciosas cicatrizes que compartilhou comigo; a Girolamo Avarello, por ter sido o primeiro a acreditar em mim; à equipe da agência literária Darley Anderson, por simplesmente ser o máximo; a Joan Deitch, por ter adicionado algo especial, e à inigualável Sue Fletcher da Hodder & Stoughton, por ter comprado o meu manuscrito.

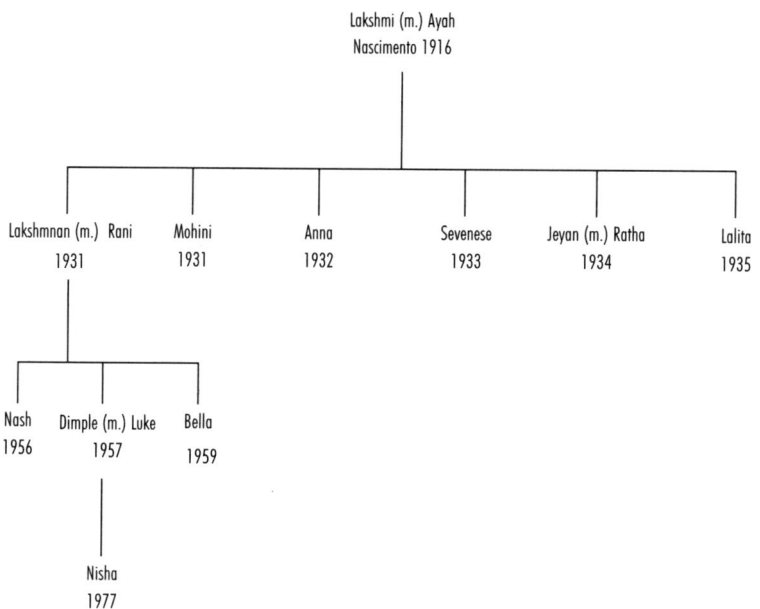

No colo do meu tio, um mercador de mangas, foi que ouvi pela primeira vez histórias a respeito dos fascinantes apanhadores de ninhos de pássaros que habitavam uma terra distante chamada Malaia. Desprovidos de tochas, escalam com bravura alturas de grande extensão, equilibrando-se em varas de bambu para atingir o teto de cavernas nas montanhas. Assistidos pelos fantasmas de homens que sucumbiram nessa arriscada tarefa, projetam-se de precários poleiros para roubar uma valiosa e delicada mercadoria: um ninho feito de saliva de pássaros. Em meio a uma terrível escuridão, evitam a simples menção de palavras como medo, queda ou sangue porque isso pode ecoar e atrair os espíritos demoníacos. Os únicos amigos dos apanhadores de ninhos são as varas de bambu que os sustentam. Os homens dão pancadas cuidadosas nestas varas antes de subirem nelas e as descartam de imediato toda vez que ecoa um ruído tristonho. Eles só se atrevem a escalar o bambu quando este canta.

Meu tio dizia que o meu coração é o meu bambu e que, se o tratasse com carinho e ouvisse atentamente a música dele, com toda certeza o ninho maior e mais bonito seria o meu.

Lakshmi

Sumário

Parte 1	Criancinhas tropeçando no escuro	15
Parte 2	O cheiro de jasmim	209
Parte 3	A mariposa do infortúnio	269
Parte 4	O primeiro gole do vinho proibido	327
Parte 5	O coração da serpente	395
Parte 6	O resto são mentiras	427
Parte 7	Alguém que amei	485

Parte 1

Criancinhas tropeçando no escuro

Lakshmi

Nasci no Ceilão, em 1916, quando os espíritos caminhavam pela terra como se fossem humanos. Antes de terem sido exorcizados e expulsos para o coração das florestas pelo fulgor da eletricidade e o rugido da civilização. Passaram a viver dentro de grandes árvores levemente azuladas e cheias de sombras frias e verdes. Nessa quietude mosqueada, podia-se atingir e quase tocar a presença silenciosa e fulgurante desses espíritos, como se estivessem suspirando por uma forma física. Quando éramos acometidos por uma dor de barriga forte enquanto atravessávamos a floresta, só podíamos deixar o excremento tocar o solo depois que dizíamos uma prece e pedíamos permissão, já que eles se ofendiam com muita facilidade. A quebra da solidão em que viviam era a desculpa para se apossar dos intrusos. E caminhar com as pernas destes intrusos.

Minha mãe dizia que certa vez a irmã dela foi atraída e possuída por um espírito desses. Um homem santo que morava a duas vilas de distância chegou para exorcizar o espírito. Usava em volta do pescoço colares de contas estranhas e raízes secas que eram testemunhos dos temíveis poderes que tinha. Os singelos habitantes da vila fizeram uma roda humana de curiosidade em torno do exorcista. Para expulsar o espírito, ele começou a golpear a minha tia com uma vara de cana fina e comprida, enquanto perguntava:

– O que você quer?

Fez aquela vila pacífica se encher com os pavorosos gritos da minha tia e continuou a açoitá-la sem dó, até fazer o pobre corpo verter fios de sangue.

– Você vai matá-la – gritou minha avó, sendo contida por três mulheres pálidas de horror mas fascinadas.

Ignorando-a, o homem santo passou a mão na lívida cicatriz avermelhada que lhe cortava o rosto e, com determinação, come-

çou a circundar cada vez mais próximo da garota encolhida, enquanto perguntava com um ar sombrio:
– O que você quer?
Por fim, ela gritou que queria uma fruta.
– Fruta? Que tipo de fruta? – ele disse com uma cara inflexível, postando-se à frente dela.
De repente, se deu uma transformação chocante. O rostinho se virou para ele com um ar de malícia, talvez até com uma ponta de loucura no riso que, lentamente e com uma obscenidade muda, escancarou nos lábios. Apontou com um pudor afetado para a irmã mais nova, minha mãe.
– É esta fruta que eu quero – disse com uma voz inconfundivelmente masculina.
Os moradores da vila uniram-se num misto de espanto e choque. Nem seria preciso dizer que o homem não atendeu ao desejo do espírito porque minha mãe era a favorita do pai. O espírito teve de se contentar com cinco limões borrifados de água benta com uma quantidade sufocante de mirra que foram cortados e esfregados em seu rosto.

Eu ainda era uma menininha, quando costumava descansar quietinha no colo da minha mãe para ouvir as lembranças dos tempos felizes. Ela descendia de uma família tão rica e influente, que, no seu apogeu, minha avó inglesa, a sra. Armstrong, foi chamada para ofertar um buquê de flores e apertar a mão enluvada da rainha Vitória. Mamãe tinha nascido parcialmente surda, mas o meu avô encostava os lábios na testa dela e falava repetidamente até que ela aprendeu a falar. Por volta dos dezesseis anos, tornou-se mais bonita que a maioria das jovens. Abundaram propostas de casamento na adorável casa em Colombo, mas ela se apaixonou pelo cheiro do perigo. Seus olhos alongados caíram em cima de um malandro charmoso.

Uma noite, mamãe saiu pela janela e desceu por uma frondosa árvore nim, cujos galhos se trançavam com uma espinhenta buganvília que meu avô tinha plantado quando ela fez um ano de idade, na tentativa de impedir que algum homem quisesse escalar a árvore para alcançar a janela da filha. Como se obedecendo aos pensamentos dele, a buganvília cresceu até tomar toda a árvore e enchê-la de flores, tornando-se um marco que podia ser avistado a quilômetros de distância. Mas meu avô não contava com a determinação da filha.

Naquela noite, os espinhos que mais pareciam presas rasgaram as vestes, arrancaram os cabelos e cravaram-se profundamente na carne dela, mas nem isso a fez se deter. Lá embaixo, estava o homem que ela amava. Quando finalmente se aproximou dele, não havia um centímetro da pele dela que não estivesse ardendo em chamas. Silenciosamente, aquele vulto levou-a embora, mas a cada passo que dava era como se lâminas lhe furassem os pés e, sofrendo muito, ela implorou para descansar. O vulto silencioso pegou-a no colo e carregou-a para longe. Aconchegada em segurança nos braços dele, ela olhou para trás, na direção da casa imponente da família em meio à noite iluminada, e lá estavam as pegadas ensanguentadas que marcavam uma fuga pela árvore. Manchas de uma traição. Ela chorou, sabendo que machucariam demais o pobre coração do pai.

Os enamorados se casaram ao amanhecer no pequeno templo de um outro vilarejo. Na sequência de um penoso desentendimento, o meu pai, que na verdade era o filho ressentido de um servo do meu avô, proibiu minha mãe de até mesmo olhar para qualquer membro da família dela. Só depois que as cinzas de papai foram levadas pelo vento, é que mamãe voltou para a casa da família dela, mas, a essa altura, vovó tinha se tornado uma viúva idosa e amargurada.

Após ter proferido a cruel sentença, papai levou mamãe para o vilarejo dele, bem distante de Colombo. Vendeu algumas joias dela, comprou um pedaço de terra, construiu uma casa e ali se instalaram. Mas o ar fresco e a felicidade conjugal não abençoaram os recém-casados e logo ele partiu. Seduzido pelo brilho das luzes da cidade grande, atraído pela oferta de bebida barata servida por prostitutas de maquiagem e roupa espalhafatosas e intoxicado pelo cheiro que as cartas do baralho exalavam, ele caía fora. Depois de algum tempo, voltava para a jovem esposa com jarras e jarras de todo tipo de mentiras curtidas em diferentes bebidas. Por alguma razão obscura, ele achava que ela se contentava com isso. Pobre mamãe, só lhe restávamos eu e suas lembranças. Coisas preciosas das quais costumava cuidar a cada noite. Primeiro, lavava o encardido dos anos com as próprias lágrimas e depois polia tudo com a flanela do remorso. Por fim, quando as lembranças adquiriam o antigo brilho, eram exibidas para mim, uma a uma, para que pudesse admirá-las antes que fossem cuidadosamente restituídas à caixa de ouro que ela guardava dentro da cabeça.

De sua boca, saíam visões de um passado glorioso com exércitos de devotados criados, carruagens elegantes puxadas por cavalos brancos e cofres de ferro repletos de ouro e joias. Sentada no chão de cimento da nossa minúscula cabana, eu mal conseguia imaginar uma casa que fosse tão alta quanto uma colina e de cuja sacada se pudesse avistar toda Colombo, ou uma cozinha tão ampla que coubesse nossa cabana inteirinha dentro dela.

Um dia, mamãe me disse que muitas lágrimas de alegria rolaram pelo rosto de vovô quando ele a teve pela primeira vez nos braços, por ver a alvura incomum da pele e os fartos e lisos cabelos negros da filha. Ele levou aquela trouxinha para perto do rosto e, por um momento, se limitou a sentir o aroma incomum tão próprio dos recém-nascidos. Depois, saiu às pressas até o estábulo com a *veshti* branca sacudindo contra as pernas fortes e morenas, montou no garanhão favorito e partiu a galope, deixando uma nuvem de poeira atrás de si. Ao voltar, trazia consigo duas esmeraldas cujo tamanho jamais se tinha visto em todo o vilarejo. Era um presente para a esposa, um presentinho de nada se comparado com o maravilhoso milagre. Ela mandou confeccionar um par de brincos incrustados com as esmeraldas e diamantes e nunca mais tirou-os das orelhas.

Embora nunca tenha visto as afamadas esmeraldas, ainda guardo comigo uma velha fotografia tirada em estúdio, de uma mulher de olhos tristonhos ereta à frente de um cenário mal pintado onde se vê um coqueiro à beira da praia. Agora, depois de muitos anos de sua partida, ainda a vejo congelada numa folha de papel.

Minha mãe dizia que chorou quando viu que eu só era uma menina e que meu pai desapareceu de desgosto para curtir outras mentiras e voltou ainda bêbado dois anos depois. Apesar disso, ainda retenho lembranças cristalinas de uma vida tão feliz e tão livre no vilarejo, que não há um único dia que não pense nela com saudade. Como posso começar a contar o quanto sinto falta daqueles dias felizes de liberdade em que era apenas a filha de minha mãe, o sol, a lua, as estrelas e o coração dela? Era tão amada e tão preciosa, que precisava ser paparicada para comer. Mamãe saía de casa com um prato na mão e me procurava pelo vilarejo para me dar comida na boca. Afinal, o enfado das refeições não podia interromper a minha diversão.

Impossível não sentir falta daqueles dias em que o sol era um companheiro de brincadeiras alegre e disponível o ano todo e me bronzeava com carinho. Impossível esquecer aquele tempo em que minha mãe recolhia a água doce da chuva no poço atrás da casa e a claridade dos dias fazia o ar cheirar a mato.

Era um tempo inocente em que as estradas de terra eram cercadas de coqueiros e pontilhadas de pessoas humildes dos vilarejos, montadas em bicicletas, com dentes e gengivas avermelhadas à mostra em risadas despreocupadas de felicidade. Tempo em que o quintal atrás de cada casa era um supermercado, e a carne de um cabrito adequava-se à felicidade de oito famílias alheias a um invento chamado geladeira. Tempo em que as mães só precisavam dos deuses reunidos nas nuvens do céu como babás para tomar conta dos filhos que brincavam na cachoeira.

Sim, eu me lembro do Ceilão quando ele era o lugar mais mágico e bonito do mundo.

Mamei no seio da minha mãe até quase sete anos, quando corria alegremente com meus amiguinhos até ser empurrada pela fome ou pela sede para o frescor da casa, com gritos impacientes pela minha mãe. E, a despeito do que ela estivesse fazendo, eu puxava o sari dela para o lado e enroscava a boca ao redor de um monte doce e marrom. Enterrava a cabeça e os ombros na segurança de seu sari de algodão cru, um perfume claro, o amor inocente que fluía no leite, o conforto aconchegante dos ruídos tranquilos emitidos pela minha boca enquanto estava envelopada pelo corpo dela. Por mais que tenha tentado, a crueldade dos anos não conseguiu roubar nem aquele sabor nem aquele ruído de minha memória.

Durante muitos anos, odiei o sabor do arroz e de qualquer tipo de legume e verdura, satisfeita por viver de leite e mangas.

Meu tio era um mercador de mangas e mantinha um estoque de caixotes dessas frutas nos fundos de nossa casa. Um *mahout* magrelo montado num elefante os depositava e ali ficavam até que chegava um outro para apanhá-los. Mas, enquanto os caixotes permaneciam à espera... eu os escalava e me mantinha sentada de pernas cruzadas lá em cima sem sentir medo das aranhas e escorpiões que inevitavelmente se escondiam dentro deles. Nem mesmo a possibilidade de ser mordida por uma centopeia e de ficar azulada por quatro dias me detinha. Durante toda a vida, me vi impelida por uma cega compulsão de andar descalça pelo caminho mais difícil. Ouvia os gritos desesperados de "volta" das outras pessoas. Meus pés sangravam e se rasgavam, mas eu apertava os dentes e insistia na direção oposta.

Dissoluta e indomável, cortava a casca de uma suculenta laranja com os dentes. Esta é uma das imagens mais poderosas que ainda carrego comigo. Sozinha na escuridão fria do nosso depósito, empoleirada no topo daqueles caixotes de madeira com um caldo doce e morno escorrendo pelos braços e as pernas, me empanturrava na pilha de caixotes do meu tio.

Ao contrário dos meninos, as meninas não precisavam frequentar a escola e, afora as duas horas que minha mãe reservava toda noite para me ensinar a ler, escrever e fazer contas, eu passava a maior parte do tempo correndo livremente. Isso durou até os catorze anos, quando a primeira gota de sangue menstrual proclamou de maneira súbita e penosa que eu era uma mulher adulta. Na primeira semana, fiquei trancada num quartinho com as janelas completamente lacradas. Era o costume, já que nenhuma família respeitável queria arriscar a possibilidade de ter rapazes aventureiros escalando os coqueiros para espiar os encantos recém-descobertos de suas filhas.

Durante o período de confinamento, fui obrigada a engolir ovos crus, ingerir óleo de gergelim e uma série de porções amargas de ervas. Não adiantava chorar. Quando mamãe chegou com essas oferendas infernais, se fez acompanhar de uma vara de cana que, para o meu espanto, logo percebi que estava pronta para usar. Na hora do chá, em vez dos deliciosos bolos açucarados que preparava para mim, recebi uma cuia de coco com berinjelas quentes até a borda, cozidas em grande quantidade de óleo de gergelim.

– Coma enquanto está quente – disse mamãe enquanto fechava e trancava a porta.

Deixei a comida esfriar de propósito, um ato de rebeldia e frustração. A polpa fria e delgada das berinjelas se espremia de forma satisfatória entre os dedos, mas a sensação na boca era insuportável. Parecia que eu estava engolindo lagartas. Quando a porta do confinamento se abriu, já tinham descido pela minha garganta uns trinta e seis ovos crus, algumas garrafas de óleo de gergelim e uma cesta inteira de berinjelas. Depois, fiquei confinada em casa só para aprender as coisas das mulheres. Foi uma triste transição para mim. Não sei como explicar a dor que senti por ter perdido o calor da terra sob os pés. Eu me mantinha sentada como uma prisioneira enquanto espiava pela janela, desejando estar lá fora. Em seguida, os meus longos cabelos soltos e despenteados foram penteados, trançados e transformados numa insinuante serpente que descia pelas costas, e de repente a minha pele estava bronzeada pelo sol. Mamãe achou que havia um grande potencial em minha pele. Se eu não era uma autêntica beleza indiana como ela, naquela terra de gente de pele de cor de café, eu era uma xícara de chá com leite.

Uma cor disputada, bem preciosa.

Uma cor que por certo devia ser ativamente procurada nas esposas, sutilmente apreciada nas cunhadas e adoravelmente acolhida nas netas. Logo começaram a aparecer estranhas senhoras de meia-idade em nossa casa. Eu era vestida com capricho e desfilava para elas. Todas tinham o olhar astuto dos compradores de lojas de diamantes. Elas me examinavam com olhos aguçados e vivazes, sem o menor traço de embaraço, à procura de defeitos.

Numa noite quente, depois de mamãe ter usado todo o seu engenho para enfiar o meu corpo rijo e desajeitado dentro de um abundante tecido cor-de-rosa e para decorar o meu cabelo com rosas da mesma cor colhidas no jardim para disfarçar a ausência de pedras preciosas e ouro, olhei de cara carrancuda pela janela e me espantei pela rapidez com que minha vida tinha mudado por inteiro. Num único dia. Aliás, menos. E sem nenhum aviso.

Lá fora o vento balançava as folhas da limeira e fazia uma brisa brincalhona entrar pelo meu quarto, agitando os cachos na minha testa e soprando docemente no meu ouvido. Eu conhecia muito bem aquele vento. Era azul como Krishna, o deus menino, e tão atrevido quanto ele. Por mais alta que fosse a pedra na cachoeira atrás da casa de Ramesh de onde mergulhávamos, o vento sempre achava um jeito de ser o primeiro a atingir a água fria. Às custas de trapaça. Seus pés nunca tocam o veludo verde intenso do musgo sobre as pedras.

Ele riu no meu ouvido.

– Vem. – A voz dele tilintou alegremente. Depois, fez cócegas no meu nariz e voou.

Eu me debrucei no parapeito da janela e estiquei o pescoço o máximo que pude, mas o fulgor da água e o azul da brisa já estavam perdidos para sempre. Pertenciam a uma criança risonha que corria descalça e de trajes sujos.

Enquanto nutria a frustração ali de pé, uma carruagem parou à frente da casa. As rodas rangeram na poeira seca. Saltou uma mulher corpulenta que vestia um sari azul-marinho e calçava chinelos requintados demais para a aparência que tinha. Fiquei escondida na escuridão do meu quarto, observando-a com curiosidade. Seus olhos escuros esquadrinharam nossa pequena sala e nossa pobre propriedade com uma espécie de satisfação secreta. Surpreendida pela estranheza da investigação, olhei-a até perdê-la de vista. Ela sumiu por trás das buganvílias que ladeavam o caminho que levava à entrada de nossa casa. A voz de minha mãe ao recebê-la entrou pelo meu quarto. Coloquei-me à porta para ouvir melhor a inesperada voz melodiosa daquela estranha. Era uma voz adorável, uma voz que não combinava com os olhinhos astutos e os lábios finos e comprimidos daquela mulher. A certa altura, mamãe me chamou para servir o chá que preparara para a visitante. Tão logo cheguei à soleira da sala onde mamãe costumava receber as visitas, um olhar de satisfação da estranha pousou em cima de mim. Tive outra vez a impressão de que ela estava feliz com o que havia encontrado. Abriu os lábios com um sorriso caloroso. Na verdade, se não tivesse presenciado o olhar de desdém que lançara antes para a nossa humilde residência, talvez a tivesse confundido com a tia adorável que mamãe me apresentava toda sorridente. Olhei de maneira recatada, como tinha aprendido a olhar na presença de adultos benevolentes e de ávidos compradores de diamantes.

– Vem sentar aqui perto de mim – disse tia Pani com doçura, tamborilando o banco ao lado.

Reparei que em sua fronte não havia a costumeira marca feita com *kum-kum*, o pó vermelho que indica as mulheres casadas e sim um ponto negro que denotava a condição de solteira. Caminhei com muito cuidado, com medo de tropeçar nos metros de tecido que me envolviam perigosamente e assim humilhar minha mãe e divertir aquela estranha sofisticada.

– Mas que moça bonita você é! – exclamou com um tom melodioso.

Calada, olhei para ela de soslaio, sentindo uma repulsa incomum e inexplicável. A pele dela era lisa, macia e empoada com esmero, o cabelo exalava um aroma doce de jasmim, e mesmo assim eu a via do meu reino encantado como uma mulher serpente devoradora de ratos. Uma serpente limosa como o piche das árvores que escorrega até os quartos como uma fita silenciosa. Sempre negra, sempre à caça, de língua comprida, rosada e gelada. O que sabe a mulher serpente?

Ela enfiou a mão roliça e cheia de anéis numa bolsinha ornada de contas e tirou um doce embrulhado. Era uma guloseima rara no vilarejo. Isso me fez achar que nem todas as mulheres serpentes eram venenosas. Estendeu-me a guloseima. Era um teste. Não podia falhar diante do olhar atento da minha mãe. Não peguei. Só depois que mamãe sorriu e assentiu com a cabeça, é que aceitei a preciosa oferenda. Nossas mãos se tocaram brevemente. As dela eram frias e úmidas. Nossos olhos se encontraram. Ela desviou apressadamente o olhar. Eu tinha intimidado a serpente. Fui mandada de volta para o quarto. Fechei a porta atrás de mim, desembrulhei o doce e degustei a tentação da serpente. Era delicioso.

A estranha não ficou na casa por muito tempo e logo mamãe entrou no meu quarto para me ajudar na complicada tarefa de me despir das longas faixas daquele maravilhoso tecido, dobrá-las e depois guardá-las com cuidado.

— Lakshmi, eu aceitei uma proposta de casamento para você — ela disse enquanto dobrava o sari. — Uma proposta muito boa. Ele é de uma casta melhor que a nossa. Sem falar que vive naquela terra rica que chamam de Malaia.

Fiquei abismada. Olhei para mamãe, mal conseguindo acreditar. Uma proposta de casamento que me afastaria dela? Já tinha ouvido falar da Malaia. Uma terra distante cheia de ladrões de ninhos de passarinhos. Meus olhos se encheram de lágrimas. Nunca havia me separado de minha mãe.

Nunca.

Nunca. Nunca.

Cheguei perto dela, puxei seu rosto ao encontro do meu e encostei os lábios em sua testa.

— Por que não posso me casar com alguém que vive em Sangra? — perguntei.

Os lindos olhos de mamãe encontraram-se com os meus. Como os olhos de um pelicano que dilacera o próprio peito para alimentar a cria.

— Você é uma garota de muita sorte. Vai com o marido para uma terra onde se acha dinheiro na rua. Tia Pani disse que o pretendente é muito rico e que você terá uma vida de rainha, como a vida que sua avó teve. Você não precisa ter uma vida igual à minha. Ele não é nem beberrão nem jogador como seu pai era.

— Como é que você pode me mandar embora? — perguntei, sentindo-me traída.

O olhar de minha mãe ocultava um amor dolorosamente sofrido. A vida tinha me ensinado que o amor de um filho nunca se iguala à dor de uma mãe. É uma dor profunda e crua, mas é o que completa toda mãe.

— Ficarei sozinha sem você — argumentei.

— Não ficará, não, seu marido é viúvo e tem dois filhos com nove e dez anos. Terá muita coisa para mantê-la ocupada e muita companhia.

Franzi a testa, insegura. Eu tinha quase a mesma idade dos filhos dele.

— Quantos anos ele tem?

– Bem, ele tem trinta e sete anos – disse mamãe com rapidez enquanto me virava para soltar o último fecho da blusa.

Voltei-me e olhei nos olhos dela.

– Mas, Ama, ele é mais velho que a senhora!

– Pode ser, mas será um bom marido para você. Tia Pani disse que ele tem um monte de relógios de ouro. Teve muito tempo para fazer fortuna e é tão rico, que dispensa o dote. Ela é prima dele e deve saber o que diz. Cometi um grande erro na minha vida e não quero que você repita a mesma burrada. Você terá mais. Muito mais que eu. Vou começar agora mesmo a preparar sua caixa de joias.

Olhei em silêncio para mamãe. Ela já estava decidida.

Minha vida estava traçada.

Cinquenta anos antes, as quinhentas lamparinas do pródigo casamento da minha avó surpreenderam o raiar do dia durante cinco dias, mas a festa do meu casamento estava planejada para durar somente um dia. Os preparativos ocuparam a todos durante um mês inteiro e, apesar das relutâncias iniciais, logo me vi tomada pela ideia de um misterioso marido que me trataria como uma rainha. Eu também me sentia em êxtase com a ideia de controlar meus dois enteados. Sim, talvez o casamento fosse uma aventura maravilhosa. Na minha linda fantasia, mamãe me visitava todo mês e eu retornava de barco para casa duas vezes por ano. O estranho sorria amavelmente para mim e me enchia de presentes. Eu curvava a cabeça com timidez à medida que milhares de pensamentos românticos agitavam minha mente de adolescente. Claro que nenhum deles envolvia sexo. Nenhuma das pessoas que eu conhecia falava ou sabia dessas coisas. O processo secreto da feitura de bebês não me dizia respeito. Saberia quando chegasse a hora.

Finalmente, chegou o grande dia. Nossa casinha parecia suspirar e gemer com o peso das senhoras de meia-idade que zanzavam de um lado para o outro. Eu assistia ao alvoroço do meu pequeno quarto. Uma bolinha de excitação foi crescendo dentro do meu estômago e, quando toquei no meu rosto, as palmas de minhas mãos estavam quentes, muito quentes.

– Deixe a gente ver como você está – disse mamãe depois que Poonama, uma vizinha, acabou de prender os muitos metros do meu gracioso sari vermelho e dourado.

Mamãe me examinou por alguns instantes com uma estranha mescla de tristeza e alegria, depois enxugou os cantos dos olhos marejados e, sem dizer uma só palavra, meneou a cabeça em sinal de aprovação. A mulher que mamãe mandara vir de uma outra vila para fazer o meu cabelo iniciou o trabalho com eficiência. Fiquei sentada num banco enquanto as mãos ágeis dela trançavam fios de pérolas nos meus cabelos e adicionavam um grosso chumaço de cabelos falsos para depois torcer a coisa inteira até formar uma trouxa na minha nuca. Uma trouxa que parecia uma segunda cabeça a pipocar de minha nuca, mas mamãe se mostrou feliz com a ideia de uma filha com duas cabeças e por isso fiquei de bico calado. Depois a mulher abriu um tubinho de onde saiu uma pasta densa e vermelha. Enfiou um dedo indicador gorducho naquele produto de perfume desprezível e cuidadosamente passou a substância gordurosa nos meus lábios. Eu me senti como se tivesse acabado de beijar um rosto ensanguentado. Olhei fascinada para minha imagem.

– Não passe a língua nos lábios – ela instruiu com um ar mandão.

Acatei a ordem de forma solene, mas a tentação de me livrar daquela tinta fedorenta persistiu até o momento em que vi meu noivo. Foi exatamente naquele momento que me esqueci não só do incômodo gorduroso nos lábios como de tudo mais. Foi quando o tempo parou e minha infância se foi para sempre aos gritos de horror.

Fui escoltada ricamente trajada até a entrada principal onde era aguardada pelo meu noivo sentado num andor, mas, quando nos aproximamos da segunda fila de convidados que já estavam sentados, não consegui mais conter a curiosidade. Ergui a cabeça de forma insolente e olhei para ele. A bolinha de excitação que se divertia no meu estômago simplesmente estourou. Meus joelhos fraquejaram e não pude dar nem mais um passo. Minhas acompanhantes sorridentes fincaram as garras ao mesmo tempo em meus braços. Eu podia ouvir os pensamentos de desaprovação delas enquanto minha cabeça girava: *o que é que está apoquentando agora essa menina cor de chá?*

A apoquentação da menina cor de chá se devia ao fato de que acabara de ver o noivo.

Sentado no andor à minha espera, estava o homem mais gigantesco que eu já tinha visto. A pele dele brilhava como óleo negro na noite, de tão escura que era. De suas têmporas saíam largas asas grisalhas como de uma ave de rapina. Por baixo do narigão, se sobressaíam grandes dentes amarelos que quase o impediam de fechar a boca.

Meu corpo infantil se apavorou só de pensar naquele homem como marido. Meus sonhos românticos e ingênuos deram os últimos suspiros desesperados e, de uma hora para outra, me senti diminuída, sozinha e quase em prantos. Dali em diante, o amor seria uma maçã bichada para mim. Toda vez que a mordesse, minha boca esmagaria o corpo mole de um verme, e meu estômago teria espasmos. O pânico tomou conta de mim e procurei por entre o amontoado de rostos a única pessoa que poderia restituir o meu bem-estar.

Nossos olhos se encontraram. Mamãe sorria alegremente para mim, os olhos brilhavam de orgulho em seu pobre rosto. Eu não podia desapontá-la. Ela queria muito aquilo tudo para mim. Perante a abjeta pobreza em que vivíamos, a riqueza daquele homem a deixara cega para tudo mais. Fui sendo levada pelos meus pés para cada vez mais perto. Recusei-me a abaixar a cabeça como outras noivas muito tímidas. Encarei o meu noivo com um misto de terror e audácia.

Eu devia ter um terço do tamanho dele.

Ele me olhou. Seus olhos eram negros e pequenos. Capturei com um olhar intrépido aquelas pequenas contas negras. E nelas encontrei uma expressão irritante de posse orgulhosa. Olhei para o meu noivo sem piscar os olhos. Pensava em não demonstrar medo, o estômago revirava dentro de mim em fúria. Eu o prendi numa queda de braço infantil. O rufar dos tambores e o som dos trompetes ficaram cada vez mais distantes enquanto os convidados tornavam-se uma nódoa cinzenta à medida que o olhava fixamente nos olhos. A surpresa engoliu a expressão de posse orgulhosa. Ele abaixou os olhos. Eu tinha vencido uma besta medonha. Ele era a presa, e eu, o caçador. Subjugara a besta selvagem com um olhar. Um fogo percorreu o meu corpo como uma febre.

Procurei minha mãe com os olhos. Ela ainda estava com o sorriso orgulhoso e encorajador de antes. Antes do momento de minha vitória. Para ela, este momento nunca existiu. Só eu e meu noivo o sentimos. Sorri de volta para ela e, com a mão elevada, dei três batidinhas com o dedo médio no dedo polegar, nosso sinal secreto de que "tudo está ótimo". Alcei o andor e descansei os joelhos na cama de pétalas por debaixo do corpo. Podia sentir as ondas de calor que emanavam daquela besta domada, mas não havia nada a temer.

Ele não virou a cabeça para me olhar. O resto da cerimônia se passou em névoa. Ele não ousou encarar novamente o meu olhar. E durante a cerimônia inteira mergulhei sem cessar do ponto mais elevado até a água fria da cachoeira atrás da casa de Ramesh.

Naquela noite, me deitei quietinha no escuro e logo ele puxou minhas roupas de uma forma grosseira para o lado e trepou em cima de mim. Abafou meu grito de dor com sua mão enorme. Lembro que a mão dele cheirava a leite de vaca.

– Shhh... só dói na primeira vez – consolou-me.

Foi gentil, mas minha mente infantil estava chocada. Fazia comigo a mesma coisa que os cachorros faziam na rua... depois jogávamos água em cima e eles se desgrudavam de má vontade com os membros avermelhados ainda estendidos. Concentrei os pensamentos para fazê-lo se dissolver por inteiro na escuridão. Seus dentões se sobressaíam na noite e os olhos atentos brilhavam úmidos e inexpressivos como um rato no escuro. Às vezes o relógio que deixou mamãe impressionada reluzia escandalosamente. Eu fixava o olhar naqueles olhos atentos e abertos e, depois que ele piscava, desviava os olhos para os dentes dele. E dessa maneira a coisa terminou rapidamente.

Ele saiu de cima de mim e deitou-se de barriga para cima, aninhando-me do mesmo jeito com que se aninha uma criança ferida. Enrijeci como um pau nos braços dele. Até então, só conhecia o abraço macio de minha mãe e aquele abraço rude me era desconhecido. Quando a respiração dele se normalizou e o fez adormecer com os membros prostrados, escapuli bem devagar e fui até o espelho na ponta dos pés. Na frente do espelho, meu rosto chocado e confuso se cortou de lágrimas. O que é que ele tinha feito comigo? Será que minha mãe sabia que ele faria *aquilo* comigo? Será que papai tinha feito aquela coisa horrível com ela? Eu me sentia imunda. Minhas coxas estavam meladas de esperma e sangue e entre minhas pernas havia uma espécie de inflamação.

Lá fora, sob a luz das lamparinas, os casamenteiros mais obstinados continuavam gargalhando e bebendo. Encontrei um velho sari no armário. Cobri o rosto, abri a porta com muito cuidado e escorreguei para fora. Não deixei que os pés fizessem barulho no piso frio de cimento, de modo que ninguém notou a figura delgada em meio a sombras silenciosas que se movia rente à parede. Ainda em silêncio, atravessei correndo a porta dos fundos e logo me vi diante do poço de Poonama. Arrebatada, tirei a roupa e puxei um balde com água escura e brilhante de um buraco profundo na terra. Enquanto a água gelada jorrava por cima de mim, eu soluçava com tanto desespero, que o meu corpo arfava descontrolado. Despejei aquela água negra pelo meu corpo trêmulo até que o senti dormente. E quando todos os soluços foram absorvidos pela terra faminta, me vesti e voltei para a cama do meu marido.

Ele dormia tranquilamente. Passei os olhos no relógio de ouro. Pelo menos, teria uma vida de rainha na Malaia. Talvez ele tivesse uma casa grande na colina em cuja cozinha coubesse a nossa casa inteira. Eu não era mais uma criança e sim uma mulher, e ele, meu marido. Estiquei a mão com cautela e toquei naquela fronte larga. Era uma pele macia debaixo dos meus dedos. Ele não se mexeu. Confortada pela ideia de uma cozinha maior que a nossa casa, encolhi o corpo o mais distante possível dele e caí em sono profundo.

Viajaríamos dois dias depois e havia muita coisa a fazer. Quase não via o meu marido. Ele era uma sombra escura que abria as asas enormes sobre mim e que tapava até mesmo um raio de luz curioso que muitas vezes vigiava o meu sono lá da porta.

Na manhã de nossa partida, sentei-me à soleira da porta dos fundos para assistir ao mundo silencioso de mamãe. Ela limpava o forno, como costumava fazer toda manhã desde que era pequena. Mas naquela manhã as lágrimas escorriam pelo rosto dela, deslizavam pelo queixo e formavam remendos escuros na blusa do sari. Sempre soube que não amava meu pai, mas não sabia que amava tanto minha mãe a ponto de doer o coração. Imaginei-a completamente só em nossa casinha, cozinhando, costurando, limpando e varrendo, mas não havia nada que pudesse fazer. Desviei os olhos e observei a última trovoada do meu refúgio. Centenas de sapos cantavam em coro na mata, implorando que o céu se abrisse novamente para que as poças de lama se transformassem em pequenas piscinas onde pudessem nadar. Olhei ao redor e procurei identificar tudo o que me era familiar: o piso de cimento liso da casa, as paredes de madeira toscamente erguidas e o velho banco de madeira onde mamãe se sentava para cuidar dos meus cabelos. De repente, me senti completamente desolada. Quem pentearia meus cabelos? Isso era quase um ritual. Sequei os olhos e prometi que nunca esqueceria nem um só detalhe a respeito dela. O cheiro, o gosto da comida que me dava na boca, os olhos lindos e tristes e todas as histórias preciosas que guardava dentro de uma caixa dourada em sua cabeça. Imaginei por algum tempo o meu avô alto e orgulhoso em seu cavalo branco e pensei no que poderia ter feito por mim. Pobre de mim.

 No jardim, alheia e despreocupada com os detalhes de minha partida, Nandi, nossa vaca, olhava com tristeza para o nada, enquanto os pintinhos nascidos pouco antes se mostravam à vontade no papel que a vida lhes exigia. Uma parte de mim não conseguia acreditar. Não conseguia acreditar que partiria naquele dia e que deixaria tudo o que era conhecido para navegar com um homem que tinha dito "me chame de Ayah".

 Chegamos ao ponto de embarque do porto. Fiquei abismada com a visão do navio, daquela massa alongada que emergia da água e brilhava imponente ao sol. Pronto para cruzar o oceano. Tia Pani ficara encarregada de trazer meus enteados e já estava atrasada. Crispado de preocupação, Ayah olhou outra vez para o seu reluzente relógio. As grandes sirenes estavam prestes a soar quando tia Pani desceu da carruagem, mas sem as crianças.

 – Não estão passando bem e poderiam piorar com a viagem. Podem ficar comigo por alguns meses – ela anunciou animadamente para o meu espantado marido. – Quando melhorarem, eu mesma levarei as crianças até a Malaia – acrescentou com um tom melódico.

Indefeso, Ayah olhou em volta como um filhote de elefante perdido.

– Não posso partir sem elas – gritou, desesperado.

– Mas você precisa ir – ela insistiu. – Não estão seriamente enfermas. Não vai acontecer nada de mal se ficarem por mais algumas semanas. Você sabe como sou apegada àquelas crianças. Ninguém poderia cuidar melhor delas que eu.

Meu marido continuou hesitante por um doloroso momento. Os rostos aguardavam o fim do impasse ao redor dele. O semblante impenitente de tia Pani avermelhou-se vitorioso quando ele finalmente pegou a pequena mala aos meus pés e se preparou para embarcar. Por incrível que pareça, partiria sem os filhos. Tanto para mim como para os outros que assistiam à cena, era óbvio que a misteriosa doença não passava de uma espécie de tramoia. Por que ele não havia insistido em mandar alguém até a casa dela para pegar as crianças? Sem entender nada, eu o segui devagar e em silêncio. Minha tia não era uma boa pessoa. Sentia isso claramente, mas alguma coisa dentro de mim dizia que tudo fora feito com a melhor das intenções. Eu tinha conhecido os meus enteados no dia do casamento, e eles eram pequenas cópias do pai. Exibiam a mesma expressão lerda nos pobres rostinhos e se movimentavam irritantemente devagar. Não me agradou conceder a vitória à tia Pani, mas só de pensar nos meus enteados sentia um pavor bem maior.

Virei-me e beijei a testa de minha mãe.

– Te amo do fundo do coração – eu disse.

Ela segurou minha cabeça com as duas mãos e me olhou profundamente por um bom tempo, como se querendo memorizar os contornos do meu rosto, porque sabia que era a última vez que me via e me tocava. Sabia que nunca mais nos encontraríamos.

Fiquei olhando minha mãe da amurada do navio até ela se tornar uma manchinha verde, marejada, em meio à multidão de acenos de amigos e parentes.

Foi uma viagem horrível, além de qualquer descrição. Durante todo o tempo, tive uma febre que me provocou delírios. A cabeça girava, e o estômago revirava pesadamente. Eu me senti tão mal, que por vezes desejei morrer. Meu marido ficou ao lado da cama como uma pedra indefesa, enquanto eu me contorcia como uma serpente no pequeno leito com uma vontade interminável de vomitar. Um fedor azedo pairava no ar. Meus cabelos, minhas roupas, minha roupa de cama, meu hálito, minha pele... tudo parecia imundo com o odor penetrante do mar.

Lembro que a certa altura acordei no meio da escuridão, morrendo de sede. A mão gentil repousou na minha testa.

– Ama – disse, enfraquecida, achando que mamãe tinha chegado para cuidar de mim. Virei o rosto com um sorriso. Meu marido me olhava com um semblante estranho. Confusa pela intensidade do olhar, eu pisquei e olhei de volta sem conseguir desviar os olhos. Estava com a boca completamente seca.

– Como está se sentindo? – ele perguntou suavemente.

O encanto se quebrou.

– Com sede – retruquei com uma voz rouca.

Ele se virou e o observei, flácido e gordo, enchendo o copo. Enquanto bebia, estudava a fisionomia dele, mas seu rosto negro como ébano expressava carinho e nada mais. Lembro-me bem desse momento, porque nunca mais vi a mesma expressão pelo resto de nossa vida em comum.

O céu estava claro e azul e a superfície do mar era lisa como um vidro a brilhar ao sol. Eu sabia que se escondiam no fundo das profundezas verdes misteriosas cidades com maravilhosos palácios, estonteantes minaretes e sofisticadas flores marinhas, lar dos poderosos semideuses das histórias contadas pela minha mãe. Centenas de pessoas espremiam-se de pé no convés do navio para ver a terra que se aproximava. O ar vibrava como se milhares de asas estivessem batendo. Asas de esperança.

O porto de Penang parecia o lugar mais excitante da terra perante os meus olhos incrédulos. Uma multidão sem fim como nunca vira andava de um lado para o outro como uma colônia de formigas em dunas de areia. E aquela estranha massa de gente era assim. Olhei apalermada e encantada.

Lá estavam os mercadores árabes de pele esverdeada vestidos em mantos longos e soltos e com turbantes compridos e negros. Mesmo de longe, aquelas prósperas figuras se sobressaíam como uma pipa vermelha no céu azul. As cabeças enroladas em turbantes se inclinavam de maneira arrogante, e os dedos gorduchos cheios de anéis exibiam brilhos vermelhos, verdes e azuis sob a luz do sol. Estavam ali para negociar especiarias, marfim e ouro. O vento recolhia as vozes guturais daquele idioma estrangeiro e as levava aos meus ouvidos.

E lá estavam então os chineses. Olhos apertados, narizes chatos e determinados. Sem tempo para desperdiçar com preguiça. Sem camisa e bem bronzeados pelo sol, curvados pelo peso de pesados sacos de aniagem, eles descarregavam as barcaças e as traineiras. Eram incansáveis. Frente aos meus jovens olhos que tinham aprendido a apreciar as silhuetas esguias e os olhos grandes e expressivos da gente de minha terra natal, os rostos de lua dos chineses eram como um epítome de deformidades.

Nativos da cor de coco maduro zanzavam pelo lugar com um leve comportamento subserviente. Em seus rostos, havia um esgar de nobreza, embora não fossem mais os donos de sua própria terra. Eu ainda não sabia que eles tinham perdido a guerra contra o homem branco com muita rapidez como uma forma sutil de fugir da violência.

Os europeus foram os primeiros a desembarcar. Mesmo isolados na primeira classe, parecia que tinham se alimentado muito bem porque exibiam um peso além do normal. Altos, arrogantes e bem-vestidos, caminhavam como deuses com o sol iluminando seus cabelos. Como se fossem donos do mundo. Aos meus olhos, aqueles lábios inatingíveis em tom bege eram especialmente interessantes. Os homens eram muito solícitos com as mulheres de nariz empinado que, espremidas em espartilhos apertados e com sombrinhas cheias de babados na mão, mostravam-se pateticamente incapazes de entrar em carros elegantes e carruagens luxuosas. A última imagem que tive dessa gente foram os punhos de brancura fascinante e as mesuras de seus lenços.

Homens fortes de face morena e de tangas brancas se dirigiram para ajudar os passageiros. Grandes caixas de ferro eram carregadas até jinriquixás com cobertura de homens musculosos de chapéus triangulares que descalços conduziam as pessoas e seus pertences pela cidade.

Senti uma batidinha no meu ombro e me voltei para o rosto gordo e escuro do meu marido. Eu devia estar tão empolgada, que os olhinhos dele exprimiram uma tolerância quase paternal.

– Vem, Bilal está esperando – ele gritou em meio ao alarido.

Segui aquela largueza de figura cujas mãos carregavam com desenvoltura todos os meus pertences. Por fim, ele se deteve na frente de um grande carro preto estacionado à sombra de uma árvore. Bilal, o motorista, era malaio. Não falava tâmil e, como não pôde extrair nenhuma palavra em malaio de minha boca, começou a me estudar com curiosidade, demonstrando aprovação e escancarando um sorriso amarelo para a esposa infante do patrão. Entrei no carro de assentos de couro. Nunca tinha estado dentro de um automóvel. Era o início da minha vida de riqueza, pensei com uma indescritível sensação de aventura.

As ruas não eram pavimentadas de ouro, mas eram amplas e cobertas de poeira. Armazéns de telhados curvados à maneira oriental com letras chinesas em negrito à entrada dormitavam ao sol escaldante. Fileiras de lojas estreitas repletas de deslumbrantes mercadorias dispunham-se em ambos os lados das ruas. Havia cestos de vegetais, legumes e frutas frescas espalhados pelas calçadas e grandes vidros de cereais e frutas secas dispostos em armações de madeira. Alfaiates, sapateiros, padeiros, ferreiros e confeiteiros, todos em uma longa fileira colorida e perfumada. Dentro dos cafés, uma aglomeração de homens mais velhos de cara enrugada movia-se languidamente com cigarros que pendiam de dedos manchados. Cachorros fuçavam furtivamente o lixo pelas esquinas com olhos de aves de rapina. Uma banca improvisada à beira da rua exibia uma fileira de patos dependurados pelo pescoço quebrado e um bando de patos barulhentos e brigões ainda vivos dentro de uma gaiola de madeira no chão. Um facão de açougueiro fincado num talho cintilava enlouquecido. Homens extremamente queimados pelo sol varriam os dejetos da rua com vassouras compridas.

Num entroncamento de sinais no meio da cidade, duas senhoras abrigadas sob a sombra de uma árvore fofocavam com risadas nas faces flácidas. Do outro lado da rua, a criatura mais admirável que eu já tinha visto na vida desceu de um carro. Delicada, magra, linda, lindíssima, ela era quase branca. Vestia um traje chinês luminosamente vermelho e tinha pentes ornados de gemas e fios de contas nos cabelos. Os olhos eram amendoados e grandes, mas inclinados e tímidos, e a pequena boca apresentava a forma de um botão de rosa. Pintado de vermelho, um vermelho que brilhava ao sol. Naquela mulher, tudo era perfeito e parecido com uma boneca, até que ela deu uma ligeira cambaleada. Uma das acompanhantes correu para ajudá-la. Demonstrando não querer ajuda, ela golpeou a mão da acompanhante com o leque e seguiu em frente com arrogância. Foi justamente nesse momento que percebi que os pés dela não eram maiores que minhas mãos. E tenho mãos pequenas. Pestanejei e olhei estarrecida para aqueles pezinhos deformados, calçados em pequeníssimos sapatos de seda negra.

– Os pés dela foram apertados, foram presos quando ainda era pequena – disse o meu marido em meio ao calor terrível que fazia dentro do carro.

Virei-me, chocada.

– Por quê?

– Para que não ficassem grandes e desajeitados como seus pés – ele disse com um leve tom de provocação.

– O quê? – gritei sem conseguir acreditar.

– Na China, eles têm o costume de prender os pés das meninas. Os chineses consideram os pés pequenos mais bonitos e desejáveis. Somente os camponeses pobres que precisam de um par extra de mãos nos campos de arroz permitem que os pés das filhas cresçam livres. Nas famílias mais distintas, a menina de dois ou três anos tem os pés amarrados com tanta força que os ossos em crescimento se atrofiam num doloroso arco. E pelo resto da vida ela paga o preço de uma dor insuportável por essa marca de feminilidade. Os pés são presos assim e não podem ser soltos novamente porque crescem de tal maneira deformados, que acabam impedindo a menina de andar normalmente.

Acabara de deixar a inocência da minha aldeia eternamente para trás.

Naquele mesmo instante, decidi que os chineses não passavam de uma raça bárbara. Só tendo um coração particularmente cruel para prender os pés de uma filha e observá-la urrar de dor e agonia por anos a fio. Que tipo de gosto depravado teria exigido pela primeira vez um pé deformado? Olhei para os meus pés resistentes, calçados num par de chinelos marrons, e me orgulhei deles. Eram pés que tinham corrido com liberdade pelos bosques e que nadavam na água fria sem jamais cogitar a possibilidade de que em algum lugar do mundo garotinhas indefesas padeciam de dor o dia inteiro e choravam baixinho pela noite.

Pouco depois, o nosso carro saía do burburinho da cidade rumo ao nosso destino. À beira da estrada, um homem de roupas enlameadas puxava um búfalo pelo nariz. Pequenas cabanas pontilhavam a vastidão do campo. Meu marido relaxou as costas no duro encosto do assento, fechou os olhos pequenos e caiu no sono. A estrada se espichava como uma serpente prateada no sol escaldante do meio-dia, passando por campos de arroz, plantações de especiarias e, de vez em quando, por extensões de terra alaranjada que abrigavam florestas virgens. Em ambos os lados da estrada, brotavam muros de uma emaranhada vegetação verde-escura. Samambaias gigantes pendiam as copas na luz amarelecida, e robustas trepadeiras subiam pelos galhos das árvores num esforço de agarrar nacos da luz do sol como crianças de mãozinhas erguidas a pedir um pedaço de bolo de aniversário. Aqui e ali, surgiam grossos troncos como se fossem rostos antigos franzidos de preocupação. Por entre a folhagem, tudo estava parado e em silêncio. Quilômetro após quilômetro. Miragens de água apareciam e desapareciam na estrada. A floresta dormia sabiamente, mas eu dava piscadelas com medo de perder alguma coisa momentânea.

Aquelas duas horas de vigília incessante chegaram ao fim.

Avistei uma bicicleta no horizonte, depois duas e logo uma linha inteira de pessoas que pedalavam. Todas vestidas de preto da cabeça aos pés. Cada qual assustadoramente sem rosto sob a sombra do manto que o cobria. Mantos que eram mantidos por lenços vermelhos atados debaixo do queixo. Sobre os mantos, usavam grandes chapéus de palha. As mangas negras das blusas cobriam as mãos. Nenhuma faixa de pele exposta. Sem pressa, eles se aproximavam.

Agitada, sacudi Ayah para acordá-lo.

– O que foi? O que houve? – ele murmurou atordoado por ter sido subitamente acordado.

– Olhe! – gritei apavorada, apontando para a óbvia ameaça da procissão negra à frente.

Os olhos dele seguiram meu dedo.

– Ah, são elas – suspirou aliviado e, sonolento, recostou-se no assento. – São operárias. Lavam em grandes peneiras o minério de estanho que vem lá das minas. Debaixo de todo esse pano preto, estão muitas moças chinesas de beleza inimaginável. Precisa vê-las à noite, quando se vestem com *cheongsams* justos.

A delgada trilha de rodas passou. Em silêncio. Inofensiva.

Fiquei intrigada. Aquelas mulheres se enrolavam como múmias de pirâmides egípcias para se manterem brancas como um pó de arroz. Sacolejando ao longo de estradas perdidas nos mapas, atravessamos pequenas cidades sonolentas. A certa altura, Bilal se viu obrigado a diminuir a marcha porque dois porquinhos fuçavam a estrada com curiosidade. Crianças morenas desnudas correram até a beira da estrada para assistir a nossa passagem com acenos entusiásticos. Mesmo suando em bicas dentro de metros de panos por cima de uma anágua branca apertada, gostei de cara das crianças. Em mim, uma garota descalça ansiava para sair de dentro daquilo. Até hoje, lembro-me daquelas crianças de olhos aveludados. No meio da tarde, passamos por um templo chinês de pilares de granito com um interior vermelho e dragões de pedra que descansavam no telhado de cerâmica.

Por fim, chegamos a nosso destino, Kuantan. Bilal pegou uma estrada esburacada cheia de pedras brancas pontiagudas. Um beco sem saída fajuto. A estrada rodeava um matagal desleixado, um bambuzal e uma esplêndida árvore rambutã e dava para cinco edificações construídas ao redor. A casa maior ficava mais próxima da estrada e claro que devia ser a nossa. A sombra de uma frondosa *angsana* abrigava uma mesa e cadeiras de pedra. A casa era maravilhosa e caí de amores por ela. Imaginei alguns criados com passadas leves sob o frescor de paredes sólidas. Notei que havia lanternas chinesas vermelhas à porta e me perguntei por quê.

Bilal reduziu a marcha ao se aproximar de grandes portões negros e já me preparava para sair, quando surgiram dois cães alsacianos que latiam ferozmente em nossa direção. Depois, Bilal transpôs um buraco enorme e seguiu em frente, deixando a casa bonita para trás. Em uma das janelas, um rostinho moreno curioso espiava a nossa passagem com avidez. Virei-me para o meu marido, e ele deliberadamente evitou o meu olhar, mantendo os olhos para a frente. Confusa, olhei para o outro lado. O carro continuou sacudindo pela estrada. As quatro casas restantes eram humildes e de madeira. Bilal parou em frente a uma casinha sustentada por palafitas baixas.

Meu marido saiu do carro, e eu calcei os chinelos e saí, confusa e atordoada. As malas foram retiradas do bagageiro e Bilal, que na verdade não era o fiel motorista do meu marido, se despediu e se foi. Ayah enfiou a mão no bolso das calças largas e pescou um molho de chaves. Sorriu para o meu desconsolado rosto.

– Bem-vinda ao lar, minha querida, querida esposa – ele disse suavemente.

– Mas... mas...

Mas ele já tinha saído e seguia em frente com suas ridículas pernas longas. A porta de madeira da casa de madeira se abriu e o engoliu. Vacilei por um momento quando olhei estarrecida a sujeira que havia dentro da casa, mas depois o segui devagar. Parei ao dar o primeiro passo. Mamãe tinha sido enganada. O pensamento pesava: *meu marido não era rico, era pobre.* Pani nos enganara. Eu estava sozinha numa terra estranha, com um homem que não era o que devia ser. Não tinha dinheiro, não falava uma só palavra em inglês ou na língua local e não fazia a menor ideia de como voltar para casa. O sangue correu veloz em minhas veias.

Lá dentro era frio e escuro. A casa estava dormindo. Tranquila e docemente. Não por muito tempo, pensei. Abri todas as janelas da pequena sala. O ar fresco e a luz fraca do entardecer entraram pela casinha. De repente, já não importava que a casa não fosse grande e que eu não tivesse criados para comandar. Na verdade, o desafio de operar uma transformação a partir de quase nada era muito mais excitante. E eu ainda poderia ser a senhora da casa de madeira.

Ayah tinha desaparecido em algum canto atrás da casa. Curiosa, comecei a explorá-la. Enquanto andava pelo piso de concreto, examinava as paredes de madeira. A salinha abrigava duas poltronas franzinas com almofadas desgastadas, uma mesinha de canto horrorosa e uma velha mesa de jantar caindo aos pedaços com quatro cadeiras em volta igualmente arruinadas. Entrei no quarto e me surpreendi ao encontrar uma grande cama de casal de ferro pintada de prateado. Nunca tinha visto uma cama tão grande. Certamente uma cama feita para um rei. As cortinas exibiam um verde esmaecido e doentio. O enchimento de algodão do colchão estava encaroçado, mas, aos meus olhos, aquela cama era o próprio paraíso. Nunca tinha dormido em nada a não ser em tapetes. Um antigo armário de madeira escura e entalhada com um espelho na porta esquerda rangeu quando o abri. Teias de aranha prateadas cobriam a parte de dentro. Encontrei algumas roupas do meu marido e quatro saris da primeira esposa dele. Tirei-os do armário. Era tudo feio e sem graça, nas cores discretas de uma mulher falecida. Fiquei de pé na frente do espelho e enrolei um dos saris de cor cinza no meu corpo, e pela primeira vez pensei nela. A mulher que havia morado naquela casa e vestido aquelas roupas. Toquei o tecido frio e o cheirei. Tinha um cheiro de terra em época de seca. Um cheiro ardido que me deu um arrepio. Os saris me fizeram lembrar dela e dos filhos dela, aqueles que eu tinha deixado para trás sem opor resistência. Coloquei os saris no armário e o fechei rapidamente.

No segundo quarto, havia duas camas debaixo de uma janela. Uma prateleira tinha sido transformada em altar, com imagens de divindades hindus devidamente emolduradas. Ramos de flores secas coroavam-nas. Fazia muito tempo que não havia uma mulher na casa. Instintivamente, uni as mãos como um gesto de respeito e prece. Dois pares de chinelos infantis encontravam-se perto da porta. Dois rostinhos a me olhar. "Não temos sapatos", murmuraram com os olhinhos desolados de tristeza. Saí rapidamente do quarto, fechando a porta atrás de mim.

Para minha surpresa, o banheiro se ligava à casa. Na minha casa antiga, ficava do lado de fora. Ouvi o movimento do meu marido na varanda. Inspecionei as suaves paredes cinzentas, abri uma pequena torneira de bronze, e uma água cristalina verteu dentro de um recipiente de cimento que estava no canto. Fiquei fascinada porque parecia uma fonte. Dei uma batidinha num interruptor redondo e obsoleto, e uma luz amarela iluminou aquele minúsculo espaço sem janela. A verdade é que fiquei extasiada com meu novo banheiro. Depois de algum tempo, saí lá de dentro e fui até a cozinha, onde soltei meu primeiro grito de alegria quando vi num canto o mais lindo banco que já tinha visto. Feito de madeira maciça, com formosos pés entalhados e tão grande quanto uma cama de solteiro. Examinei minuciosamente o móvel e, com um prazer imenso, passei os dedos em sua superfície suave e antiga, sem fazer ideia de que sobreviveria a mim e um dia abrigaria o cadáver do meu marido em seu escuro tampo.

Da janela da cozinha, avistei uma área cimentada, reservada para lavar a louça e a roupa e também para tarefas externas como moagem de grãos, e um grande quintal abandonado com coqueiros abarrotados de cocos maduros. Uma vala ampla e seca separava nossa propriedade dos campos cobertos de capim mais além. Um pequeno caminho levava para o bosque.

Com a energia de uma jovem de catorze anos, iniciei uma faxina completa. Aquela casa seria então o meu novo brinquedo. Meu marido, que estava sentado numa cadeira de balanço na varanda, acendeu um charuto comprido e o fumou com enorme prazer. Enquanto eu fazia a faxina apressada e compenetrada, um odor aromático me envolvia. Em pouco tempo, a pequena casa estava limpa e asseada e, ao encontrar alguns ingredientes que estavam na cozinha, preparei um *curry* simples de lentilhas e um pouco de arroz.

Fechei-me no meu novo banheiro enquanto a comida borbulhava suavemente no fogo, abri a torneira e em êxtase entrei naquela fonte particular. Depois daquele banho refrescante, tirei todas as flores secas do altar. Colhi um punhado de flores de um pé de jasmim no final do nosso quintal lamentavelmente abandonado e decorei-o. Orei por bênçãos. Ayah entrou e lhe servi a refeição simples. Comeu tudo mas bem devagar, tal como agia com tudo mais.

– Que tipo de trabalho você faz? – perguntei.

– Sou funcionário.

Balancei a cabeça, mas sem fazer a mínima ideia do que aquilo significava. Só depois fiquei sabendo do grau de servilismo que a palavra implicava.

– Como conseguiu a cama e o banco?

— Eu trabalhava para um inglês, e ele me deu de presente quando voltou para a terra dele.

Balancei a cabeça, lentamente. Claro, a cama e o banco eram tão superiores que só podiam ter pertencido a um daqueles tipos que capturam os raios do sol nos cabelos.

À noite, me deitei naquela cama que ainda não conhecia e fechei os olhos para ouvir os sons noturnos. O vento vergava os bambus, os insetos faziam um alarido de fofocas na escuridão, um lêmure arranhava o tronco de uma rambutã e soava a flauta de um encantador de serpentes. A solitária melodia me fez lembrar de minha mãe e a imaginei sozinha em sua pequena cabana. Resolvi escrever para ela no dia seguinte. Contaria tudo, desde a moça com os pés esmigalhados até as operárias das minas que se cobriam de preto da cabeça aos pés. E não esqueceria as crianças descalças nem a fileira de patos dependurados pelos pescoços quebrados. Contaria tudo, exceto o fato de que a filha dela tinha se casado com um pobretão. E não falaria a respeito do suave tinido do reluzente relógio de ouro, que tanto a tinha impressionado, ao cair na mão aberta de Bilal, que o recebeu com um meneio de cabeça para depois devolvê-lo ao verdadeiro dono. Ouvi o farfalhar dos lençóis na escuridão enquanto a mão pesada do meu marido pousava na minha barriga e suspirei levemente.

A vizinhança se limitava a um círculo de cinco casas. A casa deslumbrante que me fez desejá-la demais em minha chegada pertencia à terceira esposa de um chinês muito rico que se chamava Velho Soong. Perto dela, uma casa parecida com a minha, onde vivia um motorista de caminhão malaio e a família. Ele passava muito tempo longe de casa, mas a esposa, Minah, era uma mulher muito querida nas redondezas e me deu as boas-vindas com um prato de doce de coco dois dias depois de minha chegada. Minah tinha um rosto iluminado e sorridente, um corpo escultural que superava os mais belos que se encontravam no conjunto das residências malaias, além de uma índole gentil e educada. Vestia com discreta elegância longos e maravilhosos trajes tradicionais. Nela não havia nada que destoava. Tudo era refinado, as maneiras, os movimentos, o andar, o modo de falar e a pele. Fiquei olhando por detrás da cortina quando se retirou, observando o gingado lento de seus quadris, até que ela desapareceu por trás da cortina de contas dependurada na porta de entrada da casa dela. Por incrível que pareça, era mãe de quatro filhos. Só bem mais tarde, depois que ela deu à luz o quinto filho, é que fiquei sabendo que o tradicional resguardo malaio era um pesadelo: quarenta e dois dias de ervas amargas, com a fumaça de um fogareiro em brasa debaixo da cama para secar o excesso de líquidos e fortalecer os músculos vaginais, uma faixa para apertar a barriga e massagens diárias aplicadas sem dó por mulheres idosas incrivelmente fortes e enrugadas. Mas a tortura tinha suas recompensas. Minah era uma prova viva.

Nas proximidades da casa dela, morava um confuso agrupamento familiar chinês. Era um tal de entrar e sair da casa e me perguntava onde toda aquela gente dormia. De vez em quando, uma das mulheres saía correndo atrás de uma criança que chorava aos berros e, quando a alcançava, abaixava as calças da pobrezinha e lhe dava palmadas na carne branca até deixá-la vermelha. Depois, ainda xingando e fazendo ameaças, a mulher deixava a criança soluçando do lado de fora. Vez por outra, puniam uma das meninas mais velhas, obrigando-a a correr nua ao redor da casa. Eram meninas de nove ou dez anos de idade e dava dó de ver a pobrezinha esquelética de olhos congestionados pelo choro passar correndo e fungando pela minha janela. Era uma gente abominável, mas o ódio e a sede de vingança que sentia por eles era porque todo dia as duas esposas do homem fertilizavam a horta com fezes humanas ali pela noitinha. E toda vez que o vento soprava em nossa direção um fedor horrível embrulhava o meu estômago, e isso me fazia deixar a comida de lado e me provocava ânsias de vômito.

À direita de nossa casa, morava um velho eremita. Às vezes o rosto comprido e triste dele aparecia à janela. Próximo a ele, morava o encantador de serpentes, um homenzinho magro de cabelos lisos que de tão pretos se tornavam azulados, com um nariz de gavião que se sobressaía num rosto austero e selvagem. No início, eu morria de medo daquele homem e de suas cobras dançantes e víboras venenosas, cujo veneno ele extraía para fazer remédio e vender. Meu medo era que alguma cobra fugisse e se escondesse debaixo da minha cama. A esposa dele era uma mulher franzina, e eles tinham sete filhos ao todo. Um dia, eu estava no mercado e me vi em meio a um grande círculo de curiosos. Às voltas com minhas sacolas, apressei-me para sair de lá. No centro do círculo, o encantador de serpentes fechava o cesto das cobras, pelo que parecia encerrando a apresentação. Em dado momento, ele acenou para um dos filhos. Um menino que aparentava não ter mais que sete ou oito anos deu um passo à frente. Cachos abundantes obscureciam os olhos sorridentes e vivos dele. Vestia uma camiseta branca encardida e um short cáqui e parecia um moleque de rua. Tinha nas mãos uma garrafa de cerveja. De repente, sem nenhum aviso, ele quebrou a garrafa no chão, pegou um caco de vidro, pôs na boca e começou a mastigar. A multidão engoliu em seco e calou-se.

O sangue começou a verter da boca do garoto, escorreu pelo queixo e encharcou a gola encardida da camiseta. O vermelho espalhou-se pelo peito. Ele pegou outro caco de vidro de um chão imundo e o enfiou na boca. Fiquei ainda mais estarrecida e horrorizada quando ele abriu a boca ao máximo e mostrou uma cavidade cheia de sangue, depois tirou um paninho vermelho de dentro do bolso e, ainda mastigando, começou a recolher moedas da multidão. Tomei o meu rumo, bastante agitada. A façanha, o truque, tudo tinha sido demais para mim. Eu me senti perturbada, aborrecida e fisicamente abalada. A partir do incidente, evitei qualquer contato com a família do encantador de serpentes. Acabei me convencendo de que naquela estranha família se praticava feitiçaria e magia negra. Naquela casa meio encoberta pelas sombras, repousava uma presença que eu não conseguia descrever, mas que me causava arrepios.

Estava sentada na varanda quando vi o filho do encantador de serpentes passar correndo descalço na direção da casa do caminhoneiro com os cachos balançando ao vento. Ainda podia vê-lo de pé no meio de um grupo de espectadores assustados com um monte de cacos de vidro e sangue dentro da boca e os olhos não mais sorridentes e sim sombrios. Ele acenou quando notou que estava sendo olhado. Acenei de volta. O aroma da comida dos meus vizinhos se espalhou pelo ar. A doce fragrância da carne de porco sendo frita na gordura quente me fez suspirar por algo mais que vegetais e arroz. As prateleiras estavam vazias, mas felizmente minha mãe tinha escrito suas melhores receitas com detalhes meticulosos e nas duas últimas semanas sobrevivêramos graças a minha habilidade de transformar uma cebola num prato delicioso. Mas, naquele dia, eu me sentia especialmente esperançosa. Era dia de pagamento. Eu estava sentada na varanda à espera de Ayah, impaciente para sentir pela primeira vez o dinheiro das despesas nas minhas mãos. Tal como mamãe, eu também fazia planos para gastar o dinheiro com sabedoria e espichá-lo ao máximo, mas primeiro queria nos dar ao luxo de uma boa refeição. Por fim, avistei Ayah pedalando a bicicleta enferrujada com as banhas equilibradas no selim pelo caminho de pedras de nossa casa. Levantei-me o mais rápido que pude.

Ele estacionou a bicicleta com a lerdeza habitual e sorriu para mim. Inquieta, retribuí o sorriso. Em minhas mãos, estava uma carta que tinha chegado do Ceilão para ele e, quando estendi o envelope azul-claro, ele tirou do bolso um mirrado envelope marrom. Depois da troca de envelopes, ele passou por mim e entrou em casa. Surpreendida, fiquei olhando o envelope marrom em minhas mãos juvenis. Estava todinho ali. Ele acabara de me dar o salário inteiro. Abri o envelope e contei o dinheiro. Duzentos e vinte *ringgit*. Um bocado de dinheiro. Comecei imediatamente a fazer alguns planos na minha cabeça. Enviaria algum dinheiro para mamãe e guardaria uma boa quantidade junto com minhas joias na caixa de lata quadrada que um dia abrigara chocolates. Pouparia e pouparia e pouparia tanto, que logo seríamos tão ricos quanto o Velho Soong. Construiria um futuro cor-de-rosa para nós. Estava ali agarrada ao dinheiro e aos meus fabulosos sonhos, quando, no caminho empoeirado de nossa casa, surgiu um homem que vestia um paletó Nehru e uma *veshti* branca com chinelos de couro e um grande guarda-chuva preto na mão. Na outra mão, ele carregava uma pasta de couro. Vinha em minha direção com um sorriso aberto de lado a lado. Não demorou muito para que aquele homem atarracado e barrigudo estivesse à minha frente. Pousou os olhos com avidez no dinheiro que estava em minhas mãos. Enquanto as abaixava lentamente, ele seguia o dinheiro com olhos gulosos. Esperei até que os olhos dele se encontraram com os meus. Era um rosto redondo que exibia uma falsa simpatia. Não gostei dele de cara.

– Saudações para a nova senhora da casa – ele disse calorosamente.

– Quem é você? – perguntei irritada com um tom indesculpavelmente grosseiro.

Ele não se mostrou ofendido.

– Sou o agiota de vocês – disse com um sorriso largo que deixou à mostra dentes marrons avermelhados. Tirou do bolso um bloquinho de notas, lambeu um dedo gorducho e foi virando as páginas. – Não vou aborrecê-la por um bom tempo e seguirei feliz o meu caminho se a senhora me der vinte *ringgit* e assinar.

Quase arranquei o bloquinho das mãos rechonchudas do homem. Atordoada, vi no alto do canto esquerdo o nome do meu marido e uma fileira de assinaturas que tinha feito para diferentes quantias. Deixara de pagar no mês anterior porque estava no Ceilão à procura de uma nova esposa. À medida que me mostrava o saldo e os juros, os olhos dele brilhavam. Ainda atordoada, dei-lhe vinte *ringgit* referentes ao mês corrente, de acordo com o que demandavam o saldo e os juros.

– Tenha um bom dia, madame. No próximo mês, estarei aqui – ele avisou enquanto se virava para sair.

– Espere um pouco – gritei. – Qual é o débito restante?

– Oh, só mais cem *ringgit* – ele respondeu alegremente.

– Cem *ringgit* – eu disse para mim mesma enquanto outros dois homens se aproximavam da casa. Ao passarem pelo agiota, eles se cumprimentaram.

– Saudações para a nova senhora da casa – disseram os dois em uníssono.

Eu me encolhi. Os "visitantes" continuaram a chegar até o escurecer daquele dia. Em alguns momentos, até se fez uma fila à porta, e no fim me restaram cinquenta *ringgit*. Cinquenta *ringgit* para o mês inteiro. Embaraçada e furiosa, coloquei-me de pé no meio de nossa pobre sala.

– Só tenho cinquenta *ringgit* para o sustento de um mês inteiro – anunciei o mais calmamente possível, enquanto meu marido ingeria uma última porção de arroz e batatas.

Ele me olhou por um instante com um ar entediado. Enquanto isso, me veio à mente um animal pesado e lento, opondo uma resistência estoica a moscas persistentes ao abanar o rabo como um chicote. Estupidamente.

– Não se preocupe – ele disse por fim. – Toda vez que precisar de dinheiro, é só me pedir; posso conseguir emprestado. Tenho um bom crédito.

Nada me restava senão olhar para ele com incredulidade. Uma lufada de vento repentina encheu a cozinha com um fedor de fezes humanas. A comida revirou no meu estômago, e um martelo começou a bater em algum ponto de minha cabeça. Uma martelada surda e insistente que me atormentou de vez em quando pelo resto de minha vida. Desviei o olhar dos olhos estúpidos e pretos daquela besta desajeitada e não disse mais nada.

Naquela noite, me sentei de pernas cruzadas no meu formoso banco à luz da lamparina e fiz uma lista das dívidas. Não consegui dormir, devido aos planos que me passavam pela cabeça. Por fim, quando todos os demônios da noite já tinham voado para o outro lado do mundo, me debrucei na janela para ver a madrugada vermelha irromper no céu ao leste. As marteladas na cabeça tinham dado uma pequena trégua. O plano estava claro em minha mente. Fiz um chá preto bem forte, sentei-me à boa mesa e sorvi o chá vagarosamente como minha mãe e a mãe dela faziam ao final de um longo dia. Os passarinhos ainda não haviam iniciado o seu dia, quando me banhei na água fria, lavei os cabelos com leite de coco, vesti um lindo sari de algodão e caminhei cerca de um quilômetro até o templo de Ganesha, situado bem atrás do armazém de Apu. Rezei com todo o ardor do coração naquele pequeno templo de estrada empoeirada. Rezei com tanta sinceridade que as lágrimas escorreram dos meus olhos fechados. Implorei ao Senhor Ganesha que fizesse o meu plano dar certo e que minha nova vida fosse feliz. Em seguida, coloquei dez centavos na caixa de doações para o deus-elefante, aquele que é sempre piedoso e generoso, depois esfreguei a cinza sagrada na testa e fiz o caminho de volta para casa.

Cheguei e meu marido já estava acordado. O chiado do rádio enchia a casa inteira. Fiz mingau e café, me sentei e assisti enquanto ele comia. Eu me sentia forte e protetora em relação tanto a ele e a casa como a vida nova que teríamos. Logo que ele saiu, me sentei para escrever uma carta, uma carta muito importante. Depois, caminhei até a cidade. Fui ao correio e mandei a carta para o meu tio, o negociante de mangas. Ele vivia com a esposa em Seremban, um outro distrito da Malaia. Fiz uma proposta para o meu tio. Pedi emprestado o dinheiro que meu marido devia e um pouco mais para o nosso sustento, até a chegada do pagamento seguinte. Propus pagar juros, e ele poderia ficar com minha caixa de joias como garantia. Sabia que aquelas joias valiam mais que a quantia solicitada. Mamãe tinha me dado um pingente, um rubi do tamanho do meu dedo mindinho, e só isso valia uma grande soma de dinheiro. Era uma pedra lindíssima com uma luz vermelha fora do comum dentro dela, e ao sol brilhava tanto que parecia um ser vivo. Depois de ter postado a carta, fui até o mercado, um lugar fascinante, cheio de coisas fabulosas, coisas que nunca tinha visto.

Parei em frente a pilhas de ovos negros salgados, dois deles expostos no topo da pilha tinham gemas cor de sangue. Chineses em tamancos de madeira acocorados no chão vendiam pequenos lotes de ninhos de pássaros. Dentro de gaiolas de arame, grandes lagartos se agitavam nervosos ao menor movimento das cobras que estavam em outras gaiolas. Em alguns cestos, havia produtos frescos, e mercadoras malaias com dentes de ouro vendiam delicados ovos de tartaruga em cestos de arame.

Numa esquina, uma velha chinesa coxeava com dificuldade por entre estranhas e retorcidas lesmas marinhas cor de lama, algas marinhas negras e desidratadas e uma abundante quantidade de criaturas não identificáveis que nadavam em baldes de madeira com água até a borda. Caçadores de pele mascando noz-de-areca esperavam pacientemente por trás de pilhas com todo tipo de raízes, criaturas selvagens que ainda se debatiam e ramos de ervas medicinais. De vez em quando, pegavam pelo rabo quatro ou cinco serpentes que se contorciam e se espichavam à frente deles na calçada. Os fregueses compravam estas serpentes delgadas e multicoloridas para fins medicinais. Havia tonéis de macarrão amarelo e fileiras de patos assados dependurados pelo pescoço gorduroso que ainda pingava gordura. Claro que as rãs brancas e descarnadas eram a verdadeira surpresa, elas jaziam abertas em grossas tábuas de madeira. Mas, naquele dia, eu não podia perder tempo. Estava em missão.

Comprei apressada uma pequena porção de carne, um pouco de verduras e legumes, um saco de tamarindo e um enorme chapéu *dulang* de abas largas por cinco centavos para usar no cais, onde comprei um punhado de camarões. Mamãe tinha uma receita especial de camarões e eu estava certa de que seria capaz de prepará-la. Tomei então o caminho de volta para casa, de cabeça baixa e totalmente absorta em meus pensamentos a respeito de um futuro cor-de-rosa. Minha sombra se estendia com impaciência à frente. A ansiedade em executar os meus planos era tanta que dei um salto quando outra sombra juntou-se à minha. Olhei em volta e aquele rosto que tinha olhado para mim com curiosidade da janela aberta do Velho Soong agora me observava com um sorriso tímido um tanto inseguro. Duas tranças longas e negras arrematadas por infantis laços cor-de-rosa pendiam de cada lado do rosto. Ela devia ter a mesma idade que eu. Dois olhos vivazes e negros faiscavam em sua face redonda.

Mui Tsai (irmãzinha), na realidade, como descobri mais tarde, não passava de uma pobre escrava doméstica. Retribuí o sorriso, apenas para testar. Encontrara uma amiga, mas isso era o começo de uma amizade que eu acabaria perdendo. Se soubesse naquela hora o que sei agora, teria dado muito mais valor a ela. Foi a única amiga verdadeira que já tive. Ela tentou se comunicar comigo em malaio, mas, aos meus ouvidos, esta língua ainda era uma desconhecida mistura de sons e então tentamos nos comunicar com uma sequência complicada de gestos manuais. Decidi que Ayah me ensinaria a falar corretamente o malaio. Nós nos despedimos no portão da casa dela. Fiquei observando do lado de fora enquanto ela entrava apressada com um cesto cheio de compras.

Logo que entrei em casa, corri até a cozinha à procura de um facão. Encontrei um enferrujado que provavelmente no passado era usado para quebrar cocos. Em seguida, vesti a anágua que se costuma usar debaixo do sari. Coloquei uma velha camisa toda puída do meu marido por cima. As mangas cobriam minhas mãos e apreciei as roupas uma sobre a outra. Depois, amarrei um enorme lenço do meu marido à cabeça e o arrematei com um nó sob o queixo. Pus o chapéu novo e, satisfeita por estar de todo protegida do sol abrasador, abri a porta dos fundos e comecei a capinar para limpar o terreno do capim alto e dos galhos largados que cortavam e sangravam minhas mãos. O mato tinha tomado conta de cada pedacinho do quintal, mas a minha determinação era absoluta. Só parei quando todos os cantos estavam limpos e a terra devidamente tratada. As costas doíam demais, os músculos urravam de dor e ainda assim eu sentia prazer, um prazer verdadeiro pelo trabalho benfeito.

Por fim, entrei em casa, e o suor escorria pelo meu corpo inteiro. Tomei um banho frio, passei óleo de gergelim nas mãos e em seguida fui preparar a comida. Temperei a carne com especiarias e deixei marinando por algumas horas numa tigela tampada. Limpei e preparei os camarões enquanto a carne marinava. Depois, descasquei um coco verde e fiz o *sambal* especial de minha mãe, com pimentas e cebolas. Cozinhei beringelas em um pouco de água com sal e açafrão indiano, até ficarem tenras, para só então amassá-las com um pouco de leite de coco e levá-las de volta ao fogo. Cortei algumas batatas e as fritei, temperando-as com *curry* em pó. Piquei cebolas e tomates e os misturei com iogurte. Com a refeição digna de um rei praticamente pronta, comecei a arrumar a casa. Já estava quase em completo êxtase com os aromas que exalavam da comida ao fogo, quando encontrei uma carta rasgada dentro da lata de tabaco de Ayah. Sabia que era errado, mas não consegui me conter: catei os pedacinhos de papel, encaixei os fragmentos de escrita azul sobre a cama e li a carta que chegara no dia anterior para o meu marido.

Caro Ayah,
A aldeia está mais pobre do que nunca, mas, ao contrário de você, jamais me passou pela cabeça sair daqui para prosperar. Esta terra miserável será a pira funerária onde os meus ossos iluminarão o céu por algum tempo. Mas as últimas semanas têm sido uma dádiva para mim, pois aprendi a amar seus filhos como se fossem meus. Pelo menos agora não morrerei sozinha e abandonada.

Espero que, nos jovens braços de sua nova felicidade, você não tenha esquecido suas responsabilidades. As crianças estão crescendo muito depressa e precisam de roupas e sa-

patos novos e de boa alimentação. Como você sabe, não tenho marido para me sustentar e agora tenho duas bocas famintas para alimentar. Espero que você envie dinheiro com máxima urgência, já que a situação está ficando complicada para mim.

Parei de ler. De repente, o resto da carta de tia Pani tornou-se um borrão. Minhas pernas bambearam e caí sentada na cama como uma pedra. Entendi então por que ela fora me ver naquele dia, entendi os olhos bisbilhoteiros, o olhar especulativo e entendi a repulsa instintiva que tive ao olhá-la. Ela planejara ficar com as crianças para ganhar um dinheiro extra pelos anos afora. E para isso precisava procurar uma noiva jovem e maleável na casa de uma mulher pobre. Alguém que pudesse manipular. Naquele momento, senti muita raiva dela. Raiva daquele tom de mandona que tinha. Que artimanhas ela usara para tapear o meu marido? Meu sangue ferveu quando pensei nisso. Não fazia uma boa refeição desde que me casara e, se o meu plano desse certo, isso perduraria pelo menos por mais oito meses, já que teria de poupar dinheiro e deixar algum reservado para ela. Não lhe daríamos uma boa lição se simplesmente não enviássemos o dinheiro? Mas logo me veio à mente a imagem de duas criancinhas, dos olhinhos desamparados e da pele escura esticada em suas bochechas gorduchas. Juntas, inocência e estupidez, para qualquer um ver. Nem mesmo os dentinhos se sentiam confortáveis naquelas cabecinhas vazias, pois se projetavam para fora em duas fileiras amarelas que olhavam o mundo externo. Claro que as crianças deviam ser escravizadas por aquela mulher, no entanto, por mais horrível que isso me faça parecer, o fato é que eu não queria que aquelas crianças morassem comigo.

Fechei os olhos e me senti profundamente derrotada. Eu tinha sido usada de maneira descarada por aquela mulher. Se não fosse pelas mentiras dela, ainda estaria na casa de minha amada mãe.

Teríamos de mandar o dinheiro. Não restava outra escolha.

Então, a beleza da juventude floresceu. Da mesma forma como a primavera coloca folhas nos galhos ressecados, a juventude decidiu que meu plano se expandiria com uma mesada para meus enteados. Eu e mamãe tínhamos sofrido muito porque papai nunca se preocupava em mandar dinheiro. Agiria de uma forma melhor que a do meu pai. Simplesmente deixaríamos de comer bem, até que todas as dívidas estivessem saldadas. Sobreviveríamos com os legumes e as verduras da horta e com os ovos das galinhas depois que instalássemos o galinheiro. Entrei na cozinha para mexer a comida e meu ânimo já estava de volta.

    Naquela noite, o meu marido voltou para casa com o dinheiro que pedira emprestado aos agiotas para mandar para os filhos e ainda um presente embrulhado em folha de jornal para mim e uma peça de madeira que seria esculpida por ele. Colocou o presente no banco, ao meu lado, e aguardou. Tive vontade de gritar de frustração quando olhei a ansiedade no rosto dele e aquele inesperado presente embrulhado em jornal. Daquele jeito, jamais saldaríamos nossas dívidas. Como explicar que era preferível passar fome durante um mês inteiro a aguentar uma fila de credores à porta no dia do pagamento? Respirei fundo, mordi a língua e desamarrei o barbante do embrulho. A folha de jornal se abriu, e a animosidade morreu em minha garganta. Ali estava o mais adorável par de sandálias de salto, douradas e adornadas de contas coloridas, que já tinha visto. Com um gesto bem próximo da reverência, coloquei as sandálias no chão cinzento de concreto. Encantada, deslizei os pés por entre os cadarços dourados. Ficaram perfeitas em mim. Os saltos estavam um pouco gastos, mas não importava, porque já estava literalmente apaixonada por aquela aquisição desnecessária.

    – Obrigada – murmurei, inclinando a cabeça em humilde gratidão.

    O meu marido era um bom homem, mas as coisas seriam do meu jeito. Primeiro, ele teve a suntuosa refeição que preparei e depois lhe contei o meu plano. Ele ouviu em silêncio. Por fim, respirei fundo, olhei diretamente nos olhos dele e disse que dali em diante quem pagaria as contas seria eu. Ele receberia uma pequena quantia para comprar um jornal ou um cafezinho na cantina do trabalho e não poderia mais pegar dinheiro emprestado e teria de me colocar a par de qualquer coisa referente às finanças da casa. Ele balançou a cabeça com um olhar arrasado e delicadamente afagou os meus cabelos com sua mão grande.

    – Como quiser, minha querida esposa – ele disse.

– E tem mais uma coisa. Você pode me ensinar a falar malaio?
– *Boleh*. – Lançou-me um sorriso.
Eu conhecia a palavra. Significava "posso". Retribuí o sorriso.
– *Terima kasih* – agradeci em malaio.

No final da semana, minha horta estava toda semeada. Um sujeito lá da rua principal construíra um galinheiro onde coloquei alguns pintinhos amarelos. Meu tio, o mercador de mangas, chegou lá em casa reclamando do peso do saco de mangas quando eu fazia uma supervisão de minha pequena plantação, toda contente debaixo do meu chapéu *dulang* de abas largas. Irrompi em lágrimas de alegria quando avistei um rosto moreno familiar e corri para abraçar a sua figura arredondada. Logo que o vi, me dei conta do quão estava sozinha. Ele estava com o dinheiro que eu tinha pedido e carinhosamente descartou a minha garantia, considerando-a de um jeito divertido como ridícula. Depois que ele saiu, ingeri seis mangas de uma só vez e então, inexplicavelmente, fui até o fogão e peguei uns pedaços de carvão e comecei a mastigá-los.

Foi quando me dei conta de que estava grávida.

As semanas foram engolidas pelos meses famintos que aguardavam o produto de minha horta. A pequena plantação prosperava. Eu passava os dedos pela superfície aveludada das pimentas dedo de moça, me surpreendia com o tom avermelhado das pimentas-malaguetas e sentia um orgulho especial das tímidas berinjelas. Sem falar que o galinheiro ia de vento em popa, antes mesmo de ter um barrigão à minha frente. Eu estava feliz, satisfeita. As dívidas estavam sob controle e já tinha até começado a poupar uma modesta quantia de dinheiro numa latinha escondida dentro de um saco de arroz.

À noite, depois que todas as vozes humanas feneciam, depois que todos os pratos eram lavados, depois que todas as luzes se apagavam e a vizinhança ia dormir, eu ainda estava acordada. O sono se recusava a chegar, e seus olhos malvados me olhavam de braços cruzados ao longe. Passava horas e horas deitada a olhar o céu estrelado pela janela, aprendendo malaio e sonhando com o futuro bebê. Imaginava um menininho parecido com um querubim, de lindos cachinhos e olhinhos brilhantes. Nos meus sonhos, ele tinha olhos grandes e vivazes que denotavam uma inteligência atenta, mas, nos meus pesadelos, era uma criança raquítica de olhinhos estúpidos que suplicava pela minha presença com seus braços abertos e pequeninos. Implorava por um pouco de amor. Era quando eu acordava abruptamente, sentindo-me culpada pelo abandono dos meus enteados, como se tivesse uma abelha furiosa no meu coração. Aprisionada e solitária, ela se agitava com furor e se projetava à porta do meu coração. E meu jovem coração envergonhado quase parava de bater. Ao amanhecer, tomava um banho e ia para o templo. Lá, fazia oferendas e implorava para que meu filho não se parecesse com a criancinha desamparada dos meus pesadelos.

Meu marido era tão solícito que às vezes me dava vontade de gritar. Todo dia, de manhã e de noite, ele me perguntava com aflição se eu estava bem e esperava pela resposta com angústia, como se eu fosse dizer algo diferente de "estou bem". Durante os nove meses, nunca passou pela cabeça dele que era melhor deixar de lado aquela pergunta preocupada e aquela espera agoniada pela resposta. Não me deixava caminhar até o mercado e insistia em fazer as compras. No início, voltava para casa com peixe velho, carne acinzentada e legumes e verduras passadas, mas os meus silêncios de desaprovação o fizeram travar amizade com um feirante gentil que morria de pena da falta de jeito dele com as compras. Depois disso, voltava para casa com peixes de olhos brilhantes que de tão frescos ainda sangravam, com frutas maduras de colorido vívido e com peças de carne que bem poderiam ter sido escolhidas por mim.

Uma vez, ele trouxe para casa uma fruta estranha chamada durião. Eu nunca tinha visto uma fruta tão cheia de espinhos. Ele disse que, se um durião caísse da árvore sobre a cabeça de um homem, este homem morreria. Acreditei nas palavras dele. Com muito cuidado, ele abriu a casca espinhenta e, lá de dentro da fruta, surgiram fileiras de sementes recobertas de carne. Fiquei apaixonada na mesma hora pelo gosto cremoso daquela polpa dourada. E também amei o surpreendente aroma que, segundo dizem, fez um romancista inglês descrevê-lo como algo que se assemelha a degustar um manjar de framboesa dentro de um banheiro. Até hoje consigo dar cabo de cinco ou seis dessas frutas de uma só vez.

Ao completar o oitavo mês de gravidez, sentia-me tão desconfortável, que não conseguia ficar na cama e saía o mais silenciosamente possível para me instalar no banco frio da cozinha. Pela janela, a escuridão intensa da noite malaia me acalentava com um toque pesado e úmido. Às vezes meu marido surgia preocupado em meio à escuridão só para saber se eu estava bem. E nessas noites eu engolia a irritação porque me lembrava que ele era um bom homem.

Pelo menos eu não tinha os terríveis desgostos de Mui Tsai. Ela também estava grávida. A barriga se sobressaía na túnica justa de gola alta que ela sempre vestia para indicar sua posição de "irmãzinha". Ela amarrava as calças pretas e largas por cima do barrigão grande e macio. Nas sombras projetadas pelo lampião, a história dela fazia o próprio desespero se desesperar. Tudo começou numa pequena aldeia chinesa, quando a mãe dela morreu subitamente em razão de uma febre estranha. Mui Tsai tinha então oito anos. Em menos de um mês, uma nova mãe vestida de seda chegou para viver com a família. De acordo com a tradição chinesa de bons augúrios, uma boquinha vermelha iluminava o rosto redondo dela. Os chineses têm preferência por noivas de boca pequena porque acham que mulheres de boca grande dão azar. Eles dizem que uma mulher de boca larga engole espiritualmente o marido, causando-lhe morte prematura.

A boquinha da noiva era uma garantia, mas o que fez o pai de Mui Tsai se derreter como uma manteiga *ghee* amarelada em presença da nova esposa foram os pezinhos. Os pés da noiva eram menores que os da enteada de oito anos, isso porque a mãe de Mui Tsai tinha um coração generoso e recusara-se a atar os pés da filha. A noiva mantinha-se sentada num quarto perfumado, totalmente desligada das tarefas domésticas. Durante um longo tempo, Mui Tsai ficou responsável pela tarefa de retirar as bandagens dos pés da madrasta e banhá-los em água morna e perfumada. Muitos anos mais tarde, a sombra alongada de Mui Tsai na parede de minha cozinha lembrou os pés descalços da madrasta. Uma visão sabiamente proibida a todos os homens e sobretudo ao marido, já que sem os sapatinhos a deformidade era insuportável de ser vista. Torcidos e cobertos de chagas, os pezinhos tinham o poder de repelir o mais ardente pretendente. Todo dia era preciso remover as cascas das feridas e cortar as unhas, antes de envolver aquelas coisinhas horrorosas com novas bandagens e pétalas de rosas.

Durante três anos, Mui Tsai serviu a nova mãe, limpou e cozinhou para ela. Após seu décimo terceiro aniversário, a madrasta passou a olhá-la com suspeita. A irmã de Mui Tsai já tinha feito oito anos e podia assumir suas tarefas. Se a irmã mais velha continuasse em casa, o casamento seria uma preocupação. Casamentos implicavam dotes. Certa manhã, o pai de Mui Tsai estava no trabalho, e a madrasta a fez se vestir com a melhor roupa e se sentar na sala de estar. Em seguida, mandou um recado e logo um mercador apareceu na casa. Mui Tsai foi vendida para ele. Selou-se um documento legal em papel vermelho. Mui Tsai tornou-se propriedade exclusiva do mercador a partir do momento em que a mão suave e alva da madrasta assinou o papel. Não teria mais liberdade pelo resto da vida.

O mercador, que era um tipo de olhos duros e unhas compridas e amarelecidas, fez o pagamento, e ela se foi com a roupa do corpo. Foi colocada numa cela. No mesmo cômodo, havia outras celas com outras crianças apavoradas. Ela ficou ali durante algumas semanas, com uma criada soturna que lhe passava a comida e recebia os urinóis cheios pelo mesmo buraco da cela. Chorou e gemeu de medo e de doença naquele lugar escuro junto com meninas de outras aldeias. Mas nenhuma delas conseguia entender o dialeto das outras. Depois todas foram jogadas num barco e enviadas para o sudeste da Ásia. O velho barco balançou nas águas dos mares do sul da China, que estavam ainda mais turbulentas devido a fortes ventos. As crianças gritaram aterrorizadas durante muitos dias. Com o cheiro azedo da doença do mar, todas elas acharam que morreriam ali e que se tornariam alimento para os descendentes de todos os peixes que haviam consumido levianamente a vida inteira. Sobreviveram por milagre. Ainda cambaleantes por aquela viagem miserável, elas foram eficientemente distribuídas em Cingapura e Malaia e vendidas com um bom lucro como prostitutas e escravas domésticas.

O Velho Soong, o novo patrão de Mui Tsai, pagou por ela a principesca quantia de duzentos e cinquenta *ringgit*. Era um presente que daria para a terceira esposa dele, a mais recente. E assim a pequena Mui Tsai foi viver na casa grande, lá no alto do nosso beco sem saída. Nos primeiros dois anos, ela fez o serviço doméstico e morou num quartinho atrás da casa. Certo dia, porém, o patrão, que até então se limitava a passar as mãos gorduchas nas coxas de marfim da esposa e lhe dar comida na boca com ajuda de dois pauzinhos, de repente começou a sorrir para Mui Tsai de um modo atrevido. Então, ali pela época em que me mudei para a vizinhança, os olhos gulosos dele passaram a segui-la durante as refeições com uma intensidade que a deixava assustada, já que ele era uma criatura repulsiva.

Muitas vezes, eu passava pela casa na direção do mercado e via o Velho Soong sentado na sala, suando abundantemente sob um ventilador de teto enquanto lia um jornal chinês com uma camiseta tamanho GG esticada sobre o barrigão. Aquela gordura vigorosamente embalada me trazia à mente o insaciável pendor por carne de cachorro que aquele homem tinha. Frequentemente levava carne fresca de filhotes de cães embrulhada em papel pardo para casa. O cozinheiro preparava a carne com um ginseng caríssimo importado diretamente da China.

Toda noite, o patrão jogava o mesmo jogo. Cobria a boca com as mãos gordas e palitava os dentes com um olhar ardente que percorria o corpo da jovem criada como se fossem dedos. Os olhos dela se esquivavam de maneira educada, sem querer dar a entender que tinha percebido. Não se dava conta de que o papel dela no jogo era esse: relutância. De olhos baixos, a esposa não via nada. Sentava-se elegantemente trajada, pousava os cotovelos na mesa como uma águia e esperava com paciência pela chegada de cada novo prato, sobre o qual se atirava enquanto mexia os pauzinhos com extraordinária rapidez para habilmente fisgar os melhores pedaços. Já com os melhores pedaços na tigela, ela começava a comer com uma delicadeza encantadora.

Logo o Velho Soong achava uma oportunidade para acidentalmente passar os dedos pela "irmãzinha" da esposa; uma vez, escorregou a mão gorda até as coxas enquanto ela servia a sopa. A sopa derramou na mesa. Impassível, a esposa não viu nada.

– Garota estúpida e estabanada – ela resmungou raivosa, sem desviar a atenção da tigela cheia de pedaços tenros de leitão.

– Conta tudo pra ela – disse-lhe horrorizada quando ela me narrou o caso.

– Que posso fazer? – sussurrou uma Mui Tsai consternada, com um olhar quase chocado. – Ele é o senhor da casa.

O interesse dele aumentou, e Mui Tsai começou a deixar o quarto dela à noite. Só dormia lá quando o patrão estava na casa de uma das outras esposas. Quando ele visitava a patroa, Mui Tsai se escondia debaixo da cama de um dos quartos da casa grande, e foi assim que conseguiu escapar das garras do patrão por muitos meses. Geralmente pulava a janela da minha cozinha e nos sentávamos no meu banco para conversar sobre a terra natal de cada uma de nós até o amanhecer.

Eu não podia acreditar que aquilo que acontecia com Mui Tsai era legal e estava determinada a denunciar o problema. Alguém tinha de fazer alguma coisa para acabar com o sofrimento dela. Tive uma conversa com Ayah. Ele trabalhava num escritório e devia conhecer alguém que pudesse ajudá-la, mas negou com a cabeça. A lei não podia fazer nada quando o escravo doméstico não sofria abuso.

– Mas ela é esbofeteada e beliscada pela patroa. Isso não é abuso? – perguntei, esquentada.

Ele balançou outra vez a cabeça, e as palavras que saíram de sua boca se pareciam com aqueles estrangeiros abusados que entram no templo de pés calçados:

– Em primeiro lugar, isso não é considerado abuso, e, em segundo, o sr. Soong não vem receber o aluguel aqui, mas é nosso senhorio. Ele é dono de todas as casas daqui.

– Ora! – exclamei, desistindo de todas as ideias revolucionárias de percorrer outros escritórios para denunciar o Velho Soong. O problema era realmente bem maior que eu.

Uma noite, as árvores estavam prateadas pelo brilho fantasmagórico da lua, e a patroa de Mui Tsai chamou-a lá de seu quarto. Ela queria uma massagem. Disse que as costas estavam doendo porque tinha comido muitos alimentos frios. Despiu as roupas de cetim e deitou-se de bruços na cama. Mui Tsai iniciou a massagem. Suas mãos morenas e firmes percorreram a pele suave e branca da patroa. Despida, dava para perceber que estava engordando.

– Esta noite você vai fazer massagem no patrão. Ele está muito cansado e você tem um jeito especial com as mãos – ela disse, enquanto vestia o roupão de cetim.

Como se tivesse sido previamente ensaiado, o patrão entrou no quarto, vestindo um roupão amarelo de seda com um dragão negro bordado. O roupão farfalhava em suas pernas flácidas e brancas. Mui Tsai gelou com o choque. Os olhos da patroa evitaram os olhos do patrão e, olhando de forma incisiva para Mui Tsai, ela a repreendeu com um tom irritado:

– *Ai Yah,* deixe de frescura. – O ruído dos chinelos macios da patroa desapareceu nas lajotas da varanda, e o patrão sentou-se na macia cama de casal.

Ajoelhada no chão ao lado da cama, Mui Tsai olhava-o incrédula. Depois de meses de olhares atrevidos, o jogo estava a ponto de ser vencido. O vencedor vestia um roupão amarelo. Com o roupão aberto e com uma barriga enorme e dura à mostra, ele se esticou e apagou o abajur à cabeceira da cama. De repente, o brilho do suor do rosto dele sob a luz do luar se fez máscara. O terror se apossou de Mui Tsai. Intoxicados pela excitação do proibido implícito na situação, os olhos afundavam nas dobras pálidas da carne que ardia em fogo. Ele fedia a bebida. Ela sentiu a primeira pontada de aversão.

– Vem, vem aqui, minha querida – disse o patrão com uma voz arfante e gentil, apontando o lugar da cama ao lado dele.

Ela sabia o que se passava na cabeça dele, era como se ele tivesse enunciado o pensamento: *A garota não é nenhuma beldade, mas é jovem e realmente bonitinha, além do mais é virgem e me dará a vitalidade de que tanto preciso. Afinal, para um homem de minha idade, é sempre bom tomar o primeiro gole da essência de uma garota.* A pureza e a inocência dela eram como uma flor à espera de ser colhida. E naquele jardim ele era o amo.

Ele lançou um sorriso encorajador e despiu um corpo rotundo.

Coitadinha, ela paralisou quando viu uma pequena minhoca aninhada entre as pernas dele e congelou de incredulidade quando o viu despencar uma massa de carne descorada em cima do seu frágil corpinho. Alguma coisa pequena e dura penetrou-a dolorosamente e, para sua surpresa, um monte de carne suada começou a bambolear em cima. Ele grunhia como um porco selvagem e gemia bem perto do ouvido dela, até que de repente o corpo dele tombou inerte sobre o corpo dela. Esmagada, ela abriu a boca para respirar. Ele saiu de cima e pediu um copo d'água.

Aquilo tinha acabado. Atordoada, ela puxou as calças e foi buscar água para o patrão. As lágrimas tentavam rolar dos olhos, e o queixo tremia pelo esforço que ela fazia para não chorar. Quando voltou com a água, ele a fez se despir completamente. Enquanto bebia, ele a olhava intensamente com olhos rasgados e atrevidos. Ela sentiu que o desejo dele lhe percorreu o corpo até suas coxas ensanguentadas. Continuou nua e disponível sob um luar pálido, até que ele estendeu a mão gorducha e penetrou-a mais uma vez. Depois ele dormiu, roncando forte, e Mui Tsai arregalou os olhos na penumbra enquanto mirava as sombras prateadas no teto, até que se assustou de repente ao ver o rosto mal-encarado da patroa. Descalça, a mulher tinha entrado no quarto de maneira tão furtiva, que Mui Tsai não ouviu seus passos.

– Levante-se daí, sua sem-vergonha – ela sibilou, furiosa. Esquadrinhou com olhos invejosos o corpo jovem sobre a cama.

Humilhada, Mui Tsai tentou cobrir os seios.

– Levante-se daí e cubra esse seu corpo perebento e nunca mais se atreva a se deitar na minha cama – ela disse abruptamente.

Mui Tsai saiu correndo aos tropeções até os fundos da casa para se lavar. Morta de vergonha, deitou-se na cama do seu quarto e ficou acordada até o dia nascer. Depois desse dia, o patrão sempre pedia uma massagem. Às vezes ele tinha necessidade de duas massagens na mesma noite. Eram dias de horror em que ela ouvia passos do lado de fora e um estalo que a porta fazia na escuridão quando era aberta. Sob a luz secreta da lua e das estrelas, ela vislumbrava por um segundo a riqueza de um roupão amarelo. Logo a porta se fechava, e ela ouvia a pisada dos chinelos de seda no chão de cimento e o arfar de uma respiração em meio à escuridão do seu quarto sem janela. Aquela mão gelada e suada tombava em seus pequenos seios. Em poucos segundos, era envolvida por uma carne frígida e molhada, e as narinas dela se enchiam do hálito de cerveja dele. O movimento de um vaivém esquisito se estendia por muito tempo.

Logo, Mui Tsai se descobriu grávida.

O patrão se sentiu extremamente feliz, porque as três esposas dele eram estéreis. Recebera a culpa pela infertilidade durante muito tempo, mas agora estava claro que a responsabilidade era daqueles trapos velhos. Em êxtase, ordenou que Mui Tsai fosse alimentada com o que havia de melhor para que a semente dele frutificasse forte e sadia. A patroa foi obrigada a ser gentil com Mui Tsai, se bem que lá no fundo os olhos mostravam uma inveja enorme. Muitas vezes, Mui Tsai escondia um pouco de suas ervas caras e terrivelmente amargas e trazia para mim.

— Para fortalecer o bebê — ela dizia com um tom cadenciado e alegre.

Certa manhã, o patrão chegou com a notícia de que a primeira esposa queria conhecer a árvore fértil que dera vida à semente do seu marido. Era uma mulher gorda, de papada no queixo, nariz arrogante e achatado e olhinhos rasgados. A casa do Velho Soong foi tomada por furiosa atividade. Foram preparados os melhores pratos, o chão foi lavado e encerado, e a melhor baixela de louça chinesa passou pela inspeção dos olhos aguçados da dona da casa.

— Você tem se alimentado? — perguntou a mulher com a costumeira e polida educação chinesa. A voz era áspera e o rosto, mesmo orgulhoso, ostentava dor. A dor de ter sido substituída nas atenções do marido, a dor de ter sido incapaz de gerar filhos.

— Sim, irmã mais velha, ela tem um ótimo apetite — replicou prontamente a patroa de Mui Tsai.

— Faltam quantos meses para o bebê chegar? — indagou suntuosamente a primeira mulher.

— Só três meses. Tome um pouco mais de chá, irmã mais velha — respondeu a terceira mulher com uma polidez humilde, sacada especialmente para a ocasião. Ela serviu o chá com graciosidade.

A primeira mulher deu sua aprovação e daquele dia em diante fez mais algumas visitas, quando se sentava com Mui Tsai debaixo de uma árvore *assam*. Ela era gentil, parecia genuinamente preocupada e mostrava um interesse crescente pela criança. Levava até presentes, roupas azuis de bebê caras e um patinho de brinquedo. Mui Tsai se sentia feliz por receber a visita da velha dama. Era uma honra ser aceita pela primeira esposa. Afinal, talvez a sorte dela tivesse mudado. As coisas seriam diferentes depois que o bebê nascesse. Ela seria a mãe do herdeiro da grande fortuna do patrão.

Uma feira chegou à cidade e instalou-se no campo de futebol perto do mercado. Eu e Mui Tsai fomos até lá em pleno calor da tarde, hora em que a patroa cochilava depois do almoço, refrescada pelo ventilador.

Vinte centavos para entrar.

O doce aroma de ovos e bolos de nozes mesclava-se ao cheiro engordurado de peixes fritos em enormes tonéis de óleo. Naquela tarde quente, o alambrado onde jovens convidativas se sentavam à noite, em sorridente fileira à espera de tímidos rapazes que pagassem cinquenta centavos pelo prazer de uma dança vibrante com a moça escolhida, estava deserto.

"Veja a fabulosa mulher jiboia!", anunciava um cartaz com uma gigantesca cobra enrolada numa linda jovem de olhos escandalosamente pintados. Pagamos dez centavos e entramos na tenda. Lá dentro, o ar sufocava. Uma lamparina queimava no ar asfixiante. Uma mulher malaia de meia-idade e de pele opaca estava sentada de pernas cruzadas sobre uma cama de palha dentro de uma gaiola de ferro. Segurava uma cobrinha inútil e tentava de todas as maneiras que a coitadinha se enrolasse em seu corpo, mas o pobre animal se limitava a colocar a língua de fora e depois retornava preguiçosamente para a palha. Aborrecidas e morrendo de calor, saímos apressadas.

Uma máquina de bebidas enchia recipientes esmaltados e pegamos água de coco gelada enquanto Mui Tsai me persuadia a entrar na fila da tenda do vidente chinês. Do lado de fora da tenda, se viam desenhos de diferentes tipos de palma de mão dispostos em diferentes categorias, sua relevância para o destino da clientela explicada em caligrafia chinesa feita com tinta verde. Pegamos ingressos vermelhos e numerados, mas resolvemos entrar juntas para a consulta. A cabeça de Mui Tsai esbarrou no sino de vento à entrada da tenda marrom e entramos ainda rindo do ocorrido.

Um velho chinês de barbicha rala e pontuda sorria enigmaticamente por trás de uma mesa dobrável. A pele dele era muito amarelada e os olhos acentuadamente puxados. Ele apontou para as cadeiras diante da mesa. Sentamos de maneira desajeitada, enquanto colocávamos os recipientes de água de coco no chão e os olhos do homem engoliam as nossas risadinhas tolas. Na mesa, havia um pequeno altar vermelho com incensos acesos e uma pequena imagem de bronze.

Ele elevou a mão direita e disse:

– Que falem os antepassados.

O sino de vento estremeceu suavemente.

Sem nenhuma expressão no rosto, ele examinou primeiro a mão de Mui Tsai, segurando-a com as duas mãos enrugadas enquanto respirava profundamente. Eu e Mui Tsai nos encolhemos e trocamos caretas para aliviar a súbita tensão que se apossou opressivamente da tenda quente. Girei os olhos de um jeito cômico, e ela girou os dela em resposta.

– Dor, muita dor, muita, muita dor – ele gritou com uma voz rouca.

Ficamos assustadas com o grito repentino no silêncio da tenda.

– Você não terá um filho para chamar de seu – acrescentou com uma voz estranha e cavernosa.

O ar ambiente feneceu. Senti que Mui Tsai enrijeceu de pavor. O velho soltou as mãozinhas dela de supetão, como se o tivessem queimado. Depois, voltou os olhos vingativos para mim. Fui pega desprevenida e, amedrontada, automaticamente levei minhas mãos até as dele, que se estendiam à espera. Uma pele áspera como couro fechou-se sobre minhas mãos úmidas de suor. Ele fechou os olhos. Ficou quieto como uma estátua naquele calor sufocante.

– Força, muita força. Você devia ter nascido homem – deteve-se para refletir. Debaixo das pálpebras, os olhos dele se moviam de forma selvagem. – Você terá muitos filhos, mas nunca será feliz. Cuidado com seu filho mais velho. É um inimigo seu de uma vida passada que voltou para puni-la. Você vai passar pela dor de enterrar um filho. Terá um objeto ancestral de grande valor em suas mãos. Não fique com ele nem tente vendê-lo. Pertence a um templo. – Largou minhas mãos e abriu uns olhos inexpressivos e bidimensionais. Olhos que nos olharam completamente vazios. Eu e Mui Tsai nos levantamos apavoradas e chocadas. Meus braços começaram a empolar. O calor era insuportável.

Saímos apressadas aos tropeções e esquecemos os copos de plástico no chão. Olhei para Mui Tsai, e ela estava com os olhos arregalados de medo, as mãos protegendo a barriga. Estava no sétimo mês de gravidez, mas não tinha uma barriga tão grande quanto a minha. Com uma bata folgada, ela podia enganar qualquer um.

– Veja – falei com bravura –, é óbvio que esse homem é uma farsa. Imagine só, ele disse que você nunca terá um filho, sem nem mesmo notar que já está grávida. Jogamos dinheiro fora. Ele só falou besteiras.

– É mesmo, você está certa. Ele deve ser um farsante. Um terrível farsante que adora assustar as jovenzinhas.

Caminhamos em silêncio de volta para casa. Eu tentava esquecer o velho com os lábios que mal se moviam, mas aquelas palavras fantasmagóricas ecoavam em minha mente como a maldição de um estranho. Segurei o meu barrigão de forma protetora. Seria ridículo supor que o meu bebê que ainda nem tinha nascido e que já era tão amado por mim pudesse ser um inimigo meu.

Aquilo não passava de uma das maiores bobagens que eu já tinha ouvido.

E a vida seguiu em frente. Aquilo que meu marido esculpia na madeira tornou-se aos poucos uma face oval. No início, eu olhava para ela todo dia, mas o progresso era tão lento que a minha natureza impaciente logo me fez perder o interesse.

Ah, espere, preciso contar o encontro que tive com uma jiboia de verdade. Aconteceu numa tarde mormacenta, quando eu estava sentada no chão frio da cozinha limpando anchovas. As anchovas eram baratas e abundantes, e eu fazia muitos pratos com elas. Anchovas com *curry*, anchovas com berinjelas, anchovas com leite de coco... Quase sem pensar, acrescentava anchovas em tudo. Enfim, naquela tarde o rosto de Mui Tsai surgiu na janela da cozinha. Ela estava de olhos esbugalhados e gesticulava com as mãos excitadas.

– Rápido, vem ver a jiboia.
– Onde?
– Atrás da casa da Minah.

Corremos até os fundos da casa da Minah e, lá no mato, não muito longe da casa, três garotinhos apontavam para alguma coisa no chão com os olhos brilhando de medo e excitação. Mesmo ciente de nossa presença, uma corpulenta jiboia enrolada parecia incapaz de se mover. O sol e uma farta refeição tinham deixado a fera lerda e pesada. Os malévolos olhos cor de laranja na cabeça com formato de diamante nos observavam sem pestanejar.

Era gigantesca e linda.

Tão linda que eu quis ficar com ela. Não tinha medo de cobras.

Alguns homens se aproximaram aos gritos e começaram a golpeá-la furiosamente na cabeça. O corpo grosso e brilhante se contorceu de dor e depois sangrou até morrer. Desenrolaram a jiboia e mediram o tamanho dela, utilizando a distância entre o extremo da mão e o cotovelo. Disseram que ela media mais de três metros. Depois eles cortaram a barriga e encontraram o corpo de um bode digerido pela metade que sangrava esmagado e quase irreconhecível. Fiquei parada no mesmo lugar, enquanto olhava fascinada para a massa desfigurada de carne avermelhada que cobria o estômago viscoso de líquidos com os cascos e os chifres para fora. Ocorreu-me um estranho pensamento. Pensei que em pouco tempo a minha barriga estaria muito maior. Sem dúvida, a minha barriga crescia com um ritmo que me alarmava. Próxima dos nove meses, estava tão grande e desconfortável que a qualquer momento poderia estourar como um melão amassado.

Finalmente, começaram as contrações. A água verteu de mim como cachaça de arroz em prostíbulo lotado. Senti um formigamento na nuca. Era hora.

Ah, mas fui corajosa. Pedi ao meu marido que fosse buscar a parteira. Depois de alguns segundos com um olhar apatetado e paralisado, ele se mexeu de repente e saiu correndo porta afora. Fui até a janela e o vi pedalando a bicicleta a toda velocidade pelo caminho perigoso e pontilhado de pedras.

Reservei duas toalhas novas e alguns sarongues velhos e impecavelmente limpos na cozinha. Enchi uma panela grande de água e coloquei para ferver. Água limpa para lavar meu filho. Abaixei a cabeça e rezei novamente para ser um menino. Sentei-me no banco enquanto esperava pela chegada do meu bebê e desdobrei uma carta antiga da minha mãe.

Minhas mãos tremeram. Olhei-as, surpresa. Achava que estava sendo adulta e calma. Sete folhas de papel fino de carta farfalharam em minhas mãos como um segredo. Um bonito elfo caminhou sobre as folhas secas. A letrinha caprichada de mamãe tremeu e turvou em minhas mãos.

Uma dor aguda atravessou todo o meu corpo. Minhas mãos tremeram intensamente. Sete páginas finas recheadas de saudades de mamãe com esperanças, preces, amor e desejos tombaram suavemente e se espalharam pelo chão da cozinha.

As dores se sucederam rapidamente. E eu continuava tranquila. Até mamãe ficaria orgulhosa porque estava firme como madeira e reprimia os gritos para que os vizinhos não vissem nem ouvissem nada. Algum tempo depois, estaria na varanda, sem o barrigão e com um bebê nos braços. Seria uma maravilha para todos. Mas uma contração lá dentro do corpo me fez agarrar a barriga desesperada de dor. Gotas de suor escorreram da testa até os lábios. Logo uma outra contração. Cada vez mais rápido.

– Ganesha, por favor, me ajude – orei enquanto mordia os dentes.

O medo era pior que a dor. Medo pelo bebê. Medo de que alguma coisa desse errado. Uma outra contração furiosa sacudiu o meu corpo e comecei a entrar em pânico. Estava de pé dentro de um pequeno templo de Ganesha sem nenhuma alma viva por perto e tocando o sino para o deus me atender. Toquei o sino até as mãos sangrarem.

– Oh, Senhor Ganesha, remova todos os obstáculos, salve o meu bebê – implorei sem cessar.

O bebê chutava dentro da barriga, e lágrimas quentes rolavam de minhas pálpebras estreitamente cerradas.

Amaldiçoei o meu marido lerdo e estúpido. Onde ele estava? Achei que podia estar sentado numa vala em algum lugar. O bebê começou a se movimentar com impaciência dentro de mim, clamando urgência com uma vulnerabilidade perigosa. Formou-se uma pressão dolorosa entre os meus quadris, e um terror devastador fervilhou no meu cérebro.

O bebê estava vindo. Não havia parteira, e o bebê estava vindo.

Sem que ninguém tivesse me avisado, eu estava de pé no olho do furacão. Só podia ser castigo. Tudo estava ficando turvo.

Deus tinha me abandonado.

Comecei a acreditar que estava morrendo. De repente, esqueci os vizinhos e a ideia sedutora de em pouco tempo surgir à varanda sem o barrigão e com o bebê nos braços. Esqueci o orgulho e a bravura. A casca dura de coco do orgulho se quebra facilmente em pedaços quando é arremessada no cimento duro da dor...

A massa trêmula de suor e terror desconhece o orgulho. Agachei como um animal amedrontado e abri a boca para soltar um urro, mas fui golpeada por uma dor repentina que me tirou o fôlego. Já sentia a cabeça do bebê despontando.

– Empurre. Só empurre – soou a voz de uma velha parteira na minha cabeça. Uma voz que fez tudo parecer muito simples. Fácil. A tempestade em meu cérebro se deteve inesperadamente. Era algo mágico. – Empurre. Só empurre. – Agarrei a beirada do banco, respirei fundo e fiz força. Forcei e forcei. A cabeça do bebê estava na minha mão. Hoje já não me lembro dos detalhes daquela batalha solitária e aterradora, mas me lembro do momento mágico em que segurei um bebê quase roxo e cheio de sangue.

Coloquei aquela coisinha coberta de gosma em cima da barriga e a examinei com deslumbramento.

– Oh, Senhor Ganesha, o senhor me deu um menino – agradeci feliz e ofegante.

Como se tivesse feito isso durante toda a vida, peguei uma faca que estava sobre a tábua de corte. Fatiara uma cebola naquela manhã, e a faca ainda estava com sumo de cebola. Agarrei-a com firmeza e cortei o cordão umbilical. O cordão pendeu da barriga do bebê. O bebê se soltou de mim.

Com os olhos ainda estreitamente cerrados, ele abriu a boquinha e começou a urrar com um agudo tão intenso, que me penetrou. Ri de alegria.

– Você simplesmente não podia esperar, não é? – disse, embevecida.

Olhei para aquela criaturinha sem dentes e ridiculamente zangada e pensei que era a coisa mais linda que já tinha visto. A maternidade deixou o corpo de lado e me mostrou a batida furiosa de um coração. E me dei conta de que, por aquela criaturinha enrugada, dali em diante cortaria cabeças de leões, deteria trens apenas com as mãos e escalaria os mais altos picos nevados. Como numa comédia surreal, os rostos esbaforidos de Ayah e da parteira surgiram à soleira da porta. Abri um sorriso largo ao vê-los.

— Pode voltar pra casa — disse com orgulho para a parteira, pensando nos quinze *ringgit* que tinha poupado por não ter precisado dos serviços dela. Sorridente, desviei o rosto com impaciência daqueles semblantes apatetados para sorver a beleza da minha nova e extraordinária criação. O que eu queria mesmo é que eles saíssem, mas, de repente, senti uma pontada no baixo-ventre que provocou uma segunda agonia. A parteira se aproximou rapidamente. Agarrou o meu bebê com muita experiência e o pôs em cima da pilha de toalhas limpas. Em seguida, inclinou-se sobre mim. Suas mãos eram ágeis e precisas no meu corpo.

— Tenha piedade, Alá — ela rogou baixinho antes de se voltar para o meu marido e cochichar. — Tem outro bebê na barriga dela.

E foi assim que nasceu a gêmea do meu filho. Saiu facilmente de mim para os braços da parteira. Era uma velha malaia recomendada por Minah que se chamava Badom.

— Essa parteira tem mãos divinas — tinha dito Minah, e era a pura verdade. Nunca me esquecerei da força que fluía como um rio de suas mãos vigorosas nem da sabedoria confiante que brilhava nas profundezas de seus olhos remelentos. Sabia tudo o que se deve saber sobre mães e bebês. Dentro daquele esqueleto encarquilhado, jazia um vasto conhecimento de tudo que dizia respeito ao assunto. De pepinos proibidos e pó de flores para diminuir o ventre até poções mágicas feitas com urtigas e ervas fervidas para recuperar a antiga forma do corpo.

Ela colocou os dois lindos bebês nos meus braços.

Meu filho era tudo o que eu esperava. Um presente dos deuses. Todas as minhas preces estavam respondidas nos cachinhos negros e no vigor dos berros que atestavam uma saúde perfeita — mas minha filha foi realmente quem me deixou de queixo caído quando a olhei. Não posso deixar de dizer o quão especial ela era. Ultrapassava em muito tudo que eu podia imaginar. Badom ergueu as sobrancelhas ao colocar aquela trouxinha nos meus braços e disse com um ar de admiração.

— Mas os olhos dela são *verdes*. — Ela nunca tinha visto um bebê de olhos verdes em todos os seus anos de parteira.

Olhei extasiada para a pele rosada da menininha e para uma cortina de cabelos lisos e brilhantes que começava a brotar. Claro que em suas veias devia correr o sangue da sra. Armstrong – a avó famosa de minha mãe que muitos anos antes tinha sido eleita para entregar um buquê de flores e apertar a mão enluvada da rainha Vitória. Olhei para a bela criaturinha em meus braços e me dei conta de que todos os nomes que eu e meu marido tínhamos escolhido por horas a fio não serviam. O nome dela só podia ser Mohini.

Mohini era a sedutora celestial das antigas lendas, cuja beleza era tão rara que um gole acidental do líquido de seus olhos profundos enlouquecia até mesmo os deuses. Nas histórias que mamãe contava, todos os deuses, um a um, ficaram cegos de desejo por possuí-la. Na ocasião, eu era muito jovem para saber que a beleza excessiva é uma maldição. A felicidade se recusa a compartilhar a mesma cama com a beleza. Mamãe escreveu para me avisar que não era um bom nome para uma menina. Disse que dava azar. Hoje sei que devia tê-la ouvido.

É quase impossível descrever aqueles primeiros meses. Era como se eu andasse por um jardim secreto, descobrindo centenas e centenas de novas flores, de novas cores, de novos aromas e de formas ímpares. Isso preenchia o meu dia. Eu me sentia feliz da manhã à noite. Extasiada com a beleza dos meus filhos, dormia com um sorriso nos lábios e sonhava enquanto acariciava a pele sedosa deles.

Minha Mohini era perfeita da cabeça aos pés, não tinha imperfeição alguma. As pessoas paravam e olhavam para ela com curiosidade toda vez que saíamos juntos à rua. Depois se voltavam atentamente para mim e para o pai feioso, e as raízes da inveja brotavam em seus corações pequenos. Assumi total responsabilidade pela beleza dela. Eu a banhava com leite de coco e esfregava a pele com gomos de lima. Uma vez por semana, esmagava flores de hibisco em água morna até conseguir uma cor de ferrugem e depois mergulhava o corpinho agitado de minha filha lá dentro. Ela batia as mãozinhas na água e ria e jogava o líquido avermelhado no meu rosto. Mas não quero causar enfado com mais descrições de tudo que fiz para proteger a pele branca como leite de Mohini.

Nenhuma menininha podia ser mais amada. O irmão simplesmente a adorava. Existia um elo especial e invisível entre ambos, mesmo sem traços aparentes de similaridade. Os olhos deles falavam. As caretas se entendiam. E ocorria algo indescritível. Não precisavam terminar as frases porque compartilhavam as pausas. Como se naqueles instantes roubados de puro silêncio se comunicassem em um nível diferente e mais profundo. Hoje, quando fecho os olhos, ainda os vejo sentados frente a frente enquanto socavam arroz no pilão. Calados. Sem precisar dizer uma única palavra. Ele virava a pedra pesada do pilão, e ela empurrava o arroz para a cavidade. Silenciosos e em perfeita harmonia, como se eles fossem uma só pessoa. Eu passava horas observando-os. Todo dia, até tarde. Era um trabalho perigoso. Sempre havia a possibilidade de ter uma das mãos esmagada.

Quando eles estavam sozinhos, tendo apenas um ao outro por companhia, o silêncio fazia um círculo mágico ao redor de ambos chamado "nós" que excluía tudo mais. Lembro-me de algumas ocasiões em que até assistir era desconfortável.

Se eu era espantosamente orgulhosa de minha filha, meu marido simplesmente cultuava o chão por onde ela passava. Ela fazia a alma dele balançar tanto, e o deleite dele era tão profundo, que isso o deixava surpreso e confuso. Ela cabia nas mãos grandes e acolhedoras de Ayah quando era recém-nascida, e ele nunca esqueceu essa sensação. Ele a olhava por horas a fio enquanto ela dormia, quase sem acreditar que aquela maravilha tinha brotado de sua semente. Acordava duas vezes – e mesmo três – no meio da noite e delicadamente trocava-lhe a roupinha quando ela estava úmida de suor. Muitas vezes de manhã, eu encontrava uma pilha de peças embaixo da rede onde ficavam as roupas dela.

Se ela caía e aparecia um machucado de nada, ele a levantava e a aninhava docemente nos braços, e as lágrimas dela se refletiam nos olhos dele. Como esse homem sofria quando ela ficava doente! Ele a amava tanto, que cada dor que ela sentia, por menor que fosse, era como um terrível espinho cravado no fundo do seu singelo coração.

Ele passava horas com ela ainda pequena no colo, enquanto ouviam o chiado das vozes no rádio. Ela ficava enroscando com seus dedos claros uma mecha dos fartos cabelos dele sem suspeitar de que isso era um truque mágico que tinha o poder de transformar gigantes gentis em tolos tagarelas.

O meu menininho recebeu de mim o nome de Lakshmnan. O meu primogênito, lindo, esperto, precioso e, sem dúvida, o meu favorito. Pense comigo, Mohini estava muito além de todos os meus anseios e era como se não a merecesse. Nunca me livrei da sensação de que tinha entrado no jardim de alguém e colhido a sua flor mais bonita sem pedir permissão. Não tinha nada de mim nem do pai. Até mesmo quando a pegava nos braços, me sentia como se a tivesse pedido emprestado e que a qualquer momento alguém bateria à porta para reclamá-la. Por isso, me continha um pouco. Eu me extasiava com a beleza perfeita dela, mas não conseguia amá-la da mesma forma com que amava Lakshmnan.

Ah, de que forma o amava... Como o amava! Erigi um altar no meu coração só para a risada dele. Eu me reconhecia naqueles olhos brilhantes e, quando puxava aquele corpinho inquieto contra o meu, não se sabia dizer onde ele começava e onde eu terminava, porque ele era exatamente como eu. Um verdadeiro chá com leite.

Finalmente, Mui Tsai deu à luz um bebê. Ela o levou lá em casa tarde da noite, enquanto a vizinhança dormia, para me mostrar o quanto era bonito e saudável. Era o garotinho pelo qual ela havia pedido muito no templo vermelho perto do mercado. Era bem gordinho e bem branco e tinha um emaranhado de cabelos negros. Exatamente como ela havia rogado.

– Olhe só, o vidente *estava* errado – exultei de alegria, escondendo o alívio por perceber que o filho dela tinha nascido saudável e vivo.

Se o vidente errara a respeito de Mui Tsai, podia muito bem ser tachado de charlatão e suas previsões reduzidas a cruéis mentiras. Coloquei o dedo na palminha da mão do bebê, e ele se remexeu com energia, agarrando o meu dedo e recusando-se a soltá-lo.

– Olhe só como ele é forte – elogiei.

Ela balançou lentamente a cabeça como se não quisesse provocar os deuses com um orgulho excessivo, mas era visível que estava nas nuvens. A pele brilhava tanto à luz do lampião que era como se alguém tivesse acendido uma lâmpada dentro dela, mas não se podia se gabar da sorte. Essa era a crença. Dá azar, ela disse uma vez. Assim, naquela noite, ela beijara o bebê enquanto reclamava, meio ressentida, de que o menino saudável que tinha nos braços era muito raquítico. Quando ela saiu agarrada àquela preciosa trouxinha, fiquei feliz por ela. Finalmente, tinha algo para chamar de seu.

Um mês depois, ou seja, exatamente no fim do período de resguardo, o patrão deu o bebê de Mui Tsai para a primeira esposa. Ela ficou tão chocada que não conseguiu protestar. Completamente arrasada e impotente para recusar, só lhe restou aceitar o habitual *ang pow*, o envelope vermelho com uma nota novinha de cinquenta *ringgit* dobrada lá dentro, em pagamento.

– Como ele se atreveu? A mãe não tem seus direitos? – perguntei estarrecida.

Entorpecida, ela explicou que se tratava simplesmente de um outro costume chinês antigo e estabelecido, pelo qual a primeira esposa tinha o direito de reivindicar o primeiro filho de qualquer esposa secundária ou de qualquer concubina.

– É uma grande honra quando a esposa mais velha quer o filho de uma Mui Tsai. Acho que foi melhor para o menino. Agora ele terá seu lugar na família sem nenhum problema – acrescentou Mui Tsai com tristeza. Seu pobre coração estava partido e a luz que brilhava dentro dela se apagara.

Fiquei olhando horrorizada para ela. Aquilo era simplesmente monstruoso.

Ela continuou a se sentar comigo na cozinha da minha casa nas noites em que não conseguia suportar os chamados solitários de um lêmure na árvore rambutã e ainda escalava a minha janela com sua velha agilidade, mas tudo tornara-se diferente. A garota que ria com malícia de tudo se fora e no lugar dela ficara um rosto redondo e perdido. Como um bichinho abandonado, ela se sentava à minha cozinha com o queixo enterrado na palma das mãos. Às vezes refazia toda a cena de quando o bebê foi tirado dela.

– O que esperava? Ser mais importante que a primeira esposa? – jogara-lhe na cara com desdém a abominável patroa.

Mui Tsai me olhava com bravura e garantia que não esperava ser mais importante que a primeira esposa. É claro que conhecia o lugar que ocupava. Era uma Mui Tsai. Pobre Mui Tsai. Eu tinha os meus dois lindos bebês, e ela, a certeza de que outra mulher carregara o seu filho. De vez em quando, ela olhava os gêmeos dormindo tranquilos debaixo das cobertas de algodão, e lágrimas amargas rolavam em seu rosto. Ela fungava, secava as lágrimas com a ponta das mangas e dizia com uma voz submissa:

– Foi vontade dos deuses.

Então, um dia, ela engravidou novamente. O patrão, todo prosa com o segundo indício da fertilidade masculina, prometeu prontamente que daquela vez ela poderia ficar com o bebê. A primeira esposa deixou de aparecer para visitas, e Mui Tsai considerou isso um sinal. Havia aprendido bem a lição. Falta de notícias da velha matriarca era uma boa notícia.

Parei de amamentar e também engravidei. Eu e Mui Tsai estávamos unidas outra vez, jogando xadrez chinês e rindo baixinho sob a luz difusa do lampião de querosene da cozinha. Enquanto a patroa dormia pela tarde, ela se sentava no peitoril da minha janela e sonhávamos juntas. Sonhos impossíveis, com nossos filhos no topo. Em outras tardes, ela me ajudava a desenterrar tubérculos. Nós os lavávamos para tirar a lama, cozinhávamos e depois os comíamos ainda pelando. Nessas ocasiões, ela suspirava e declarava dramaticamente que seus únicos momentos felizes eram na minha cozinha, mas, à medida que a hora do parto se aproximava, ela se tornava cada vez mais agitada. Os ancestrais se remexiam lá no fundo do coração dela, relembrando-a da profecia que dois anos antes lhe fora feita dentro de uma tenda. Um batalhão de parentes mortos se apresentava de braços esticados, desejando que ela ficasse sem o filho. Será que o patrão tinha feito uma promessa vazia?

Muitas vezes, ela acordava no meio da noite com o coração apertado. Saía da cama e se retirava do quarto, à procura da luz do meu lampião de querosene em meio à escuridão da noite. E suspirava de alívio quando via que estava aceso, fechava a porta do quarto com cuidado e caminhava em direção à luz. Mesmo pesada, muito pesada pela gravidez, escalava a janela baixa da minha cozinha. Até hoje, o passado me traz a voz doce dela, dizendo nitidamente:

– Lakshmi, você é minha luz na noite.

Eu sempre me alegrava quando via o rosto redondo dela. Às vezes cochichávamos, outras vezes simplesmente compartilhávamos o silêncio. Hoje, quando penso naquele tempo, me dou conta do quão precioso foi. Se naqueles dias soubesse o que sei agora... Teria soprado na orelha dela o muito que a amava. Teria dito que ela era a minha melhor amiga. Gostaria de ter dito: "Você é minha irmã, e minha casa é sua casa." Talvez eu fosse jovem demais, talvez estivesse absorvida no exercício egoísta da maternidade... Tinha nossa amizade como garantida e não pensava em mais nada. Sem nenhum motivo aparente, vez por outra ela caía em prantos e dizia com um farrapo de voz:

– Nasci sob uma estrela ruim.

Mui Tsai deu à luz um outro menino. Disse para mim que ele tinha cabelos fartos e negros. E que sorria para ela. No primeiro dia, o manteve bem pertinho do peito. No segundo dia, a patroa foi até o quarto dela. Com um brilho despeitado nos olhos, contou para Mui Tsai que o bebê da irmã mais velha tinha morrido um mês antes e que o dever delas era se sacrificar e ajudar a irmã mais velha. Era obrigação de Mui Tsai dar o filho para aquela mulher sofredora. O choque por ter ouvido que o primeiro filho tinha morrido foi maior que a ideia de desistir do segundo. No fundo do coração, Mui Tsai sabia que o primeiro filho morrera de melancolia.

Ela estava pálida, mas de olhos secos, quando a maliciosa mulher teve a audácia de lhe dizer.

– Você é jovem e muito fértil. Tem muito mais bebês na sua barriga.

– A senhora vai ficar com todos? – perguntou Mui Tsai tão baixinho, que certamente a terceira esposa não ouviu.

Dois meses depois, Anna chegou ao meu mundo quente, frio e convulsionado pela malária; chegou na cor de caramelo e de olhos redondos. As noites eram um horror. Primeiro, era uma febre que provocava delírios e depois tremores incontroláveis cobertos de suor. Enfraquecida durante o dia por trás da neblina de quinino, eu apalpava as crianças nos braços de Mui Tsai. Por dezessete dias, Ayah foi uma sombra andante, e as crianças, pontinhos brilhantes que cochichavam à cabeceira da cama. Às vezes sentia os lábios frios e rijos do meu marido sobre minha pele viscosa, outras sentia dedinhos curiosos cutucando o meu rosto, mas sempre me parecia mais fácil fugir e mergulhar na escuridão do esquecimento. Quando a doença se foi, eu estava sem leite, e meus seios eram pequenas pedras debaixo da pele. Descobri com dedos investigativos que estavam duros e doloridos. Eu me sentia deprimida e fraca. A única pessoa que conseguia extrair um sorriso de mim era o meu querido Lakshmnan.

Olhava para a pequena Anna e sentia pena. Coitadinha. Nem ao leite da mãe ela teve direito, mas era um bebê bonzinho, muito bonzinho, e tinha olhos grandes e brilhantes, e me senti outra vez agradecida por mais um filho ter escapado dos genes do meu marido feioso. Deitada lá na cama, observava quando Ayah pegava a filha com todo cuidado, como se temendo que escapulisse de suas mãos ou que a machucasse, esquecendo que desde o início segurou Mohini como se fosse uma parteira experiente.

Mui Tsai estava completamente apaixonada pelo novo bebê. Agia com Anna de um modo com que nunca agira com Lakshmnan e Mohini. Encantava-se com qualquer detalhe.

– Olhe só a linguinha dela. É tão bonitinha! – exclamava com o rosto redondo iluminado por um grande e singelo deleite. Um dia, cheguei do mercado e flagrei-a amamentando Anna. Olhou-me com um ar culpado. – Desculpe, é que ela estava chorando de fome.

Em um segundo, percebi por que Anna detestava leite de lata. Ouvi a explicação de Mui Tsai com as orelhas pegando fogo. Ouvi quando ela disse que seu leite tinha secado quando lhe levaram o bebê e que seus seios se encheram novamente quando escutou o primeiro choro de Anna. A partir daí, a blusa dela manteve-se molhada de forma desconcertante na frente do meu desajeitado marido.

Claro. Até então não me passara pela cabeça que ela é que alimentara Anna durante os dezessete dias em que delirei de febre. Tive de fazer um esforço enorme para reprimir uma repulsa instintiva pelo fato de uma outra pessoa ter amamentado minha filha. Disse para mim mesma que a terrível perda de Mui Tsai é que a tinha feito tomar tal liberdade. Entendi. Pelo menos, tentei me convencer. Eu queria ser magnânima. Ela havia perdido tanto. Que mal havia em alimentar minha filha? Meus seios continuariam secos e os dela estariam cheios por muitas semanas mais. E dessa maneira Anna mamou com sua boquinha rosada nos seios pequenos e pouco desenvolvidos de Mui Tsai. A maternidade é algo estranho. Dá e tira tanta coisa. Eu devia ter agradecido, mas não agradeci. Mesmo não tendo dito nada, não fui grande o bastante para superar o problema.

Erigi um muro baixo entre nós duas.

Não era um muro alto, mas toda vez que a coitada queria se aproximar de mim, ela era obrigada a escalá-lo. Hoje me arrependo de ter erguido esse muro. Eu era a única amiga dela e lhe virei as costas. Claro que agora é tarde demais. Costumo aconselhar aos meus netos que nunca ergam muros, porque, uma vez erguidos, se agigantam. É da própria natureza do muro continuar se levantando sozinho até ficar tão alto, a ponto de não poder ser mais escalado.

Mohini estava com três anos de idade quando pegou um resfriado. Em menos de uma semana, o resfriado se transformou numa assustadora asma. Pequena e indefesa, recostada em três travesseiros na minha cama grande e prateada, com os olhos apavorados e a boca formando uma linha cadavérica azulada, ela se esforçava para respirar. Lá dentro do peito, ouvia-se o chacoalhar de uma perigosa serpente que fingia ser um brinquedo de criança. O chocalho da serpente fazia o meu marido chorar.

Recorri a todos os remédios tradicionais possíveis e imagináveis, e a tudo mais que as senhoras do templo recomendaram. Esfreguei-lhe bálsamo de tigre no peito, a fiz passar aos berros pela fumaça de ervas pungentes e obriguei-a a engolir pequenas pílulas negras ayurvédicas. O pai dela enfrentou uma dura viagem de ônibus até Pekan só para comprar pombos verdes. Os pombos pareciam adoráveis dentro da gaiola, arrulhavam e esticavam as cabecinhas, mas não tive dó e cortei-lhes a cabeça com os corpos se debatendo sob a palma de minha mão. A pequena Mohini teve de comer aquela carne roxa temperada e assada com cravos-da-índia, açafrão e veronica virginica. Depois, a primeira esposa da confusa família vizinha trouxe insetos secos embrulhados em folha de jornal. Uma inspeção apurada deixou à mostra a presença de percevejos, formigas, abelhas, baratas e gafanhotos emaranhados pelas pernas, tão secos e rijos que se enganchavam uns nos outros e espetavam o papel que os envolvia. Cozinhei os insetos até que a água acastanhada da fervura diminuiu para um terço do volume original e em seguida despejei pela goela de minha filha. Tudo em vão.

Em alguns momentos de pavor, ali pelo final da noite, ela azulava pela falta de oxigênio. Um médico do precário hospital da região receitou pequenas pílulas cor-de-rosa que provocaram tremores incontroláveis nela. Eram tremores que me aterrorizavam mais que o chocalho da serpente no peito. Passaram-se dois dias infernais. Ayah enterrava as mãos na cabeça como um velho carente e indefeso. O rádio permanecia em silêncio. Ele se culpava. Ayah era que a tinha levado para passear e deixou-a se molhar na chuva.

Eu queria culpá-lo, mas ninguém era culpado. Eu é que tinha pedido que ele levasse as crianças para passear. Só me restava rezar. E como rezei! Passava horas de joelhos no chão frio do templo e rolava por ele para mostrar a minha profunda devoção. Nos meus clamores, dizia que eu não passava de um inseto e rogava pelo socorro de Deus com tal fervor que decerto o bom Senhor não me abandonaria naquela hora.

Na terceira tarde, Mui Tsai adentrou pela cozinha com uma ideia mirabolante. Parei de mexer as lentilhas que estava cozinhando com iogurte, apalpei a barriga que aumentava com uma nova gravidez e ouvi, em meio ao choque e ao descrédito, as palavras atropeladas e excitadas que lhe saíam da boca. Antes mesmo de terminar, eu já balançava a cabeça em negativa.

– Não – disse; porém, sem convicção. A verdade era que estava pronta para tentar qualquer coisa. Só precisava ser persuadida.

Ela não perdeu tempo.

– Vai dar certo – insistiu com veemência.

– É uma ideia nojenta. Ai, que nojo. Quem foi o infeliz que teve essa infeliz ideia? Mas...

– Vai dar certo. Por favor, tente. O *sinseh*, o médico do meu patrão, é muito bom mesmo. Veio direto de Xangai.

– É uma ideia impossível. Como é que a coitadinha vai fazer isso? Pode perder o pouco fôlego que tem. Pode se assustar tanto, que talvez até morra.

– Você tem que tentar. Não quer vê-la curada dessa terrível doença?

– Claro que quero, mas...

– Então, tente.

– É um rato comum?

– Não, claro que não. É um rato de criação, daqueles que têm olhinhos vermelhos. É recém-nascido, não tem pelo. É cor-de-rosa e do tamanho do meu dedinho.

– Mas ela tem que engoli-lo vivo?

– Ao nascer, ele fica sem se mover por um tempo. Mohini pode engoli-lo com um pouco de mel. Você não diz pra ela o que é.

– Tem certeza de que isso realmente funciona?

– Tenho, sim, muita gente na China faz isso. Esse *sinseh* é muito inteligente. Não se preocupe, Lakshmi. Vou pedir ajuda para a patroa Soong.

– Quantos ratos ela terá que engolir?

– Só um, está bem? – ela respondeu prontamente.

A pequena Mohini, porém, não teve de engolir o rato vivo de Mui Tsai. O pai dela não deixou. Pela primeira vez desde que o tinha conhecido, os pequenos olhos negros dele faiscaram de fúria.

– Ninguém vai alimentar minha filha com um rato vivo. Cambada de bárbaros – ele esbravejou antes de se retirar para ver Mohini e lá retornar ao seu estado pacífico e quieto.

Ayah odiava ratos. A mera visão deles, mesmo a distância, repugnava-o intensamente. Por alguma razão desconhecida, Mohini começou a se recuperar e, em poucos dias, estava melhor e não precisei me valer dos filhotes de ratos criados de um modo especial até muitos anos mais tarde.

Sevenese veio ao mundo ao romper da meia-noite. Na hora em que nasceu, o encantador de serpentes tocava a flauta, e as notas doces e solitárias que o acompanharam no parto foram quase um augúrio para a pessoa estranha que ele se tornou. Estava vermelhinho quando a parteira o embrulhou numa toalha e o estendeu para mim. O sangue corria por uma rede de veias delgadas e verdes debaixo de uma pele transparente. Quando ele abriu os olhos, eram escuros e estranhamente alertas. Soltei um outro suspiro de alívio. Não se parecia com meus enteados.

Desde pequeno, Sevenese tinha sempre um sorriso triunfante estampado no rosto e uma resposta na ponta da língua. Os cabelos encaracolados e o sorriso maroto o tornavam irresistível. No início, me enchia de orgulho pela rapidez de sua mente. Mas muito cedo ele se viu atraído por tudo que não era comum. A casa do encantador de serpentes na curva da estrada o puxava como um ímã. Mesmo proibido de ir lá, ele escapulia e por horas e horas era tentado e atormentado pelos estranhos amuletos e poções daquela casa. Em dado momento, estava no quintal e de repente já tinha desaparecido rumo àquela casa horripilante. Dentro dele, faltava alguma coisa ou havia alguma coisa incompleta ou diferente que o impelia a procurar e procurar e nunca achar. Muitas vezes, ele entrava correndo pela cozinha no meio da noite, despertado por sonhos mórbidos que me arrepiavam os cabelos. Panteras gigantescas de olhos brilhantes e alaranjados que pulavam pelo peito dele com rugidos horrendos e logo se voltavam e se banqueteavam à frente. Uma vez, assistiu à minha morte. Ele me viu dentro de uma caixa. Havia moedas sobre as pálpebras dos meus olhos fechados, e pessoas desconhecidas caminhavam ao redor dessas moedas com incensos acesos nas mãos. Velhas senhoras entoavam canções de devoção com um tom rouco. Mohini já estava crescida e chorava num canto com uma criança no colo. Até então, ele nunca tinha visto um funeral hindu, mas o descreveu com tantos detalhes que me deu um frio na espinha. Ele estava bem além de minha compreensão.

Anna estava com dois anos e meio no dia em que fui à horta e levei um susto que me paralisou. Ela estava enfiada no *samfu* azul e branco de Mui Tsai. Espantei-me, porque achava que Mui Tsai não estava mais amamentando a minha filha. Aquele segredo me soou como uma traição. Não me passou pela cabeça que era normal que uma criança de dois anos continuasse a mamar no peito. A raiva emergiu da lama negra do meu estômago. O ressentimento incendiário me fez esquecer que eu tinha mamado no peito de minha mãe até quase oito anos. Palavras feias e cruéis agruparam-se na minha garganta. Palavras que amargaram a minha boca. Abri os lábios, mas de repente notei que Mui Tsai estava alheia à minha presença e tinha os olhos fixos no horizonte distante, e as lágrimas que rolavam no rosto sofrido dela eram tão angustiadas que isso me fez sair e morder a língua. O sangue disparou em minhas veias. Ela ainda era minha amiga. Minha melhor amiga. Engoli o meu próprio veneno.

Fiquei de pé atrás da porta da cozinha, respirei fundo e depois chamei Anna com a voz mais normal que pude encontrar. Ela chegou correndo e estampava no rosto nada mais que pura inocência. Não havia traição da parte dela. Em meu peito, o bicho da inveja ainda se mexia. É um bicho impiedoso. Nunca saberei por que o guardamos tão perto do coração. Ele finge perdoar, mas nunca perdoa. Imobilizado diante de lobos agachados à espera no futuro destruído de minha amiga ou dos corvos negros do desespero que lhe sobrevoavam a cabeça em círculos, ele soprava no meu ouvido que ela desejava roubar minha filha. Abracei minha pequena Anna com força. Ela me deu um beijo molhado.

– Tia Mui Tsai está aqui – disse.

– Que bom – retruquei calorosamente, mas daquele dia em diante relutei em deixá-la sozinha com Mui Tsai.

O tempo queimou os meses como incensos acesos e deixou cinzas tênues e brancas em meu corpo, transformando-o. Já estava com quase dezenove anos. Uma mulher. Meus quadris tinham aumentado com as gestações, e meus seios estavam macios e cheios de leite. O rosto também estava mudando. Os ossos da face apareciam. Os olhos adquiriam um novo brilho de segurança. As crianças cresciam com rapidez e enchiam a casa de risadas e gritinhos infantis. Eu me sentia feliz. Era uma sensação boa me sentar lá fora no final da tarde para observá-las enquanto brincavam, com as fraldas brancas, os shorts de Lakshman e os vestidinhos de Mohini balançando no varal. Eu me abraçava à certeza de que tinha feito uma bolsa de seda de uma orelha de porca. Meus filhos eram maravilhosos, nenhum deles se afligia com as coisas que afligiam os meus enteados.

Mui Tsai tinha cortado seus longos cabelos à altura dos ombros. Nós duas estávamos grávidas novamente. Naquele tempo, qualquer descuido no escuro terminava em anos de responsabilidade e sofrimento. Os olhos grandes e redondos do pequeno Sevenese observavam Mui Tsai enquanto ela andava com os passos pesados de uma condenada.

Dessa vez, o patrão realmente se comprometera.

– Agora ele parece sincero – dizia Mui Tsai.

Não havia nada que eu pudesse fazer ou dizer. Ela me olhava com um entorpecimento e um vazio nos olhos desconhecidos por mim. Era como se fosse um animalzinho preso numa armadilha. Mesmo sob a sombra projetada pela minha lamparina, os gritos penosos de seus olhos brilhavam em silêncio. Antes falávamos de tudo.

Até dos segredos do leito conjugal, nada era grande demais para ser um segredo entre nós. Agora havia o meu muro silencioso e do outro lado ela continuava triste, sozinha e observando. Eu tinha o meu bando de filhos, e ela, visitas do patrão e gestações vazias.

Mas ainda éramos amigas, dizia para mim mesma, se bem que teimosamente me recusava a derrubar o muro. Quando se é jovem, é difícil derrubar um muro que foi erguido com os tijolos vermelhos do egoísmo e o cimento cinzento do orgulho.

Depois que ela deu à luz, passei a deixar o lampião de querosene aceso até tarde da noite, e me mantinha na janela na tentativa de ouvir passos e uma voz melodiosa que perguntaria baixinho: "Você ainda está acordada?" Passaram-se semanas e o rosto redondo dela não apareceu à minha janela. Claro que lá no fundo do coração eu sabia o que tinha acontecido. Vira-a um dia por acaso. Eu já estava com a gravidez avançada e de minha varanda a vi sentada na cadeira verde de pedra com os cotovelos apoiados na pesada mesa de pedra. De cabeça baixa, olhava fixamente para o chão. Os cabelos lisos pendiam para a frente e lhe escondiam o rosto. Calcei os chinelos e me aproximei de forma desastrada do muro que circundava a propriedade do Velho Soong. Eu a chamei, e ela virou a cabeça, entorpecida. Por alguns segundos, limitou-se a me olhar. Era como se nunca tivesse me visto. Era uma outra pessoa que estava ali. Depois, levantou-se com relutância e caminhou na minha direção.

– O que houve? – perguntei, já sabendo a resposta.

– A segunda esposa ficou com o bebê – ela disse com indiferença. – Mas o patrão falou que poderei ficar com o próximo. Cadê a Anna? – perguntou, exibindo então um traço de emoção no rosto.

– Vamos lá em casa para vê-la. Está crescendo bem rápido.

– Qualquer dia desses, apareço para uma visita – ela disse baixinho, com um leve sorriso. – Agora é melhor você sair daqui antes que a patroa a veja. Até logo.

Rapidamente as cortinas de uma das janelas entreabriram-se e fecharam-se. E, antes que pudesse me despedir, Mui Tsai já estava de volta a casa. A preocupação com ela não me absorveu por muito tempo, porque naquela noite recebi a notícia de que o meu marido tinha sofrido um acidente. Estava indo de bicicleta até o banco e colidiu com uma motocicleta. Engoli a notícia de que ele estava inconsciente no hospital como uma coisa sólida. Como uma pedra marrom de beira de estrada. Insossa e pesada, mas viscosa.

A pedra ainda pesava no meu estômago quando tomei um táxi com as crianças rumo ao hospital. Estava muito mal e apavorada. A ideia de criá-las sem um arrimo de família se agigantou como um enorme buraco à frente. Entrei com as crianças no setor de emergência e ajeitei-as em um dos bancos compridos da sala de espera. Elas se apertaram entre uma mulher que gemia e um homem com um caso terrível de elefantíase. Deixei-as, enquanto olhavam impressionadas para a perna monstruosamente inchada do pobre coitado, e segui corredor adentro. Lá, avistei o corpo de Ayah ainda deitado sobre uma maca encostada na parede. Corri na direção dele, mas, quanto mais perto chegava, mais apavorada ficava. Um corte abrira-lhe a cabeça como um coco e vertia muito sangue, um sangue que melava os cabelos, molhava a camisa e empoçava a cabeça estendida. Em toda minha vida, nunca tinha visto tanto sangue. No seu rosto ensanguentado, os quatro dentes frontais que eu tanto criticara no dia do nosso casamento tinham desaparecido. Fez-se em mim um buraco mais negro que o rosto dele, mas o que mais chocava era a sua perna. O osso quebrado estava exposto e trespassava-lhe a carne rosada. A visão daquilo me deixou atordoada e prestes a desmaiar. Tinha de me agarrar em qualquer coisa para não cair. A coisa mais próxima era a parede do corredor e ali me apoiei pesadamente. Com a solidez da parede às costas, o chamei pelo nome, mas ele estava inconsciente.

Alguns enfermeiros surgiram apressados pelo corredor e logo empurraram a maca para dentro da sala de emergência. Continuei apoiada na parede, ainda aturdida. As pernas bambearam. O bebê chutou lá dentro da barriga, e lágrimas se formaram nos meus olhos. Olhei para o banco onde estavam as crianças e elas, sentadas e quietinhas, me olharam com olhos arregalados de pavor. Sorri para elas e voltei para o banco. Os meus joelhos tremiam como gelatina. Elas se agruparam em volta de mim.

Lakshmnan enlaçou-me o pescoço.

– Ama, a gente pode ir embora agora? – ele sussurrou com um fiapo à toa de voz.

– Daqui a pouco – falei com uma voz trêmula, abraçando-lhe o corpinho com tanta força, que ele deu uma choramingada. As crianças esperaram durante horas.

Saímos do hospital tarde da noite e sem nenhuma notícia. Ele ainda estava inconsciente. Dentro do jinriquixá, os gêmeos me olharam com rostinhos solenes. Anna caiu no sono chupando o dedo, enquanto o pequeno Sevenese resmungava feliz. Observei as crianças e senti perfeitamente o que tinha sentido uma viúva que se jogara num poço junto com seus dezesseis filhos. A ideia de criar as crianças sem ajuda de ninguém me deixava apavorada. Era como caminhar aos tropeções por um túnel escuro com as vozes dos meus filhos ecoando ao redor.

Alimentei a todos como um zumbi e coloquei-os na cama. Estava chocada demais para comer e me sentei no banco para olhar as estrelas.

– Por que eu? – perguntei sem cessar. – Por que, meu Deus, o Senhor põe tanto sofrimento no meu caminho? – Naquela noite, esperei por Mui Tsai e senti muita falta por ela não ter vindo.

Na manhã seguinte, alimentei as crianças depois que acordaram e fomos para o hospital. Lá, jazia no leito um homem pálido e inconsciente e enfaixado. Voltei com as crianças para almoçar em casa e, impossibilitada de enfrentar a viagem de volta ao hospital, caí em prantos. Naquela tarde, fui com elas até o templo. Deixei o pequeno Sevenese sentadinho no chão frio e alinhei os outros a minha frente para orarmos juntos.

– Por favor, Ganesha, não nos castigue agora. Olhe só para eles – implorei. – São tão inocentes e tão novinhos. Por favor, traga o pai deles de volta.

No dia seguinte, não recebemos notícias. Ele continuava inconsciente.

Quando dei por mim, alguém tinha colocado os braceletes de vidro da preocupação e do medo em minhas mãos. Captavam a luz e refletiam à longa distância. Distraída pelo tilintar de tais braceletes, fiz o impensável. Deixei de me alimentar. Esqueci o pequeno ser que carregava no ventre. Deixei o meu bebê passando fome durante quatro dias. No quinto dia, acordei desorientada e com o corpo todo dolorido no meu banco.

Fiquei olhando para os meus filhos que comiam a papa de batata-doce roxa, a que eles mais gostavam. Quando se está sozinha e apavorada, a visão dos filhos enquanto se alimentam é de partir o coração. Eles comiam de boca aberta enquanto a papa girava em suas linguinhas rosadas. A camisa branca de Sevenese cobriu-se de papa de batata roxa. Ao olhá-los tão novinhos e tão despreocupados, me senti ainda mais apavorada. No dia seguinte, faria dezenove anos. Lágrimas se formaram nos meus olhos e turvaram a pintura melancólica das crianças, a virtuosa bagunça e os dentinhos delas. De vez em quando, um rosto gritava, e o dono dele se colocava à parte, planejando coisas terríveis, vendo coisas terríveis. Era justamente o que estava acontecendo comigo. Eu olhava a distância todos os sonhos e expectativas que tinha nutrido indo por água abaixo. Assistia à desintegração da carne dos meus sonhos. Era uma visão assustadora. E, quando desviei o olhar dessa terrível visão, o meu destino espreitava de um canto, os meus sonhos descarnados estavam aprisionados dentro da caixa de ferro do destino.

O medo irrompeu violento.

Corri até o quarto de orações. No altar, mergulhei um dedo trêmulo no pote de prata de *kum-kum* vermelho e marquei um ponto tão grande, tão largo, que quase cobriu a minha testa.

– Veja, veja – gritei para o quadro de Ganesha. – Ainda tenho um marido. – Ele me olhou serenamente de volta. Todos os deuses para quem rezei demais por todos aqueles anos me olharam de volta com a mesma expressão de gratidão interior. E durante todos aqueles anos, considerei erroneamente aquele meio sorriso como uma magnanimidade gentil. As emoções violentas de dentro de mim se fizeram palavras iradas em minha língua. – Leve-o, se quiser. Dê-me de presente uma viuvez – desafiei raivosa com uma voz incoerente, enquanto esfregava o ponto vermelho na minha testa. – Continue – gritei com força –, mas não se atreva a pensar que vou afogar meus filhos em algum poço e acabar com minha vida. Seguirei em frente. Vou sustentá-los e farei deles gente de valor. Faça isso então. Leve o homem inútil. Fique com ele, se quiser.

Por mais incrível que pareça, no instante em que fechei os lábios para palavras rudes e feias como essas, juro que alguém me chamou do lado de fora da casa. À porta, encontrava-se uma mulher que eu conhecia lá do templo e que trabalhava como faxineira no hospital. Era para me dizer que o meu marido estava consciente e que tinha perguntado por mim e pelas crianças quando despertou.

Confusa, olhei para ela. Seria uma mensageira de Deus? Logo notei que olhava fixamente para minha fronte lambuzada de vermelho e me lembrei que fazia três dias que não tomava banho.

– Vou tomar um banho rápido – disse-lhe com o coração batendo acelerado. Hienas passaram no alto com flores celestiais nas presas. Deus tinha respondido às minhas preces. Ele me ouvira. Eu estava em êxtase. Deus só estava brincando comigo, tal como eu brincava com meus filhos.

Despejei um balde de água fria na cabeça e, a certa altura, não consegui respirar. Talvez pelo choque da água fria no meu corpo enfraquecido ou porque tinha passado quase cinco dias sem me alimentar, mas o fato é que meus pulmões congelaram. Simplesmente recusaram o ar. Os joelhos amoleceram e caí no chão molhado com as mãos batendo em sinal de socorro. A mensageira de Deus saiu correndo para me ajudar. Em vez de espanto, os olhos dela refletiam horror. Uma grávida completamente nua com os lábios azulados e o semblante contorcido se retorcia no chão do banheiro. De repente, tudo ficou escuro, mas lembro-me de ter visto com nitidez as bordas do sari verde-claro da mensageira tornando-se verde-garrafa ao entrarem em contato com a água. Ela me puxou com alguma dificuldade e fez força para me pôr de pé. Meus membros molhados escorregavam de suas mãos pequenas. Aterrorizada e achando que estava morrendo, apoiei-me na parede cinzenta e respirei como um peixe até que os músculos do peito se afrouxaram de maneira inexplicável, e a opressão se dissipou. Pude então fazer pequenas tomadas de ar. A mensageira cobriu-me o corpo com uma toalha e aos poucos reaprendi a respirar normalmente como todos os filhos de Deus. Não demorou muito e meus filhos me rodearam assustados e traumatizados, soluçando e chorando.

Alguns dias depois, nós o levamos para casa. E algumas semanas depois, ele pegou um jinriquixá e foi trabalhar. Lentamente as coisas voltaram ao normal, exceto por um leve chiado em meu peito nas noites frias.

Levei um grande susto quando Jeyan nasceu. Ele tinha olhinhos obtusos num rosto grande e quadrado e membros dolorosamente curtos. Beijei com delicadeza as pálpebras daqueles olhinhos semifechados e esperei pelo melhor, mesmo sabendo que o melhor não estava reservado para ele. A vida lhe daria o mesmo tratamento que deu ao pobre pai dele. Não fazia ideia de que eu acabaria sendo o instrumento que a vida usaria para atormentar o meu próprio filho. Na cabeça de Jeyan, Deus se limitou a colocar umas poucas palavras com espaços enormes entre elas. Só falou quando estava com quase três anos. E se movia como pensava: bem devagar. Fazia-me lembrar dos meus enteados que eu tinha exilado com muito êxito num canto escondido da mente. Às vezes era tomada pela culpa e me perguntava se o terrível choque que experimentara no banheiro quando despejei água fria na cabeça era que tinha causado a condição dele ou se tinham sido as pulseiras de vidro que me fizeram esquecer de comer.

Mohini o achava encantador. Colocava aquele corpinho escuro e silencioso no colo e lhe dizia que a pele dele era tão azul quanto a do bebê Krishna. Ele a olhava com curiosidade. Era um observador. Seguia com os olhos de um gato todos os movimentos de quem estivesse por perto. Eu me perguntava o que se passava pela cabeça dele. Ao contrário dos meus outros filhos, ele se recusava a sorrir. Cócegas só provocavam um riso involuntário, mas definitivamente ele não exercia a arte de sorrir.

Oito meses depois do nascimento de Jeyan, Mui Tsai teve outro bebê. A criança gritou até ficar roxa quando a primeira esposa chegou para reivindicá-lo. Seria um companheiro para o primeiro filho "dela" que começava a ficar mimado e rebelde pelo fato de ser filho único.

A passagem de dezembro não trouxe apenas as chuvas noturnas, mas também um novo bebê para mim. A sra. Gopal estava presente no parto e foi de uma objetividade ímpar:

– É melhor comer menos caramelos caros e começar a poupar para o dote da criança – avisou, balançando as chaves dependuradas na anágua.

A minha pobre filha tinha cor e textura de chocolate amargo. Lalita, mesmo ainda bebezinho, era extraordinariamente feia. Os deuses estavam se descuidando com seus presentes. Primeiro, Jeyan, e agora o ratinho que me olhava com olhos cheios de pesar. Eles me olhavam com os olhos de uma velha exaurida como se dizendo: "Oh, sua pobre tola. Se ao menos você soubesse o que sei." Era como se Lalita já soubesse da infelicidade que a aguardava.

Decidi então que a minha prole estava completa. A panela estava cheia. Não haveria mais momentos de descuido na escuridão. Os meses trouxeram um pouco de carne para o corpo de Lalita. Os membros magros se agitavam pacificamente em seu corpo. Era quieta como o pai. Nunca demonstrou afeição com exuberância, mas acho que amava Ayah de forma incondicional. Visivelmente tímida e inatingível, vivia em seu próprio mundo de fantasia. Passava horas na horta, revirando folhas e pedrinhas, espiando debaixo e cochichando segredos para as coisas invisíveis que lá estavam. Depois que cresceu, foi abandonada pelos amigos invisíveis e a vida tornou-se muito dura com ela, mas suportou todas as agruras que lhe caíram em cima sem opor a menor resistência. Sem reclamar em nenhum momento.

Ao completar um ano e meio de idade, Jeyan se cansou de engatinhar e quis ficar de pé, mas as pernas eram muito fracas para suportar o peso dele. Mamãe me aconselhou a cavar um buraco na areia e deixá-lo ali. Disse que, se ele ficasse assim, os membros se fortaleceriam pouco a pouco. Cavei um buraco de mais ou menos quarenta e cinco centímetros de profundidade na frente da janela da cozinha para poder vigiá-lo enquanto cozinhava e o colocava nesse buraco pela manhã, deixando-o ali durante horas. Geralmente Mohini sentava-se ao lado dele para lhe fazer companhia. Aos poucos, os membros se fortaleceram, até que um dia ele conseguiu ficar de pé, sustentado pelos próprios pés.

Lakshmnan e Mohini entraram para a escola quando estavam com seis anos. De manhã, frequentavam a escola principal para aprender inglês e, de tarde, aprendiam a ler e escrever a língua tâmil na escola nacional. Lakshmnan vestia short azul-marinho e camisa branca de mangas curtas, enquanto Mohini vestia um avental azul-marinho com uma blusinha branca por baixo. Meias brancas e sapatos brancos de lona completavam os uniformes. Eles me acompanharam de mãos dadas. Meu coração bateu cheio de orgulho ao vê-los tão excitados. Primeiro dia de aula. Para mim também. Nunca fora à escola e estava feliz por ter podido dar a eles algo que nunca tivera. Saímos de casa bem cedinho para irmos primeiro ao templo. Naquela manhã fria, colocamos os livros da escola no chão do santuário para que fossem abençoados. Lakshmnan tocou o sino e quebrei um coco pedindo bênçãos.

Eu estava com vinte e seis anos e Lalita, com seis, quando chegou um cartão do meu tio, o negociante de mangas. A filha dele ia se casar e todos nós éramos convidados para o casamento. Meu marido estava esgotado demais para viajar e não pôde ir. Enfiei na mala os meus melhores saris, as minhas joias, as minhas sandálias douradas ornadas de contas, os meus filhos e as melhores roupas deles.

Viajamos no mesmo carro preto metálico que me trouxe junto com Ayah do porto de Penang, mas Bilal já estava aposentado. Um outro homem de uniforme cáqui e de sorriso largo tocou o chapéu com polidez e arrumou as malas no bagageiro. Acomodei-me no assento de couro e me senti nostálgica. Era praticamente uma criança quando tinha chegado lá, mas agora os corpinhos gerados por mim tagarelavam excitados dentro do carro e se espremiam contra o meu corpo. O passado brilhou fugaz no ar frio da manhã. Lembrei-me da moça de pés deformados e da procissão de chapéus das operárias mineiras como se fosse uma vida passada. Mudanças da vida. Até que ponto os deuses haviam sido generosos comigo? Do lado de fora da bolha dos meus pensamentos, as crianças discutiam e se atracavam na disputa da janela. Automaticamente, estiquei a mão para evitar que Sevenese beliscasse a pele escura de Jeyan.

Anna enjoou demais no carro, e Lakshmnan, refestelado majestosamente no banco da frente com a janela aberta e o vento em seus cachos, virou-se com um misto de curiosidade e nojo. Flagrei os olhos do motorista olhando para Mohini pelo espelho retrovisor e não gostei nada daquilo. Precisava casá-la rapidamente. A responsabilidade pelas grandes beldades recai pesadamente sobre os pais. Ela estava com dez anos e já atraía muitos olhares adultos. Nas minhas muitas noites insones, às vezes me preocupava com isso. Espíritos amigos apareciam na cozinha e sopravam palavras de cautela nos meus ouvidos. Devia tê-los escutado. Devia ter tomado mais cuidado. Devia ter deixado o sol queimar a pele alva dela. Devia ter apanhado a navalha de barba do pai e cortado o rosto dela com minhas próprias mãos.

Autênticas surpresas me aguardavam na casa do meu tio. A primeira era que ele morava numa colina, e as colinas eram frequentemente reservadas para os europeus, e a segunda era que morava numa casa grande; na verdade, uma casa imensa de dois andares com galerias de cômodos, varandas suspensas por colunas e um magnífico telhado. Ele me disse orgulhoso que tinha sido construída no estilo imperial de John Nash. Ouvi com os ouvidos admirados de um camponês quando ele explicou que as linhas arquitetônicas anglo-indianas de estilo paladiano da casa se associavam ao humanismo e a ideais de prestígio e elegância de uma classe social.

A impressão de que era odiada por minha tia que até então não me conhecia tornou-se uma terceira surpresa totalmente inesperada. Senti isso logo que ela abriu a porta e sorriu para mim. Fiquei paralisada, mas a impressão passou no mesmo instante em que o meu tio correu para me dar um forte abraço. Ele olhou para Mohini admirado, quase sem acreditar no que via, e balançou a cabeça em sinal de satisfeita aprovação quando viu que Lakshmnan estava alto e forte. Mas Anna foi que o fez chorar enquanto ela o olhava com solenidade. Era pequena para a idade que tinha. O olhar dela pedia colo, e as bochechas pediam mordidelas.

– Olhe só o rostinho dela! – ele chorou, pegou Anna no colo e apertou as bochechas dela. – É a imagem viva da minha mãe. – Secou as lágrimas acumuladas nos cantos dos olhos. Depois se ajoelhou, beijou Jeyan e Sevenese e nos fez entrar. Não teve outra opção senão ignorar Lalita, já que estava escondida debaixo das dobras do meu sari em um momento de extrema timidez.

O piso de pedra, as varandas e as extensas cimalhas do interior da casa atuavam harmoniosamente em conjunto, produzindo um ambiente fresco e deslumbrante. Impressionada com a riqueza ao redor, percorri o espaço e meus olhos se depararam com luxuosos itens oriundos de todas as partes do mundo. Maravilhosas estatuetas de jade em cristaleiras de vidro, mobílias inglesas elegantes, tapetes persas requintados, espelhos franceses ofuscantes e poltronas estofadas com ricas peças de brocado. O lugar parecia o ninho de um ladrão. Aquele meu tio humilde estava realmente rico. Eu me dei conta de que não era mais um reles negociante de mangas e mais tarde descobri que tinha diversificado o negócio, migrando para os lucrativos ramos da borracha e do estanho. Não era de espantar que houvesse tantos caminhões do lado de fora da casa.

Minha tia nos reservou um amplo quarto com uma porta que se abria para uma varanda. Dava vista para a pequena e linda aldeia de Minangkabau. Apesar da suspeita de que ela me detestava secretamente sem que me passasse pela cabeça o porquê, eu estava excitada com o casamento. Eles haviam convidado quinhentas pessoas e reservado o salão da cidade. Durante dois dias, prepararam uma grande quantidade de iguarias em gigantescas panelas de ferro. Entramos na cozinha para dar uma espiada e vinte e um bolos e uma infinidade de doces alinhavam-se em grandes bandejas ao longo de uma das paredes. Diversas moças vestidas em saris tagarelavam alegremente enquanto cortavam e fritavam pãezinhos e biscoitos. Todos os tipos de legumes e verduras estavam sendo cozidos em grandes panelas de ferro. Olhei para os meus filhos e me horrorizei quando vi as mãozinhas de Sevenese levando rapidamente uma porção de doces à boca.

No dia seguinte, vesti os meus filhos com roupas novas e senti-me recompensada pelas horas que tinha passado acordada no meio da noite a remendar e cerzir rasgos invisíveis porque tudo estava perfeito. Nem sempre eu tinha a oportunidade de vê-los tão arrumados. Vesti as três meninas com o mesmo tecido verde e dourado. Anna estava adorável, e Lalita, engraçadinha, mas Mohini parecia uma linda sereia de olhos luminosos e excitados. Descemos a escada e, quando flagrei ódio e inveja estampados na face maquiada de minha tia, senti um orgulho perverso pelo imenso poder dos meus filhos discretos, inocentes e implicantes uns com os outros.

Foi um grande evento, uma fantástica exibição de riqueza. O amplo salão tinha o piso decorado com a clássica e intrincada pintura *kolum* feita à mão por mulheres de joelhos que utilizaram uma delicada mistura de farinha de arroz e água. Mulheres vestidas em saris de seda e cobertas de ouro fofocavam em grupos coloridos com suas vozes por cima do barulho dos tambores e trompetes debaixo de um teto trançado de folhas amarelecidas de coqueiro e de folhas de mangueira que pendiam como bandeirinhas verdes.

Cinquenta bananeiras novas carregadas de frutos verdes que tinham sido removidos ladeavam o caminho por onde a noiva passaria. O noivo estava radiante e feliz lá no final do caminho das bananeiras. A noiva surgiu à entrada do salão e reluzia como uma deusa conduzida em procissão de dia santo. Não restava dúvida de que o pai dela era rico. De sua testa, pendiam finas correntes que se prendiam em grossos cordões de ouro em torno do pescoço, enquanto fios de pedras semipreciosas rodeavam-lhe os quadris. Sentado no seu alambrado alto, o noivo não dissimulava a felicidade.

Depois da troca de alianças e guirlandas e do atamento da grossa corrente *thali* de ouro, iniciou-se a preparação para o grande banquete no outro extremo do salão. Alguns garotos com pilhas de folhas de bananeira nas mãos alinharam rapidamente longas fileiras de folhas verdes no piso do amplo salão. Os convidados instalaram-se de pernas cruzadas ao longo das fileiras, cada qual diante de uma folha, e aguardaram. Quando todo o salão ficou repleto de fileiras de pessoas sentadas umas de costas para as outras em frente a uma folha de bananeira, os criados chegaram com recipientes de alumínio e serviram as iguarias com conchas. Fez-se silêncio, e as vozes humanas foram substituídas pelo rumor do alimento sendo servido e degustado. Foram servidos arroz de açafrão e arroz branco, e uma variedade inimaginável de pratos vegetarianos. E ainda caldos doces, queijos e *ladhus*.

Dentro de uma tenda verde do lado de fora do salão, reservou-se uma mesa especial com toalha branca, flores e pratos para os convidados europeus, os quais exibiam uma única expressão de regalo e de inacessível benevolência. Olhei para eles atentamente. Pareciam se sentir orgulhosos da própria raça, como se a presença deles fosse um favor. Um ato de caridade. E foi fascinante vê-los enquanto comiam com facas e pequenos implementos parecidos com pequenas pás.

Foram lançados muitos olhares na direção de Mohini, alguns de admiração e especulação e outros de inveja, olhares que teciam planos para os filhos já rapazes. Foi um dia excitante, de muita pompa e esplendor, mas, à noite, Mohini adoeceu. Entramos às pressas no carro do meu tio e, quando chegamos em casa, ela ardia em febre e estava com uma forte dor de barriga.

Titio quis chamar um médico, mas titia estalou a língua de irritação e com uma cara viscosa e implacável mandou que a velha criada Menachi trouxesse um pouco de óleo de nim. Menachi era uma senhora encarquilhada de ombros estreitos e membros esqueléticos. Os olhos negros franjados por grossas pestanas eram tudo o que sobrara da beleza de outrora. Sempre gostei de olhar os rostos de gente muito velha e o dela era realmente excepcional. Um livro de história com uma história para contar. As rugas daquela senhora eram páginas fascinantes de se virar. Ela teve de ficar na ponta dos pés para despejar o óleo de nim na boca aberta de Mohini, já que era quase da mesma altura de minha filha.

– Pela manhã, estará novinha em folha – disse minha tia.

As extravagantes pestanas de Menachi inclinaram-se em sinal de obediência, mas, tão logo a figura roxa e dourada de titia deixou o recinto, a velha mulher aproximou-se de mim.

– Isso é mau-olhado, não é indigestão – sussurrou com veemência.

Explicou-me que muita gente tinha olhado para a beleza de minha filha e que os pensamentos maus e invejosos que se formaram na cabeça daquela gente é que a tinham atingido. Ela implorou com os olhos que suas palavras fossem acatadas. Acrescentou, com suas pestanas sedosas se movimentando, que algumas pessoas tinham olhos tão maus que podiam matar com um simples olhar. Quando esse tipo de gente admira uma planta, no dia seguinte a planta está seca e morta. Ela já tinha visto acontecer.

Colocou a mão parecida com uma garra em cima da minha. Na realidade, para amortecer o mau-olhado, as pessoas costumavam pintar um ponto negro no rostinho dos bebês para mascarar a beleza e proteger os indefesos dos olhares invejosos. Mas Mohini não era um bebê. Olhei espantada para a velha.

– E o que devo fazer?

Ela foi até lá fora e pegou um torrão de terra na frente da casa. Em seguida, deslocou-se para duas áreas de solos distintos e recolheu mais dois torrões de terra. Toda vez que pegava um torrão, sussurrava algumas preces. Depois que voltou para dentro de casa, adicionou sal e pimenta seca na terra. Com a mistura na palma das mãos, pediu que Mohini cuspisse três vezes em cima. O óleo de nim ainda não tinha surtido efeito em Mohini, e ela apalpou o estômago com uma expressão de dor.

– Esses olhos e aqueles olhos e os olhos de cada um que tocaram nesta pessoa que ardam no fogo – entoou a velha enquanto colocava fogo na mistura.

Formamos um círculo e assistimos à mistura queimar. As pimentas e o sal estalaram e chiaram ao entrar em contato com a chama azul do fogo. Depois que o fogo se consumiu, a velha mulher voltou-se para Mohini e perguntou:

– Como está se sentindo?

Para minha surpresa, Mohini estava sem febre e sem dor. Agradeci sensibilizada, e a velha balançou modestamente a cabeça.

– Sua filha é uma rainha. Não deixe que olhos curiosos recaiam sobre ela. – Acariciou com mãos trêmulas e reverentes os fartos e brilhantes cabelos de Mohini.

No dia 13 de dezembro de 1941, eu estava fazendo as malas para voltar para casa e, de repente, titio entrou em nosso quarto apressado e apavorado, com o cabelo despenteado e os olhos arregalados. Disse com uma voz chocada que os japoneses tinham invadido a Malaia. Enquanto nos banqueteávamos e celebrávamos, eles aportavam em Penang. Pelo que parecia, a grande tropa de soldados ingleses supostamente invencível tinha fugido, deixando-nos à mercê de um futuro incerto. Gotículas de saliva escorreram da boca do meu tio, quando ele contou que uma multidão se aglomerara no mercado de Penang como um rebanho de animais atordoados e que as pessoas se limitaram a olhar os pássaros metálicos no céu com inocente admiração enquanto as bombas explodiam frente a seus rostos voltados para o alto. Isso sem nenhuma suspeita, e o tempo todo acreditando que eram aviões ingleses que chegavam para salvá-los. E depois o resgaste desesperado dos membros dilacerados nos entulhos ao redor.

Guerra. O que significaria para minha família? Vi terríveis respostas para minhas perguntas na face aterrorizada e coberta de suor do meu tio.

– Logo estarão aqui. Temos que começar a esconder o arroz, as coisas de valor...

Ouvimos uma barulheira no céu. Era apenas o voo baixo de um avião, mas titio se encolheu amedrontado e disse com uma voz fria e agourenta:

– Eles estão aqui.

As estradas estavam bloqueadas. Era impossível viajar. Tive de ficar lá com as crianças.

A casa do meu tio era maravilhosa e sempre havia boa comida à mesa, mas eu era uma hóspede indesejável para minha tia. Meu tio quase não parava em casa, corria de uma reunião para outra com os amigos empresários que tinham perdido grandes negócios. Por duas semanas, minha tia alimentou-se em silêncio daquele ódio misterioso que nutria por mim. Já estava fraquejando com a hostilidade de origem desconhecida, mas um dia entrei na cozinha e ela me olhou de maneira significativa e comentou com uma das criadas:

– Tem gente que finge que vai fazer uma visita de dois dias e se instala confortavelmente por alguns meses.

Eu já estava de malas arrumadas para voltar para casa quando recebemos a notícia de que as estradas estavam bloqueadas e só por isso não tinha viajado. Ela sabia disso. Chegou a ver as malas prontas. Eu não havia planejado a invasão japonesa. Decidi então enfrentá-la.

Fui na direção dela.

– Por que a senhora me odeia tanto? – perguntei tranquilamente.

– Porque você pegou dinheiro emprestado do meu marido e não pagou os juros – ela sibilou com malícia, aproximando o rosto suado de mim. E aproximou tanto que vi os poros da pele e uma insatisfação arrasadora no declive dos lábios, sem falar que senti um odor de ganância.

Abri e fechei a boca, apatetada. Meus olhos incrédulos afastaram-se daquele rosto grotescamente encrespado pela ira. Queriam ficar longe daquela boca que parecia uma cereja exótica, queriam ficar longe daqueles olhos hidrófobos sombreados de azul. Um calor subiu pelo meu rosto, como se ela tivesse me flagrado ao surrupiar uma de suas peças exorbitantes expostas em cristaleiras trancadas. Rapidamente pousei os olhos na estátua de madeira de uma bailarina balinesa com a estatura de um homem. Os traços delicados da face magnificamente entalhados na solidez do ébano e o ornamento da cabeça luxuoso e intrincado eram um deleite para os olhos e um testemunho da habilidade do entalhador. Pensei nos muitos caminhões estacionados do lado de fora da casa e nos sacos de arroz empilhados em cima que quase atingiam a altura do telhado da paladiana casa anglo-indiana.

Como é que uma mulher que vivia no esplendor daquela casa entupida de coisas com as quais os simples mortais só podem sonhar e que era servida por uma grande criadagem podia ocupar a mente por tantos anos com algo tão insignificante como os juros de um empréstimo para um parente que batalhava para viver? Até onde iria a ganância da alma humana?

— Eu me dispus a pagar os juros, seu marido é que recusou — disse por fim.

O calor no meu rosto arrefeceu. A raiva me fez sentir frio e uma pena profunda do meu pobre tio. Não desejaria uma criatura maldosa como aquela para ninguém e muito menos para o meu tio. Resolvi sair da casa naquele dia, mesmo que tivesse de voltar a pé para Kuantan com meus filhos nas costas. Talvez o problema não fosse apenas o dinheiro. Talvez se devesse à óbvia e genuína atenção que o marido dedicava a mim e aos meus filhos, mas naquele tempo eu era muito orgulhosa. Não poderia ficar mais tempo naquele lugar além do necessário para as providências da viagem de volta. Comuniquei a minha intenção para o meu tio mais tarde e, como nada do que disse me fez mudar de ideia, mesmo relutante, ele fez os arranjos para voltarmos de barco. Seria uma viagem cansativa e longa, talvez até perigosa, mas me mantive irredutível. Fiz uma linha fina e apertada com a boca.

As crianças ficaram empolgadas e quase sem poder conter a excitação com a perspectiva de uma viagem de barco. As conversas eram repletas de tigres que rugiam com ferocidade e de elefantes tranquilos que nos salvavam amavelmente com as trombas. Meu silêncio não afetava em nada o entusiasmo delas. Na hora da partida, a minha tia não foi até a porta para se despedir e a única notícia que tive dela depois fora que os japoneses tinham levado todas as belas coisas da casa. Foi quando o meu pobre tio perdeu todo o dinheiro dele. Tinha investido pesadamente na borracha, e os preços despencaram. Atingida pela pobreza, minha tia escreveu para mim solicitando o pagamento dos juros. Enviei imediatamente o dinheiro.

Menachi saiu apressada até lá fora com um repelente de insetos feito com as cinzas de uma vaca. Lambuzei as crianças de cinzas e nos pusemos a caminho com um homem contratado pelo meu tio.

Iniciamos viagem na boca mofada e fétida de uma floresta.

Não era o lugar romântico que eu tinha imaginado. Em meio a um brilho opressivo e verde, as coisas ondulavam, esticavam e agigantavam em volta de nós. Um emaranhado volumoso de cipós dependurados roçava lentamente em meus ombros como se eles quisessem fincar seus afiados e pequenos sugadores em minha carne. Afinal, o sangue é o melhor fertilizante.

As árvores erguiam-se eretas e altas como as colunas da casa do meu tio, erguiam-se metros e metros sem projetar um único galho antes de atingir a luz e o ar livre e só então se abriam para o céu.

A certa altura, ouvimos um rugido forte. A selva canalizou o rugido por entre o emaranhado de cipós e trepadeiras até ensurdecer nossos ouvidos. O guia explicou que era o rugido de um tigre, e uma onda de medo atravessou o enfileiramento das crianças como uma lufada de vento passando por um capinzal. O homem se divertiu um pouco mais com as manifestações de terror antes de admitir que o tigre estava muito longe e não havia motivo para preocupações. Ele não apressou o passo e, aos poucos, o temor de avistar listras laranjas e negras faiscando por entre o verde se dissipou.

A umidade do ar fazia a roupa grudar na pele e apertava o fundo da garganta. Era como respirar na névoa. Nossa fileira se arrastava exausta enquanto sentia um forte odor de terra e folhas mortas. Os mosquitos zumbiam, choramingando por fora do círculo marcado pelo repelente de Menachi. De vez em quando, o guia era obrigado a ceifar galhos e cipós, mas, no geral, avançávamos sem dificuldade.

Logo atingimos a beira do rio onde o barqueiro nos aguardava. Orei com fervor para o Senhor Ganesha remover todos os obstáculos.

– Não deixe que o rio fique com nenhum de nós. Leve-nos para casa com segurança, querido deus-elefante. – Embarcamos em seguida com cuidado.

Nosso barqueiro era um nativo. Com aparência desleixada e cachos cor de mel emaranhados na cabeça. Passara a vida inteira debaixo do sol e sua pele já estava com a mesma tonalidade do mogno. Ele entrou no barco de madeira, tornou-se parte dele e dirigiu aquela coisa velha e barulhenta como se fosse uma extensão de si mesmo. Era um homem magro e musculoso e tinha um temperamento equilibrado e bem-humorado. A certa altura, tentou alcançar e cortar uma penca de bananas maduras de uma bananeira à margem do rio, e o barco acabou encalhando na lama. Ele colocou as bananas dentro do barco, com lama até a altura do peito, e depois o empurrou e o sacudiu até desencalhá-lo. Soltou um sorriso largo com as gengivas roxas à mostra e pulou para dentro do barco como um golfinho.

Era um guardião de muitas histórias interessantes a respeito de Khemer, a antiga cidade submersa que jaz enterrada no fundo do lago Cini sob camadas e mais camadas de sedimentos. Narrou com uma voz melodiosa a lenda de como os habitantes de Khemer tinham inundado a própria cidade para evitar um ataque e de como eles haviam perecido no último combate, deixando a cidade cambojana enterrada desde então.

Dos lábios grossos e elásticos do barqueiro, saíram lendas sobre um monstro legendário que vivia no fundo do lago Cini e que tinha uma cabeça de chifres tão grande quanto a de um tigre e um corpo gigantesco e ondulante que produzia ondas capazes de virar um barco num piscar de olhos. Ele disse para uma grande plateia de olhinhos arregalados que muita gente achava que o monstro subia o rio Cini e entrava no rio Pahang, fazendo a mesma rota que fazíamos. As lendas foram ouvidas com ávido prazer até que atingimos um ponto de águas revoltas que fizeram o barco balançar, e as crianças gritaram de medo, convencidas de que o monstro estava realmente debaixo do barco para assegurar a refeição do dia.

Em dado momento, um pássaro iridescente alaranjado, de estonteante beleza, pousou num galho saliente de onde se pôs a mirar o próprio reflexo na água. Em outro momento, passamos por uma árvore gigantesca com majestosos galhos cheios de minúsculos macacos. O barqueiro desligou o motor do barco. Em meio à súbita quietude, se fez uma resposta silenciosa. Os macacos do mesmo tamanho e do mesmo tom castanho acinzentado dos ratos pararam de fazer barulho e de se movimentar e, com olhinhos que brilhavam como mármore molhado, se puseram a nos observar enquanto os observávamos. De repente, um dos macacos mergulhou suavemente na água e começou a nadar em nossa direção. Seguiram-se outros mergulhos e logo a água estava abarrotada de macacos.

As crianças oscilaram entre a fascinação e o medo. Será que mordiam? Será que arranhavam? Olhei preocupada para o barqueiro, e ele abriu um sorriso tranquilizador. Claro que já tinha feito a mesma coisa inúmeras vezes. Tirou uma faca do bolso, cortou algumas bananas maduras da penca que havia retirado às margens do rio e cobriu-a rapidamente com uma estopa marrom. Estendeu uma banana para cada um dos meus filhos.

O primeiro a chegar ao leme do barco seria provavelmente o líder da tribo. Um líder de pelo molhado grudado num corpinho ágil. Com olhos redondos e grandes, que nos examinaram com rápido interesse. Ele era um deleite para os olhos. Mãozinhas pretas e delgadas se apressaram em pegar a banana da mão de Lakshmnan e descascaram-na com surpreendente agilidade. Depois ele jogou a casca na água. Por um momento, a casca pareceu uma pálida flor amarela. A banana sumiu com três mastigações rápidas. A mãozinha se esticou e pediu mais, enquanto os olhos espertos e redondos cravavam em cima da gente. Mohini mostrou uma banana, e um macaco mais próximo agarrou a fruta com presteza. Outros macacos começaram a subir no barco. Em pouco tempo, todas as bananas terminaram. Eles começaram a fazer alarido e a brigar entre si enquanto se alinhavam no leme, molhados e curiosos. Olharam com doçura e ganância para nossas mãos vazias. Captei um ar de especulação nos olhos do líder. Como se ele soubesse que debaixo do saco tinha mais bananas. Mais macacos vieram nadando em nossa direção. Nadavam em agrupamentos castanho-acinzentados. Eram silenciosos e rápidos na água. Pareciam centenas nadando em nossa direção. E logo aquelas coisinhas peludas assumiram a proporção de uma praga. Eu era então uma mãe com filhos pequenos que não sabiam nadar dentro de uma embarcação.

– Vamos sair daqui! – gritei para o barqueiro.

Sem medo nem pressa, ele ligou o motor do barco e todas as criaturinhas caíram simultânea e graciosamente na água avermelhada. Ficamos observando enquanto nadavam de volta para a margem. Em pouco tempo, eles sumiram de vista por trás da folhagem verde e depois reaparecerem como flores amarronzadas nos galhos da árvore gigantesca. Entendi então a natureza dócil daqueles lindos macacos e me senti privilegiada por tê-los visto.

Cerca de uma milha depois de termos visto os macacos, entramos em êxtase. O rio tornou-se inesperadamente uma avenida de cipós floridos. As trepadeiras em flor atingiam a água e se disseminavam pelas frondosas árvores que margeavam o rio, produzindo o efeito deslumbrante de um túnel. Como uma caverna mágica que se vê em sonhos. E por toda parte ofuscantes borboletas de asas cor de laranja e preta perturbadas pela nossa presença explodiam em nuvens de extraordinária tonalidade.

    Fim da viagem. Kuantan estava tão silenciosa que parecia fantasmagórica. A guerra tinha chegado. Ayah estava de pé à soleira da porta. Com as mãos enfiadas nos bolsos da calça. Pelo seu nervosismo, notei que havia alguma coisa errada.

    – Qual é o problema? – perguntei enquanto tirava Lalita, que se agarrava ao meu pescoço como um filhote de macaco, e a colocava no chão.

    – Saquearam a casa – ele disse com um ar arrasado.

    Entrei apressada na casa. Não havia sobrado nada. Tigelas, panelas, roupas, mesas, cadeiras, camas, dinheiro, os colchões velhos das crianças e as flores bordadas e emolduradas em minhas noites insones... tudo perdido. Até as cortinas velhas que precisavam ser trocadas. Só restavam as coisas que eu tinha levado para o casamento. Graças a Deus tinha levado minhas joias, meus quatro melhores saris e as melhores roupas das crianças. A casa estaria vazia se a pesada cama de ferro e o banco não tivessem sido deixados para trás pela dificuldade de ser transportados.

    Os responsáveis não tinham sido os japoneses. Só tinham chegado depois e eram muito seletivos nos saques. Era coisa dos trabalhadores da estrada principal. Havia chegado uma leva de operários pobres da Índia para abrir estradas e trabalhar nos seringais. Eram os intocáveis ou os cristãos convertidos da casta mais baixa da Índia. Ficamos protegidos durante anos atrás de um manto de superioridade, olhando-os de soslaio enquanto se embebedavam, xingavam, ameaçavam e espancavam as esposas, e pelo menos uma vez por ano trazíamos um novo arruaceiro esfarrapado para o nosso mundo limpo e seguro. E agora eles tinham se vingado. Devem ter ficado de olho na casa e fizeram a festa porque sabiam que Ayah estaria fora o dia inteiro. Minhas economias estavam dentro de uma lata enterrada do lado de fora de casa. Saí às pressas e respirei aliviada quando vi que a terra não tinha sido remexida.

Anna

Lembranças? Sim, tenho-as, mas são preciosas e fugidias como as borboletas. Coloridas pecinhas voadoras que servem de brinquedos para o curioso menino do tempo. Ninguém se atreve a dizer para ele "não toque nelas porque o pó que sai das asas turva os olhos e as impede de voar".

Tenho lembranças de acontecimentos tão peculiares que chego a pensar que não aconteceram. Talvez não tenham passado de sonhos, mas nos bancos de minha memória aflora uma imagem nítida de mim mesma enroscada no colo de Mui Tsai e mamando em seus seios. Lágrimas rolam de seu rosto triste e caem no meu cabelo. Claro que algo assim jamais aconteceu, mas a nitidez da imagem sempre me deixou confusa.

Chamo a borboleta com asas maiores de mãe. Era a luz que mais brilhava na casa quando eu era pequena. Sem dúvida, a influência mais forte em nossas vidas. Eu chegava da escola e logo que entrava em casa sentia a presença dela no ar. Eu a sentia no cheiro da comida que ela fazia e a via nas cortinas que ela abria e a ouvia nas doces e antigas canções tâmil que ela ouvia no rádio. Antes de ter idade para frequentar a escola, eu seguia em silêncio pela casa e me perturbava com a visão do movimento incessante que ela fazia. De manhã, depois que papai saía de casa, ela girava o botão grande do rádio e fazia o pequenino dial vermelho se mover naquela estúpida superfície amarela. E o dial vermelho se movia e emitia uns chiados estalados de vozes entrecortadas que encontrava pelo caminho até que ela achava a casa certa para aquilo, e a casa toda se enchia de músicas alegres e vozes melodiosas. Depois ela iniciava as infindáveis tarefas domésticas do dia.

Nunca me esqueci de uma ocasião em que foi visitar uma amiga e ficou fora por dois dias. Foi como se tivesse levado junto consigo a verdadeira essência de nossa família. A casa se fez deserta e vazia no sol da tarde. Eu chegava da escola e, me detendo à soleira da porta, me dava conta do que poderia sentir se ela morresse subitamente. Como um soco no estômago do meu uniforme azul, eu me dava conta de que o amor, as risadas, as roupas bonitas, os elogios, a comida, o dinheiro e o poder de fazer o sol brilhar em nossas vidas estavam naquelas mãos fortes. Mas depois que aquela coisa horrível aconteceu, a poderosa vontade dela esmoreceu, e nossos dias deixaram de ser ensolarados e formaram nuvens escuras, raios, trovoadas e furiosas tempestades.

A verdade é que ela ficava no centro como um grande carvalho e silenciosamente nós girávamos e girávamos como imagens coloridas de um fantasmagórico carrossel em seus poderosos galhos. Todos nós. Papai, Lakshmnan, Mohini, Sevenese, Jeyan, Lalita e eu. Todas as decisões, grandes ou pequenas, eram postas dentro de uma grande bandeja aos pés dela, e aquele cérebro incrivelmente veloz e inteligente decidia o que achava melhor para nós. E ela sempre queria o melhor do melhor. Era isso ou nada.

Aos quinze anos, mamãe desistiu de sua própria vida em favor da nossa e passou a viver através de nós. Canalizava uma furiosa energia em nossa direção. Ela nos empurrava para limites inatingíveis. Esperava de nós tudo que não tinha tido ou não tinha podido ser. E havia tanta coisa que não tinha tido e tanta coisa que não tinha podido ser. Papai era a barreira dela. Ela estava sempre irritada com ele.

Acho que isso acontecia porque ele parecia acomodado naquele posto imutável do trabalho, enquanto os colegas que o rodeavam eram promovidos e levavam mais dinheiro para casa. Ela não conseguia perdoar aquele coração generoso que se recusava a reconhecer os seres humanos como corruptos, cruéis e gananciosos, como criaturas que prejudicavam os semelhantes. Ele se dispunha a ajudar qualquer um que cruzasse pelo caminho dele.

Certa vez, ele apareceu em casa com um amigo que precisava de um empréstimo. Chegaram com um contrato já assinado e queriam explicar as condições de pagamento para mamãe. Ela se irritou tanto com a ideia, que se recusou a ouvi-la. Depois arrancou o contrato das mãos do meu pai e, perante os olhos e as bocas abertas de ambos, rasgou-o esmeradamente em pedacinhos que foram jogados para o alto.

– O dinheiro do meu marido é para os meus filhos – disse para aquele homem aturdido e desapareceu na cozinha com um sorriso radiante.

Sorriu da mesma maneira para o diretor da nossa escola, o sr. Vellupilai. Ele não sabia, mas ela queria tanto o melhor para os filhos que para tal seria capaz de sacrificar a todos nós, e isso era um traço que escondia quase que de maneira obsessiva. No grande esquema das coisas, a nossa felicidade parecia não ter importância. O fato é que o sr. Vellupilai tinha ido a nossa casa para dizer que Lakshmnan era muito brilhante e por isso podia pular o segundo ano e passar direto para o terceiro, caso mamãe quisesse. Ela observou o homem bigodudo que estava comendo os biscoitinhos que tinha assado, balançou polidamente a cabeça e aceitou a sugestão, mas, tão logo aquele diretor empertigado sumiu na curva da estrada principal, despiu a pele do carneirinho e assumiu o lado selvagem dela. Puxou-me do chão pelas axilas e me rodou com incontrolável excitação. Incapaz de se conter, me jogou para o alto e me pegou, seus olhos exultavam, os lábios faziam a curva de um arco-íris invertido e sorriam.

Tudo o que importava era ser o melhor, o mais brilhante, o mais audaz. O fracasso era um cachorro mal adestrado que vivia na casa das outras pessoas. E, quando fracassávamos, o que frequentemente acontecia, ela via isso como uma afronta pessoal. O fato de que todos nós juntos não chegávamos aos pés da capacidade e inteligência dela era tristemente evidente. Nenhum de nós herdara os talentos dela. Isso logo se mostrou claro para nós e, com o tempo, também para ela. Com o passar dos anos, ela foi se tornando infeliz de um jeito inconsolável e, por consequência, tornando todos infelizes.

Mas primeiro quero falar dos tempos felizes. Antes de o céu azul ter se partido em dois. Antes de ter acontecido a tal coisa que ninguém comenta que aconteceu. Época em que as pessoas admiravam o jeito maravilhoso com que mamãe cuidava da família e fazia todos parecerem perfeitos. Foi há tanto tempo, que às vezes me pergunto se esse tempo realmente existiu, mas existiu. Foi antes da ocupação japonesa, tempo em que Lakshmnan chegava em casa com chocolates embrulhados em papel verde que tinha ganhado dos soldados ingleses de um quartel que ficava perto lá de casa. Hoje, nem o melhor chocolate suíço se iguala aos simples tabletes que ele levava para casa e entregava como troféus para que mamãe os dividisse igualmente entre nós. Eu passava tanto tempo saboreando o aroma quente do meu pedaço de chocolate que metade derretia entre os dedos antes de entrar na boca e se tornar uma suave pasta.

– Vem aqui, rapaz – diziam os corpulentos soldados ingleses para Lakshmnan. Despenteavam o cabelo do meu irmão aos afagos e o faziam aprender um tipo de inglês que não aprendíamos na escola.

– Idiota – ele repetia quando voltava para casa.

– Janota – dizia mamãe.

– Nãããо, idiota.

– Janota – insistia mamãe com veemência.

– I-D-I-O-T-A – soletrava Lakshmnan em alto e bom tom.

– Janota – dizia de novo mamãe enquanto, do fundo da cena, observávamos e ouvíamos com toda tranquilidade uma arrepiante irritação na voz dela.

– Sim, muito bem – assentia Lakshmnan.

Lembro-me disso como um dos momentos mais felizes de minha infância. No tempo em que mamãe era mais feliz. No tempo em que ela ria de boca escancarada, com os olhos brilhando como estrelas no céu da noite. Lakshmnan era o meu irmão grande e bonito, a menina dos olhos de mamãe. Nesse tempo, tudo que ele dizia fazia o coração dela sorrir de alegria e orgulho.

Lembro-me de uma tarde em que mamãe passava óleo na cabeça do meu irmão e entrou em pânico quando alguns tufos de cabelo caíram em suas mãos. Alisou novamente os cabelos de Lakshmnan e se desprenderam outros tufos que se grudaram em seus dedos trêmulos. As falhas no cabelo olharam desafiadoramente nos olhos dela.

– *Aiyoo*, o que é isso? – ela perguntou horrorizada.

Lakshmnan olhou desconcertado para as mechas do cabelo. E também ficou apavorado. Seria alguma doença terrível?

– Estou morrendo – sussurrou com o exagero que todos os homens deixam transparecer com qualquer mal-estar ou doença.

Mohini olhou preocupada de braços cruzados, Jeyan manteve-se mudo e Lalita ficou chupando o dedo. Mamãe bombardeou meu irmão com perguntas meteóricas. Obteve algumas respostas e descobriu que ele tinha trazido para casa um saco de farinha de *ragi* na cabeça. Mamãe colhera sementes de *ragi* que cultivava no quintal, e ele se encarregara de moê-las. O cereal moído ainda estava quente quando ele terminou o trabalho. A quentura do saco da farinha era que tinha provocado a queda dos tufos de cabelo. Uma vez descoberto o pivô da tragédia, risos de alívio inundaram a tarde ensolarada. Mamãe alternava broncas, risos e beijos nos pontos carecas da cabeça do meu irmão que, por sua vez, sorria confuso sem saber se tinha agido certo ou errado. Depois ela preparou bolinhos assados no vapor, recheados com açúcar mascavo e vagens. Cada um de nós ganhou três bolinhos enquanto Lakshmnan ganhava cinco. São essas tardes ensolaradas que povoam a minha memória, antes de o meu irmão ter se tornado um fracasso sádico e cruel.

Toda noite, a família rezava. Ficávamos perante o altar que era uma prateleira erguida à altura dos olhos de mamãe e orávamos de mãos postas com fervor. Eu só conseguia enxergar as cabeças dos deuses nos quadros coloridos e brilhantes. Cada um de nós tinha um deus favorito.

Eu e mamãe sempre fazíamos as preces para Ganesha, o deus-elefante. As orações de Mohini eram dirigidas para a deusa Sarasvati porque ela queria ser inteligente como a deusa que regia a educação. Ela queria ser médica.

Lakshmnan orava com reverência para a deusa Lakshmi porque queria ser rico quando fosse adulto. Era a deusa que favorecia os devotos com a riqueza. Naquele tempo, os agiotas costumavam manter uma imagem dessa deusa com uma moldura floreada bem perto do coração. Emoldurada de azul em nosso altar, ela vestia um sari vermelho e moedas de ouro vertiam da palma de uma de suas mãos.

Sevenese rezava para o Senhor Shiva, o destruidor que tinha um colar confeccionado com uma cobra negra. Era considerado o mais poderoso entre todos os deuses. A dádiva concedida ao fiel que rogava a Shiva com todo fervor era impossível de ser revogada por quem quer que fosse, nem por ele próprio. Sevenese ficou impressionado com essa informação e começou a orar por uma dádiva. Ele sempre foi o mais estranho entre todos nós. Nunca esquecerei do dia em que entrou dentro de casa com uma vara comprida na mão.

– Preste atenção, todo mundo – disse enquanto afrouxava a mão diante de nossos olhos curiosos e fazia aquela vara rígida mover-se e transformar-se numa sinuosa cobra acastanhada. Já saciado com a comoção causada, ele enrolou aquela coisa na mão como se fosse uma echarpe e saiu em direção à casa do encantador de serpentes. Deu uma sorte danada, porque mamãe não viu.

O pequeno Jeyan orava para o Senhor Krishna, porque a dadivosa Mohini lhe soprara nas orelhas que ele era tão escuro e tão lindo quanto Krishna.

Não sei para quem Lalita fazia suas preces. Talvez nem tivesse uma divindade favorita. Acho que não prestava muita atenção nela. Só Mohini parecia se preocupar com ela.

Toda noite, dedicávamos uma canção de devoção à divindade escolhida de cada um e depois mamãe tocava um pequeno sino de bronze, acendia cânfora para os deuses e esfregava cinza sagrada na testa de todos, inclusive na dela, onde traçava um círculo com uma pasta de sândalo. Papai nunca participava das orações. Sentava-se lá fora e fumava um charuto na cadeira de balanço.

– Deus está dentro de nós – ele argumentava.

De vez em quando, lembro-me do passado e choro por aqueles dias inocentes em que papai era um gigante que nos equilibrava na palma da mão e nos erguia acima da cabeça. Lá no alto era o lugar mais feliz e mais seguro do mundo. Mas isso foi antes de ter começado a sentir pena do meu pai. No tempo em que os olhos dele se incendiavam de orgulho e felicidade quando via mamãe sorrindo. No tempo em que ele fazia as mais lindas esculturas em peças de madeira que já vi.

Durante anos, me sentei de pernas cruzadas no chão para observar o meu pai, que fazia um longo estudo de um busto, até que um dia começava a entalhá-lo com todo apuro. Quando terminava, não havia quem não dissesse que se tratava de uma verdadeira obra de arte. Uma obra mais que genial. Expressão pura do amor.

    Papai capturara mamãe de uma forma que nenhum de nós capturara, como só ele a conhecia. Uma mocinha banhada pelo sol de uma pequena aldeia chamada Sangra no tempo em que a vida ainda não tinha tocado nela. Depois disso, em poucos minutos, mamãe transformou anos, centenas de horas de trabalho dedicado e amoroso em lascas afiadas. Lembro-me bem do dia em que ela foi tomada pela fúria e destruiu o busto. No final, só sobraram lascas de madeira espalhadas por todo lado. Enfurecidas.

    Hoje, só sinto remorso quando penso no meu pai. Um remorso profundo. Pois ele foi a melhor pessoa que já caminhou pela Terra e certamente a mais infeliz. Eu adorava negociar com ele quando era pequena, isso antes de ser induzida por mamãe a sentir vergonha dele. Lembro que ele costumava chegar em casa com pequenos cachos de banana que comprava com a mesada infame que recebia. Era o nosso pequeno ritual. Ele se sentava na cadeira da varanda e com seus dedos longos e escuros descascava as bananas uma a uma. Comia todos aqueles filamentos amarelos que envolvem a banana e que quase todo mundo descarta.

    – É a melhor parte – dizia com nobreza, deixando a fruta inteira para nós. Eu, Mohini e Lalita nos sentávamos solenemente aos pés dele para desfrutar o momento.

    Eu não passava de uma criança, mas entendia perfeitamente que o meu grande e silencioso pai amava muito mais a minha irmã mais velha, amava tanto que com toda tranquilidade colocaria a mão no fogo se ela pedisse. Amava a todos nós, mas amava muito mais a ela. Sempre me perguntava se havia um pouco da terrível rivalidade entre irmãos no meu coração, mas, para ser sincera, acho que não havia, porque não era importante conquistar o amor do meu pai. O prêmio máximo consistia em ganhar a atenção de minha mãe.

    Eu e Mohini nos vestíamos de maneira idêntica e nos colocávamos à frente de mamãe para receber aprovação. Ela então ajustava um laço aqui, ajeitava uma mecha rebelde de cabelo ali e sorria para ambas com a mesma satisfação, e isso me assegurava de que me amava da mesma maneira com que amava minha irmã. Nem seria preciso dizer que Mohini ficava totalmente diferente no mesmo vestido. Ela recebia muitos olhares, geralmente olhares incômodos de homens. Ninguém acreditava que éramos irmãs. Ninguém olhava o verde cálido dos olhos de Mohini sem admiração e, por vezes, sem uma ponta de inveja.

Lembro que ficava perto do espelho enquanto mamãe cuidava dos cabelos de minha irmã, vendo como eram amaciados com óleo e penteados até se tornar uma serpente negra luminosa que ondulava suavemente pelas costas. Meu cabelo era ralo e fino e, para meu horror, mamãe foi rápida com a tesoura quando os japoneses chegaram. Ela me levou para o quintal, pôs mãos à obra e, quando terminou, tufos de cabelos longos e negros se espalhavam pelo chão. Corri até o espelho com lágrimas rolando pela face. Ela só havia deixado alguns centímetros de cabelo na minha cabeça. Fui para a escola de short e camisa branca, o uniforme dos meninos. **Em poucos dias, estava adaptada** tal como a metade das outras meninas que também tinham virado meninos.

Cautelosamente o sr. Vellupilai refez os livros de chamada. Mei Ling era a única menina da classe que continuava sendo menina. A mãe não permitiu a transformação, e ela tornou-se a preferida do nosso professor japonês. Então, um dia, ele atraiu-a para uma sala vazia durante o recreio e a estuprou. Até hoje, tenho na memória a imagem do rosto pálido e atordoado e dos lábios trêmulos de Mei Ling quando ela saiu aos tropeções da sala. O cinto feito com o mesmo tecido do uniforme estava ligeiramente retorcido. Claro que eu sabia que o estupro era a pior das catástrofes, mas não fazia a menor ideia de como isso acontecia. Lembro que depois pensei que era alguma coisa relacionada com os olhos. Porque naquela manhã os olhos dela estavam arregalados e congestionados. Durante muito tempo, achei que ser estuprada era ter os olhos feridos. Não era de surpreender que mamãe tivesse escondido os lindos olhos de Mohini. De fato, o próprio diretor tinha ido lá em casa para aconselhar mamãe a manter minha irmã fora da escola.

– Muito bonita – disse o sr. Vellupilai, tossindo no lenço de bolso marrom e branco. Ele explicou que não podia garantir a segurança dela com tantos japoneses por perto. Contou, entre bocados de bolo de banana, que a escola receberia professores japoneses. – São brutos e vulgares – comentou. Acrescentou que não teria como controlá-los; não se podia esquecer dos estupros que tinham cometido na metade da China. Com muito tato, ele concluiu que, pela idade de Mohini, não havia mesmo como garantir a segurança dela. – Não me agradaria colocar um gato e um prato de leite na mesma sala e fechar a porta – falou exatamente assim.

Mamãe não precisou de um segundo aviso. Mohini continuou com uma serpente espessa de cabelos, mas tornou-se uma prisioneira dentro de casa. Era um segredo nosso. Ela simplesmente deixou de existir para o mundo exterior. Não se falava mais nela. Era como um caixote de barras de ouro enterrado debaixo da casa, protegido pelo silêncio absoluto de toda a família. Ninguém lá fora sabia que lá dentro de casa florescia uma beldade. Ela não chegava nem mesmo à varanda nem andava pelo quintal para respirar um pouco de ar fresco. Durante três anos, manteve-se tão escondida que até os vizinhos se esqueceram da aparência que tinha. Mamãe temia que alguém revelasse a existência dela para os soldados japoneses em troca de favores ou por simples inveja. Eram tempos difíceis, e os amigos eram poucos.

Um dia, ela se sentou no degrau da porta dos fundos para mamãe penteá-la. Os cabelos desciam pelas costas de Mohini como ondas da mais pura seda negra. Enquanto mamãe manipulava a seda negra, avistei o filho mais velho do encantador de serpentes sob o brilho do sol. Claro que o rapaz devia estar em busca de ratinhos ou de cobras pequeninas para alimentar as serpentes, mas, ao contrário disso, se viu perante o nosso luxurioso segredo. Agarrado à teia da própria descoberta, ele congelou debaixo do calor escaldante. Rotas, manchadas e rasgadas, as roupas deixavam à mostra um corpo bronzeado e musculoso, em cuja mão se via um cesto tampado. Estava descalço e de cabelo sujo, mas os olhos à luz do sol eram buracos negros insondáveis naquele rosto assustado. O movimento súbito de minha cabeça atraiu a atenção de mamãe, que imediatamente colocou o corpo à frente de Mohini como um escudo.

– Some daqui – gritou rudemente para o rapazinho.

Ele continuou hipnotizado durante um tempo pelos cabelos gloriosos e a brancura leitosa de minha irmã e, em seguida, desapareceu em meio ao brilho amarelo do sol tão rápido quanto surgiu. O rosto de mamãe demonstrava medo. Não medo da estranha magia do encantador de serpentes ou do réptil do desejo que se insinuara furtivo no olhar do rapaz, porém medo da beleza rara que se instalara facilmente no rosto de Mohini. E minha irmã parecia realmente um magnífico surucuá-de-barriga-vermelha que sobrevoa em círculos melodiosos pelas copas das árvores mais altas para depois mergulhar em queda livre com as penas desfraldadas como a cauda de um cometa pelo ar. Mamãe era que tinha sido eleita como guardiã da resplandecente ave. O que mais podia fazer senão engaiolar aquela beleza de tirar o fôlego? E o pássaro permaneceu prisioneiro de mamãe até o dia em que voou para sempre.

Ainda retenho na mente a imagem de quando saíamos da escola e voltávamos para casa, vestidas da mesma maneira e caminhando lado a lado debaixo do sol enquanto sorvíamos uma bola de gelo picado e embebido nos mais variados sabores de xarope. Era preciso consumir o sorvete bem depressa para que não se derretesse em nossas mãos. Não podíamos contar aquilo de jeito nenhum para mamãe porque Mohini padecia de fortes ataques de asma e era terminantemente proibida de ingerir qualquer coisa gelada. Só nos aventurávamos a tomar sorvete quando o dia estava muito quente. A asma de Mohini era muito séria. Se chovesse ou se chuviscasse um pouco, lá estava mamãe, à frente da escola, com um enorme guarda-chuva preto, e nós três voltávamos juntas para casa. Mohini ia debaixo do guarda-chuva preto, eu ia debaixo de um pequeno guarda-chuva marrom de papel encerado com um forte cheiro de verniz, e mamãe ia debaixo da chuva. Acho que lá em seu íntimo ela se aprazia em sentir as gotas mornas da chuva que escorria pela cabeça. Chegávamos em casa e invariavelmente uma xícara de um horrível e pungente sumo de gengibre esperava por Mohini. Mamãe fervia um pouco de água e despejava no sumo, impregnando a cozinha com uma fumaça penetrante. Depois dissolvia uma colher de um mel silvestre marrom naquela desprezível mistura. Mamãe estendia a xícara e esperava até que ficasse completamente vazia. Eu observava admirada, enquanto Mohini sorvia aquilo tudo. A chuva tamborilava com insistência no telhado. Hoje sei o quanto a amava.

Eu também me lembro de Mui Tsai. Doce e tiranizada. Mui Tsai. Acho que realmente se ligava à minha mãe, mas mamãe estava tão determinada a conquistar uma lápide imaginária com a inscrição *Amada Mamãe,* que não percebia que a amiga implorava por um pouquinho de amor. Os olhos de mamãe estavam sempre perdidos no horizonte distante, onde todos os filhos dela eram exemplos brilhantes de uma boa criação. Pobre Mui Tsai. Frequentemente triste, mas isso bem antes de ter sido quebrada ao meio. Eles a quebraram como um brinquedinho, as patroas e o patrão. Depois disso, nunca mais ficou triste. Acho que a mente dela se partiu. Foi para um lugar onde havia muitos bebês e ela podia ficar com todos eles.

Minhas melhores lembranças de Mui Tsai se resumem à visão de uma sombra alongada na parede da cozinha de mamãe lá pela noite alta. Aquela cozinha com a luz misteriosa do lampião era então um lugar secreto de encontro. Quando acordava assustada com um pesadelo no meio da noite, corria para me abrigar na cintilação amistosa do lampião a querosene da cozinha. Lá estavam Mui Tsai e mamãe, sentadas de pernas cruzadas, cochichando e jogando xadrez chinês no banco. Sorrindo, andava até as mãos estendidas de Mui Tsai e adormecia em seu colo, mas ela me despertava a mesma pena que tinha de Lalita, minha irmã mais nova.

Lembro-me do dia em que minha irmãzinha nasceu. Um bichinho desamparado e embrulhado, bem apertado numa trouxinha. Um rosto largo e uns olhos pequenos bem próximos um do outro. Era muito mais escura que todos nós. Papai teve de lhe mordiscar as orelhas para fazê-la sorrir. Era muito quietinha. Era igual a ele. Parecia-se demais com papai. Mamãe admitia francamente que não queria nenhum filho dela parecido com ele. Dizia que os filhos do primeiro casamento do meu pai eram as criaturas mais deploráveis que já tinha visto. Quando viu os olhos inexpressivos de Lalita pela primeira vez, ela achou que uma força de vontade ferrenha seria o suficiente para mudar a filha. Para mudar o curso da natureza. Afinal, tratava-se apenas de um bebê, e bebês podiam ser mudados.

No entanto, quanto mais Lalita crescia, mais se parecia com papai. Desesperada, mamãe balançava minha irmãzinha silenciosa nas pernas e cantava.

– Quem vai se casar com minha pobre filha?

Se você tivesse ouvido a angústia que havia nessas simples palavras, tenho certeza de que chegaria à conclusão de que crianças bonitas inspiram orgulho nos pais e crianças feias inspiram uma tremenda obrigação de amor protetor. A responsabilidade de compensar as negligências da sociedade. A natureza se negou a dar beleza a Lalita, mas o amor protetor de minha mãe levado às últimas consequências é que se negou a lhe dar a oportunidade de se casar. Sei que é errado, mas essa ideia de mamãe ter *impedido* minha irmã de se casar não me sai da cabeça. Cantava repetidamente uma frase triste e assim firmava uma vontade. Claro que se zangaria se me ouvisse dizer isso. Diria que tentou por todos os meios e que ninguém senão ela procurou achar um marido para a filha. Talvez até se sentisse lisonjeada por achá-la poderosa a ponto de mudar o curso do destino de minha irmã com aquelas canções singelas.

Uma de minhas primeiras lembranças mais completas é de quando fomos para a festa de casamento de minha prima, em Seremban. Durante a estada, minha tia-avó e mamãe tiveram uma rusga em torno de algo trivial, mas isso deixou mamãe tão aborrecida, que tivemos de voltar de barco pelo perigoso rio Pahang, só porque não queria passar nem mais um minuto debaixo do mesmo teto com a mulher do tio dela. Durante anos, limitou-se a dizer que a esposa do tio a odiava. Ela nunca disse por quê.

Chegamos em nossa casa vazia e saqueada, e mamãe teve de recorrer a mais da metade das economias para recolocar tudo que fora roubado. Enfrentou a situação com tranquilidade. Ali pelo meio da manhã, foi ao mercado para providenciar um estoque de provisões e mais tarde repôs quase toda a mobília, comprando as peças saqueadas de outras pessoas. Por volta do final daquele ano, o resto das economias de mamãe tornou-se papel sem valor. Se os japoneses nos propiciaram a prosperidade, ela foi de uma força inquebrantável. Ao notar que o dinheiro não estava valendo nada, mandou Lakshmnan subir mais ágil que um macaco no coqueiro mais alto do quintal e lá amarrar uma lata com dinheiro e joias de forma segura entre os galhos. De vez em quando, aliás, quase sempre, ele escalava o coqueiro para ver se aquele tesouro continuava a salvo. Coberta de excrementos de pássaros, a pequena fortuna de mamãe se manteve intocada ao longo de anos. A chegada dos japoneses fez de mamãe uma empreendedora, mas ela também tinha uma forte queda para isso. Reparou que o leite condensado estava em falta e que a barraca de café no caminho para o trabalho de papai só vendia um café preto e sem açúcar. Havia então um mercado para o leite de vaca. Vendeu o maior rubi que tinha e comprou algumas vacas e cabras. Todo dia, antes de o sol nascer, ela ordenhava os animais, e Lakshmnan levava o leite para os cafés da cidade. Durante o dia, fazia iogurte com o leite restante e, à tarde, as mulheres do templo apareciam com vasilhas vazias para pegar o iogurte que mamãe diluía em água. Elas o chamavam de *"mour"*.

Nessa época, eu estava com nove anos e lembro-me de nossas vacas como grandes feras com corpos desajeitados e poderosas tetas. Elas me olhavam com olhos molhados de tristeza que me deixavam arrependida por ter tentado estabelecer amizade, mas o fato é que eram muito estúpidas para serem amigas. Naqueles olhos, nunca havia o brilho do reconhecimento nem outra expressão a não ser uma triste resignação. Resignação por ter uma vida medonha em condições fedorentas. Debaixo dos rabos, sempre havia cocô seco.

Estranhamente, toda vez que penso na ocupação japonesa me vem à mente a imagem daquelas vacas. Como entraram em nossas vidas no início da ocupação e como foram todas vendidas quando os japoneses partiram. Mamãe também criava cobras, perus e gansos, mas nenhum me causou tanto impacto como as vacas. Lalita alimentava os perus e os gansos com brotos de feijão e espinafre até ficarem bem grandes para a venda e chorava quando mamãe os vendia para um comerciante chinês no mercado.

Quase todos nós associávamos a ocupação japonesa ao medo. Um medo penetrante que tinha um gosto e um cheiro só dele. Metálico e estranhamente doce. Eu e Lakshmnan estávamos indo para o mercado quando vimos uma primeira cabeça decapitada. Espetada numa estaca à beira da estrada junto a uma folha escolar onde se lia a palavra *traidor*. Rimos quando avistamos a cabeça. Foi engraçado enquanto achávamos que não era real. Como poderia ser real, se não havia sangue pingando do pescoço cortado ou do grande corte na face esquerda? Depois que nos aproximamos, foi que nos demos conta de que era mesmo real. As moscas eram reais. E também o persistente odor adocicado ao redor. Fui golpeada no estômago por um medo nunca antes sentido. Na mesma hora, temi pela vida do meu pai, ainda que meu irmão me assegurasse que eles só decapitavam os chineses suspeitos de serem comunistas.

Alguns metros à frente, não só havia uma cabeça, como todo o corpo, empalado numa estaca enterrada no chão. Senti que os passos do meu irmão vacilavam. Ele apertou dolorosamente a minha mão, mas era parecido com mamãe, não se intimidava com facilidade. Seguimos em frente. Seria melhor que não tivéssemos seguido. Se o chinês decapitado já parecia um tosco manequim, a segunda vítima me provocou pesadelos durante muitos anos depois.

Era uma mulher. A afirmação de Lakshmnan de que os japoneses só decapitavam os chineses comunistas mostrou-se uma mentira. O cadáver da chinesa exibia uma gravidez avançada. A barriga estava cortada e aberta, e um feto escuro já desenvolvido pendia obscenamente daquele buraco aberto. O rosto dela era algo medonho de se ver. Os olhos estavam esbugalhados, como se pelo horror de ser observada pelo buraco na barriga, e uma boca escancarada parecia prestes a soltar um grito insano. Moscas varejeiras azuis zumbiam em volta daquela barriga aberta e fedorenta. Em sua mão inerte e flácida, um cartaz declarava o seguinte: *É assim que tratamos as famílias comunistas.* Pelo visto, os japoneses nutriam um ódio especial pelos chineses que transcendia a guerra. Caminhamos em silêncio.

Depois de ter o quinto filho roubado, Mui Tsai passou a vagar pelos arredores como um amargo fantasma. Ela se sentia retalhada e sangrando por dentro, mas aparentava juventude e beleza para o mundo exterior. Era perfeita para os soldados japoneses. Eles tinham achado uma mulher para ser usada e abusada em nossa pequena vizinhança. E como a usaram! Aos montes. Eles a possuíam um por um no chão da cozinha, na cama do patrão, na mesa de pau-rosa onde o patrão e a patroa faziam as refeições diárias. Quando chegavam, eles queriam comida servida à mesa e sexo fosse onde fosse. Mohini e Ah Moi, uma outra vizinha, continuaram virgens graças a Mui Tsai. A primeira investida do general Ito e seus homens quando entraram em nossa vizinhança foi na casa do

Velho Soong. Encontraram na casa tudo que satisfazia às necessidades básicas deles. Lá sempre havia a comida de que gostavam e que estavam acostumados a comer e, além disso, uma jovem bonita com quem eles podiam fazer o que bem entendessem. Afinal, Mui Tsai não era esposa nem filha de ninguém. Como dispunham dela, não se davam ao trabalho de vasculhar a vizinhança em busca de filhas escondidas pelos pais com todo cuidado. Talvez tenham até ventilado a possibilidade de haver outras moças interessantes em outro lugar da vizinhança, mas, por ora, se contentavam com Mui Tsai.

Mamãe e Lakshmnan construíram um abrigo secreto para Mohini, um buraco no chão com espaço disponível também para mim, caso a ocupação durasse muitos anos. Eu estaria a salvo por alguns anos disfarçada de menino, mas todo cuidado era pouco quando se tratava de japoneses. Mamãe dizia que a guerra traz o animal que vive dentro do homem à tona. Um tipo de homem que deixa a compaixão em casa. Encontrar um homem desses na terra do inimigo é como virar uma esquina e se deparar com os olhos amarelos de um grande leão. Sem chance de apelar para o bom-senso dele. Ele certamente atacará. O abrigo era um buraco cavado de forma engenhosa debaixo do chão da casa. Era uma passagem que se estendia debaixo do chão e terminava num espaço capaz de abrigar a mim e a Mohini, e um dia, quem sabe, até a Lalita.

Mamãe desmantelara o velho galinheiro e tocou as galinhas que ciscavam lá fora para o esconderijo debaixo da casa. Sua esperança era que o fedor das galinhas junto ao fedor das fezes pudesse impedir que até mesmo o mais dedicado servo do império investigasse aquele pequeno reduto debaixo da casa. Um grande baú de madeira que vovó tinha mandado de Sangra cobria o alçapão. A entrada ficava completamente vedada quando o baú era empurrado para cima do alçapão. Era um refúgio bem bolado, de modo que os japoneses abriam armários e esquadrinhavam todos os cantos e nunca o encontravam. Talvez não se esforçassem tanto para encontrar. Mui Tsai exauria o desejo deles antes de entrarem lá em casa. Uma vez, mamãe tentou agradá-los com comida. Cuspiram logo que a colocaram na boca e olharam para ela com uma raiva assassina, como se tivesse oferecido aquela comida com muito tempero apenas para zombar deles. Ela inclinou a cabeça e implorou por perdão. Foi esbofeteada. Às vezes olhavam para mamãe com um semblante estranho e perguntavam onde havia escondido as filhas. Vestida como um menino, eu sentia o corpo dela tremer ao lado. Certa vez, o general Ito chegou bem perto dela e, com um sorriso nos lábios que dava a entender que tínhamos sido traídos por algum vizinho, interrogou-a novamente. Mas foi apenas um teste e respiramos aliviadas quando o caminhão deles sumiu na estrada principal.

Mohini encheu o esconderijo de almofadinhas bordadas e livros. Ficou lindo, mas éramos proibidas de conversar lá dentro. Ouvíamos as pisadas das botas pesadas lá em cima e nos abraçávamos em silêncio. No início, nos sentíamos atemorizadas naquele refúgio, mas, com o passar do tempo, relaxamos e até aprendemos a rir baixinho com a mão tapando a boca, imaginando os soldados aparvalhados que nos procuravam em cima de nossas cabeças. Eu tinha orgulho da engenhosidade do nosso esconderijo, porque sabia que os japoneses jamais o encontrariam e estava certa.

Um dia, eles foram buscar papai.

Sevenese tivera um sonho em que papai caía dentro de um buraco no chão com os lábios sangrando abundantemente. Embora não tenha entendido o significado do sonho, mamãe foi até o templo para orar e fazer uma doação em dinheiro.

Já tínhamos esquecido o sonho, quando, duas noites depois, os japoneses chegaram. A lua era só um traço tênue no céu e no vazio negro só havia um punhado de estrelas esparramado pelos deuses. Sei disso porque depois entrei num estado de torpor, enquanto olhava o céu coberto pela escuridão. A vizinhança dormia, e só mamãe se mantinha acordada. Estava costurando na cozinha. A agulha espetou-lhe os dedos ao primeiro ruído de pneus cantando na estrada. Ficou olhando por um segundo para o ponto vermelho em seu dedo, mas me arrastou junto com Mohini para fora da cama e nos colocou no esconderijo antes mesmo da freada dos caminhões e da algazarra dos homens. Em seguida, apagou o lampião de querosene e se postou atrás da cortina da sala. Eles vinham com lanternas e baionetas. Encoberta pelas cortinas, ela os viu desaparecer dentro da casa do caminhoneiro.

Alguns minutos depois, saíram com as baionetas apontadas para o caminhoneiro. A luz dos faróis contra os olhos o deixava ainda mais desnorteado. Eles então o arrastaram quase despido para dentro de um caminhão. Soluços e gritos de dor ecoaram dentro da casa do pobre homem. Os gritos aterrorizados dos filhos dele cortaram a noite. Em voz alta, os soldados discutiram alguma coisa naquele idioma gutural durante algum tempo. Não eram Ito e seus homens. O general e seus soldados eram previsíveis. Eles eram odiados por nós, mas acabaram se tornando figuras aterrorizadoras familiares. Aqueles homens pareciam muito mais ameaçadores. Não estavam em busca de comida ou de um par de pernas abertas. Queriam algo bem mais importante. Mamãe ainda espionava quando o grupo se dividiu, e dois homens se encaminharam em direção a nossa casa. A porta da frente trovejou com as batidas. Mamãe correu para abri-la. As lanternas iluminaram rapidamente o rosto dela e depois eles a empurraram com rudeza para o lado. As lanternas recaíram em papai, que estava paralisado à porta do quarto. Logo o agarraram e o arrastaram para fora. Eles se mostraram impassíveis com o pranto desesperado de mamãe.

Papai virou-se para nos olhar, mas sem acenar. Não havia emoção no rosto dele. Ainda estava atordoado.

Andaram de caminhão por aproximadamente quarenta e cinco minutos. O nosso vizinho caminhoneiro começou a soluçar sentado no lado oposto ao de papai, que vestia apenas uma camiseta branca sem mangas e uma calça de pijama, e a tremer de frio na carroceria aberta. Depois de algum tempo, chegaram a uma plantação de seringueiras e foram conduzidos para uma elegante casa de pedra de estilo colonial. A casa apagada emanava sob a luz da lua uma tonalidade prateada e fantasmagórica. Uma sinfonia clássica atravessava as cortinas brancas de uma janela aberta no primeiro andar e flutuava como uma assombração.

Os soldados apontaram uma espada para meu pai e o fizeram descer uma escada que dava num subterrâneo. Uma infiltração de água pingava do teto e escorria pelas paredes do calabouço. Ele passou a mão por uma das paredes e sentiu o aveludado da espessa camada de musgo que a cobria. Os corredores ressoavam os passos e a respiração dos prisioneiros. Percorreram aos tropeções um longo corredor e depois foram empurrados para dentro de minúsculas celas. A porta fechou-se atrás do meu pai com um forte estrondo. Sem a pálida luminosidade da lanterna do sequestrador, tudo mergulhou em nuvens de nanquim. Dois pontinhos alaranjados surgiram em suas pálpebras. Ele não se sentiu aliviado com a pisada pesada das botas que se afastavam. Era uma cela fria e úmida, e ele tremeu e ouviu. Eram outras botas que se aproximavam. Ritmadas e pesadas. Passaram. Um cão latiu lá fora. De algum lugar bem próximo, ecoou um gotejar de água.

Papai esquadrinhou a cela de joelhos. As rachaduras nas paredes se esfarelavam, e o piso era de pedra. Não havia nada naquele lugar a não ser ele e alguma coisa que saiu em disparada. Ele se apoiou rapidamente num canto da parede e olhou aterrorizado para a escuridão. Era um rato. Pôde ouvir a arranhadura das garras do bicho no cimento frio. Um barulhinho de nada. Os pelos da nuca se arrepiaram. Ele odiava ratos. Enfrentava cobras, tolerava aranhas e sabia que era necessário haver sapos viscosos e até baratas – mas odiava ratos. Oh, Deus, e aquele rabinho tétrico e liso. Engoliu em seco, morrendo de medo. Ouviu novamente o movimento em disparada e apertou o punho. Os dentes do rato se agigantaram na escuridão e tornaram-se mais afiados. Claro que podia esmagar aquele corpo macio e quente com um único soco. Claro que aquele sangue nojento se esguicharia, mas ele estaria a salvo. Lembrou que estava descalço. Ouviu outra vez um barulho de botas a marchar pelo corredor. Ficou apavorado. A boca ressecou.

Ele não tinha medo dos japoneses. Não havia nada a temer. Não tinha feito nada de errado. Entre todos os outros, ele era o que menos precisava temer. Recusara-se até mesmo a comprar no mercado negro o açúcar refinado que sua esposa tanto queria. ELE NÃO ESTAVA COM MEDO.

Era do rato que ele tinha medo. Repetiu isso para si mesmo uma vez após a outra. Não tinha nada a temer. Precisava se concentrar no rato que era capaz de roer os dedos dos pés dele. A certa altura, teve a impressão de que uma espada brandia no ar perto do pescoço e sacudiu a cabeça. Chegou a ver a própria cabeça cortada por uma espada brilhante. O sangue jorrou do pescoço como uma chuva vermelha.

– Pare com isso – disse para si mesmo em meio àquela intolerável escuridão. Repeliu da mente febril a imagem do rato amarelo que empunhara a espada invisível.

Depois ouviu gritos, claramente. Gritos agudos, lancinantes. Gelou enquanto ouvia na escuridão. O som não se repetiu. A boca estava tão seca que a língua aderiu ao céu da boca. Pigarreou, mas nenhuma saliva acorreu. De repente, sentiu um roçar de pelos na perna esquerda. Desferiu um soco com um gesto brusco, mas só conseguiu acertar o piso de cimento. O rato foi ligeiro e se afastou em disparada. O rato estava zombando dele.

A porta se abriu, e o rosto dele foi golpeado por uma forte luminosidade. Ele ergueu as mãos e protegeu os olhos. A luminosidade súbita era intolerável, como uma faca nos olhos. Ele sentiu medo. Não tinha ouvido o barulho de botas.

Por trás da luz ofuscante em meio à escuridão, duas sombras se separaram e, de repente, o ladearam. Dois rapazes malaios. Eles o ajudaram a se pôr de pé com mãos gentis. Tinham olhos inexpressivos e seria inútil argumentar com eles. Foi conduzido pelos dois rapazes por entre o corredor úmido e escuro que fedia a urina. Dessa vez, ele notou as portas que havia em ambos os lados do corredor. Durante um bom tempo, não ouviu nada, mas, em dado momento, um suspiro profundo ecoou por trás de uma das portas. Era o desespero de alguém que havia desistido de lutar e de ter esperança.

Por fim, ele se viu numa salinha vazia. Com uma mesa de madeira, duas cadeiras e a luz de uma lâmpada. Em cima da mesa, uma jarra de água e um copo vazio. Ele olhou hipnotizado para a água. Atrativa, doce, limpa e gelada, os cubos de gelo flutuavam suavemente à superfície. Foi realmente bizarro quando ele descobriu que o que mais desejava naquele lugar vazio e iluminado por uma lâmpada que o incomodava era aquela água. Olhou para o único copo em cima da mesa. Será que alguém notaria se bebesse apenas um gole? Olhou ao redor. As paredes eram sólidas e grossas. Aguardou durante uns cinco minutos. Ninguém apareceu.

Pegou o jarro e bebeu um gole. O líquido não ficou nem um segundo na língua seca porque ele o cuspiu. A água era tão salgada que não dava para beber. Agora realmente dava medo só de olhar a bagunça no chão. O que ele tinha feito? Aquilo era algum tipo de truque, e ele tinha caído como um patinho. Talvez alguém estivesse espiando pelo buraco da fechadura. Começou a tremer da cabeça aos pés. Desconcertado, despiu a camiseta às pressas e secou o chão com ela. Depois vestiu novamente a camiseta com mãos trêmulas. Uma chave girou na fechadura. A porta se abriu, e um homem atrás de uma máscara fabulosa entrou na sala. Papai ficou de tal modo impressionado com a visão que involuntariamente deu um passo atrás de boca aberta. Ele não fazia ideia de que estava diante de uma perfeita máscara *Noh* japonesa. O homem vestia uma túnica de mangas muito longas. Inclinou polidamente a cabeça ao modo japonês. Meu pai se apressou em inclinar a dele. A máscara pareceu adquirir vida quando o homem mexeu a cabeça. A superfície da máscara sob a luz da lâmpada era lisa e lustrosa como a pele de uma garota. Um notável ser andrógino sorria em singela e calorosa inocência. Os olhos sob as sobrancelhas gentilmente arqueadas lá dentro das cavidades vazias do estranho estavam sombreados, porém vivos. Intimidado e confundido pela máscara, papai se manteve no centro da sala.

– O Exército imperial está lisonjeado por ter a honorável presença do senhor como hóspede – disse o estranho com suavidade, o que fez papai pensar por um momento fugaz que tudo não passava de um terrível engano.

O Exército japonês não tinha motivo para acolhê-lo como convidado. Ele era apenas um zé-ninguém, um reles funcionário sem cérebro que não conseguira ser promovido nem uma única vez na vida. Afinal, fora reprovado em cada exame que fez! Podiam até perguntar para a esposa, para os filhos e para os vizinhos dele. Confirmariam isso. Só podia ser um caso de confusão de identidades. Claro que o Exército imperial esperava alguém importante que poderia colaborar para a causa japonesa. Papai abriu a boca para falar, mas o estranho apontou polidamente para o jarro de água sobre a mesa e disse com um toque de petulância na voz:

– O senhor gostaria de beber um pouco?

E foi então que meu pai se deu conta de que não se tratava de nenhum engano.

O estranho encheu o copo de água com cuidado e ofereceu para ele.

– Sente-se. – Afastou uma das cadeiras.

A manga comprida da túnica de seda fez uma dobra nos braços e deixou à mostra mãos fantasmagoricamente brancas, como se fosse a pele da barriga de uma lagartixa terrivelmente desfigurada. As extremidades dos dedos eram esponjosas de um jeito incomum. Papai reprimiu um gesto de espanto. Nunca tinha visto nada parecido. Sentiu o coração apertar com um medo súbito e entendeu por que as mangas eram tão compridas. Aterrorizado, começou a se perguntar pela razão da máscara.

Aquilo não podia estar acontecendo. Ele era apenas uma pessoa comum sem afiliação política e sem qualquer ambição. Era apenas um homem que se contentava em se sentar na varanda para fumar um charuto ou para pôr os filhos no colo enquanto ouvia o rádio.

A máscara o olhou com uma expressão de prazer. Papai se sentiu confuso. Máscaras não se expressam. A máscara então se acercou, mantendo-se a poucos centímetros de distância do rosto dele. De repente, as cavidades vazias sombreadas tornaram-se covas de uma crueldade sem par. Ficaram opacas e friamente divertidas. Um brilho insensível nos olhos indicou que o mascarado já tinha feito aquilo muitas e muitas vezes, e com muito prazer. Papai o olhou com incredulidade, praticamente intoxicado pela refinada beleza da máscara e pelo mal que havia naquele olhar. Os protuberantes lábios vermelhos e sensualmente úmidos estavam quase em cima do meu pai e, ao sentir o hálito, de repente o encanto se quebrou e ele deu uma guinada para trás. Aquele homem era o mal.

– Beba, beba – gritou a máscara de um modo expansivo, mas os olhos frios de réptil devassavam a camiseta molhada do meu pai com um delicado prazer. Os pelos da nuca do meu pai se arrepiaram de repulsa.

– Beba – disse a máscara *Noh*, dessa vez com mais insistência.

E aí papai bebeu um gole daquela água salgada. A água queimou a garganta dele. O homem deu um passo à frente de imediato e reencheu o copo. Em seguida, se pôs a falar. Falava suavemente e, de vez em quando, o meu atordoado pai tinha de se esforçar para ouvir, de camiseta úmida e com um copo pela metade na mão. As coisas que o sujeito de túnica larga disse logo se turvaram na memória do meu pai. Ele só lembrava que tinha tido a incrível impressão de que a máscara parecia mudar. Às vezes parecia melancólica, outras, luminosa e feliz. Vez por outra, furiosa. Ele também conseguia se lembrar da voz. Uma voz extremamente gentil que lhe inspirava terror. É claro que o meu pobre pai se lembrava dos doces e insistentes sussurros: "Beba, beba."

Papai tinha bebido toda a água do jarro quando a conversa acabou. Ele queimava de sede, e o estômago revolvia dolorosamente. Os dois rapazinhos malaios o levaram de volta à cela. Lá, encontrou mais água salgada e uma porção fria e sem gosto de legumes e arroz. Já tinha se passado um dia ou talvez mais. Os lábios dele começaram a rachar. Em algum canto, soou o ruído de uma goteira. Ele sentiu o frescor na própria boca. E em meio à escuridão da cela, levou em conta o sangue do rato. Aquilo também era líquido, não era?

O tempo passou, e os dois soldados que o foram buscar novamente começaram a fazer perguntas sobre um comunista de quem ele nunca tinha ouvido falar. Ah Peng... Ah Tong... eram nomes completamente estranhos.

– Não conheço esses homens.

Ele foi esbofeteado com força.

– Não são eles e sim *ele* – corrigiram com raiva. – Não se faça de engraçadinho.

– Claro, claro, ele. *Ele,* não eles – gritou papai de dor.

– Você nega que ele andou pela sua vizinhança?

– Talvez tenha andado por lá, mas não o conheci.

– Quem foi então que o conheceu?

– Não sei.

– Arrisque um palpite... Você sabe quem é que estamos procurando.

E dessa maneira as perguntas iam e vinham, sempre dando a entender que papai tinha realmente acolhido um comunista e obviamente estava mentindo. Até que os dois soldados começaram a espancá-lo.

– Confesse! – gritou uma voz tão próxima do ouvido do meu pai que era como se alguma coisa tivesse explodido dentro da cabeça e o ensurdecido com vibrações descontroladas.

Ele tentou várias respostas enquanto segurava a cabeça atordoada, e todas foram insatisfatórias. Com um instrumento de madeira aparentemente inofensivo, cortaram a carne entre os dedos dele. Meu pobre pai desmaiou de tanta dor. Jogaram um balde de água fria na cara dele. Depois ele recobrou a consciência, e os homens arrancaram uma de suas unhas. A crueldade parecia inesgotável. A unha foi extraída com um jorro de sangue e um pedaço de carne. Arrancaram com tanta rapidez que meu pai levou alguns segundos para perceber. Ele olhou com um espanto selvagem para o dedo que sangrava. Sim, tardou para entender, mas aquilo seria uma brincadeira? Aquilo estava acontecendo realmente com *ele*?

Os dois soldados sorriram de deboche por aquela besta enorme e estúpida que se contorcia no chão. Aos poucos, a intensa agonia se transformou em dor latejante. Papai respirou fundo e arriscou olhar outra vez para o dedo ferido. O ferimento parecia pior que a dor. A dor era suportável. Olhou para as caras rudes dos soldados.

– A dor já está passando? – perguntou o rapaz que estava mais próximo, antes de pegar a mão do meu pai e enfiá-la numa jarra cheia de sal. Só então ele começou a gritar como um louco. Nunca tinha passado por uma tortura. A dor tomou o braço como se fossem labaredas, explodindo os nervos como o estouro de um relâmpago.

– Não conheço esse homem. Não conheço. Oh, Deus, juro que não conheço esse homem. Oh, Senhor Ganesha, me proteja. *Por favoooor.* Tire-me daqui. Tire-me daqui. Leve-me agora mesmo.

Ele perdeu os sentidos e, quando voltou a si, estava sendo arrastado pelos dois malaios ao longo do corredor. Notou vagamente que dois outros garotos da região saíam de uma das muitas portas do corredor. Uma chinesa se arrastava aos tropeções entre eles. Nua da cintura para baixo. Os cabelos à altura dos ombros estavam completamente desgrenhados, e os olhos estavam vidrados e inexpressivos. A face da mulher sob a luz difusa do corredor era branca como giz. Ele não conseguiu evitar e olhou para a parte de baixo dela. De repente, se deu conta de que estava olhando para aquela parte. Ela sangrava copiosamente. O sangue escorria por entre as pernas e manchava o chão. A primeira coisa que lhe passou pela cabeça foi que a tinham ferido nas partes íntimas, mas depois percebeu que ela estava menstruada. Por mais estranho que pareça, a falta de vergonha que ela demonstrava pelo próprio sangue o deixou mais assustado que qualquer outra coisa. Ele disse então com sofreguidão:

– Oh, não, não, não, o que fizeram com você – soluçou como uma criança, chorou como se aquela mulher fosse um membro da família, mas ela ignorou a dor dele e, com a indiferença de um robô ou de um defunto, seguiu na direção da sala onde o mascarado aguardava.

Meu pai e sua dor foram jogados no chão, um jarro de água salgada e um rato lhe faziam companhia. Abatido e exaurido, se arrastou até um dos cantos. Sua cabeça rodava. Finalmente entendia por que os cadáveres espalhados pela cidade tinham os dedos enegrecidos. O sol da tarde tostava a carne e queimava o sal das feridas.

Ele soltou um grito ao acordar. O dedo estava em brasa. O som lancinante do seu próprio grito lhe era irreconhecível. Alguma coisa estava comendo o dedo dele. O rato estava comendo a carne dele. Puxou a mão abruptamente. Um facho de dor cortou a escuridão, mas o rato estava tão faminto que se recusou a largar a comida. Papai foi tomado por um frenesi histérico e esmurrou o piso duro até que o rato fugiu em disparada. A mão latejava sem parar. Ele começou a soluçar baixinho. A cela fedia a urina dele próprio.

Passaram os dias. Ele perdeu a noção do tempo. Tudo se reduzira à escuridão. Ele se sentia pior que um animal enjaulado. A mão se contraía de maneira descontrolada. Os ferimentos nos lábios provocados pela água salgada sangravam. Passava os dedos por entre os ferimentos da boca com o horror de quem se depara com sanguessugas grudadas no corpo. Ouvia o rato se movimentando em meio ao breu por horas a fio. O bicho se aproximava, e ele batia as mãos e os pés no chão até o ruído voltar para o extremo da cela. Sentia-se envergonhado pela rapidez com que os sequestradores o haviam reduzido a um estado animalesco. Ele sempre se considerara um homem digno e ainda...

Por fim, um dia, a porta se abriu, e ele foi levado de volta à sala onde teve o primeiro encontro com a máscara *Noh* e com o mal que se escondia atrás dela.

Era aguardado por um jarro de água. Os joelhos bambearem e involuntariamente ele levou a mão à boca de horror. Os ferimentos eram muitos e sangravam sem parar. Os lábios lancinavam a cada movimento. Ele gelou por dentro.

O mesmo homem vestido de túnica larga entrou na sala e foi até a mesa para colocar água no copo. Estendeu o copo para o meu pai.

Aquela máscara era realmente uma obra de arte. Já começava a lhe parecer familiar. Talvez ele estivesse ficando louco. Pousou os olhos no copo estendido. O gelo tinia dentro da água. Parecia deliciosamente gelada. Ele sentiu náusea. Balançou a cabeça em negativa, sabendo que implorava de maneira abjeta com os olhos.

– Por favor, não faça isso – ele sussurrou de lábios quase cerrados. As palavras os fizeram sangrar. Seria imaginação dele? Era possível uma máscara parecer desapontada?

– O Exército imperial não precisa mais de você – disse a máscara familiar antes de beber um gole d'água. – Você vai morrer antes da madrugada – anunciou o mascarado com um ar tranquilo e torturante. Era água doce. Papai avançou no jarro e dois soldados lhe deram coronhadas com os rifles.

Naquela noite, quatro soldados enfiaram dez homens dentro de um caminhão. Uma música clássica ecoava alto no ar da noite fria. Para papai, não restava dúvida de que o homem com pele de lagartixa era que estava ouvindo aquela música. Notava-se que era um amante da beleza pelo modo com que transformava brutalidade em arte. Os homens subiram um a um no caminhão. Os lábios de todos sangravam, e os rostos estavam ressequidos e desidratados. As mãos tremiam, e os olhos se arregalavam de terror. Com uma carga de homens abatidos, o caminhão deixou para trás a casa elegante, os ratos que moravam lá dentro, o anfitrião mascarado de requintada crueldade e os rapazes malaios silenciosos que apareciam e desapareciam como fantasmas. O nosso vizinho caminhoneiro sentou-se ao lado do meu pai. Olhou atordoado para o vazio. O caminhão entrou numa floresta e parou numa clareira. Os prisioneiros se entreolharam amedrontados. Sentiam o cheiro de cadáveres em decomposição. Os soldados os fizeram sair do caminhão e estenderam pás para suas mãos trêmulas, ordenando que enchessem um buraco largo e profundo de terra. Era tão fundo e escuro que eles não enxergavam as caras crispadas de horror e os vermes que infestavam os corpos lá dentro, mas sentiam o fedor. De cadáveres em decomposição.

Papai olhou em volta. Os homens pareciam loucos e desesperados sob a luz dos faróis. O fedor, os pensamentos medonhos, as preces silenciosas e ocasionais e as gargalhadas selvagens. Pareciam sentir o hálito suave e frio da morte nas nucas. Eles cobriram o buraco. Depois foram instruídos a cavar um outro buraco com a mesma extensão e profundidade do primeiro. Ele notou, à luz dos faróis, que o lugar estava cheio de covas iguais e que algumas deviam ter sido fechadas recentemente. Foi insuportável pensar nisso. Cavaram durante duas horas, talvez até mais. Foi um trabalho lento e arrastado, como se ninguém quisesse acabar. No calor daquela noite, nada seria mais pavoroso que as palavras...

– Parem. Já está bom.

Papai pensou com uma calma súbita que logo estaria morto.

Ele disse que viu a morte tão de perto e que a morte era uma criança tão adorável que isso o fez abraçá-la e beijá-la nos lábios.

– Vem brincar comigo – disse a criança.

– PAREM! Já está bom. Fiquem de frente para o buraco – soou uma ordem em voz alta.

Logo ele deixaria de existir, e este pensamento tornou-se estranhamente prazeroso. Ele sabia que tinha fracassado na vida, e a morte o convidava amavelmente... Fez seus cálculos. Mohini logo se casaria, e eu era inteligente o bastante para ter uma vida boa. Claro que os meninos também estariam bem. Sentiu uma pontada de dor pela pobre Lalita, mas tinha se casado com uma mulher que era um exemplo de mãe, e ela cuidaria da menina.

Fatigados, os homens alinharam-se. Alguns soluçavam, outros imploravam com os lábios sangrando copiosamente enquanto eles falavam. O sangue escorria até os queixos. O clamor deplorável que faziam soava como se vindo de muito longe. Os soldados continuavam impassíveis. Papai mirou as boquinhas pretas das metralhadoras dos japoneses.

E naquele momento a criança chamada Morte mostrou-se tão encantadora com seus olhinhos estrelados e cabelos despenteados que papai sucumbiu cativado. A criança sorriu para ele.

A curva tênue de um sorriso aflorou na boca do meu pai. Já estava pronto.

A zoeira e a luz de rajadas de metralhadoras cortaram subitamente o ar. Ele se projetou para a frente, e um ferimento ardeu em seu ombro. Um homem ao lado apertou o estômago e tombou em cima dele. Juntos, deslizaram cova abaixo em meio a um emaranhado de braços e pernas que fediam. Sob a luz fria do luar, papai viu a poucos centímetros do seu rosto a máscara assustada de terror no rosto do nosso vizinho e naquela fração de segundo se deu conta de que a morte era uma criança cruel e desalmada. Mais gente tombou por cima dele. Eles se contorciam em convulsões, jogando o jogo da Morte para divertir a criança. Calado e imóvel, papai sentiu a quentura do sangue pingando em seu rosto. E trancou todos os gritos de terror na garganta, bem lá no fundo. Ali debaixo dos cadáveres ouviu os soldados conversando no seu peculiar estilo gutural e agressivo. Eles chegaram até a beira da cova e olharam por um momento lá para dentro. Logo dispararam uma outra saraivada de balas. Alguns corpos se moveram abruptamente dentro do buraco. Papai abriu a boca apenas para encher os pulmões ardidos de ar. Embora não fosse um homem inteligente, sabia o valor do silêncio.

Em seguida, os faróis se afastaram, e logo o barulho do motor do caminhão desapareceu na noite. Estava tão escuro dentro daquela cova de mortos que papai achou que nunca mais veria a luz. Ele não queria pisar nos corpos ainda agonizantes e então esperou que parassem de se mexer. Os outros corpos dormiam pesadamente o sono da morte. Braços, pernas e cabeças se comprimiam em cima dele. Era como se quisessem que ele também ficasse lá dentro da cova escura. Ele teve de galgar nove corpos naquela noite. Foi horrível. Por fim, se viu livre da sepultura. Sentou-se exausto ao lado da cova que acabara de cavar. Olhou vagamente ao redor. A lua sorriu com tristeza, e ele ouviu pela primeira vez o rumor da floresta desde que havia chegado ali. O zumbido incessante dos insetos. Foi picado por um mosquito. Deu um tapa atrás do pescoço e começou a rir como um louco. Ele ainda estava vivo. O céu suavemente salpicado de nuvens cinzentas soprava uma brisa leve. Ele estava machucado e sangrava, mas tinha enganado uma criança atraente. Lembrou-se do riso oblíquo de raiva nos olhos doces e molhados dela. Feliz, disse consigo mesmo:

– Esqueça. Afinal, levar nove de um grupo de dez não deixa de ser um ótimo trabalho.

Voltou à cova para pegar os sapatos de um homem morto e depois seguiu floresta adentro em meio à noite, mantendo-se próximo dos rastros de pneus. Talvez os rastros o levassem de volta à cidade em um ou dois dias, mas, sob a luz cinzenta da madrugada, ele entrou em pânico quando se deu conta de que estava completamente perdido.

Voltou para casa cerca de duas semanas depois de o terem levado. Sem um terço da massa corpórea. Fedia como o gato da vizinha que tinha morrido debaixo da pilha de lenha e só foi encontrado uma semana depois. A pele do meu pai estava coberta de ferimentos e mordidas. Sua pele escura grudava como um elástico em sua estrutura avantajada. Ele havia se arrastado em círculos pela floresta, passado por cima de enormes troncos cobertos de fungos e de musgo escorregadio no meio da mata, escorregado na lama e inalado o odor azedo de folhas podres no chão. Durante todo o tempo, alimentou com o próprio sangue mosquitos gigantescos, sanguessugas, moscas, pulgas, formigas voadoras e outras criaturas imaginadas por Deus para povoar a noite.

Papai disse que os gases liberados à noite pela decomposição das folhas e das árvores tombadas e cobertas de cogumelos e liquens transformam o chão da floresta num estranho e interminável espetáculo de formas luminosas e fosforescentes. Com o maravilhoso espetáculo de luminosidade que lhe rodeava os pés, ele se sentava e paralisava de medo com os ouvidos aguçados para uma possível aproximação de um tigre, mesmo sabendo que as pisadas desse animal são tão leves que não mexem nem mesmo uma folha de samambaia. O tigre simplesmente surgiria do nada com seus lábios negros e suas presas brilhantes.

Coitado do papai. O ombro dele ardia noite e dia naquele calor úmido, como um carvão em brasa sobre a carne. O ferimento começou a cheirar mal. Ele o cobriu de folhas. De madrugada, lambia o orvalho das folhas que encontrava pela frente e depois saía aos tropeções até onde suas pernas conseguiam levá-lo. Em meio à luz difusa da floresta, uma vez, ele quase pisou num escorpião azul-marinho enorme que perambulava tranquilamente pelo mesmo caminho, o animal se assustou e ergueu o rabo venenoso.

Ele quase nunca parava.

Se um dia chovia a cântaros, transformando as trilhas que seguia em rios de lama vermelha, no outro dia fazia tanto calor que o vapor emergia das folhas em decomposição no chão da floresta. A certa altura, ele descobriu grandes buracos na lama e se encheu de esperança quando viu fezes negras e viscosas espalhadas pelo capim próximo aos troncos das árvores: rastros de elefantes. Seguiu os rastros por algum tempo, mas não levaram a nada.

Só depois de algum tempo foi que se deu conta de que estava andando em círculos. Foi tomado na mesma hora pela paranoia. Uma sensação indelével de que a selva o *queria* abateu ainda mais seu corpo combalido. A fome da selva tornou-se evidente em cada sombra e em cada forma que surgiam, até os cipós que pendiam dos galhos das árvores o acariciavam com tanta gula que lhe deixavam vestígios verdes e viscosos no rosto.

Estava sentado num tronco para observar uma aranha peluda do tamanho da palma de sua mão que escalava um cipó, quando sentiu uma comichão no antebraço. Era a dança de uma larva. Enquanto olhava surpreso para a larva, uma outra surgiu ao lado. Ficou olhando as duas larvas brancas que brincavam em sua pele, até que uma terceira juntou-se a elas. Isso o fez girar a cabeça lentamente e, mesmo prevendo que o ferimento purulento do ombro poderia estar cheio de larvas, gemeu de repulsa e horror ao vê-las. Notou que a mão estava completamente dormente. Mergulhou no mais negro desespero e se perguntou se não estava sendo comido vivo.

Achou que a criança dourada da morte estava brincando com ele naquele calor sufocante, mas estava errado, porque ela já estava desinteressada. As larvas só comeram o pus e a carne necrosada e depois se foram, deixando um buraco vazio e limpo no ombro. Um faisão argus planou por entre gigantescas samambaias tão perto das mãos de papai, que ele quase o pegou. O que teria feito se tivesse êxito sempre foi um mistério para mim, porque ele era incapaz de matar uma mosca. Ele não pensou no assunto, porque preferiu se deitar de bruços no negror do chão. Um martim-pescador sobrevoou um pouco acima com um exuberante papo laranja, mas meu pai só viu um borrão azul alaranjado pois já estava perigosamente enfraquecido e exaurido.

Em alguns trechos, o guarda-chuva de folhas escasseava, e borboletas do tamanho de um rosto humano planavam ao redor da cabeça de papai em graciosos círculos, e vez por outra ele caminhava em meio a nuvens de mosquitos e sacudia as mãos na frente do rosto com indiferença. O ombro ainda latejava, os lábios ainda estavam cobertos de ferimentos e a pele sobrevivia dolorosamente com centenas de picadas e queimaduras provocadas pelas plantas venenosas. Ele sabia que não conseguiria continuar por muito tempo. Prosseguiu, arrastando-se quase sem forças.

Por fim, deparou-se com rastros humanos. Eram marcas nos troncos das árvores. Ficou exultante e seguiu-as. Elas o levaram até um aprazível torrão de bananeiras. Faminto, ele investiu contra as frutas, e dezenas de sanguessugas tombaram da parte de trás das folhas, alojando-se na pele dele. Só foi se dar conta disso quando viu aquelas sanguessugas gorduchas do tamanho de um dedo médio sugando-lhe o sangue. Quando o suprimento de bananas terminou, ele passou fome até o momento em que sentiu o cheiro de mangas vindo de algum lugar. Acompanhou aquele odor forte e, a certa altura, se deparou com um deslumbrante tapete de frutas maduras debaixo de mangueiras silvestres.

Sentou-se naquele tapete amarelo, descascou as frutas com os dentes e ingeriu dez ou quinze mangas ou talvez até vinte. Foram as mangas mais deliciosas de sua vida. Fez um saco com a camiseta e colocou lá dentro o máximo de mangas possível para carregar na jornada.

Depois, sem que ele pudesse acreditar, como que por mágica, a floresta deu lugar a simétricas fileiras de seringueiras. Seguiu em frente como um gato cauteloso à espreita de um rato e se detinha de pelos arrepiados atrás de cada árvore à espera de que, a qualquer momento, surgisse um japonês de face amarela com uma baioneta pronta para lhe perfurar o estômago. Mas não se viu diante de nenhuma baioneta. Caminhou em meio a um interminável zumbido de milhões e milhões de insetos e por entre uma gritaria de pássaros e macacos e depois o seringal fez um silêncio absoluto. Em dado momento, chegou a uma velha estrada de terra por onde prosseguiu até encontrar uma pequena cabana de dois indianos que processavam o látex manualmente, por intermédio do *toddy*, uma bebida alcoólica feita do sumo de palmeiras. Papai tentou chamá-los com um grito, mas os pulmões só deixaram escapar um débil gemido. Abriu a boca para gritar mais alto, mas as pernas desabaram, e ele foi engolido pela escuridão.

Aqueles indianos eram homens bons. Trouxeram papai de volta para casa. Nunca vi ninguém tão profissional como mamãe. Não demonstrou medo nem desagrado em relação ao estado do marido. Cheiros, ferimentos, cortes, queimaduras, carne dilacerada, pele inchada e oleosa. Ela queimou pedaços de panos velhos no fogão e depois esfregou o corpo do meu pai com esse material. Ele gemeu de alívio quando o carvão suavizou os ferimentos. Ela banhou o inchaço do rosto com um líquido obtido da fervura de folhas de tubérculos. Limpou e enfaixou alguns ferimentos e, por fim, remendou o homem quebrado que não a reconhecera à porta de entrada.

A figura murcha e coberta de iodo do meu pai permaneceu naquela cama de ferro grande durante semanas. A pele estava sempre pegajosa de suor devido à febre. Pedia por água seguidamente, até quando dormia. O único nome que saía dos lábios dele era o de mamãe, e ela era a única pessoa que ele reconhecia quando entreabria os olhos. De vez em quando, tocava o rosto de Mohini, e lágrimas silenciosas rolavam-lhe pela face. Os lábios, que pareciam irreparáveis quando ele chegou, sararam rapidamente, mas o corpo tomado pela malária se debatia com furor, como se não houvesse trégua para a guerra que se travava na mente dele.

– Tire a máscara dele. Não dê meu quinino pra ele – ele delirava. – Rápido... feche as portas. Esconda as crianças – continuava. – Não está vendo? Eles estão mortos lá na lama – gritava com tremores tão fortes que a cama balançava.

No primeiro sábado após a chegada dele, mamãe voltou do mercado com um embrulho verde que parecia uma folha de mamão e o desembrulhou na mesa de corte que ficava fora da cozinha. Era uma peça de carne de crocodilo escandalosamente vermelha.

– É muito boa para curar ferimentos – disse. – Ele é grandalhão e precisa de muito alimento para ganhar peso. – Cozinhou a carne com ervas.

Fiquei observando enquanto ela dava um caldo marrom na boca de papai às colheradas. Quando uma porção escorria pelo queixo, limpava com a colher. Todo dia desembrulhava o pacote verde da cor da folha do mamão e cozinhava aquela carne escandalosamente vermelha.

Dia e noite, ela ficou ao lado dele. Às vezes o repreendia, outras vezes cantava canções que ele nunca a tinha ouvido cantar. Apesar de tudo, talvez o amasse. Talvez fosse arisca por natureza. Ainda posso vê-la neste exato momento, uma silhueta delicada sentada à cabeceira de uma silhueta sombria rodeada pelas sombras do anoitecer. Lembro-me de ter pensado que mamãe era como o oceano enquanto estava encostada à porta com a sola do pé direito apoiada na perna esquerda, ouvindo-a cantar canções que nunca imaginara haver dentro dela. Era tão profunda e tão cheia de coisas desconhecidas que eu tinha medo de nunca atingir o seu fundo. Eu era um riacho que me tornaria um rio que um dia desembocaria nela.

Então, um dia, papai se empertigou no leito e pediu uma banana.

Fascinados, nos aglomeramos em volta e ficamos observando enquanto ele comia com as próprias mãos. O nosso purpúreo pai era um herói. Ele se limitou a nos dar pálidos e fugazes sorrisos. Depois, pediu a Lakshmnan que trouxesse um bloco especial de madeira que guardava havia muitos anos até o leito dele. Começou então a esculpir uma máscara. Devagar, bem devagar, foi se formando um extraordinário rosto com sobrancelhas arqueadas e lábios carnudos e sensuais. Ele gostava de olhar aquela máscara lisa e amavelmente sorridente perto da cama. Até que uma noite nós acordamos com o barulho de alguma coisa quebrando e de urros irados. Corremos até o quarto dele e o encontramos no meio do cômodo com o pesado pilão de madeira da mamãe na mão. A máscara jazia toda triturada em pedacinhos no chão. Ele nos olhou por alguns segundos, quase como se não reconhecendo ninguém e logo caiu em prantos.

No dia seguinte, eu o estava observando da porta, enquanto ele tomava a sopa de crocodilo, e, de repente, fui chamada. Ele apontou um espaço na cama ao seu lado e me ajeitei ali, recostando suavemente a cabeça na barriga dele. Papai contou tudo o que tinha acontecido. Ouvi e guardei tudo na memória. Afinal, quem ele tinha escolhido para contar a incrível história dele fora *eu*. Ele se recuperou rapidamente e, algum tempo depois, já caminhava pelos arredores da casa, mas logo esqueceu os detalhes que gravara para sempre na minha memória. Com o passar dos anos, ele só conseguia se lembrar vagamente da máscara e da criança da morte.

Jeyan

Para fortalecer minhas pernas franzinas, Mohini foi encarregada de caminhar comigo ao longo do riacho na mata atrás da nossa casa e vez por outra até o distante cemitério chinês do outro lado da estrada principal. Caminhávamos de mãos dadas, ela com seus tamancos vermelhos de madeira desconfortáveis e ridiculamente barulhentos, que estavam na moda naquela época por causa das chinesas, e eu com meus sapatos resistentes que custaram um bom dinheiro para mamãe. Em uma das caminhadas, os olhos de minha irmã foram atraídos por alguma coisa na água, alguma coisa que refletia uma luz azul. Ela entrou na água de tamancos e voltou com um brilho nos olhos e um cristal azul na mão. Foi o começo do tempo mais feliz de minha vida. Tempo em que o chão se tornou um útero cristalino de infinita fertilidade. Encontrávamos pedras de deslumbrante beleza por toda parte, na lama, na beira da estrada, debaixo das casas dos outros, na beira do rio quando saíamos para comprar peixe com mamãe e por entre as rochas próximas do mercado. Limpávamos as pedras com cuidado e uma vez por semana levávamos para o professor Rao.

O professor Rao era um conhecido do meu pai, um geólogo de certo renome. Ele havia nos mostrado uns manuscritos amarelecidos e impressos, papéis importantes que tinha escrito para a Sociedade Geológica de Londres. Era um homem elegante e profundo conhecedor da história indiana. Na cabeça dele, abundavam cabelos do mais puro branco. Ele se orgulhava muito do filho que estudava medicina na Inglaterra. Toda vez que havia uma oportunidade, o devotado professor Rao mandava pencas de bananas verdes para o filho por intermédio de amigos e conhecidos. Sempre lia para a gente as cartas de um rapaz inteligente e carinhoso que agradecia por aquelas bananas adoráveis e amarelas. O rapaz dizia com entusiasmo que estavam perfeitamente maduras.

Foi o professor Rao que nos ensinou a andar com um pedaço de sílex no bolso. Encontrávamos uma gema ou uma pedra em algum lugar e a primeira coisa que fazíamos era bater na pedra com o sílex; se cedesse, isso queria dizer que ela podia ser polida com uma palha de aço. E dessa maneira eu e Mohini enchemos uma velha caixa amarela de madeira quase até a borda de pedras deslumbrantemente coloridas e polidas. Para os meus olhos de criança, aquela caixa fechada e escondida debaixo da nossa casa era um tesouro extravagante parecido com a coleção profissional do professor Rao, uma coleção de rochas, cristais, fósseis e gemas.

Parecido com a coleção de geodos polidos que ele deixava exposta, simples ovos de pedra com uma cobertura de camadas de diversos padrões produzidas pelo rápido resfriamento da crosta terrestre, em cuja parte interna há gloriosas cavidades preenchidas pelos mais puros cristais. Parecido até com a enorme caverna de ametista que ele tinha, lá dentro cabia facilmente a minha cabeça inteira. Eu tinha certeza de que era parecido com o *lingam* extraordinariamente grande que havia na casa dele, uma turmalina negra lapidada no formato de um falo, que para os indianos era o símbolo do Senhor Shiva. E eu achava que também era parecido com o âmbar dele que tinha dentro um inseto. É inegável que a dramática turvação ao redor do inseto resultante da luta que ele tinha travado antes de morrer provocava um fascínio mórbido.

Eu me deitava na relva verde salpicada de folhas amarelas do jardim nos fundos da nossa casa sem sentir inveja das conchas de Paua, dos búzios gigantes e dos corais praticamente intactos do professor Rao. Mas agora olho lá dentro da nossa caixa e me dá vontade de chorar. Só consigo ver uma caixa cheia de pedras sujas. Uma triste recordação de um tempo inocente, de um tempo feliz, quando ficávamos debaixo da casa durante horas para polir uma pedra com cuidado até descobrir o seu brilho interno. Um tempo fugaz e frágil como as asas de uma borboleta, quando as pedras de improvável azul cerúleo e de intensa cor topázio e delicado rosado repousavam por algum tempo na palma extasiada da minha mão.

Toda semana, deixávamos os chinelos no lado de fora da casa do professor Rao e alguns passos depois estávamos em sua caverna de Aladim. Ele vestia um tradicional *dhoti* branco e nos recebia à entrada, as mãos unidas como um botão de lótus na forma mais nobre de cumprimento, os olhos esbanjando as virtudes e a marca de um deus, a testa com um símbolo em forma de U delineado por uma cinza sagrada.

– Entrem, entrem – convidava visivelmente satisfeito perante a audiência.

Lá dentro da casa, abríamos as mãos estreitamente cerradas e estendíamos nossas pedras aquecidas para serem examinadas. De cara séria, ele pegava as pedras com uma pinça e examinava uma a uma com uma lupa. Sem dúvida alguma, as pedras que eu coletava junto com Mohini eram mais ordinárias que incomuns, mas o professor Rao era meticuloso ao colocá-las numa bandeja especial antes de entrar na sala onde mantinha vidros escuros com líquidos venenosos usados para identificar rochas e minerais. Ele pegava os estimulantes vidros etiquetados com símbolos de caveira que eram importados de fornecedores especializados e com muita cautela pingava uma gota de um líquido colorido em cima das nossas oferendas. Observávamos sem dar uma só piscadela. E, por um mágico instante, as nossas pedras chiavam, fumegavam e muitas vezes se cobriam de pontinhos ou irradiavam cores bem brilhantes.

Em seguida, uma esposa taciturna nos servia um chá bem doce e um delicioso bolo-mármore. Ela ouvia na cozinha canções frívolas de amor tâmil, mas na sala o professor Rao só permitia a música clássica austera de Thiagaraja. Enquanto degustávamos uma fatia fina de bolo, o professor abria uma caixa de prata dividida em pequenos compartimentos. Bétel, folha de bétel, cal extinta, noz de areca, coco aromático, cardamomo, cravos-da-índia, anis e açafrão, tudo isso guardado lá dentro. O refinamento com que selecionava a quantidade exata de cada ingrediente, a maneira com que seus longos dedos de pianista dobravam a brilhante folha verde para lhe dar a forma de uma pirâmide e prender o pequeno embrulho com um único cravo-da-índia, tudo isso era pura yoga.

Ele revivia com o bétel na boca os apuros de uma ostra irritadiça ou a vida borbulhante do magma centenas de quilômetros abaixo de nossos pés, levando-nos para dentro da crosta terrestre que oculta os diamantes por milhões de anos. Com uma voz refinada, conduzia-nos suavemente até grandes salões decorados com mármore verde de Esparta, mármore amarelo da Namíbia e afrescos de Meleager e Antimenes. Nas altas paredes, lamparinas a óleo perfumado e guirlandas de folhas aromáticas e violetas. Lá o professor Rao apontava para um decadente anfitrião romano que tinha escolhido de propósito uma bizarra coleção de alimentos simplesmente porque eram raros e caros, e ele era um amante rico da boa comida. Escravos depositavam travessas de prata sobre uma longa mesa de banquete com canários, papagaios, rolinhas, flamingos, ouriços do mar, botos, línguas de cotovias, úteros de porcas, corcovas de camelos, cristas de galos, cabrito ensopado, tordos e ostras assadas com uma gema crua em cima.

– Olhem – dizia o professor Rao –, eles comem com os dedos. Exatamente como nós.

Assistíamos com admiração à apresentação de músicos, poetas, engolidores de fogo e dançarinas, até que terminava a segunda rodada de pratos, e o orgulhoso anfitrião erguia aos gritos um copo incrustado de ametista:

– E que venham agora as bebidas.

Depois os escravos deixavam cair uma pequena ametista dentro do copo de prata de cada convidado, porque *amethystos* em grego significa "desintoxicado".

Era pelos olhos do professor Rao que observávamos os eunucos das antigas dinastias chinesas que davam igual atenção à tarefa de manter o fluxo constante de jovens concubinas e de preparar a refeição do imperador em vasilhas de jade para conservar a virilidade do amo.

Após o bolo, seguíamos o professor até uma cristaleira. Ele abria as portas do móvel, e um outro mundo se abria para nós.

– Vejamos. Já mostrei o meu caranguejo gigante? – ele perguntava, enquanto colocava em nossas mãos infantis um enorme caranguejo fossilizado de um peso considerável.

Cada detalhe do animal fora preservado para todo o sempre. Todos os tesouros guardados naquele armário de vidro mostravam-se um a um em piruetas diante de nossos olhos. Deslumbrados, alisávamos madeira petrificada, peças de azeviche e rosários feitos com lágrimas de Shiva, contas de *rudraksha* vermelho-acastanhadas. Admirávamos o casco amarelo de uma tartaruga e a presa fossilizada de um mamute ou a presa de marfim de um hipopótamo e a presa de uma morsa.

Cuidadosamente ele desembrulhava algumas pedras negras e redondas com uma abertura igual à de uma noz, cuja parte interna exibia fósseis de amonites marinhas ondulados e fechados como um segredo. Ele havia encontrado essas pedras nas escarpas do Himalaia.

– A Índia não tinha uma cadeia de montanhas até que ela se desprendeu de um grande continente chamado Gondawana e colidiu com o Tibet, empurrando o leito do mar cada vez mais para o alto – ele dizia para esclarecer o mistério da existência de amonitas marinhas na escarpa de uma montanha.

Para mim, no entanto, a peça mais gloriosa da coleção de cristais do professor Rao era um crânio de cristal da tribo *cherokee*. Ele nos contou que os indígenas *cherokee* acreditavam que esses crânios de cristal podiam cantar e falar e os lavavam regularmente com sangue de cervo para utilizá-los como instrumento de cura ou oráculo. Era algo de uma beleza sem igual, com prismas coloridos na parte de dentro. De vez em quando, as cores de um crânio esmaeciam, e o professor o deixava enterrado na terra a noite inteira ou exposto a tempestades ou a luas cheias.

A cada visita, ele colocava um cristal diferente em nossa mão direita e tínhamos de tocar suavemente na pedra com a mão esquerda.

– Fechem os olhos e do fundo do coração digam "eu te amo" para o cristal – ele instruía.

Eu segurava o cristal conforme o professor pedia, fechava os olhos e na mesma hora a minha cabecinha de macaco voava até a última fatia de bolo que sobrara à mesa e esperava com impaciência pelo momento em que ele diria "abram os olhos".

– O que vocês viram? – ele perguntava, empolgado.

Geralmente eu não via nada a não ser pontinhos verdes na tela alaranjada dos meus olhos fechados, mas Mohini se fascinava com a experiência e relatava fachos de luz, alegria que fluía nas veias como uma chuva e algas marinhas viscosas que afloravam no corpo. Às vezes achava que a pedra tinha pulsado na mão dela e depois respirado e se movido.

– Tudo isso são memórias guardadas no cristal! – exclamava o professor em triunfo.

Certa vez, ele nos fez uma surpresa. A drusa de cristais que Mohini segurara na semana anterior apresentava um arco-íris na extremidade de um dos cristais. Olhamos maravilhados para aquele arco-íris perfeitamente delineado. Será que Mohini tinha feito aquilo?

– Sim, com toda certeza – respondeu o professor a nossa indagação. – Muitas vezes, a pedra é como uma criança molestada. Mohini tratou-a bem e obteve uma boa resposta.

Toda vez que o visitávamos depois desse episódio, ele a instigava a tocar e brincar com o cristal. Era o único cristal dele onde tinha florescido um arco-íris.

Algumas semanas antes da invasão dos japoneses na Malásia, fizemos uma última visita à casa do professor. Ele abriu uma caixa de fósforos e mostrou lá dentro uma coisa enorme parecida com uma gota de um azeite muito verde aninhada em algodão. Pegou aquela gota sólida, colocou-a contra a luz e jurou que era a esmeralda mais perfeita que já tinha aparecido. O preço daquilo era incalculável. Antes mesmo de ter sido lapidada, o tamanho e a beleza da pedra eram tão incomuns que o garimpeiro que a encontrou na mina engoliu-a para contrabandeá-la.

– Isto aqui é a minha vida – disse o professor com orgulho, acrescentando com uma voz incrivelmente suave enquanto a colocava de volta à caixa. – Ela sempre me faz lembrar dos seus olhos, Mohini, minha querida criança, e será sua quando você se casar com meu filho.

Ele tinha razão quanto à esmeralda. Era realmente parecida com os olhos de minha irmã. Lembro-me dos olhos de minha irmã desde a época em que eu ainda era um bebê. Eram gemas que cintilavam. Gemas que riam. E como minha irmã ria!

Lembro-me dela dançando.

Sempre me sentava para vê-la dançar sob a luz do luar. Eu me sentava para observá-la no banquinho que mamãe usava na ordenha das vacas enquanto as vacas dormiam no curral. Ficava tão diferente debaixo da luz prateada da lua, tão extraordinariamente bela. Seus olhos misteriosos e amendoados eram delineados de negro com um uso abundante do *khol* de mamãe.

– *Tai tai, Taka Taka tei, tei, Taka, Taka* – soava a voz de Mohini com a claridade de um bater de palmas de criancinhas.

O corpo arqueava e se movimentava com agilidade, enquanto as mãos ondulavam na escuridão como a pálida silhueta de uma truta dando saltos nas águas escuras de um rio e os calcanhares batiam no solo para manter o ritmo da cantoria. Os guizos dos tornozelos tilintavam pela noite prateada.

– *Tai, tai, Taka Taka tei, tei* – cantava com os dedos desfraldados como leques.

As mãos voam pela noite para colher frutos encantados. Lustra-os com delicadeza, faz um arranjo num cesto de fios de ouro e os oferece à Grande Deusa do céu. Depois, ela desce as pontas dos dedos para tocar os próprios pés, que por sua vez saltam e correm para frente como um pincel feito de cauda de esquilo, pintando um quadro na terra. Um pavão orgulhoso, um tigre rugidor, um cervo acanhado. Está sempre muito escuro para se poder ver. Seus olhos se voltam para os lados, para a esquerda, para a direita e novamente para a esquerda. Seu rosto se ilumina de felicidade. O quadro está terminado. Os pés se movem e os calcanhares batem no chão, fazendo o movimento rápido de um gracioso círculo em volta da tela que ela pintou. Quando o círculo se completa, sei que a jornada dela está para acabar.

– *Ta Dor, Ta Dor, Ta Dor, Ta, Ta.* – Vejo-a erguer os braços para a lua e rodopiar cada vez mais rápido, enquanto os guizos dos tornozelos soam loucamente até que ela fica tonta e sem fôlego e cai na terra. Volta-se para mim com o semblante iluminado e o corpo docemente enroscado na terra e pergunta:

– E aí? Estou melhorando?

Por alguma razão estranha, ela me fazia me lembrar de Siddhi, uma lindíssima mulher que encarna os místicos poderes da sedução – de rara beleza e admirada com extravagância e ainda assim desprezada pelos deuses.

Enlouquecido pelo luar e pelo êxtase da dança durante aqueles momentos irreais, eu acabava me esquecendo de que ela não era um misterioso ser celestial que fazia uma pintura no quintal de nossa casa e sim a minha irmã, a pessoa mais corajosa que conheci. Era corajosa de um jeito bem diferente do que se via nos outros, de um jeito que para mamãe era fraqueza e, para papai, o retrato de um doce coração. Como poderei explicar o fogo que queimava dentro de minha irmã quando presenciava uma injustiça? Talvez você possa entender se eu contar o que aconteceu num aniversário de mamãe. Papai tinha economizado o dinheiro de sua patética mesada durante um ano para propiciar à esposa e aos filhos uma refeição digna de uma rainha.

Claro que ela teria recusado tal extravagância se tivesse tomado conhecimento disso antes, mas papai planejou tudo em segredo. Ele encomendou o jantar e começou a pagá-lo em suaves prestações bem antes do aniversário de minha mãe. A família inteira sentou-se em torno da mesa grande e circular do restaurante. Primeiro, foram servidos caranguejos apimentados, depois, carneiro cozido ao leite de cabra, um cremoso macarrão com *laksa*, um *char kueh teow* de frutos do mar, uma pungente lula *sambal* com aroma de *belacan*, peixe xaputa ao molho de gengibre, palitos de cana-de-açúcar envolvidos em creme de camarão, e assim os alimentos foram se seguindo até a mesa ficar repleta de pratos fumegantes.

– Feliz aniversário, Lakshmi – sussurrou papai. Com um sorriso no rosto.

Mamãe assentiu com a cabeça. Talvez se sentindo lisonjeada porque sorriu para nós, mas, quando ela começou a colocar arroz numa tigela para Lalita, um grito ecoou lá dentro. Uma velha mendiga se lamentava aos berros enquanto o dono do restaurante tentava expulsá-la, golpeando-lhe as pernas com uma vassoura. Era assim que se fazia naquela época. As pessoas batiam nos pedintes para mantê-los a distância.

Todos olharam, alguns penalizados e outros aliviados, porque aquela velha fedorenta não se aproximaria de suas mesas para estragar um delicado apetite. Mas não Mohini. Seus olhos se encheram de lágrimas e, de repente, ela se ergueu e se dirigiu ao dono do restaurante.

– Não se atreva a bater na vovó – ela gritou.

Atônito pela visão de uma menina que voava furiosamente em sua direção, o homem paralisou a vassoura em pleno ar. Acostumada a levar vassourada, a mendiga deteve o choro com uma cara de assombro. Mohini abraçou-a pela cintura e conduziu-a até nossa mesa. Para comer conosco. Na ocasião, ela ainda não tinha feito dez anos.

Até minhas lembranças mais antigas têm um toque da presença de Mohini. Eu a via numa miríade de poses lá do buraco onde mamãe me colocava todo dia para fortalecer minhas pernas. Ela representava em histórias em que fazia o papel de todos os personagens. Atuando de maneiras diferentes com expressões faciais diferentes e tons de voz diferentes, ela girava a minha volta como uma alegre borboleta. Era como se naquela época ela só tivesse tempo para mim. Talvez depois de ter olhado para os meus olhinhos pidões e compreendido sem que ninguém lhe tivesse dito que não haveria amor disponível para a pobre e feia criatura à frente dela. Minha boca não tinha aquelas coisas adoráveis que fazem as crianças dotadas atrair carinho e sim a lesma preguiçosa de uma língua. Minha irmã tomou para si a tarefa de me dar todo o carinho possível.

Fazia isso todas as manhãs depois que a casa ficava vazia. Depois da saída de papai para o trabalho, depois que Anna e meus irmãos iam para a escola e depois que mamãe saía para o mercado com Lalita a reboque. Ela era obrigada a levar Lalita porque senão minha irmã simplesmente se desintegrava de tanto espernear no chão e derramava todas as lágrimas até vê-la de novo, como se tivesse perdido algo bem mais valioso que um simples passeio até o mercado. Então, toda manhã eu me sentava de pernas cruzadas no pedacinho da cozinha perto da janela onde incidia um tênue raio de sol, enquanto Mohini fazia cachinhos no meu cabelo e me contava histórias sobre o Senhor Krishna, o deus azul.

– Ele ainda era um bebê e estava sentado do lado de fora da casa quando a mãe o viu engolir um punhado de terra e correu para limpar a boquinha dele, mas, ao abri-la, ela se deparou com o mundo inteiro lá dentro.

Sentado, sentindo aqueles dedos no meu cabelo e o hálito quente na minha cabeça, eu invejava aquela criança travessa tão amada que roubava nata de leite, escondia os apetrechos de beleza das moças, matava uma cobra com as mãos e erguia o monte Govardhan só para proteger o gado de uma tempestade terrível enviada pelo invejoso Indra. Eu me imaginava na janela de um palácio, olhando um bando de *gophis*, lindas pastoras que coletavam botões de lótus numa piscina verde, todas rogando secretamente para se casar comigo. Sonhava que um dia me casaria com Ratha, a *gophi* mais bonita.

– Um dia, a sua Ratha vai chegar aqui, doce como a flor da mostarda, e vou colocar pasta de sândalo e *kum kum* na testa dela – dizia Mohini para me provocar. Eu sempre respondia com uma careta de desagrado, mas, no fundo do coração, acreditava nela.

Essas são as minhas memórias mais felizes. O que mais sobrou para lembrar? Anos e anos à mercê da crueldade dos professores. Eles pregavam meus cadernos de exercícios nas minhas costas para que toda a escola ficasse sabendo da minha dificuldade de aprendizado. Açoitavam meus dedos e jogavam meus trabalhos no lixo, como se não valessem nada. Era como se eu tivesse um grau de estupidez inaceitável. Eles me xingavam e me baniam para um canto da sala. Eu nunca era visto no pátio cantando *"Kayu balak, Kayu balak, Pau, Pau"* com as outras crianças, porque, quando elas me viam, todas diziam: "Duro como um toco de pau."

Oh, como chorei pelos meus ouvidos não terem tampos.

Sofria tanto que me humilhava para ganhar um elogio, uma palavra amável ou uma conversa durante o recreio. Carregava as mochilas dos outros, andava pelo pátio de costas e latia como um cachorro apenas para diverti-los. Mas, com o tempo, me dei conta de que não se pode mendigar amizade e aprendi a me sentar sozinho no fundo do pátio de costas para as outras crianças, com os olhos voltados para a estrada, enquanto mastigava lentamente a merenda.

– *Kayu balak, Kayu balak* – cantavam felizes as crianças às minhas costas.

Minha caligrafia sempre recebia censuras e ofensas dos professores, mas minha mão era muito rígida e não conseguia controlá-la. As lágrimas rolavam pelo meu rosto, e eles continuavam inflexíveis. Como poderia dizer que, quando abria um livro para ler, peixinhos de tinta azul nadavam nas páginas brancas e me impediam de distinguir as palavras com nitidez? Como poderia somar os números direito se eles pulavam como macaquinhos pela página do caderno? E como poderia falar para eles que minha mão era rígida?

Muitos anos depois de os japoneses terem arruinado nossas vidas e partido, eu ainda me perguntava se tinha adormecido no tapete de folhas brilhantes do jardim dos fundos e sonhado com uma pintura Basohli salpicada de fragmentos de asas de escaravelho que reluziam como esmeraldas. Será que tinha existido realmente aquele tempo tão civilizado na minha história? Fui então fazer uma visita ao professor Rao. Ele chegou à porta quase careca, e suas mãos unidas formaram uma flor de lótus enrugada, e além disso estava fraco, muito fraco. Eu me lembrava dele mais resplandecente, mais alto e mais sorridente.

– Papa Rao – eu disse, voltando inconscientemente a minha memória para a infância.

Ele sorriu com tristeza. Esticou as mãos para tocar o meu cabelo engomado e penteado para trás.

– Os cachos – ele lamentou.

– Eram ridículos. Obra de Mohini... – Minha voz foi sumindo. As bochechas dele afrouxaram.

– É claro – assentiu com apatia, conduzindo-me para dentro de casa.

O lugar estava silencioso, menor e estranhamente morto. Nem mesmo a voz da sra. Rao cantarolava canções meladas de amor na cozinha. Eu podia ouvi-la enquanto ela se movia pesadamente e com muito esforço em outro canto da casa.

– Onde estão a caverna de cristal, os geodos, o crânio e as pinturas? – perguntei de súbito.

Ele ergueu a mão direita e logo a deixou tombar inerte.

– Os japoneses... eles roubaram tudo. Foram necessários três homens para carregar a caverna de cristal.

– Até seu caranguejo de pedra?

– Até meu caranguejo de pedra, mas olhe... não tocaram no meu *lingam*. Os estúpidos não se deram conta do valor da peça. – Ele deu uns passinhos para acariciar a densa e negra pedra esculpida.

Algo me passou pela cabeça.

– Seu filho voltou? – perguntei.

– Não – disse de maneira tão abrupta que não restava dúvida de que tinha acontecido alguma coisa inimaginável. – Vamos ouvir um pouco de Thiagaraja? – sugeriu, virando-se com tanta rapidez que não pude ver a dor estampada em seu velho rosto.

Aos primeiros acordes da vina, o professor Rao afundou a cabeça nas mãos. Lágrimas silenciosas rolaram pelo seu *dhoti* branco, tornando o pano tão transparente, que deixava sua pobre pele morena à mostra.

– Papa Rao – gritei abalado pela visão das lágrimas.

– Sshh... ouça – ele sussurrou com voz embargada.

Não havia mais nem bolo-mármore nem chá açucarado. Fiquei congelado na cadeira até que a última nota da sinfonia Bhairav terminou e o professor Rao se recompôs o bastante para erguer a cabeça e sorrir timidamente para mim. Já me preparava para sair, quando ele colocou o valioso *lingam* em minhas mãos.

– Não – eu disse.

– Logo estarei morto – ele retrucou. – Ninguém mais poderá amá-lo como você.

Foi com tristeza que levei a pedra negra para casa. Os japoneses não tinham dado importância a ela. Não tinham visto a beleza dela. Era algo rejeitado, tal como eu. Fui para debaixo da nossa casa e me sentei em cima de uma caixa cheia de pedras polidas e adoráveis mas sem valor e pensei no estado alquebrado em que estava o professor Rao, e lágrimas brotaram. Coloquei o *lingam* negro na palma da minha mão direita e o cobri delicadamente com a mão esquerda. Depois, fechei os olhos e pela primeira vez na vida o meu coração sussurrou com fervor:

– Eu te amo, cristal.

Durante alguns poucos segundos, lá estava a tela alaranjada salpicada de pontinhos verdes, mas eclodiu um clarão inesperado no canto de minhas pálpebras como um raio de sol na água. E depois o meu coração briguento respirou fundo e se aquietou por algum tempo. De repente, alguém que havia entendido a minha verdadeira natureza me pegava pelo braço e me embalava. Fui invadido por uma sensação de paz. A pedra me confortou e pouco a pouco fui percebendo que não devia ter nascido humano. Eu teria sido mais feliz se fosse uma pedra. Eu teria sido mais feliz se fosse uma grande parede de pedra no pico de uma montanha ou uma simples drusa de cristais sob os raios gelados do sol. No monte Everest.

Eu estaria empoleirado lá no topo do mundo, intocável e seguro, por anos a fio, assistindo lá de cima ao vaivém de uma raça humana desiludida. Eu teria um relógio de madeira na minha mão de granito, dias e noites se passariam e, enquanto isso, as mãos geladas do meu relógio continuariam imóveis. Mas não sou um cristal cintilante nem uma rocha escarpada de um belo precipício. Noto isso de imediato na fisionomia da minha mãe. O meu destino não é ser admirado a ponto de ter a vida da humanidade nos meus pés para me conhecer e no meu topo para descansar. Sou um idiota com uma cara quadrada esculpida na imobilidade do granito. Os risos e as paixões das outras pessoas são uma fonte de inveja para o meu solitário coração.

Olho minuciosamente para essa minha cara parecida com um relógio de madeira, e as outras pessoas transitam a toda velocidade em volta de mim. E, quando dou por mim, o coletor de almas já passou, e as pessoas que eu amo desapareceram para sempre, e novas pessoas brotaram como sementes da terra. Se você me olhar, só vai enxergar um homem encurralado no seu trabalho desprezível – mas tome cuidado para não sentir pena de mim, pois sobreviverei como a terra ao vaivém dos homens. Você verá.

Sevenese

Só me dei conta da grande beleza de minha irmã quando descobri que Raja, o filho mais velho do encantador de serpentes, a amava. Isso foi em 1944, e eu tinha onze anos de idade. Corri para casa com tanta rapidez que o vento soprava nos meus ouvidos e a fralda da minha camisa branca se agitava loucamente no ar. Passei voando pelo meu pai, que cochilava de boca semiaberta na varanda, e entrei na cozinha. Minha irmã deixou de lado a massa acastanhada de *chapati* e sorriu para mim. Fiquei hipnotizado pelo turbilhão de estrelas que cintilavam nos olhos dela. Mohini era realmente uma criatura espetacular. Foi uma revelação quando percebi que ela não era simplesmente a mão que fazia arranjos elegantes e generosos de porções de molho em torno de um bolinho de arroz no meu prato ou a mão gentil que ministrava o odioso ritual semanal do banho de óleo – a outra mão, forte e áspera, é claro que era de minha mãe.

Olhei para as partículas verdes e marrons nos olhos dela, e um brilho quente se espalhou dentro de mim quando pensei que aquela inesperada virada romântica se encaixava nos meus planos. Consigo realmente me lembrar de ter unido as mãos em prece para agradecer a Deus por ter feito minha irmã bela o bastante para atrair a atenção de Raja, já que fazia tempo que o idolatrava e o queria como amigo.

Para os outros, a fisionomia taciturna e a aparência vistosa de Raja encarnavam os estranhos e inexplicáveis ruídos e gritos que ecoavam no meio da noite lá da casa do encantador de serpentes. Diziam que aquela casa era do mal e da magia negra. Diziam até que naquela casa os fantasmas e os espíritos voltavam do lugar dos mortos. As pessoas morriam de medo dele e do pai dele. Tive vontade de conhecê-lo melhor desde o dia em que descobri que o crânio sorridente que havia dentro daquela casa pertencia a ele. Durante muitos anos, brinquei com Ramesh, o irmão caçula de Raja, enquanto admirava a figura alta e inatingível do irmão mais velho a distância. Tudo que tinha a ver com ele gerava intensa curiosidade e mistério. Os poderosos membros cor de argila, as roupas sujas, os cachos bronzeados e encardidos, um perfume silvestre peculiar e mesmo assim agradável e um odor animal que exalava do corpo em ondas tangíveis. Claro que mamãe não se cansava de contar uma história sangrenta do tempo em que ele era um garotinho de cabelos encaracolados que mastigava vidro no mercado, uma história que o elevava às inimagináveis alturas dos sombrios poderes.

Eu o observava de longe, cheio de admiração, enquanto ele cuidava das colmeias de abelhas nos fundos da casa dele. Não gosto de abelhas e nunca me esquecerei do dia em que Ah Kow, o garoto que morava ao lado, atirou uma pedra numa das colmeias, e o enxame inteiro irrompeu como a onda escura e barulhenta de uma cachoeira. Até os soldados japoneses se postaram com suas armas do lado de fora da casa, à espera de garrafas de mel gratuitas. Raja, no entanto, não demonstrou hesitação nem medo quando mergulhou a mão nos favos da colmeia e roubou o precioso mel. Vez por outra, as abelhas o picavam, mas ele continuava imperturbável e arrancava os ferrões negros dos insetos de seu rosto inchado. A certa altura, a cabeça foi tomada por um enxame que desenhou em seu rosto uma repulsiva barba negra e amarela.

Tudo para o meu prazer.

Antes de Raja ter entrado em minha vida, eu era escoteiro durante o dia, ladrão de frutas ao anoitecer e integrante de uma gangue terrorista em alguns fins de semana. Eu, Ramesh, o irmão de Raja, e Ah Kow pertencíamos à gangue de garotos selvagens que corriam pelos pomares da vizinhança e entrava em combates furiosos com as gangues rivais. Retrocedo no tempo, me parece incrível que a gente tenha mesmo travado essas batalhas, armados de correntes de bicicleta, paus e pedras. Reuníamos a gangue nos arredores do velho mercado e aos gritos frenéticos desafiávamos o inimigo, atirando pedras e girando correntes pelo ar. O sangue vertia até que as donas de casa chinesas, despenteadas e malajambradas em seus *sangus*, saíam de suas casas com xingamentos e brandindo vassouras. Elas davam vassouradas em nossa cabeça e, uma vez ou outra, nos agarravam pelas orelhas quando estávamos embolados na briga. Ser agarrado pela orelha era bem pior que centenas de golpes de corrente na cabeça por parte do inimigo. O pior insulto era quando elas chegavam aos nossos ouvidos e nos ameaçavam com um tom grosseiro:

– Diabos, diabos, diabinhos encrenqueiros. Esperem só até eu contar pra sua mãe. – O resto do bando não tinha outra opção senão desfazer as caras de assassino e os gestos de ameaça e sair em disparada o mais rápido possível em todas as direções. Aquelas lutas eram boas e divertidas, embora tenham sido poucas.

Na maioria das vezes, nos contentávamos em tomar de assalto os canteiros de melancia e carregar as maiores e melhores. Levávamos aquela fruta enorme de casca verde-escura para um lugar seguro, onde nos fartávamos da polpa vermelha até que não conseguíamos mais nos mover. Depois nos estirávamos no chão de braços e pernas abertos como estrelas-do-mar e aos resmungos olhávamos o céu azul. Um dia, estávamos roubando uma melancia de um canteiro e, de repente, um homem semidespido saiu correndo de dentro de um galpão sujo e abandonado. Fazia ameaças de punhos cerrados e gritava:

– Voltem aqui, porquinhos gulosos. – Um dos garotos do nosso bando soltou um grito de pavor quando percebeu que aquela lavoura de melancia era do tio dele. O homem saiu em nossa perseguição pelo caminho com xingamentos e ameaças em chinês.

Vez por outra, subíamos nas árvores dos pomares e, empoleirados nos galhos, chupávamos manga e comíamos rambutã até enjoar. Não demorou muito para que um dos proprietários dos pomares comprasse um cão de guarda grande e preto. O latido daquele cachorro era medonho, mas desfechamos uma saraivada de frutas no focinho dele que o fez fugir com o rabo entre as pernas e a língua vermelha para fora como a ponta de uma echarpe de mulher. Depois disso, ele nunca mais se aproximou de nós. Só quando soubemos que alguém tinha envenenado aquele cão infeliz foi que nos demos conta de que havia mais gente que desfrutava da mesma posição privilegiada que desfrutávamos.

Pelo menos uma vez por semana, nos escondíamos atrás da velha padaria chinesa no centro da cidade para roubar um pão feito com melado e recheado com doce de coco. Enquanto os motoristas carregavam as camionetes com suprimentos para os bares da cidade, surrupiávamos os pãezinhos com muita rapidez. Eram recém-saídos do forno e quase queimavam nossa boca. Foi durante esses furtos que soubemos por que a cafeteria ao lado da padaria vendia o arroz com galinha mais barato de toda Kuantan. Lá se tinha realmente uma boa refeição por apenas vinte centavos. As pessoas se acotovelavam dia e noite em torno das mesas redondas daquela cafeteria. Ficávamos escondidos por trás das latas de lixo e assistíamos à chegada de engradados e mais engradados de galinhas doentes e mortas provenientes de diversas granjas fora da cidade. Galinhas infelizes e subnutridas de olhos semicerrados e galinhas quase depenadas que zanzavam bêbadas em cima das carcaças de outras galinhas mortas no piso do engradado. Um rapazinho chinês de lábio leporino abatia as aves e depois as mergulhava num tonel grande de água fervente, depenava-as e jogava-as dentro de um recipiente quadrado de folha de flandres. De vez em quando, aparecia um cozinheiro mal-humorado de bermuda preta e imunda e camiseta encardida e começava a xingar enquanto se coçava. Com um cigarro dependurado na boca, ele agarrava as galinhas pelo pescoço e voltava para uma minúscula cozinha. As risadas e os pedidos dos fregueses aos garçons para mais uma rodada de um delicioso arroz com galinha ecoavam das mesas daquele restaurante.

Muitas vezes, entrávamos pela zona do baixo meretrício para ver prostitutas baratas e escandalosamente maquiadas em ação. A maioria era feia e mal-encarada. Reuniam-se em grupos coloridos pelos becos com um olhar amargo manjado e faziam beicinhos artificiais. Encostavam-se nas paredes sujas dos becos estreitos e fumavam intermináveis cigarros e nos atiravam pedras quando nos viam urinar.

O sexo foi motivo de grande curiosidade até o dia em que eu e Ramesh testemunhamos o ato propriamente dito. Já era tarde da noite, e a prostituta era muito jovem. Estava com a boca pintada de um vermelho indecoroso, e o cabelo era negro como um corvo.

Ficamos escondidos atrás de latas de lixo verdes e fedorentas entupidas de restos podres de comida e observamos o casal de olhos arregalados. Parecia que o homem estava barganhando, e isso deve ter mesmo acontecido porque, a certa altura, ele fez menção de se afastar, mas ela sorriu e estendeu a mão incrivelmente branca com um olhar tímido. Ele tirou o dinheiro do bolso da camisa e o colocou na mão estendida. Em seguida, estavam fazendo sexo. Não era uma coisa tão sórdida e intrigante como eu tinha imaginado. Ele abaixou a calça e inclinou de tal maneira os joelhos, que ambos se embolaram por entre as pernas sem que isso os fizesse cair no chão. As mãos rudes do homem agarraram a carne branca e macia das ancas da mulher. Ele enterrou a cara no ombro esquerdo dela, sem se importar com as nádegas enrugadas e brancas que estavam à mostra para todo mundo ver, e bombeou o corpo energicamente. Ela gritava "ai, ai, ai!" em êxtase, enquanto ele se mexia lá dentro. Mas os olhos vítreos no rosto empoado de ruge olhavam para o alto. Para o alto e para bem longe das sarjetas fedorentas e do mato que irrompia nas fendas das calhas. Longe da aspereza das escadas de pedra, longe das paredes descascadas, longe das janelas bem trancadas que diziam que ela era uma puta e ainda mais longe das telhas cobertas de musgo, até se deter no retalho de um orgiástico anoitecer alaranjado no céu. No rosto dela, não havia prazer, nem enfado, nem qualquer outra emoção. Só havia uma boca escandalosamente vermelha que gemia "ai, ai, ai!".

Uma pequena cobra soltou a pele lá dentro do meu short e ficou grossa e rija. Depois o homem grunhidor terminou, levantou a calça, aprumou-se e desapareceu na direção oposta a toda velocidade. A mulher tirou um lenço amarrotado e sujo da bolsa e se secou rapidamente com habilidade nos movimentos de sua mão. Ela não vestia roupa de baixo. O ventre branco era liso e triangular, coberto de pelos negros encaracolados. Ela abaixou o vestido curto à moda ocidental, ajeitou os cabelos negros nos ombros e saiu rebolando em cima dos saltos altos. Ficamos ouvindo aqueles saltos ecoando alto pelo beco deserto, até que ela foi engolida por uma porta anônima.

Claro que este meu primeiro encontro com o sexo teve um efeito profundo sobre mim. Impregnou o que penso do sexo com um sabor errado. O enfado vazio e os lábios vermelhos daquela mulher brilham na frente dos meus olhos como uma miragem no deserto. Eu me arrasto de joelhos em sua direção e dou de cara com o beco errado, o quarto de hotel errado e a prostituta errada. Admito que é o tédio da prostituta que me excita. A recompensa é poder impregnar um rosto entediado de ânimo. Isso é o que tem me mobilizado ao longo dos anos. Nem mesmo depois que passei a entender a verdadeira natureza dessas almas cansadas, me vi sem a fantasia daquela boca vermelha que eclodiu naquele beco muitos anos antes, continuei pagando o dobro para as que demonstravam algum prazer e não perguntavam: "Quanto tempo mais?" E essas mulheres, esse exército incansável de saias curtas e coxas macias, nunca perderam o gingado nem o repertório admirável de grunhidos convincentes, de gemidos que brotam lá do fundo da garganta e de suspiros finais. Sim, desperdicei minha vida em bordéis, à procura daquela moça do beco – e não é estranho que, mesmo depois de todos esses anos, ainda possa vê-la com tanta nitidez? As pontas daqueles saltos altos enterraram-se para sempre na pele podre do mamão papaia, uma nuvem de frutas estragadas se eleva na direção daqueles tornozelos e daqueles joelhos ligeiramente dobrados. "Ai, ai, ai!", ela grita outra vez de olhos virados para encontrar o céu do anoitecer. E, na minha fantasia, depois ela olha diretamente nos meus olhos e, de repente, geme de prazer.

 Nas tardes de semanas alternadas, eu e Ramesh vestíamos o uniforme de escoteiro de cor malva com seu lenço peculiar e nos dirigíamos para a escola. Lá aprendíamos a ser obedientes e prestativos, aprendíamos a importância de ser atento e de cultivar um bom comportamento. Além disso, recebíamos um cartão retangular azul de trabalho com o símbolo da escola. Éramos então divididos em duplas e mandados para diferentes áreas nos arredores da escola. Chamávamos na frente da casa, batíamos na porta de entrada e em coro dizíamos com um sorriso luminoso.

– Tia, a senhora tem algum trabalho pra nós? – Geralmente tinham. Lavávamos carros, limpávamos garagens, cortávamos grama, desobstruíamos calhas, fazíamos a coleta de lixo e depois o empilhávamos para queimá-lo. No fim, apresentávamos os cartões e elas assinavam e nos pagavam cinquenta centavos ou um *ringgit*. O dinheiro era para ser entregue no final do dia ao chefe da patrulha, mas eu e Ramesh tínhamos duplicatas dos cartões, de modo que, para cada *ringgit* que entregávamos, um outro ficava em nossas mãos.

Naquela época, era possível comprar cigarros avulsos. O dono da loja nos examinava da cabeça aos pés e no fim predominava o interesse pessoal. Contanto que o dinheiro fosse parar nas mãos dele, guardava consigo as próprias opiniões e, obviamente, o balcão com a freguesia. No início, nos escondíamos numa clareira da mata que havia atrás da casa de Ramesh e soltávamos intermináveis anéis de fumaça pelo ar úmido, enquanto ouvíamos a barulheira de pequenos porcos-do-mato que passavam por entre as moitas, mas depois nos enchemos de coragem e migramos para a cidade. Sentávamo-nos ao anoitecer numa mureta ao lado de uma rua perto do cinema com as pernas balançando para dentro de um grande canal que atravessava a cidade e observávamos o trânsito das garotas enquanto fumávamos. Coisas estranhas eram carregadas por aquele canal quando a monção trazia fortes chuvas que se prolongavam durante dias sem nenhuma trégua. Cadáveres enrijecidos de búfalos, serpentes que lutavam em vão contra a força da água, cadeiras de balanço destroçadas, terriers caçadores de ratos com uma cara lívida, garrafas, fezes e, um dia, algo que passou a ser o brinquedo preferido de Lalita. Uma boneca com uns trinta centímetros de altura, cabelos louros encaracolados, lindos olhos azuis e uma boquinha de plástico pintada de cor-de-rosa. Devia ter sido jogada na água por alguma criança europeia mimada e birrenta. As chuvas de dezembro ainda não tinham chegado, quando peguei aquela boneca que passou boiando de olhos arregalados e levei-a para casa. Lalita acolheu-a com um brilho nos olhos e de braços bem abertos.

Acrescento ainda que fumar na cidade era muito mais perigoso que fumar no mato. Mamãe tinha espiões em tudo quanto era canto. Qualquer mulher vestida de sari teria de ser vista como uma informante eficiente de eventuais incidentes, narrados em detalhes floreados. Eu mesmo presenciei as consequências de uma escapada de Jeyan. Pobre menino. Ele chegou em casa, e mamãe estava uma fera. E o triste é que ele era um bom menino. A frequência de suas travessuras era proporcional à da lua azul, mas era tão azarado que sempre levava um flagrante.

De vez em quando, simulávamos uma doença e escapávamos da escola para curtir no cinema. Uma vez, estávamos na fila para assistir a um filme picante e tomamos um baita susto quando vimos o diretor da escola escondido de olhos esbugalhados atrás de uma coluna, investigando as redondezas com um ar suspeito. Ele era um homem tão asqueroso que tocava as raias da aflição, e de tal modo que se poderia facilmente imaginar que isso se devia a suas próprias secreções corporais. Teríamos fugido ou procurado um esconderijo ou feito qualquer outra coisa se não tivéssemos visto o bilhete verde para a matinê do filme *Vimochanam* (Os demônios beberrões) balançando entre os dedos suados dele. Claro que não estava lá para nos pegar. Prisioneiro de uma desconfortável camisa branca engomada e de uma calça preta antiquada, ele destilava embaraço por todos os seus poros escrupulosos e cumpridores da lei. A certa altura, nossos olhos se encontraram e deu-se um instante de pavor e comédia. Ele gelou com um tique de pavor na bochecha que fez o bigode se contrair em frenesi. Agarrou-se ao bilhete e, num piscar de olhos, escapou na escuridão da sala de exibição. Durante um bom tempo, me perguntei se ele contaria para minha mãe, mas parece que a vergonha tem o poder de persuadir o ultraje.

Mas havia dias em que nada conseguia dissipar o vento do tédio que soprava monotonamente em nossa pequena cidade onde nada parecia acontecer. Quando não era o bastante espiar homens nus caçando crocodilos e tartarugas no rio do outro lado da cidade, nosso bando ficava sedento de sangue e perseguia lagartos com estilingues. O melhor de todos era o Ismail, filho caçula de Minah. A paixão de Ismail por assassinar pálidos lagartos cinzentos era legendária. Como um bom muçulmano, assumia a tarefa de matar tantos quantos a sua habilidade permitia. Isso porque um lagarto era que tinha entregado o esconderijo do profeta Nabi Muhammad para os inimigos, e também um lagarto era que tinha destruído as teias tecidas por uma aranha fervorosa à entrada da caverna que ocultava o profeta. Quando Ismail terminava a matança e acendia um cigarro, uma grotesca pilha de não menos que quinze lagartos jazia à frente. Eu me estirava à sombra de uma *angsana* para mirar os retalhos de céu azul por entre as folhas e invejava secretamente a pilha dele, tentando achar um jeito de aumentar a minha. Nunca me passou pela cabeça que alguns quilômetros de distância dali os nazistas estavam igualmente absortos em como aumentar as terríveis pilhas de judeus mortos e de judeus nus, famintos e esquálidos. Esparramados à sombra daquelas tardes abafadas, a guerra era por demais longínqua para nós, mas, quando chegou, chegou tão de repente que nem tivemos tempo de nos preparar.

Os japoneses aportaram em Penang em 7 de dezembro de 1941. Antes assistíamos aos filmes sobre bombas *"made in Japan"* e fazíamos piadas daqueles soldados de pernas tortas cujos olhos eram tão apertados que nunca acertariam o alvo e agora éramos surpreendidos pelo repentino e completo controle que exerciam sobre nós. Quem eram aqueles anões asiáticos que tinham o poder de fazer os poderosos britânicos fugirem no meio da noite? E assim eles chegaram a Kuantan. Na esteira da voz profunda e cascalhenta, do uniforme pomposo e das botas engraxadas do homem branco, o primeiro soldado japonês não se mostrou atraente e elegante com suas roupas desengonçadas. Com uma cara amarela de camponês e um insignificante casquete pontudo de abas pendidas sobre a nuca, carregando no cinto um cantil e alguns recipientes de folha de flandres com arroz, peixe salgado e grãos de soja. Na extremidade de suas pernas curtas, botas de lona com solado de borracha e uma costura para permitir o encaixe do dedão numa seção separada da dos outros dedos, e, dentro desse calçado muito bem adaptado, era enfiada a bainha da calça. Assim preparado para o horror das condições tropicais lamacentas, ele se impôs como o herói conquistador. Confiamos nele em nossa tola e romântica juventude como se fosse a única figura redentora, bem como em seu rifle e em sua baioneta comprida.

– Mas eles são parecidos com você – sussurrei com incredulidade no ouvido de Ah Kow, quando vimos pela primeira vez um grupo de soldados japoneses na cidade.

Ramesh assentiu com a cabeça, mas Ah Kow encarou os soldados com ódio nos olhos. Um ódio que se justificou mais tarde, já que eles acabaram separando a família dele. Observamos a marcha dos soldados pela estrada até sumirem de vista. Eram homens insignificantes, vestidos em uniformes insignificantes, que falavam uma língua rude e gutural e desabotoavam obscenamente a calça nos lugares públicos para verter rios de urina amarela. Como aquela gente conseguira subjugar os britânicos? Logo estes que residiam em casas magníficas com criados e motoristas para servi-los e cujas refeições eram preparadas com grandes peças de carne vermelha compradas no frigorífico. Seus filhos, superiores demais para o sistema educacional da região, eram mandados de volta à pátria mãe depois de terem se bronzeado debaixo do nosso sol. Muitas vezes, tive de ficar de cabeça baixa, varrendo humildemente as folhas do quintal da casa deles, enquanto os filhos riam e falavam com um sotaque peculiarmente arrogante...

– Como você se chama? – perguntavam com um ar curioso, com pestanas obscuramente coloridas e olhos mais azuis que o céu.

Eles não tinham nem nunca tiveram dúvida de que descendiam do maior povo do mundo, do maior império que a história conheceu. Para a mente colonizada, era uma honra servir a esse tipo de raça, da mesma forma como era praticamente impossível imaginar que seriam rechaçados por um povo asiático com uma missão tão feudal como foi a dos invasores japoneses. Nada mais elaborado do que dar Cingapura de presente para o imperador no dia 15 de fevereiro de 1942, dia do aniversário dele. E a Malaia era só um cesto de matéria bruta no meio do caminho.

Aparentemente a guerra estava acabada antes mesmo de ter começado, mas era apenas o início da moagem diária, da miséria, da absurda crueldade de uma ocupação japonesa que durou três anos e meio.

Retornamos da nossa estada em Seremban para uma casa saqueada, quase que totalmente vazia, só ficou a cama de ferro grande dos meus pais e o pesado banco da cozinha. Tudo mais tinha sido levado. Não havia um só colchão para dormir. Os oito membros da família dormiram desconfortavelmente na cama de casal. Lembro que eu, Lakshmnan e mamãe acordamos de madrugada e saímos para o mercado com sacolas vazias nas mãos.

O mercado estava irreconhecível. Longe de exibir um cenário de guerra, parecia até domingo, tal era a quantidade de suprimentos. A população local, que costumava pechinchar a plenos pulmões por cachorrinhos, gatos e aves domésticas, engalfinhava-se para agarrar vidros de geleias, compotas e picles. Chinesas idosas lutavam entre si por latas de sardinhas, arenque, carne e batatas enlatadas, perguntando onde estavam as beterrabas em conserva, os sacos de açúcar, as maçãs e peras enlatadas, os sucos de fruta em caixa, os remédios e as roupas das casas e armazéns abandonados dos ingleses. Enchemos nossos sacos até a borda. Quando enterramos o gengibre lá em casa para mantê-lo fresco, aumentamos o buraco no solo para esconder o novo estoque de provisões.

    Isso aconteceu antes da chegada da primeira onda de soldados em caminhões abertos, ameaçando cortar a cabeça de quem praticasse saques. Apesar de escabrosa, a medida surtiu efeito de imediato. É difícil contra-argumentar com as cabeças espetadas nos postes. O novo decreto acarretou um novo problema. Como esconder as coisas que obviamente não são suas e que estão entulhadas na sua casa? Grandes fogueiras arderam por puro pânico durante mais de uma semana. Os saqueadores das mansões dos europeus empilhavam ventiladores, torradeiras, pianos e conjuntos completos de mobília na frente de suas casas apertadas, onde nem eletricidade havia, e ateavam fogo em tudo. Armários de cozinha, mesas, rolos de tapetes persas e camas ardiam em altas labaredas alaranjadas que cuspiam milhares de faíscas pelo ar. A princípio, mamãe não gostou, mas depois resolveu tirar vantagem disso. Ela e Lakshmnan percorreram os locais onde os criados das mansões residiam e juntos se apossaram dos móveis e dos utensílios que ainda não tinham sido queimados.

    Com a ocupação japonesa, as coisas mudaram drasticamente na vizinhança. As meninas se tornaram meninos da noite para o dia, e as meninas maiores desapareceram no ar. Papai perdeu o emprego, Ismail perdeu o pai e Ah Kow perdeu o irmão para o partido comunista malaio. Segundo o que nos informaram, o irmão dele fugiu para viver com os montanheses do acampamento chamado Fazenda Seis, perto de Sungai Lembing, onde, se não me engano, a principal atividade era preparar emboscada para as patrulhas japonesas.

    Os japoneses não perderam tempo. Rapidamente nos impingiram a cultura, a moralidade e o estranho estilo de vida deles. Como se ficar de pé para cantar o hino nacional japonês antes do início das aulas ou forçar o aprendizado da língua japonesa pudesse nos fazer amar aquela bandeira horrorosa (imediatamente apelidada por nós de toalha de banheiro) e aquele imperador distante. Era surpreendente que não compreendessem que não era por respeito que inclinávamos a cabeça para todo japonês que encontrávamos pela rua, mas sim pelo medo de levar uma bofetada na cara. Todo dia, passávamos a caminho da escola por um guarda japonês de sentinela que nos fuzilava com um olhar severo e uma cara carrancuda inflada de arrogância. Era óbvio que nada lhe agradaria mais que punir alguém que não se inclinasse da maneira satisfatória perante o símbolo do imperador. Vida longa para o imperador. Os ônibus transitavam nas ruas com um soldado em cima que atirava uma chuva de panfletos na cabeça dos transeuntes.

Não ouvíamos mais a tagarelice despreocupada das prostitutas quando nos escondíamos atrás das latas de lixo, mas o rumor de passos abafados e assustados de pessoas que eram caçadas à plena luz do dia nos becos das piores áreas da cidade.

Lá na escola, tocava uma sirene toda vez que se ouvia o ruído de aviões que voavam a baixa altura. Todos se jogavam no chão e ficavam em silêncio até a sirene parar de tocar e a luz voltar. Lembro que uma vez vimos uma vaca voando pelos ares depois de ter sido atingida por uma bomba. Estava de olhos vítreos e faltava um bom pedaço de carne na parte do corpo que foi atingida. Fomos para perto dela com o nariz tapado e vimos um ferimento enorme na barriga totalmente exposta. As moscas varejeiras zumbiam em cima e isso fez Ismail vomitar, mas o resto de nós ficou fascinado com a destruição.

Certos momentos na vida duram para sempre. A primeira vez que Raja se dignou a falar comigo foi um desses momentos. Lembro que estava debaixo do sol e, de repente, uma sombra incidiu sobre mim. Estatelado no chão, ergui os olhos e me vi flagrado enquanto cuidava dos joelhos esfolados e de um sangramento na palma das mãos. Ele parecia um ser oriundo de uma raça superior de guerreiros com o brilho do sol por trás. Seus dedos grandes e retos carregavam uma tintura amarela. Ele se ajoelhou ao meu lado, passou o líquido mágico nos meus joelhos e nas minhas mãos esfoladas, e a dor simplesmente sumiu. Levantou-me com suas mãos fortes.

– Então você é o garoto que mora no número três.

Nunca tinha ouvido a voz dele. Era grave, mas suave. Embasbacado e impossibilitado de falar, balancei a cabeça. Aquele era o garoto que não tinha medo de nadar no rio do outro lado da cidade, onde crocodilos risonhos com dentes de marfim espreitavam as presas. Na época de seca, o rio ficava pardo, e ele voltava para casa com a lama ressequida na pele, e os contornos amarelecidos delineavam um mapa pelo corpo, o que o fazia se parecer com uma cobra.

Ele sorriu demoradamente. Lembro-me de ter pensado que era um garoto selvagem, tão selvagem quanto as serpentes negras que encantava. Se você olhasse nos olhos dele, só veria dois espelhos gelados, mas, caso se desse ao trabalho de olhar mais fundo, veria que, dentro daqueles olhos, ardia o fogo de antigas fogueiras. Eu achava que tinha chegado perto o bastante. Imaginei que tinha visto tudo que havia para ser visto. Até hoje, lamento não ter olhado mais fundo. Onde os outros viam poderosas fogueiras de destruição erguidas por artes sombrias e indizíveis, eu via uma simples fogueirinha amistosa que ardia para mim. Como a água que cobiça correr no sentido horizontal, cobicei o mundo perigoso dele. Um mundo excitante, onde uma segunda chance era uma encantadora ilusão engendrada por um inimigo negro e comprido na relva. Raja era um feiticeiro que praticava magia negra e um autêntico animal com quem eu sonhara competir.

Uma vez lhe perguntei:

– Um encantador de serpentes pode ser picado por suas serpentes?

– Sim – respondeu. – Quando ele quer ser picado.

Muitas vezes, me sentava para ver Raja fazendo a refeição. Ele comia como um lobo, os ombros arqueavam, os olhos brilhavam de desconfiança, enquanto os dentes destroçavam o alimento. Para a grande irritação de mamãe, em pouco tempo eu estava comendo da mesma maneira. A falta de humor sempre foi a maior fraqueza dela. Eu chegava da escola, engolia a comida como um lobo e corria para a casa dele. Raja nunca foi à escola, nunca demonstrou a menor vontade de ir. Era um selvagem genuíno. Nele não havia qualquer sinal de civilidade, exceto o amor secreto e proibido que nutria pela minha irmã. Era escandalosamente óbvio que ele estava apaixonado. Ficava imóvel por horas a fio como as serpentes que enfeitiçava, espreitando em silêncio por trás das moitas do nosso quintal na esperança de vê-la, e sondava com avidez qualquer informação sobre ela. Ele me perguntava o que ela comia, o que fazia, o que dizia, quando dormia, o que a fazia rir, que cor preferia. Eu tinha todas as informações por que ele tanto ansiava. Devorava com sofreguidão cada palavra que eu dizia. E, quanto mais eu falava, mais ele se apaixonava. Seu rosto se desmanchava a minha frente como as velas de cera de abelha que sua mãe fazia e acendia dentro de casa. Um sorriso tímido iluminava seu rosto rude, e as sobrancelhas retas e acobreadas tombavam levemente em seus olhos escuros. Ele não sabia ler e se cobria de andrajos, mas, dentro da casca endurecida daquele corpo, fervia uma paixão perigosa.

Naquela época, eu era muito jovem e não sabia nada do amor. A tal paixão era apenas um degrau para me aproximar dele. Eu não via perigo em encorajar aquilo que aos meus olhos não passava de uma grande ternura pela minha irmã. Só queria incrementar a mim mesmo. Achava que o destino tinha me presenteado com um interessante meio de conhecê-lo. Lá no fundo, devia saber que seria impossível haver um casamento entre a Mohini de mamãe e o meu herói em andrajos, mas como uma criança poderia saber dos perigos do amor? Eu não fazia a menor ideia de que o amor podia matar.

Raja fazia dissipar a moagem e o tédio da ocupação japonesa. Ele transformava o grão da minha infância. Trocávamos histórias, sentados em troncos debaixo da sombra de uma frondosa árvore nim. Ele se curvava na minha direção para ouvir as minhas histórias com atenção e depois contava as dele. E as histórias que ele tinha dentro da cabeça encaracolada eram mais surpreendentes. Histórias africanas. Histórias de velhos com cabelos enrolados em caracóis estreitos que batiam à porta da cabana da curandeira e anunciavam: "Vim pra comer o bode preto." Histórias de velhas que atiravam areia nos próprios olhos abertos e de galinhas que absorviam os maus espíritos que viviam dentro dos homens.

– *De' wo' afokpa. Me le bubu de tefea n'u oh!* – Ou seja: sai daqui porque você está profanando o lugar da magia.

Eu o olhava impressionado, na tentativa de captar o poder mágico de uma língua estrangeira. Ficava descalço por horas e horas, olhando seus olhos brilhantes, ouvindo-lhe a voz grave e suavemente letal. Da quietude do anoitecer, sacava aterrorizantes *djins* com estatura tão alta que a cabeça perfurava as nuvens, e às vezes ele sorria amavelmente enquanto narrava a história de um mundo onde um louva-deus presenteava um homem com um cajado que se transformava em menininha quando era colocado num pote de barro. De vez em quando, eu fechava os olhos, e a voz dele tecia corpos de ébano que brilhavam enquanto corriam sob o sol escaldante da África ou cintilavam em tom azul-marinho por entre as árvores prateadas sob o luar. Eu olhava para aqueles pés sujos e descalços na areia e, quando voltava os olhos para o alto, avistava uma infinidade de caras ferozes que mergulhavam ao mesmo tempo numa gamela de madeira para beber um leite que se tornava rosado misturado ao sangue de bois. Dos seus lábios cor de terra, brotava o espetáculo da circuncisão em público e de estranhas iniciações, onde virgens em idade de se casar dançavam com rapazes em torno de uma fogueira alaranjada de vodu com giros cada vez mais rápidos, até que saíam dos próprios corpos e assistiam a eles sendo tomados por uma outra pessoa.

Como um armário vazio que aceita os pertences de outras pessoas, eu acolhia velhas histórias de leões que se metamorfoseavam em homens, ou de serpentes sagradas que se introduziam nos sonhos dos doentes para lamber as feridas e curá-los, ou a de Musakalala, o crânio falante. Mas a minha história preferida era a de Chibindi e os leões, e por isso lhe peço que me deixe sentir mais uma vez o gosto de um tempo que já se foi, um gosto que eu já tinha esquecido.

Muitos anos atrás, Raja se colocava debaixo de uma árvore nim já extinta, substituída por um hotel internacional com piscina, restaurantes e uma boate no térreo onde hoje se enfileiram lânguidas prostitutas, e lá encarnava Chibindi, o Grande, um caçador que domava leões selvagens com a magia de sua música.

– *Siinyaama, Oomu kuli masoongo Siinyama,* ou seja: ora, comedor de carne. Na sua sacola só tem mato. Ora, comedor de carne.

Debaixo da árvore nim, os leões em volta deixavam de rugir e começavam a dançar com o tom mágico que ele emitia. Empinavam-se nas patas traseiras para trás e para a frente e balançavam o rabo de um lado para o outro, enquanto meneavam graciosamente a cabeça. Aqueles gatos enormes ronronavam de prazer. Eles o teriam despedaçado se não fosse a força e a beleza com que entoava a canção. Quanto mais sua voz se elevava, mais rápido os felinos contorciam os corpos castanho-amarelados.

Chibindi batia os pés enquanto cantava; mantinha as mãos para a frente, à altura dos ombros, e as movimentava para o alto e para baixo, a fim de encorajar os orgulhosos leões a dançar cada vez mais rápido sobre as patas traseiras. Em pouco tempo, os leões esqueciam a cobiça por carne humana.

A simples lembrança de Chibindi evoca outras recordações. Tristes recordações. Até hoje, ainda vejo Raja batendo os pés descalços na terra debaixo da sombra de uma árvore nim, mexendo os braços freneticamente enquanto me perdoava.

Para minha grande alegria, um dia ele concordou em me ensinar os segredos de um encantador de serpentes. Segredos transmitidos através de gerações, somente de pai para filho. Foi como a realização de um sonho. De repente, me vi com serpentes enroladas no meu pescoço como o Senhor Shiva. Aprendi que o veneno da serpente era a coisa mais preciosa que o homem podia ter e que o medo era o grande trunfo dela. O medo é o odor que a serpente procura quando agita a língua. Ela só ataca quando fareja o medo. Raja me disse que já fazia tempo que tinha tirado o medo de dentro de si e o deixado de lado e que depois o havia munido de dentes afiados e longas garras e impregnado de ligeireza os seus membros rijos.

– Hoje à noite a lua estará cheia – ele disse certa tarde. – As serpentes ficam excitadas ao luar. Elas saem para dançar. Vamos ao cemitério chinês hoje à noite? – Seus jovens olhos, antigos olhos, me observavam como se me testando.

Neguei com a cabeça tanto naquele momento como em outros que se seguiram, se bem que, por dentro, arrependido e morrendo de vontade de ir. Dizia para mim mesmo que uma única vez seria o bastante. Ele tinha tanto para me ensinar, tanto para me mostrar... Mas sempre havia o espectro alongado de minha mãe, que esperava na cozinha como um tigre agachado até a luz do amanhecer entrar pelas janelas abertas. Sempre me surpreendi com o fato de que ela quase não dormia. Acho que nunca dormia mais de duas ou três horas por noite. Apesar de tudo, certa tarde balancei a cabeça em assentimento debaixo da sombra da árvore nim.

– Está bem, hoje à noite, no cemitério chinês. – A frase saiu na ponta da minha língua.

Por incrível que pareça, foi surpreendentemente fácil escapulir pela janela do meu quarto, descer por um tambor de lata estrategicamente colocado ali e me afastar de casa sem fazer barulho. Raja me aguardava no escuro, na frente da casa do encantador de serpentes. Eu passei e de repente a mão dele me puxou para a escuridão. Ele pôs o dedo indicador nos lábios para me pedir silêncio.

Raja era o meu tabu, mas eu era o segredo dele.

Um cheiro forte de cebola exalava do seu corpo. Sem camisa, ele podia se movimentar em completo silêncio. A pele de Chibindi brilhava como uma peça de barro envernizada sob a luz do luar. Em volta do pescoço, se sobressaía um cordão amarelo com um amuleto de ouro no formato de um chifre. O amuleto cintilava em meio à noite. Eu sabia que era usado contra cobra cuspidora. Um tipo de cobra que se mantém segura a distância e mira no brilho dos olhos do inimigo para lançar um veneno mortal e cegá-lo. A cintilação do amuleto era para distrair a atenção da cobra e fazê-la cuspir nele e não nos olhos.

Raja tinha nas mãos uma vara parecida com um garfo e um saco de aniagem. Eu estava impressionado. O sangue fervia em minha nuca. Que tipo de aventuras me aguardava?

– Tire a camisa e a calça – ele sussurrou no meu ouvido.

Retirou de uma lata enferrujada uma mistura com o mesmo cheiro horrível que eu havia sentido antes. Cobriu os meus membros nus com um purê que tinha a consistência de um iogurte e gelava no meu corpo. Fez isso com mãos duras e seguras. Lembro-me de ter pensado que a única coisa suave que havia nele era o amor. Como o recheio macio de uma bala.

– As serpentes odeiam este cheiro – explicou, com um hálito quente bem próximo do meu corpo.

Ouvi em silêncio as recomendações dele.

– O melhor lugar para pegá-las é no cemitério – ele disse com uma voz abafada.

As serpentes eram atraídas para o cemitério, porque os chineses deixavam aves e leitões nos túmulos como oferendas para os ancestrais. Era um mau augúrio ingerir alimentos oferecidos aos mortos e por isso nem os bêbados nem os miseráveis ousavam roubar aqueles banquetes à vista. As serpentes se empanturravam e ficavam gordas e imensas. Raja falou baixinho e cheio de entusiasmo sobre uma magnífica serpente que quase tinha pegado na última vez que lá esteve. A maior serpente que já tinha visto. Devia ser mesmo um extraordinário espetáculo de animal, porque os olhos dele se incendiaram na noite quando me contou. Eu me vesti rapidamente, preocupado com a possibilidade de mamãe sentir aquele fedor que me cobria da cabeça aos pés.

– Por que você não precisou passar essa coisa fedorenta no seu corpo? – perguntei com um sussurro, apertando o nariz em sinal de nojo.

Ele sorriu discretamente enquanto esfregava algumas ervas nas mãos.

– Porque eu *quero* que elas venham até mim.

Tomamos um atalho pelos fundos da casa dele, atravessamos o campo, penetramos por um matagal, onde muitas vezes soltava as minhas baforadas de anéis perfeitos de fumaça, e depois passamos por uma fileira de lojas. A visão dos montes gramados, ligeiramente esverdeados pela luz noturna e pontilhados pela brancura dos túmulos, me provocou arrepios mesmo a distância; ainda assim, segui o corpo de Raja com confiança e cruzei o mato em completo silêncio.

Sob a lua cheia, as toranjas redondas pareciam orbes fantasmagóricas por entre os túmulos. O lugar estava impregnado pelo odor das flores em cima dos túmulos e nos arredores pairava um ar pesado e sobrenatural. Nada se movia. A partir daí, comecei a achar que tanto o cemitério malaio como o cristão são tranquilos à noite, ao contrário do cemitério chinês. Longe de ser um lugar de descanso, é um lugar onde os espíritos continuam famintos e com desejos terrenos, esperando pelos parentes que, em homenagem a eles, queimam casas de papel com mobília, criados e carros com placas estacionados no lado de fora. De vez em quando, queimam até imagens de uma esposa favorita ou de uma concubina ricamente adornada com um paco de dinheiro falso na mão. Naquela noite, senti a presença dos espíritos por toda parte, espíritos impacientes e famintos que me seguiam com os olhos inquietos e avidamente invejosos. De repente, os pelos da minha nuca se arrepiaram, e uma pequena aranha adormecida chamada medo despertou e começou a se arrastar lentamente no meu estômago.

As tabuletas com registros em chinês e as fotos em preto e branco dos falecidos exibiam uma brancura sobrenatural que contrastava com a folhagem escura. Um garotinho de olhos lacrimejantes me olhou com tristeza quando passei pelo túmulo dele. Uma jovem de lábios finos e cruéis sorriu de maneira convidativa, e um velho medonho pareceu emitir um grito mudo como se me pedindo que o deixasse dormir em paz. Em tudo quanto era canto, havia faces carrancudas me encarando. Nossos passos seguiram sem fazer barulho pelo ar sibilante e silencioso. Eu não tirava os olhos de Raja.

Seus ombros estavam tensos, mas os olhos estavam atentos e brilhantes. Suas amigas dentadas sondavam ali por perto, assobiando por entre as moitas. Vez por outra, ele apontava para um corpo escorregadio ou para a ponta de um rabo que sumia na vegetação. Ai, meu Deus, o lugar estava cheio de serpentes. Ele se deteve de supetão ao lado de uma grande árvore.

– Lá está ela – sussurrou.

Segui o olhar dele com olhos cheios de medo. Uma cobra monstruosa estava enrolada nas raízes expostas ao redor da árvore. O corpo volumoso cintilava sob a luz prateada da noite como um cinto caro de polimento refinado. O cinto sibilou e se desenrolou lentamente.

– Podia pegá-la agora, mas antes quero lhe mostrar uma coisa. – Ele abaixou o corpo até os joelhos bem devagar. Engoli em seco atrás dele e, acovardado, me preparei para fugir.

A cobra tinha notado a nossa presença. Começou a mover o corpo lustroso para longe de nós, escamas tocando escamas, silenciosa em sua precisão, os músculos fortes e seguros sob a pele. De repente, em meio ao movimento de escamas negras, olhos gelados nos observaram. Minha vontade de fugir foi tão grande, que tive de cerrar os dentes e apertar o punho para não cair em desgraça.

Raja tirou um pequeno frasco do bolso da calça. Esfregou o conteúdo nas mãos lentamente. Era docemente aromático. Depois começou a cantar lentamente. Até que a cobra se empinou como se apenas naquele momento tivesse pressentido um perigo mortal. Gelei.

Os membros de Raja brilharam à minha frente. Cada átomo do corpo dele se imobilizou. Ele estava ouvindo. E tudo nele, inclusive a pele, tornou-se uma extensão do ouvido. Um silêncio mortal tombou no cemitério. Em seguida, só havia a mim, Raja e a cobra, e a única coisa que se movia era a boca de Raja. A cobra abriu o capelo, ergueu a cabeça no ar e se pôs tão imóvel, que poderia ser confundida com uma escultura. Os olhos dela brilharam intensamente no escuro da sombra da árvore. Ameaçadora e atenta, ela fixou o olhar em Raja. Ele parou de cantar e ergueu-se lentamente. Caminhou até a cobra e estendeu a mão.

Prendi o fôlego e petrifiquei. O capelo negro e brilhante se aproximou da mão de Raja. Pensei que ele tinha enlouquecido, mas, para o meu espanto, a cobra mexeu a língua e esfregou a cabeça na mão dele como se fosse um gatinho sonolento e, aos poucos, serpenteou todo o corpo na direção da mão dele. Subiu na mão com uma dança sensual e pôs os olhos à altura dos olhos dele. Entreolharam-se. Raja fez do seu corpo uma escultura. Passaram-se alguns segundos, talvez minutos. Nenhum músculo se movia. O tempo parou. O mundo deixou de girar para que ele pudesse ter a cobra. Muitos anos se passaram depois daquela noite, mas aquilo continua sendo a coisa mais extraordinária que já vi. Naquela noite, ele foi um verdadeiro mestre.

Raja fez um movimento abrupto como um raio sombrio, a cobra se assustou e pendeu para trás, abrindo uma boca vermelha assustadora, mas já tinha sido agarrada pelos lados da cabeça e imobilizada. Vi suas presas brilhantes e o líquido incolor que pingava dali. Logo a traiçoeira criatura se debatia furiosamente. Raja levantou a cabeça dela acima da própria cabeça como se fosse um troféu de sua vitória. O corpo volumoso da cobra se enroscou e se contorceu sem êxito contra o corpo ereto de Raja. Depois a serpente guerreira foi colocada dentro de um saco, onde se aquietou na mesma hora.

– Essa cobra vai ser só minha. É muito comprida para caber no cesto e muito pesada para carregar até o mercado – disse Raja com grande satisfação. A voz dele estava justificadamente repleta de bravura. Como o invejei naquela noite... – Vamos, porque você tem que voltar pra cama.

Atravessamos a mata a toda velocidade. Com o matagal às costas, ele se voltou para mim.

– Vai contar pra ela? Vai dizer que domei o rei de todas as serpentes? – perguntou com uma ponta de orgulho na voz.

– Vou, sim – menti, sabendo que não comentaria aquela aventura com ninguém da minha família. Ficaria trancafiado dentro de casa para todo o sempre. Seria obrigado a descascar batatas ou picar cebolas na cozinha todo santo dia.

Mas, àquela altura, eu já estava fisgado. As tardes debaixo da árvore nim e as histórias ouvidas, tudo aquilo era coisa de criancinha. A adrenalina que fluiu pelo meu corpo na hora em que Raja e a cobra monstruosa se entreolharam debaixo da lua tornou-se uma droga. Eu queria mais. Certamente o irmão de Mohini merecia mais. Eu suplicava, eu bajulava, eu subornava.

– Me mostre mais – implorei, incansável nas minhas tentativas. – Logo os japoneses sairão daqui e Mohini poderá ir ao templo. Arranjo um encontro acidental – prometi com uma mentira despudorada, e os olhos dele se incendiaram. – Meu pai ouviu na BBC que os alemães já perderam a guerra. Logo, logo os japoneses sairão daqui.

Enquanto me estudava cuidadosamente, alguma coisa no rosto de Raja parecia dizer que sabia que minhas promessas eram falsas e que minha amizade era interesseira, mas depois ele me olhou com indiferença.

– Está bem – assentiu. – Vou lhe mostrar mais.

Levou-me até uma casa abandonada em ruínas no outro extremo da mata. Ele tocou a porta apodrecida, que se abriu por inteiro. Lá dentro estava escuro, frio e silencioso, bem silencioso. A impressão que dava era que a mata absorvia aquela casa aos poucos. Raízes acastanhadas irrompiam pelo chão de cimento, e ervas daninhas brotavam nas fendas das paredes. Havia buracos no telhado, e raízes nos cantos quebrados do teto espiralavam para baixo com uma palidez rosada. No centro da sala, uma única lâmpada pendia do caibro de forma perfeitamente feérica. Estremeci dentro da camisa. Estava feliz por ter a companhia de Raja.

Sentamos-nos de pernas cruzadas no chão rachado entre raízes largas. Ele tirou uma garrafinha de uma bolsa de pano amarrada à cintura. Destampou-a. Um odor pungente se dispersou de imediato. Apertei o nariz com nojo, mas ele me assegurou que era apenas o sumo de raízes e cascas de árvores e que um gole me revelaria um outro mundo. Começou a erguer uma pirâmide com gravetos e mato no chão de cimento da casa abandonada. Ateou fogo nos gravetos, fez uma pequena fogueira e depois se virou e me ofereceu a garrafa. Com um rosto totalmente inexpressivo. Achei que se tratava de algum tipo de teste e que, se hesitasse, mostraria dúvida e medo. Peguei a garrafa e tomei um bom gole. A mistura acastanhada ficou pesada e oleosa em minha boca. Os pelos do meu braço se arrepiaram.

– Olhe para o fogo – ele ordenou. – Olhe até o fogo falar com você.

– Está bem. – Fixei o olhar nas chamas até os olhos arderem. O fogo estava mudo. – Vai demorar muito? – perguntei com as lágrimas turvando a minha visão.

– Olhe para dentro do fogo – ele disse pertinho do meu ouvido. Cheguei a sentir o cheiro dele, um cheiro animal peculiar, um cheiro de alguma coisa que vive de expedientes na natureza.

Já estava me sentindo tonto de tanto fixar os olhos na dança das línguas amarelecidas e alaranjadas, mas toda vez que tentava desviar o olhar, uma voz firme instruía:

– Olhe para o fogo.

O fundo dos meus olhos começou a queimar, e o fogo se fez azul. As extremidades das chamas arderam esverdeadas e no centro queimou um fogo turquesa como o uniforme das meninas do ginásio.

– O fogo está azul e verde – eu disse. Minha própria voz soou distante e bem diferente, minha língua ficou grossa e pesada dentro da boca. Pisquei seguida e rapidamente. O fogo cintilou de azul.

– Agora, olhe para mim – ordenou Raja.

A voz dele soou como um assovio, algo sibilante. Minha cabeça pendeu em volta do pescoço, e meus olhos se voltaram pesados para minhas mãos. Com uma espécie de distanciamento, notei que a pele de minhas mãos tornava-se transparente. Podia ver realmente o sangue que pulsava e corria nas minhas veias. Em estado de choque, fixei os olhos nas mãos e depois desviei a atenção para o chão. Estava se movendo.

– Ei – disse com uma voz pastosa, voltando os olhos para Raja.

– É incrível, não é? – Ele riu.

Rindo, assenti com a cabeça. Eu tinha onze anos e havia me drogado com raízes e cascas de árvores secretas. Foi quando percebi que Raja estava se transformando. Esquadrinhei o rosto dele.

– O que é? Estou parecendo o quê? – ele perguntou com impaciência. Seus olhos estavam febris sob as chamas da pequena fogueira. Parecia um animal selvagem.

Pisquei os olhos e balancei a cabeça, incerto daquilo que os meus olhos viam. Olhei para o fogo. Ardia novamente de amarelo e fui tomado por uma vontade incontrolável de alcançá-lo e tocá-lo, de segurá-lo e entrar dentro dele. Achei que poderia ficar lá dentro, se ele fosse maior. A ideia me apavorou e, em câmera lenta, me foquei outra vez em Raja. Levou um tempo para minha visão desembaraçar. Os pensamentos se sucediam no cérebro, e as palavras surgiam do nada. Eram minhas próprias palavras e, mesmo assim, como poderia tê-las falado?

– Será que posso tocar no fogo? – Fiquei surpreso por ter feito tal pergunta.

– Não olhe mais para o fogo. Diga com o que estou me parecendo – insistiu Raja. – Com uma serpente? – perguntou.

Ele teria soado esperançoso? Fiquei confuso. Havia algumas afinidades. Balancei levemente a cabeça, que pesou no pescoço como um balão cheio de água. Todo o meu corpo se impregnou vividamente de estranhas sensações. Lá dentro da pele, o sangue pulsava de prazer. Eu fechava os olhos, e jatos de cores afloravam à minha frente. Maravilhas de arco-íris apareciam e desapareciam em padrões incontáveis de cores.

Abri os olhos sorrindo, e Raja estava à minha frente. Os olhos brilhavam com furor, os dentes pareciam longos e ferozes. Havia alguma coisa selvagem e desconhecida na cara dele. Fiquei em choque e, por um momento, nada pude fazer a não ser olhar para aquela transformação, fechando os olhos em seguida. Já não me sentia excitado e sim tomado por uma espécie de mau agouro. A água batia contra as paredes do balão. Eu precisava pensar, mas a cabeça pesava com a água que farfalhava lá dentro. Raja estava se tornando uma criatura assustadora. Dentro dele, não estava mais Chibindi, o domador que induzia os leões a dançar, mas alguma coisa má e disforme que eu não conseguia reconhecer. Alguma coisa até então insuspeitada. Pobre e doce Mohini.

– *Me pareço com o quê?* – ele perguntou novamente.

A voz dele também mudara. Eu já tinha ouvido antes, lá no cemitério. Eu a tinha ouvido por entre os pés retorcidos de uma grande árvore no silêncio das tabuletas brancas de pedra. Sibilava bem baixinho.

– Não, não se parece com uma serpente, não – falei com dificuldade, com a língua gorda e preguiçosa. Estava muito apavorado para olhar nos olhos dele. – Quero voltar pra casa. – O coração bateu acelerado no meu peito.

– Ainda não. O efeito não vai demorar pra passar, e você poderá ir.

Comecei a tremer de medo. Depois disso, não trocamos nem mais uma palavra. Não me importei. A respiração dele pulsou ao meu lado, mas mantive os olhos no chão em movimento. Era como se o cimento fosse uma tênue peça de algodão e debaixo dela houvesse um milhão de formigas em correição. O calor de Raja emanou ao lado, mas me recusei a virar a cabeça porque não queria ver a besta que estava sentada ali. Fosse qual fosse a droga que tinha tomado, o fato é que era poderosa e havia me pegado. Que viagem! A única realidade existente era o que eu sentia e via naquele momento. Ainda muito jovem para saber o que era uma alucinação, olhei fixamente para o chão em completo terror. Fiquei sentado ali sem me mover por uma eternidade, o coração pulsava como um louco tambor africano na expectativa de ser atacado a qualquer momento por aquela perigosa criatura.

Até que Raja rompeu o silêncio:

– Vamos embora – disse com uma voz apática. Parecia desapontado. – Vamos.

Olhei para os olhos apáticos e mortos daquela cara ligeiramente triangular e voltei a me alarmar. Sim, ele parecia uma serpente. Ele se transformara em serpente. A poção ingerida é que o transformara em serpente. Toquei no meu rosto para ver se também tinha me transformado em serpente. Senti alguma coisa que parecia uma mudança e gritei de horror. Os dentes começaram a tiritar na minha boca dormente. Eu também estava virando uma serpente. Pensamentos enlouquecidos cruzaram pela minha cabeça. Raja tinha me levado até aquele lugar para me transformar em serpente e depois me colocar no cesto e me fazer dançar para aquela flauta estúpida dele. Solucei desamparado em câmera lenta. Um soluço longo e prolongado.

Raja aproximou o rosto bem perto de mim, e isso me fez fechar os olhos e começar a rezar para Ganesha. Então a voz dele estava ao pé do meu ouvido:

– Essa magia é muito forte pra você. Não se preocupe, em poucos minutos, tudo voltará ao normal. Vem, vamos caminhar juntos. Já está escurecendo lá fora.

Abri os olhos, surpreso. Ele não tinha feito mal a mim. Fiquei observando-o aturdido, enquanto ele apagava a fogueira e depois se dirigia na minha direção para me ajudar a levantar. Saímos caminhando juntos com meu corpo apoiado pesadamente no braço dele. Eu me recusei a olhá-lo.

– O ar fresco lhe fará bem. – A voz dele ainda soou áspera como uma lixa, mas já estávamos ao ar livre e eu me sentia melhor. Mais seguro. Anoitecia e as pessoas perambulavam lentamente, rindo e falando em voz baixa. Era como se as vozes estivessem muito distantes.

– Não se preocupe, daqui a pouco tudo voltará ao normal. Fique direito e ande como homem. Mantenha a cabeça erguida.

Por fim, entramos no nosso bairro. Fiquei assustado só de pensar que mamãe estaria esperando por mim. Notaria de cara que eu não estava normal. Veria que minha pele estava se movimentando e ficaria lívida.

Mui Tsai fazia uma fogueira atrás do jardim murado da casa do Velho Soong. Queimava folhas mortas e mato enquanto o Velho Soong a observava de pé com as mãos nas cadeiras como um crocodilo de boca escancarada mostrando todos os dentes. Olhei para aquela fogueira do tamanho de uma pira funerária e, sem pensar; de repente, comecei a correr em direção ao fogo. Correr como o vento. Era como se eu fosse um pedaço de ferro atraído por um gigantesco ímã. Mui Tsai me olhou de queixo caído, sem entender nada. Achei que estava parecida com um coelho assustado. Continuei correndo aos risos e de mãos estendidas na direção da fogueira enquanto o fogo se aproximava e chamava por mim. Algo mais forte que eu me atraía naquelas labaredas alaranjadas que mastigavam folhas mortas.

Pulei dentro da fogueira e logo me senti tocado pelo primeiro açoite de um calor purificador, mas um segundo depois não estava mais com o meu mestre e sim deitado no chão com Raja em cima de mim e o coração dele batendo no meu peito. Olhei fixamente nos olhos brilhantes dele, na cara estranha e triangular dele, e me dei conta de que tinha feito o impossível. Eu o tinha assustado.

– Pare com isso – ele sibilou. Eu não tinha chegado aos pés do meu mestre.

Raja seguiu comigo até a entrada da minha casa e se foi. Mamãe saiu e olhei-a extasiado. Ela estava linda. Uma tigresa ainda **mais perigosa com olhos de um indescritível e delicado âmbar amarelo. E estava furiosa.** Não comigo. Era naturalmente furiosa. Eu via isso nos olhos de fogo dela.

– O que houve? – rosnou, descendo os degraus da escada tão rápida quanto um felino.

Ela me tocou e tentei me esquivar da poderosa energia que emanava do seu corpo. Ouvi a voz quase histérica de Mui Tsai no quintal dos fundos falando do meu pulo nas chamas. Os olhos de mamãe se cravaram em mim, cravaram na minha pele em movimento. Mohini se escondeu atrás da cortina lá dentro de casa. Como um gato. Com uma suavidade maravilhosa e uma brancura impecável e grandes olhos verdes. Emanava algo tão benigno e tão prazeroso, que tive vontade de chegar perto e acariciá-la. Ficou claro por que Raja a amava tanto. Fiquei preocupado porque pensei o que implicava a transformação de Raja. Uma serpente e um gato no mesmo lugar. Não devia tê-lo encorajado. Abri a boca para avisar mamãe, mas o rosto fagueiro de Lalita se aproximou do meu. Apertava contra o peito a boneca que eu tinha salvado das águas do canal. Olhei a boneca com curiosidade. Parecia estranhamente viva. De repente, piscou timidamente para mim, abriu a boca e baliu como uma ovelha. Um grito terrível se fez na minha traqueia, mas, em vez disso, uma golfada de ar saiu pela minha garganta e surgiram pontinhos negros na minha vista. Pontinhos parecidos com as manchas que se veem nas fotografias antigas ou nos espelhos embaçados e sujos. Pouco a pouco, os pontinhos foram se tornando cada vez maiores. Apareceram outros pontos como um borrão de tinta e logo o meu mundo escureceu. Depois disso, não me lembro de mais nada, mas, segundo mamãe, clamei por um espelho como que possuído. Fui levado para dentro de casa, enquanto me debatia com a força selvagem de um homem feito, e lá me fizeram olhar no espelho.

Fiquei mal durante dois dias. Disseram para mamãe passar uma pasta de ervas e pimentas na minha cabeça para clarear meus pensamentos. Depois que melhorei, nunca mais consegui olhar para a boneca de Lalita. Achava que os olhos dela não eram inanimados e ocultavam um velho demônio. Olhava para a boneca e era como se estivesse viva, olhando de volta e balindo como uma ovelha. Estendia a mão para tocá-la e me convencer de que era mesmo uma boneca e logo recuava enojado. A pele tinha a textura dos cadáveres que os japoneses empalavam nos postes ou deixavam dependurados pelas cercanias. Sei disso porque um dia alguém me convenceu a tocar em um dos mortos. Era uma pele fria e levemente maleável. Eu passava mal só de pensar que minha inocente irmãzinha dormia ao lado de uma coisa monstruosa como aquela. Já recuperado, peguei a boneca e atirei-a no canal do outro lado da cidade e fiquei assistindo enquanto as águas agitadas a levavam, até que se tornou um pontinho rosa e amarelo ao longe. Voltei para casa e encontrei Lalita desesperada. Fingi que a ajudava a procurar pela boneca por horas a fio. No fim, coloquei a culpa em Blackie, o cachorro do vizinho.

Após esse incidente, tornei-me mais cauteloso. Eu tinha visto Raja de um jeito que era tarde demais para voltar atrás. Não podia mais fingir que aquela gente de boca contorcida com segundas intenções que visitava o pai dele e deixava pacotinhos de pano muito bem atados com uma fisionomia esperançosa não existia. Não podia mais fingir que aqueles pequenos embrulhos de pano vermelho e preto que carregavam continham essência de maçã ou de róseas

romãs em vez de horrendos fragmentos obtidos em incursões noturnas pelos túmulos do cemitério, dos quais se valiam para punir os amantes ou destruir os inimigos. Comecei a temer Raja.
Até que um dia ele se aproximou de mim para me pedir uma mecha de cabelo da minha irmã. Por alguns preciosos segundos, me limitei a olhar com um ar abobalhado para a cara dele, mas logo neguei com a cabeça e saí correndo. Já sabia que tipo de feitiço aquela gente era capaz de fazer com uma mecha de cabelo. Temi Raja ainda mais. Não conseguia esquecer os olhos cintilantes daquela cara triangular me observando, me observando e me observando.
E assim comecei a vigiar Mohini. Todo dia, chegava da escola e me apressava a espreitá-la em todos os detalhes. O sorriso, as palavras, os membros do corpo, tudo tinha de ser minuciosamente observado para me certificar de que não havia ocorrido nenhuma mudança na minha ausência, por mais sutil que fosse. Eu estava enlouquecendo de culpa e preocupação. Um estranho de olhos febris e caçadores me encarava de volta no espelho. Deixei até de reclamar na escola do gosto horrível do óleo castóreo que me empurravam goela abaixo. Já não tinha vontade de voltar para a velha gangue e então me sentava na carteira de madeira da sala de aula e olhava impassível enquanto os professores davam as aulas. Saía em disparada quando soava a sineta que anunciava o término da última aula do dia. Depois examinava Mohini em busca de sinais sei lá de quê e me sentava para esperar a noite chegar.
Todo dia, ao anoitecer, quando o sol mergulhava nas lojas e a ameaça dos japoneses dava uma trégua por conta da noite, mamãe levava Mohini para caminhar na horta. Era a hora do dia de que minha irmã mais gostava. O pôr do sol, quando o céu ainda estava tingido de tonalidades irreais de vermelho e tonalidades sentimentais de malva, um pouco antes do ávido mergulho dos mosquitos na pele de Mohini. Ela caminhava ao longo dos canteiros de legumes e verduras de mamãe e às vezes colhia um punhado de jasmim de um pé que ficava no final da horta e enchia uma bandeja para o altar das preces. Essa caminhada lá fora era uma bênção para ela, mas para mim era a hora mais perigosa do dia. Pois vigorosamente, atrás das moitas e das árvores, Raja estava me espiando, espiando-a e nos espiando. Assim, aprendi a ficar de guarda. Aprendi a ficar

preocupado na porta dos fundos, enquanto a observava na escuridão até ela voltar para dentro de casa e fechar a porta. De vez em quando, caminhava ao lado dela, colado nela, esquadrinhando as moitas com tanta preocupação que ela acabava tocada pelos meus cuidados e despenteava carinhosamente meus cabelos e alisava minha testa franzida.

– O que é isso? – ela perguntava com ternura enquanto deslizava os dedos pelas rugas da minha testa.

Claro que nunca pude explicar. Sabia que mamãe nutria planos, grandes planos para a joia da nossa família. Um magnífico casamento que lhe trouxesse uma magnífica família. Assim o "isso" se tornou minha algema secreta. Eu tinha Mohini presa a minha perna e tinha de lidar com ela. O "isso" era aquilo que eu sabia que estava imóvel atrás de moitas igualmente imóveis.

Eu queria falar das cobras para Mohini. Falar de tudo que tinha sabido e visto. Queria avisá-la de que, embora as cobras sejam seres fascinantes, devia temê-las, porque elas não aceitam donos. Se ela se sente bem com sua canção, dança para você e bebe o leite que você deixa diariamente perto do cesto dela, mas nunca se liga a você. Não se esqueça de que, no final das contas, uma cobra nunca trai a própria natureza e, por questões que só ela sabe, um belo dia pode se virar e cravar as presas venenosas na sua carne. Na minha cabeça infantil, Raja era uma cobra grande e negra. Eu queria falar de Raja para minha irmã. A imagem dos olhos brilhantes e frios na cara dele não me saía da cabeça. Ou ele queria Mohini ou queria nos fazer mal. Eu tinha certeza disso.

Um dia, cheguei correndo da escola e o encontrei à minha espera, encostado no muro da casa do Velho Soong. Ele desembrulhou um pacotinho de pano preto e tirou uma pedrinha vermelha de dentro. A pedra cintilava à luz do sol. Quando a senti na palma da minha mão, não era leve nem fria e sim estranhamente pesada e quente, como um ovo recém-posto por uma galinha.

– Tenho um presente para sua irmã. Coloque essa adorável surpresa debaixo do travesseiro dela – ele disse com a voz aveludada que eu tinha aprendido a odiar.

Atirei aquela pedra estranha e quente na areia e fugi o mais rápido que pude. Ele não me seguiu. Senti olhos ardentes nas minhas costas. Eu me virei quando cheguei à escada de minha casa e ele ainda estava de pé e me observava, próximo ao muro de tijolinhos vermelhos. Não havia raiva em seu rosto. Ele ergueu a mão e acenou para mim. Fiquei morrendo de medo o dia todo. Senti muita saudade do tempo em que ele era um bravo guerreiro chamado Chibindi...

Naquela noite, Mohini se curvou para pegar alguma coisa na grama. Alguma coisa que brilhava no escuro. Fiquei petrificado e soltei um grito, fingindo que tinha levado um tombo. Ela veio em meu socorro. Pedi que me ajudasse a entrar logo em casa, como se estivesse morrendo. E ela acabou se esquecendo daquela coisinha brilhante no solo. Era noite alta quando fui até lá fora na ponta dos pés. O céu estava sem lua e consegui avistar a pedra na grama. Abaixei para pegá-la e, de repente, vi os pés descalços de Raja. Levantei lentamente, com muito medo do que encontraria pela frente.

– Me dê isso – ele ordenou, com uma voz dura e sem nenhuma emoção.

O sangue gelou em minhas veias.

– Nunca – disse, mas, para o meu desgosto, minha voz soou pequena e fraca.

– Eu a terei – ele prometeu enquanto se virava e saía em meio à escuridão. Fiz uma sondagem ansiosa pela noite escura, mas ele tinha sumido como o vento, levando consigo o desespero.

Naquela noite, sonhei que me escondia atrás de uma moita e espionava Mohini enquanto ela caminhava nas proximidades de um rio. Pássaros coloridos cantavam nas árvores, e ela ria das cambalhotas de alguns macacos com cara peluda e prateada. Ficou de gatinhas na beira do rio e, afastando o pesado cabelo da face, bebeu água como um gato. A poucos de metros de distância, uma sombra na água, um par de olhos imóveis, observadores e terrivelmente ameaçadores. Um crocodilo. Tenho medo de crocodilos. O mais assustador é que, quando se olha para os olhos deles, nunca se sabe se estão mortos ou vivos. Sempre com a mesma mirada inexpressiva. Isso faz você se perguntar se eles entraram neste mundo por uma porta diferente.

O crocodilo fingiu que era uma inofensiva tora de madeira e deslizou silenciosamente na direção da minha irmã para lhe engolir a cabeça. E puxá-la para um mergulho doentio. Eu quis alertá-la e também quis lhe falar das serpentes negras, mas não consegui lembrar o nome dela. O monstro abriu uma boca gigantesca. Saí correndo aos berros até a beira do rio, mas ele já estava com a cabeça dela encaixada entre os dentes amarelos. Fiquei paralisado com um misto de horror e descrédito no meu short largo à beira do rio, enquanto a fera se debatia na água. Até que o bruto desapareceu lá no fundo, levando-a consigo. Minha irmã tinha deixado de existir. A água se aquietou. O rio estava saciado. Na margem do outro lado do rio, a cara distorcida de Raja gritava palavras e entrava na água infestada de crocodilos, mas ele falava na língua onírica que nunca consigo entender quando estou dormindo e nunca consigo ouvir quando estou acordado.

Acordei abruptamente, suado e tão assustado, que meu coração latejava pesado no peito e minha garganta apertava de dor. Meus irmãos dormiam tranquilos ao meu lado. Eles não tinham brincado com o demônio. Perturbado e incomodado, corri até a cama das meninas para ver se Mohini estava dormindo. Passei os dedos suavemente em seu braço macio. Ela estava quente.

A voz levemente exasperada de mamãe invadiu a minha mente.

– Mohini estava com oito anos de idade e um dia briguei com seu pai, depois deixamos de falar um com o outro, e ele pediu que ela lhe fizesse um café. Eu estava na cozinha e vi quando ela colocou nove colheres de chá de café para uma colher de chá de açúcar. Fiquei escondida atrás da cristaleira e vi que ele tomou o café até a última gota sem fazer nenhuma careta. Isso mostra o quanto seu pai ama sua irmã.

O arrependimento e a culpa desabaram em cima de mim. Eu tinha traído Mohini. Eu tinha contado os segredos dela e criado uma baita confusão. Voltei toda minha culpa para minha irmã adormecida. O desespero de Raja já não me importava. Fiz uma cama no chão ao lado da cama dela. Decidi que dali em diante protegeria a vida de Mohini com minha própria vida. Algo terrível estava para acontecer, mas eu não deixaria acontecer. Fiquei deitado em silêncio enquanto olhava o teto escuro e ouvia a respiração das minhas irmãs. Um animal chamou em algum lugar distante. Era um chamado extraordinariamente humano. Algum tempo depois, o ritmo da respiração das minhas irmãs me adormeceu. Antes de cair no sono, cogitei conversar com alguém.

Lakshmi

A primeira coisa que os japoneses fizeram quando chegaram a nossa sonolenta vizinhança foi abater os cães do Velho Soong com tiros. Em dado momento, estavam latindo freneticamente e logo um tiroteio abafado os fez tombar no chão. O sangue vermelho verteu de imediato pelo cascalho preto e branco.

– *Kore, kore* – gritaram os soldados, sacudindo o portão e dando-lhe coronhadas furiosas com os rifles.

Eu espiava por trás das cortinas com o estômago dando nós. O esconderijo de Mohini era engenhoso, mas mesmo assim fiquei petrificada só de pensar que eles poderiam encontrá-la. A selvageria daqueles homens estava acima da compreensão. Vimos corpos empalados em postes como leitões, prontos para serem assados e alinhados nas ruas. E sabíamos que havia campos de execução em Teluk Sisek, no caminho para a praia, onde eles matavam as pessoas e as cortavam em pedaços. Uma trêmula mão, depois um pé que se agitava frenético, talvez o resto de um braço ferido, uma perna sangrando e por fim a cabeça do condenado. Sabíamos inclusive que a esposa do dono do frigorífico no centro da cidade teve de recolher sozinha os pedaços do marido debaixo do luar para lhe dar um enterro digno. Esse era o jeito dos japoneses. Cruel e bárbaro.

Eu, meu marido e Lakshmnan nos agachamos atrás da janela e vimos a figura tímida de Mui Tsai aparecer na porta de entrada.

– *Kore, kore* – eles gritaram.

Ela correu para destrancar o portão. Eles o abriram com brutalidade e olharam nos olhos dela. Aquele olhar. De onde estava, notei que ela tremeu. Inclinou a cabeça em reverência. Eles começaram a falar agressivamente alto naquela língua horrível. Entraram pelo portão sem se dar ao cuidado de não pisar nos cachorros mortos. Estavam famintos, muito famintos. Percorreram a casa, consumindo tudo que lhes agradava e pegando cada coisinha que podiam carregar. Sabiam que, provavelmente em poucos dias, estariam combatendo nas selvas de Java ou nos pântanos venenosos de Sumatra.

Procuraram por joias, canetas e relógios. O patrão não estava em casa, mas tinha relógios caros em cima da mesinha de cabeceira, e eles os colocaram nos pulsos abarrotados de outros relógios. Encostaram a ponta das espadas compridas na barriga macia da patroa e apontaram para as vitrines vazias dos armários. A princípio, ela fingiu não entender o que queriam, mas eles tiveram a gentileza de espetá-la um pouco mais fundo na carne mimada. Soluçando, ela gritou para a cozinheira desenterrar as estatuetas de jade de debaixo da roseira. Eles se mostraram felizes com o achado. Apontaram para a caixa de pau-rosa. Os criados acorreram para abri-la. Pelo que pareceu, os soldados ficaram especialmente encantados com os pauzinhos de marfim.

Os estranhos queriam açúcar. Fizeram sinais e emitiram grunhidos guturais. A patroa aparentou um ar preocupado, e os criados pareceram desorientados. Aquelas criaturas descabeladas, de barba por fazer, agarraram a aterrorizada cozinheira pelos cabelos aos xingamentos e a esbofetearam. Começaram a revirar todos os recipientes. Que extraordinária impaciência! Por fim, grãos finos e brancos verteram de um jarro.

– Ahhh, o açúcar. – Eles pararam de revirar os recipientes.

Aproximaram-se da patroa. Ela prendeu a respiração. Eles exalavam o fedor repugnante de quem não se lava durante o combate. Um fedor inesquecível. Fediam como cadáveres. Fizeram sinais mais uma vez. Ela olhou empalidecida de terror, mas eles só queriam um fogão a lenha no quintal dos fundos. Eles próprios cozinhariam.

– Lenha. – Os criados correram para pegar lenha. Os estrangeiros refestelaram-se no chão do quintal com as armas ao lado, esperando pela comida, enquanto os moradores da casa do Velho Soong assistiam horrorizados e enfileirados. Aqueles estrangeiros comeram como cães famintos. Depois se foram de barriga cheia.

Caminharam na direção da casa de Minah.

Ela abriu a porta da casa.

– *Ya Allah, Ya Allah!* – exclamou no seu traje branco e solto que mais parecia uma mortalha e que era usado pelas mulheres de sua religião.

Embora não fosse uma data religiosa, aquele traje escondia as curvas estonteantes dela. Só deixava à mostra um rosto amedrontado. Um pequeno círculo de pavor. Ficou rodeada pelos cinco filhos, que observaram os homens vasculharem aquela casa humilde. Eles fizeram um movimento com os dedos em volta dos próprios punhos e pescoços. Minah entendeu. Já estava preparada. Estendeu uma trouxinha feita com um lencinho. Lá dentro, tinha um velho cordão, um anel ainda mais velho e duas pulseiras torcidas ligeiramente danificadas. Atiraram a trouxinha na cara dela com um ar enojado. Não ficaram na casa por muito tempo. Sabe, não mencionei que, antes de sair da casa do Velho Soong, eles jogaram a pobre Mui Tsai na mesa da cozinha e formaram uma fila impecavelmente ordenada e a usaram até que se sentiram saciados.

Na casa do chinês que morava ao meu lado, eles quebraram um espelho e levaram três leitõezinhos. Os dois meninos mais velhos fugiram pela porta dos fundos. Pularam para o nosso quintal, saíram em disparada pelo campo aberto e sumiram no matagal.

Meu coração palpitou na garganta quando as botas pesadas dos japoneses subiram os degraus de madeira da escada. A escada vibrou de medo. Entraram pela porta como um furacão. De perto, eram baixinhos e amarelos. Não chegavam à altura do peito do meu marido. Foram obrigados a erguer a cabeça quando encararam o rosto escuro e feio dele. Como era duro o olhar daqueles homens! Tal como faziam os elefantes treinados para obedecer ao sultão na época gloriosa do império Moghul, todos nos inclinamos respeitosamente. Os passos dos soldados pela casa eram tão pesados que o piso de madeira estremecia. Abriram armários, destamparam caixas, olharam debaixo de mesas e camas, mas não encontraram minha filha. Abriram o galinheiro lá no quintal, pegaram as cacarejantes criaturas pelo pescoço e, com três ou quatro em cada mão, apontaram para o coqueiro. Lakshmnan correu para subir na árvore. Eles beberam água de coco e largaram as cascas pelo chão. Enquanto saíam da vizinhança, tiraram o portão de ferro da casa do Velho Soong e o levaram. Naquele tempo, os japoneses eram ávidos por ferro. A maioria das casas perdeu os portões e o medo de ladrões porque os japoneses puniam até mesmo os crimes menores com torturas e decapitações. A taxa de crimes caiu vertiginosamente. Na realidade, durante o período de ocupação japonesa, ninguém se preocupava em trancar as portas quando saía. Não, não inveje essa nossa vida isenta de crimes, porque, no fim das contas, aqueles cães nos fizeram pagar com sangue. Eram arrogantes, ignorantes, cruéis, imperdoáveis, e vou odiá-los com o coração materno enquanto viver. Cuspo naquelas caras horrendas. Sinto um ódio tão fundo, que jamais esquecerei, nem na próxima encarnação. Lembrarei o que fizeram com minha família e não canso de amaldiçoá-los para que um dia experimentem o gosto amargo de minha dor.

Os japoneses livraram os habitantes dos saqueadores tão logo chegaram. Dois homens acusados de furto foram vendados de mãos amarradas às costas e levados para a praça onde havia uma feira toda quinta-feira à noite. Os soldados empurraram os transeuntes como se fossem carneiros, para ter um bom número de espectadores. Os acusados foram obrigados a se ajoelhar. Um oficial japonês cortou a cabeça deles, limpando lentamente a espada com um pedaço de pano após cada execução. Não se dignou a olhar nem a cabeça que rolou de boca aberta com um grito mudo, esparramando sangue pelo chão, nem a cena assustadora do corpo decapitado que se debateu no chão, vertendo jatos de sangue do pescoço e com chutes espasmódicos das pernas. O oficial se limitou a olhar para o silencioso grupo de espectadores apavorados e a fazer um aviso sem palavras com um meneio de cabeça.

A mensagem foi rapidamente instituída, e os japoneses se beneficiaram em larga escala. Além de saquear, eles também profanavam as casas. Nunca pediam, nunca remuneravam, simplesmente se apropriavam de tudo que queriam. Terra, carros, prédios, estabelecimentos comerciais, bicicletas, galinhas, colheita, alimentos, roupas, medicamentos, filhas, esposas, vidas.

A princípio, não amaldiçoei os japoneses. Não me senti realmente abalada pela brutalidade deles. Eu me habituei rapidamente a ignorar as cabeças espalhadas pelas cercanias. A propaganda imperialista que eles faziam não me incomodava. O que importava se tinham proibido o uso de gravata? Eu entendia que as guerras geram atrocidades terríveis. O que fazia era não permitir que uma raça abominável e infame me vencesse num jogo muito conhecido por mim. Naquela época, eu era arrogante. Só me preocupava em levar comida para os meus filhos, nem que fosse preciso tomá-la do ar. Segura comigo mesma, dizia que sobreviveria a tudo aquilo. Meu marido perdeu o emprego logo que o regime japonês se instalou, e com isso perdemos o direito de ter o precioso cartão de alimentos. Um cartão que significava arroz e açúcar. Éramos considerados como gente imprestável. Gente com quem o regime não queria compartilhar seus parcos recursos. De repente, me vi com oito bocas para alimentar e sem nenhum salário. Não tive tempo nem para lamentações nem para notar o olhar penalizado das mulheres do templo, cujos maridos não tinham perdido o emprego.

Vendi algumas joias e comprei algumas vacas. A vida tornou-se ainda mais pesada, mas não teríamos sobrevivido sem aquelas vacas. Debaixo de chuva ou de sol, antes de cada amanhecer, me sentava num banquinho e ordenhava as vacas no ar frio do escuro. As barracas e lojas que comercializavam café nos pagavam em dinheiro japonês, notas com imagens de coqueiros e bananeiras. Esse dinheiro chamado de notas de banana passava nervosamente de mão em mão porque não era numerado e desvalorizava mensalmente. O tabaco valia mais que a moeda japonesa. Alguns convertiam o dinheiro em terras e joias tão logo podiam, mas isso não era um assunto em nossa família porque só havia o bastante para manter as crianças.

Sem o cartão de alimentos, o arroz só podia ser adquirido no mercado negro a um preço exorbitante. O arroz se tornara raro e precioso. Os comerciantes molhavam o arroz para aumentar o peso e obter um lucro maior. O povo o estocava e o mantinha para ocasiões especiais. Aniversários ou celebrações religiosas. Na maior parte da semana, comíamos tapioca. A tapioca reinava naquele tempo. Fazia-se de tudo com tapioca. Pão de tapioca, macarrão de tapioca. Até as folhas eram fervidas e cozidas. O trabalho diário de cortá-la, fervê-la e cozinhá-la salvou a nossa vida, mas passei a odiá-la. Odiei tapioca por vingança. Durante anos, tentei me convencer de que gostava de verdade de tapioca, mas odiava o sabor dela. O pão parecia de borracha. Pesava na mesa e grudava nos dentes quando era mastigado. O macarrão era insuportável. Mas só tínhamos isso para comer.

Plantei tudo que podia ser colhido. Até mesmo açafrão-da-índia que, por alguma razão estranha, gerou um fruto malformado e murcho. Mas, ali pelo final do primeiro ano de ocupação, fiz amizade com a sra. Anand. O marido dela trabalhava no Departamento de Controle Alimentar e contrabandeava um arroz do norte da Malaia, procedente do estoque do exército japonês. Eu escondia nossas porções de arroz ilegal nos caibros do telhado. As vacas e a horta nos protegeram da escassez de alimento que assolou todo o estado de Pahang. A escassez foi tanta que, a certa altura, o governador sugeriu que o povo fizesse duas refeições por dia em vez de três. Talvez ele não soubesse que a população já estava se alimentando duas vezes por dia.

Qualquer coisa importada era como ouro em pó. Antes da ocupação, eu lavava os cabelos das crianças com uma vagem indiana. Vinha amarrada em ramas. Eram vagens duras, de cor marrom-escura, que tinham de ficar de molho antes de ser fervidas e amassadas. O produto era um mingau marrom que funcionava como um ótimo xampu. Era inigualável na limpeza dos cabelos. A falta das vagens indianas me fez improvisar e passei a lavar os cabelos das crianças com as vagens verdes da horta. Durante a ocupação, fazia o meu próprio sabão com folhas, cascas de árvore, canela e flores. Escovávamos o dente com o dedo indicador coberto de pó de carvão e, vez ou outra, de sal. Também usávamos as folhas macias da árvore nim como escova de dentes. Passei a fazer o meu próprio óleo de coco, porque, em 1945, o preço de uma lata deste óleo pulou de seis *ringgit* para trezentos e quinze *ringgit*. Dez ovos pequenos custavam noventa *ringgit*. Mas isso não era nada comparado ao preço do sarongue, que subiu de um *ringgit* e oito centavos para mil *ringgit*. Eu bem que tentei fazer pano com folhas de abacaxi e cascas de árvore, mas o resultado foi um pano grosseiro, que só podia ser usado como saco de estopa.

As lâminas de barbear escassearam e, com isso, todo mundo afiava as velhas lâminas, pressionando num pedaço de vidro e passando com cuidado de cima para baixo e de baixo para cima. Os carros motorizados desapareceram, exceto os que eram usados por militares e importantes figuras japonesas. Alguns japoneses de alta patente passaram a ter um veículo maior depois que o carro do Velho Soong foi roubado. Os táxis eram movidos a carvão ou a lenha. O exército japonês reservava quase todo o suprimento de remédios e de material hospitalar para uso próprio, de modo que para nós restava a tradicional medicina caseira. A segunda esposa do nosso vizinho chinês quase perdeu a perna quando tentou curar um corte profundo com um unguento feito de abacaxi e casca de banana. O ferimento azulou e começou a exalar um cheiro podre. Quase gangrenou.

A água encanada piorou consideravelmente porque se reduziu o tratamento químico dela. Minúsculos vermes de cor creme se contorciam na água potável como se estivessem morrendo de dor.

Logo que soube do fuzilamento do marido de Minah, me encarreguei de lhe dar a péssima notícia. Ela se dobrou de dor na porta da casa. Fiquei com tanta pena que me abaixei e afaguei seus finos cabelos negros quase azulados. A curva suave de sua face roçou em minha mão. Poderia ter tido uma pele de bebê, mas já estava totalmente desprovida de recursos. Seus bens estavam reduzidos a algumas galinhas, uma horta e alguns fragmentos de joias velhas.

– Não chore, tudo acabará bem – menti.

Minah se limitou a balançar a cabeça e soluçou baixinho.

Ela estava quase perdendo o controle da situação, quando, uma noite, um jipe japonês estacionou em sua porta. Um japonês elegante, vestido em roupas civis, desceu do veículo e entrou. A partir daí, ele passou a estacionar na frente da casa. Um dia, ela mandou os cinco filhos para a casa da irmã em Pekan. Disse para Mui Tsai que as escolas de lá eram melhores. Depois, o tal japonês do jipe começou a passar a noite toda na casa dela. Em poucas semanas, mudou-se para lá. Deixei de visitá-la, e ela, por sua vez, deixou de falar conosco. Talvez estivesse envergonhada por ter se tornado a mulher de um oficial japonês. De vez em quando, a via do lado de fora da casa. Toda vez que os dois saíam à noite, ela usava vestidos à moda ocidental e *cheongsams* chineses. Maquiava-se e pintava as unhas. Parecia uma verdadeira estrela de cinema. Ela subia elegantemente no jipe, e suas lindas panturrilhas saltavam pelo corte do *cheongsam* de seda justo. Eu estava com um problema sério. E se ela sacrificasse Mohini em troca de um pedaço de terra ou uma casa melhor, ou um anel de brilhante, ou um saco de açúcar?

Até que ficamos cara a cara. Era inevitável que acontecesse, se bem que não esperava que acontecesse na presença dele. Eu estava virando a esquina, quando os dois saíram de dentro do jipe. Diminuí o passo para que entrassem dentro de casa antes de alcançá-los, mas ela parou e esperou por mim com ele ao lado. Sorri. Amistosamente. Agora eu temia os dois. Ela também era uma inimiga. O meu segredo dependia de um elo fraco e me encontrava frente a este elo.

– Olá – ela disse. Estava mais bonita que nunca.

– Olá. Como vai você?

– Ótima – ela respondeu, sorrindo. Os lábios estavam pintados de vermelho, as maçãs do rosto estavam rosadas, mas os olhos estavam tristes. Sofisticados braceletes de jade tilintavam como um aviso elegante.

– Como estão seus filhos? – puxei conversa.

– São muito levados e não querem nada com a escola – ela disse com modéstia. – E como vão seus adoráveis cinco filhos?

Sorri discretamente. Agradecida. O meu segredo estava a salvo com ela. Por ora. Ela sabia que eu tinha seis filhos. Excluíra Mohini para que ele ouvisse. Só então me dei conta de que ela planejara aquele encontro para que eu pudesse dormir em paz.

– Eles estão bem. Muito obrigada pelo seu interesse – disse e me retirei. Tínhamos nos entendido. Quando olhei para trás, estavam entrando em casa. Ele a enlaçava pela cintura com o braço.

A ocupação japonesa já durava um ano. Lakshmnan ficou amigo de um rapazinho aborígine enquanto nadava e se dependurava como Tarzan nos cipós que brotavam ao longo do rio Kuantan. Os aborígines são os melhores rastreadores e caçadores que existem. São imbatíveis na arte que desenvolvem na selva; são capazes de observar e seguir uma pessoa durante dias sem que ela perceba. Lakshmnan aprendeu com o garoto como fazer uma zarabatana e caçar com isto. Algum tempo depois, nos apresentava um novo cardápio.

Voltava para casa com lagartos enormes e feios que, depois de cozidos, tinham realmente um sabor bem delicado. Começamos a comer javali, cervo, esquilo, anta, tartaruga, jiboia recém-abatida e, uma vez, até elefante. Segundo Lakshmnan, os homens da tribo tinham retornado de uma caçada de elefante como uma procissão ensanguentada, com grandes nacos de carne empapados de sangue sobre os ombros. Nem eu nem meu marido conseguimos comer aquela carne de elefante – sou muito devota do meu deus-elefante –, mas pedi desculpas para Ganesha e servi a carne para as crianças. Era uma carne dura, com uma camada grossa de pele marrom acinzentada, mas os meus filhos disseram que não era ruim. Um dia, Lakshmnan voltou para casa com um filhote de macaco morto nos ombros, e o Velho Soong estava espiando da janela e mandou a cozinheira até lá em casa para perguntar se ele queria vender a cabeça do bicho junto com o cérebro.

O Velho Soong partiu o cérebro, despejou um pouco de conhaque, comprado no mercado negro, sobre os miolos e depois os ingeriu com ajuda de pauzinhos. De noite, chamou Lakshmnan lá na casa dele e prometeu uma recompensa pelos órgãos genitais de um tigre ou de um urso. Seria uma recompensa equivalente a um mês de aluguel, ele garantiu, acrescentando que a ingestão desses órgãos trazia imortalidade.

As crianças eram obrigadas a aprender japonês na escola e aprendi com elas a dizer *"Domo Arigato"*. Para qualquer coisa que os japoneses perguntavam, eu assentia imediatamente com a cabeça e dizia muito obrigado naquela insuportável língua gutural. Era visível que ficavam contentes pelo meu esforço de aprender a língua deles. Achavam que eu era dócil. Não enxergavam o meu medo. Eu os temia até mesmo quando estavam segurando uma galinha que se debatia, espalhando uma nuvem de penas ao redor. Lembrava o que tinham feito com o meu marido, lembrava que o haviam metralhado e abandonado numa cova. Nem mesmo o argumento de Mui Tsai, de que eles só recebiam um prato de arroz fervido sem nenhum tempero junto com um pouco de açúcar, diminuiu a desconfiança instintiva que eu nutria em relação às intenções deles.

Eles não podiam ser provocados.

Eu tinha certeza disso. Na presença deles, era melhor se inclinar de imediato e baixar os olhos. Às vezes o general Ito, que era sempre o primeiro a penetrar em Mui Tsai e conseguia falar um pouquinho de inglês, me perguntava onde minhas filhas se escondiam. Eu sabia que o general não sabia de nada, mas ele tinha uns olhos tão astutos, que eu tremia de medo só de pensar que a pele macia de Mohini estava bem debaixo dos pés dele.

Vivia repetindo comigo mesma:

– Vou celebrar quando eles saírem daqui. Por enquanto, abaixarei os olhos e darei para eles os melhores cocos do meu coqueiro.

Ouvi muitas histórias que diziam que eles tinham cortado coqueiros inteiros porque não havia ninguém disponível na casa para pegar alguns cocos. Só por isso, todo santo dia Lakshmnan colhia os melhores cocos antes de ir para a escola. Eu entregava os cocos logo que eles chegavam lá em casa e apontavam para o coqueiro. Eles os abriam com as baionetas. Eu observava discretamente, observava como bebiam e deixavam o suco escorrer pela boca e descer pelos seus odiosos pescoços, fazendo uma mancha marrom-escura nos uniformes. O meu sonho era ferir todos eles. Eu odiava os japoneses, mas o que temia de verdade estava mais fundo. Mais fundo que o corte do coqueiro ou que a descoberta das minhas joias escondidas lá no alto por entre as folhas. O meu medo era que eles enfrentassem as cacarejantes e o chão coberto de cocô de galinha e fizessem uma busca debaixo da casa. E levassem minha filha.

A ideia tirava o meu sono. Ficava preocupada com Mohini toda vez que a menina chinesa que era nossa vizinha corria livre com o cabelo cortado à moda militar e com os seios tão bem atados que o peito achatava como uma tábua dentro de uma camisa masculina. O cabelo da minha filha era muito bonito e por isso me recusei a cortá-lo, mas, mesmo que o tivesse cortado e atado os seios com toda força, a beleza do rosto nunca seria ignorada. As bochechas, os olhos, a boca sensual, tudo isso podia atrair os soldados.

Minha única opção foi escondê-la.

Eu estava olhando as estrelas, quando Mui Tsai ergueu a tela de proteção contra mosquitos da janela de minha cozinha e entrou. Já fazia tempo que não me visitava e sentia muita falta dela. Ela se esparramou como uma criança no meu banco. Tinha na mão um pedacinho de bolo marrom. Era época de festival dos deuses chineses. Ocasião em que os deuses menores e os espíritos visitam todas as casas dos chineses da Terra e retornam para o céu com relatos sobre as más ações que foram cometidas. As donas de casa chinesas assavam bolos deliciosos a fim de suborná-los e impedir que relatassem as coisas desagradáveis que tinham visto.

Mui Tsai sabia que eu gostava da crosta da parte de cima do bolo.

Ficou me observando com o queixo apoiado nas mãos e com olhos sombrios. Fiquei melindrada com isso e notei as muitas sombras que se ocultavam naqueles olhos.

– Como você está? – ela perguntou. Continuava sendo a minha melhor amiga.

– Estou bem. E você?

– Estou grávida – ela anunciou bruscamente.

Arregalei os olhos.

– Do patrão?

– Não, o patrão não me procura mais. Desde a chegada dos japoneses. Tem medo de pegar alguma doença. Ele se enoja com meu corpo. Tem andado rude e frio, mas prefiro assim.

– Ai, meu Deus – eu disse em estado de choque. O infortúnio dela parecia não ter fim. Certamente não tinha nascido com o favor de uma boa estrela.

– Sim, o filho é de um deles – afirmou com toda calma.

Todas as sombras nos olhos dela se moveram como velhos fantasmas em casa mal-assombrada. As sombras se encolhiam e depois se esticavam.

– O que é que você quer fazer?

– A patroa quer que eu me livre do bebê – ela disse com toda simplicidade. Deu de ombros de um jeito estranhamente casual. – Não poderia mesmo ficar com esse filho, não é? E se for de um daqueles que urinou dentro de mim antes de plantar a semente?

– O quê?

Ela me olhou com um sorriso torto. Alguma coisa estranha aconteceu lá dentro dos olhos dela.

– Você sabe onde posso fazer um aborto?

– Não, claro que não.

Ela nunca tinha me contado, e eu também nunca tinha perguntado sobre a extensão de tudo que lhe faziam.

– Ah, tudo bem, a patroa deve saber.

Mesmo que quisesse, não poderia ajudá-la. Badom, a minha parteira, tinha morrido dois anos antes.

– Ah, Mui Tsai, por favor, tome cuidado, muito cuidado. Essas coisas são tão perigosas...

Ela sorriu despreocupadamente.

– Estou pouco ligando. Quer saber de uma coisa estranha? De noite, ainda ouço o bebezinho chorando no quarto ao lado. Vou até lá e, quando chego, ele se foi.

Olhei-a com um ar preocupado, mas ela sorriu novamente. Foi um riso duro. Disse que não estava amedrontada porque aquilo era apenas o fantasma do primeiro bebê que a estava chamando. Depois jogamos algumas partidas de xadrez chinês. Ganhei todas e nem precisei trapacear. A mente de Mui Tsai estava em outro lugar.

Alguns dias depois, uma ambulância entrou pela vizinhança com o alarme a todo vapor. Parou na frente da casa do Velho Soong e saíram de dentro dois enfermeiros vestidos de branco. Primeiro achei que era para o Velho Soong, mas era para Mui Tsai. Saí correndo até a ambulância e me deparei com uma cena que jamais esquecerei. Ela estava na maca com o rosto pálido e contorcido de dor e com os olhos vidrados como se fosse desmaiar. Sua mão fazia movimentos espasmódicos como se tentando tirar a barriga do corpo. Seu *samfoo* estava manchado de um sangue grosso e enegrecido, e os pezinhos estavam cobertos de pedaços de sangue esponjoso. A patroa corria atrás da maca, dizendo em malaio para os enfermeiros que a tinha encontrado naquele estado e que não fazia a menor ideia de que ela estava grávida.

Mui Tsai me olhou de frente e tão dilacerada de dor, que nem me reconheceu. Gotas enormes de suor desciam-lhe pela testa, e ela rolava de um lado para o outro em agonia. Toquei na mão dela. Estava gelada. Apavorei-me e tentei pegá-la, mas ela a puxou abruptamente. Os homens de branco me empurraram para o lado com impaciência, e ela foi erguida para dentro da antisséptica ambulância. Devia ser uma coisa muito séria. Eu a olhei como se ela estivesse morrendo. As portas da ambulância foram fechadas às pressas. Olhei nos olhos desprezíveis e na cara flácida da patroa de Mui Tsai, que estava plantada ao lado da ambulância. A mesma boca que outrora era intrigantemente enfezada agora era apenas azeda e destemperada. Tive vontade de socá-la até derrubá-la no chão, mas isso significaria me fazer presente. Eu deixaria de ser um dos inquilinos invisíveis. Nós perderíamos a casa e a horta. Virei de costas e caminhei de volta para casa.

Uma semana depois, Mui Tsai voltou. Ficava sentada sozinha debaixo da árvore assam por horas a fio. Às vezes seguia diligentemente os contornos da mesa de pedra, outras se limitava a ficar de olhos fixos no vazio. Vez por outra, eu chegava ao portão para puxar conversa, e ela me olhava lá do seu banco à sombra, como se estivesse na frente de uma estranha. Não conseguia nem mesmo se levantar para vir ao meu encontro, e lágrimas silenciosas escorriam do seu rosto. Eu percebia que ela se sentia incomodada com minha presença. Mas quando Anna saía ao portão, ela se aproximava capengando, entrelaçava os dedos com os dedos de minha filha e começava a cantar em chinês, uma língua que Anna não entendia.

Antes de continuar minha história, preciso contar o que um velho vidente andarilho que tinha feito uma parada em Sangra para descansar disse a meu respeito para minha mãe. Na época, eu ainda era um bebê engatinhando na terra. Ele me pegou no colo e ficou olhando o meu rosto inocente por um bom tempo. Fiz algumas caretas e os balbucios típicos de todo bebê enquanto ele me olhava. A expectativa era que saíssem da boca do vidente alguns vaticínios sobre o futuro, e ele então alisou uma barba longa e grisalha com aquela mão que mais parecia um galho retorcido de árvore que um membro humano e disse que Deus coloca uma selva na cabeça de cada ser humano. Algumas cabeças, Ele enche de criaturas dóceis, como as corças e as graciosas impalas, outras, de macacos irrequietos e amistosos, outras, de corujas sábias, e outras, de raposas astutas e dissimuladas. Mas, em Sua sabedoria divina, Ele tinha colocado na minha cabeça tigres saqueadores e ferozes.

Aquele que tem uma vida virtuosa não precisa contar a história de sua vida, mas aqueles que dilaceram os entes queridos precisam se justificar para si mesmos. Por isso, vou contar tudo para você. Vou contar para que você possa agir de maneira diferente.

A guerra estava quase acabando quando, por volta de maio de 1945, recebemos a notícia de que a Alemanha tinha sido derrotada e se rendido. Em 6 de agosto, os americanos bombardearam Hiroshima. Segundo uma notícia divulgada pela BBC, o Japão acabara de ser atingido por uma nova e poderosa arma radioativa. Uma majestosa nuvem de cogumelo exterminara a cidade de cabo a rabo. Em 15 de agosto, o imperador anunciou a rendição. Ouvimos imediatamente a notícia nas transmissões das nações aliadas pelo rádio. Eram muitas as histórias de soldados japoneses que praticavam *harakiri* com adagas em total desespero. Então, se às vezes eles pareciam desanimados, nem por isso deixavam de invadir as nossas festas para nos humilhar com pancadarias. Se a guerra tinha acabado, os soldados japoneses ainda comandavam nas ruas. Continuávamos como um povo tranquilo e determinado a manter a cabeça baixa até a chegada dos ingleses. Eu ainda secava as roupas de Mohini no calor do fogão, da mesma forma como tinha feito nos últimos três anos. Ninguém poderia saber que ela existia até que aqueles bastardos amarelos batessem em retirada. Naquela manhã, eu tinha ido ao templo para agradecer a Ganesha pela graça a nós concedida. Nossa família escapara ilesa... e até fortalecida pela experiência. Olhei pela janela, extasiada com a visão dos meus filhos. Lakshmnan e Mohini estavam pilando a farinha. Anna depenava uma galinha com uma cara estarrecida. O dia estava tão tranquilo, que até consigo me lembrar dos pensamentos que me passavam pela cabeça. Um dia, ela vai se tornar vegetariana, eu pensei. Jeyan brincava com Lalita lá dentro do esconderijo de Mohini, e os gansos rebolavam no quintal. Sevenese estava no encontro de escoteiros que o chefe da patrulha o encorajara a ir. Eu refogava espinafre com *curry* e alho.

Acabara de lavar o espinafre e algumas gotas de água tinham pingado no óleo fervente e chiado furiosamente, e me lembro de que não me cabia de felicidade. Felicidade pela sorte que tinha. Logo os japoneses se retirariam, e tudo voltaria ao normal. Meu marido voltaria para o trabalho, nossas crianças voltariam para a escola e aprenderiam matérias mais apropriadas, e eu voltaria à tarefa de poupar dinheiro para os dotes das minhas filhas. Não seria necessário muito dinheiro para Mohini, mas certamente Lalita exigiria muito mais. Eu planejava bons casamentos para minhas filhas. Teriam uma vida fascinante pela frente. A primeira coisa que faria seria vender as malditas vacas. Elas davam muito trabalho.

 Deixei o espinafre refogando um pouco mais. Estava perdida em meus pensamentos enquanto fatiava uma berinjela, quando ouvi pneus cantando. Algo que tinha aprendido a temer e que sabia que só significava uma coisa. Mantive a faca no ar por um segundo antes de deixá-la cair e saí correndo até a janela na frente da casa. Dois jipes entupidos de soldados japoneses emudecidos entravam pela nossa estradinha de terra. Meu coração começou a bater descompassado no peito. Gritei em pânico para as crianças. Abri o alçapão e Anna, que estava por perto, entrou em disparada.

 – Japoneses! Rápido, Mohini! – berrei e corri de volta à janela. Os soldados já estavam divididos em duplas e se encaminhavam para nossa casa. Desviei os olhos daquelas caras sinistras e amarelas, e Mohini e Lakshmnan disparavam quase sem fôlego pela sala. Ela teria tempo de entrar no buraco, e Lakshmnan fecharia o alçapão. Olhei lá para fora e dois soldados subiam a escada. Eu só conhecia o general Ito.

 – Ande logo, Mohini – sussurrou Lakshmnan com aflição.

 O medo ecoava em sua voz e acho que esse medo foi que fez acontecer o que aconteceu depois. Ele pisou em falso enquanto tentava empurrá-la para dentro do esconderijo e caiu buraco adentro. As pesadas botas negras já estavam do outro lado da porta. Eles nunca batiam à porta, limitavam-se a chutá-la. Naquela fração de segundo, Mohini tomou uma terrível decisão. Achou que era muito tarde para Lakshmnan sair e que já não havia espaço para ela se agachar lá dentro. E dessa maneira a minha tola menina fez o impensável. Fechou o alçapão e empurrou o baú de volta para cima do buraco. Eu me virei da janela e lá estava ela de pé na frente do baú.

 Fazia tanto tempo que mantinha Mohini dentro de casa, que tinha deixado de vê-la como era realmente e esquecido de como as outras pessoas reagiam quando a viam. Então arregalei os olhos de terror e, de repente, olhei para ela com os olhos luxuriosos de um soldado japonês. Era uma ninfa, a própria reencarnação de Mohini, a sedutora. A pobreza ao redor realçava ainda mais a beleza dela. Seus olhos verdes estavam iluminados e ampliados pela luz do sol. Aqueles anos lá dentro de casa tinham substituído o caramelo de sua pele por um creme levemente róseo de magnólia. Sua boca entreaberta de susto parecia uma ameixa cor-de-rosa de pele fina e indefesa. Seus dentes perolados cintilavam. Vestia uma blusa velha bem apertada à altura do peito porque eram necessários muitos dólares de bananas para se comprar uma peça de pano e também porque só a família podia vê-la... Ela ofegava de medo, e o tecido acompanhava o movimento da respiração. Isso evidenciava tanto os seios que feria os meus olhos. Desci o olhar até a cintura fina, e a barriga estava exposta porque faltavam dois botões perdidos tempos atrás. A saia bastante usada e puída estava transparente sob a luz que entrava pela janela atrás dela. As coxas atraíram os meus olhos. Suaves e arredondadas. De uma adolescente, mas extremamente atraentes. Na verdade, tratava-se de uma deusa de catorze anos. E, para aqueles homens, ela seria apenas um prêmio com orifícios. Sacudi a cabeça sem poder acreditar. Não, não, não. O meu pior pesadelo estava se realizando. Eu não podia acreditar que estava acontecendo aquilo. Logo naquela hora? A guerra tinha acabado. Já estávamos quase conseguindo. Trancafiada naquele transe de horror, continuei olhando como que hipnotizada.

A porta se abriu com violência, e quatro botas trovejaram no silêncio. O tempo foi reduzindo de velocidade, à medida que os meus olhos se desviavam em câmera lenta para o uniforme cáqui daqueles animais. Sim, eu sabia que cena estava por vir. Eles fixaram os olhos espantados no meu bebê. Jamais me esquecerei do brilho de cobiça daqueles olhinhos pretos que geralmente eram duros e opacos. Olharam como um chacal que se depara com um búfalo inteirinho para ele e lembra de quando achava que um banquete eram os restos de olhos, entranhas e testículos deixados pelo leão. Ainda consigo ver de olhos fechados uma alfinetada de luz irradiando daqueles olhos quando se viram diante de carne fresca.

Depois um deles atravessou a sala. O general Ito. Pegou a minha delicada flor, apertou-lhe o queixo com a mão pesada e olhou de diversos ângulos para o rosto, como se tentando se certificar de que não tinha se enganado. Um grunhido gutural de cobiça emergiu da garganta dele. Em seguida, desceu a mão de tal forma que um dos dedos acariciou a pele na base do pescoço de minha filha enquanto os outros o prendiam. Com o movimento brusco de uma cobra amarela, a mão subiu pela nuca e arrancou o elástico que segurava os cabelos. O glorioso cabelo sedoso girou em volta da face de Mohini e ouvi um chiado ofegante e excitado do general. A estupefação que mostrou perante o inesperado tesouro foi aterrorizante. Ela ainda estava paralisada pelo choque. Ele ergueu a cabeça e puxou-a para si com a mão à altura dos rins dela.

– Venha – ele ordenou com rispidez.

Eu me precipitei para frente.

– Espere, espere! Por favor, espere – implorei aos prantos.

Sem qualquer sinal de aviso, de repente, uma faca espetou entre os meus seios. Com um movimento tão rápido que me deu um branco.

– Sai da frente – ele ordenou com frieza.

– Espere, tente entender. Ela só é uma criança.

Ele me olhou com um prazer altivo.

– Ela é indiana. Não é chinesa. Os soldados japoneses só gostam de garotas chinesas. Por favor, não a leve – falei de maneira incoerente e desesperada para uma cara feroz com bigode.

– Sai da frente – ele repetiu, voltando os olhos para a ponta da faca.

Uma mancha vermelha se espraiou pela minha blusa, a lâmina tinha espetado mais fundo na minha carne. Olhei para uma cara impassível. Mas eu conhecia aquele homem. Já o conhecia havia três anos. Tanto é que lhe dava as melhores galinhas e os melhores cocos do meu quintal.

– Por favor, honorável general, deixe-me cozinhar para o exército imperial. Tenho uma comida boa. Uma comida muito boa.

O cheiro do espinafre queimando na panela entrou pelo meu nariz. Ele contraiu os lábios. Caí de joelhos. Chorei. Implorei. Eu conhecia aquele homem. Eu o tinha ouvido perguntar muitas vezes com um humor negro e frio onde era que escondia minhas filhas. Agarrei com força as pernas dele.

Ele chutou estupidamente o meu estômago, com um esgar de nojo na sua cara amarela. Empurrou Mohini para a porta de um modo rude. Uivei de gatinhas como um lobo uiva para a lua. Ele não podia sair da minha casa com a minha filha. De repente, nada era mais importante que impedi-lo de atravessar a porta. Abri a boca e explodi em palavras. Palavras que do fundo do coração nunca gostaria de ter dito.

– Sei onde o senhor pode encontrar uma chinesa virgem. É uma carne que nunca foi tocada por nenhum homem – engoli em seco de forma animalesca, sem acreditar na barbaridade que estava cometendo e mesmo assim impossibilitada de parar.

Ele contraiu os ombros, se bem que continuou andando na direção da porta. Mas estava interessado.

– É exótica e muito bonita – acrescentei. – Por favor – solucei. – Por piedade. – Não podia deixá-lo sair.

Ele se deteve. O peixe tinha mordido o anzol de prata. Uma cara amarela se virou. Dois olhos malvados me encararam com desconforto. Mohini foi solta. Um sorriso estranho cortou uma face dura. Ele se mostrou disposto a ouvir. Acenei para Mohini, que veio na minha direção aos tropeções. Levantei-me, peguei-a pelas mãos com força e a mantive contra o meu corpo. Ela tremeu como um passarinho assustado dentro do meu abraço. *Isso é errado!*, gritou o sangue que pulsava em minhas têmporas.

– Na casa ao lado – solucei. – A garota se esconde atrás de um armário embutido.

Ele fez uma reverência empertigada. Uma reverência zombeteira. Um nó fez a minha garganta engasgar de medo. Um olhar malvado e frio atravessou os pequenos olhos amendoados do general. Eu me encolhi de medo e me dei conta, na mesma hora, de que tinha sacrificado Ah Moi em vão. Ele deu um passo à frente e me empurrou com tanta brutalidade, que me estatelei contra a parede. Dobrei-me histericamente sobre o meu próprio corpo quando ele agarrou Mohini pela mão e saiu em direção ao brilho do sol. Ouvi a passada pesada das botas na varanda. A casa inteira vibrou e estremeceu com o peso das botas enquanto desciam a escada, uma barulheira terrível que nunca mais deixou de me assombrar. Aterrorizada, congelei ainda de gatinhas por alguns segundos – no final das contas, aqueles homens acabaram levando a minha filha. Depois me ergui e saí correndo. Fui até a varanda e desci pelos degraus de madeira que tinha lavado naquela manhã e que estavam com marcas de botas sujas de lama. Corri descalça e de braços estendidos pelo caminho de pedras. Os bastardos ainda estavam ao meu alcance. Ela já estava subindo no jipe. Eu o alcancei. Cheguei a tocá-lo, mas logo que minhas mãos tocaram na lataria quente, o veículo se pôs em movimento, e aqueles bastardos se foram às gargalhadas, cantando os pneus em meio a uma nuvem de poeira. Ela virou seu rostinho oval para me olhar. Nenhuma sílaba, nenhuma palavra saiu de seus lábios. Mohini não disse: "Me salva, mamãe." Ela não disse: "Socorro!" Ela não disse nada.

Ah, eu corri muito atrás deles... Corri até sumirem de vista. Não fiquei parada, não me joguei no chão e não chorei. Simplesmente dei meia-volta como um brinquedo de corda e voltei para casa.

Deixei marcas de sangue nos degraus de madeira. Entrei na casa com a sola dos pés feridas, cruzei a cozinha e fui até o fogão. Tirei a panela que estava com o espinafre queimando do fogo. Cheiro de espinafre e pimenta queimando é desagradável demais. Um suspiro profundo ecoou dentro de mim. Ah, aquele bambu no meu coração... Eu me limitei a ouvi-lo durante um longo tempo de pé na boca do fogão.

– Quando você vai cantar pra mim? Quando vou ouvir sua canção? – sussurrei, mas ele suspirou novamente.

Resolvi então preparar um chá. Merecia um chá com açúcar de verdade. Eu tinha comprado na semana anterior uma quantidade pequena e preciosa de uma amiga que trabalhava para o departamento de águas e achei que era hora de tomar um bom chá. Chá adoçado com melado não era a mesma coisa. Eu tinha suspirado durante três anos por um pouco de açúcar refinado, mas sempre me negava o direito de desfrutá-lo. Era servido primeiro para as crianças. Sim, as crianças sempre estavam em primeiro lugar.

Coloquei um pouco de água na chaleira para ferver e uma colher de folhas de chá numa caneca azul. Quando olhei fixamente para as folhas, me passou pela cabeça que pareciam um enxame de formigas negras. E, quando verti a água fervendo na caneca, pareciam formigas mortas. Tampei a caneca e ouvi um barulho surdo, um barulho desesperado, mas surdo. Alguém estava me chamando. Na verdade, algumas vozes estavam me chamando. Era um barulho abafado de batidas. Decidi ignorá-lo. Fui procurar o açúcar, mas não consegui lembrar onde o havia escondido. Sentei-me no meu banco, confusa. Lá fora, começava a chover.

– Claro que a criança vai se molhar. Daqui a pouco, moo gengibre pra ela. O pulmão dela é tão fraco – murmurei baixinho comigo mesma.

Enterrei o queixo nos joelhos até ficar parecida com uma bolinha apertada e comecei a balançar para a frente e para trás, cantando uma velha cantiga que minha mãe cantava para mim. Não a devia ter deixado sozinha no Ceilão. Pobre mamãe. É insuportável perder uma filha. Não, não queria mais me preocupar com o açúcar perdido. Era mais fácil ficar cantando e balançando. Cantei os quatro versos da canção infinitas vezes.

Acho que o tempo deve ter passado porque, vez por outra, eu tinha a impressão de ouvir um barulho insistente de crianças batendo na porta, me chamando e chorando. E depois era como se aquele barulho tivesse virado uma gritaria desesperada e aterrorizada que implorava, mas todo aquele barulho era tão fraco e tão distante que achei melhor continuar ignorando-o e me concentrar apenas na minha dor de cabeça. A cabeça latejava como se minha testa estivesse sendo martelada. Como se eu estivesse nadando no mar de uma dor e apenas o balançar contínuo desse mar a aliviasse um pouco.

Sei lá quanto tempo depois um barulho mais próximo invadiu o meu casulo de dor. Virei-me enquanto cobria os olhos para não receber a luz da tarde, e o meu marido estava de pé na porta da cozinha. Seu rosto grande e escuro me pareceu hediondo e, de imediato, fui tomada por uma ira que nunca tinha sentido. Como ousara nos deixar à mercê dos japoneses para fofocar do lado de fora do banco com aquele sique velho e gagá que fazia a segurança de lá? A culpa toda era dele. Uma fúria sombria me tomou toda até me cegar. Sem pensar, investi aos gritos histéricos e raivosos na direção daquela droga de cara estúpida e chocada. As batidas do meu coração eram tão intensas que eu via os movimentos dos lábios dele e não ouvia nada que saía da boca. Alcancei a cara dele com os dedos, cravei minhas unhas curtas na carne oleosa de suor e arranhei de cima a baixo. A princípio, ele ficou tão chocado, que não reagiu, mas me pegou pelas mãos com força quando urrei e fiz menção de cravar as unhas de novo em seu rosto.

– Pare com isso, Lakshmi – ele disse, e eu olhei com uma estranha fascinação para os arranhões na cara dele, o sangue escorria até a gola da camisa. – Onde estão as crianças? – perguntou com uma voz débil que me fez desviar os olhos da gola da camisa para olhar no fundo de seus olhos pequenos e amedrontados.

– Eles levaram Mohini – respondi com uma impotência que fez a raiva se dissipar com a mesma rapidez com que aflorou.

De repente, me senti perdida e precisando de um marido para tratar de minhas feridas. Precisava de alguém para colocar as coisas novamente no eixo. Ele abriu as narinas trêmulas como um grande animal em sofrimento. E caiu de joelhos.

– Não, não, não – gemeu, olhando nos meus olhos sem conseguir acreditar.

Olhei do alto para ele e não senti nem dor nem piedade. Não, ele não tinha passado um único segundo pelo que eu passara. Então se ergueu lentamente como um homem velho e doente e foi tirar o baú de cima do alçapão. Os meus filhos foram aos soluços e aos tropeções ao encontro dos enormes braços do pai. Ele os aninhou no seu corpanzil e soluçou junto com eles. E eu vi, os meus próprios filhos olharem-me com muito medo enquanto se aninhavam nos braços dele. Até Lakshmnan. Os filhos são uns traidores...

– Falei para eles de Ah Moi, a vizinha. – Enquanto eu dizia isso as costas do meu marido se retesaram.

– Por quê? – ele perguntou com um fiapo melindrado de voz.

Seus olhos emanavam uma espécie de horror traído, como se o tivesse apunhalado pelas costas. No final das contas, não me conhecia. O sangue escorreu pelo rosto escuro e pingou na gola da camisa dele.

– Porque achei que poderia salvar Mohini – respondi lentamente.

Uma lágrima escapou e rolou pelo meu rosto. Sim, só então compreendi o que tinha feito. Mas será que teria podido agir de outra maneira naquela situação? Se tivesse sido mais esperta nas minhas negociações, talvez... Se ela tivesse corrido pelo campo e se escondido na mata... Se ao menos Lakshmnan não tivesse caído... Se ao menos...

– Ó Deus, pelo amor de Deus, o que é que você fez? – ele disse baixinho. Abraçou novamente as crianças aninhadas em seus braços e acrescentou. – Vou lá no vizinho, se não for tarde demais tentarei avisá-los... mas, se for tarde demais, nunca mais quero ouvir nenhum de vocês tocando nesse assunto.

As crianças balançaram a cabeça com firmeza. Estavam com os olhos arregalados de medo. Ele saiu de casa apressado. Ficamos esperando na cozinha. Nenhum de nós sequer se movia, todos se entreolhavam como estranhos em dois campos separados. Sevenese entrou correndo na cozinha. Obviamente a reunião de escoteiros tinha terminado. Ele estava com olhos ferozes. Devia ter visto minhas pegadas ensanguentadas.

– O crocodilo pegou Mohini? – perguntou, ofegante.

– Pegou, sim – respondi. Meu filho tinha dito a verdade nua e crua.

– Tenho que encontrar Chibindi. Só ele pode ajudar agora – gritou como um selvagem antes de sair em disparada pela porta.

Ayah não demorou muito. Ele tinha chegado tarde demais. Os soldados já haviam levado Ah Moi. Naquela noite, Lakshmnan fugiu de casa. Eu o vi tomar o caminho do matagal onde Sevenese costumava desaparecer com o insuportável garoto encantador de serpentes. Lakshmnan voltou na noite seguinte, sujo e machucado. Não fez perguntas sobre ela. Pela minha fisionomia, viu que ela não havia retornado. Não me deixou abraçá-lo. Naquele momento, não me dei conta de que o tinha perdido para sempre. Coloquei um prato de comida na frente dele. Ele se debruçou no prato e comeu como se tivesse passado semanas sem se alimentar. Como um animal faminto. Em seguida, vomitou violentamente sobre o prato. Olhou para mim, com a boca e o queixo cheios de pedacinhos do que tinha vomitado, e gritou.

– Estou sentindo o gosto da comida que ela está comendo. Azeda. Muito azeda. Ela quer morrer. Ama, ela só está querendo morrer. Ajude ela, por favor, alguém ajude, por favor.

O meu olhar de horror o fez se encolher nos meus pés como uma bola no chão e choramingar alto, mas tão fraco... Até então, nunca tinha percebido o que os meus gêmeos realmente compartilhavam internamente naqueles instantes de pausa perfeita em que as palavras não eram necessárias. Que tipo de sons, aromas, pensamentos, emoções, dores e alegrias teriam sido? O tempo foi passando, e meu filho continuou choramingando nos meus pés, e eu continuei congelada sem sequer me mexer.

Fazia tanto tempo que Lakshmnan trocara a pele da infância para vestir com vontade o manto da maturidade, que acabei me esquecendo de olhá-lo como uma criança. Ele acordava antes do sol nascer para levar baldes de leite fresco até as cafeterias da cidade e voltava com maços de notas de bananas. Levava as vacas para pastar no campo, cortava o capim para lhes dar de comer à noite, ia até o riacho com elas para banhá-las e ainda limpava o curral duas vezes por semana. Lutava pela família e lavava as roupas que eu deixava de molho à noite, na água adicionada de cinzas ou na água do arroz quando não havia mais sabão disponível. Ele trabalhava como um homem feito, mas não passava de um menino. Não suportei vê-lo daquele jeito. Eu me acocorei ao seu lado.

– Não foi sua culpa. – Afaguei-lhe o cabelo, mas milhares de vozes acusadoras sussurravam na cabeça dele: *"Foi Lakshmnan que fez isso. Foi Lakshmnan que fez isso. Ele deixou que os cães japoneses a pegassem."* Tentei abraçá-lo, mas ele nem percebeu que eu estava acocorada ao lado com lágrimas rolando pelo meu rosto. Nem sentiu minha mão. Enterrou os punhos fechados no rosto até se parecer com uma máscara agoniada e gritou, mas as vozes acusadoras não paravam de sussurrar: *"Foi Lakshmnan que fez isso. Foi Lakshmnan que fez isso."*

Os meus outros filhos estavam com os olhos em estado de choque lá na porta, tomados pela dor e por uma tristeza compreensível, mas com Lakshmnan era diferente, estava preso a uma culpa terrível. Ele era o que mais a tinha amado e, mesmo assim, tornara-se o responsável pela desgraça que se abatera sobre ela. Se ao menos não tivesse sido tão afobado... Se ao menos tivesse saído logo que caiu... Se ao menos...

Quem é que se casaria com ela agora? Ninguém. Ela estava irremediavelmente marcada. Avariada. E se ela engravidasse? O orgulho e a alegria de nossa família seriam desprezados e malfalados. A flor que tínhamos tratado com tanto carinho estava destruída. Os olhos que eram lavados com uma solução de chá para se tornar translúcidos estavam feridos para sempre. Foi para isso que Mohini tinha ficado trancada em casa nos últimos três anos? Na mente atormentada de Lakshmnan, ela estava congelada naquele momento de pânico e de escolha. Ele sabia que o erro tinha sido dele.

– Eles a trarão de volta – disse amavelmente para ele, tão perto de sua boca que senti o cheiro azedo de vômito. – Ela não está morta. Eles a trarão de volta.

De repente, ele se imobilizou. Tirou os punhos fechados do rosto e me olhou pela primeira vez. O que vi no brilho dos olhos dele me assombra até hoje. Vi a escuridão de uma terra desolada e varrida pelo vento. Mohini tinha partido e levado consigo as árvores frutíferas, as flores, os pássaros, as borboletas, o arco-íris, os rios... Sem ela, o vento uivava na vegetação seca. Eles a tinham levado e levaram junto uma parte dele. A melhor parte. De verdade, a melhor parte dele. Tornou-se um estranho lá em casa, um estranho com algo cruel e adulto em seus olhos estéreis. Na realidade, o que eu via nos olhos de Lakshmnan ele também via nos meus. Uma serpente maligna com um terrível poder. Uma serpente que queria fazer com a gente o impensável. Quando você souber o que fiz, certamente pensará o pior de mim, mas não tive forças para resistir à vontade dessa serpente.

Durante os três dias que se seguiram, meu marido se manteve colado ao rádio, à espera de alguma notícia. Colocou a cadeira um pouco mais para o lado para ver o movimento na rua da janela. Nesses três dias, não consegui ingerir nada. Olhava com torpor para pratos e mais pratos de tapioca cozida com um creme levemente brilhante. Lakshmnan acordava mais cedo que de costume e, depois de fazer suas tarefas às pressas, sentava-se no degrau da escada e retesava os ombros com os olhos fixos na estrada principal enquanto esperava. Não falava com ninguém, e ninguém se preocupava em falar com ele. As crianças olhavam assustadas para mim, e eu fingia que estava ocupada. Somente quando a criança da noite entrava pelo meu dia com os pés sujos pelos pecados do cotidiano era que eu fechava a porta da cozinha e me sentava desamparada no meu banco e olhava o negror da noite malaia. Recusava-me a pensar no destino da minha filha. Recusava-me a acolher os pensamentos sombrios de mãos vigorosas e infectadas pelo gosto metálico das armas e recusava-me a pensar nas bocas vorazes e nas línguas ávidas. E no fedor daqueles bastardos. Ó Deus, como fiz força para não pensar naquele homem que urinou dentro de Mui Tsai. Eu preferia ficar ouvindo o rumor da noite, os grilos, o zumbido dos pernilongos, o chamado dos pequenos animais silvestres, o farfalhar das folhas ao vento. Na tentativa de ouvir a minha Mohini.

Na tardinha do terceiro dia, eles trouxeram Ah Moi de volta. Estava ferida, sangrava e mal conseguia andar, mas estava viva. Sei disso porque eu estava envolta em sombras ao lado da janela e vi a pobre mãe da menina sair de casa aos gritos quando viu a figura frágil da filha amparada por dois soldados. Jogaram a menina nos pés da mãe e se foram. Fiquei literalmente aterrada. Onde estaria Mohini? Por que não a tinham trazido de volta? Eu devia ter corrido até lá fora e perguntado.

Disse estoicamente para mim mesma que talvez a trouxessem no dia seguinte.

Por mais que tenha tentado me manter acordada naquela noite, acabei sendo invadida por uma estranha letargia e adormeci na cozinha. Foi um sono agitado com muitos sonhos esquisitos e acordei diversas vezes com sede e calor. Perambulei a esmo e sem descanso pela casa com uma sensação de fastio e mal-estar, passando de um cômodo para o outro, resmungando e espiando. Abri uma janela e sondei a noite lá fora. Tudo aparentava e soava normalidade. Os grilos estavam nas moitas, a flauta do encantador de serpentes ecoava notas tristes. Os pernilongos zumbiam. Fechei a janela e fui dar uma olhada nas crianças. Elas me pareceram completamente estranhas. Fazia muito calor.

A água fria caiu em cascata no meu corpo e deslizou pesada pelo chão de cimento até inundar todo o banheiro, formando ondinhas que batiam na beirada da porta e escorriam pelo corredor. Fiquei parada no corredor inundado e, me sentindo um pouco melhor, resolvi preparar uma caneca de chá para mim. Também faria um chá para o meu marido, se ele estivesse acordado. Entrei no quarto com o sarongue molhado enrolado no corpo e amarrado acima dos seios.

Ayah estava sentado na cama com a cabeça enterrada nas mãos. Ergueu os olhos quando ouviu os meus passos. Um vestidinho verde estava sobre a cama. Cheguei mais perto e toquei no tecido sedoso. E o senti frio. Eu tinha cortado um dos meus melhores saris para fazer aquele vestidinho, mas havia me esquecido disso. Foi para o festival das luzes, o Divali, de muitos anos antes, e eu a tinha vestido de verde para combinar com os olhos. Lembrei-me das lanternas que acendera em volta da casa e também lembrei-me de quando ela vestiu a roupinha. Oh, Deus, como ela era pequena naquela época. Até o sacerdote do templo apertou as bochechas dela, encantado. Olhei para o vulto abatido e encolhido que estava atordoado, sentado na cama.

– Onde você achou isso? – perguntei.

Senti que minha voz soou com um tom acusador. Não havia nada lá em casa que eu não soubesse onde estava. Sabia onde estava fosse o que fosse de cabo a rabo, e, mesmo assim, ele tinha conseguido esconder o vestidinho por todos aqueles anos.

– Estava guardando para a filha dela – ele sussurrou.

Em algum lugar dentro de mim, havia uma sensação de vazio que não queria reconhecer. Se reconhecesse o vazio, eu ficaria reduzida a nada. Peguei algumas roupas no armário em silêncio e saí do quarto. O bem-estar que o banho de energia havia me proporcionado desapareceu de uma hora para outra. Ele havia aberto a dor como um gigantesco leque. Com salpicos discordantes de vermelho e preto que, de tão crus e ameaçadores, me fizeram dar um passo atrás, melindrada. Eu devia ter tomado o corpo angustiado do meu marido nos braços, mas isso não fazia parte da minha natureza e a verdade é que senti uma inveja profunda. O amor dele me pareceu mais puro e mais elevado que o meu.

Preparei o chá e fiquei olhando para ele até esfriar. Minha vontade era sair de casa, entrar como um raio no quartel japonês e exigir que minha filha fosse libertada, mas me limitei a ficar sentada como uma velha desamparada a relembrar o passado. Lembreime de uma ocasião em que levei meus filhos a um templo chinês na celebração de Kuan Yin. Lá, vimos, entre cavalos de papel em tamanho real, uma enorme estátua da deusa da misericórdia em suas costumeiras vestes delicadas e urnas de bronze brilhantes com varetas vermelhas de incenso chinês e fomos queimar incenso, resmas de papel colorido e bandeirinhas que simbolizavam riqueza e prosperidade. Era como se os meus filhos tivessem estado naquela curiosa fila de cabeças negras e reluzentes no dia anterior, com bandeirinhas nas mãozinhas roliças, onde se viam os nomes deles escritos em caracteres chineses. Eu os vi um por um queimando solenemente as bandeirinhas dentro de um recipiente de zinco sulcado. Por cima de nós, as lanternas vermelhas oscilavam e giravam na brisa da manhã. Depois disso, cada um libertou um pássaro engaiolado que um assistente do templo vestido de branco tinha marcado com um pontinho de tinta vermelha para que ninguém se atrevesse a prendê-lo ou comê-lo. Fui rezar pelos meus filhos enquanto eles assistiam ao voo livre dos pássaros com rostinhos de felicidade e fascínio. Roguei que a deusa Kuan Yin os mantivesse a salvo, protegendo-os e abençoando-os, implorei com todo o meu fervor, mas lembro que olhei para a face fria e serena da deusa quando saímos do templo e achei que ela não tinha me ouvido.

Eu ouvia na escuridão da noite lá fora as passadas dos irmãos de Ah Moi em busca de baratas pelos drenos. Toda noite, eles percorriam os drenos da vizinhança com velas nas mãos para caçar baratas, que guardavam dentro de garrafas, e, pela manhã, davam de comer para as galinhas. Fiquei entretida com os cochichos em chinês:

– Uau, olhe só como é grande essa diaba.

– Onde? Onde?

– Perto da sua perna, seu molenga. Depressa, pegue antes que entre naquele buraco.

– Você já pegou quantas?

– Nove. E você?

As vozes e as passadas dos tamancos emborrachados pelos drenos encharcados se desvaneceram. Esbocei uma repulsa quando pensei nas mãos da meninada pegando aquelas repugnantes criaturas no meio da imundície, mas era assim que as coisas funcionavam durante a ocupação japonesa. Os grãos eram escassos, e as galinhas que se alimentavam de suculentas baratas se desenvolviam melhor e mais rápido.

Senti calor novamente. Joguei um pouco de água fria no rosto e requentei o chá. Acho que devo ter adormecido no banco porque acordei de supetão. Esquecera o lampião aceso. O relógio da cozinha marcava três horas da manhã. A primeira coisa de que me lembro é que senti uma paz imensa. A pulsação que sentia constantemente na cabeça tinha acabado. Vivera com isso dia e noite durante anos a fio e acabei me sentindo estranha. Coloquei as mãos nas têmporas em total deslumbramento. Enquanto me deleitava com algo que para muitos pode parecer insignificante, o meu marido entrou na cozinha. Seus ombros largos estavam caídos e derrotados, os olhos molhados brilhavam na escuridão.

— Ela se foi. Ela finalmente se foi. Eles não podem mais feri-la — disse de voz embargada.

Que homem gentil. Não invejava a paz branca que certamente estava reservada para a alminha inocente da minha filha. Só havia tristeza em seus gigantescos olhos de tartaruga. Depois ele se virou de costas e saiu em silêncio. Fui novamente assolada por uma dor de cabeça impiedosa, vingativa e latejante, enquanto o olhava pelas costas.

Entendi tudo. Mohini tinha estado lá em casa. Ela havia me acordado e falado com o pai. Viera se despedir. Eu não precisava esperar mais. Já sabia o que tinha acontecido. Já sabia desde o instante em que vi os bastardos trazendo Ah Moi de volta para a família. Foi por isso que não saí correndo para perguntar pela minha filha. Eu já sabia. Eu a tinha perdido. Aquela monstruosa serpente negra e terrivelmente vingativa se esticou dentro de mim e sibilou com audácia.

A sra. Metha, da Associação Ceilonense, foi lá em casa para oferecer condolências. Fiquei sentada com ela na sala por um tempão, trancada em profundo mutismo, olhando para aquela boca horrível e para o estúpido ornamento atarraxado no lado direito daquele nariz bicudo.

— Só os bons morrem jovens — ela disse com devoção, e isso me fez querer muito esbofeteá-la. Cheguei a me ver levantando e esbofeteando-a com tanta força que o rosto dela dava uma volta naquele pescoço esquelético. Foi um impulso tão forte, que me fez levantar. Ofereci um chá para ela. — Não, não precisa se incomodar – ela falou prontamente, de olhos atentos, mas eu já estava virada de costas.

Enquanto me dirigia para a cozinha, pensei no quanto a odiava. E que também era uma velha conhecida. Ela era aquele corvo invejoso sobre o qual mamãe me alertava. Um corvo que bebe as lágrimas das outras pessoas para manter o negror e o brilho das asas. Um corvo que se empoleira na árvore mais alta só para ser o primeiro a avistar o cortejo fúnebre.

Cheguei à cozinha e preparei o chá. Adocei-o com o meu último e precioso açúcar. Depois que ficou pronto, provei um pouquinho com uma pequena colher e achei que estava perfeito. Sabia que ela o consumiria até a última gota. Coloquei a caneca de chá no banco e lembrei-me do vestidinho verde em cima da cama. Por um momento, me dei ao luxo de ser fraca, e lágrimas contidas queimaram dolorosamente os meus olhos, escorrendo pelo rosto e caindo dentro da caneca de chá. Dizem que as únicas lágrimas que o corvo invejoso não pode beber são as lágrimas de uma mãe de luto. Lágrimas de mãe são tão sagradas que o corvo não pode beber porque prejudicam o brilho das penas e o fazem adoecer e morrer lentamente enquanto padece de dores terríveis. Eu estava certa quanto ao chá – ela o bebeu inteirinho –, mas estava errada quanto a ela. A sra. Metha não era o corvo sobre o qual mamãe me alertava, porque voltou lá em casa com muitas ofertas de ajuda. Faleceu recentemente e, enquanto jazia mais feia que nunca no leito de morte, senti remorso pelo que tinha pensado. Inclinei a cabeça e sussurrei o meu pecado em seu ouvido. Tive a impressão de que seu corpo depauperado se encolheu um pouco e que se fez um sorriso em seus olhos quando os fitei. Ela morreu sem dizer uma única palavra.

Achei que era melhor tirar a lembrança de Ah Moi de minha consciência e era mesmo, porque, menos de uma semana depois, a figura curvada do pai conduzia um carro de boi defronte a nossa casa com o corpo da menina enrolado numa esteira de palha de coqueiro. Fiquei atrás da cortina, espionando como as cobras negras que se escondem num canto secreto da selva para observar a mãe enlutada que bate a cabeça contra os pilares de pedra depois de ter colocado o cadáver do filho no santuário do Senhor Shiva.

A pobre Ah Moi se enforcara dentro de casa, atando a corda no caibro do teto. Ela se matou de vergonha.

    O pai enterrou-a numa cova sem lápide em algum lugar não distante dali. Ayah foi lá na casa deles para oferecer condolências depois daquele estranho e pobre funeral, mas não tive coragem de encarar a mãe dela, a primeira esposa. Ouvi lá de casa seus gritos dilacerados de dor, agudos e estridentes como os de um cão em sofrimento mortal.

    Eu também tinha perdido uma filha. Sabia que ela teria feito exatamente o que fiz, se estivesse na mesma situação. Amor de mãe não acata leis nem fronteiras e não se inclina para nenhum amo a não ser para si mesmo. Amor de mãe ousa tudo. Eu ainda não conseguia enxergar que tinha agido errado. Até me recusei a chorar a morte de Mohini de um jeito adequado. Em vez disso, me convenci de que o maior remorso que sentia era o de não ter guardado o vestidinho verde. Eu era que devia ter tido a ideia de preservar aquele vestidinho verde. De vez em quando, o procurava como se fosse a chave secreta de alguma coisa. Até hoje, procuro aquele vestidinho e, mesmo não o achando, sei que Ayah ainda o mantém porque acredita que um dia ela voltará. Um dia. Ele o esconde em algum lugar secreto, bem longe dos meus olhos abelhudos, do meu coração invejoso e dos meus pensamentos maculados.

Parte 2

O cheiro de jasmim

Lalita

A história da nossa família pode ser dividida em duas épocas distintas: antes e depois da morte de Mohini. Depois de sua morte, mamãe, papai e Lakshmnan tornaram-se irreconhecíveis. Pareciam diferentes até fisicamente. Nunca pensei que fosse possível alguém mudar de maneira tão drástica numa única tarde. Achava que as pessoas eram objetos sólidos... e, apesar disso, eles mudaram. Toda a família mudou da cabeça aos pés numa única tarde quente de um passado distante.

O estranho é que não consigo lembrar o momento exato. Na verdade, nem de Mohini consigo me lembrar. Talvez por raiva daquele espírito desafortunado que mudou a vida de todos nós quando simplesmente se foi. Isso é injusto, sei muito bem. Ela foi levada de casa sob a mira das armas, mas uma outra parte de mim deseja acusá-la por não ter sido comum como todos os outros foram. E isso eu também sei que é injusto. Não foi ela quem escolheu a aparência que tinha.

Às vezes me lembro dela como o cheiro de jasmim na mão de mamãe. Sei que isso parece confuso, mas há uma explicação. Mohini morreu no final da ocupação japonesa. Durante a ocupação, mamãe criava vacas. Acordava às quatro da manhã para ordenhá-las e, quando nos despertava, exalava um saudável aroma de leite de vaca. Ela vendeu as vacas logo que os japoneses se foram. Passou a se levantar depois das quatro da manhã – e a única coisa que fazia antes de nos acordar era encher uma bandeja com jasmins recém-colhidos para colocar no altar. Lembro-me, com minha percepção infantil, do cheiro de jasmim nos seus dedos como um ranço da morte de Mohini. Como odeio o cheiro de jasmim! Fede a morte.

Eu me esforço para lembrar-me da minha irmã e só consigo vê-la do jeito como está na preciosa foto que temos dela. Mamãe a manteve numa bolsinha de seda durante anos, e um dia Sevenese levou-a para uma loja especializada, em Jalan Gambut, que a emoldurou em madeira preta e dourada. Mamãe tirou o melhor bordado de Anna da parede da sala, um pavão no meio de um campo verde salpicado de flores alaranjadas, e pendurou a fotografia no mesmo lugar. Era uma foto tirada antes da guerra japonesa, com a família reunida em seus melhores trajes, se bem que não me lembro de ter ido ao estúdio nem de ter posado. É um testamento em preto e branco da minha memória fragmentada.

    Na foto, mamãe veste o grosso *thali* de ouro do casamento e um famoso rubi vendido no início da ocupação japonesa. Ela está sentada, olhando diretamente para a câmera, de cara séria. Seu rosto mostra um orgulho bonito. Não é uma beldade, mas transparece confiança na boa sorte que tem. Papai está gordo e alto e também está sentado, com uma camisa de mangas curtas tão bem passada, que chega ser uma obra-prima. Sorri confiante e ligeiramente curvado, mas sem olhar diretamente para a câmera. Lakshmnan está de queixo empinado e com o peito estufado como o de um pardal. Olha com o mesmo atrevimento de mamãe. É como se tivesse certeza de que estava destinado a grandes coisas. Anna aperta as mãos gorduchas à frente do próprio corpo de um jeito encantador e calça os sapatos vermelhos que adorava. Acho que me lembro daqueles sapatos. Tinham fivelas brilhantes nas laterais.

    Jeyan está com os cachos no cabelo que Mohini fazia, mas seus ombros estão encolhidos, e os olhos escuros denotam derrota. Sevenese ri de orelha a orelha e está com as mãos enfiadas nos bolsos de uma bermuda larga. Seus olhos brilham com um ar despreocupado. Parece um moleque de rua, vestido como um filhinho de mamãe para a ocasião. E também me vejo na foto. Estou sentada no colo da mamãe com um olhar aturdido nos meus olhinhos sonolentos. Esquadrinho minha imagem à procura de cílios e não encontro nada. Depois olho para minha boca entreaberta e logo se torna visível que até a beleza fugaz da infância me foi negada.

    O olho que procura por um lugar de descanso é o de Mohini. Um último lugar de descanso. Mas ela se recusa a encarar a câmera e seu rosto está virado para os olhos de Lakshmnan. Mesmo de perfil, é mais do que óbvio que ela é linda e diferente. Surpreendida no movimento e no ato de não olhar diretamente para a câmera, ela se torna, de alguma maneira, mais vivaz, mais real que todos os outros que estão congelados na fotografia. É estranho pensar que todos nós estamos vivos e ela, não. Só está viva nessa foto inerte.

Lakshmnan era o meu herói antes daquela época em que era acordada todo dia pelo cheiro de jasmim. Ele tinha aprendido a dizer "Ei, guri" com os soldados estrangeiros. E era assim que me chamava. Em inglês. Sempre com um sorriso na voz. Sempre parecia enorme e vasto. Lembro-me dele sem camisa e descalço, os músculos jovens e fortes se sobressaíam ao sol, enquanto ele batia com força a roupa que mamãe deixava de molho. Gotas cintilantes de água voavam em volta como se ele fosse uma espécie de deus da água. Ele está guardado para sempre na minha mente, batendo as nossas roupas sujas na pedra-sabão do quintal. Jovem, vibrante, terrivelmente bonito e com um futuro à frente, como um arco-íris colorido. Gotas de água repletas de sol voam para sempre ao redor dele. Sento-me num canto da horta da mamãe e não tiro os olhos daquele deus mítico da água. Vejo a maneira esperta com que fazia o sol colorir as partículas de espuma do sabão. Verde, vermelho, amarelo, azul...

Depois lembro-me dele com um pilão pesado. Toda manhã, ele moía os grãos que temperavam as nossas refeições diárias. Transformava punhados de grãos secos de ervas em montículos quentes e coloridos de pimenta, alforva, coentro, funcho, cardamomo e açafrão-da-índia, que colocava numa bandeja e levava de presente para mamãe. Pequenas pilhas úmidas de amarelos, verdes, laranja, carmins e ocres.

Por que não consigo lembrar-me de outras coisas? Por que não consigo lembrar-me das coisas que Anna e Sevenese se lembram?

Mamãe é intolerante comigo, mas não posso evitar. Para mim, o passado não se resume a grandes acontecimentos, mas a coisas corriqueiras, como chegar da escola e vê-la sentada de pernas cruzadas no banco da cozinha, confeccionando guirlandas de flores coloridas para adornar os quadros de todos os deuses do nosso altar. Nenhum acontecimento extraordinário se sobressai. Somente as coisas que eu via todo dia. As guirlandas coloridas enroladas na bandeja de prata ao lado dela... As mangas siamesas no formato de

S que ela mantinha no saco de arroz para amadurecer mais rápido... As horas prazerosas que passava entretida com o que havia dentro do baú dela. Feito de madeira colorida com grossas alças de bronze, era a coisa mais intrigante da minha infância. Uma caixa cheia dos tesouros de minha mãe. Lá dentro, estavam saris brilhantes e coloridos que, como ela mesma dizia, um dia pertenceriam a mim e às minhas irmãs. Eu passava a mão pelo tecido sedoso e frio e tentava imaginar qual deles seria meu um dia. Eu sabia que os verdes estavam reservados para Mohini. Mamãe dizia que o verde era a cor que mais favorecia a pele de Mohini. Dentro da caixa, também eram guardados documentos importantes da mamãe e maços de cartas da vovó, amarrados em cordão de ráfia. Depois que os japoneses partiram, a caixa de chocolates com as joias da minha mãe desceu do topo do coqueiro e encontrou um lugar no baú de madeira. Era fascinante abrir aquela caixa de chocolates. Rubis, safiras e pedras verdes cintilavam e piscavam como se estivessem felizes pela luz do dia e pelo toque de pele humana.

Guardo imagens surpreendentemente cristalinas de plantas, insetos e animais. De lindas folhas vermelhas retendo gotas de chuva em cima como se fossem cintilantes diamantes. E também me lembro de passar horas sentada ao sol, hipnotizada pelas formigas. Como são fantásticas essas criaturas! De cá para lá, de lá para cá, transportando continuamente cargas bem maiores que seus encantadores corpinhos. Às vezes me sentava imóvel, sem mover um só músculo, e uma libélula pousava em mim. São seres deslumbrantes de asas diáfanas que transportam o arco-íris. Eu me sentia humilde diante daqueles grandes olhos aconchegantes com um ponto preto lá dentro, parecidos com bola de cristal. Imaginava que me parecia com aquelas libélulas que comiam dezenas de pernilongos e mosquitinhos. As perninhas delas faziam cócegas na minha pele. E o mais surpreendente é que podiam decolar para trás. De vez em quando, besouros enormes de asas duras e chifres pousavam de supetão na minha mão, mas os gafanhotos eram os meus preferidos entre todos os insetos que se empoleiravam nas minhas mãos estendidas e me olhavam com uma curiosidade divertida. Eu olhava para aqueles rostinhos silenciosos e os achava pensativos e até um pouco tristes. Às vezes centopeias encantadoras com todos aqueles pés desnecessários perambulavam pelas minhas mãos, e, outras vezes, pernilongos bêbados que cambaleavam enlouquecidos ao vento se abrigavam na minha saia. Uma vez, me deparei com um morcego na mangueira. Estava dependurado em um dos galhos de cabeça para baixo, mastigando a cabeça careca de um filhote de pássaro.

Mas as galinhas que ficavam debaixo da nossa casa eram certamente as minhas favoritas entre todas as criaturas que habitavam o meu mundo. Adorava quando eram pintinhos fofos e amarelos e me orgulhava quando se tornavam frangos cacarejantes de olhos que mais pareciam contas. Eu era a única que conseguia entrar agachada no galinheiro debaixo da casa. Naquele lugar, sempre estava úmido e escuro, mas era muito fresco, e o cheiro de penas de galinhas se sobrepujava ao cheiro de amônia dos dejetos. Eu tinha de afastá-las com uma varinha de borracha para dar um passo quando elas me rodeavam cacarejando. Depois que eu parava, elas me rodeavam de asas batendo na ânsia de sair para o ar livre e às vezes cacarejavam alto com impaciência, esperando pela comida no chão para ciscá-la num louco e guloso alvoroço. Ficava observando por um bom tempo o ciscar interminável daquelas galinhas e em seguida apanhava os ovos nas caixas, muitas vezes eram ovos com duas gemas. Mamãe não permitia que as meninas da família comessem esses ovos deformados porque, segundo uma crença, provocam o nascimento de gêmeos.

Era preciso ter muito cuidado com o galo. Era uma criatura deslumbrante, mas um malvado incurável. Espichava a cabeça para o lado e seguia o trajeto dos meus chinelos azuis de borracha com um olho estonteantemente amarelo. Às vezes ele me caçava no galinheiro e me atacava, expulsando-me sem nenhum motivo. Vez por outra, me sentava numa pedra ao lado de uma das palafitas da casa e tentava imaginar o que o tornava permanentemente furioso. Mesmo assim o amava.

Alguns dias depois da morte de Mohini, mamãe e Anna estavam sentadas no banco da cozinha e, a certa altura, mamãe pendeu lentamente a cabeça para o lado e se aninhou no colo de Anna. Lembro-me de a ter olhado com surpresa. Mamãe nunca havia se aninhado em ninguém. Anna ficou de olhos fixos na frente, com as mãozinhas gorduchas na cabeça de mamãe.

– Agora que ela se foi, preciso me livrar de todas essas galinhas fedorentas que estão debaixo da casa – disse mamãe com uma voz inexpressiva e vazia.

Olhei para ela horrorizada, mas nem por isso as galinhas deixaram de ser abatidas uma a uma até não sobrar nada. A tela de arame que cercava as palafitas foi removida e depois limparam o chão. Acabou a umidade e a escuridão daquele lugar. As galinhas fedorentas sumiram junto com as penas brilhantes.

Claro que tenho boas lembranças do meu pai. Costumava se sentar na varanda para observá-lo enquanto ele comia melão. Fazia uma fatia durar tanto tempo, que eu pegava no sono lá mesmo onde estava. Sem nenhum ruído, as sementes escorregavam uma a uma do canto da boca e caíam na mão esquerda dele. Claro que tudo isso aconteceu antes de papai perder o gosto pela vida e passar a perambular pela casa de cômodo em cômodo à procura de alguma coisa perdida.

Antes disso, papai era um verdadeiro artista. Esculpiu um busto lindo de mamãe, um busto que mostrava como ela devia ter sido antes – antes dele, antes de nós e antes dos incontáveis desgostos que a abateram sem trégua em seguida. Papai capturou o brilho e a inteligência vivaz dos olhos e o atrevimento do sorriso de minha mãe. Capturou isso antes de termos engaiolado a mamãe com nossa estupidez, nossa lerdeza e nossa falta de desenvoltura, desenvoltura, aliás, que havia de sobra nela. Fomos os grandes culpados. Fizemos dela um tigre enjaulado que dia e noite se movia de um lado para o outro na jaula com rosnados furiosos para aqueles que a tinham capturado, quer dizer, nós. Levaram o busto junto com outras coisas no saque que fizeram lá em casa quando estivemos em Seremban para uma festa de casamento, e ele ficou desaparecido até que a esposa do encantador de serpentes o viu no mercado. Um homem o tirou de um saco e tentava vendê-lo por um *ringgit*. Ela o comprou e levou de volta para mamãe. Depois do resgate, o busto ficou na cristaleira dela até a morte de Mohini. Aí mamãe tirou o busto do armário e o quebrou em pedacinhos. Não satisfeita, recolheu os pedaços e queimou tudo no quintal. Ela pôs as mãos na cintura de costas para nós com o sol no poente e ficou olhando o espiralado da fumaça pelo entardecer. Voltou para dentro de casa quando o busto era apenas um punhado de cinzas. Ninguém ousou perguntar por que tinha agido dessa maneira.

Quando eu era pequena, mamãe costumava me levar ao mercado pela manhã. Ela disfarçava o enfado com um jogo. Enquanto se transformava em Kunti, uma antiga contadora de histórias de uma pequena aldeia do Ceilão, eu me transformava magicamente em Mirabai, uma linda menininha que vivia numa floresta secreta com uma gentil família de cervos.

— Ah, aí está você, minha querida Mirabai — ela murmurava com um ar bondoso, imitando uma velha.

Depois me pegava pela mão e contava maravilhosas histórias de sopradores de conchas de épocas remotas. Histórias de Rama e o arco mágico, e da formosa Sita que chorava dentro de um círculo encantado. Eu prendia a respiração de pavor no momento em que Sita se via incapaz de resistir ao cervo e saía de dentro do círculo para cair nos braços de Ravana, demônio e rei de Lanka. E o rabo do deus macaco ia crescendo, crescendo e crescendo. Ela também contava histórias extraordinárias de uma estátua de cinco cabeças do deus-elefante que foi achada por um sacerdote junto com o santuário no leito do rio que atravessava a aldeia da minha mãe lá no Ceilão.

As que me deixavam mais feliz eram as histórias dos *naga babas*, ascetas nus e cobertos de cinzas que vagam pelas encostas do Himalaia na esperança de encontrar o Senhor Shiva em meditação profunda. Nunca me cansava de ouvir as histórias dos *naga babas* que ela contava. Sobre o imenso poder e os ritos de iniciação que eles têm. Sobre os anos que passam em cavernas frias olhando paredes vazias e sobre os meses desoladores que passam nos desertos escaldantes. Às vezes acho que as histórias que mamãe contava são as melhores lembranças que tenho da infância.

Lembro-me das tardes em que me sentava nas pernas da minha mãe enquanto ela transformava metros e metros de tecido em roupas para os filhos, costurando na máquina Singer. Lembro que olhava as pernas subindo e descendo enquanto ela impulsionava o pedal. A roda girava cada vez com mais rapidez à medida que a máquina devorava metros e metros de tecido. Depois fiquei mais crescidinha e descansava meu queixo na superfície lisa do metal da máquina de costura, preocupada com a possibilidade de um acidente com os dedos de mamãe. Fiquei nervosa por um bom tempo com a visível gula dos dentes daquela máquina, mas depois aprendi que mamãe era realmente mais esperta que a máquina.

Ainda me lembro do cheiro do caramelo de açúcar misturado com manteiga clarificada dentro de uma grande panela preta de ferro. Foram velhos e bons tempos em que mamãe me fazia sentar no banco e colocava um punhado de passas perto das minhas perninhas cruzadas e começava a preparar a massa de um bolo *kaseri* amarelo para a hora do chá. Ela fazia o melhor *kaseri* do mundo, com passas e castanhas de caju escondidas lá dentro. Eu também adorava quando mamãe preparava alvas. Adorava o jeito com que segurava as alças da panela de ferro com firmeza e mexia a mistura até o óleo secar e tudo virar um vidro colorido. Em seguida, espalhava a mistura de laranja vitrificada sobre uma bandeja e cortava com uma faca afiada em formatos de diamantes. Retirava as alvas ainda quentinhas e deixava para mim as que não tinham formado nas bordas um diamante perfeito. Mesmo depois de adulta, continuo tendo um estranho gosto por alvas ainda quentes. Por alvas com bordas imperfeitas. Como uma máquina do tempo, elas me levam de volta para aquelas tardes felizes na cozinha quando éramos apenas eu e mamãe. Papai estava no trabalho e meus irmãos, na escola. Acho que Mohini também ficava em casa. Claro que ficava. Ficou escondida dentro de casa enquanto os japoneses ocuparam este país.

Ela já havia se tornado uma vaga lembrança e mesmo assim às vezes eu tinha a impressão de ver os lindos pés de Mohini desaparecendo na soleira da porta. Era capaz de jurar que tinha ouvido o tilintar dos guizos que ela usava nos tornozelos, mas, quando corria para ver, não havia ninguém. Ficava muito perturbada porque não conseguia me lembrar dela. Lutava com minha memória na tentativa de me lembrar. Será que ela lavava o meu cabelo? Será que passava óleo pelo meu corpo nas tardes de sexta-feira? Será que me pegava no colo e me fazia cócegas até eu chorar de tanto rir? Será que ajudava a mexer a mistura para fazer as alvas? Será que a linda mão dela surrupiava mais passas para mim quando mamãe não estava olhando? Mas a única imagem que tenho é de mamãe na boca do fogão, mexendo a mistura de açúcar e *ghee* com uma colher de pau. Ansiosa para que tudo ficasse perfeito.

Não consigo me lembrar de Mohini nem mesmo quando me lembro de todos nós enfileirados perante o altar. Sou capaz de ver mamãe entoando as orações com uma voz trêmula de tanta devoção e com as lágrimas rolando de seus olhos fechados. Ela acreditava que protegeria os filhos e os manteria a salvo se acendesse a lamparina, queimasse a cânfora, rezasse todo santo dia e esfregasse cinza na testa de todos. Sou até capaz de ouvir lá dentro da cabeça a voz vibrante de Lakshmnan, o fiapo de voz infantil de Anna e a voz melodiosa e aguda de Sevenese, uma voz que soava como o canto matinal de um pequeno pássaro e não como a voz de um menino. E também me lembro da voz desafinada de Jeyan, que provocava um riso incontrolável em Lakshmnan. Mas não consigo me lembrar da voz de Mohini, se é que ela estava lá. Mas claro que estava! Sempre ao lado de Lakshmnan, com os cabelos molhados descendo pelas costas.

Eles me dizem que eu devia me lembrar pelo menos de quando ajudava Mohini a fazer picles, enchendo as metades de limão doce de sal grosso e colocando-os dentro de um pote de cerâmica, hermeticamente fechado, que depois permanecia no banco durante três dias para que os limões ficassem parecidos com corações partidos pela metade. Eram então retirados e cuidadosamente dispostos em cima de folhas de areca curvadas e expostos ao sol para secar, quando adquiriam um tom de marrom amarelado e endureciam como uma pedra.

– Não lembra que nos sentávamos no degrau da escada da cozinha para espremer metades de limões frescos dentro de um pote cheio de limões duros e marrons até os dedos doerem? – perguntam os meus irmãos com incredulidade. – Não lembra que Anna adicionava uma mistura de pimenta e erva-doce moídas no pote? E que nós ficávamos olhando quando Mohini tapava o pote com um pano e o amarrava com toda força que podia?

Nessas horas, olho para eles com um ar de abobada. No início, quando a partida dela ainda era uma lâmina de barbear afiada, eu pegava a fotografia e não a olhava com atenção. Será que simplesmente se apagou na minha memória? Não, é impossível. Claro que não tenho tamanho poder. Então por que não me lembro dela como todos os outros? Não consigo me lembrar de nada daquela tarde em que os japoneses encontraram Mohini e a levaram embora. Assim como não consigo me lembrar daqueles três dias infernais sem que ninguém soubesse se ela estava viva ou morta.

Talvez eu fosse muito nova. Ou talvez aquele sonho agitado em que vejo papai entrando no curral de zinco construído para abrigar as vacas com os ombros caídos e o rosto monstruosamente crispado de dor não seja um sonho. Talvez seja mesmo difícil para uma criança recordar um momento de choque que a deixou congelada debaixo da casa com medo até de respirar e com as mãos cheias de pintinhos fofos.

Ficou tão imóvel quando o viu soluçando forte e encostando a testa no corpo de Rakumani, a vaca, que soube lá no fundo do seu coração infantil que ele nunca mais se recuperaria. Ela era que deveria ter morrido. Ela sabia que nenhum deles a queria tanto assim, embora ninguém dissesse. Claro que o pai nunca choraria daquele jeito se fosse ela que tivesse morrido. Ela se sentia rejeitada e envolvida no sofrimento dele, um sofrimento que, aos seus olhinhos assustados, parecia grande demais para com que lidar. A culpa não cabia a ninguém senão a ela. Não tinha nada que xeretar e ocupar o espaço de Mohini. Ela o viu quietinha enquanto ele chorava tanto que até as vacas se agitaram e os sinos badalaram no curral, e, mesmo assim, ele continuou a chorar como um bebê.

Eu tinha dez anos quando Mohini morreu. E, se não me engano, papai se encolheu na cadeira alheio às horas, olhando para o vazio por muitos anos. No início, achei que ele iria cantar com uma voz horrível para os meus ferimentos, tal como fazia antes, se lhe mostrasse os cortes, os arranhões e os machucados que me incomodavam. Eu então daria uma risadinha, e nossas dores escapariam de mansinho pela porta dos fundos porque, como ele mesmo dizia de brincadeira, nem mesmo a pior dor suportava ouvi-lo cantar. Mas quando me aproximava, apalpando o meu membro ferido, ele afagava o meu cabelo ralo e o encaracolava com um olhar ausente, perdido na distância. Talvez Mohini estivesse chamando por ele muito mais além do horizonte. Então fiquei muito velha para cantar, e ele nunca mais cantou.

Naquele tempo, Sevenese era apenas um garoto, mas já estava com todos aqueles estranhos poderes dentro dele. Na noite em que Mohini morreu, ele a viu. Acordou ouvindo um tilintar de guizos. Sentou-se na cama, afastando o sono. Em sua aparição no quarto, por entre espelhos e outros objetos que cintilavam aqui e ali sob a luz do luar, ela se mostrou tão sólida e real quanto ele. Parecia ainda mais branca e mais bonita. Vestia as mesmas roupas que usava quando foi tirada de casa, e logo tudo nela era familiar e querido. Tudo nela parecia caloroso, real e comum. E estava bem ali à frente dele e o olhava. Ele não viu marcas no corpo dela. Até os cabelos estavam penteados e brilhavam. Ela sorriu com doçura.

– Que bom – ele gritou com alívio e alegria. – Não machucaram você.

Ele a viu caminhar com o doce tilintar dos guizos até a outra cama onde eu dormia junto com Anna. Disse que ela alisou nosso cabelo com ternura, inclinou-se e beijou nossos rostos adormecidos. Nem eu nem Anna nos mexemos, nem acordamos. Ele nos olhou cada vez mais confuso. Estava acontecendo alguma coisa estranha, e ele não conseguia entender. Em seguida, ela foi para o outro lado da cama dele e beijou Jeyan, respirando suavemente, e depois se ergueu e ficou olhando para Lakshmnan durante um bom tempo, exausta e preocupada, como se estivesse achando que o mundo poderia acabar para ele. Curvou-se com uma expressão de profunda piedade e beijou delicadamente o irmão gêmeo, um beijo demorado na face, como se estivesse relutando para ir embora.

– Ele tem pela frente uma vida muito difícil. Você precisa guiá-lo, mas desconfio de que talvez não lhe dê ouvidos – sussurrou Mohini de maneira estranha. E logo olhou diretamente no rosto espantado de Sevenese. – Tente ouvir minha voz com muita atenção, meu pequeno observador, e talvez você não me ouça no futuro. – Ela então se virou e caminhou para sair, deixando no ar o doce tilintar dos guizos.

– Espere – ele gritou de braço estendido, mas ela seguiu em frente sem olhar para trás e desvaneceu na escuridão.

O som dos guizos se apagou no corredor que dava para a cozinha. Sevenese saiu da cama, achando que tudo não tinha passado de um sonho, e foi até a cozinha iluminada pelo lampião, onde mamãe olhava a noite de ombros curvados e derrotados. Ela estava pela primeira vez de mãos vazias no colo, em completo desconsolo. A cena deixou o meu irmão confuso e perturbado. As mãos de mamãe sempre estavam ocupadas, sempre costurando, remendando, limpando anchovas, catando pequenos caruchos no arroz, escrevendo cartas para a mãe dela, socando *dahl* ou fazendo outra coisa qualquer.

– Mohini voltou pra casa, mamãe? – ele perguntou.

– Sim – ela disse com um ar triste e os olhos voltados para as estrelas. De repente, olhou para ele com curiosidade. Os olhos dela eram buracos negros em um semblante vazio. – Por quê, você a viu?

Ele olhou para ela.

– Sim – disse, subitamente amedrontado.

Um fiapo de voz dentro da cabeça dele sussurrou que nunca mais precisaria se preocupar com Raja. Raja não poderia mais sequestrar Mohini. Sevenese deixaria de ter a ideia fixa de que uma parte egoísta de Raja poderia se tornar uma paixonite adolescente em incontrolável obsessão. Os japoneses tinham resolvido o problema por ele.

Logo após o fim da ocupação, ocorreu um fato curioso. Na sua partida, os japoneses deixaram para trás galpões abarrotados de preciosidades e de propriedades que tinham sido confiscadas. Durante a ocupação, não dispunham de navios para transportar objetos não militares para a terra natal e, uma vez derrotados, foram forçados a sair do país de mãos vazias. A mulher do encantador de serpentes correu até nossa casa para avisar que estavam invadindo um galpão perto do mercado.

– Depressa! – ela gritou. – O galpão está entupido de coisas, e todo mundo está pegando sacos de açúcar, sacos de arroz e um montão de coisas mais.

– Vai lá – disse mamãe para o papai. – O povo todo está saqueando o galpão perto do mercado. Vê se também pega alguma coisa.

Ele tirou o sarongue e vestiu uma calça enquanto mamãe resmungava agitada.

– Depressa – ela gritou, enquanto ele desaparecia com sua bicicleta.

Papai pedalou o mais rápido que pôde, mas, quando chegou ao galpão, já era muito tarde e não havia mais nada para pegar. Embora tivesse cruzado com uma procissão de gente carregando caixas e sacos volumosos, lá dentro do galpão não havia mais nada além de uma liteira no chão e uma grande sensação de vazio. Ele pedalou a bicicleta até o meio do galpão e teve uma visão completa da cena. Desanimado, visualizou as mãos cheias de expectativas e a língua afiada de mamãe, mas, quando pedalava para sair do galpão, avistou uma caixa alongada meio escondida atrás da porta. Claro que devia ter caído do saco de alguém. Pegou a caixa e se surpreendeu com o peso. Montou rapidamente na bicicleta e voltou para casa.

– Só isso? – disse mamãe, olhando desapontada para a caixa que ele tinha nas mãos.

O encantador de serpentes e o filho dele tinham tido a sorte de voltar para casa com um saco enorme de açúcar e um outro de arroz. Balançaram a caixa de madeira e ouviram um som abafado. Fosse lá o que estivesse lá dentro, estava muito bem empacotado. A caixa de madeira estava fechada com pregos. O meticuloso empacotamento certamente indicava alguma coisa extraordinária. Mamãe usou uma faca como alavanca para abrir a caixa, acompanhada pelos olhos curiosos em volta dela. Puxou a tampa e removeu a palha que servia de forro. Apalpou uma superfície lisa e fria. Era uma boneca de jade tão bela, que ouvi quando mamãe engoliu em seco ao pegá-la. Ergueu-a. Era uma pedra translúcida com um brilho verde-escuro singular. A boneca media cerca de quinze centímetros. Tinha longos cabelos ondulados que desciam até os quadris e estampava uma intensa paz no semblante. Nenhum de nós jamais tinha visto uma beleza refinada como aquela. Havia uma inscrição gravada em chinês na pequena base de ouro que a sustentava. O silêncio invadiu a casa. Mamãe mudou de cor.

– Ela se parece com Mohini – disse Sevenese em voz alta.

– Se parece mesmo – assentiu mamãe com um tom terrível.

Achei na hora que o tom se devia ao fato de que os trastes dos japoneses tinham levado Mohini e deixado um presentinho em troca. Mamãe permitiu que tocássemos na boneca antes de colocá-la na cristaleira, onde um dia o busto dela esteve exposto. A boneca passou a morar dentro da nossa cristaleira junto com minha coleção de animados passarinhos em limpadores de charutos flexíveis e felpudos e os intrincados pedaços de coral que Lakshmnan tinha catado na praia. Isso aconteceu muitos e muitos anos antes de quando eu soube que a tal inscrição dizia que aquela boneca era Kuan Yin, a deusa da misericórdia, e que a peça pertencia a uma dinastia chinesa de mais de duzentos anos. Uma informação que não teve importância alguma para mamãe, pois, desde o momento em que pousou os olhos na boneca, já sabia de quem se tratava e o que isso significaria para ela. Inalou o vapor do horror e viu suas esperanças se dissiparem.

 Ela ouviu claramente dentro cabeça as palavras do velho e funesto vidente chinês que tanto lutara para esquecer.

 – Cuidado com seu filho mais velho. É um inimigo seu de uma vida passada que voltou para puni-la. Você vai passar pela dor de enterrar um filho. Terá um objeto ancestral de grande valor em suas mãos. Não fique com ele nem tente vendê-lo. Pertence a um templo.

 Mas, se ela desistisse da estatueta em favor de um templo, isso significaria que teria de acreditar naquele velho e em suas funestas previsões. Sim, tinha perdido uma filha, da mesma forma com que milhares de pessoas. Era uma guerra. E era isso que uma guerra fazia. Matava os filhos de todos. O vidente *não devia* ser levado a sério. O primeiro filho dela, o preferido, *não era* um inimigo. Ela simplesmente se recusava a acreditar nisso, mesmo quando levava a boneca de jade para bem perto do ouvido e a ouvia sussurrando: "Cuidado com seu filho mais velho." Achava que, se colocasse a estatueta lá no fundo da prateleira, atrás dos corais e dos passarinhos coloridos, apagaria as palavras do vidente. No entanto, o futuro a consumiu, e o filho mais velho a destruiu.

 Lembro que mamãe dizia que Lakshmnan começou a ranger os dentes durante o sono depois da morte de Mohini. De repente, passei a ter medo dele. Não sei de onde saiu esse medo, mas morria de medo de Lakshmnan. Isso não quer dizer que ele tenha batido em mim ou que o tenha visto esmurrando a parede ou fazendo alguma das outras coisas que mamãe e Anna comentam. O fato é que, de repente, saiu da minha cabeça a imagem dele batendo roupas na pedra, cercado de gotas brilhantes de água que mais pareciam diamantes, e entrou o zangado Asura, um dos gigantes cruéis que regem o mundo subterrâneo. Sou capaz de sentir a raiva debaixo da pele dele, uma raiva tão próxima da superfície, que o menor arranhão pode fazê-la emergir numa face rubra e incontrolável. Nem me lembro de quando ele deixou de dizer para mim "Ei, guri", daquele jeito tão próprio dele.

Fui mandada para a escola depois que os japoneses partiram, mas não passei de uma aluna comum. A minha melhor amiga se chamava Nalini. Ficamos amigas quando as meninas chinesas da classe se recusaram a se sentar do nosso lado, reclamando com os professores que nós éramos escuras porque éramos sujas. Quando os professores forçaram as chinesas a sentar perto da gente, elas se queixaram com as mães, que foram lá na escola e exigiram que as filhas se sentassem longe das meninas indianas.

– Meninas indianas têm piolho nos cabelos – argumentaram falsamente, com arrogância.

Dessa maneira, eu e Nalini acabamos nos sentando na mesma carteira. Além de escuras, éramos feiosas, mas ela era mais pobre porque eu tinha uma coisa que ela não tinha. Eu tinha mãe.

Para mim, mamãe era uma boa mulher. Sem ela, nenhum de nós estaria aqui. Lamento muito pela minha incapacidade de fazê-la se orgulhar de mim. Eu seria muito feliz se tivesse conseguido me tornar uma extensão bem-sucedida dela, o que ela sempre tentou fazer de nós. Gostaria muito de fazer jus à fotografia que mamãe criou em sua mente. Posso até imaginar a foto, a cena de uma festa de aniversário perfeita numa linda casa. Talvez seja o aniversário de um dos filhos de Lakshmnan, e todos nós estamos chegando com nossos belos carros. Vestimos roupas elegantes, com maridos e esposas sorridentes ao lado, e nossos filhos correm à frente para se aninhar nos braços da sorridente avó. Ela está de braços bem abertos para receber os muitos corpinhos igualmente bem-vestidos. Depois, Lakshmnan inclina o corpanzil e delicadamente beija mamãe no rosto. A esposa dele sorri ao fundo, com indulgência. Atrás dela, há uma mesa cheia de presentes e de deliciosos alimentos.

De vez em quando, me pergunto por que Anna não quer essa fotografia? Por que ela se dedica tanto a criticar mamãe por querer isso? Eu anseio por isso. Anna age como se mamãe tivesse arruinado a família inteira. Isso não é verdade.

A esposa de Lakshmnan acusa mamãe de ser uma aranha fêmea devoradora. Ela diz que todo mês o nosso pobre pai traz para casa um envelope pardo cheio de dinheiro para não ser devorado por mamãe. Sim, talvez mamãe seja uma aranha. Durante toda a vida, ela teceu do nada comida, roupas bonitas, amor, educação e abrigo para nós. Sou filha dessa aranha. Só consigo pensar na beleza dela. Passei a vida toda tentando fazer mamãe feliz. Pois, quando ela está feliz, a casa inteira se rejubila, as paredes abrem um sorriso, as cortinas esvoaçam de alegria, a almofada azul sorri para o sol que entra pelas janelas abertas e a chama do fogão dança em deleite. Quando a olho, se agita dentro de mim um desejo, a esperança de ser como ela, mesmo sabendo que sou parecida com meu pai.

Não consigo me lembrar de um só problema que tenha derrotado mamãe. Ela pega os problemas pelas mãos sem nenhum medo, como se fossem lencinhos que precisam ser dobrados. De vez em quando, algumas lágrimas são vertidas, mas estas também são controladas. Papai estava com cinquenta e três anos quando os japoneses partiram. Ainda havia sete bocas na casa para alimentar e então mamãe pegou um ônibus comigo e fomos para o escritório do sr. Murugesu lá no hospital. Era uma sala luminosa, de paredes brancas e amplas janelas com sacadas atrás de uma mesa cheia de papéis. Ele nos introduziu na sala como se fôssemos convidados importantes que o honravam com nossa presença.

– Entrem, entrem – disse o sr. Murugesu com insistência.

De cara se via que era um homem decente. As janelas se abriam para um lindo jardim quadrado e cortado por um corredor coberto que ligava dois prédios. Enfermeiras e médicos atravessavam o corredor, conversando. Pássaros se empoleiravam nas árvores, e dois garotos brincavam com *conkers*, um brinquedo parecido com ioiô. Lá fora, tudo aparentava despreocupação, mas, dentro da sala, mamãe chorava. O sr. Murugesu se encolheu visivelmente na cadeira. Mamãe secou os olhos com um lenço enorme de papai e implorou que o sr. Murugesu desse um trabalho para ele.

– Olhe só como é pequena a minha caçula – ela suplicou com o rosto voltado para mim. – Como poderei alimentar e vestir todos eles? – disse para o assustado homem.

Ele se levantou de supetão da cadeira, como se estivesse em brasas.

– Não se preocupe, não se preocupe – disse para ela, ajeitando os óculos abruptamente e abrindo uma gaveta à esquerda. – Diga a seu marido para vir falar comigo. Tenho certeza de que encontraremos algum lugar para ele no departamento de contabilidade. Falaremos de salário quando vier.

Mamãe parou de chorar e se mostrou tremendamente agradecida. Uma gratidão que foi crescendo em ondas até engolfar o embaraçado homem por inteiro.

– Não há de quê, não há de quê – ele balbuciou.

Tirou uma lata quadrada de dentro da gaveta. De lata nas mãos, seus olhos já não tinham um ar de espanto. Ele abriu a lata e estendeu-a para mim. Lá dentro, havia biscoitos indianos selecionados, cobertos de açúcar, que reluziam de tentação. Escolhi um *ladhu*.

– Muito obrigada – agradeci com timidez.

Estava com um biscoito substancial na minha mão. O aroma de açúcar e canela flutuou como uma tentação pelo meu rosto. A essa altura, o sr. Murugesu já estava totalmente recomposto, e sua face benevolente abria um delicioso sorriso.

– Não coma aqui. Você vai sujar o escritório do sr. Murugesu – mamãe me repreendeu com uma voz que significava "não ouse me envergonhar na frente de um estranho".

– Não, não se incomode; deixe a menina comer agora – insistiu o sr. Murugesu com uma voz alta e feliz.

Mordi a bola que brilhava de amarelo e vermelho. Alguns pedacinhos macios e redondos caíram na minha roupa "de sair", rolando para o assoalho encerado do sr. Murugesu. Lembro que olhei meio sem jeito para mamãe e me deparei com um olhar furioso. Suas pestanas ainda estavam molhadas, mas todas as lágrimas já tinham sido meticulosamente embrulhadas no lenço de papai.

A guerra acabara e havia muito que festejar. O Velho Soong fazia sessenta anos. A terceira esposa decidiu então lhe oferecer uma festa de aniversário de gala. Um vidente havia previsto que aquele talvez fosse o último aniversário do Velho Soong. E assim ficou decidido que seria a melhor festa que ele já tinha tido. Todas as esposas e filhos estariam presentes. A cozinheira deixou de molho, recheou, amarrou, marinou, assou, fritou e estocou em recipientes hermeticamente fechados todos os tipos de guloseimas por dias a fio. Mui Tsai limpou, poliu, lavou e ajudou na cozinha. A casa foi toda decorada com faixas vermelhas, onde se liam palavras que desejavam mais prosperidade a ele.

Até mesmo a terceira esposa passou um bom tempo na cozinha, testando sabores, dando palpites e supervisionando. A cozinheira preparou o prato favorito do patrão, carne de cachorro em três diferentes receitas. Na primeira, adicionou dente de tigre em pó, para manutenção do vigor; na segunda, acrescentou chifre de rinoceronte em pó, para vitalidade sexual, e temperou a última com ervas aromáticas para garantir uma boa saúde. Solicitaram um macarrão especialmente longo para garantir longevidade ao senhor da casa. Leitõezinhos assados exibiam uma laranja na boca. Havia até javali assado. E dois tipos de sopa como entrada: a de barbatana de tubarão e a de ninho de passarinho.

Tudo estava impecável e pronto. Até Mui Tsai ganhou um novo traje cor de ameixa para a ocasião.

Os convidados começaram a chegar exatamente no horário marcado. Saíram de carros grandes e lustrosos, esbanjando prosperidade e corpulência. Entraram pela casa do Velho Soong com roupas deslumbrantes e risos. Mui Tsai tinha passado de manhã lá em casa, e seus olhos cansados mostravam uma excitação que mamãe não via já fazia tempo.

– Hoje os meus filhos estarão aqui. Verei todos eles – cochichou Mui Tsai para mamãe.

A ocasião era tão especial, que toda a vizinhança saiu até as varandas para assistir. De nossa varanda, eu via Mui Tsai entrando e saindo da cozinha, de olho na chegada dos convidados, esperando impacientemente pelos filhos. Finalmente, a primeira esposa chegou. Engordara bastante com o passar dos anos e entrou de mãos dadas com os dois garotos. Filhos de Mui Tsai. Vestiam a mesma roupa vermelha com brilhos e bordados de aves coloridas do paraíso. Eretos e orgulhosos, de pé ao lado da primeira esposa, olhavam em volta com curiosidade. Avistei Mui Tsai de pé nas proximidades da porta da cozinha, extasiada pela visão do segundo e terceiro filhos. A segunda esposa chegou em seguida, com os outros dois filhos. Estavam vestidos em trajes de seda azul e implicavam um com o outro.

Soaram os címbalos e começou a dança do leão. Seis homens dentro de uma fantasia se empinaram e dançaram para encantar a audiência.

As crianças acabaram de comer e tiveram permissão de brincar no jardim. Enquanto todos comiam dentro de casa, Mui Tsai saiu e se aproximou o máximo possível dos filhos para vê-los brincar. Ficou em silêncio, observando-os. Eles brincavam com varas, fingindo que eram armas. Talvez estivessem fingindo que eram os vitoriosos ingleses porque apontaram as armas para Mui Tsai logo que a avistaram e, com gritos em chinês, pegaram um punhado de terra e pedras no chão e bombardearam os japoneses inimigos, ou seja, Mui Tsai. Ela paralisou, chocada.

– Ei! – gritou mamãe da varanda. Ela calçou os chinelos e correu na direção da casa do Velho Soong. – Ei, parem com isso! – repetiu o grito, mas ele foi abafado pela crueldade dos uivos de vitória dos meninos.

A segunda esposa surgiu à soleira da porta e disse alguma coisa com um tom tão severo que os meninos abaixaram a cabeça de vergonha. Mamãe se deteve. Os meninos correram até a segunda esposa e beijaram a mão dela, pedindo desculpas. Ela disse alguma outra coisa com um tom gentil, e eles saíram em disparada para o outro lado da casa, onde uma seleção de deliciosos bolos e biscoitos Nyonya especialmente encomendados de Penang os aguardava. A segunda esposa voltou para dentro de casa sem olhar para a figura petrificada de Mui Tsai.

Mamãe chamou por Mui Tsai lá atrás da cerca.

Mui Tsai caminhou na direção dela com uma fisionomia aturdida. O sangue escorria lentamente de um pequeno corte na testa.

– Quando eu era pequena, costumava jogar pedras nas cadelas prenhas do mercado. Às vezes também atirava pedras nos mendigos que batiam à porta. Isso é o meu castigo – ela disse suavemente.

– Oh, Mui Tsai, lamento tanto. Eles não sabem de nada – mamãe consolou a pobre garota.

– E nunca saberão. Mas parece que estão ótimos, não parece? Eles têm os olhos vivos e um dia herdarão tudo que é do patrão.

– Herdarão, sim.

Mui Tsai virou de costas com um rostinho triste e voltou para casa pela porta dos fundos. Foi a última vez que a vi. Desapareceu de repente da casa e foi substituída por uma outra Mui Tsai, que assumiu o posto de irmãzinha mais nova com seriedade, sem demonstrar o menor interesse em fazer amizade com a vizinhança. Ficamos por algum tempo sem ter notícias dela e de onde estava. Até que um dia a cozinheira do Velho Soong respondeu à indagação de mamãe, fazendo um movimento circular com o dedo indicador perto de sua têmpora.

Ayah

Faz tanto, tanto tempo que tudo isso aconteceu, que voltar agora para aquela época cheia de esperança é tremendamente doloroso. Naquela ocasião, eu ainda era um homem jovem e não via nada de mais em conseguir uma noiva com um punhado de mentiras, mas paguei caro por isso e, mesmo assim, não trocaria um só momento da vida que tive com sua avó.

Nem um só momento.

Não me deixaram ver a noiva até o dia do casamento. Quando ouvi o rufar apressado dos tambores foi que me dei conta de que ela estava se aproximando. Não queria esperar nem mais um pouco e, quando olhei para ver o rosto da minha noiva, vi sua avó e custei a acreditar que tinha tido tanta sorte. O meu único anseio secreto era o de me deparar com uma caverna de gelo. Mas ali, ao meu alcance, estava algo que ultrapassava em muito o sonho mais louco que havia imaginado. Ali estava a jovem mais linda que eu já tinha visto na vida.

Eu a estava olhando, e ela ergueu os olhos, mas eu era muito grande e feio, e a primeira emoção que apareceu no rosto dela quando nossos olhos se encontaram foi de horror. Ela se desesperou e olhou em volta por um segundo, como um pequeno cervo apanhado à noite pela rede de um caçador.

Parecia indefesa e, se tivesse continuado assim, teria cuidado dela com a mesma ternura e carinho com que cuidei da minha primeira esposa, mas, à medida que a observava, foi ocorrendo uma transformação assombrosa. Ela endireitou a coluna, e seu olhar tornou-se feroz e atrevido. Foi como ver um cervo virar um tigre grande e majestoso. Sem nenhum aviso, de uma hora para outra, o meu mundinho enfadonho virou de cabeça para baixo. O meu estômago escorreu e foi descendo lentamente até os pés. "Quem é você?", sussurrou o meu coração lá dentro, em estado de choque. Fiquei apaixonado na mesma hora. Tão profundamente apaixonado que os órgãos se mexiam dentro do meu corpo.

 Compreendi na mesma hora que não seria apenas a mulher que criaria os meus dois filhos e que teria como companhia na velhice, mas também a mulher que faria de mim um fantoche. Minhas entranhas entorpecidas foram sacudidas por mãos delicadas e reavivadas. Ah, e com que refinamento aquelas mãos intrépidas mexeram nas minhas entranhas... Naquele dia, achei que tinha agarrado a lua e, somente muitos anos depois, foi que me dei conta de que só havia tocado no reflexo do luar dentro de uma vasilha de plástico azul. A lua estava bem longe do meu alcance. Sempre esteve e sempre estará. Foi o tempo que acabou me revelando isso.

 Lembro-me de minha noite de núpcias como o sonho mais lindo que já tive. Como um par de asas. De repente, você tem uma coisa muito preciosa nas mãos que é capaz de mudar para sempre sua vida patética. Não por felicidade, mas por medo. O medo de perdê-la. E isso porque eu sabia que não merecia. Ganhara aquelas asas por meio de um embuste. Logo depois, nem o relógio de ouro, essa coisa bonita e admirada que simboliza o status, era meu. Fora emprestado pelo mesmo amigo que emprestara o carro junto com o motorista, o Bilal. Lá no fundo do meu coração culpado, eu a amei na mesma hora. Profundamente. Faria qualquer coisa por ela, iria para qualquer lugar. A minha alma sangrou só de pensar no dia em que ela ficaria sabendo da verdade. A velhaca da Pani era que tinha enganado a mãe dela com histórias de riqueza que só seriam ouvidas por uma mulher muito boa. Mas como poderei condenar a velhaca, se foi sua rede de mentiras que pegou uma borboleta rara para mim? Tentei tolamente me convencer de que a borboleta rara me amaria um dia. Achei que os anos apagariam minha desgraça. Os anos se passaram, e ela não aprendeu a me amar, mas fingi para mim mesmo que a borboleta rara tinha um jeito próprio de amar.

 Era tão pequena que os quadris dela cabiam nas minhas mãos. A minha noiva criança. Naquela noite, não encontrei um jeito de fazer amor com ela sem machucá-la. Depois ela viu que eu estava dormindo e saiu na ponta dos pés para se banhar no poço de uma vizinha. Quando voltou, percebi que tinha chorado. De olhos entreabertos, vi pelas frestas das pestanas que ela me observava. Vi a esperança de uma criança e os medos de uma mulher nas emoções que atravessaram aquele rosto. Devagar, bem devagar, como se lutando contra a própria vontade mas atraída por uma curiosidade inocente, ela passou os dedos pela minha testa. Sua mão estava fria e úmida. Ela se virou de lado e caiu rapidamente no sono como uma criança. Lembro-me do contorno de suas costas quando a vi dormindo. Fiquei observando o doce movimento de sua respiração, a maciez da pele como se fosse tecida por fios de seda, lembrando uma história que as velhas da minha aldeia contavam quando eu era menino. Uma história de um homem velho e solitário que morava na lua e que à noite entrava nos quartos das mulheres bonitas e dormia ao lado delas. A minha esposa era tão bonita. Naquela noite, vi o luar entrar pela janela aberta e pousar docemente no seu rosto. Era uma deusa debaixo da luz do luar. Linda como uma pérola.

A mulher mais doce que conheci foi minha primeira esposa. Era tão gentil, tão generosa, que um vidente vaticinou que teria uma passagem curta pela terra. Foi grande o meu amor por ela, mas me apaixonei perdidamente por Lakshmi no momento em que nossos olhos se encontraram na cerimônia de casamento. Seus olhos escuros e vivazes arderam como uma chama que queimou o fundo do meu estômago, mas acharam que eu era um tolo e talvez eu seja isso. Desde criança, sou lerdo para pensar. Eles me chamaram de mula e me mandaram de volta para casa. O que mais queria era protegê-la e lhe dar toda a riqueza que a mãe tinha prometido, mas eu era apenas um contador. Um contador sem ambições, sem economias, sem nada de valor. Até o dinheiro que ganhara por ocasião do primeiro casamento acabara, porque o apliquei no dote de minhas irmãs.

Depois voltamos para a Malásia e ela chorava pela noite afora, achando que eu estava dormindo. Eu acordava de madrugada e a ouvia chorando na cozinha. Sabia que estava com saudade da mãe. Durante o dia, se mantinha ocupada com a horta e as tarefas domésticas, mas à noite era invadida pela solidão.

Uma noite, não suportei mais aquilo. Levantei-me da cama e fui até a cozinha. Ela estava deitada de bruços como uma criança, com a cabeça sobre os braços cruzados. Olhei a curva do pescoço dela e me vi tomado por um doloroso desejo. Queria tê-la nos braços para sentir sua pele macia contra a minha. Eu me aproximei, coloquei a mão em sua cabeça, e ela se virou assustada, pondo a mão direita no peito, à altura do coração.

– Oh, você me assustou! – acusou-me.

Inclinou o corpo para trás e me olhou com expectativa. Os olhos úmidos brilhavam, mas o rosto estava fechado como uma gaveta. Fiquei olhando para aquela figura inflexível e para aquele rosto frio e tenso por um tempo, depois me virei e fui para a cama. Ela não queria nem a mim nem ao meu amor. Tinha aversão por mim e pelo meu amor.

Às vezes eu a procurava enquanto sonhava e, mesmo dormindo, ela resmungava qualquer coisa e se afastava. E de novo confirmava que o meu amor por ela era em vão. Ela nunca me amaria. Desisti dos meus filhos por ela e ainda hoje, depois de tudo que aconteceu e de tudo que perdi, sei que faria tudo outra vez.

O melhor dia da minha vida foi quando Mohini nasceu. A dor que senti quando a olhei pela primeira vez foi como se alguém tivesse entrado no meu corpo e espremido o meu coração. Eu a olhei sem conseguir acreditar. Uma palavra atravessou o meu cérebro:

– Nefertiti – sussurrei.

A bela Nefertiti tinha chegado.

Era tão perfeita que os meus olhos se inundaram de lágrimas, sem acreditar que, dentre tantos homens, quem tinha produzido aquela maravilha fora eu. Olhei para seu rostinho adormecido, toquei nos cabelos negros e lisos e me dei conta de que era minha... Agora, como um presente para vós... um coração humano... meu. Sua avó chamou-a de Mohini, mas para mim sempre foi Nefertiti. É dessa maneira que penso nela. Na minha cabeça, Mohini era uma ilustração de um velho livro de sânscrito do meu pai. Sorrateira como uma deusa serpente de pé, de cabelos negros e longos e com um olhar de soslaio que inspirava medo e prazer. Seus pés arrojados dançavam garbosamente no coração de muitos homens. Atrevida, orgulhosa, ela se diverte com a corrupção. Não, não, minha Nefertiti era como o mais inocente e mais puro anjo. Um botão em flor.

Eu estava com trinta e nove anos e olhei para minha vida inútil e cheia de fracassos e me dei conta de que, mesmo que nunca conseguisse passar no exame do escritório, mesmo que nunca fizesse mais nada, aquele precioso momento em que a parteira me trouxe a minha Nefertiti embrulhada num sarongue velho que exalava mirra já era o bastante.

À medida que os anos se passaram, ficou mais fácil suportar o olhar arrogante dos funcionários mais jovens e menos experientes que se saíam bem nos exames e se tornavam meus superiores. Um a um, eles passavam por mim e invariavelmente me lançavam um olhar um tanto insolente e piedoso, e ainda assim eu era feliz. As crianças começaram a aparecer – cada qual com algo especial. Eu pedalava de volta para casa o mais rápido possível com o cabelo ao vento e um cacho de bananas ou uma banda de jaca na garupa e, quando entrava no nosso cantinho, acontecia alguma coisa lá dentro de mim. Diminuía as pedaladas para poder admirar melhor a casa onde vivia a minha família. Lá dentro daquela casinha humilde, estava tudo com que eu sempre sonhara. Lá dentro, estavam uma mulher surpreendente e filhos que me tiravam o fôlego. Uma parte de Lakshmi e, para minha alegria, uma parte de mim.

E, sem nenhum aviso, um dia, eles a levaram embora. E, num piscar de olhos, mataram a filha, aquela que tínhamos criado com tanto carinho. Oh, essas estúpidas lágrimas. Depois de tanto tempo... Naquela noite insuportável, ela veio ao meu encontro. Veja, essas estúpidas lágrimas se recusam a parar. Até pareço uma velha. Espere, vou pegar o meu lenço. Um minutinho só – não passo de um velho tolo.

Lembro que estava sentado na cama, de luzes apagadas, e que meu corpo ardia em febre. O choque causado pelo sequestro da minha filha tinha me trazido uma crise de malária. Só havia a luz tênue de uma meia-lua no céu. A noite estava quente e eu tinha ouvido quando Lakshmi tomou banho um pouco antes. Lembro que estava rezando e que meu hálito pegava fogo. Nunca tive o hábito de rezar. Acusava a fé de ser gananciosa.

– É um fato – eu dizia empolgado –, oramos por outra coisa. – Argumentava que mesmo um pedido pela iluminação espiritual do mais alto nível também é um desejo egoísta, mas a verdade é que era muito preguiçoso para agradecer pela boa fortuna que caíra no meu colo. – Deus está dentro do coração – eu acrescentava todo pomposo. Achava que era um bom homem e que isso era o bastante. Ela nasceu e depois me convenci de que tinha vindo ao mundo com uma guirlanda de dádivas, mas naquela noite me sentia inquieto e cheio de maus presságios. Ergui as mãos e clamei por Deus, tal como todos os outros seres humanos necessitados e desesperados. – Meu Deus, ajude-me – orei. – Traga-me de volta a minha Nefertiti.

Não havia paz no meu coração. Era agitado por milhões de visões que se contorciam e giravam com olhos debochados e cruéis. Visões intermináveis. Fechei os olhos para caçá-las e expulsá-las de dentro de mim e, não mais do que de repente, vi Mohini escapando por uma porta destrancada. Talvez estivesse alucinado, mas vi quando ela saía de pés descalços por um longo corredor, não fazia barulho, e um chiado asmático soava alto dentro do seu peito. Ofegante, ela disparou por entre as janelas altas de venezianas fechadas. Uma virada no final do longo corredor dava na tentação de uma porta entreaberta. Vi tudo, vi o rosto dela se crispar de medo e se iluminar quando correu na direção da porta entreaberta. Depois vi os guardas. Como eles riam!

Eles riam da palidez de minha filha. Era tudo um truque.

Puxei o cobertor e me enfiei debaixo. Estava frio. Frio. Muito frio.

Vi a mão grossa e carnuda que apertou o queixo dela e uma língua brutal e vermelha que apareceu do nada para lamber-lhe as pálpebras. Ela me chamava: "Papa, papa." Mas eu não podia ajudá-la. Tremendo na minha cama, vi quando ela azulou e os vi tentando fazê-la beber água. Ela engasgou e sufocou. Sentindo-se confusos e inúteis, eles deram um passo atrás e assistiram à morte dela. Ah, o frio no meu coração.

Eu a vi de olhos fechados dentro de um buraco, mas depois ela os abriu e olhou diretamente para mim. Vi quando ela vestiu o sari da mãe e ficou de pé no meio de uma selva, esperando para casar, mas seus cabelos sem adornos se espalhavam sobre os ombros como os de uma viúva. Foi como estar dentro de um pesadelo.

– É a febre. É só a febre – sussurrei loucamente no meu travesseiro molhado, os dentes batiam incontrolavelmente.

Comecei a sacudir a cabeça para turvar as imagens lá dentro e, aos poucos, as fiz se dissipar e dar lugar a uma suave escuridão.

Sacudi e sacudi a cabeça, até que as imagens se turvaram e correram uma para outra como sangue.

– Oh, Nefertiti – sussurrei com a voz embargada. – Isso é só a malária. É o choque. É só o choque. – Eu estava enlouquecendo de frio. E me enraivecia com minha própria inutilidade. Eu me odiei. Ela estava sozinha e assustada. Se ao menos eu estivesse em casa, em vez de estar batendo um papo e partilhando um charuto com o velho guarda de segurança sique...

A culpa. Você não imagina o quanto a tal da culpa me assolou naquela noite. Por quê, por quê, *por que* tive de sair justamente naquela noite? Desesperado, bati a testa contra a parede. Eu queria morrer.

Era aquela criança mimada da morte, a criança que estava naquela cova anos antes e que agora estava lá fora sob a luz do luar. O garotinho se zangara comigo pela minha recusa de jogar o jogo dele.

– Leve-me. Leve-me agora – supliquei para aquela criança vingativa. – Mas traga-a de volta, por favor, traga-a de volta.

Cantei vagamente alguns mantras que recordei de minha infância. Se desejasse com bastante força... Se orasse bem forte... Se fosse ao templo e fizesse uma promessa de jejuar por trinta dias e de raspar a cabeça e carregar um *kavadi* à cabeça no Dia de Thaipusam... será que ela voltaria?

Perdido em negro desespero, me dei um tempo para desanuviar a cabeça. Já não sentia frio e, de repente, a terrível dor que oprimia o meu coração desapareceu. O quarto ainda estava iluminado pela palidez do luar, mas alguma coisa havia mudado. Confuso, olhei em volta e fui invadido por um sentimento de paz e calma. Todas as preocupações, medos e inseguranças que estava sentindo se dissiparam. A sensação era tão extraordinária que pensei que estava morrendo. Depois, entendi. Era ela. Finalmente, estava livre. Desejei felicidade para ela. Disse que a amaria para sempre e que cuidaria da mãe dela.

Depois de alguns segundos, a sensação se foi tão de repente quanto chegara. A dor pela perda de Mohini me partiu novamente. Era uma perda absurda demais. Meu peito apertou e o quarto se estreitou, comprimindo meu corpo congelado como se fosse um caixão de madeira.

A pobre vida que eu vivia se estendeu diante de mim, idiota e inútil. O coração já não era um órgão intacto dentro do peito e sim massa de retalhos vermelhos. As tiras vermelhas se alongaram por dentro de mim, presas pelos outros órgãos. Elas tremularam impotentes dentro do meu corpo. Continuam lá dentro até hoje, presas por entre as costelas ou esmagadas entre o fígado e os rins ou enroladas em volta dos intestinos. Tremulam como bandeirolas vermelhas de derrota e dor. Ela foi somente um sonho.

No início, eu via nos olhos da minha esposa e do meu filho mais velho a mesma dor nua e crua, mas depois a dor de ambos se transformou em outra coisa. Uma coisa doentia. Uma coisa que eu não conseguia entender. Olhava para os olhos de Lakshmi e lá dentro serpenteava uma espécie de ódio. Minha mulher se fez mal-humorada e cruel, e meu filho tornou-se um pesadelo. O rosto dele irradiava ódio quando a mãe lhe pedia que ajudasse Jeyan com os deveres de casa. Ele trincava os dentes e olhava para o irmão caçula com um requinte de crueldade, esperando que o pobre garoto cometesse um erro para ter o prazer de bater a régua na cabeça do coitadinho ou beliscá-lo até a pele escura ficar cinzenta. O veneno de Lakshmnan era insaciável. Quando se esparramava para fora, você podia ver o quanto ele lutava consigo mesmo para reprimi-lo.

Um dia, tentei conversar com ele. Fiz um sinal para se sentar ao meu lado, mas ele ficou de pé à minha frente, alto e forte, com seus membros poderosos e cheios de vida. Ele não me dava importância. Todos os meus filhos me rejeitam. Se o pobre Jeyan é igual a mim, isso certamente não se deve a uma escolha dele. Conversei com Lakshmnan do meu jeito lento por um longo tempo. De mau humor e lá do alto de sua estatura, ele me encarava. Sem dizer uma só palavra. Sem qualquer explicação, sem pedir desculpas. Sem nenhum indício de remorso.

Então eu disse:

– Filho, ela se foi.

E, de repente, um olhar cheio de vergonha e dor cruzou o rosto dele, fazendo-o se parecer com um animal encurralado e ferido. Ele abriu a boca como se tomando fôlego, mas, em vez de ar, engoliu um espírito. Engoliu um espírito furioso e turbulento. Um espírito que provocou uma transformação chocante. *Ele estava pronto para me atacar, a mim, seu próprio pai.* Contraiu os ombros e fechou os punhos, mas Lakshmi entrou na sala antes que o animal atacasse. Isso o fez passar por uma outra transformação surpreendente, e a fúria incontrolável escapou pela boca aberta. Ele abaixou a cabeça, encolheu os ombros, e seus punhos se abriram flácidos como as mãos de um morto. Ele a temia. Conhecia o poder dela por instinto. Aquele monstro incontrolável tinha um amo. O amo era a mãe dele.

O passado é como um aleijado sem braços e sem pernas, mas de olhos astutos, língua ferina e memória longa. Ele me acorda pela manhã com um escárnio assustador no meu ouvido.

– Olhe – sibila –, olhe só o que você fez do meu futuro.

Mesmo assim, me ponho atrás das portas à espera de que ela entre por alguma.

– Papa – ela grita, com um seixo verde inútil na mão. – Acho que encontrei uma malaquita verde.

O meu coração dilacerado tem feito isso por vinte anos. E toda tarde, depois que vejo que ela não entrou por nenhuma porta, o pôr do sol torna-se um pouco mais enfadonho, a casa, um pouco mais estranha, as crianças, um pouco mais distantes, e Lakshmi, um pouco mais furiosa. Foi isso a guerra. Levou muita coisa de todo o mundo. Não só de mim.

Não sou um homem corajoso, e todos sabem que não sou inteligente. Aliás, nem interessante sou. Fico sentado na varanda o dia todo, sonhando de olhos fixos no vazio, mas... meu Deus, como odeio os japoneses. Como odeio aquelas caras cruéis e amarelas, aqueles olhares sombrios que assistiram à morte da minha filha. Até o som da língua daquela gente me deixa tremendamente irritado. Como Deus pôde ter criado um povo tão cruel? Como pôde ter permitido que levassem a única coisa de valor que já tive? Às vezes não consigo dormir, arquitetando tipos diferentes de tortura que poderia aplicar neles. Corto todos eles em pedacinhos, dependuro os membros nas árvores e os faço engolir punhados de agulhas, e os faço pisar nas brasas de uma fogueira. Sinto o cheiro dos dedos queimando. Sim, esses pensamentos perversos me mantêm acordado. Viro e reviro na cama, e a minha borboleta rara resmunga, respirando com irritação. Foi isso que a guerra nos fez. A guerra nos deixou famintos de algo que não é nosso.

Lakshmi

Anna pegou chuva quando a sexta-feira estava anoitecendo. No sábado, já estava resfriada. Coloquei-a na cama, esfreguei bálsamo de tigre no peito, servi um pouco de café quente com um ovo batido para ela beber e a cobri com os cobertores, mas, no domingo, já estava com o peito totalmente congestionado. Tremi de medo logo que ouvi o começo daquele terrível chiado. Anna mostrava os primeiros sinais da doença que impediu Mohini de suportar a medonha prova imposta pelos cruéis japoneses, pois teriam trazido o seu corpo alquebrado aqui para casa, como fizeram com Ah Moi, se tivesse aguentado. Então, saí correndo até a casa do Velho Soong.

– O rato de olhos vermelhos – gritei quase sem fôlego para a cozinheira. – Onde posso arrumar um?

Uma ratazana pronta para parir chegou numa gaiola. Ayah simplesmente se recusou a olhá-la. Tentou me demover da ideia, mas a minha cabeça já estava feita.

– Ela vai engolir esse animal – falei com os olhos faiscando de convicção.

Anna olhou apavorada para a ratazana.

– Ama, hoje estou bem melhor, de verdade – ela anunciou com um sorriso radiante.

– Verdade? Então, deixe-me ver – falei com frieza. Coloquei a cabeça no peito dela e ouvi um chiado horrível. – Sevenese, moa um pouco de gengibre para sua irmã – acrescentei.

Anna voltou para a cama de ombros caídos. Por que será que todos reagiram como se eu tivesse a intenção de feri-los? Só queria que minha filha sarasse. Lamento do fundo do coração não ter dado o rato recém-nascido para Mohini. Se não tivesse dado ouvidos aos argumentos paranoicos do meu marido, ela ainda estaria viva. A ratazana estava a ponto de parir. O importante era engolir o ratinho assim que nascesse, logo após a remoção da placenta. Fiquei de olhos grudados na ratazana, enquanto ela zanzava pela gaiola com olhinhos espertos e brilhantes. Fiquei me perguntando se sabia que eu queria as crias dela. Mantive um forro na gaiola o maior tempo possível.

Por fim, a ratazana pariu. Antes mesmo de começar a lamber as crias com uma linguinha impregnada de doenças, puxei para fora da gaiola um ratinho cor-de-rosa avermelhado que não era maior que o meu dedo. O bichinho fazia pequenos, pequeníssimos movimentos com as patinhas. Rapidamente, esfreguei um pano limpo nele. Anna me olhou alarmada e incrédula. Começou a balançar a cabeça em negativa e recuou o corpo. Acompanhei o movimento até que ela ficou totalmente encostada na cabeceira da cama.

– Não consigo, Ama. Por favor – ela sussurrou.

Mergulhei a cabeça do ratinho no mel.

– Abra a boca – ordenei.

– Não, não consigo.

– Lakshmnan, traga a vara. – A vara surgiu num piscar de olhos.

Ela abriu a boca. O rosto empalideceu, e os olhos esbugalharam de terror.

– Ama, ele está se mexendo – soltou um grito impetuoso. – As patas estão se mexendo. – Fechou a boca novamente.

– Abra a boca agora – ordenei. – Ele tem que ser engolido imediatamente.

Ela balançou a cabeça e começou a chorar.

– Não consigo – soluçou. – Ele ainda está vivo.

– Por que meus filhos são desobedientes? Todos os chineses se curam com isso. Por que você está fazendo esse escarcéu? Seu pai é o culpado disso. Mima vocês demais. Está bem, se é assim que você quer... Lakshmnan, passe a vara – Lakshmnan deu um passo à frente. Ergueu a mão direita, e a irmã entreabriu a boca com uma lamúria. Segurei o queixo dela. – Abra mais.

Ela abriu a boca mais um pouco e introduzi o ratinho. Achei que facilitaria a coisa para ela se enfiasse o animal o máximo possível, mas as patas arranharam a língua e um segundo depois ela fechou os olhos, e o rosto tombou como um peso morto em minha mão. Desmaiou. Eu ainda segurava o rato pelo rabo quando ela caiu para trás, em cima dos travesseiros. Meu marido, que assistia o tempo todo à soleira da porta, avançou e arrancou o rato da minha mão e depois atirou-o o mais longe que pôde pela janela. Ele me olhou profundamente decepcionado e, em seguida, pegou Anna nos braços e gentilmente se pôs a abaná-la com um caderno que estava à cabeceira da cama.

– Lakshmi, você se tornou um monstro – ele disse baixinho enquanto a embalava. – Traga um pouco de água morna para sua irmã – falou para uma das crianças. Lalita correu até a cozinha e voltou com a água.

No dia seguinte, devolvi a ratazana. Desde então, Anna sofre de asma.

Talvez você esteja em estado de choque, mas o pior está por vir. Esqueci o monstro no espelho.

Certa tarde, o padeiro chegou à porta, e Lalita quis um pãozinho de coco. Naquele tempo, o pão custava quinze centavos. Abri a bolsa e, só de olhar lá dentro, notei que faltava dinheiro. Contei o que restava, fiz as contas do que havia comprado naquela manhã no mercado e depois contei tudo novamente. Sim, claro que faltava um *ringgit*. Eu tinha 39,35 *ringgit* no banco, 100 *ringgit* debaixo do colchão, 50 *ringgit* num envelope amarrado junto às cartas de mamãe e 15 *ringgit* e mais ou menos 80 ou 90 centavos dentro da bolsa. Perguntei aos meus filhos se alguém tinha tirado um *ringgit*.

– Não – responderam todos, balançando a cabeça. O padeiro foi embora junto com os pãezinhos. Ninguém ganharia nenhum pão antes que eu fosse até o fim e desvendasse o mistério do *ringgit* que tinha sumido.

Jeyan era o único que não estava em casa. Eu sabia que tinha sido ele. Como pôde se atrever a mexer dentro da minha bolsa! Será que achou que eu não ia notar? Lentamente, minha cabeça começou a ferver.

– Talvez tenha sido Jeyan – Lakshmnan fez eco aos meus pensamentos.

– Será que a senhora não se enganou, Ama? – perguntou Anna.

— Claro que não — respondi, tremendamente irritada. Olhei para o relógio na parede. Três horas da tarde. — Traga um pouco de chá.
— Fui até lá fora e me sentei para esperar.
Da varanda, podia ver o relógio lá dentro. Chegou o chá e o tomei. Olhei para o relógio. A raiva cresceu. O monstro serpente que vivia dentro de mim despertou terrivelmente febril. Tensa, empertiguei-me na cadeira. Tinha sido roubada pelo meu próprio filho. Eu lhe daria uma lição que não esqueceria. Olhei para o relógio. Quatro horas da tarde. Levantei-me da cadeira e comecei a andar nervosamente de um lado para o outro na varanda. Percebia de soslaio o nervosismo das crianças sentadas nas cadeiras. Encostei-me num pilar de madeira e vi o meu querido Jeyan chegando apressado pelo caminho, com a culpa escarrada na sua cara quadrada e estúpida. Fiquei o observando enquanto se aproximava da casa. Ele diminuiu o passo e começou a andar arrastado. Será que não sabia que só aumentaria a minha raiva se prolongasse o inevitável confronto? Era tão idiota quanto um animal pesado. Todo mundo sabe que um touro tem de ser marcado para ser ensinado.
— Por onde você andou? — Minha voz soou mortalmente tranquila.
— No cinema. — Ele teve ao menos o bom senso de não mentir.
— Como é que você pagou a entrada?
— Achei um *ringgit* na calçada.
A voz dele tremeu e se embargou de medo, e isso me causou um efeito... Fui tomada pela fúria. Começou a borbulhar um poço dentro de mim e irrompeu o monstro que me habitava. Não há outro jeito de explicar. A última coisa que me lembro de ter falado foi: "Como é que você pagou a entrada?" Essa ainda era eu, a mãe amada, mas depois o monstro emergiu e me fez dizer e fazer coisas que jamais deveria ter dito nem feito. Fiquei ali por perto, de lado, observando tudo o que a fúria gelada do monstro fazia. O monstro queria que o menino sofresse e implorasse. Vi quando o monstro respirou fundo de forma controlada. Era incrível como o monstro podia ser frio e calmo.
— Lakshmnan — disse o monstro com uma voz fria.
— Sim, Ama — disse prontamente o meu filho mais velho.

— Leve seu irmão e o amarre no pilar lá de trás e o açoite até ele dizer de onde veio o dinheiro — instruiu o monstro.

Lakshmnan se moveu rapidamente. Era um garoto grande e forte e em poucos segundos os membros magros de Jeyan estavam bem presos. A serpente se manteve à soleira da porta da cozinha, vendo Lakshmnan tirar a camisa do irmão. Meu filho mais velho mostrou uma iniciativa fora do comum. Uma pele escura luziu ao sol. Vi da janela da cozinha quando Lakshmnan correu para pegar a vara. Assisti de longe enquanto a vara vingativa açoitava as costas oleosas. Em meio a gritos frenéticos, a confissão se fez clara:

— Peguei o dinheiro da sua bolsa, Ama, desculpe. Desculpe. Nunca mais farei isso.

O monstro se esquivou. Não bastava uma confissão. Mortalmente calmo, ele pegou uma garrafa com tampa alaranjada. Despejou um pouco do pó vermelho e fino na palma da mão e se dirigiu para o quintal. Plantou-se na frente do corpo contorcido de Jeyan. O menino ergueu o rosto crispado de dor e implorou cheio de medo:

— Desculpe, Ama. Desculpe. — As lágrimas escorriam em pequenos veios pelo rosto dele.

O monstro o encarou, impassível.

— Prometo que nunca mais farei isso de novo. — Ele chorou freneticamente.

O monstro raivoso olhou bem no fundo dos olhos assustados e sofridos do meu garotinho enquanto eu estava fora e, de repente, retomou a fúria. Inclinou-se e inesperadamente soprou o conteúdo que tinha na palma da mão. Uma nuvem de pó vermelho ergueu-se no ar. Jeyan fechou os olhos, mas não foi rápido o bastante. O efeito da pimenta em pó foi instantâneo. Fez Jeyan gritar histericamente com o corpo inteiro a se debater, enquanto os dedos tentavam agarrar o ar em torno do pilar sem conseguir.

Atordoado e mudo, Lakshmnan me fitou e voltou à tarefa de espancar o irmão sem dó nem piedade. Entrei novamente em casa e fiquei lá na varanda. Os gritos tornaram-se quase delirantes.

— *Ama!* — gritou Jeyan.

A frágil esposa do encantador de serpentes me olhava da varanda de sua casa.

— Ama! — gritou Jeyan novamente.

Embora todas as outras varandas estivessem vazias, as cortinas se mexiam.

O monstro sentou-se. Soprou uma brisa suave.

— Ama, socorro! — gritou Jeyan, e de repente, como se saída de um sonho, acordei. O monstro tinha ido embora. Virei a cabeça e me deparei com o olhar aterrorizado de Anna.

— Mande seu irmão parar — gritei.

Ela saiu pelo quintal aos berros:

— Pare, Ama mandou parar! Pare, agora. Pare de bater nele. Você vai matá-lo.

Lakshmnan entrou na casa encharcado de suor. Suas mãos tremiam, mas os olhos refletiam uma excitação selvagem. Vi as pegadas que o diabo tinha deixado naquela testa molhada.

— Entre e tome um banho — disse-lhe, desviando o olhar.

O brilho nos olhos dele me entristeceu. Com a partida do monstro, me senti estranhamente vazia.

Então Lalita saiu de debaixo da mesa com o tal *ringgit* desaparecido na palma da mão. Eu mesma o tinha deixado cair. Estava debaixo da mesa. Meu coração se partiu. Ele não tinha apanhado o dinheiro. Eu tinha perdido a cabeça. Passado dos limites. Onde tinha aprendido tamanha crueldade? O que foi que eu fiz?

Lá fora, Anna lavava os olhos do irmão e o soltava do pilar. Ele despencou como um boneco no chão. Um amontoado escuro e confuso na areia. Peguei um vidro de óleo de gergelim e fui entregá-lo para Anna.

— Esfregue um pouco deste óleo nas costas dele — disse-lhe.

Alguma coisa reprimia a minha voz. As mãos de Anna tremiam. Voltei os olhos para o corpo que se contorcia compulsivamente no chão. A pele de Jeyan estava com lanhos em diversos pontos e com muitas tiras de carne viva. Eu o peguei pelo queixo e o olhei no fundo dos olhos cruelmente machucados e vermelhos. Veias furiosas se esparramavam por toda a parte branca dos olhos, mas ele sobreviveria.

— Desculpe — eu disse e vi claramente o ódio nos olhos comprimidos e congestionados do meu filho.

O sol estava no poente, e o brilho alaranjado se chegava tanto que dava para alcançá-lo e tocá-lo. O céu estampava um rosado gracioso. Como o bumbum de um bebê que levou uma forte palmada. Mamãe costumava dizer que céu rosado é sinal de pescaria farta para o pescador. Fechei os olhos, e os olhos de mamãe estavam no céu. Marejados de tristeza. O que foi que eu fiz? Senti as lágrimas brotando dentro de minhas pálpebras fechadas. Ouvi a voz dela vindo de muito, muito longe:

– Você se esqueceu de tudo que lhe ensinei, minha filha teimosa e rebelde? Você se esqueceu da linda rainha grávida que tinha um coração cruel?

Não, não tinha me esquecido. Lembrava-me de cada palavra da história:

– Ela era tão malvada que às vezes comia algumas maçãs doces como o mel e esfregava os caroços carnudos na terra para impedir uma cadela vira-lata prenha que estava sempre por perto de comer os restos. E a ruindade era tanta que ela ainda ria com a palma da mão contra a boca para que ninguém visse, mas a crueldade não passou despercebida. Veja bem, minha querida Lakshmi, nenhuma crueldade permanece incógnita. Deus estava vendo tudo. Na hora do parto, a rainha malvada deu à luz uma ninhada de cachorrinhos vira-latas, enquanto, no jardim do palácio, a vira-lata dava à luz um príncipe e uma princesa. O rei logo entendeu o que tinha acontecido. Ficou tão furioso, que expulsou a rainha do palácio e adotou a princesa e o príncipe como seus filhos.

Caminhei de volta para o meu palácio de madeira. Meu marido não tardaria a chegar e me preparei para a censura silenciosa que se refletiria em seus olhos tristes e pequenos. Prometi guardar melhor o monstro feroz dentro de mim. Por enquanto, estava quieto, mas nós dois sabíamos que só estava esperando o momento de sair outra vez para assumir o controle. Eu o sentia pulsando em minhas veias, sedento de sangue.

Anna

Meu irmão Sevenese dizia que, de vez em quando, conversava com os animais em sonhos. Uma vez, ele sonhou no meio da noite que um gato dizia com toda clareza do lado de fora da porta de entrada:
– Está tão frio. Por favor, me deixe entrar.
Ele acordou assustado. Lá fora, uma tempestade desabava sem dar trégua. Ventos fortes açoitavam as janelas fechadas e urravam na porta de entrada. Gotas abundantes de chuva rolavam pesadas no telhado de zinco, fazendo um barulho tremendo. Dentro da casa, o ar estava úmido e pesado.

Sevenese saiu da cama, impulsionado por uma força maior que ele, a destemida curiosidade. Vez por outra, a luminosidade branca dos raios iluminava o corredor e, em dado momento, um trovão soou com tanta força que o fez tapar os ouvidos. Embora pressentindo a presença de espíritos traiçoeiros e demônios insanos que esperavam na turbulência da noite lá fora, ele sabia que precisava abrir a porta. Em meio à luz bruxuleante do lampião, no outro extremo do corredor, ele viu refletida na parede da cozinha a sombra de mamãe costurando. Soltou o ferrolho da porta da frente e a abriu sem medo.

À soleira da porta, uma gata enlameada esperava pacientemente com cinco gatinhos que tremiam de frio. A gata o olhou fixamente com olhos que pareciam duas safiras brilhando em meio à noite cinzenta da tempestade. Ele retribuiu o olhar sem dizer uma palavra, como se a convidando a entrar, e ela abocanhou com cuidado cada um dos trêmulos filhotes pelo pescoço e os conduziu até o aconchego da nossa cozinha. Sevenese e mamãe fizeram um abrigo de panos velhos no chão da cozinha, dissolveram leite condensado e água num prato e ficaram observando extasiados enquanto o alimento sumia nas línguas cor-de-rosa.

Meu irmão disse que foi a única vez que se sentiu próximo de mamãe. Naquele momento, se esqueceu da sinistra vara dependurada na parede da cozinha e se abriu para o doce aroma de geleia de banana que exalava do hálito de mamãe quando ela o aconchegou no peito e o beijou na cabeça. Ele se sentiu aconchegado e amado e também se sentiu feliz por estar dentro de casa enquanto a noite rugia lá fora.

Mamãe deixou que ele ficasse com a gata. E arranjou novos lares para os gatinhos.

Embora fosse uma gata de rua, parecia estranhamente uma gata de raça. Esguia, com uma face triangular, uma pelagem luxuriantemente macia e um tom de cinza inimaginável, ela andava pela casa com o focinho empinado no ar. Sevenese chamou-a pomposamente de Kutub Minar e fez um cesto para ela que ficava ao lado da cama dele. Quando acordava pela noite suando e assustado por algum dos seus apavorantes pesadelos, ele se virava para o cesto e invariavelmente a via de cabeça esticada, olhando-o com olhos azuis e brilhantes. Meu irmão jurava que toda vez que era olhado por aqueles olhos de luar, uma silenciosa energia atravessava seu corpo e acalmava seu coração. E que, depois que se acalmava de todo, ela abria um bocejo largo, abaixava a cabeça, fechava os olhos e voltava para os sonhos onde caminhava por um campo ensolarado e coberto de flores.

Kutub Minar não se intrometia no caminho de mamãe. Descansava o queixo pequeno e pontudo nas patas enquanto seguia o movimento dela com os olhos. Minha mãe era como uma pantera enjaulada. Não causa espanto que deixasse a gata nervosa. Os animais gostam de gente tranquila. Gente como papai e Lalita. A primeira vez que a gata viu Sevenese chegar da casa do encantador de serpentes, arqueou a coluna, eriçou os pelos, abaixou as orelhas até o rostinho bonito e colocou-se em guarda. O rabo longo e peludo batia de um lado para o outro. Meu irmão olhou assustado para as garras expostas. Claro que ela estava pronta para pular na garganta dele. Mas, de repente, percebeu que estranhara o amado dono, abaixou o rabo com um miado esquisito e saiu correndo pelo caminho por trás da casa até desaparecer na mata. Ela deve ter se assustado muito com o cheiro de cobras ou então com os espíritos famintos e malévolos que se reuniam em torno do encantador de serpentes. Aquela gata acompanhou grande parte da infância do meu irmão e morreu subitamente quando ele fez dezessete anos. Certa manhã, nós acordamos e a encontramos morta no cesto, estava enroscada como se em sono profundo.

Mesmo depois de muitos anos da morte de Mohini, eu acordava no meio da noite e via Sevenese sentado na cama no escuro, à espera de uma aparição dela. Ficava tão silencioso e tão imóvel que era esquisito de se ver. Na última vez que ela apareceu, ele foi pego de surpresa. E, daquela vez, tinha algumas perguntas para fazer. Não havia sonhado com ela.

– Ouça as minhas palavras com atenção, meu querido observador – ela teria dito.

Ele ouviu com atenção, mas depois os anos se passaram e nunca mais ouviu nenhuma palavra dela. As Divalis vinham e iam embora. Todo ano, rodeávamos a casa de lamparinas de barro na véspera e, como sempre fazíamos, acordávamos de manhãzinha, tomávamos banho, vestíamos as roupas novas que mamãe fazia nas noites de insônia e nos fartávamos no desjejum com pratos especiais. À mesa, os pratos prediletos de cada um de nós. Eu e Lalita ainda carregávamos com todo cuidado algumas bandejas cheias de bolos, biscoitos e pedaços trêmulos de gelatina para oferecer nas casas da vizinhança, mas a festa de Divali tinha perdido alguma coisa. Tinha se tornado vazia. A celebração de Divali nos lares infelizes é como um sorriso de criança morta. Um sorriso frágil que nenhum de nós ousava comentar, embora visto por todos. Estampava-se em nossos olhos quando trocávamos um sorriso cauteloso e assistíamos aos membros de nossa família tornarem-se estranhos distantes.

Lakshmnan era o mais estranho de todos. Aos nossos olhos confusos, era como se nos odiasse e se divertisse abertamente com qualquer espetáculo que pudesse nos humilhar e nos fazer sofrer. E esses espetáculos eram muitos. Ele se redimia astutamente com mamãe, trazendo notas excepcionais para casa. Sua esperteza o fazia vender a cola das provas para os amigos, desde que pagassem semanalmente. Lakshmnan estudava como um louco. Jogava-se por inteiro nessa empreitada. Todo dia, estudava até tarde da noite. Colocou na cabeça a ideia de que um dia conheceria a Deusa dos

Ricos na casa da Deusa da Educação. Estava no meio de um labirinto, mas no final desse labirinto havia um pote de ouro, objetos assombrosos e pedras preciosas. Queria tudo que podia tocar com orgulho e usar sem se preocupar. Queria carros e mansões. Queria gastar dinheiro. Se a educação era o pão sem gosto que devia comer em troca das delícias que o sonho lhe garantiria para o futuro, ele o comeria. Ser o primeiro da classe era uma luta selvagem travada entre ele e um outro garoto chamado Ramachandran. Quando voltava de cara amarrada para casa, isso queria dizer que Ramachandran tinha passado a perna nele.

Todos nós perdemos três anos com a ocupação japonesa e, depois que se foram, tivemos de voltar para o ponto em que estávamos antes da guerra começar. Então, só com dezenove anos é que Lakshmnan teve a perspectiva de fazer os exames que se descortinavam no horizonte. Naquele tempo, todas as provas de conclusão do ensino médio eram avaliadas na Inglaterra, e, com este certificado escolar, você podia tentar o curso pré-universitário ou entrar direto na universidade. Lakshmnan não fazia mais nada senão estudar. Com a cabeça cacheada debruçada nos livros, ele franzia as sobrancelhas para se concentrar e consumia xícaras e mais xícaras de café fumegante que mamãe lhe servia. Ela se sentia muito orgulhosa dele.

O sucesso parecia assegurado.

No dia da prova final, Lakshmnan saiu de casa esbanjando confiança, mas o sol ainda não tinha iluminado o topo dos coqueiros, quando mamãe o viu voltando para casa, escoltado pelo próprio sr. Vellupilai.

– O que aconteceu? – ela perguntou preocupada, enquanto caminhava na direção de ambos.

– Não sei, Ama, mas minha dor de cabeça era tanta, que não consegui nem mesmo enxergar a prova – disse Lakshmnan.

Estava com olheiras profundas e com os olhos sensíveis à luz fraca da manhã, tão sensíveis que se apertaram contra um rosto decepcionado para poder enxergar mamãe.

– O professor o encontrou desmaiado em cima da prova. Talvez seja melhor a senhora levá-lo ao médico o mais rápido possível – disse o sr. Vellupilai com um ar sério.

Mamãe levou Lakshmnan na mesma hora para o hospital. Os médicos não conseguiram diagnosticar o problema. Talvez fosse devido à pressão. Mas disseram que Lakshmnan teria de usar óculos. Ele era míope. Mamãe encomendou os óculos numa ótica da cidade. Ele foi lá com ela, aturdido e sem poder acreditar. Aquele acontecimento era uma verdadeira tragédia. Uma tragédia que se estampou na fisionomia de mamãe quando voltamos da escola. Os dois tinham investido muito no sucesso das provas finais e agora ele teria de esperar um ano inteiro para fazer tudo outra vez.

Certa tarde, olhei pela janela da cozinha e vi Lakshmnan fumando, sentado debaixo do pé de jasmim. Soltava baforadas nervosas e, no mesmo instante, me dei conta de que ele queria ser flagrado pela mamãe. Uma parte dele queria irritá-la, testá-la. O meu irmão estava enfadado.

Quando tudo está perdido, só há o diabo e o deus que ele venera: o dinheiro. Lakshmnan sempre se esforçara para ser rico, mas agora ele queria dinheiro fácil. Seu coração ganancioso o empurrou para uma turma de rapazes chineses ricos. Eles tinham carros, namoradas com nomes que eram colocados em gatinhos e uma coleção de maus hábitos dos quais se orgulhavam muito e gostavam de conversar sobre negócios que envolviam milhares e milhares de *ringgit*. Falavam de suas perdas nas mesas de jogo com um ar displicente.

– Chega fácil, vai fácil – diziam.

Meu irmão via nas mãos abertas daqueles rapazes as sementes das árvores secretas que davam a fruta do dinheiro. Como os admirava! Não via que dentro deles batia um coração gelado de punhos fechados. Aprendeu com eles a dizer "*Sup sup sui*" – sem problema, é mole – e "*Mo siong korn*" – não esquenta, isso não tem importância.

Nunca levou os novos amigos até as redondezas da nossa casa, mas eu o via com eles no meu trajeto de volta da escola. Não gostava do jeito deles, não gostava daqueles olhos apertados, mas nunca contei nada sobre eles para mamãe. Tinha muito medo de falar qualquer coisa que envolvesse o meu irmão. E também achava que só estavam interessados nas notas que ele tirava. Claro que não as que estavam à venda e sim as que o tornavam o primeiro da classe.

Eu sabia que no ano seguinte eles iriam embora com suas cabeças carecas e seus bicos recurvados dentro de uma outra carcaça.

Eu e Lakshmnan fizemos as provas finais juntos. Dessa vez, ele não estudou.

– Ainda me lembro de tudo o que estudei no ano passado – ele disse com arrogância, enquanto calçava os sapatos para cair na noite.

Quando chegaram os resultados, ele só tinha obtido um segundo lugar. No ano anterior, Ramachandran tirara o primeiro lugar e já estava estudando na Inglaterra, no colégio militar de Sandhurst. Ele havia mandado para casa uma foto onde estava sentado na cadeira de um engraxate com uma legenda: *Olhem só como cheguei longe. Os amos coloniais agora engraxam os meus sapatos.*

Com o segundo lugar, o máximo que Lakshmnan podia obter era um cargo na burocracia governamental, mas até esta opção estava fechada porque não havia cargos disponíveis naquele momento. Eu tinha conseguido um terceiro lugar, e o diretor da escola me ofereceu um cargo no magistério. Mamãe ficou feliz e me tornei professora.

Lakshmnan ficou furioso e frustrado. Lembro que ele andava pela sala de um lado para o outro como um macaco enjaulado por horas a fio. Outras vezes, se sentava na sala e fumava sem parar enquanto olhava para o vazio, tamborilando nervosamente na mesa de madeira, com uma pilha de embalagens vazias e amassadas e um cinzeiro cheio de guimbas de cigarro. Ele esbravejou e reclamou do azar durante algumas semanas, mas depois acabou se juntando a mim no magistério. O plano não era esse. Como ele odiava ensinar! Eu seguia pelo corredor, passava pela sala de Lakshmnan, e ele estava dando aula de punhos cerrados.

No meu tempo, o sistema de ensino exigia que o professor se submetesse a três meses de treinamento. O lugar de treinamento mudava a cada fim de semana. Lakshmnan quis fazer o treinamento dele em Cingapura. Na verdade, não estava à procura de um "nível superior de treinamento" e sim das luzes da cidade grande. Ficou de fato empolgado com a ideia e, pela primeira vez, se tornou quase humano no seu relacionamento conosco. A casa se iluminou com o brilho solar do ego alterado dele e com a felicidade de mamãe. Ele tinha passado por muitas dificuldades e sofrimentos, e mamãe achou uma boa ideia mandá-lo para Cingapura. Ela sofria muito quando ele se sentava na sala e fumava nervosamente maços e maços de cigarros. Certa tarde, eles se sentaram na sala para discutir a logística de viagem.

    Sevenese estava lendo um gibi no quarto e uma voz pipocou na cabeça dele. O gibi escapuliu na mesma hora das mãos. Era a voz pela qual tinha esperado muito, uma espera de muitos anos que já estava quase o fazendo se esquecer dela. *Ela* acabara de falar. Ele pulou da cama.

    – Não o deixe ir – disse a voz.

    Ele saiu correndo até a sala e anunciou esbaforido que Mohini tinha acabado de dizer que Lakshmnan não devia ir. Primeiro a cara de Lakshmnan foi tomada pelo choque e depois pela dor, uma tremenda dor. Ele ainda não conseguia falar sobre a morte dela. Na realidade, a mera menção do nome dela o fazia sair de onde estivesse.

    – Que coisa mais absurda! – ele gritou, se levantando da cadeira.

    – O que é que você está dizendo? – disse mamãe, pálida como uma amêndoa.

    – Acabei de ouvir claramente a voz de Mohini, dizendo: "Não o deixe ir" – disse Sevenese.

    – Você tem certeza? – perguntou mamãe. Uma ruga de preocupação vincava-lhe a testa.

    – Não acredito nisso. Mohini voltou do mundo dos mortos para se intrometer na minha vida. Isso é totalmente ridículo e me recuso a acreditar que a senhora esteja levando a sério essa besteira – disse Lakshmnan atabalhoadamente para mamãe. E explodiu de um jeito infantil. – Nunca posso fazer o que quero nesta casa de malucos.

    – Por que você está tão zangado? Espere um pouco – disse mamãe, mas Lakshmnan fez o que sempre fazia. Saiu batendo os pés e, fora da casa, começou a esmurrar uma pilha de tijolos com um acesso incontrolável de raiva.

    Claro que ele foi para Cingapura. Mamãe ficou triste, mas a visão do filho esmurrando coisas e rangendo dentes pesou muito mais no coração do que imaginá-lo no lugar tranquilo que reservara para ele. Ela o despachou com uma mala cheia de roupas novas e com os salgadinhos preferidos dele. No início, ele escrevia regularmente para casa, cartas carinhosas, repletas de relatos, e aparentemente mamãe tinha tomado a decisão certa ao deixá-lo partir. Mas, pouco tempo depois, ficou provado que Mohini estava certa. De repente, as cartas sumiram. Passados dois meses, um cartão lacônico, e nada mais. Mamãe começou a ficar preocupada e irritada. Não devia tê-lo deixado ir. Em perpétuo mau humor, qualquer coisa a irritava. Lembro que o coitado do papai passou algumas semanas sem dar um pio.

Até que chegou o dia em que mamãe resolveu não esperar mais. Pediu ao filho de uma amiga que descobrisse o que estava acontecendo. O rapaz voltou com a notícia de que Lakshmnan tinha se tornado um jogador. Ele podia ser encontrado nos clubes de *mahjong* das piores ruas da cidade. Naqueles antros decadentes, cultivou rapidamente uma paixão tão forte pelo jogo, que a boca dele salivava quando as pedras do *mahjong* eram jogadas. Gastava todo o salário e faltava às aulas. Intimidada com a estatura, o olhar fixo e os modos violentos do meu irmão, e para não ter mais de lidar com o péssimo desempenho dele, a diretora da escola o transferiu para a escolinha de uma ilhota distante de Cingapura. Na ilhota, não tinha nem eletricidade.

E pensar que deixara Kuantan, para terminar num lugar como aquele...

Odiou a aldeia e logo saiu de lá, mas, sem dinheiro, só conseguiu o chão da casa de um amigo para dormir. A essa altura, ele estava atolado em dívidas. A família custou a acreditar nas incríveis palavras que saíam polidamente da boca de um estranho, entrecortadas por discretos goles do chá de mamãe.

Com sua habitual eficiência, mamãe saldou as dívidas de Lakshmnan e lhe mandou uma passagem de volta. Para o nosso espanto, ele voltou para casa não com o rabo entre as pernas, mas como um herói conquistador. Mamãe cozinhava os pratos preferidos dele e assava os *chapatis* de que ele mais gostava. Não contente com isso, comprou um Wolsley para ele, um carro com que o fez prometer que encontraria um trabalho e se assentaria. Ele parecia soberbo quando dirigia aquele carro. Conseguiu um cargo no magistério, mas o jogo corria em suas veias. O vício não se calava e o seduzia furtivamente, cantando e sussurrando acetinado em suas veias *"mahjong!"*, até que ele não suportou mais. Foi um alívio aquietar a ansiedade, mesmo que isso o tenha feito perder tudo. Impassíveis, ouvimos quando ele explicou com um sinal formado pelo indicador e o polegar que tinha estado muito perto de ganhar. Tão perto que deveria tentar novamente.

Iniciou-se uma terrível batalha na minha família. Ele pediu dinheiro e ameaçou arrombar o baú de mamãe para pegá-lo junto com as joias que estavam guardadas lá. Seus olhos faiscaram de raiva por trás das grossas lentes dos óculos.

– Faça isso, se você tem coragem – mamãe o desafiou com os olhos cintilando perigosamente.

Ele esbravejou e saiu de casa, chutando as laterais da porta. Tão logo o salário caía em suas mãos, ele sumia por um fim de semana inteiro e voltava aos frangalhos e sem nenhum tostão. As ameaças sombrias retornavam mais uma vez. Um dia, notei que mamãe olhava fixamente para o acúmulo de guimbas de cigarro na sala. Sabia que ela devia estar pensando: "Por onde ele andará?"

Ela então resolveu procurá-lo para ver de perto a amante que esvaziava os bolsos do filho e o mantinha preso num abraço de ferro. Pegou um jinriquixá na cidade e foi até uma região onde nunca tinha pisado. Chegou lá, entrou numa cafeteria e perguntou onde ficava a sala de jogo para um homem que mais parecia um corvo empoleirado no galho e que apontou silenciosamente para os fundos da loja. Ela atravessou uma cortina suja e seguiu por um corredor estreito. Risadas e conversas de crianças saíam das portas acortinadas ao longo do corredor. Uma garotinha chinesa com uma franja espessa cobrindo os olhos espichou a cabeça por uma das portas acortinadas e sorriu timidamente para mamãe.

Por fim, se deparou com uma entrada bloqueada por uma cortina rota vermelha. Um outro mundo se ocultava atrás daquela cortina. Um mundo de indignidade e vergonha, que fez suas mãos tremerem quando afastou aquele pano encardido e surrado, e se viu surpreendida por um recinto grande e imundo. As paredes não passavam de tapumes, o teto, um emaranhado de folhas de zinco, e o chão, uma camada espessa de cimento igualmente imundo. Em um dos cantos, bem à vista, um aparato repleto de pratos, tigelas e pauzinhos sujos. Os jogadores não paravam nem para se alimentar direito. Uma velha encarquilhada e quase careca se arrastava na tentativa de retirar a montanha de louça suja. Homens e mulheres com fisionomias vidradas estavam sentados em cinco mesas redondas. O ar pesado exalava o odor viciado de cigarro e o doce aroma de costeletas de porco que assavam numa cozinha próxima dali. E os olhos tristes de mamãe caíram no seu amado e bonito filho ereto de óculos naquele salão de jogo imundo. Por um momento, só houve uma grande dor causada pelo punhal da traição. Enquanto o olhava incrédula, ele gritava *"mahjong!"* e soltava uma risada gananciosa de jogador. Seus olhos mostravam um brilho profano e uma concentração intensa.

Chocada, ela deu alguns passos na direção dele. Ainda era tempo de mudá-lo. Mas ele fez um movimento brusco com as mãos, um movimento que lhe era absurdamente estranho e que a fez gelar e paralisar. Um gesto que foi compreendido e rapidamente seguido por um outro jogador e que a fez entender na mesma hora que o tinha perdido. Ele vivia num mundo interdito para ela. Mamãe continuou paralisada no mesmo lugar, olhando para o inferno onde o seu maravilhoso filho caíra, e uma imagem do passado lhe veio à mente de um modo muito sofrido. Como ela era jovem naquele tempo... Murmurava para si mesma enquanto mexia numa bacia azul de água quente com pétalas de hibisco que valsavam suavemente à superfície. No momento exato em que a água adquiria uma tonalidade mágica de ferrugem, pegava o bebê sorridente de olhos brilhantes e afundava delicadamente as perninhas agitadas na água de banho preparada com esmero. Como ele ria e batia as mãozinhas na água... Como a deixava encharcada! Quantos cachos naquela cabecinha... Quanto tempo se passara desde então, quantas esperanças dolorosamente trituradas no pilão de pedra da vida. Ela recuou, atravessou a cortina encardida e, dilacerada pela dor, retornou pelo mesmo corredor imundo.

Não conseguiu mais se esquecer daquela gargalhada gananciosa. Uma gargalhada que lhe assombrava as noites. Ele reservava o sorriso apenas para as fichas que jaziam na mesa ao lado. Ela passou a se sentir amedrontada e perdida. Se antes tinha lhe dado dinheiro em troca de paz, de agora em diante não lhe emprestaria um só *ringgit*. Escondeu o dinheiro e as joias e confiscou o meu talão de cheques para que eu não corresse o risco de ser persuadida ou forçada a dividir as minhas economias com ele.

A casa se tornou uma zona de guerra. Coisinhas insignificantes explodiam na cara de todos. Uma vez, uma banda espinhenta de durião zuniu pelos ares na direção do meu rosto. Graças a Deus tive presença de espírito e me abaixei em tempo. As marcas deixadas pela fruta na parede da cozinha estão lá até hoje. Até que as coisas se acalmaram de maneira inesperada e súbita quando Lakshmnan começou a ajudar mamãe em seus esforços para achar um marido para mim. Foi nessa ocasião que ele se familiarizou com a prática do dote.

Era como uma sineta no cérebro dele. *Casamento igual a dote.*

Mamãe tinha economizado dez mil *ringgit* para mim. Claro que ele poderia conseguir pelo menos a mesma quantia se arranjasse uma noiva. Começou a fazer seus cálculos, mas o costume o impedia de se casar antes de mim. A impaciência cresceu dentro dele, mas o costume tinha de prevalecer. A filha mais velha era a que se casava primeiro. Ele se entregou diligente e avidamente à maratona de encontrar um marido para mim e tecia elogios para todos os rapazes. Só via coisas boas em todos eles, enquanto que mamãe só via coisas ruins, até que uma proposta de um topógrafo de Klang caiu no colo dela.

O topógrafo pretendente que impressionara mamãe por suas qualificações estabeleceu uma data para me "ver". Havia um conjunto de regras para tais ocasiões. Os pais do noivo visitavam os pais da noiva e, enquanto eles conversavam, ela servia uma bandeja, de chá com biscoitos e bolos. Na hora em que a moça entrava com a bandeja, a conversa era interrompida e os convidados a observavam, geralmente com olhos críticos. Nervosa e quase sem falar, a pobre jovem servia o chá e as guloseimas e depois se retirava. A ela, só era permitido sorrir timidamente para os futuros sogros.

Não fiquei apreensiva em relação àquele dia. Já tinha desempenhado o mesmo papel com outros pretendentes que mamãe havia descartado. Gostara de um deles, mas por dentro confiava no julgamento de mamãe. Ela era como um urso. Farejava o podre das pessoas a quilômetros de distância, por menor que fosse, por mais oculto que estivesse. Naquele tempo, eu não fazia ideia da função desempenhada pelo topógrafo, já que era uma profissão menos importante que a medicina e a advocacia, mas o meu dote não era substancial a ponto de atrair um médico ou um advogado. Acontece que a astúcia de minha mãe já tinha percebido que a Malaia estava crescendo muito e que logo se daria uma demanda de bons topógrafos. Ela nutria a esperança de que um dia eu e meu marido teríamos uma pequena fortuna. Mas, acima de tudo, queria um homem inteligente para mim. Dizia que sabia por experiência própria o que era viver com um homem idiota e assim queria algo diferente para nós.

Torci para que os padrões do meu topógrafo não fossem muito elevados. Eu me sentava na frente do espelho e não via nada de extraordinário. A beleza era uma exclusividade de Mohini. Era só me lembrar da pele de magnólia e dos olhos verde-garrafa de minha irmã, e minha aparência adquiria um tom de mediocridade. Ainda não usava maquiagem porque mamãe não achava conveniente, se bem que eu e Lalita colocávamos muito talco no rosto. Às vezes ela passava tanto talco, que, ao sair do banheiro, parecia um macaquinho de rosto branco. A pobre Lalita era o resumo de todos os medos de mamãe. Se mamãe se sentasse para escrever uma lista de tudo que não gostaria de ver numa filha, certamente se nortearia por Lalita. Minha irmã tinha os quadris largos de papai, pernas retas e curtas de galinha, herdadas de um lado da família que só Deus sabe, dois olhos pequenos e um nariz de batata.

– Anna! – chamou mamãe.

– Já vou – disse e corri até a cozinha para ajudar a recortar os biscoitos de coco que serviria mais tarde para os nossos convidados.

Era uma receita muito simples, mas tinha um ingrediente secreto que tornava esses biscoitos mais gostosos que os de coco comuns. Flores de gengibre. A tarde estava quente, e Lalita sentara-se perto do moinho para beber água de coco direto de um coco verde. Pensei com meus botões que ela já havia passado muito tempo debaixo do sol. A pele dela estava muito escura. Chamei Lalita, e ela obedeceu.

– Não fique tanto tempo debaixo do sol porque senão ninguém se casará com você – aconselhei gentilmente.

– Mamãe diz que de qualquer maneira ninguém se casará comigo. Eu queria ser tão bonita quanto você.

– Deixe de ser tola. Você sabe muito bem que ela só diz isso quando está irritada. Claro que você vai se casar quando tiver mais idade. Sempre há alguém para outro alguém. Agora trate de recortar os biscoitos enquanto os arrumo na bandeja.

Enquanto trabalhávamos em silêncio, eu tentava imaginar como seria o meu pretendente. Torcia para que fosse bonito. Quando acabamos de arrumar os biscoitos e os bolos, tomei um banho e vesti um sari verde e azul. Penteei os cabelos e trancei flores de jasmim entre as mechas. Depois passei talco no rosto e pintei um ponto negro perfeitamente redondo na testa. Minha amiga Meena tinha dito que eu ficaria bem mais atraente se desse um toque de batom nos lábios e delineasse os olhos com *kohl*, mas fiquei com medo do que mamãe diria se me pegasse com a boca pintada de vermelho e os olhos delineados. Eu me perguntei sobre o que ela diria se soubesse que o meu apelido na escola era MM, uma abreviatura de Marilyn Monroe. Este apelido infame se devia ao rebolado dos meus quadris. Na minha cidadezinha antiquada, as moças não se tornavam atrizes. Para começar, a função exigia uma mulher de moral fácil, uma mulher como Marilyn. Por quê? Porque certamente ela era uma vadia.

Dei uma volta na frente do espelho para ver se o meu sari estava direito nas costas e depois me sentei para esperar. Mamãe chegou. Tinha nas mãos um pequeno bastão de *khol*. Sem dizer uma única palavra, ajoelhou-se à minha frente, afastou delicadamente a pálpebra inferior dos meus olhos e aplicou o *khol*. Fez o mesmo com o outro olho. Continuei sentada, quieta e impressionada. Não fazia a menor ideia de que ela sabia como usar o *khol*. Depois tirou da palma da outra mão um batom cor-de-rosa.

– Abra a boca – ela disse.

Obediente, abri a boca, e ela segurou o meu queixo com a mão esquerda e cobriu cuidadosamente o meu lábio com uma camada de batom. Examinou o trabalho que acabara de fazer e se mostrou satisfeita.

– Não lamba os lábios – avisou.

Ergueu-se e saiu do quarto. Ela realmente devia estar querendo que eu me casasse com o topógrafo, porque nunca tinha feito aquilo com nenhum dos outros. Voltei para o espelho e fiquei me olhando, deslumbrada. Mamãe tinha transformado o meu rosto. Os meus olhos estavam mais amplos e muito mais bonitos, os lábios, mais interessantes e suaves. Meena estava certa.

Pouco depois, ouvi vozes educadas na sala. Fiquei nervosa na mesma hora. Servir chá sob os olhos curiosos de estranhos era uma tarefa traiçoeira, mas a tensão de mamãe é que fazia as borboletas voarem loucamente no meu estômago. Ela queria mesmo formar um casal. E se eles não gostassem da minha aparência? E se não me aprovassem? Claro que ela ficaria aborrecida comigo. Então a voz dela soou lá da sala:

– Anna – disse com doçura.

Levantei-me, ajeitei o sari e fui para a cozinha.

– É sua vez – disse Lalita enquanto me entregava a bandeja. A voz dela soou com um ar divertido.

Entrei na sala de cabeça baixa, exatamente como uma moça solteira deveria agir, coloquei a bandeja na mesinha do centro e servi o chá, primeiro para os pais do pretendente e só depois para ele. Fiz tudo isso de olhos baixos. Vi pernas de calças, dois pares de pés (escuros) masculinos, um suntuoso sari verde-claro e um par de pés (claros) pequenos e femininos. Ergui a cabeça e servi a travessa de biscoitos e bolos. Os pais dele eram ceilonenses comuns. O pai estava reclinado na poltrona, e a mãe observava com olhos avaliadores e calculistas. Tinha um rosto imponente e as faces bem marcadas, olhos grandes e nariz reto. Ela sorriu para mim e retribuí o sorriso.

– Então você é professora – comentou.

– Sim – assenti amavelmente.

Ela balançou a cabeça. Estava com um sari atado com muita habilidade. As pregas dele permaneciam intactas mesmo com ela sentada. Desviei os olhos para as mãos escuras que tinham acabado de pegar a xícara de chá das minhas. Ele era magro e, pelo que se deduzia das dobras da calça, alto. Tinha lábios de quem costumava rir muito, mas os olhos arderam enigmaticamente quando me encararam com uma intensidade que me fez corar. Os olhos dele ardiam da mesma maneira com que os olhos de minha mãe. Desviei rapidamente o olhar. Ele era tão preto, que chegava a ser azul. Todos os meus filhos serão pretos, pensei, enquanto saía da sala com a bandeja, tomando muito cuidado para não rebolar porque sabia que todos os olhos estavam cravados em mim.

Lalita me aguardava com um sorriso largo na segurança da cozinha.

– E aí? – ela perguntou com as sobrancelhas erguidas. Dei de ombros.

Ficamos juntas perto da porta da cozinha, ouvindo a conversa entre mamãe e meus prováveis futuros sogros. Eu torcia para que ela não tivesse gostado do rapaz. Ele me deixava desconfortável. Olhara-me de um jeito que me deixara confusa. Além disso, ele era muito escuro.

Por fim, as visitas se foram, e mamãe entrou na cozinha.

– Gostei do rapaz – ela anunciou com os olhos brilhando. – Ele tem um fogo verdadeiro nos olhos. Uma ambição real. Esse rapaz vai longe, escutem bem o que digo.

– Ele é um pouco escuro, não é? – aventurei-me com cautela.

– Escuro? – ela repetiu. Dita assim, de forma solitária, a palavra soou com um toque de desaprovação. Não adiantava resistir. – Claro que ele é escuro. É um topógrafo. Passa o tempo todo nas matas. – E, dessa maneira, o assunto estava encerrado.

Eu me casaria com um homem de olhos ardentes. Mamãe e Lakshmnan começaram a fazer seus planos. Ele teve a brilhante ideia de um casamento duplo.

– Para eliminar despesas desnecessárias – ele disse na língua de mamãe. No fim, ambos concordaram. Ele já podia sair em busca de uma noiva.

Quando os meus futuros sogros souberam que Lakshmnan estava à procura de uma noiva, enviaram imediatamente uma carta. Por sorte, tinham uma filha em idade de se casar!, diziam. Propuseram um casamento entre as mesmas famílias. Mamãe não gostou da ideia. Mas Lakshmnan insistiu que pelo menos devia ver a moça. E assim papai, mamãe e Lakshmnan fizeram uma viagem até Klang para conhecer a pretendente. Mamãe disse que o coração dela parou de verdade quando eles chegaram ao endereço. Era uma casa pequena, numa área miserável, que, por alguma razão, estava cercada de tela e com isso dava a impressão de ser um enorme galinheiro. É certo que mamãe acreditava nas perspectivas de um futuro para os topógrafos, mas a ideia de entregar o precioso filho para uma gente que vivia numa casa como aquela era impossível de assimilar. Ela quis dar meia-volta e sair daquele lugar, mas Lakshmnan argumentou com toda a racionalidade que já tinham ido muito longe e que não fazia sentido voltar.

– Afinal, que mal pode haver? – ele perguntou. Palavras que lamentaria pela vida inteira.

A mãe da noiva saiu para recebê-los, e mamãe notou que primeiro ela olhou para o Wolsley e só depois para o meu irmão. Mamãe então olhou para Lakshmnan e viu a mesma coisa que a mãe da noiva tinha visto. Afora os pesados óculos, era um homem perfeito. Com ombros largos e um bigode formoso, era um belo partido. Pelo menos, enquanto não soubessem que era viciado em jogo, é claro. Eles entraram no galinheiro.

A mobília era lamentável. Minha mãe se sentou numa cadeira instável que bambeava. Uma moça entrou na sala com uma bandeja de chá. Ela reprimiu a surpresa. Uma amiga casamenteira tinha deixado transparecer que a moça possuía uma boa aparência. Na realidade, era alta e era visível o desequilíbrio que havia entre os ombros largos e os seios desproporcionalmente grandes. O rosto, ao contrário de ser suave e gentil, era feroz, com as faces bem marcadas da mãe, uma boca imensa e olhos atrevidos e sensuais. Primeiro ela fez uma inspeção insolente de Lakshmnan e depois se voltou para os meus pais com um ar adocicado de moça tímida.

Ah, mas minha mãe não era fácil de ser enganada. A moça era uma perua. Na mesma hora, ela percebeu que aquela moça seria um problema. Um grande problema. Estava escrito em cada linha do rosto dela.

Minha mãe tomou o chá e, no meio da conversa, deixou escapar que o filho era um jogador inveterado e compulsivo. Disse que não queria a responsabilidade de esconder o fato e dessa maneira arruinar os dois casamentos, e fez questão de frisar que não acreditava em casamentos entre as mesmas famílias.

Fez-se um momento de silêncio depois que ela lançou a bomba, mas a mãe da noiva tinha visto o carro e a beleza de Lakshmnan. A filha não podia ter mais sorte. Além do mais, ela não tinha acreditado nas palavras de minha mãe. Deve ter achado que estava mentindo porque não queria que o filho se casasse com a filha deles.

– Ora, não se preocupe com isso – ela disse com faíscas nos olhos para minha mãe. – O meu marido também foi um jogador. Foi viciado durante muitos anos em corridas de cavalo e mesmo assim éramos felizes. Acho que isso não tem importância. Minha filha é inteligente e tenho certeza de que será habilidosa o bastante para lidar com a situação.

Eles eram insistentes e turrões. Morrendo de raiva, mamãe continuou sentada, mas sem ter como sair porque não queria estragar o meu casamento. Entendia perfeitamente qual era o interesse deles pelo filho dela. A filha deles não era uma beldade. Achou a moça horrorosa, com erupções que entravam pelas mangas do sari e iam até onde só Deus sabia. Nem desconfiava de que aquilo que na época era desajeitado e sem atrativos depois seria considerado universalmente como lindo. Boa altura, ombros largos, seios fartos, pernas longas, quadris estreitos e ossos faciais bem marcados. Mas não era o modelo da suave beleza indiana e, sentada naquela cadeira com um olhar crítico, nem de longe desconfiava de que sua neta favorita esperava quietinha dentro da barriga da noiva. Nem de longe imaginava que um dia o filho entraria pela porta da casa e anunciaria de olhos marejados:

– Ama, Mohini voltou para nós. Ela voltou como sua neta.

Naquele dia, porém, só conseguia pensar que o filho não se casaria com aquela moça.

Pela situação precária da casa, achou difícil que os pais tivessem um dote de dez mil *ringgit* guardados em algum banco. Além disso, se aquela moça era a professora tão qualificada que os pais afirmavam ser, por que não estava trabalhando? Ou eles estavam mentindo ou a moça era uma parasita. Nenhuma das alternativas se enquadrava nos planos e expectativas da minha mãe. Aquela moça simplesmente não servia.

Lakshmnan começou a ranger os dentes em pleno galinheiro. Tinha grandes planos para o dinheiro, e mamãe estava estragando tudo. Sua imaginação febril já tinha duplicado, triplicado o dote nas mesas de jogo. Fazia tempo que nutria a ilusão de que a sorte mudaria, se ele se sentasse à mesa de jogo com muito dinheiro.

Eles se despediram com polidez.

No carro, Lakshmnan anunciou abruptamente:

– Eu quero essa garota.

– Mas você sempre quis se casar com uma moça bonita e trabalhadora – argumentou mamãe, demonstrando surpresa.

– Não, gostei dessa garota – ele insistiu.

– Como quiser – disse mamãe. Depois se entregou a uma raiva gélida. Papai olhou pela janela do carro em silêncio. Ficou admirando as seringueiras que margeavam o caminho. Isso o acalmou. Isso lhe permitiu ignorar mais facilmente as ondas de raiva que eram trocadas entre a esposa e o filho mais velho.

Naquela noite, Sevenese teve um sonho ruim. Sonhou que estava numa charneca. Até onde os olhos dele podiam enxergar, só havia um barro vermelho seco. Viu, ao longe, uma carroça puxada por um búfalo, que se aproximava em meio a uma nuvem de poeira vermelha. Um sino tilintou suavemente em torno do pescoço do búfalo. Meu irmão já tinha ouvido aquele som em algum lugar. O cocheiro de barba longa e branca anunciou:

– Fale para ele que o dinheiro será perdido numa única rodada.

Na carroceria atrás do cocheiro, havia um caixão preto comprido. O sino tilintou com uma lufada forte de vento. Sim, meu irmão já tinha ouvido aquele som.

– Olhe só – disse o velho, apontando para o caixão. – Ele nunca me escuta. Agora está morto. Fale para ele. O dinheiro será perdido numa única rodada.

O velho então açoitou o pobre búfalo com uma vara, e a carroça seguiu viagem pela terra estéril.

– Espere! – gritou Sevenese, mas a carroça seguiu em frente em meio a uma nuvem de poeira.

Só o tilintar permaneceu. Como os pequenos guizos que Mohini usava nos tornozelos. Ele acordou sobressaltado, e um pensamento lhe passou pela cabeça.

– Lakshmnan não pode se casar com ela. Não será um casamento feliz.

Antes desse sonho, não passara pela cabeça de ninguém que o súbito interesse de Lakshmnan pelo casamento tinha a ver com o dote. Mas de repente tudo fez sentido. A vontade ardente de se casar com uma moça desempregada, escura e cheia de marcas de erupções era ganância pelo dinheiro da mãe dela.

Lakshmnan e mamãe deixaram o café da manhã de lado e olharam para Sevenese. Ele se sentiu como um cervo num covil de tigres.

– O dinheiro será perdido numa única rodada – disse Sevenese para Lakshmnan. Fez-se um silêncio mortal ao redor. Lakshmnan o olhou com um estranho ar de choque. – Não se case com ela. É um erro – ele continuou.

Um mesmo pensamento serpenteou pela sala. Já não tínhamos dado ouvidos ao aviso de Sevenese uma vez e depois nos arrependemos. Será que poderíamos bancar um outro erro? Um erro que dessa vez poderia ser colossal.

– Ouvi os guizos que Mohini usava nos tornozelos – acrescentou.

O choque deu lugar a uma raiva fria e implacável. Lakshmnan não rangeu os dentes nem ergueu Sevenese pela goela.

– Vocês estão todos errados – ele disse tão baixinho e tão diferente do habitual que ficamos muito mais abismados do que se tivesse explodido em fúria. Depois, levantou-se da mesa e saiu.

Mamãe sentou-se na mesma hora para escrever uma carta destinada à família da moça. Disse que havia encontrado as lamparinas do altar apagadas quando eles chegaram em casa. Acrescentou que isso era um mau presságio e que tinha sido aconselhada a não dar prosseguimento aos planos de casamento. Sevenese levou a carta até a cidade e colocou-a no correio.

A carta de resposta foi endereçada a Lakshmnan. Ele abriu-a e foi lê-la na horta de costas para nós. Depois, amassou-a e atirou-a no bananal. Deu meia-volta e entrou em casa com um semblante preocupado. Foi logo procurar por Sevenese. Nessa época, Sevenese era inspetor sanitário da Malayan Railway e viajava pelo país para inspecionar as condições higiênicas dos veículos da empresa. Ele tinha ido passar o fim de semana em casa, mas já estava fazendo a mala para partir pela manhã.

Lakshmnan colocou-se à soleira da porta.

– Ela realmente disse que eu perderia tudo numa única rodada? – perguntou abruptamente.
– Sim – respondeu Sevenese.
Lakshmnan vagou sem parar pela casa por mais ou menos uma hora, mergulhado em seus pensamentos. Até que a confusão chegou ao fim. Ele anunciou para mamãe que, se não se casasse com Rani, não se casaria com ninguém mais. Não fez qualquer comentário sobre seus planos em relação ao dote. Talvez não tenha pensado em arriscar o dinheiro no jogo. Talvez tenha feito grandes planos de iniciar um negócio tal como seus amigos chineses.
Logo que ele saiu naquela tarde para jogar uma partida de críquete, mamãe foi correndo procurar a carta jogada no bananal. Acho que essa carta está guardada até hoje no baú de madeira.

Querido homem,
Por favor, não desista de mim. Acho que já estou profundamente apaixonada por você. Não consigo comer nem dormir desde que você saiu daqui. Seu rosto bonito não me sai da cabeça. Não acreditamos nesse disparate de lamparinas apagadas que trazem maus presságios. É natural que uma lamparina se apague quando o pavio diminui ou o querosene acaba. Certamente um ato de negligência não pode ser um mau presságio para o nosso casamento.
Sou uma moça simples de uma família pobre. Meu pai economizou durante muitos anos para o meu dote, e esse dinheiro dará perfeitamente para comprar uma casa ou para você iniciar o seu próprio negócio. Seu pai me disse que você se interessa pelos negócios financeiros.
Durante toda a minha vida, tenho passado por um grande sofrimento, mas com você ao meu lado serei feliz, mesmo que só tenha arroz e água. Por favor, meu amor, não desista de mim. Prometo que você nunca se arrependerá se decidir se casar comigo.
Sua para sempre,
Rani

Mamãe ficou lívida de raiva. Ficou tão irada, que as mãos dela tremiam. Não tinha gostado da moça desde o primeiro momento que a viu. A perua sorrateira acenava com o dinheiro como um toureiro agita o pano vermelho para o touro. Ela voltou-se para o meu pai.

– É tudo culpa sua – gritou descontrolada. – Foi sua ideia falar do tino de Lakshmnan para os negócios. Não podia ter ficado de bico calado? Você sabia que eu tinha trazido o vício de Lakshmnan à baila só para descartá-los.

Como de costume, papai calou-se. Seus olhos refletiram uma estúpida resignação. Será que não sabia que aquela expressão enfurecia ainda mais a minha mãe?

O capricho de Lakshmnan prevaleceu. Ele conseguiu o casamento duplo. Mamãe estava terrivelmente mal-humorada. Recusou-se a usar flores no cabelo e vestiu um estúpido sari cinza desprovido de ornamentos. Pôs-se de lado, empertigada e infeliz. Longe de se sentir feliz por ter conseguido o que queria, Lakshmnan também se mostrava soturno e sério. Era como se estivesse louco para que a cerimônia acabasse. Naquela noite, a sogra chegou mansamente ao lado dele para comunicar com delicadeza que, naquele momento, eles só dispunham de três mil *ringgit* e não dez mil. Os olhos negros como nanquim da mulher brilhavam de astúcia sob a tênue luz ambiente. Os muitos anos no papel de esposa de um jogador compulsivo, os muitos anos em que havia brincado de esconde-esconde com o peixeiro, o açougueiro, o padeiro, o verdureiro e o vendedor de café tinham sido uma boa escola para ela.

– Claro que lhe daremos o que está faltando assim que tivermos. Um primo em dificuldade financeira nos pediu o dinheiro emprestado. Não podíamos negar. Mas você não se importa, não é? – A entonação e a dicção eram impecáveis. Ela devia vir de uma boa família.

Claro que Lakshmnan entendeu. Não por acaso era filho de mamãe. O resto do dinheiro ele veria na Terra do Nunca. Ela mostrou o envelope. Era pegar o dinheiro vivo e desistir dos sete mil restantes. Estava sendo enganado. Conhecia o golpe. O sangue começou a latejar na cabeça dele. Acabara de se casar com a filha mais feia daquela família. Tinha de receber dez mil. Todos os planos que fizera, planos de iniciar um negócio, de fechar altos acordos... eles tinham rasgado tudo, deixado em frangalhos. Uma raiva justa começou a crescer dentro dele. *Nada disso,* ele queria ter dito, *levem a filha horrorosa de vocês e só voltem quando tiverem todo o dote.* Mas as sedosas e invisíveis trepadeiras que afloravam lá dentro enredaram o peito dele, apertando-o, sufocando-o. Pedras frias de alabastro estavam à espera, as línguas estalavam, sussurravam: "Pegue, pegue. Ora, pegue logo."

    O ultraje de ter sido tapeado autorizou Lakshmnan a sair de casa e perder todo o dinheiro numa única rodada. Ele descobriu cedo que a esposa, longe de se contentar com arroz e água, queria lavar os saris a seco. Um capricho que fez mamãe se contrair em estado de choque e papai engasgar com o chá que estava tomando às pressas.

Parte 3

A mariposa do infortúnio

Rani

Mamãe me deu o nome de Rani para que eu tivesse a vida luxuosa de uma rainha, mas ainda era um bebê quando a mariposa do infortúnio pousou na minha bochecha e, embora mamãe a tivesse reconhecido com um grito de horror e a tivesse espantado, a poeira da dor que desprende das asas da borboleta já aderira à minha pele. Uma poeira que virou uma espécie de feitiço na minha alma, passando a perna na felicidade e trazendo os terríveis rigores da existência para o meu pobre corpo. Até o casamento, que era para brilhar como um paraíso requintado do verdadeiro amor e da felicidade eterna, acabou sendo uma outra decepção na minha vida. Olhe só para mim, vivendo nessa casinha de madeira com credores batendo à porta noite e dia. No fim, repeti a vida da minha mãe.

Amaldiçoo o dia em que aquela aranha negra devoradora da minha sogra entrou pela porta da nossa casa tecendo mentiras de seda. Mentiras que fluíram como fios de prata de sua terrível boca e me prenderam na teia. A verdade é que essas mentiras me enredaram e me forçaram a me casar com Lakshmnan. Antes dele, tive médicos, engenheiros e até um neurocirurgião formado em Londres que pediram a minha mão em casamento, mas sempre hesitei. Era mimada e tratava de achar imperfeições em todos eles. Ora um tinha um nariz torto, ora outro era baixinho demais, ora era muito magro; enfim, pequenos defeitos. No meu paraíso requintado, teria um príncipe alto e bonito, e elegante, e rico. Eu achava que a paciência era uma virtude. No fim, olhe só o que consegui.

Mas agora é tarde para chorar pelo leite derramado.

– Rani – disse a aranha. – Meu filho é um bom homem. Correto, trabalhador e gentil. Por enquanto, ele é apenas um professor, mas, com o tino que tem para os negócios, um dia conquistará o lugar dele no mundo.

Claro que ninguém fez menção alguma ao vício pelo jogo. No final, fui forçada a me casar com Lakshmnan para o bem do meu irmão que, de maneira misteriosa e súbita, se apaixonou perdidamente pela filha da aranha. Se você quer saber, a repentina obsessão dele em se casar com ela foi muito suspeita. Mesmo ainda jovem, não havia nada nela que sequer chegasse aos pés do espetacular, com aqueles olhos de cachorrinho carente e aquela boca sem graça. Mas a sedução foi forte, e o meu irmão, em meio à indiferença de um único encontro, saiu de lá obstinadamente determinado.

– Só quero a ela e somente ela – ele disse com olhos de fado.

É impossível que ela o tenha intoxicado com aqueles olhos infelizes e aquela boca de santinha do pau oco. Não, não mesmo, ainda mais morando perto do encantador de serpentes, elas devem ter se valido dos maus espíritos dele. Juntas, mãe e filha lançaram um feitiço no meu irmão. Papai disse que os biscoitos de coco que eles comeram na primeira vez em que estiveram na casa para conhecer a noiva eram bem diferentes de todos os que já tinham comido. Até mamãe admitiu que eram diferentes.

– Tinham um sabor de flor – ela disse. E eram tão deliciosos que o meu irmão comeu *cinco*.

Tenho certeza de que a velha bruxa colocou alguma coisa naqueles biscoitos. Uma poção do amor para fazer o meu irmão se apaixonar pela filha dela. Ele ficou estranho, arranjava qualquer pretexto para ir de motocicleta até Kuantan. Não para se encontrar com a garota. Oh, não, a aranha não permitiria isso. Era só para se sentar numa cafeteria perto da escola Sultan Abdullah e ficar olhando, enquanto ela cuidava dos alunos no pátio da escola, ali pela hora do recreio. Convenhamos, isso não parece um feitiço de um encantador de serpentes?

– Case-se com ele – diziam todos em coro. O que eu poderia fazer? Fincar o pé? Não, sacrifiquei os meus sonhos dourados pelo meu irmão.

E dessa maneira me casei com Lakshmnan.

E o que consegui com isso? Uma baita confusão, foi isso que consegui. Um irmão ingrato que nem fala mais comigo, um jogador imprestável como marido e filhos que não me respeitam. Tenho sofrido muito.

Quer saber o que Lakshmnan fez com o dinheiro do meu dote? Arriscou tudo na mesa de jogo em plena noite de núpcias. O dinheiro todo. Dez mil *ringgit* evaporaram antes do fim da noite. Muitas vezes, retrocedo no tempo até aquela noite. É como um lugar secreto protegido pelas ruínas do tempo. Tudo está mumificado com tanta beleza que me surpreendo toda vez que vou até lá. Cada pensamento, cada emoção cuidadosamente preservados para me fazer pensar como uma tola que tudo está acontecendo outra vez. Eu vejo e sinto e ouço tudo, tudo. Pegue algumas almofadas para escorar os meus pobres joelhos, que conto exatamente o que o meu maravilhoso marido fez comigo.

Eu me olho outra vez como uma moça de vinte e quatro anos de volta a um quarto horrível com paredes de madeira sem pintura na casa da minha sogra. Estou sentada na beirada de uma cama prateada esquisita e olho para a porta espelhada de um armário preto. Olho para o reflexo sombrio do meu rosto jovem e do meu corpo firme e esguio no espelho. Olho claramente a rede amarelada do mosquiteiro que me envolve suavemente como uma nuvem, pendendo das quatro hastes da cama de casal. A lua crescente está luminosa no céu. O luar é uma coisa engraçada. Não é uma luz de verdade, é um misterioso brilho prateado que favorece e cuida apenas daquilo que é pálido e brilhante. Noto que ele ignora um decorativo tapete enrolado e rouba todas as cores vibrantes de um bordado dependurado na parede, mas ilumina escandalosamente uma jarra de vidro com quadrados alaranjados no centro. Noto que é particularmente generoso com uma baixela de louça chinesa barata, um presente de casamento que já está desembrulhado, uma vez que as peças cintilam em tons de branco e pérola rósea. Uma bandeja de prata brilha de um modo tênue.

O ar está úmido e pesado. A faixa onde estavam enfiadas as pregas do meu elaborado sari está molhada e causa um desconforto no contato com minha pele. Um pequeno ventilador gira heroicamente por entre um ar opressivo e denso. Escuto o farfalhar da seda cara do meu sari. É como uma conversa cochichada que não consigo entender. A janela está aberta e lá fora os insetos são inesperadamente barulhentos para os meus ouvidos urbanos. Eu estava acostumada com o barulho de gente.

Passo a língua pelos meus lábios ressecados e dentro de mim o gosto de batom se funde com o cheiro de unhas recém-pintadas. Um suor viscoso entre os meus dedos os deixa fortemente unidos. E lá está aquele absurdo pernilongo se movendo embriagado pela parede. Ele não mudou nada. Parece exatamente o mesmo, se bem que quinze anos mais velho agora. Escuto um clamor no meu cérebro como um funeral chinês, os gongos, os címbalos, o pranto, o gemido e o ruído inexplicável de pés se arrastando, e depois escuto o silêncio de todos que estão na casa. Todos eles sabem que estou aqui. Tomei todo cuidado para não fazer barulho e, mesmo assim, eles conseguem me ouvir. Ouvem o horror e sentem o cheiro da minha vergonhosa posição.

Até hoje consigo sentir esse cheiro. O odor pungente da minha vergonha, que sai de um pequeno pote de jasmins que eu tinha dado para ele como prova do meu amor. Inclinei a cabeça e, com ambas as mãos, ofereci-lhe timidamente o pote. Ele pegou a oferenda de minhas mãos, mas ergui os olhos e vi quando a colocava com displicência em cima da mesa de cabeceira. O pote se desequilibrou, rolou de lado, e as flores acompanharam o movimento, tombando na mesa e se esparramando pelo chão. Na pressa de sair, ele nem se deu ao trabalho de olhar o meu presente. Ele me deixou sozinha em nossa cama coberta de cetim e pétalas de flores para se meter em algum lugar de jogo em Chinatown.

Ele já saiu e agora escuto o silêncio da casa, mas sei que minha nova família está abafando os risos com as palmas das mãos. Espero por ele sozinha, ereta dentro do meu incrível sari. Em silêncio. Tranquila. Mas dentro de mim uma raiva terrível cintila uma chama branca e quente. Ela me consome por dentro. Ele não se importa comigo. Minha posição é insuportável.

Eles me fizeram de tola.

Se ele pensou que eu faria o papel da noiva submissa e tola, se enganou. Nasci e fui criada na desordem da cidade e me educaram para ser valente. Não sou uma caipira. Geralmente me comparam com um cavalo nervoso de corrida. As horas passam, e os meus olhos perfeitamente maquiados faíscam ferozes. Meu rosto se reflete duro no espelho, transformado na imagem da deusa Kali, e minhas mãos se tornam, aos poucos, garras. Os suaves lábios vermelhos desapareceram do meu rosto para dar lugar a uma visível linha fina e apertada. Anseio por vingança. Quero atacá-lo de surpresa e cravar as unhas recém-pintadas nos olhos dele.

E nada de ele chegar.

Mas quando ele chega de madrugada, atormentado por uma raiva que o corrói por dentro, só consigo olhá-lo com melindre. Sem dizer uma única palavra, ele me estupra. Não choro, não grito, abraço-o. Eu o puxo com avidez contra o meu corpo e o envolvo com tanta força que nos mexemos como um único animal. Mesmo sentindo uma raiva branca e quente, sei muito bem que isso será o meu poder. A fraqueza dele será sempre o meu poder. Aqui nesta cama, serei o amo. A necessidade de fazer amor comigo irá sempre trazê-lo de volta para mim. Drogada pela descoberta do meu poder e da minha sensualidade, a raiva foge pelos meus olhos e os queima, e as lágrimas escorrem pelo meu rosto. Assisto enfeitiçada a este corpo que se contrai e faz um arco e a esta boca que se abre e se fecha em gritos abafados, como a paródia de uma mãe hipopótamo que sofre empertigada perante o cadáver da cria. Mas, de repente, ele pula de cima do meu corpo.

Ele se senta curvado na beira da cama e enterra a cabeça nas mãos, chorando alquebrado. O luar é generoso e estica as costas nuas do meu marido, fazendo-as parecer uma curva sem fim. A lua faz um jogo no corpo dele. Um pontinho de luz aqui, uma sombrinha ali... Ele fica lindo. Estico a mão e toco suave e reverentemente nos contornos macios do corpo dele. Meus dedos ficam escuros na sua pele clara. Ele está abatido. Sinto-me humilhada pelas emoções que nutri.

Se não me engano, é minha noite de núpcias. Não é o que esperava, mas as emoções e a paixão são bem melhores, bem melhores que os sonhos românticos que nutri de um modo infantil. Penso com orgulho que ele é meu, mas, assim que penso isso, ele emite um ruído como de um cervo tossindo ou soluçando.

– Eu não devia ter me casado com você. Ai, meu Deus, não devia nunca ter me casado com você. Fiz uma tremenda burrada.

Até hoje vejo minhas mãos escuras se detendo de repente na curva de um flanco rijo do corpo dele, enquanto o escuto abismada repetir dezenas de vezes: "Nunca deveria ter me casado com você."

Além de perder todo o nosso dinheiro, ele tinha me humilhado e me ferido profundamente, e mesmo assim o meu corpo estremeceu e vibrou como uma nota musical debaixo do corpo dele. Aquele sofrimento inatingível era uma droga misteriosa, e a cruel rejeição dele incendiou o meu coração. O desafio de domar um homem como ele era irresistível. Um dia, eu seria a única a ter aquele maravilhoso espécime sofredor nos meus braços e a única a dissipar toda a sua dor. Um dia, você me amará, penso. Um dia, os seus olhos haverão de brilhar para mim, prometo a mim mesma.

As cicatrizes daquela noite ainda doem aqui dentro. Foi a coisa mais imperdoável e cruel que ele me fez, mas era um homem muito bonito, e o fulgor dele me deixava cega. Você precisava ver como ele era naquele tempo. Às vezes tirava a camisa para trabalhar pesado no quintal, e as mulheres malaias das redondezas se escondiam atrás das cortinas das janelas para espiá-lo. As pessoas nos olhavam e me invejavam quando andávamos juntos pela rua.

Talvez ele tivesse me amado se aquela aranha negra não tivesse nos acompanhado desde o início, despejando veneno nos ouvidos dele e tecendo mentiras a meu respeito. Ela me odiava. Achava que eu não era boa o bastante para o filho dela... mas quem é ela para falar? Não era bonita nem mesmo quando jovem. Vi as fotografias que tirou, e ela só pode se orgulhar da pele clara. Invejava tudo o que eu tinha e tentava encontrar defeitos em tudo que eu fazia, mas a verdade é que não queria perder o pouco de influência que ainda exerce sobre o precioso filho. Queria o filho só para si, e o dinheiro era um meio de conseguir isso. Ela tentava controlá-lo com o dinheiro. Podia ter nos ajudado financeiramente. Aquela avarenta juntou devagarzinho uma pilha enorme de dinheiro no banco... uma quantia que o meu marido ajudou a acumular. Ela podia ter nos ajudado, mas preferiu ficar assistindo aos meus defeitos de camarote.

Ela posa de grande dama, mas não me engana. Costuma dizer toda vaidosa para minha filha que na família dela os homens eram queimados como reis em piras funerárias erguidas especialmente com toras perfumadas de sândalo, mas a verdade era que o pai dela não passava de um filho de criado! Minha mãe tem uma descendência muito mais pura. Descende de uma família de mercadores altamente renomados. Na realidade, ela foi noiva de um mercador muito rico da Malaia. Foi escolhida por ele depois de uma seleção de um sem-fim de outras fotos, e os preparativos para uma grande cerimônia já estavam prontos quando ela foi mandada lá do Ceilão. Foi posta num navio com a companhia de uma tia e uma enorme caixa de ferro cheia de joias. Ela estava com dezesseis anos e era bonita demais, com faces rosadas e salientes e olhos grandes e brilhantes. Encarregaram um amigo da família de protegê-las e acompanhá-las na viagem para que chegassem sãs e salvas. O que os pais da minha mãe não sabiam era que o homem a quem tinham confiado a segurança da filha era um traidor. Aquele homenzarrão escuro que serviu de guia durante a viagem forçou mamãe a se casar com ele no navio.

Ela já estava com a semente que germinou o meu irmão crescendo na barriga quando eles desembarcaram. Até hoje fecho os olhos e ainda escuto mamãe chorando através da parede fina que separava o quarto dos meus pais da sala, onde os filhos dormiam no chão. Lá do meu leito, eu podia ouvi-la implorando baixinho no escuro por um pouco mais de dinheiro para comprar comida para nós. Sempre que ouvia mamãe chorando, eu imaginava como teria sido a minha vida se tivesse nascido da união dela com o noivo rico. Mas depois acabo achando que sentiria muita falta do meu amado pai.

Sim, eu amava o meu pai, mesmo quando ele arrancava violentamente uma joia do corpo resistente de mamãe ou quando não havia comida na casa e todos estávamos famintos. Na verdade, o amava até quando ele saía de casa apressado com o salário da semana apertado em suas mãos grandes e escuras para ir às corridas. Não deixei de amá-lo nem quando o homem do armazém me humilhou, gritando a plenos pulmões que eu não teria mais nenhum pãozinho enquanto papai não pagasse o fiado. Oh, Deus, eu o amei até quando mandou meus três irmãos para a granja de uma irmã cruel que ele tinha, onde todo dia os pobres coitados eram obrigados a limpar as fileiras de galinheiros e levavam surras do tio.

Sempre que penso no meu pai, lembro-me do pequeno armazém que ele herdou durante a ocupação japonesa, uma construção de madeira de um único piso com paredes marrons desgastadas em vários pontos mas que era só nossa. Na parte da frente, ficava o armazém, separado por uma cortina estampada da parte de trás onde residíamos. Durante a ocupação, era aquele armazém que nos provia de arroz, açúcar e outras coisas. Eu tinha a mania de ficar observando enquanto papai pesava as mercadorias na velha balança, utilizando bastonetes de metal de diferentes pesos.

Agora ele está cego por causa de uma catarata, mas ainda o vejo sentado à mesa e cercado de sacos de aniagem enrolados com uma abertura em cima, deixando à mostra cereais, feijões, pimentas, cebolas, açúcar, farinha de trigo e todo tipo de alimento seco. Você caminhava lá dentro e o primeiro odor que sentia era o de pimentas secas, mas depois era capturado pelo odor do cominho e da alforva e logo depois pelo cheiro ligeiramente bolorento dos próprios sacos. À entrada, alinhava-se um estranho arranjo de diversos biscoitos em grandes jarros de plástico com tampa vermelha.

Eu adorava aquele armazém. Era o armazém do meu pai, mas era todo meu depois que fechava. Depois que a porta de madeira era trancada, eu brincava por horas a fio com as balanças e os papéis do meu pai. Lia em voz alta os livros de caixa que ele escrevia em letra grande e desalinhada e onde controlava com tinta azul os preços e os fiados. Eu abria a caixa registradora e me divertia com o dinheiro, fingindo que estava vendendo coisas e dando troco, e, antes de sair do meu armazém, sempre pegava algumas moedas e colocava no bolso. Eu adorava quando as moedas tilintavam no meu bolso, e papai nunca pareceu dar por falta delas no caixa.

Acho que esses foram os dias mais felizes da minha vida.

Também havia o garoto que fazia as entregas do armazém. Uma vez, ele disse que eu era linda e tentou acariciar o meu rosto lá atrás do armazém, mas ri com desdém e falei que nunca me casaria com alguém de mãos sujas como as dele. Naquela época, eu estava com doze anos, mas já tinha um sonho. Eu queria um homem rico como o noivo da mamãe. Um dia, teria criados e coisas boas e roupas fantásticas e faria compras no estrangeiro. Eu passaria as férias na Inglaterra e na América. Só me relacionaria com pessoas respeitosas e cuidadosas nas palavras. Não se atreveriam a falar comigo do jeito como falavam com minha mãe. Um dia, eu seria rica. Um dia...

Depois que os japoneses partiram, papai perdeu o armazém nas corridas de cavalo e nos mudamos para Klang. Os tempos realmente difíceis chegaram quando papai começou a passar semanas fora de casa. Ficávamos dias e dias famintos. Meus irmãos roubavam comida nas lojas da cidade, mas os comerciantes os reconheciam e iam lá em casa para surrá-los. Coitada da mamãe, corria para a frente da casa e se jogava aos pés deles, implorando. Foi também nesse período que alguns homens estranhos invadiam a casa em busca de coisas de valor que pudessem levar. Saíam de mãos vazias e cuspiam com nojo na entrada da casa. Mas de uma forma ou de outra o fato foi que sobrevivemos.

Por fim, um dia passei nos exames finais e me tornei uma professora qualificada, mas decidi que não ia trabalhar. Por que trabalhar? Já era hora de me casar com o homem rico dos meus sonhos. Eu não queria trabalhar nem cuidar de filhos nem supervisionar criados. Mas, graças ao meu esplêndido marido, nem criados eu tenho para supervisionar.

Fui morar na casa da aranha e no começo era muito boa e educada com ela. Eu ajudava a cortar os legumes e as verduras e às vezes até varria a casa, mas era visível que ela não gostava de mim. Sempre me olhava com uma desaprovação fria naqueles olhos ferozes. Tudo o que eu fazia era errado. Ela me observava com os olhos desaprovadores de quem está de olho num ladrão dentro de casa.

Só depois de muitos anos, fui me dar conta de que tinha roubado o que ela possuía de mais precioso. O filho dela. Passado algum tempo, comecei a me preocupar com aqueles olhos inquiridores. Quanta inveja... A inveja saía pela boca afora logo que ela a abria. Na minha primeira gravidez, a de Nash, alguém disse que eu teria um bebê claro se ingerisse flores de açafrão trazidas diretamente da Índia e muitas laranjas e pétalas de hibisco. Eu saía para comprar essas coisas em segredo e tinha de comer tudo trancada no meu quarto para que ela não me visse e lançasse um mau-olhado em cima de mim. Depois de três meses naquela casa empestada, passei a me sentir doente e precisava me sentar na varanda para escapar dos olhos invejosos dela. Tenho certeza de que ela viu as cascas de laranja e as hastes de flores na lata de lixo e lançou uma maldade qualquer porque meu filho Nash nasceu escuro. Ingeri as mesmas coisas quando engravidei das minhas duas filhas, e tanto Dimple como Bella nasceram claras. Com isso, se vê que os olhos daquela mulher são muito malignos.

Sempre tomei muito cuidado com o lado do meu marido. Eles lidam com coisas estranhas. É só ver a força do feitiço que lançaram contra o meu irmão. Depois de já ter feito um bocado de dinheiro durante todos esses anos e com todas as jovenzinhas que se jogam aos seus pés, ele ainda continua profundamente devotado a sua perfeita e admirável esposa. E isso sem falar naquela coisa feérica que todos eles nutrem pela garota morta, a Mohini. Não posso falar dela na presença de Lakshmnan. Ele se retira tão logo menciono o seu nome. Uma vez, evoquei-a numa discussão, e ele avançou contra mim com tanta raiva que achei que realmente queria me matar. Apertou o meu pescoço com tanta violência que as mãos dele pulsavam. Eu já estava totalmente azul e a ponto de morrer, quando ele me empurrou para o lado e abaixou as mãos com um ar abatido. A família inteira preserva a imagem da garota morta iluminando a casa de uma forma doentia. Meu marido empalideceu como uma folha de papel quando viu a filha pela primeira vez.

– Mohini – ele sussurrou como um maluco.

– Não, Dimple – disse isso porque já tinha decidido que daria para minha filha mais velha o mesmo nome de uma estrela famosa do cinema indiano.

Não vejo qualquer semelhança entre ela e a família do meu marido. Na verdade, Dimple é exatamente como minha mãe. Tem a mesma estrutura óssea. Faces bem marcadas e um rosto com forma de coração. A aranha deu uma olhada em Dimple e quis chamá-la de Nisha. Acho que significa lua nova ou algo do gênero. Ela disse que um nome sem importância poderia atrair uma vida sem importância para minha filha, mas não acredito nessa besteira antiquada. Eu queria um nome moderno e por isso finquei o pé em Dimple. Dimple não é bem melhor que Nisha? Depois que voltei do hospital com minha filha, recebemos uma visita daquele homem estranho, o Sevenese. Ele se aproximou do berço e empalideceu. Ficou com o rosto cinzento e contorcido de terror bem na minha frente.

– Oh, não, você também, não – ele gritou.

– O que foi? *O que foi?* – perguntei e saí às pressas para o berço, achando que o bebê tinha parado de respirar ou que tinha acontecido outra coisa pavorosa, mas Dimple dormia tranquilamente no berço cor-de-rosa e branco. O peitinho subia e descia em pequenos movimentos, e a doce língua rosada se sobressaía na boquinha adormecida. Toquei-lhe a face, e ela estava suave e morna. Olhei furiosa para Sevenese pelo susto desnecessário que tinha tomado, mas ele já estava recomposto.

– O que é isso? O que você quis dizer? – perguntei, irritada.

Ele sorriu com displicência.

– Só passando por cima do meu cadáver.

Minha vontade era esbofeteá-lo, mas queria obter uma resposta e insisti. Ele se limitou a sorrir e fingiu interesse por outras coisas durante algum tempo, mas teve dificuldade em continuar a conversa porque nunca gostou de mim. Então se levantou e saiu abruptamente, como se lhe fosse insuportável um segundo a mais na minha casa. Às vezes acho que ele só tem um pé neste mundo. Eu realmente não o compreendo.

Sevenese não é a única noz que acho difícil de quebrar. Em geral, acho difícil entender as pessoas. Por que a gentileza é sempre retribuída com a inveja e os maus sentimentos? Até minha própria família se esqueceu convenientemente do bem que fiz para eles. De vez em quando, mamãe brigava com papai e ficava em depressão profunda. Ela entrava no quarto, fechava as janelas, deitava-se na cama e ficava sem fazer nada durante dias. Nem as pupilas dela se mexiam quando eu entrava lá. Não se via nada naquele rosto inexpressivo. Só o vazio. Era quando eu me dividia entre o pânico de que ela nunca mais saísse do transe e o grande esforço que fazia para superar a vontade de bater bem forte nela só para ver se reagia. Nessa ocasião, eu era quem comprava comida para a família com o dinheiro que ganhava para ensinar a sra. Muthu, uma vizinha, a ler e escrever em malaio. Quem saía para comprar pão e depois o repartia entre os meus irmãos era eu. Eles entravam sorrateiramente, comiam depressa e depois saíam sorrateiramente para não lidar com aquele estado comatoso da mamãe. Hoje se recusam a admitir que me devem ajuda.

Embora ainda fosse uma criança, gastei os meus últimos centavos com eles e agora me viram as costas, instalados confortavelmente em mansões.
– Corte os seus gastos com roupas – dizem cheios de prosa, como se só isso pudesse manter os lobos afastados da porta. – Tem gente que vive com menos – acrescentam com desdém. Depois fazem uma cara de desaprovação e perguntam com um ar virtuoso:
– E aquele dinheiro que lhe dei na última vez?
Como se uns míseros dois ou cinco mil fossem durar por toda a vida... Eles querem que eu viva como a aranha, mas isso eu não faço. Por que teria de viver contando cada centavo como uma avarenta, se os meus parentes são ricos?
Logo que mudamos para a nova casa, no início, eu e Lakshmnan lutávamos muito para pagar as contas, mas fui esperta e entrei no ramo casamenteiro. Meu trabalho? Encontrar noivos e noivas. Eu fui que encontrei uma noiva para Jeyan, gastando do meu próprio bolso para viajar até Seremban e caçar uma moça para ele. Claro, recebi uma comissão, uma comissão que quase não deu para cobrir os meus custos. Além do mais, que flor encontrei para ele. É verdade, ela não tinha qualificação alguma, mas, para um homem como ele, era um prêmio para lá de bom. Depois do casamento, convidei o casal para ficar lá em casa, e os dois ficaram conosco por três meses, comendo e vivendo como se a casa fosse deles. Cheguei a procurar um *sinseh* chinês para pegar umas raízes medicinais que incrementassem a potência de Jeyan. Ele era um homem bem insignificante. Acredite, se hoje eles têm duas filhas, isso se deve aos meus esforços. E o que ganhei com isso?
A vadia começou a fazer caras e bocas para o meu marido. Eu a tinha resgatado da teia da aranha e levado para minha própria casa para que não vivesse debaixo daquela sombra negra... e como foi que retribuiu a gentileza? Ela tentou seduzir o meu marido! Era uma ingrata, mas muito esperta. A vadia se plantava cheia de planos na minha cozinha, toda emperiquitada em roupa de domingo como se fosse o estandarte da virtude doméstica. Insistia em cozinhar todas as refeições. Suportei pedaços de carne que boiavam no *curry* aguado sem reclamar. Até que um dia vi o meu marido colocando um embrulho de carne na mesa para ela. A mulher tivera

o atrevimento de pedir que *meu marido* comprasse carne. Quem faz as compras lá em casa sou eu, mas lá estava ela se insinuando toda coquete para o meu homem com aquele ar de santinha. Pressenti imediatamente o perigo. Conheço a mente feminina. As mulheres são de longe muito mais perigosas que os homens. O que é um homem senão a extensão de um rolo de carne insuspeito que carrega dependurado entre as pernas? Não, o predador é a mulher.

O coração da mulher é como uma boca cheia de presas. Presas astuciosas que se ocultam atrás de um rosto bem maquiado, de uma piscadela discreta, de uma perna cruzada, de um par de meias de seda, de uma luvinha branca ou de um colo macio em perfeita exposição. Pouco a pouco, enterra as presas na vítima desprevenida e, quanto mais o pobre infeliz se debate, mais forte ela as enterra, até que ele se paralisa e se entrega submisso. Meu marido era muito bonito, e ela o queria. Ele não sabia das presas dela, mas eu sabia. Então, um belo dia, ela roubou a melhor receita que eu tinha e tentou atribuir o mérito apenas para si na minha frente. Aquela mulherzinha era uma descarada.

Isso acabou sendo a gota d'água.

A tola suspirava pelo meu marido montado em seu cavalo branco. Ele não é um herói. Não há um pingo de ternura nele. Ele é como um leão extremamente egoísta e altivo para ser capaz de amar. Mastigaria um camundongo como ela e cuspiria em poucos minutos ainda insatisfeito. Ela assistia a nossas brigas violentas e tentava se persuadir de que eu e ele éramos inimigos.

– Nada disso – eu disse para a pamonha. – Eu e meu homem somos unidos pelos quadris como duas metades de uma tesoura de jardim, eternamente em tesouradas, mas cortando pela metade todo aquele que se mete entre nós. Você já percebeu onde é que está se metendo? – perguntei para ela. – No meio – gritei. – Ele está no meu sangue, e eu estou no sangue dele. Às vezes me irrita de tal maneira que tenho vontade de despejar óleo fervente na barriga dele enquanto dorme ou de atirá-lo aos crocodilos para que o devorem inteirinho até os óculos. Mas, outras vezes tenho, ciúmes até do ar que ele respira. Tenho ciúmes até das mulheres que ele vê na TV.

Não, ela não sabia nada da minha paixão. Não fazia a menor ideia. Continuou no mesmo lugar, toda melindrada e arfando como um peixe fora d'água. O meu amor é como uma planta carnívora que vive da carne de insetos como ela. Mesmo quando você me vê partir em fúria para cima dele, querendo furar os seus olhos, ou quando jogo o próprio filho dele, o Nash, contra ele, eu o amo intensamente e nunca o deixaria partir. Ele é meu. Mas o meu amor é tão secreto que ninguém sabe disso, nem mesmo o meu marido, objeto da minha paixão incontrolável. Claro, eu já sabia desde o início que o meu amor era um chicote que ele podia usar contra mim e por isso ele acredita piamente que o odeio. Odeio até vê-lo.

– Fora da minha casa – gritei para eles. Para os dois. Já estava começando a me irritar até mesmo quando olhava para Jeyan com aqueles olhos patéticos e cegos de amor. Ele rodeou a vadia ardilosa enquanto a olhava como um cão estúpido. Às vezes acho que ele arfa como um cão. Dei vinte e quatro horas para que eles encontrassem uma nova casa. Felizmente, saíram antes.

Depois que me livrei daqueles dois sanguessugas, as coisas começaram a dar certo. Lakshmnan estava para fechar um negócio que envolvia terras com alguns empresários chineses. Geralmente os empresários o tapeavam. Eles o usavam para fazer o trabalho pesado e, na hora de assinar os contratos, simplesmente o deixavam de fora, dividindo os lucros lá entre eles. Meu marido chegava em casa e reclamava amargamente, dizendo que de retidão os chineses só tinham os cabelos. Sempre ouvia as reclamações dele, lavava as feridas dele, mas o mandava voltar para o combate.

– Você é um leão, o rei da selva, ruja como um – eu dizia.

Por fim, depois de tantos insucessos, ele fechou o seu primeiro contrato. Ganhou seis mil *ringgit*. *Colocou seis mil* ringgit *na minha mão*. Você não pode imaginar o que representa uma quantia dessa, depois de se ter passado uma vida inteira contando tostões. Naquela época, seis mil *ringgit* era uma quantia astronômica de dinheiro. Só para você ter uma ideia da fortuna que era, imagine que o salário mensal de um professor era mais ou menos quatrocentos *ringgit*. Mas eu não era avarenta como aquela abominável aranha e não me agarraria ao dinheiro da forma mesquinha com que ela se agarra. Então dei para Nash a melhor festa de aniversário que ele já teve. Ah, foi o máximo. Kuantan nunca viu uma coisa como aquela. Primeiro fui comprar para mim um deslumbrante traje vermelho e preto de gola alta com um corte que deixava os braços à mostra. E comprei um par de sapatos vermelhos divinos para combinar com a roupa. Depois gastei dois mil *ringgit* em um colar, o mais fantástico e perfeito que já se imaginou. Era de uma beleza rara, reluzia com diamantes verdadeiros e rubis do tamanho das minhas mãos.

Depois planejei e fiz os preparativos.

Encomendei a geladeira lá de Kuala Lumpur, até que finalmente chegou o dia da festa. Calcei os sapatos vermelhos novos e quase não acreditei que era eu no espelho. As cabeleireiras tinham feito um trabalho fantástico. Eram as mais caras de Kuantan e seguramente dominavam o ofício. Os convidados começaram a chegar às cinco da tarde. Crianças vestidas de babados, fitas e gravatinhas.

Lá no jardim, colocamos o bolo de aniversário, gelatina e sucos, mas a festa de verdade começou mais tarde, muito mais tarde, depois que as crianças se foram e só ficaram pessoas elegantemente na moda, mulheres de cintura apertada e quadris realçados e homens de olhos escuros e estreitos. Eu tinha contratado um serviço de bufê e uma pequena banda. Houve queima de fogos e champanhe. Nós tiramos os sapatos e dançamos descalços na grama. Foi absolutamente brilhante. Todo mundo ficou bêbado.

Levantamos de manhã e esbarramos com gente dormindo na escada de entrada. Cheguei até a encontrar um calção dentro da geladeira. Até hoje as pessoas se lembram da festa. Mas, depois disso, as coisas voltaram a dar errado. Lakshmnan perdeu os dois mil restantes na mesa de jogo e, de uma hora para outra, estávamos novamente sem dinheiro. Toda aquela gente que esteve na festa e que tinha mandado cartões de agradecimento se recusou a ajudar. Um deles fingiu que não estava em casa quando fui procurá-lo. No aniversário de cinco anos de Bella, não tivemos dinheiro nem mesmo para um bolo.

Fui obrigada a empenhar o meu colar de dois mil *ringgit* por míseros trezentos e noventa *ringgit* para comprar comida para os meus filhos. Lembro-me dos olhos do chinês se acendendo atrás das barras de ferro quando lhe entreguei o colar. Lembro-me dele fingindo que relutava, enquanto o examinava com uma lente de aumento. Seis meses depois, não tive dinheiro para resgatar o colar. Lakshmnan levou a cautela para ver se a aranha podia resgatar e ficar com o colar até que tivéssemos dinheiro para tê-lo de volta, e olhe só o que aquela malévola criatura disse:

– Não, não tenho nada a ver com a forma de desperdiçar dinheiro de vocês.

E dessa forma o meu lindo colar ficou com aquele chinês de luz profana no olhar. Eu e Lakshmnan começamos a brigar loucamente. Como brigávamos! Discutíamos até pela maneira de fazer os ovos de manhã. Aprendemos rapidamente a música silenciosa que é feita pelas brigas. Parei de cozinhar. Na maioria das vezes, comprava comida pronta para mim e para os meus filhos, e acho que ele cozinhava lentilhas e fazia uns *chapatis* quando voltava à noite. Comia sozinho no andar de baixo. Quando subia, eu já estava deitada. Para me irritar, ele costumava usar a mãe como exemplo:

– Ela nunca comprou comida pronta.

O dinheiro foi encurtando cada vez mais para mim. A comida era muito cara e não restava ninguém a quem pedir emprestado.

Então, de repente, o pai de Nash, que já estava com nove anos, fechou um outro contrato. Ele chegou em casa com nove mil *ringgit*. Naquela noite, voltamos a nos falar. E foi aí que eu disse:

– Cansei. Já é hora de nos mudarmos para a cidade grande. Hora de tentarmos a sorte em Kuala Lumpur.

Já estava cansada de viver naquela cidadezinha, onde todo mundo sabia da vida de todo mundo. Além disso, não tinha amigos para deixar em Kuantan. Até os vizinhos me esnobavam. Eu estava feliz por sair de lá. Meu sogro era a única pessoa que eu suportava. Nunca deixou de ser gentil comigo. Eu o visitava no trabalho toda vez que o desespero me tomava, e ele me dava alguns dólares para a comida das crianças. Nossos pertences já estavam todos no caminhão de mudança quando me virei para trás para olhar a casa mais uma vez. E aí pensei: Deus, como odeio esta casa.

Lakshmi

Ah, você quer saber sobre a casca de durião voadora. Sente-se aqui do meu lado da cama que vamos viajar juntos até o passado bolorento. Até aquele tempo diabólico em que o vício de Lakshmnan pelo jogo fez da nossa vida um inferno.

– Ama – ouvi a voz de Anna.

Ignorei o chamado dela. Eu a tinha visto chegar com os duriãos. Acabara de discutir com Ayah, porque o tinha visto dando dinheiro para Lakshmnan. Ele me fez parecer um monstro e deixou nosso filho ter a impressão de que não havia nada de mais em jogar. Eu era dura com meus filhos porque os amava e queria o melhor para eles. Se quisesse uma vida fácil, também poderia lhe passar algum dinheiro de vez em quando como uma oferta de paz, mas minha intenção era fazer Lakshmnan mudar para melhor. Eu queria que ele largasse o vício e me sentia extremamente ressentida com a fraqueza do meu marido.

– Ama!

Ouvi as vozes de Anna e Lalita. Bufei e ignorei o chamado delas. Notei que alguém se aproximava da cama nas pontas dos pés. Virei de lado e olhei resolutamente para fora da janela, para a vizinhança deserta. Estava muito quente lá fora. Todo mundo se abanava dentro de casa. Senti que Anna já estava encostada no balaústre da cama.

– Ama, comprei durião para a senhora – sussurrou.

Anna, nos seus vinte e poucos anos, não tinha a beleza estonteante de Mohini, mas tornava viva a intrigante expressão malaia *"tahan tengok"*.* Quanto mais se olhava para ela, mais se gostava dela. Naquele dia, ela se viu diante de um perfil rígido e inflexível.

---

* "Quanto mais se olha, mais se gosta." (N. do T.)

Captei um ligeiro tremor na voz dela e de alguma forma aquilo me amoleceu. Sem falar no cheiro dos duriões. Minha fruta predileta. Se ela tivesse esperado um segundo mais, talvez eu tivesse virado a cabeça e sorrido, mas, em vez disso, ouvi quando se virou e saiu. Fiquei desapontada e magoada por ela não ter insistido, por não ter se esforçado mais para me persuadir. Elas vão trazer a fruta no prato e aí aceitarei, pensei comigo. Ouvi os passos dela em direção à varanda.

– Papa – ouvi quando chamou o pai. A voz dela estava visivelmente mais leve e mais feliz.

Por mais que tenha feito sacrifícios e sofrido pelos meus filhos, eles sempre trataram o pai com uma consideração e um carinho especiais. Quando eu era que merecia o crédito por tudo que eles eram! Naquele dia, a alegria na voz dela me soou bem irritante. As duas foram para a cozinha, rindo de felicidade. Sem mim. Dava até para imaginar a cena. Jornais espalhados pelo chão e o excitante ritual de abertura daquelas malvadas frutas espinhentas. Depois pegavam a fruta com alguns panos grossos para parti-la ao meio com um facão. A fruta se abria ruidosamente e a expectativa... A polpa estaria macia? Teria sido uma boa compra?

A fruta devia estar uma delícia, pois ouvi um murmúrio de aprovação. Alguém riu. A conversa despreocupada seguiu em frente. Esperei um pouco, mas ninguém apareceu de prato na mão. Será que tinham esquecido que eu amava aquela fruta? Será que tinham esquecido até que eu existia? Só de ouvir aquela conversa descontraída meu estômago se encheu de uma hostilidade mortal. Levantei-me da cama. O peito pesava de tanta raiva. Nunca sei de onde a raiva vem, mas ela rasura tudo quando vem. Esqueço a razão, a sanidade, tudo. É uma força intolerável dentro de mim e simplesmente só quero transferi-la. Livrar-me dela. Entrei na cozinha, bufando de raiva. O grupinho feliz virou-se para mim de boca cheia e lambuzada de creme da fruta e me olhou com terror, como se eu fosse uma intrusa. Talvez parecesse um monstro para eles. Fiquei tão furiosa que minha visão turvou. Nem pensei. Alguma coisa queimou no meu estômago, uma coisa medonha que foi subindo até explodir na base do pescoço. Preto. O mundo ficou preto. O monstro dentro de mim assumiu o controle. Peguei uma banda de durião cheia de espinhos e atirei direto em Anna. Graças a Deus, ela encolheu o pescoço. A banda zuniu por cima da cabeça dela como um projétil verde cremoso e se espatifou na parede da cozinha, onde cravou os espinhos duros. Nós nos entreolhamos, ela, incrivelmente chocada, e eu, confusa, já sem o monstro. Ninguém se moveu. Ninguém disse uma só palavra quando virei de costas e voltei para o quarto. Não havia palavras para as emoções que atravessavam o meu coração. Ninguém se mexeu para me deter nem para falar comigo. Fez-se silêncio na casa. Depois ouvi o movimento deles, limpando, abrindo portas, varrendo o chão, jogando as cascas da fruta na lata de lixo, abrindo a torneira e, em seguida, ouvi o farfalhar dos jornais na varanda. Ninguém se deu ao trabalho de dar uma olhada naquele lixo de velha de ombros arqueados e coração partido.

Eu não queria fazer aquilo. Eu amava Anna. A imagem da fruta zunindo inexoravelmente pelo ar em direção ao rosto chocado de minha filha não me saía da cabeça. Se ela não tivesse encolhido o pescoço, talvez a tivesse matado ou provavelmente a desfigurado para sempre. Eu estava extenuada e exaurida. Não conseguia me suportar. Chorei pela mulher que eu era. Chorei por não ter tido a coragem de fazer o primeiro gesto, por ter sido incapaz de abraçar minha filha e dizer:

– Anna, minha querida, sinto muito. Sinto do fundo do meu coração.

Em vez disso, fiquei esperando. Se alguém tivesse aparecido para falar comigo, eu teria pedido desculpas. Teria dito o quanto lamentava. Mas ninguém apareceu e, depois disso, nunca mais se mencionou o incidente. Não é engraçado que depois de tantos anos ninguém o tenha mencionado para mim, mesmo que de passagem?

Anna se casou e partiu com o marido, e minha nora Rani veio morar conosco. A avaliação que fiz dela não estava errada. Era mesmo uma perua. Toda vez que podia, nos jogava na cara que era uma mulher "urbana". Nada a impressionava, e tudo a enfastiava. Longe da humildade de uma família que morava numa versão ampliada de um galinheiro, ela nos surpreendeu com as expectativas e um comportamento que mais se adequavam a uma filha mimada de uma família muito rica ou quem sabe até da realeza. Saris caros eram descuidadamente amontoados e dependurados no varal durante dias até serem levados para a lavanderia. Ficamos chocados na primeira vez que fez isso, justamente como ela queria. Lindos saris sempre foram uma preciosa herança passada de mãe para filha. Ainda tenho os saris que mamãe me deu no meu baú de madeira, dobrados com carinho e embrulhados em papel de seda.

– Devo tirar do varal e trazer para dentro? – perguntou Lalita.
– Não – falei. – Veremos o que ela vai fazer.

No segundo dia, todas as partes do tecido diretamente expostas ao sol começaram a perder a cor. Até o terceiro dia, ela ainda não tinha feito nada. As partes expostas já estavam virando um pó vermelho. E aquele sari vermelho estava arruinado para sempre.

– Minha sogra, a senhora conhece alguma lavanderia que lave a seco aqui por perto? – ela perguntou em dúvida no quarto dia.

Foi só então que me dei conta de que havia arruinado desnecessariamente um maravilhoso sari para que a víssemos como sofisticada. Rani tinha um bom cérebro e uma língua esperta, mas era preguiçosa. Preguiçosa ao extremo. Vivia se vangloriando dos médicos, advogados, empresários e neurocirurgiões que a tinham pedido em casamento. Na ocasião, eu não queria estragar o relacionamento deles, perguntando-lhe o que a tinha feito dispensar todos os pretendentes em favor de um professor viciado em jogo. Limitei-me a fingir que nunca tinha lido a carta que mandara para Lakshmnan, implorando que se casasse com ela. Uma vez, ela se ofereceu para cortar legumes e verduras. Eu a vi horrorizada fatiar as cebolas e descascar as batatas como se estivessem vivas nas mãos.

Ela trancava a porta às dez da manhã e reaparecia na hora do almoço. Depois do almoço, retornava ao quarto e *dormia* até o marido chegar. Foi a coisa mais chocante que já vi na vida. Nunca tinha visto tanta preguiça. Depois que ficou grávida de Nash, recusava-se até a entrar na cozinha, dizendo que o cheiro da comida a enjoava. Amarrava um pano para tapar o nariz e sentava-se na sala ou na varanda para conversar em inglês com Ayah. Gostava dele porque ele sempre lhe dava dinheiro às escondidas. Ficava na cama, e a comida tinha de ser levada até o quarto dela. De noite, sempre queria ir ao cinema ou jantar fora. Não espanta que nenhum dinheiro nunca tenha sido o bastante para ela. O dinheiro escorria daqueles dedos como areia nas mãos. Ela é a única pessoa que conheço que encomendou saris industrializados de uma butique de Bel Air para alguém que ia passar as férias na Califórnia. Essa extravagância é comentada até hoje pelas mulheres do templo, se bem que omitem o nome dela.

Os anos que passei ordenhando as vacas no amanhecer gelado dos dias tiveram um preço e, quando eles foram morar com a gente, a minha asma estava no auge. Eu a ouvia cochichando sarcasticamente com Lakshmnan nas noites em que não conseguia dormir. Ela o instigava. Como fósforos dentro de um galão de gasolina.

Então, certa manhã, Lakshmnan saiu do quarto deles e me disse:

— Já que não recebi o dinheiro todo do meu dote, acho que é mais do que justo que me dê algum dinheiro. Afinal, a senhora tem muito dinheiro no banco, um dinheiro que não usa e que em grande parte foi acumulado graças ao meu trabalho.

Soube de cara que eram palavras dela, tão logo saíram da boca do meu filho. Ela queria o meu dinheiro. A perua esbanjadora queria que eu financiasse a incursão dela na vida boa. Estava na minha casa, comendo da minha comida e, na calada da noite, envenenava o meu filho contra mim. Fiquei lívida, mas me recusei a brigar com ele por causa dela, por mais que aquilo me matasse por dentro. Eu sabia que ela estava lá atrás da porta do quarto, prestando atenção no seu trabalho de envenenamento.

— Quer o dinheiro para quê? — perguntei calmamente.

— Quero começar um negócio. O mercado está cheio de negócios em que eu gostaria de investir.

— Vou pensar. Embora o dote seja dado pela família da noiva, como dei o de Anna, estou pronta para ajudá-lo... mas primeiro tem que me mostrar que você e sua esposa são capazes de poupar e lidar com uma grande soma de dinheiro. Já que você e sua mulher vivem aqui sem pagar nada, mostre que é capaz de poupar uma parte considerável do seu salário por dois meses e terei um enorme prazer em lhe dar o dinheiro.

— Não! — ele gritou. — Quero o dinheiro agora. Preciso dele agora e não daqui a dois meses. A essa altura, os negócios já terão acabado.

– Daqui a dois meses, surgirão outros negócios. O mercado está sempre cheio de negócios.

– Esse dinheiro é meu. Contribuí para que fosse acumulado e o quero agora.

– Não; por enquanto, o dinheiro é meu, mas não pretendo gastá-lo comigo. Ele é de todos os meus filhos e ficarei feliz em lhe dar sua parte, mas só quando você provar que é capaz de lidar com ele. É razoável, não é?

O rosto dele foi tomado por uma onda de raiva. Ele emitiu um grunhido estrangulado e frustrado e avançou cegamente na minha direção. Fui atacada por um semblante sombrio e contorcido. Ele me atirou contra a parede. Bati a cabeça e machuquei as costas com o impacto do golpe. Encostada à parede, olhei para ele sem conseguir acreditar. Lalita vertia lágrimas inúteis ao fundo. Ele levantara a mão para a mulher que o havia trazido ao mundo. Aprendeu comigo. Eu era que tinha criado aquele monstro, mas a minha nora era que o tinha despertado. Não consigo explicar o que se passou no meu coração. Ele me encarou apatetado e horrorizado pelo que acabara de fazer. Meu filho tinha se tornado meu inimigo. Ele saiu às pressas da casa, e ela continuou lá no seu quarto.

Naquele dia, olhei para o espelho e do outro lado estava uma velha triste. Não a reconheci. Ela também vestia uma blusa branca de algodão barato e um sarongue desbotado como eu. Sem joias, nem no pescoço nem nas mãos. Os cabelos já estavam grisalhos e se prendiam num coque acima da nuca. Parecia tão velha... Quem acreditaria que só tinha quarenta anos? Ela me olhava fixamente com olhos cansados e repletos de dor. Abriu uma boca muda enquanto era olhada por mim. Nenhuma palavra saiu das profundezas sombrias daquela garganta. Senti pena dela porque sabia que aquela cavidade negra não seria capaz de expressar a sua inimaginável perda, mesmo que cada célula do corpo gritasse isso. Fiquei olhando por um longo tempo para aquela mulher que estava com minhas roupas e depois me retirei. Quando cheguei à porta e olhei para trás, ela já tinha ido embora.

Eles saíram de casa dois dias depois. Foram para uma casa de dois andares com um único quarto perto do mercado. Rani não se deu ao trabalho de se despedir e só voltei a vê-la por ocasião do nascimento de Nash. Fui visitá-la no hospital junto com Ayah e Lalita. O bebê era escuro como ela, mas tinha olhos grandes e redondos e esbanjava saúde. Ela o chamou de Nash. Estava orgulhosa dele e se mostrou visivelmente aborrecida quando tentei segurá-lo. Eu o presenteei com os anéis, pulseiras e tornozeleiras de ouro habituais que os avós costumam dar para os netos. Coloquei essas joias com minhas próprias mãos no corpinho dele, mas ela as tirou e empenhou tudo logo que saiu do hospital.

Depois Dimple nasceu, e Lakshmnan entrou apressado pela casa.

– Mohini voltou como sua neta – ele disse aos atropelos.

Pobre garoto. Nunca se recuperou. Mas lá no hospital constatei que a criança era incrivelmente parecida com Mohini. Eu a peguei no colo e de repente era como se os anos não tivessem passado. Achei que estava com a minha Mohini nos braços. Achei que, se me virasse, veria o gêmeo dela de cabelos encaracolados resmungando graciosamente no outro berço. Achei que daquela vez teria uma outra chance de fazer a coisa certa, mas olhei para cima e lá estava a minha nora. Seus olhos me encaravam bem de perto.

– É a cara da minha mãe – ela disse.

E aí me dei conta de que não haveria uma segunda chance. Ela não queria laços conosco e manteria Dimple totalmente afastada de nós, como fez com Nash e Bella, isso se Lakshmnan não amasse tanto a filha a ponto de a mulher morrer de ciúme. Foi por isso que Dimple passou a ficar conosco durante as férias escolares, enquanto os outros dois não ficavam.

Oh, como me sentia feliz por ter Dimple. Eu até abanava de propósito os pensamentos venenosos da cabeça de Rani. Ela sabia que o marido não a amava e queria acreditar que ele não era capaz de amar ninguém. Não podia suportar a ideia de que ele pudesse amar outra pessoa, mesmo que fosse a filha. Esse caráter doentiamente ciumento não se aquietou nem com a maternidade. Quanto mais Dimple crescia, mais se tornava visível que a menina não tinha traço algum da avó materna e era incrivelmente parecida com Mohini. Eu notava que Lakshmnan olhava a filha com um misto de encantamento e surpresa. Como se não conseguisse acreditar no quanto ela se parecia com Mohini.

E quanto a nós, esperávamos pelas férias escolares. Duas semanas em abril, três semanas em agosto, e depois, a melhor de todas, o mês inteiro de dezembro e uma parte de janeiro. A casa parecia mais iluminada, mais ampla e mais bonita quando Dimple estava aqui. Ela devolveu o sorriso ao rosto de Ayah, colocou palavras na boca de Sevenese e, quanto a mim, finalmente encontrei com quem gastar o meu dinheiro. Isso não significa que eu não amava Nash e Bella, mas amava bem mais a Dimple. De qualquer forma, Nash e Bella eram ensinados a nos odiar. Se dependesse de mim, Dimple ficaria o tempo todo comigo, mas Rani não permitia. Ela sabia que isso me daria uma vitória. Não, ela se aprazia em atormentar a mim e ao meu filho. Dimple só tinha cinco anos quando a mãe começou a despachá-la de um lado para o outro como um pacote de destinatário desconhecido. Oh, que olhos grandes e tristes aquela criança tinha. Eu contava os dias antes de sua chegada e chorava quando chegava a hora de sua partida. O vazio que se instalava em mim depois que ela entrava no carro de Lakshmnan e sumia na estrada era indescritível. Então eu pegava o calendário e marcava a próxima visita.

Rani a educava da maneira ocidental. Ela se recusava a ensinar para os filhos a língua da terra natal, mas eu me incumbia de ensinar nossa cultura e a língua tâmil para Dimple. Era uma herança e um direito dela. Comecei a contar as histórias da nossa família porque havia muitas coisas que eu queria deixar aos cuidados dela. Até que um dia ela entrou na casa e anunciou que queria salvar as histórias que me eram queridas tal como fazem os aborígines dos desertos vermelhos da Austrália.

– Decidi fazer uma trilha de sonhos da nossa história e, quando a senhora morrer, assumirei o papel de nova guardiã da trilha de sonhos da nossa família – ela disse com um ar solene.

A partir daí, passou a zanzar pela casa com seu gravador como uma verdadeira guardiã, recriando o passado para os filhos dos seus filhos. Finalmente, havia uma razão para a minha existência.

Os anos foram passando, e eu não encontrava um noivo para Lalita. Ela não conseguiu passar nos exames finais, embora os tenha feito três vezes seguidas. Sem qualificações, quis estudar para ser enfermeira, mas eu não podia nem a ouvir falar nisso. Nunca deixaria minha filha lavar as partes íntimas de homens estranhos. Nunca, nunca, esse tipo de trabalho sujo não era para minha filha. Coloquei-a numa escola de datilografia, mas ficava tão nervosa toda vez que se submetia a uma entrevista, que não parava de errar. Eu já estava me desesperando. Talvez encontrasse um marido se tivesse um trabalho, mas com a aparência que tinha e estando desempregada, mesmo com um dote de vinte mil só conseguiria atrair homens de caráter duvidoso: divorciados velhos e caça-dotes irresponsáveis. Em certa ocasião, apareceu um homem tão gordo que tremi de pavor só de pensar na pobre Lalita sufocando debaixo dele.

Os anos foram passando rapidamente, e minha saúde foi piorando. A dosagem das pequenas pílulas cor-de-rosa pulou de um quarto de pílula para uma pílula e meia. O remédio era muito forte e me dava tremor no corpo, mas não havia outro jeito de manter o cão da asma acuado. Forrava o peito e as costas com folhas de jornal para me proteger do ar frio da noite. As dores nos ossos me diziam que eu estava ficando velha. Os dias passavam como o vento nas árvores, cinzentos e rigorosamente iguais.

Sevenese se dedicou ao estudo da astrologia e começou a ler o futuro. Praticava com os amigos que apareciam com os mapas natais em busca de interpretação. Antes de sair para as viagens, ele deixava comigo os envelopes com as interpretações para que fossem entregues aos amigos. Com o tempo, ficou tão bom em ler o futuro, que pessoas desconhecidas começaram a bater na porta da nossa casa com mapas natais nas mãos.

– Por favor – diziam. – Minha filha vai se casar. O rapaz será um bom marido?

A pilha na mesa avolumava, e o meu filho se deu conta de que, quanto mais fundo mergulhava naquele mundo sombrio, mais ele bebia, e, quanto mais intensamente se desesperava, mais se predispunha ao cinismo e mais selvagem se tornava o encanto dele. Não quis se casar e formar família. Para ele, as mulheres eram brinquedos de olhos de lince, e as crianças não passavam de meras perpetuadoras de uma espécie nojenta.

– O homem é pior que as feras – ele dizia. – Os crocodilos emergem das águas nos tempos difíceis e compartilham o alimento com o leão, enquanto o homem envenena o vizinho para não repartir nada com ninguém.

Ele bebia demais e voltava tarde da noite para casa com os cabelos despenteados e os olhos vermelhos, cambaleando e falando sozinho. Algumas vezes, voltava cheirando a perfume. Perfume barato. Eu nem precisava perguntar de onde estava vindo. Ele costumava frequentar um inferninho da cidade chamado Milk Bar. As moças do templo o viam entrar lá. Mulheres pintadas com espalhafato, mulheres não muito jovens mas ainda bem apanhadas, fumavam do lado de fora do estabelecimento. Ele quase sempre perdia as chaves e batia à porta tarde da noite, cantando em malaio para Lalita abrir:

– *Achi, achi buka pintu.*

Eu temia que ele tivesse se tornado um alcoólatra.

Jeyan nem tentou se submeter aos exames finais. Sabia que não conseguiria passar. Foi ser um leitor de relógios para a companhia elétrica da cidade. Depois chegou à idade de se casar e Rani, que tinha se tornado uma casamenteira profissional, mandou um recado dizendo que tinha encontrado uma esposa para ele. Para Lalita, não havia pretendentes. Ela já estava com trinta anos de idade. Quase muito velha para se casar.

Lalita

Quando Rani encontrou uma noiva para Jeyan, mamãe o levou para conhecer a moça. Ela voltou com um ótimo humor e muito animada. A moça era bonita e decente. Mamãe disse que Jeyan devia ter tido um excelente carma na última vida passada para merecer uma moça como aquela. Ratha era órfã e tinha sido criada por uma tia solteirona que poupara cinco mil *ringgit* para o dote da sobrinha. Era uma soma insignificante para negociar, mas mamãe estava determinada a conseguir uma mulher para Jeyan e aceitaria mesmo que não houvesse dote algum sobre a mesa.

Fiquei observando enquanto Jeyan se sentava na cadeira e olhava para mamãe sem dizer uma palavra, com um vazio no rosto bem típico dele. Talvez estivesse ouvindo, mas conheço meu irmão muito bem. Jeyan se evadia mais uma vez com uma cara preocupada de criança e se comprazia em lembrar o olhar de soslaio arrojado que acabara de ser lançado apenas para ele. Seu único pensamento eram os pés tatuados de hena que se sobressaíam na bainha das pregas de um sari verde e vermelho e as mãos delicadas que timidamente lhe serviram chá e deliciosos bolinhos.

Por trás da fisionomia desatenta de Jeyan, ardia uma espécie de excitação reprimida. Ele estava sonhando. Sonhando com o brilho de almíscar de seios dilatados, com uma pele sedosa e um corpo que deslizava debaixo dele como um cisne. Ele estava sonhando com a doce vida que teria com Ratha.

A data para o casamento foi marcada. Ficou decidido que seria um casamento simples no templo. Na verdade, a decisão foi de mamãe. A moça não tinha parentes, e minha mãe não gostava de ostentar riqueza. Um casamento sem pompas parecia mais lógico. Fechamos a casa e fomos ficar com um primo de mamãe em Kuala Lumpur. Era uma casa pequena e cheia de crianças levadas. Passavam o dia inteiro correndo aos gritos, dando trombadas nos adultos como se fossem peças de mobília. Engalfinhavam-se, cantavam, choravam e caíam da escada como se não fossem de carne e osso e sim bolas de borracha indianas. Sairíamos daquela casa para a planejada cerimônia simples no templo.

No grande dia, meu irmão surgiu resplandecente no saguão, vestindo um *veshti* branco e um turbante nupcial. Colocou-se altivo na frente da nossa mãe para receber a bênção dela. Pela primeira vez, o rosto quadrado dele parecia esperto e animado. Mamãe saboreava o prazer de ter assegurado uma noiva adorável para o estúpido filho, quando um garotinho entrou pelo saguão como um pele-vermelha aos pulos até escorregar numa pequena poça de óleo no chão. Paralisados, nós o vimos patinar pelo solo como uma enguia gigante bizarra. Uma enguia que colidiu com o cerimonial preparado para o meu irmão. Um enorme prato de prata cheio de *kum-kum* voou pelos ares, espalhando uma névoa avermelhada antes de cair no chão. O barulho que o prato fez quando caiu e rolou sem parar foi ensurdecedor. O sorriso sumiu do rosto de mamãe e deu lugar a uma máscara atônita.

Por alguns segundos, ninguém se moveu. Até o garotinho que tinha causado o *big bang* paralisou de medo. Ficou estirado no chão e olhou com olhinhos apavorados para a cara terrível que mamãe fazia. Ela mirava a bagunça no chão como se aquilo não fosse um *kum-kum* barato disponível em qualquer armazém e sim uma piscina de sangue drenado dos filhos. Eu não tirava os olhos dela.

– Por que esse garoto idiota teve que entrar aqui com tantos lugares por aí? – ela resmungou, balançando a cabeça. – É um mau presságio, mas chegou muito tarde. Não há nada a fazer além do que já foi planejado.

Com essas palavras, o rosto dela virou pedra. Ela se apressou. Os deuses tinham falado, mas tinham falado tarde demais; o casamento devia seguir em frente. Ela ajudou a criança a se levantar, despachou-a com severidade, pediu a uma jovem que estava por perto que limpasse a sujeira e depois caminhou em direção ao filho para abençoá-lo.

– Vá com Deus – disse bem articulado. Papai acompanhou o gesto e abençoou Jeyan.

O noivo saiu num carro com fitas azuis e prateadas, e os outros, espremidos nos veículos que estavam à disposição. Mamãe caminhou ao meu lado com uma fisionomia de granito e a determinação da marcha de um soldado. Sentou-se empinada no carro, sem dizer uma palavra, e olhou fixamente pela janela. De vez em quando, soltava um suspiro de arrependimento. A impressão que dava era de que estávamos indo para um funeral com roupas inadequadas; mamãe no seu sari amarelo-manga e eu no meu sari azul-real margeado de magenta.

Pensei com meus botões que ela estava exagerando, mas não me atrevi a abrir a boca para falar. Tudo não passara de um puro e simples acidente. Não tinha acontecido antes por puro milagre. O carro estacionou na frente do templo. Jeyan saiu. Seu traje branco cintilava ao sol do meio-dia. Alguém ajeitou o turbante dele. Ele era o rei do dia. Balançava a cabeça. Estava nervoso.

Lá dentro de templo, mamãe sorriu para as mulheres bem-vestidas e cheias de joias. Elas pararam de fofocar a respeito da noiva e retribuíram o sorriso. Mamãe passou, e elas enfim terminaram o falatório, mas esquadrinharam todos os presentes com olhos escuros e alertas. Elas me olharam com piedade.

Ficamos no tablado e observamos a chegada da noiva, que era escoltada por uma velha tia e uma amiga. Estava linda em seu sari escuro com pontos verdes e dourados e uma bainha toda bordada em fios de ouro. Era uma noiva magra e graciosa. Jeyan tinha tido mesmo muita sorte. Lá no tablado, ela sentou-se em cima das panturrilhas ao lado do meu irmão. Fez isso com tanta graça que me perguntei como alguém bonita como ela concordara em se casar com meu irmão. Estava com muitas joias, mas o que mais se sobressaía era o traje. Sabíamos que era uma moça pobre. Enquanto a contemplava, de repente notei que as lágrimas rolavam pelo rosto dela e caíam no caríssimo sari que mamãe tinha escolhido e comprado para ela. Uma pequena mancha escura espalhou-se rapidamente pelo colo da noiva. Eu me espantei pela visão daquele veio de água salgada e olhei abruptamente para mamãe, que também tinha notado as lágrimas. Parecia tão espantada quanto eu.

– Por que a noiva está chorando? – zumbiram as vozes, baixinho.

Não deviam ser lágrimas de alegria. A noiva chorava copiosamente. A pequena multidão, aglomerada nos amplos pilares do templo para assistir ao casamento, começou a cochichar:
— Olhe, a noiva está chorando — murmuravam entre si.
Assistíamos a tudo desconcertados, quando o elaborado ornamento preso ao nariz da noiva deslizou e tombou na mancha escura no seu colo. Ela emudeceu e o pegou, colocando-o rapidamente no seu nariz molhado. Todo mundo notou. O murmúrio na pequena congregação se intensificou, e as faces de mamãe se cobriram de um véu vermelho. Ficou embaraçada com o aparente sofrimento de uma noiva talvez relutante. Mas ninguém a tinha forçado. Mamãe havia falado diretamente com a garota. Fora uma escolha dela. Ela dissera "sim", abaixando a cabeça.

O rufar dos tambores se elevou, e Jeyan se voltou para a noiva e atou o *thali* em torno do pescoço dela. Eu o vi iniciar o cerimonial e vacilar quando percebeu as lágrimas da noiva. Confuso, ele se virou à procura dos olhos de mamãe. Ela balançou a cabeça, sinalizando para seguir em frente. Certo de que as lágrimas da noiva não passavam de um outro mistério que lhe era interdito, retomou o ritual e acabou de amarrar a importante corrente que os ligaria para sempre como esposo e esposa. A cerimônia estava então terminada.

Na recepção, mamãe não conseguiu nem comer nem beber nada. Só de olhar a comida, ela passava mal. Retornamos imediatamente para Kuantan. Foi uma viagem silenciosa. Mamãe estava mal-humorada e infeliz. Por que a noiva tinha chorado? Por que aquele garotinho surgira do nada para deixar em cacos coisas concretas que simbolizavam um casamento feliz?

No dia seguinte, os recém-casados chegaram lá em casa. Eles iam morar com a gente até conseguir dinheiro para comprar uma casa. Mamãe tinha se oferecido para contribuir com algum dinheiro para a compra. Vi da janela a esposa de Jeyan saltar do carro com muita graça. Parecia tranquila e apaziguada. Sem lágrimas. Mamãe saiu para receber a noiva, de bandeja na mão, com pasta amarela de sândalo, *kum-kum*, cinza sagrada e uma pequena pilha de cânfora para queimar. Ratha caiu aos pés dela, como mandava o costume. Depois se ergueu e vi pela primeira vez os olhos da minha cunhada. Estavam cegos de dor, embora a boca sorrisse polidamente ao aceitar as bênçãos de mamãe. Ela foi conhecer o quarto onde ia morar e saiu em seguida.

Saiu em busca de detergente e começou a limpar.

Limpou a cozinha, limpou o banheiro, limpou as prateleiras da cozinha, tirou o pó e esfregou o assoalho da sala, arrumou os itens do armário de temperos, varreu o quintal e tirou as ervas daninhas que brotavam ao redor da casa. E, sempre que terminava, fazia tudo outra vez. Quando tinha um tempo livre, lavava a roupa voluntariamente e limpava a calha e o dreno ou então cozinhava.

Sorria com um semblante extraordinariamente trágico e dispensava ajuda.

– Oh, não, não.

Ratha dava conta de tudo. Não se amofine com isso, ela adorava fazer faxina. Estava acostumada com o trabalho pesado. Só falava quando falavam com ela. Em uma das rondas de faxina, ela achou um cesto velho e sujo debaixo da casa. No passado, eu guardava a minha boneca naquele cesto. Ela o limpou em silêncio triunfante e entrou na sala com o cesto no braço.

– Posso fazer as compras? – se ofereceu e esperou pela resposta.

– Tem dinheiro lá dentro daquele elefante de porcelana na cristaleira. Pegue cinquenta *ringgit* – disse mamãe do quarto.

Minha mãe gostava muito dela. Ficou encantada com a nova nora. Gostou de Ratha desde o primeiro momento que a viu, ao contrário do que tinha sentido quando conheceu Rani.

Ratha pegou o dinheiro, fez as compras e voltou com o troco certo. Mamãe adorou.

– Viu só? Eu estava certa em confiar nela.

Já na cozinha, Ratha tratou de transformar as compras em pratos exóticos. Era como um alquimista. Pegava um pouco de carne, alguns temperos e alguns legumes e verduras e transformava tudo em refeições suntuosas que turvavam nossos sentidos e nos faziam perguntar com esperança:

– Tem um pouquinho mais?

A genialidade dela era inigualável. Preparava vidros de geleia de gengibre e *chutney* de tomate que nos acompanhavam por muito tempo. Resoluta, decapitava adoráveis pombos selvagens e outras aves silvestres e marinava a carne escura em cascas de papaia para amaciá-las. Derretiam na boca como manteiga.

Sentávamo-nos à mesa e nos deparávamos com bolinhos chineses cozidos no vapor e recheados com carne ou com peixe com lima, cardamomo e sementes de cominho. Ratha tinha aprendido a aromatizar o arroz com essência de *kewra*, antes de cozinhá-lo no vapor dentro de um talo esbranquiçado de bambu, e fazia uma abóbora com tamarindo e anis-estrelado com gosto de açúcar caramelizado. Ela sabia como assar galinha dentro de coco verde e conhecia todos os segredos do sabor das flores de banana cozidas com crosta de toranja. Defumava cogumelos, refogava orquídeas e servia um peixe salgado com uma pasta, cremosa e temperada, de durião.

Que maravilha de mulher. Era boa demais para ser de verdade. Como é que fazia tudo aquilo?

Que sorte teve Jeyan!

Mamãe não cabia em si de orgulho pela nora.

– Olhe o que ela faz e aprenda – sussurrava asperamente para mim, com seus olhos críticos no meu cabelo despenteado. – Se Lakshmnan tivesse arrumado uma mulher igual, certamente teria tomado jeito – suspirava melancolicamente.

Todo dia, Ratha oferecia às cinco da tarde uma bandeja cheia de bolos *Rajastani* feitos com farinha de amêndoa, mel e manteiga, ou suculentas balas de leite banhadas em xarope de rosas, ou deliciosos biscoitinhos de violeta feitos de ingredientes secretos, ou então, os meus favoritos, bolos de nozes adocicados e temperados com especiarias.

– Onde você aprendeu a fazer tudo isso? – perguntou mamãe, realmente impressionada.

– Com uma vizinha muito querida – ela respondeu.

Desde criança era amiga de uma velha que era tataraneta de um dos dezesseis cozinheiros mais famosos das cozinhas da corte do imperador Dara Shukoh, filho mais velho de Shah Jehan. O imperador Dara Shukoh se orgulhava do suntuoso estilo de vida que levava e, em suas cozinhas, só eram preparados os pratos mais refinados. Das páginas rasgadas e soltas que um dia foram relíquias do poderoso império Mughal, a velha havia ensinado para Ratha os segredos da culinária Mughal.

Uma vez, Ratha criou para mamãe uma romã açucarada, com amêndoas, suco de fruta e uma cobertura de xarope. Quando mamãe abriu a romã, estava tudo lá, o miolo, as sementes e a película entre as sementes. Parecia tão real que vi nos olhos de mamãe um brilho de admiração pelas habilidades da moça. Para mim, ela fez uma réplica de pão doce com amêndoas tostadas por cima. A beleza era tanta que fiquei com pena de comê-lo e o coloquei na cristaleira. Para Anna, fez um mimoso passarinho. Tão vivaz, tão lindo. Claro que também era muito bonito para ser comido.

– Vem sentar aqui do meu lado – disse mamãe mais uma vez.

– Só vou fazer uma última coisinha – disse Ratha enquanto saía para passar um esfregão na caixa onde se guardava o carvão. Fazia uns vinte anos que ninguém limpava aquele canto.

Já não havia realmente mais nada para ela fazer, se bem que desconfio de que queria limpar novamente o fogão quando mamãe falou:

– Deixe isso aí. Descanse um pouco aqui do meu lado.

Ela então voltou com relutância e sentou-se, puxando o roupão para baixo de maneira a quase cobrir os tornozelos. Manteve os olhos abaixados. Minha mãe sorriu e procurou encorajar a nora mais estimada. Na cabeça de mamãe, só havia uma pergunta: "Por que você chorou?", mas de sua boca só saíram perguntas sobre o passado de Ratha. A garota respondia de forma obediente e cuidadosa. Não se poderia acusá-la de estar sendo astuta e obtusa porque respondia a tudo com honestidade e sem hesitação, mas, mesmo assim, a gente ficava com a impressão de que estava se intrometendo. Seguidas vezes, ela lançava um olhar um tanto questionador que era como se estivesse perguntando:

– E o que é que você tem a ver com isso?

O desconforto e a insatisfação de mamãe eram visíveis. Olhava para Ratha e via uma jovem bonita e pura, asseada e sorridente, mas entre ela e aquela garota se interpunha uma barreira invisível de incrível cortesia. Alguma coisa estava errada, e mamãe estava determinada a descobrir. Nunca descobriu.

Ratha tinha estranhos hábitos de higiene pessoal. Entrava no banheiro com uma escova de cabo de madeira e cerdas de aço e saía do banho com um brilho rosado. Sim, ela disse surpreendida com nossa surpresa, esfoliava a pele com a escova.

Jeyan se esgueirava sorrateiramente ao redor dela, observando-a em segredo como se ela pertencesse a mais alguém. Ele saía do quarto como um ladrão. Seus olhos cuidavam dela, se moviam por cima dela, descansavam nela, afagando-a. Suas intenções privadas eram todas impacientes. Vez por outra, alguém o flagrava na tentativa de capturar os olhos dela e logo tinha de desviar a atenção, embaraçado com a imensa súplica que havia nos olhos do meu irmão. Ele estava completamente apaixonado por ela. Então já fazia quinze dias que eles estavam lá em casa, quando chegou um convite de Rani. O jovem casal era convidado para jantar.

– Não vamos demorar – disseram para mamãe.

– Voltem em segurança, meus filhos – ela se despediu.

Jeyan voltou sozinho para casa tarde da noite.

– Onde está sua mulher? – perguntou mamãe, ansiosa.

– Ainda está na casa de Rani. Ela nos convidou para passar um tempo lá e me pediu para pegar as coisas de Ratha aqui em casa.

– Onde vocês vão dormir? – ela perguntou com um ar desconcertado, não só porque a casa de Lakshmnan tinha um único quarto como também pela surpresa com a virada dos acontecimentos.

– No chão da sala, acho eu. – Jeyan deu de ombros com impaciência, ele queria pegar as coisas da mulher e sair logo de lá.

– Entendo – ela disse bem devagar. – Tudo bem, pegue as coisas dela.

Jeyan entrou apressado no quarto impecavelmente asseado, onde tinha vivido durante quinze dias com a esposa. Colocou todos os pertences dela numa mala pateticamente pequena e foi até a varanda, onde mamãe estava sentada em silêncio. Plantou-se ali com desconforto até que ela disse:

– Pode ir.

Ele me lançou um rápido olhar de alívio e desceu a escada com as malas batendo nas suas pernas finas. Mamãe continuou sentada na varanda com um semblante estranho enquanto o observava partir. Mesmo depois que ele virou a estrada principal e sumiu de vista, continuou no mesmo lugar de olhos fixos no horizonte.

A escova de cabo de madeira com cerdas de aço de Ratha ficou numa prateleira do lado de fora do banheiro. Na pressa, Jeyan se esqueceu de levá-la. Peguei a escova, experimentei as afiadas cerdas na minha pele e recuei em pânico quando senti o quão eram afiadas e ásperas, admirada de que alguém pudesse usar um objeto como aquele no próprio corpo. Aquilo podia ser muito bem um instrumento de tortura.

Uma vez, a vi no mercado com um cesto dependurado no braço. Compridas vagens e um peludo rabo de esquilo marrom avermelhado pendiam graciosamente para fora do cesto. Ela estava de pé ao lado de um vendedor de água de coco e olhava com tristeza para os pobres macacos enjaulados. Parecia tão desesperada que dei um passo para trás e me escondi atrás de altas pilhas de sacos de arroz ao lado de uma barraca. Ela era, sem dúvida, uma criatura intrigante. Cheia de segredos tristes. De repente, virou a cabeça como se consciente de que eu estava olhando. Talvez tivesse visto a minha sombra, mas fingiu que não tinha visto. Eu a vi quando saiu apressada de perto dos macacos, que gritavam e se atiravam furiosos contra a tela da gaiola. Imaginei Ratha de boca calada, limpando a casa de Rani de cima abaixo e depois limpando novamente enquanto Rani descansava de papo para o ar. Talvez ela também fizesse uma réplica de uma berinjela ou de um ramo de pimentas para a nova anfitriã.

Já fazia dois meses que Ratha tinha saído para jantar e misteriosamente não voltara. A vida retomou o seu curso. Jeyan aparecia à noitinha, mas sempre parecia apressado para se juntar à esposa. Eu sei que mamãe ficou magoada pela partida de Ratha sem ao menos se despedir, mas ela só conseguia dizer:

– Se eles estão felizes, eu também estou.

Então, um dia, Jeyan entrou pela porta esbaforido, em pânico frenético. Estava com o rosto crispado por uma emoção desconhecida. Eram aproximadamente nove da noite, e mamãe estava esperando o início de um programa de luta vale-tudo. Nunca perdia esse programa, torcia loucamente para os lutadores de que gostava e até hoje acredita que todos aqueles pontapés e socos são de verdade. Não tenho coragem de contrariá-la. Conheço mamãe, a luta perderia todo o fascínio. Pois bem, o fato é que Jeyan chegou naquela noite quase sem conseguir respirar direito, tomado por um pânico incoerente.

– Rani avisou que temos vinte e quatro horas para sair da casa! – ele gritou.

Naquele tempo, quando os empregados do governo faziam algo imperdoável ou terrível como, por exemplo, roubar, eles recebiam uma notificação para deixar os alojamentos em vinte e quatro horas. E, por mais risível que pareça, Rani tinha isso em mente quando notificou o cunhado e a esposa com a mesma pompa oficial.

Eu podia ouvir o chiado asmático no peito da minha mãe.

– Por quê? – ela perguntou.

Jeyan abriu os braços agitados.

– Não sei. Acho que brigaram. Lakshmnan saiu de casa com raiva, e Rani está acusando Ratha de não se satisfazer com um único homem. Acho que ela é completamente maluca. A senhora acredita que ela se sentou na escada da frente da casa e começou a esgoelar para todos ouvirem que Ratha tentou roubar o marido dela? Isso é uma grande mentira. Ratha me ama. Rani está doida. Ela está aos berros, dizendo com palavras cruéis e vulgares que Ratha quer os dois irmãos. Ratha está de joelhos na cozinha, limpando o chão. Não sei o que fazer. O que devo fazer? Trazer a Ratha de volta pra cá?

– Pra cá, não, porque Ratha não quer morar aqui e não posso aceitá-la de volta depois que ela saiu daqui do jeito como saiu, mas há quartos disponíveis nas lojas ao longo da rua. Vá e alugue um, rápido. As lojas ficam abertas até as nove e meia da noite.

– Mas o aluguel, o depósito...?

– O que você fez com o dinheiro do dote? – perguntou mamãe com as sobrancelhas arqueadas.

– Se foi. Rani estava precisando desesperadamente de dinheiro e pediu para Ratha. Prometeu pagar o empréstimo em poucos meses.

– Quando foi que isso aconteceu? – ela perguntou com um tom de voz muito mais calmo.

Jeyan não precisou pensar muito.

– Na segunda-feira passada.

– Até então a sua esposa não queria o marido dela, não é? – ela disse com um risinho nervoso, mas o pobre do Jeyan se limitou a olhá-la com uma cara desconsolada. Ele era apenas um homem. Não era páreo para Rani com sua língua sagaz e seus ardis.

– Veja qual é o preço de um quarto e lhe darei o dinheiro – ela lhe disse. – Agora vá, rápido, caso contrário, eu terei de pagar um hotel.

– Está bem, muito obrigado.

Jeyan saiu de casa com um ar preocupado. A porta da casa da mãe estava fechada para ele e a esposa. Enquanto isso, Rani se esgoelava, soltando cobras e lagartos à frente de sua casa, e a esposa dele limpava o chão da casa dela. E agora estava mais do que claro que ele perdera o dinheiro do dote para aquela mulher ardilosa. Em toda a vida, ele nunca tinha tido tantos problemas.

– Nunca deveríamos ter ido para a casa dela – disse para si mesmo.

Jeyan era naturalmente obtuso quando se tratava de mulheres. Certa vez, mamãe lhe perguntou:

– Jeyan, você sabe por que sua mulher chorou no dia do casamento?

Ele a olhou com um olhar vazio e perplexo. As noivas não costumavam chorar de alegria no dia do casamento? Mais tarde, perguntou para Ratha e voltou para relatar.

– Ela não quis me dizer – reclamou de forma quase petulante. – Disse que não é nada importante.

– Digamos que foi de nervosismo, se você quer saber – ela retrucou enfadada, quando ele se interessou novamente.

E foi assim que Jeyan se mudou com a esposa para um quartinho em cima de uma loja. Eram obrigados a partilhar o banheiro com mais dez pessoas e havia muita coisa para manter a mania de limpeza de Ratha ocupada. E deve ter mesmo ficado muito ocupada porque nunca veio nos visitar. Enquanto teve chance, Rani tratou de envenenar Ratha contra nós.

Uma tarde, Rani nos fez uma visita. Trouxe um saquinho de uvas. Importadas, ela exclamou com um ar de importância. Mamãe agradeceu e peguei prontamente o pacote. Rani instalou-se numa poltrona. Lavei as uvas, coloquei num prato e levei para a sala. Servi as uvas para ela.

– Como você está? – perguntou mamãe.

Se você estivesse olhando para elas, não pensaria que minha mãe odiava Rani, o que eu sabia muito bem, e que tinha plena consciência de que este sentimento era recíproco entre as duas.

— São as minhas juntas — disse Rani com um ar de sofrimento. Ergueu o sari e mostrou os joelhos. — Olhe só como estão inchados! — choramingou.

Olhei para as pernas dela perfeitamente saudáveis. Talvez de noite os joelhos incomodassem, mas durante o dia estavam bem saudáveis. Ela abaixou o sari com elegância e pegou um punhado de uvas.

— Tenho de explicar para a senhora toda essa confusão com o pobre Jeyan e aquela mulher terrível. Não quero que a senhora tenha má impressão de mim. Fiquei com aquela jovem somente por bondade. Para ser sincera, às vezes acho que sou boa demais. Ajudo as pessoas, e elas me apunhalam pelas costas. Comprei até vitaminas para o marido dela ser mais potente com ela. E o que ela faz? Tenta seduzir o meu marido como se eu não notasse. Sou muito mais esperta que ela.

Pôs duas uvas na boca e mastigou-as enquanto pensava.

— Percebi logo o que ela queria. Toda vez que Lakshmnan ia levantar peso no quintal, ela ia para a cozinha e fingia que estava fazendo uma faxina. Não sabia que eu estava vendo da sala onde me sentava. Eu via muito bem como ela olhava da janela da cozinha. Não sou cega. Ela queria que ele pensasse que era trabalhadeira. Queria me rebaixar aos olhos dele. Peguei cinco mil *ringgit* emprestados com ela. O salário de professor não dá para muita coisa. As crianças estavam passando fome. Não havia comida dentro de casa e estávamos cheios de contas para pagar. Enfim, eu soube que ela tem espalhado por aí que eu, logo *eu*, que abriguei aquela ingrata, fiquei com o dinheiro do dote dela. A senhora acredita nisso?

Rani parou para respirar e se mostrar ultrajada.

— A verdade, minha sogra, é que a senhora devia me dar esse dinheiro para que eu tenha o prazer de atirá-lo na cara daquela vadia e fazê-la parar de jogar o nome desta família na lama.

A mão de mamãe tremeu, mas o sorriso permaneceu intacto.

Rani saiu lá de casa naquela tarde sem conseguir o dinheiro. Durante uma hora e meia, mamãe zanzou pela casa, resmungando:

— É de espantar! — Estava tão furiosa que não conseguia ficar parada e, vez por outra, ria alto. — Mas que petulância dessa minha nora! Deve achar que sou uma tola. Achou que eu, logo eu, colocaria não mil, nem dois mil, mas *cinco* mil *ringgit* na mão dela na ilusão de que iam parar na mão de Ratha? Ah, se eu quiser que Ratha tenha esse dinheiro, eu mesma o darei para ela, sem que passe primeiro pelo estômago daquele crocodilo ganancioso.

Logo depois, Ratha ficou grávida. Enjoava muito pela manhã. Mamãe lhe mandou biscoitos de maisena, gengibre marinado e três vestidos para gestante. E também se ofereceu para ajudar a pagar um apartamento recém-construído num bairro fora da cidade, mas Ratha era muito orgulhosa para aceitar e recusou polidamente por meio de Jeyan. Uma vez, a vi no mercado à noite com um dos vestidos que mamãe tinha mandado. Estava com um corte de cabelo mais prático. Os cachos caíam enrolados em volta de um pescoço frágil e a tornavam ainda mais jovem e mais vulnerável. Ela estava triste. Mesmo em meio ao burburinho ao redor, era possível sentir a tristeza dela. Dessa vez, ela realmente me viu, mas fingiu que não viu e sumiu apressada no meio da multidão colorida.

Jeyan teve uma filha. Eu e mamãe fomos ao hospital para ver Ratha e o bebê. Levamos lindos conjuntinhos feitos à mão com pequenos gorros que combinavam e pequeninas joias para a menininha. Era um bebê adorável, todo rosadinho e com cheiro de talco e leite. Segundo mamãe, Anna tinha a mesma cor quando nasceu. Ratha agarrou o bebê contra o seio no mesmo segundo em que nos viu. Aquele bebê era a coisa mais valiosa que ela já tinha tido na vida. Agarrou o bebezinho com tanta força que ele começou a chorar.

— Vem com a vovó — cantarolou mamãe para aquele rostinho avermelhado.

Ratha se sentiu infeliz e enrugou a testa, mas o bebê abriu as mãozinhas e parou de berrar na segurança dos braços de mamãe. Ela nanou o bebezinho e depois devolveu para Ratha, que suspirou aliviada por ter a filha outra vez nos braços. Alguns dias depois, Ratha e a recém-nascida foram para o quartinho em cima da lavanderia.

— A fumaça que sai da lavanderia não faz bem para o bebê — disse mamãe para Jeyan.

— Que nada. — Ratha fez pouco caso quando Jeyan lhe contou o que mamãe tinha dito.

* * *

Quando a vi novamente, ela estava grávida. Usava o mesmo vestido de gestante que mamãe comprara dois anos antes. Já estava desbotado. Os cabelos tinham crescido. Estavam presos num rabo de cavalo. Ela parecia mais infeliz do que nunca.

O segundo bebê nasceu. No hospital, ela sorriu por cortesia para mamãe e para mim. Não havia nada por trás daquele sorriso, nem hostilidade nem afeto. Era o sorriso de uma estranha. A filhinha mais velha estava sentada quietinha na cama. Seus grandes olhos úmidos nos fitaram com curiosidade. Quando mamãe tentou pegá-la no colo, ela cobriu os olhos com as mãozinhas e começou a soluçar indefesa. Estava com medo daquela mulher vibrante e desconhecida. Como se já escaldada, mamãe desistiu. Ocupou-se em levantar o lençol para ver o segundo filho de Jeyan. Uma outra menina. Dessa vez, mamãe não tentou segurar a neném. De repente, ela se mostrou preocupada e distante. O desconforto nos fez ir embora alguns minutos depois. Eu estava com um gosto azedo na boca.

As coisas também estavam azedando no quarto em cima da lavanderia. Jeyan já não se apressava em voltar para casa para ver a esposa de olhar vidrado. Saía do trabalho e ia direto para nossa casa. Sentava-se na sala e ficava assistindo à televisão com olhos inexpressivos e, depois de comer, reclamava da esposa para quem quisesse ouvir. Ela era má. Ela estava pondo as crianças contra ele. Ela se recusava a cozinhar para ele. Ela também se recusava a lavar as roupas dele. As coisas iam de mal a pior. Ela batia nas filhas quando falavam com ele. Ela jogava restos de panelas sujas nas roupas limpas dele que o rapaz da lavanderia deixava à porta. Ela nutria um ódio especial pela primeira filha. A menina era muito parecida com o pai. Estava se tornando retraída e inatingível. Só falava quando falavam com ela e era lenta.

– Rápido, come mais rápido!

Ratha gritava no ouvido da criança e empurrava o alimento cada vez mais rápido até que ela engasgava e tossia. E aí vinham as lágrimas, mais palavras iradas e palmadas. Parecia que Ratha odiava Jeyan só por vingança. Mas por que se sentir tão surpreendida? O *kum-kum* tinha se derramado antes do casamento.

O casamento morrera naquela ocasião. Restara apenas o fedor da decomposição.

A menina mais velha estava com cinco anos, quando Ratha pediu que Jeyan saísse de casa. Ele encontrou um quarto em outra loja na mesma rua. A verdade era que ele não sabia como viver sem ela. Aprendera a viver com o abuso e o ódio, mas não sabia como sobreviver sem ela. Para o melhor ou para o pior, ela estava no sangue dele. Ele queria ficar por perto para ver as filhas e a esposa, mas ela se recusava até a olhar na direção dele. Deixava perfeitamente claro que não tinha nada a ver com o marido. Ela entrou com o pedido de divórcio. Jeyan achou que, caso se recusasse a dar dinheiro para mantê-la, ela voltaria. Lá daquele quarto miserável próximo à casa dela, ele a vigiava na certeza de que ela não aguentaria. Sem amigos, sem trabalho, sem família para ajudá-la, sem dinheiro e com duas filhas para criar e contas para pagar. Ela voltaria e se arrastaria de joelhos. Eu via uma luz vingativa nos olhos dele. Ele dizia que lhe daria uma lição.

Ela, porém, tinha jurado que não voltaria. Ignorava os olhos ardentes que a seguiam quando saía de casa. Deixava um velho cobertor dependurado na janela a noite inteira para que nem sombra se visse. Depois arquitetou um plano. Não queria o dinheiro dele.

Primeiro fez bicos e saía para trabalhar com as meninas que mais pareciam gatinhas assustadas agarradas à saia dela. Era muito difícil. Ela trabalhava para mulheres desalmadas e exigentes que toleravam as filhas para ter uma faxineira exemplar. De noite, costurava blusas de sari para essas mesmas mulheres ricas e para as amigas mimadas delas.

Aos poucos, foi poupando dinheiro para fazer um curso de bolos ministrado pela esposa de um ex-policial. Aprendeu a assar bolos num apartamento de um edifício azul e branco, exclusivo para policiais e famílias. Depois empregou o suado dinheiro que ganhava para frequentar cursos de decoração de bolos. Jeyan a vigiava de sua janela com inveja, assistia a como ela progredia e se liberava dele. Começou a beber no final da tarde. Vestido no seu uniforme azul de medidor de eletricidade, sentava-se nas biroscas da cidade e se embebedava com *samsoo*, a aguardente local.

Eu o via falsamente alegre na companhia de outros homens. Todos eram amargos, com casamentos fracassados que ganiam atrás e com sombras chorosas de filhos abandonados que puxavam a ponta de suas camisas surradas e imploravam por um pouco mais de amor. Como eles desprezavam as mulheres! Cadelas vadias, boas para nada! Depois falavam obscenidades sobre as prostitutas que perambulavam pelas ruas nas imediações dos prédios recém-construídos. Jeyan precisou de um bom tempo para aceitar que realmente tinha perdido Ratha, mas, quando isso aconteceu, aí era que já não se importava com mais nada.

Ela praticou no seu quartinho até ter certeza de que os bolos de aniversário eram muito bons e podiam ser degustados. Depois começou a dar cursos no centro cívico. Sobrevivia sem um só centavo de Jeyan. Os cursos dela ganharam fama em Kuantan. Eram frequentados pelas mulheres indianas e também pelas malaias, bastante conhecidas pela falta de criatividade e de paciência para o trabalho artesanal. Essas mulheres voltavam para casa com ramos de rambutã e mangostão feitos de açúcar. Ela se mudou do quartinho em cima da lavanderia, que fazia a filha mais velha tossir de noite. Como odiava o marido! Como odiava a mulher que o tinha gerado! Não queria mais nada com a gente. Nós tínhamos estragado tudo dela.

Frágeis e assustadas, as filhas a seguiram na nova vida.

– Vocês não têm pai – ela dizia. – Ele está morto.

As meninas assentiam com grandes olhos crentes, como anjos estúpidos de asas esfarrapadas nas mãos. Quem pode saber o que se passava naqueles pobres cérebros? Pobres criaturinhas, cujo mundo era repleto de adultos cruéis. Será que não se lembravam mesmo daquele homem magro que uma vez ou outra as erguia para o alto? Aquele homem de cara grande e simples e muito lento para falar e com poucas palavras na boca... Sim, elas se lembravam dele como se lembravam dos botões perdidos de suas blusas. Aprenderam a rodear a mãe nas pontas dos pés com suas roupas limpas e surradas dentro daquele quartinho. O temperamento dela era bem feroz e repentino. Levava as meninas de mãos dadas para a escola. A professora era uma amiga de Anna.

– São crianças ótimas – confidenciou a mulher para Anna. – Mas eu gostaria que falassem um pouco mais.

A última vez que vi Ratha ela estava entrando num ônibus. Havia se mudado para o outro lado da cidade, o mais longe possível do seu patético e bêbado marido. Observei-a com atenção. As filhas não estavam com ela. Mesmo de costas para mim, reconheci na mesma hora. Talvez pela escova de cerdas de aço ou quem sabe pela vida dura que levava, alguma coisa a tinha tornado quase irreconhecível. Estava tão magra que a pele fazia pregas nos ossos. Quando ela ajeitou o cesto no braço, as pregas da pele se mexeram no cotovelo. Ela se virou para pagar e pegar o troco com o motorista do ônibus e fiquei chocada com a visão daquela boca crispada em definitivo para baixo, como um paciente parcialmente paralisado por um derrame. Os cabelos caíam em mechas esparsas e dava para ver que alguns pontos da cabeça estavam carecas. Ela me fez me lembrar de um filme tâmil cuja heroína vai se afastando dos olhos da câmera contra o fundo de um bosque. É inverno na cena, todas as árvores estão desfolhadas, e o silêncio é desolador. Só se vê a imagem da mulher desaparecendo de costas. Esse mesmo desvanecimento me faz lembrar de Ratha. Ela se afasta da câmera cada vez mais. Vai diminuindo, diminuindo, até se tornar um pontinho no horizonte. Adeus, Ratha.

    Nunca sei para onde os anos vão, mas já não fico lá fora por entre os pés de dedo-de-moça e de beringelas em cores, observando os insetos ou alimentando as galinhas na caverna mágica debaixo da casa. Lá fora, a terra deixou de ser cultivada. As ervas daninhas tomaram tudo. Acordo pela manhã e, depois de fazer as tarefas domésticas, é hora de uma soneca pela tarde. Depois tem a TV, é claro, até a hora de dormir. Às vezes vou ao cinema e, no entardecer das sextas, ao templo. Assim, certa manhã, acordei com quarenta e cinco anos e solteira enquanto papai estava com oitenta e dois. Olhei para ele, um velho em sua bicicleta bamba. Durante anos, observei da janela, enquanto papai montava na mesma bicicleta enferrujada e saía pedalando pelo mesmo caminho e me preocupava com a possibilidade de um dia ele cair e se ferir. Mas, quando isso finalmente aconteceu, eu estava no mercado. Mamãe era que estava vigiando da janela e o viu cair no chão depois que a bicicleta trombou nas raízes protuberantes do pé de rambutã, que, com o passar dos anos, se tornou uma árvore gigantesca.

Ela saiu descalça lá de casa para ajudar o meu velho pai, que estava estendido de barriga para cima, muito assustado e sem se mexer. Mamãe tinha então sessenta e um anos. Seus membros estavam envelhecidos, mas ainda eram fortes. Ela se abaixou ao lado dele. A cara do meu pai parecia o leito de um rio seco. Com muitas rachaduras profundas. Ao longo dos anos, ela acabou aprendendo a lê-lo como um livro. Ele estava sentindo muita dor. Ela esticou os dedos e acariciou as rachaduras. Mesmo com uma dor insuportável, ele olhou para ela surpreso. A roda traseira da bicicleta ainda girava. Ela tentou ajudá-lo a se levantar.

– Não, não – ele resmungou. – Não consigo me mover. Minha perna está quebrada. Chame a ambulância.

Mamãe saiu em disparada até a casa do Velho Soong. Uma criada a fez entrar. Era a primeira vez que ela entrava naquele lugar. Reconheceu a mesa de pau-rosa da sala de jantar onde Mui Tsai serviu guisado de cachorro para o patrão, e o patrão passou as mãos nas coxas dela pela primeira vez. A mesa onde os japoneses tinham jogado Mui Tsai de barriga para cima e depois a estupraram, um após o outro. O chão do terraço estava frio debaixo dos pés da minha mãe.

– Sra. Soong – ela chamou com uma voz débil e rouca.

Por fim, a sra. Soong abriu uma porta escura de madeira e saiu. Não há como descrever o quão feia estava. Toda a beleza dela se dissipara. Estava gorda e quase careca. Os olhos, diminuídos pela gordura, não tinham alegria. A verdade era que a presença de mamãe pareceu incomodá-la. A presença de alguém que conhecia os segredos dela. Velhos e terríveis segredos que jaziam dentro daquela velha bruxa à frente dela. A bruxa abriu a boca e pediu para dar um telefonema. A sra. Soong apontou para um telefone próximo ao corredor. Mamãe telefonou, agradeceu à sra. Soonge e saiu rápido.

Passou pela casa de Minah, onde muito tempo atrás tinha visto uma jiboia junto com Mui Tsai. Fazia tempo que Minah havia partido. O protetor japonês deixou para ela um pedaço de terra e dinheiro para se mudar. Mamãe passou apressada pela casa dos chineses onde Ah Moi se enforcara anos antes. Papai ainda estava estendido no chão de barriga para cima. Completamente imóvel.

Ela sentiu vontade de chorar, mas sem saber por quê. Era óbvio que não se tratava de um ferimento sério. Por que então se sentia de repente tão perdida, tão abandonada? Como se ele a tivesse deixado, quando fora ela que o tinha deixado para chamar a ambulância. Por quê, depois de tantos anos, sem mais nem menos, ela sentia o coração doer ao pensar na dor dele e na possibilidade de perdê-lo? Ela então fez força para se lembrar do quanto ele a irritava e do quanto a aborrecia e do quanto a frustrava.

Olhou para ele, e ele olhou para ela.

Ele estava com um rosto inexpressivo. Olhava para mamãe da mesma forma como a tinha olhado ao longo de todos aqueles anos, desde o tempo em que ela o conheceu. Sólido, seguro e maleável como massa de pão. Ela achou que devia dizer o que estava sentindo. Talvez ele melhorasse se soubesse dos sentimentos confusos que ela sentia, do estranho desejo de vê-lo saudável. Aí cheguei esbaforida, e as palavras dela morreram na garganta. Ela ficou sem jeito por estar pensando aquelas tolices depois de velha. Ficou agradecida por não ter deixado escapar aquelas palavras ridículas e infantis.

Ela me deixou com papai e entrou lá em casa para se arrumar. Queria acompanhar o velho até o hospital. Ficar do lado dele. Claro que se sentia muito inquieta para ficar sozinha em casa. Tirou rapidamente o sarongue verde e marrom surrado e vestiu um sari azul-claro com bordas em verde-escuro. Encheu a carteira de dinheiro e a enfiou no *choli*. Quem naqueles dias sabia quanto poderiam custar os remédios? Ela penteou o cabelo e o enrolou num coque um pouco acima da nuca. Fez tudo isso em poucos minutos.

A casa estava muito silenciosa. Era como se soubesse que lá fora ocorrera uma tragédia. Era como se soubesse que os velhos ossos não teriam cura. Por fim, mamãe parou na frente do espelho para se olhar nos olhos. Estavam estranhos. Aproximou-se um pouco mais. Uma emoção suspeita nadava naqueles olhos. Isso a incomodou tanto que ela desviou o olhar e começou a pensar nas coisas práticas. Nos pés. Precisava fazer rapidamente alguma coisa com os pés. Lavou os pés, calçou os chinelos e saiu para esperar perto do velho. Ficou de pé com um ar confiante perto de mim e do meu pai, enquanto eu me aconchegava nele e lhe acariciava os cabelos brancos, vertendo lágrimas silenciosas pela face. Mas ela se fortaleceu com minha fraqueza. Ficou feliz por não ter sucumbido a emoções estranhas. Era uma mulher orgulhosa. Não queria se mostrar fraca nem tola. Agradeceu por não ser ela a estar aconchegada daquele jeito aviltante no chão, chorando como uma louca. Sabia que os vizinhos estavam espiando por trás das cortinas. Se fosse no passado, teriam acorrido para tentar ajudar, como na época em que os soldados japoneses levaram o marido de Minah e o metralharam. Mas agora tinha muita gente nova na vizinhança. Uma geração inteira de gente que sorria e acenava de longe. Gente que acreditava num estranho conceito ocidental chamado privacidade.

A ambulância irrompeu no nosso cantinho. Gritei freneticamente:

– Aqui! Aqui mesmo!

Dois homens de branco colocaram papai na maca. Ele gemeu de dor. Ao vê-lo sendo carregado naquela maca estreita por mãos apressadas e vestidas de branco, mamãe se viu tomada pela sensação de *déjà-vu*. Lembrou-se da última vez que o tinha visto em uma maca estreita. Na ocasião, ele estava pálido e inconsciente. E ela era apenas uma menina. Ela entrou na ambulância e se ajeitou em silêncio, enquanto o veículo disparava pelas ruas de Kuantan.

Papai fechou os olhos, exaurido. Parecia tão distante. Inusitadamente, ela quis tocá-lo, sentir se ele ainda estava com ela. Esses pensamentos a deixaram confusa. Talvez estivesse ficando velha ou então estava entendendo o cansaço dele. Fazia tempo que conhecia os devaneios dele e esperava pelo anoitecer, quando o esquecimento assentava como um cobertor grosso e macio. Talvez temesse o último anoitecer que chegaria para acolhê-lo, para convidá-lo. De repente, as pestanas dele se abriram. Demoraram-se no silêncio em volta e, como se confortadas pela fisionomia ansiosa dela, se fecharam novamente. Ela ficou feliz por ter sido uma rocha para ele. Sentiu que aos poucos o remorso se derretia e preenchia todos os buracos e cavidades dentro dela. Ela sempre foi péssima para ele. Durante toda a vida, ele tinha dado o melhor de si para ela, e ela havia retribuído com impaciência, grosseria e repressão. Fez com que os filhos soubessem que era ela que estava no comando. Não permitia que ele tivesse um rosto. E sempre invejava os pequenos carinhos que o mundo angustiado dele recebia das crianças. Ela havia sido egoísta e mesquinha.

Era apenas uma pequena fratura no fêmur. Engessaram a perna do meu pai. Ele ficou deitado no leito de olhos fechados. Ela notou que ele estava perdendo a cor. Ele era tão negro e agora estava desbotando. Agora era marrom acinzentado. As enfermeiras trouxeram a comida numa bandeja. Papai olhou sem graça e balançou a cabeça com um ar infeliz. Mamãe misturou um pouco de arroz ao caldo de peixe e o alimentou como nos alimentava quando éramos crianças. Ele comeu da mão dela como uma criança. Daquele dia em diante, só comeria se ela lhe desse a comida na boca.

– Amanhã trago a comida de casa – ela prometeu, feliz por poder contribuir positivamente.

Saiu da enfermaria com o coração pesado. Sem entender o que estava acontecendo com ela mesma. Afinal de contas, tivera uma longa conversa com o médico. Era apenas uma pequena fratura. Ele assegurara que não havia razão para se preocupar. Em três semanas, o gesso seria retirado e ele estaria novinho em folha. Ela pegou um ônibus para casa. Os táxis eram tão caros... Além do mais, gostava de andar de ônibus. Chegou em casa às quatro horas da tarde e tinha ficado o dia inteiro sem comer e ainda não tinha tomado as pílulas para a asma. Engoliu as pílulas com água na mesma hora. Estava sem apetite, mas o estômago roncava e então comeu um pouco de arroz com um refogado.

Nas três semanas seguintes, ela seguiu a vida com um padrão. Acordava de manhã sem pensar no café, preparava uma refeição apressada e saía correndo de casa para o hospital. Lá, dava a comida na boca do marido. Depois, recolhia as vasilhas vazias e voltava para casa de ônibus. Chegava em casa, tomava as pílulas para asma e, passada uma hora e meia, sentava-se para almoçar. Claro que não sabia que, quando ingeria as pílulas em jejum, estava prejudicando as paredes do estômago. Dia após dia, o ácido as corroía. Ela ignorava as fisgadas e cólicas ocasionais. Havia coisas mais importantes para fazer.

Mamãe chegou cedo no dia marcado para a retirada do gesso. Esperou sentada à cabeceira, enquanto eles cortavam a grossa camada de gesso amarelecido.

– Pode mexer – disse o médico, animado, para o meu pai.
Papai tentou mexer a perna, mas estava dura como se fosse uma pedra acoplada no corpo.
– Vá em frente – o médico praticamente ordenou. – Mexa a perna. Está um pouco tesa, mas está nova em folha.
O coitado do papai fez o máximo que pôde para mexer a perna.
– Ela não se mexe – ele disse por fim, já exausto pelas tentativas de mover a perna petrificada.
O médico franziu a testa, e a enfermeira fez uma careta. Esses velhos. Sempre fazendo manha. Minha mãe só olhava. As pontadas no estômago a incomodavam. O estômago queimava de dor.
O médico examinou novamente a perna de papai. No fim, ele disse que talvez o gesso estivesse muito apertado e que papai teria de fazer fisioterapia. O médico nos fez acreditar que, com um pouco de fisioterapia, logo papai estaria correndo outra vez pelos corredores do hospital. A verdade é que a perna dele estava morta. Todos os nervos estavam mortos. A perna estava fria e dura. E completamente paralisada.
Nos três meses seguintes, o meu pai se dedicou à fisioterapia administrada por enfermeiros antipáticos. Eles o acusavam de ser preguiçoso. Um dia, ele acordou com um pequeno pedaço de papel dentro da boca. Achou que tinha sido uma brincadeira dos enfermeiros. Ele se tornara o alvo das piadas. Sabia que sua incapacidade de melhorar deixava os enfermeiros irritados. Então, pediu para sair de lá. Disse ao médico que faria os exercícios em casa. Alegou que tinha filhos fortes que poderiam ajudá-lo. Uma ambulância o trouxe para casa. Os enfermeiros o transportaram com cuidado até a cama grande.
Ouvi o suspiro de alívio dele.
Mas lá em casa ele parou de se exercitar e, aos poucos, a outra perna começou a enrijecer. A paralisia roubou-lhe as pernas e começou a se insinuar pelo resto do corpo. Ele se tornou uma figura esquisita com joelhos dobrados. Quando tentávamos esticar as pernas dele, elas lentamente se dobravam de novo até os joelhos. Um mês depois, mamãe recebeu um diagnóstico de gastrite crônica. Tudo que comia lhe causava uma dor intensa. Durante o dia,

ela ingeria leite morno e bolas de arroz misturadas com iogurte. Nem frutas ela podia comer. Maçãs e laranjas faziam-na tossir sangue. Um tomate a fazia gritar de dor, e mesmo uma quantidade ínfima de tempero ou óleo fazia mamãe jogar o prato no chão pela frustração de não ter conseguido comer.

Lá no quarto, era óbvio que papai estava morrendo. Mamãe se sentava à cabeceira, mas também estava debilitada para impedir que a morte o levasse aos poucos. Na verdade, foi assim que a morte o levou, insinuando-se dia após dia, sem pressa, pelo corpo dele. Quando a morte reivindicou as mãos do meu pai, mamãe colocou garrafas de água quente nelas, como se pudesse aquecê-las e assim impedir que sucumbissem. Mas a verdade era que a linda criança da morte estava fazendo papai pagar por ter escapado de suas garras no passado, quando ele saiu daquela cova na selva, rindo e dizendo:

– Nove entre dez ainda é um bom trabalho.

Mamãe incumbiu Lakshmnan ou um dos outros rapazes de vir uma vez por dia para virá-lo e mudá-lo de posição. Ele estava cheio de escaras. Meus irmãos pegavam o frágil corpo do pai no colo e o lavavam como se ele fosse uma criança.

Sete meses depois, ele estava paralisado do pescoço para baixo. O corpo inteiro estava tão rijo e tão gelado, que, ao tocá-lo, era como se ele já estivesse morto. Papai sempre fez tudo lentamente e agora morria lentamente, dolorosamente. Era o jeito dele. Dava dó ver sua dificuldade para respirar. Já não queria se alimentar. Pouco a pouco, a cabeça também se congelou. Mamãe tentava fazê-lo engolir um pouco de leite, mas o líquido escorria pelos cantos da boca e pelo queixo. E mesmo assim ela se recusou a desistir. Ficava o dia inteiro à cabeceira dele.

Um dia, ele olhou para mamãe e sussurrou:
– Fui mais afortunado que Thiruvallar.

Depois disso, ele parou de falar e foi tomado pela terrível imobilidade da morte. Pelas pálpebras entreabertas, só dava para ver a parte branca dos olhos. A respiração se tornou tão fraca que era preciso encostar um espelho no nariz para ver se havia vida naquele corpo rijo. Embora o rosto e a cabeça estivessem gelados, ele continuava respirando. Os olhos fixavam o nada. Ele permaneceu gelado durante quatro dias, mas ainda respirava. Até que, no quinto dia pela manhã, minha mãe acordou, e meu pai estava completamente gelado. Das narinas, não saía mais um hálito morno. A boca se mantinha entreaberta. Todos os filhos e netos estavam à cabeceira quando mamãe chamou o dr. Chew. E o doutor declarou que papai estava morto.

 Mamãe não chorou. Pediu que Lakshmnan endireitasse as pernas do pai. Ela trouxe da cozinha um pedaço grosso de pau e depois saiu do quarto. Lakshmnan golpeou a rótula dos joelhos do meu pai com o pau. Ouvimos um estalido e lentamente o meu irmão puxou as pernas endurecidas do nosso pai para baixo até ficarem retas novamente. Lakshmnan trouxe o banco de mamãe para a sala de estar e deixou papai deitado em cima dele. O colchão da cama de casal foi levado para o quintal e queimado. Naquela noite, houve uma grande fogueira... Mamãe ficou sozinha de pé na frente do fogo para assistir às chamas alaranjadas que consumiam rapidamente o algodão do colchão. Parecia uma corajosa viúva que estava a ponto de cometer um antigo costume. Eu a visualizava se jogando corajosamente na fogueira onde o corpo do marido estaria ardendo em chamas. Ninguém precisou empurrá-la. Aliás, ninguém ousaria. Ela estava queimando bem mais que o colchão. Estava queimando uma parte de sua vida. Todos os filhos tinham sido concebidos naquele colchão. Ela se deitara naquele colchão com meu pai por muitos anos... E durante todos aqueles anos refez incontáveis vezes o estofamento para mantê-lo macio.

 Enquanto olhava o colchão queimar, ela se dava conta do quanto o havia amado. Ela o havia amado por todos aqueles anos sem saber disso. Ignorou como sendo tolices até aquelas pontadas desconhecidas que sentiu quando ele teve o primeiro tombo. Talvez soubesse o que era, mas o orgulho a impedia de falar para ele. Ela se lamentou com amargura por não ter falado. Talvez isso o tivesse deixado feliz. Por quê, por quê, se culpou, não tinha dito isso para ele? Talvez isso o tivesse feito querer viver. Minha mãe sabia que o maior desejo do meu pai era que ela o amasse um dia. As últimas palavras que ele deixou escapar com muita dor de sua boca imóvel soavam amargamente doces nos ouvidos dela:

 – Fui mais afortunado que Thiruvallar.

Ela entendeu a mensagem. Na série de histórias que compõem a corrente de lendas indianas, Thiruvallar é um dos maiores sábios que já viveram. No leito de morte da esposa, ele concedeu a ela um desejo.

– Peça – ele disse. – Peça o que quiser.

Ela poderia ter pedido o que há de mais precioso para qualquer indiano, ou seja, *moksha*, a libertação do ciclo de reencarnações, mas, em vez disso, quis saber por quê, no início do casamento, ele tinha pedido uma agulha e uma vasilha com água em cada refeição. E acrescentou que tinha notado, ao longo dos anos, que ele nunca as usara.

– Ah, minha querida esposa, a agulha era para pegar cada grão de arroz que viesse a cair acidentalmente da folha de bananeira, e a vasilha com água era para lavar os grãos antes de comê-los. O desperdício é um pecado que impede a entrada no paraíso. Mas, como você nunca deixou que um único grão caísse para fora da folha de bananeira, nunca precisei usar a agulha ou a vasilha com água.

Por ela ter sido uma boa esposa, isenta de qualquer reprovação, Thiruvallar lhe garantiu a dádiva de *moksha*. No último suspiro, papai quis que mamãe soubesse que ela era para ele mais preciosa que a esposa perfeita de Thiruvallar.

As lágrimas escorreram pela face da minha mãe. Ela sabia que havia aprontado uma grande confusão. Instigara os filhos a menosprezarem o pai, ensinara-os a ignorarem-no, e ridicularizara a natureza gentil do marido como aceitação idiota e preguiça. Ela o havia traído. Ele, que tanto a amara. Ela se sentiu vencida pela própria impaciência, por uma mente incrivelmente inteligente. Sua cabeça arruinara seu coração.

Sevenese

Sonhando quando a mão esquerda da madrugada
   estava no céu
Ouvi um grito dentro do bar:
"Acordem, meus pequenos, e encham o copo
Antes que o licor da vida no copo comece a secar."

Durante toda a vida, me recusei a compreender a grande sutileza de Omar Khayam. O significado verdadeiro e místico deste verso é como o vinho cuja potência se torna perigosa para o animal que o consome. A supérflua interpretação ocidental parecia mais fácil. Se eu soubesse que a "voz dentro do bar" não era o lamento fingido que escapulia de lábios pintados nas primeiras horas da madrugada em algum hotel barato da Tailândia, teria solucionado o mistério da vida. Mas eu não queria solucioná-lo. Solucionada, a vida estaria a distância, cinzenta e aborrecida.

Será que Omar Khayam tinha conhecimento das Apsaras, as ninfas divinas que podem ser compradas por uma noite por alguns poucos dólares americanos? Se cruzasse com o poeta no outro mundo, eu lhe diria que o licor da minha vida também era um líquido dourado, mas que vinha de uma garrafa de Jim Bean. E como era bom... Omar entenderia. Ele era um homem de olhar aguçado. Cogitaria que negar a ilusão da ignorância para mim seria o mesmo que negar a qualidade da cerâmica e até colocar em questão o ceramista. A questão era muito simples. Eu era um vaso feito com mais deselegância. Deveria zombar de mim mesmo por ser torto?

Ele, aquele que me deu forma, também me marcou com a folha de parreira da corrupção. A parreira floresceu verde-escura desde cedo em minha vida e se agarrou na minha alma. O que poderia fazer?

    Sou um cara compulsivo. Bebidas fortes, comida boa e vida fácil sempre me estimularam de um jeito que sem dúvida é errado. Olho para minha mãe com um fascínio horrorizado. A compulsão dela é a ambição material. Fico me perguntando se não se dá conta do quão feia é a besta que ela agarra tão perto do peito.

    Uma besta que tem sugado oblíqua e lentamente a vida da minha mãe. Ela queria o mesmo para nós, mas a semente da compulsão germina de maneira diferente em diferentes vasos. Aparências diferentes, cheiros diferentes e cardápios bem diferentes. A minha cheira a perfume barato e não para de consumir carne macia, enquanto que a de Lakshmnan cheira a metal, dirige um Mercedes e vive numa mansão no melhor bairro da cidade.

    Minha mãe era tão forte que esmagava tudo que tocava. Eu me rebelei. Peguei a longa estrada da casa. Ela esbravejou, mas não só entrei na casa do encantador de serpentes como me tornei amigo dos filhos dele e aprendi seus segredos e suas habilidades sombrias. Mamãe tinha razão, acontecia alguma coisa muito estranha naquela casa. Mesmo ainda sendo um garotinho, pude sentir que a aura invisível era mais sombria em alguns lugares que em outros, mas completamente sombria no quarto de cortinas negras onde ficava uma imagem enorme de Kali, a deusa da morte e da destruição. Ela me encarou malignamente, e eu a encarei sem medo de volta. Ele fez um cumprimento. Ele me fez egoísta, frio e corajoso perante o desconhecido. O meu ponto sem volta ainda está para ser testado. Leve-me mais longe, desafio de forma imprudente.

    Mesmo agora que meus ossos doem e meus músculos fraquejam, a compulsão ainda grita dentro de mim. É praticamente impossível querer apenas uma cerveja ou apenas uma garota. Peço quatro cervejas e alinho as garrafas no balcão de maneira a ter os rótulos na minha cara. Quatro garotas enfileiradas e agachadas numa fila também é uma visão bonita e poderosa. Sim, enchi o copo até transbordar e não parei mais de enchê-lo.

    Estava à espera da minha primeira prostituta. "Ai, ai, ai", soava nos meus ouvidos, e as garotas de olhos recatados me aborreciam. A ilimitada energia precisou descartar uma indiana virgem e reprimida com uma mãe gorda agarrada em suas calcinhas e meses e meses de um noivado morno e sem nenhuma garantia de poder me aliviar fosse onde fosse. Eu queria menos espalhafato e mais variedade. Ficava com meus amigos no alto da escadaria da escola para espiar a chegada das meninas. E diligentemente perguntávamos se podíamos tocar nas mangas delas. Invariavelmente as garotas feias e gordas reagiam com agressividade e nos xingavam aos berros, enquanto as bonitas ruborizavam e abaixavam a cabeça com recato. Uma delas chegou a se apaixonar por mim, mas é claro que parti o coração dela. O que eu procurava não estava nos braços de uma boa moça. Eu queria mulheres maduras que soubessem o seu preço.

Fui até a Tailândia pela Malayan Railway para uma investida curta ao distrito do baixo meretrício, e garotas bonitas me reverenciaram à maneira tradicional. Elas se despiram do ornamento que usam à cabeça e lavaram os meus pés numa bacia de água perfumada, enquanto pensava comigo mesmo de olhos fechados e recostado: *estou em casa.*

Sei que estou em busca de alguma coisa. Alguma coisa que ainda não achei. Atravesso as ruas de Chow Kit e observo os travestis. Eles são chamados de mulheres de plástico. Rebolam pelas ruas para cima para baixo, de peitos empinados para a frente e de bundas empinadas para trás. A toda hora, esbarram em mim como um vórtice de autorrejeição: perucas, cílios postiços, seios falsos, cintura apertada, unhas pintadas e camadas de maquiagem escandalosa e vozes artificialmente altas.

– Quanto é? – perguntei um dia só por esporte, e ela se insinuou ao meu lado com um sorriso largo e uma cuidadosa mão pronta para me servir.

– Depende do que você quer? – brincou.

Olhei para ela. Pele macia e olhos deprimentes. Um pomo de adão se sobressaía na garganta. Era impossível sustentar a brincadeira. Suspirei, arrependido.

Ela se pôs alerta de imediato.

– Mas não é muito – assegurou.

Sei muito bem por que ela vale menos que uma prostituta; porque se larga como se fosse um abacaxi. Oferece a sexualidade no escuro para gente estranha com deformação de gosto.

– Talvez na próxima vez – disse-lhe.

– Vou lhe mostrar coisas interessantes – ela insistiu com uma inexpressividade peculiar. Acreditei nela. Acreditei que pudesse mostrar alguma coisa interessante e excitante, mas bem enfadonha para ela. A ideia me fascinou. Até onde o vaso pode deformar? Ah, se ao menos ela não fosse homem. Mas, Sevenese, meu rapaz, ela *é* um homem.

Balancei a cabeça em recusa, e ele se empinou de raiva, com gestos exagerados. Deixou bem claro que eu tinha desperdiçado o precioso tempo dele. Fiquei olhando enquanto se afastava para se juntar a um outro. Juntos, apontaram para mim, me encarando com veneno. Conheço a tragédia deles. O infortúnio deles não é não ser o que deviam ser, mas não ser o que eles querem ser. Mulheres.

Parte 4

O primeiro gole
do vinho proibido

Dimple

Ainda tenho uma lembrança do tempo em que era muito pequena e me sentava ansiosa em cima de uma mala à porta da frente, calçada com o melhor sapato que tinha e com o coração contando os minutos como um relógio dentro do peito. Estou esperando para sair de férias na casa de vovó Lakshmi, mas às vezes chegar lá era um obstáculo muito difícil para uma criança lidar. A menor infração podia botar tudo a perder. E o pior era que eu tinha de fingir que desdenhava da perspectiva de passar minhas férias lá.

Assim, só depois que papai chegava em casa e nos sentávamos no carro a caminho da rodoviária, era que eu podia respirar aliviada na certeza de que minha viagem não estaria sujeita a mudanças de planos de última hora.

Na porta do ônibus, eu dava um beijo de despedida no papai, e ele esperava na plataforma para retribuir os meus adeusinhos antes da partida. Depois eu fechava os olhos e deixava todos os problemas para trás – as tentativas do meu irmão Nash de me amarrar na cadeira da cozinha para queimar o meu cabelo e as investidas da mamãe com uma cara zombeteira. Logo, logo dormiria tão junto da minha querida avó que dava até para ouvir a asma que chiava no peito dela. Como uma máquina quebrada. Apesar de tudo, eu estava de volta.

Ficava sentada bem quietinha durante a viagem, olhando pela janela, e não me atrevia a cochilar nem a sair do ônibus com as outras pessoas na parada de Bentong. Morria de medo dos homens malvados porque mamãe tinha me avisado que eles sequestravam as menininhas que viajavam sozinhas. Na rodoviária de Kuantan, tia Lalita me esperava com um bolinho Big Sister na mão e com o vento do mar soprando os cachos dos seus cabelos na sua cara grande e sorridente. Eu descia do ônibus e saíamos de mãos dadas, balançando os braços como grandes amigas, a caminho da casa da vovó. Ainda sou capaz de nos ver andando pela cidade, ela com minha mala na mão direita e eu sem conseguir conter a excitação. Mesmo com o passar dos anos, Kuantan nunca mudou. Era uma cidade sempre querida e familiar. Era como voltar para casa.

Quando virávamos a esquina da casa do Velho Soong, eu avistava vovó na porta, de pé e ligeiramente curvada. Soltava a mão da tia Lalita e corria na direção daquela figura na varanda. Quando finalmente me jogava em seus braços e enterrava o rosto em seu cheiro querido e familiar, ela sempre dizia a mesma coisa:

– *Aiyoo*, como você está magra!

E eu sempre pensava: *Se há um paraíso na terra... Ele é aqui. Ele é aqui. Ele é aqui.*

Como é cristalina a lembrança das primeiras horas da madrugada na casa da vovó, antes de o sol surgir no horizonte. Ainda me vejo acordando na fria escuridão, louca para ver o nascer do dia. Uma luz serena na sala e tio Sevenese bêbado. Faz tempo que ele se apropriou da noite e se sagrou "um budista bêbado". Aos olhos de uma criança, a presença do cinismo espontâneo é por demais cativante. E o meu tio era o mestre dos cínicos.

– Como alguém pode não venerar um homem que morreu porque era polido demais para recusar uma comida estragada? – ele diz de Buda.

Saio do banheiro onde fui fazer pipi, e ele me chama da sala:

– Vem aqui – sussurra, apontando o assento ao lado. Corro em sua direção. Ele desalinha o meu cabelo como sempre faz.

– Por que o senhor ainda está acordado? – pergunto.

– Que horas são? – A voz dele soa de novo displicente e enrolada.

Rio, tapando a boca com as mãos. Nunca via nada de errado. Só via um homem de sofisticação infinita, que celebrava a vida com ideias maravilhosamente extravagantes. A garrafa de uísque era um mero detalhe; seus efeitos, divertidos e amistosos. Toda vez que estava assim, ele conversava coisas de adulto comigo, o que nós dois sabíamos que ele não devia fazer. Afundo meu dedo na sua barriga gorda, e meu dedo desaparece em rolos de gordura.

– Faz sua barriga tremer – ordeno e imediatamente a barriga inteira vibra. Isso provoca uma onda incontrolável de risos.

– Sshh! – ele alerta enquanto enfia a garrafa de uísque, Bells, debaixo das almofadas. – Assim você acorda a Mãe do Arroz.

– Quem? – pergunto.

– É a Doadora da Vida. O espírito dela vive em Bali, em efígies feitas de feixes de arroz. Ela protege a colheita nos campos de arroz lá do seu trono de madeira no celeiro da família. É tão sagrada que os pecadores são proibidos de chegar perto dela ou de consumir um só grão de sua imagem.

Tio Sevenese gira o dedo na minha direção. Está bêbado, sem dúvida.

– Aqui nesta casa a Mãe do Arroz é sua avó. Ela é a guardiã dos sonhos. Olhe com muita atenção e você verá, ela se senta em seu trono de madeira, segurando com mãos fortes nossos sonhos e nossas esperanças, grandes e pequenos, você e eu. Ela não diminuiu com os anos.

– Oh. – A ideia se configura na minha cabeça. Imagino vovó, não fraca e quase sempre triste, mas como a Mãe do Arroz, forte e esplêndida, com grãos de arroz cravados em seu corpo e com meus sonhos em suas mãos. Encantada com o quadro, recosto a cabeça na barriga-travesseiro do meu tio.

– Ai, minha querida Dimple – ele deixa escapar um suspiro triste. – Se ao menos você nunca crescesse. Se ao menos pudesse protegê-la do seu futuro, de você mesma. Se ao menos eu pudesse ser como os xamãs Innu que batem os tambores a quilômetros e quilômetros de distância e fazem os cervos dançar enquanto esperam pela chegada dos caçadores. Enquanto esperam pela própria morte.

Coitado do tio Sevenese. Eu era muito pequena para saber que os demônios e os fantasmas saíam em seu encalço com olhos grandes e brilhantes, como os olhos dos crocodilos na escuridão. Caçando. Caçando. Caçando. Descanso na barriga dele, me perguntando com inocência se algum xamã de muito longe já tinha batido o tambor, e se os caçadores estavam a caminho. Será que era isso que sempre o fazia dançar a rumba, o merengue e o chá-chá-chá?

– O nascimento é apenas uma morte adiada – ele diz com um bafo morno de uísque.

Então ele pega um trem para os lugares secretos e perigosos da Tailândia, onde é possível desaparecer sem deixar vestígios. Onde as garotas têm músculos sabidos e expelem um *kamasalila* (líquido do amor) perfumado como o das frescas lichias.

Ainda ansioso por algo que não conhece o nome, ele parte para Porto Príncipe, no Haiti, onde se junta a curandeiros de vodu cheios de agulhas que emergem de suas auras negras como fogos de artifício. Seduzido, ele observa como abrem os portões dos espíritos e lhe apresentam dois seres chamados Zede e Adel. Ele manda um cartão-postal de uma grande cachoeira onde "todo mundo dança em círculos, gritando em transe palavras estranhas e irreconhecíveis e se contorcendo incontrolavelmente em cima das pedras".

Durante anos, juntei cartas dele com fotos em que se encontra à frente das imensas pirâmides egípcias. "Finalmente entendi como as formigas se sentem quando ficam à nossa porta", diz a legenda de uma das fotos. Ele dorme no deserto debaixo de um céu deslumbrantemente salpicado de milhões de estrelas e caminha por entre um mar de pássaros mortos com olhinhos e bicos enterrados na areia ondulante; pássaros que nunca terminam a jornada migratória pelo deserto. Ele bebe o leite forte dos camelos e nota como vociferam reclamações quando recebem a carga. Eles têm pés grandes e macios como um *chapati*. Ele come pães duros como pedra e observa deslumbrado um camundongo que aparece do nada atrás de migalhas caídas na areia. Ele me informa que *horman*, palavra que significa "mulher", vem de *haram,* um termo árabe que significa "proibido", mas que os homens de lá chamam as mulheres bonitas de "bellabooozzzz".

Oferecem para ele mulheres bonitas, com véus tremeluzentes e tecidos requintados, recostadas em luxuriantes almofadas nas imediações da piscina e protegidas por uma treliça de pedra que as permite olhar a vida mais além dos muros. Elas se miram na água ou em antigos espelhos persas. Seus olhos faiscantes rodeados de estrelas pintadas relembram adolescentes com um ponto vermelho pintado nos cantos internos dos olhos. Enquanto brincam atirando água uma na outra, os seios exibem o brilho do almíscar e joias cintilam ao sol um pouco abaixo da cintura. Desolado, ele escreve: "Será que finalmente me cansei? Por quê?"

Desanimado, ele some por um mês em um safári. "A falta de companhia me fará bem", escreve.

– Ele vai perder o emprego – lamenta vovó.

De alguma forma, voltou restaurado, bastante bronzeado pelo sol escaldante e estranhamente indiferente em relação à impressão de que era apenas uma questão de tempo para que o leão africano se cansasse da Roda da Vida e entrasse pelo mesmo caminho do leão indiano: o de uma espécie em extinção. Fiquei profundamente consternada. Adoro leões. Os olhos castanhos amarelados, a pelagem dourada e aquele rugido dos machos adultos que parece emergir das entranhas cavernosas da terra. No escuro, parecem se fundir na pedra onde se deitam.

Ele viajou até Cingapura, onde realizou seu trabalho sem o menor entusiasmo e de vez em quando pegava a rota noturna para o norte, rumo à terra dos mil budas, dos monges de mantos cor de açafrão que batem em gongos gigantes e das delicadas espirais de fumaça que brilham no entardecer purpúreo. Lá, fechou os olhos e mergulhou novamente na experiência que lhe era familiar: um par de seios submissos, uma barriga torneada e meias de seda.

Na casa da vovó, a comida era simples mas saudável. Ela pegava o meu queixo sob a luz do sol que entrava pela janela da cozinha e via se os lóbulos de minhas orelhas estavam saudáveis e transparentes. Satisfeita, balançava a cabeça e voltava a fatiar cebolas, cortar beringelas em quartos e rasgar folhas de espinafre. Mostrava curiosidade a respeito de tudo – papai, escola, minha saúde e meus amigos. Queria saber de tudo e parecia especialmente orgulhosa de minhas notas altas.

– Igualzinha ao seu pai – dizia. – Antes de ter a má sorte em cima dele.

Jogávamos muitos jogos de tabuleiro chineses, e vovó trapaceava demais. Detestava perder.

– Que porcaria – reclamava só para me distrair e, rápida como um raio, mexia nas peças de modo irregular.

Frequentemente me sentava na varanda com vovô para assistir ao sol da tarde se avermelhar no céu até se recolher e dar lugar a noite. Eu lia o *Upanishads* em voz alta para ele. Uma vez, ele caiu no sono na sua cadeira de balanço. Quando o acordei, ele se assustou por um momento e, confuso, apertou os olhos e me chamou de Mohini.

– Não, vovô, sou eu, Dimple. – Ele pareceu desapontado. Lembro que eu pensava que ele não me amava completamente. Talvez só me amasse porque eu parecia um pouco com ela.

O resto das férias passava voando, com o sol se pondo cada vez mais rápido e o fim das férias se aproximando cada vez mais. Na última noite, eu sempre chorava antes de dormir. A ideia de voltar para a escola, para a inveja de Nash e Bella e para a fúria de mamãe era pesada demais para suportar. Quando voltava para casa, mamãe sempre estava no auge da fúria.

Mamãe e papai foram os elementos mais imprevisíveis no desenvolvimento dos filhos. Eles eram como pólvora e fósforo à procura de um isqueiro ou de uma superfície áspera onde pudessem explodir uma exibição espetacular de fogos de artifício com legitimidade. E sempre encontravam um sem-número de isqueiros e de superfícies ásperas. Vovó dizia que tinham sido inimigos numa vida passada agora unidos pelos próprios pecados. Como dois canibais que se trituram mutuamente para sobreviver. Eles não precisavam de grandes motivos, uma simples conversa sobre as freiras de Andaluzia ou uma singela opinião de como os ovos deviam ser cozidos podia terminar com um olho preto e algumas louças quebradas.

– E o que é que você está espiando? – ela gritava histericamente para mim.

– Daqui a pouco terei uma reunião... que tal você ir pra casa de Amu, hein? – sugeria papai com seu rosto bonito tomado de tristeza.

Ah, querida Amu. Como amo essa mulher. Não consigo me lembrar de um único dia sem Amu, de um único dia em que saísse de casa pela manhã e não a visse sentada num banco baixo, rodeada de baldes de plástico e esfregando nossas roupas sujas. Mamãe nunca pôde fazer o trabalho de casa devido a uma artrite e a contratou para lavar as roupas e arrumar a casa. Acordávamos de manhã, e ela já estava lá fora com baldes de roupa suja. Quando me via, sua face pequena e triangular se iluminava.

– Cuidado com a água – dizia.

Ajeitava o vestido em torno dos meus joelhos e me sentava no degrau da cozinha para observá-la.

– Amu – eu reclamava com impaciência –, peguei o Nash tentando arrancar as páginas do livro que tio Sevenese mandou ontem.

– Ah, minha querida, ah, minha querida. – Ela estalava a língua vermelha.

E, em vez de se solidarizar com a reclamação, desenrolava uma longa história a respeito da esposa malévola do irmão ou fazia comentários sobre um primo malvado desaparecido havia tempos que roubara os ingênuos pais dela. Eram histórias com tantas intrigas e vilões que logo esquecia os meus problemas.

Também houve bons tempos. Tão refinados que não podiam mesmo durar para sempre. Tempos em que a família inteira celebrava os contratos firmados pelo papai no melhor restaurante, com refeições chinesas regadas a ostras e lagosta. Tempos em que o bom humor da mamãe me fazia acordar no meio da noite ao ouvi-la cantar para o papai. Nesses dias inebriantes, ela se tomava de amores por papai e ardia com tanta luz que eu tinha medo de tocar no seu rosto cintilante. E também sentia ciúmes até das bailarinas malaias que papai via na tevê. Mas o dinheiro logo acabava, e os dois voltavam ao ritual de desavenças, como se o momento de trégua não tivesse passado de um sonho meu.

Uma vez, mamãe saiu com Bella para pedir um empréstimo a um velho amigo dela. Bella disse que o homem empurrou um envelope pela mesa com o dedo médio, olhando-a intensamente.

– Da próxima vez venha sem a criança – ele disse na hora de se despedirem.

Nossas finanças pioraram de tal maneira que Amu teve de trazer arroz e *curry* da casa dela. Lembro-me das lágrimas que rolavam da face de mamãe enquanto ingeria um ovo com *curry*. Não sobrou nenhum para papai. Quando ele chegou em casa, não tinha mais comida.

Três dias depois, mamãe saiu outra vez para se encontrar com o amigo. Foi sem Bella. Na volta, trouxe um novo par de sapatos marrons e dourados, uma sacola cheia de alimentos e dois olhos que brilhavam com estranheza. Eles tiveram uma briga feia quando papai chegou em casa, e mamãe destruiu os sapatos novos e se encolheu na cama, uivando como um lobo. Ficaram sem se falar até a chegada da estação das chuvas e, nesse período, mamãe não fazia nada além de ficar com os pés para o alto. Sentia um incômodo nos joelhos, mas a artrite paralisava as mãos com muita dor, e ela mal conseguia abrir a tampa de um vidro de geleia. E foi então que comecei achar que papai a amava porque ele a limpava toda vez que ela ia ao banheiro.

Um dia, cheguei da escola e papai me disse que vovô tinha caído da bicicleta. Quando fui vê-lo, ele estava muito magro, e suas mãos eram ossos cobertos de pele. Ele não chorou quando me viu. Então me dei conta de que estava morrendo. Uma caixa cheia de histórias murchava. Histórias cuja preciosidade me fez saber que precisava preservá-las no papel ou mesmo no gravador. Não confiava na minha memória. Um dia, a filha da minha filha teria de conhecê-las. Na visita seguinte à casa de vovó, encontrei um gravador à minha espera.

– Faça a sua trilha de sonhos – disse vovó... e foi justamente o que fiz.

Li o *Upanishads* para ele e depois liguei o gravador e o deixei falar. Falou com tristeza, mas lindamente. Atrás de mim, onde ele focava os olhos, vi Nefertiti quando me virei. Muito mais bonita do que imaginara.

Todo dia, vovó o alimentava com um franguinho preto medicinal que cozinhava em ervas. Era um frango muito caro, mas vovó tinha planejado alimentá-lo diariamente com isso até ele melhorar. Cozinhou esse tipo de frango todo dia por aproximadamente um ano. Vovô morreu no dia 11 de novembro de 1975, deixando sua voz aos meus cuidados. Todos os netos se puseram ao redor do cadáver murcho com tochas acesas nas mãos. Vovó não chorou. Mamãe também foi ao funeral. Quis saber de papai se havia um testamento. Vi quando papai a esbofeteou e saiu da sala.

– Não, claro que não há. A aranha ficou com tudo, não é? – ela gritou para ele.

Eu estava com dezenove anos quando um homem saiu do elevador do banco MINB e me disse a coisa mais louca que já tinha ouvido. Ele disse meio de brincadeira que tinha me visto pelo telescópio e se apaixonado por mim, mas disse isso com um olhar tão surpreso quanto o meu. Achei que devia se tratar de um louco que vestia uma roupa cara, mas aceitei o convite para tomar um sorvete.

– Pode me chamar de Luke – disse com um sorriso maroto.

Ele tinha uma aparência para lá de atraente. Era sofisticado e rico demais para mim. Eu o ouvia enquanto tomava o sorvete de morango no restaurante do primeiro piso do prédio e me perguntava se conseguiria comer a banana daquela taça, com ele olhando fixamente para mim. Por fim, desisti de comê-la. Foi tudo muito constrangedor. E ter de deixar a banana na taça também foi constrangedor, se bem que menos constrangedor que mastigá-la na frente daqueles olhos opacos. O olhar dele era muito esquisito. Naquele dia, estava iluminado e cheio de perguntas.

Onde você mora? O que é que você faz? Quantos anos você tem? Como você se chama? Quem é você?

– Dimple. – Ele tentou pronunciar o meu nome e depois disse que a verdadeira beleza de uma cobra não é o veneno capaz de matar um homem em poucos segundos, mas o fato de, mesmo sem braços e sem pernas, poder inocular na raça humana o terror pela espécie dela. Depois disse que esse terror está inoculado com tal profundidade nos genes humanos que já nascemos com medo de cobras. Por instinto.

Fiquei gelada por dentro. Como uma porção de sorvete de morango. Deus murmurou um aviso, mas Luke sorriu e tem um sorriso tão lindo que transforma o rosto dele. Esqueci o aviso. Esqueci que os olhos dele eram frios e gelados quando ele falava. Como uma cobra.

– Seus lindos olhos estão fazendo um monte de gente importante ficar olhando – ele disse com um sorriso encantador.

Fiquei surpresa. Achei que os homens só diziam coisas como as que eram ditas sobre os seios de Bella. O sorvete dele derreteu na taça. De repente, o observei com audácia. Ele não usava joia. Seus dentes eram perfeitos e seu rosto bem marcado. Havia desejo naquele rosto. Ele me olhava com muita intensidade. Cada linha daquele rosto se voltava para mim. Sim, eu estava realmente fisgada. É da natureza humana desejar o lado escuro da lua. Eu sabia que ele era o meu destino. Ele me queria. "Se você ficar", diziam os olhos dele, "vou guardá-la dentro de mim até você não existir mais." E mesmo assim não tentei escapar. Talvez pela mesma razão que faz a cotovia cantar quando plana, emerge e mergulha enquanto é perseguida pelas garras de um esmerilhão faminto. Talvez sempre tenha desejado me submeter a alguém.

Concordei em telefonar para ele. Não dei o meu número porque achei que papai não aprovaria.

– Me telefona – ele ordenou amavelmente quando saiu, enquanto eu olhava o rastro deixado nas areias douradas do meu sonho e no meu coração. Estava tão absorta nos meus pensamentos que nem vi o carro azul que me seguiu até o portão da minha casa.

Dois dias depois, eu estava no saguão do shopping Kota Raya e resolvi telefonar para o escritório de Luke. Tinha me dado o número da linha particular dele, e o cartão caiu numa vala quando fui revirar a bolsa para pagar um copo de suco de soja. Flutuou branco e intacto por alguns segundos na água verde-escura antes de ser tragado pelo bueiro. Uma recepcionista esnobe atendeu e quis saber qual era a empresa que eu representava.

– É pessoal – falei.

Fez-se uma pausa.

– Vou transferi-la para a secretária dele. – Ela soou com tal enfado que me deixou apreensiva em relação às moedas que ainda tinha no bolso.

A secretária dele era igualmente gélida, uma frieza que me fez lamentar por ter ligado.

– Sim, em que posso ajudá-la?

– Posso falar com o Luke? – perguntei, hesitante.

Ela disse que ele estava numa reunião e que não podia ser incomodado e me sugeriu polidamente que deixasse o meu telefone, uma sugestão que desconfiei de que tinha sido dada milhões de vezes. Comecei a duvidar de que Luke pudesse se lembrar de mim. Comecei a imaginá-lo como um playboy milionário com centenas de garotas telefonando para o escritório dele. Talvez tudo não tivesse passado de um sonho meu. Talvez eu até nem tivesse o número do telefone dele.

– Ahnn... ele não pode me telefonar. Talvez eu ligue mais tarde – gaguejei, embaraçada e já não querendo telefonar depois. Eu me senti infantil e tola. O que é que tinha passado pela minha cabeça, afinal?

– Espere um minuto. Qual é seu nome? – perguntou a voz gelada.

– Dimple – sussurrei, me sentindo ridícula.

– Oh. – A voz pareceu indecisa por um momento. – Aguarde um pouco, por favor. Ele está numa reunião importante, mas vou ver se pode atender.

A linha ficou muda e, com um nó no estômago, coloquei mais dez centavos no telefone público. Estremeci só de pensar que ia falar com ele.

– Alô – disse Luke de supetão.

– Oi – respondi, timidamente.

Ele começou a rir.

– Por que não telefonou direto para minha linha?

– Seu cartão caiu num bueiro – disse, aliviada por ter ouvido a risada dele. De repente, me dei conta de que tudo estava bem.

– Obrigado pelo telefonema – ele disse suavemente. – E dou graças a Deus por ter mencionado o seu nome para Maria. Que tal jantarmos?

– Não posso sair à noite... você sabe, minha mãe, meu pai...

– Então, que tal um almoço, um lanche, um café da manhã, qualquer coisa assim?

– Humm... talvez possa sair na sexta para jantar, mas não posso chegar em casa depois das nove.

– Ótimo. A que hora posso pegá-la?

– Seis horas, na frente do cabeleireiro Toni, em Bangsar?

– Combinado. Cinco e meia na sexta... mas você vai me telefonar antes, não vai? Ah, ligue para minha linha direta, está bem?

– Está bem – falei.

Ele me deu o número e depois voltou para a reunião importante, mas, a essa altura, me sentia de novo feliz. Ele realmente queria me ver, e eu realmente queria vê-lo.

Preparei-me para o meu primeiro encontro com Luke com o coração batendo loucamente dentro do peito.

– O que devo vestir? – tinha perguntado a ele.
– Jeans – ele disse com ênfase. – Vou levá-la para comer o melhor *satay* de sua vida.
– Que bom – assenti com alegria.
No telefone, a voz dele dizia coisas estranhas para o meu coração. Eu me sentia indefesa e deslocada perante o mundanismo dele. Esperava que o jeans fosse um pouco mais favorável a mim.
Não deixei que fosse me buscar em casa. A cor dele não era correta. Mamãe ficaria uma fera se soubesse que eu sairia com um homem que não era do Ceilão. Ser ceilonense era o principal critério. Vesti uma camiseta branca e um jeans, prendi os cabelos e exagerei na maquiagem. Depois me olhei no espelho e me senti profundamente incomodada. Tirei toda a maquiagem e refiz tudo. Um toque de base, um risco de delineador marrom-escuro nos olhos e um rosado pálido nos lábios. Tirei os grampos dos cabelos e os deixei soltos, ainda insatisfeita com minha aparência e me achando gorda naquele jeans. Ele me olharia e se perguntaria onde estava com a cabeça quando me achou atraente.
Depois de ter trocado de roupa e de maquiagem diversas vezes, saí de casa de calça preta justa, com o rosto bastante pintado e com os cabelos presos. Cheguei antes da hora. Enquanto esperava com nervosismo, um grupo de rapazes se aproximou para puxar conversa e me paquerar. Não me davam trégua. Já estava achando que a calça justa e a maquiagem não tinham sido uma boa ideia. Eu me afastei e comecei a remover o batom e o blush. Eles ficaram atrás de mim, tentando me provocar. Então Luke chegou e entrei quase correndo no carro. Ele me olhou atentamente.
– Você está bem? – perguntou, reparando no batom borrado.
Balancei a cabeça, me sentindo uma tola. Ele voltou o olhar para os rapazinhos, que se afastaram apressados. Eles não eram páreo para aquele carro. Abaixei um pouco o espelho retrovisor e vi a confusão que tinha feito no meu rosto. Retoquei a maquiagem o melhor que pude. Estava dando tudo errado. Tive vontade de chorar quando pensei que tinha arruinado tudo.
Ao parar o carro num sinal luminoso, ele segurou o meu rosto de um modo decidido e me fez virar.
– Você está linda – disse.

Olhei nos olhos escuros dele. Não era um homem bonito, mas tinha um fascínio atraente. Em ambientes cheios de gente, a luz dele brilhava mais que a dos outros. Era como se o conhecesse por milhares de anos. Como se tivéssemos vivido juntos por milhares de vidas. Não precisamos falar mais nada. Ele não precisou perguntar pela minha família nem pelos meus amigos nem do que eu gostava ou não gostava. Nada disso tinha importância. Ele colocou uma fita para tocar. Uma mulher cantou uma canção triste em japonês. Observei as mãos dele. Segurara o meu queixo com tanta força e com tanta familiaridade...

Estacionamos em Kajang, próximo a um barracão apinhado de gente, sentada ao redor de mesas de fórmica. Na frente de uma churrasqueira, um malaio abanava o fogo que assava duas fileiras de *satay* no espeto. O homem abriu um largo sorriso.

– Olá, meu chefe – disse com camaradagem.

– Como isso aqui está cheio! Logo, logo você estará mais rico que eu – brincou Luke enquanto olhava para o barracão de madeira apinhado de gente.

O homem sorriu num misto de prazer e modéstia.

– Ahmad! – gritou para um garoto que servia às mesas. – Traz uma mesa pra cá.

O garoto saiu correndo e voltou arrastando uma mesa velha. Depois, trouxe dois bancos. Ele sorria igual ao pai. Em seguida, estávamos sentados a uma mesa de madeira bamba, tomando o ar aconchegante do final da tarde.

– Você é indiana e não deve comer carne de vaca, não é? – ele arriscou.

Balancei a cabeça.

– Não como, não, mas não me importo se você comer – retruquei.

– Então nós dois comeremos frango – ele pediu quarenta espetinhos de frango.

Bebidas, petiscos, rodelas de pepino e cebola e ainda pamonhas de arroz foram postos na mesa.

– Seus olhos parecem de gato – ele disse de súbito.

– Meu avô costumava dizer a mesma coisa. São uma herança da minha tia Mohini.

– São os mais belos olhos que já vi, de verdade.

A voz dele soou suavemente avaliadora, com o mesmo tom de alguém que se decide pela cor do banheiro de uma suíte. De uma mesquita dourada nos arredores, ecoou o som alto das preces da tarde de um líder espiritual. Ouvi atentamente o som. Naquele chamado melódico, havia alguma coisa que preenchia um buraco dentro de mim. Fechei os olhos e deixei a sonoridade entrar pela minha alma.

Os espetinhos *satay* chegaram empilhados em travessas ovais azuis e vermelhas.

Luke mergulhou um espetinho no delicioso molho de amendoim.

– Quero que você comece a pensar na possibilidade de se casar – ele disse, enquanto dava uma mordida na carne amarelada.

Quando cheguei em casa, papai estava na sala assistindo à televisão. Virou-se para me olhar enquanto eu entrava.

– O que você e as meninas fizeram? – ele perguntou.

– Nada de mais. Ficamos batendo perna no Pertama Complex.

– Hmmm, bom – ele murmurou, mais envolvido com o programa a que assistia do que com minha resposta.

Mamãe estava na cozinha, jogando fora os restos da comida.

– Quer dizer que você já voltou?

– Sim – disse de forma obediente.

Subi rapidamente a escada, peguei a extensão no quarto dos meus pais e telefonei para Anna.

– Alô. – A voz dela do outro lado da linha soou maravilhosamente familiar aos meus ouvidos.

– Oi, tia Anna – falei quase chorando. – Acho que estou em apuros.

– Venha até aqui, Dimple, vamos conversar – ela disse com um tom muito seguro.

Bella

Eu tinha oito anos quando abri o velho armário espelhado que mamãe guardava no quarto que servia de depósito e achei uma tapeçaria enrolada por entre os seus velhos saris. Desenrolada, ela se revelou um tesouro de beleza incomparável. Dois esplêndidos pavões de caudas abertas feitas de penas verdadeiras de pavão e com olhos feitos de contas coloridas de vidro eram estampados num terraço cor-de-rosa ornado de flores de lótus ricamente bordadas.

As penas azuis e verdes brilhavam intensamente contra um céu nublado de tempestade.

Extasiada, passei os dedos pelos frios olhos de vidro e ao longo das contas azuis e verdes que adornavam os corpos. Com a reverência que as crianças têm pelas coisas brilhantes e coloridas, tentei alisar os olhos cintilantes de cada pena com mãos desajeitadas. Alguns filamentos estavam irremediavelmente partidos; mesmo assim, achei que nunca tinha visto nada tão lindo na vida e, de repente, lembrei que já conhecia aqueles pavões. Aquela tapeçaria era um presente de casamento emoldurado em vidro que ficou preso na parede até os meus quatro anos, quando mamãe quebrou a moldura durante uma briga com papai e, com a cara lívida de ódio, o ameaçou com um pedaço de vidro em sua mão ensanguentada.

Sentei no chão de pedra daquele depósito embolorado, convencida de que havia encontrado algo muito especial, já que o pavão é uma criatura poderosa e sagrada. Até Buda foi um pavão em uma de suas encarnações.

Fiz meus planos comigo mesma.

Numa tarde de tempestade, em que todos haviam saído, restando apenas papai dormindo à frente da televisão, carreguei aquele quadro extraordinário para o meu quarto. Eu tinha resolvido que guardaria minha alma infeliz dentro de um dos pavões – o mais resplandecente – e que esconderia a tapeçaria debaixo do meu colchão. Como qualquer xamã mongol que se preze, estiquei o suave tecido em cima da cama e alisei as penas cuidadosamente para que não se partissem sob o peso do colchão. O vento fazia a chuva bater no vidro da janela. Tratei de me desligar do ruído da televisão na sala e me imaginei dentro de uma choupana, voltada para o fogo alaranjado de uma fogueira disposta no centro, com o ritmo hipnótico da chuva funcionando tal qual um tambor. Comecei a entoar um mantra com suavidade. Depois pronunciei frases mágicas secretas das quais já não me lembro, e minha alma saiu do meu corpo com uma lufada de vento e entrou naquele pavão que esperava por mim. Toquei no rosto dele e cobri-lhe os olhos frios e suaves para ter certeza de que a minha alma já estava lá dentro. Passaram-se muitos minutos.

Pouco a pouco, dedo a dedo, fui puxando as mãos. Olhos magníficos me encararam. Soltei um suspiro. Estava acabado. Estava realmente acabado. Eu tinha transferido a minha alma para dentro daquela ave.

Certa de que minha alma estava realmente guardada, acabei me convencendo de que, se o acaso fizesse o pavão se ferir, eu também correria o risco de adoecer gravemente e até mesmo de morrer. Era um problema sério, mas resolvi não voltar atrás enquanto o poder daquele animal não me tivesse tornado bela. Somente à noite era que minha alma descansava. Eu estaria a salvo enquanto Nash não encontrasse o meu pavão.

Em minha mente infantil, eu tinha certeza de que a transformação não levaria muito tempo. Como nas melhores histórias de xamãs, só precisava esperar até que a neve derretesse na montanha. Em quanto tempo a neve derrete? Não muito tempo, claro, mas todo dia me olhava no espelho e só via aquela boneca *oni* feiosa usada pelos japoneses para assustar as criancinhas. Um aglomerado de cachos despenteados descansava na parte de cima de um rosto gordo. Olhava com tristeza para os meus olhos idiotas e comuns e ansiava desesperadamente que ficassem maiores. Simplesmente não havia nada que se aproveitasse do meu rosto.

— Ó, faça acontecer depressa — implorou o meu solitário coração ao brilhante pavão.

— Talvez o rosado e o colírio cheguem amanhã — suspirou o pavão enfastiado dentro do meu corpo sem alma, as penas quebradas oscilavam nobremente ao vento.

Não é natural que eu tenha sentido inveja de Dimple desde que me entendo por gente, que tenha morrido de inveja de seu cabelo sedoso e liso e de sua figura esbelta, das boas notas que ela tirava sem fazer esforço e daquela outra família em Kuantan de quem parece que ela é a única herdeira?

Ora, sei que mamãe dizia que nas férias Dimple era despachada para a "teia da grande aranha", mas eu a via secretamente na escuridão do nosso quarto enquanto ela contava os dias, lutando desesperadamente para esconder a euforia que sentia pelas férias. Eu não conseguia abafar a terrível inveja que crescia no meu coração. Todos se devotavam a ela. Eu a imaginava caminhando com nossa tia para ver o urso enjaulado nas proximidades da oficina mecânica. No meu devaneio, Dimple sorria e tinha na mão o mel silvestre que vovó Lakshmi comprava dos aborígines andarilhos e guardava especialmente para a ocasião, para que ela tivesse o prazer levemente temeroso de alimentar um urso enjaulado.

Ela não me via enquanto a seguia furtivamente, quando vovó lhe telefonava da casa do Velho Soong. Eu ficava por perto e com nervosismo ouvia a conversa cochichada:

— Não, vovó, eu estou ótima. Está tudo bem. De verdade. Não se preocupe, por favor. Logo estarei aí. Eu te amo tanto que o meu coração dói.

Eu me atormentava com a imagem de Dimple sentada no colo confortável da vovó, enrolando uma mecha do cabelo enquanto a velha senhora lhe dava a comida de que mais gostava na boca.

Quando o carteiro entregava os pacotes em papel marrom que Sevenese lhe mandava, ela nem notava o meu olhar invejoso. Não, estava muito ocupada, virando as páginas de livros como *O príncipe feliz, Poesias escolhidas de Omar Khayam, A vida secreta de um jasmim* ou de algum outro livro interessante com ensinamentos de como a fêmea do cavalo-marinho deposita os ovos dentro da bolsa dele. De como ele alimenta os ovos com o próprio sangue até o sofrimento final de dar à luz cavalinhos-marinhos. Ela estava muito ocupada em se divertir com os trechos extraídos do conhecido Vatsyayana ou com os poemas românticos de Bhanudatta. Eu também queria ser amiga do tio Sevenese.

No meu coração cinzento, eu sonhava em receber cartões-postais de regiões estranhas do mundo ou em me sentar no meio da noite ao lado do meu tio para ouvir histórias de seres mágicos e sobrenaturais. Era tão absurdo que eu também quisesse conhecer as crenças daoístas ou a flor imortal que florescia numa ilha mística e submersa, onde as árvores eram feitas de pérolas e coral e os animais eram tão brancos que faiscavam? Era tão absurdo que eu quisesse conhecer a história de Zhang Guolao, o grande necromante que embrulhava uma mula branca com uma folha de papel e a mantinha na sacola quando não a usava? Era tão absurdo que eu quisesse que o tio Sevenese me matasse de rir com cócegas a ponto de vovó ter de interceder para ele parar? Eu queria adormecer em cima da barriga gorda dele e acordar com desenhos engraçados de mim, dormindo em cima de uma barriga enorme com um zzzz saindo da minha boca. Faria o mesmo que Dimple, guardaria esses desenhos como se fossem verdadeiros tesouros, porque realmente são muito bons.

Não consigo esquecer a ocasião em que vovô saiu lá da casa dele em Kuantan e veio até aqui para dar dinheiro à mamãe. Sentamo-nos na varanda e compartilhamos uma banana. Ele era um cara maluco, imagine que me deu a fruta e comeu os filamentos internos da casca. Falava tão pouco e parecia tão perdido... Mamãe explicou que ele nunca falava porque tinha medo de vovó Lakshmi. Vovó ficou colada na minha cabeça como uma mulher horrenda.

Assim, por muitos anos me convenci de que por alguma razão misteriosa aquela gente que amava a minha irmã e não a mim era exatamente o que mamãe dizia. Venenosos e feios. Eu me persuadi de que era uma razão válida para o ódio que sentiam por ela. Quando mamãe sente muita dor a ponto de ter os tornozelos inchados e parecendo duas bolas de futebol, me faz me sentar à beira da cama para ouvir as memórias dela e as injustiças terríveis que sofreu. Isso faz minha cabeça girar.

Às vezes, sem mais nem menos, ela abre os dedos e com uma força surpreendente agarra o meu corpo roliço com suas mãos inchadas e me puxa pelos braços de encontro ao seu peito firme como se eu fosse um brinquedo.

– Olhe só pra mim! – ela grita em desespero. – Olhe só o que aquela bruxa fez comigo. É por causa dela que me tornei essa criatura cruel. Eu era uma boa pessoa até ela entrar na minha vida com mentiras e promessas. – Afasta o meu rosto assustado do seu peito e, em seguida, olha nos meus olhos arregalados. – Isso é vida que se tenha? – pergunta com malícia. Depois enterra a cabeça nas mãos e uiva como a carpideira de um funeral chinês. Impotente, escuto seus lamentos longos e agudos e me sinto aliviada por não me aliar com gente capaz de tamanha crueldade.

Então acho mesmo que mamãe está certa. Aquela pele maravilhosa do tio Sevenese oculta uma carne apodrecida. Não há nada mais cínico e mais vulgar que ele, e vovó Lakshmi é um monstro avarento, cuja inveja que nutre por minha mãe se enraíza nas tendências incestuosas em relação a meu pai. Tia Anna deve ser evitada a todo custo porque é uma hipócrita da pior espécie. Esconde no sorriso tímido uma mente pérfida. Muitas vezes Nash é recrutado para se sentar do meu lado na beira da cama e concorda que os outros dois, tia Lalita e tio Jeyan, são pessoas obscuras que devem ser ignoradas. Eles são mesmo detestáveis.

E, quando Dimple retorna bela e fagueira com um novo uniforme para o novo ano letivo, e com uma mochila nova e livros e um estojo de lápis todo equipado que tia Lalita lhe deu de presente, a sensação de que eu e Nash somos excluídos é como uma lixa na minha pele.

E a exclusão é tanta que continua noite e dia. Como na época em que Dimple teve sarampo, e vovó Lakshmi telefonou para dizer que mamãe devia pegar uns ramos de nim, atá-los e depois esfregar o corpo dela com as folhas. Vovó disse que isso amenizaria a coceira, mas mamãe replicou com rudeza que aquilo não fazia o menor sentido. Disse para vovó que aquilo não passava de uma baboseira antiquada e que, além disso, não tinha onde encontrar folhas de nim.

Logo depois, as folhas de nim chegaram pelo correio. Funcionaram. Dimple esfregava o corpo com elas, e a coceira passava. Depois, eu e Nash tivemos sarampo, mas para nós não chegaram folhas de nim pelo correio. Achei nossa avó pequena e mesquinha demais naquela ocasião.

— Será que ela não sente nada por nós? — perguntei para o meu pai.

— Ora, Bella — ele disse exasperado. — No jardim do sr. Kandasamy, a duas casas daqui, tem uma árvore nim enorme.

Achei que mamãe estava com a razão. Não tinha jeito. Ela se enfureceu tanto que quase não deixou que Dimple fosse passar as férias de dezembro, as mais longas do ano, na casa de vovó Lakshmi. Isso desencadeou uma briga terrível entre ela e meu pai, mas depois ele entrou no nosso quarto e disse para Dimple não se preocupar porque passaria as férias na casa da vovó, caso tirasse boas notas nas provas.

Sim, também me ressinto por isso. Pelo modo doce com que ele a trata. Quanto mais tenta esconder isso, mais óbvio se torna. Ele cuida dela como se fosse uma princesa feita de algodão-doce. Com tanta doçura, com tanta delicadeza, para não quebrar os pequeninos corações cor-de-rosa que decoram a coroa branca da princesa.

Então, quando ela estava na quinta série, um garoto chinês passou a gostar dela. Eu nunca disse nada para ninguém, mas gostava dele. Ficava atrás das árvores perto da cantina do colégio e o espiava enquanto ele olhava para Dimple, que, por sua vez, o ignorava. Soube que o pai dele era muito rico. E só podia ser mesmo para ter um chofer que entregava em nossa porta caixas e mais caixas de chocolate apenas para ela. Uma vez, li um bilhete todo amassado que ele mandou para ela. Como o meu coração bateu de inveja dentro do peito!

Então ela começou a gravar uma trilha de sonhos. A pilha de fitas cassete parecia não parar de crescer na caixa debaixo da cama dela e um dia me sentei para ouvi-las. De repente, me vi como um sapo que olha para o lugar apertado sob uma casca de coco onde vive, achando que o mundo todo é pequeno e escuro. Consegui enxergar a riqueza da vida das pessoas que a amavam.

Por fim, entendi por que nosso avô não falava e me dei conta da dor, das esperanças perdidas, das frustrações, dos fracassos e das perdas trágicas que coloriam os olhos ardentes da nossa avó. O chão do passado que mamãe tinha construído tão ardilosamente se abriu, e suas mentiras ficaram expostas. Avistei uma aranha gigantesca no meio de uma teia também gigantesca. A aranha tinha o rosto de vovó Lakshmi, mas, quando a alcancei e lhe arranquei a máscara, era nossa mãe com a face tomada pela raiva. Tudo não passara de um plano sujo para punir a velha mulher. Eu e Nash pagamos um preço pela rica e preciosa associação com a nossa mãe, mas, em se tratando de tramoias e maquinações, a completa e angustiada infelicidade dela é tão tangível que posso tocá-la com as mãos. É uma especialista nos martírios que emolduram sua própria insanidade. Sabe usar o sofrimento para fazer chantagem com o mundo como ninguém. Talvez eu tenha confundido piedade com amor. Pobre mamãe.

Já sentia pena dela desde criança, quando a via namorando os artigos expostos na vitrine da Robinson's. Sentia pena até mesmo quando a situação melhorava um pouco e, quietinha ao lado, eu a via comprar e comprar e comprar inutilidades, e continuo sentindo pena por vê-la tão insatisfeita. Ela sabe que eu sei de tudo, mas me enfrenta com audácia sem o menor fiapo de arrependimento porque se vê como uma vítima esfarrapada. Ela sabe que jamais conseguirei me livrar dela. Ela é um bem cármico. Um presente venenoso do destino. Uma mãe.

Olhei minha irmã de outra forma, e ela aparentou ser bem mais que os cabelos lisos e que os mais lindos olhos que já vira. Tinha tudo o que eu queria. Eu devia odiá-la mas a amava, se quer saber. Sempre a amei e sempre a amarei. Ela é um outro bem cármico. Um outro presente do destino. Uma irmã.

A verdade é que amo minha irmã porque ela é sinceramente fascinada pelos meus cachos rebeldes, além de ser humilde em relação às notas altas que tira e de ter um amor generoso, mas também porque sei aquilo que papai não sabe, sei por que ela quebrou as costelas tantas vezes. Isso eu nunca esquecerei. Na primeira vez, papai não estava em casa e vi mamãe desaparecer no banheiro verde do andar de baixo com a mangueira de borracha que Amu usa

para encher baldes de água nas mãos. Primeiro ouço o barulho da tranca na porta, e depois o barulho de um golpe na carne seguido por um chorinho abafado e a ameaça firme da voz de mamãe:
— Não ouse gritar.
Encosto o ouvido na porta. Ouço quinze vezes o mesmo barulho. Pou, pou... minha irmã quase não chorava. Eu ouvia os passos da minha mãe até a porta verde do banheiro e corria para me esconder atrás do fogão na cozinha. A fechadura se abria e ela saía do banheiro com a borracha na mão direita e com um rosto sereno, imperturbável, equilibrado. No canto ao fundo do banheiro, minha irmã se encolhia com uma blusinha verde de bolinhas vermelhas e sem calcinhas. Foi então que soube que mamãe não a amava.

Pobre criatura. O que adiantava ter cabelos lisos, folhas de nim pelo correio e um tio que podia prever o futuro, se nada disso a protegia de mamãe? Se não atraía o amor da mãe.

Naquela noite, depois de vê-la chorar e adormecer exausta, me inclinei sobre ela sem fazer barulho. Afastei o cabelo do seu rosto inchado de tanto chorar e passei os dedos suavemente sobre as marcas das chibatadas na sua pele dolorida. Era muito peso para uma única pessoa carregar... E nesse dia jurei amá-la profundamente.

Os anos se passaram e os cachos que um dia tanto me enfureceram são hoje um exemplo glorioso de beleza. O velho pavão esquecido debaixo do colchão fez o trabalho dele. Que chuva de homens! Veja só que chuva de homens. Veja como chovem homens, Dimple. Eu me olho no espelho e lá estão os ossos bem marcados da face, e os olhos ficaram tão melhores, que sussurram nos meus ouvidos: "Depressa. O tempo escorrega por baixo dos pés da beleza."

O pavão não trabalhou em vão. Papai costuma dizer que Dimple é a primavera, e eu sou o verão. Sei o que ele quer dizer com isso. Minha irmã é a beleza tranquila de um botão de rosa ainda fechado, e eu sou uma exótica orquídea tropical com pétalas abertas em volúpia. Uma flor que floresce em pleno verão com a mesma cor da elaborada beleza de um pavão. Há muito para ser admirado: uma cintura fina como o gargalo de um jarro, seios como lindas jarras e quadris que rebolam como a embriaguez do vinho. Mamãe vê meus olhos delineados com uma sombra azul vibrante, minhas pulseiras que tilintam de vaidade, minhas unhas que se recusam a aceitar o esmalte cor-de-rosa da minha irmã e minhas botas brancas de cano alto.

– O pavão se enfeita tanto, que acaba atraindo a atenção do tigre – avisa minha mãe, sem saber que o pavão é o meu animal. Foi ele que um dia abrigou a minha alma, mas sinto a indiferença, o enfado dela. Sou a filha ignorada e inconsequente. Ela não me detesta como detesta a Dimple, mas não está nem aí para mim. Só sente amor por Nash, que em troca olha para ela com ares superiores, como se só existisse para servi-lo.

– Farei o que os pavões fazem – digo-lhe. – Voarei para as árvores quando a primeira gota da chuva cair, pois sei que o furtivo tigre se vale do barulho da chuva para investir contra a presa desatenta.

Os homens me desejam. Jogo os meus cachos para um lado. Os homens me oferecem de bandeja os seus insípidos corações, mas o coração de um homem fraco não tem serventia para mim. Eu quero um homem que carregue mil segredos nos olhos e que esses olhos se abram e se fechem como mariscos na maré quando ele falar comigo.

E agora parece que Dimple tem um homem assim. Um homem que eu poderia desejar, mas que, pelo que vejo, já se juntou ao exército de adoradores de minha irmã.

E agora ela tem até mais do que aquilo que desejo.

Dimple

— Tenho uma surpresa para você – disse Luke ao parar o carro na frente dos portões de uma casa chamada Lara.
Uma casa nova e enorme assentada numa colina.
– Venha – ele disse, puxando-me pelo braço. – O terreno será apreciado melhor se subirmos. – Apertou o controle remoto e os imponentes portões se abriram. Ri. Nunca tinha visto os portões de uma casa se abrirem daquele jeito.
Percorremos um trajeto ladeado de coníferas.
– Que bom. Até que enfim podaram as árvores, deixando-as do mesmo tamanho – comentou consigo mesmo.
Olhei para aquelas árvores podadas com perfeição e não restou mais dúvida de que a casa era dele. Eu sabia que ele era rico, mas... nem tanto.
No final do caminho sinuoso, em meio a uma grande extensão de terra salpicada de frondosas árvores, uma casa branca com uma magnífica decoração de cornijas e pilastras romanas se erguia majestosa do solo. Dois grandes leões de pedra ladeavam a entrada. Passei os dedos pelo corpo liso de ambos. Eram verdadeiras obras de arte, com uma fisionomia amedrontadora.
– São lindos.
– Olhe só aquilo. – Ele apontou para uma estátua à sombra de uma árvore *angsana*.
Cheguei mais perto. Era uma pequena estátua de um garotinho com um ar de súplica no rosto inocente e levando nas mãos, como uma oferenda, um pé amputado calçado numa sandália. Alguma coisa ali me incomodou.
– Gostou? – perguntou Luke quase ao pé do meu ouvido.
– Na verdade, não. É um pouco estranha, não? – eu disse sem muita ênfase.

– É só uma cópia de uma estátua muito conhecida. Venha, quero lhe mostrar o interior da casa. – Ele se virou e me puxou pela mão.

Tirou uma chave do bolso à entrada e abriu uma porta. Perdi o fôlego. O teto do saguão de entrada era todo pintado ao estilo renascentista, exibindo querubins e figuras humanas vestidas à moda da Renascença. Uma escada sinuosa no centro do saguão dava passagem para o primeiro piso. Debaixo dos nossos pés, um chão de mármore negro impecável, e, nas paredes, suntuosos quadros.

– Bem-vinda a sua nova casa, Dimple Lakshmnan – ele disse e me estendeu as chaves.

Levei um susto.

– Minha? – gaguejei. – Esta casa é minha?

– Mmmm. Já está até no seu nome.

Ele mostrou uma papelada que tirou de uma mesa ao lado. Continuei em estado de choque. A voz dele sumiu ao redor. Sem fala, virei a cabeça e vi um grande retrato meu na parede ao fundo. Ele mandou fazer o meu retrato. Atordoada, me aproximei do quadro. E lá estava eu. Aparentemente triste. Meus olhos. Um desconhecido tinha enxergado a minha alma e capturado um pouco da minha essência com algumas pinceladas de tinta a óleo. Quando teria sido pintado? Quem teria me pintado com aquela expressão?

– Não é lindo? – ele perguntou às minhas costas.

– É, sim – assenti com um fiapo de voz. A tristeza *era* linda? Perturbada e excitada, olhava para mim, incapaz de desviar o olhar.

– Gosto dos olhos – ele disse.

– É.

– Gosto dessa expressão pura e imaculada.

– Quem pintou o quadro?

– Um belga, um dos melhores retratistas. Mandei algumas fotografias e... *voilà*.

– É assim que pareço? – perguntei baixinho, mas ele já tinha se afastado e apontava para um outro aspecto maravilhoso da casa. Afastei os olhos daquela garota que me olhava com tanta tristeza.

– Olhe, isso é inspirado no palácio dourado de Nero. É só apertar este botão, e os quadrados de madrepérola do teto retrocedem e olhe só...

Olhei para o alto e fiquei encantada quando as peças de madrepérola, espalhadas em diversas partes do teto, retrocederam, dispersando gotas de perfume pelo ar. Meu perfume favorito. Ele deve mesmo me amar. Não pude conter um largo sorriso de felicidade. Nunca tinha visto tamanha opulência em toda a minha vida. Tamanha ostentação de riqueza. Com o rosto radiante, Luke me pegou pela mão e me conduziu para uma cozinha ampla e projetada com elegância. O sol da tarde incidia lá dentro, formando quadrados de luz na mesa de madeira maciça ao centro. Ele abriu a porta dos fundos e surgiu um enorme jardim. Um muro alto de tijolinhos tornava-o recluso, privado. Sempre imaginei um jardim assim, murado.

– Por aqui – ele disse, enquanto me guiava com zelo por um pequeno caminho no jardim.

– Oh, um laguinho – soltei um grito, encantada. Carpas vermelhas e douradas nadavam em círculos infindáveis lá dentro. Ele se mostrou feliz com minha alegria.

Um pensamento me passou pela cabeça.

– Quem é seu pintor preferido? – perguntei.

– Leonardo da Vinci – ele disse sem precisar pensar.

– Por quê? – perguntei de novo, surpresa.

Não esperava essa resposta. Leonardo se restringia a expressões de mudo sofrimento, enquanto aquela casa e tudo o que havia lá dentro era bem espalhafatoso. Não, espalhafatoso não. Talvez um pouco exagerado na ostentação, e também um pouco *nouveau riche*. Talvez nem fosse isso, talvez a minha mente ingênua e simples sonhasse com uma casinha branca e o que tinha caído aos meus pés era excessivo demais.

– Olhe – ele disse, me arrastando pela mão.

No fundo do jardim, havia uma casinha de madeira. Fora construída um pouco acima do solo, com janelas amplas e uma varandinha com uma cadeira de balanço. Ele me guiou até lá dentro. Meu coração parou. A casa inteira era pouco maior que o meu quarto em casa, mas era toda branca. Havia uma mesa branca com um abajur branco em cima e uma poltrona também branca. Um ventilador branco pendia do teto.

A casa branca dos meus sonhos?, perguntei-lhe com os olhos.

– Você falou da sua casinha branca justamente quando a construção daquele Taj Mahal estava quase terminando – ele disse, virando a cabeça na direção da casa. – Então construí este quiosque.

Lágrimas inundaram meus olhos. Sim, sem dúvida alguma ele me amava. Só alguém profundamente apaixonado construiria um quiosque num país como a Malásia. Enfim, tinha encontrado alguém que me amava. E me amava tanto, que havia construído um quiosque só para mim.

– A resposta é sim – falei, secando as lágrimas de felicidade. – Sim, aceito me casar com você.

– Que ótimo – ele disse com imensa satisfação.

Um dia, fomos ao bosque Lake Gardens e, como todo casal de namorados, passeamos agarradinhos e de mãos dadas debaixo de árvores gigantescas.

– Você é a melhor coisa que aconteceu na minha vida – declarou Luke debaixo de uma árvore.

Olhou-me com o olhar suplicante de uma criança que tudo quer. Querendo mais, mas sem ousar pedir. Às vezes acho que ele é muito rígido. Seus limites são como folhas de latão mal cortadas. Eu tinha medo de me ferir, embora ele nunca tivesse me negado nada, nunca tivesse dito uma palavra rude nem nunca tivesse sido sarcástico ou cínico. Mas havia algo sombrio, inatingível e inexplicável nele. Lá dentro dele, havia um lugar com placas que indicavam: "Proibido ultrapassar." Vejo-as com toda nitidez. São placas brancas escritas com letras negras maiúsculas e sublinhadas em vermelho. No canto dessas placas, imagens de cães de guarda ferozes me encaravam prontos para me rasgar em pedaços.

Ele tirou um pingente de dentro do bolso.

– Para você – disse de um jeito simples.

Era um diamante lapidado em formato de coração, tão grande quanto uma moeda de cinco centavos. Sob a luz da tarde, o pingente cintilava intensamente no pequeno estojo de veludo azul-marinho.

– Vou perdê-lo – lamentei, lembrando-me dos inúmeros braceletes, adornos de tornozelos, cordões e brincos que tinha ganhado de vovó e perdido em seguida.

– Ele não é insubstituível – ele replicou com uma nota dura que se insinuou na voz como um velho criado que já não precisa bater na porta antes de entrar no quarto do patrão. Olhou de súbito para o meu rosto apreensivo e ordenou apressado ao criado que saísse do quarto. Tocou gentilmente nos meus cabelos. – Faremos um seguro para a peça – me consolou com toda delicadeza. E me tomou nos seus braços fortes. – Janta comigo hoje?

Neguei em silêncio, só com a cabeça. Dificilmente mamãe engoliria duas saídas no mesmo dia. Já vinha me olhando com desconfiança. Eu teria de guardar o pingente com muito cuidado. Às vezes suspeitava de que ela mexia nas minhas coisas. Bella achava o mesmo.

Ele inclinou a cabeça e beijou amavelmente os meus lábios. Um beijo sem paixão, mas os olhos clamavam por alguma coisa que me assustou. Entre o beijo que tinha me dado e a emoção estampada nos olhos, havia uma distância igual a que havia entre minha mãe e meu pai.

– Luke? – sussurrei, hesitante.

Ele apertou a minha nuca e inclinou a cabeça inesperadamente. Eu estava na sexta série quando fui beijada uma vez por um rapaz de uma série mais adiantada, mas foi um episódio humilhante. Dois lábios e uma língua insolente e molhada tentaram abrir minha boca para o deleite de um bando de garotos que riam estupidamente. Ou seja, não estava preparada para o beijo de Luke. De repente, me vi em meio a um turbilhão escuro com meu corpo girando a partir do fundo do meu estômago. Esqueci as grandes sombras projetadas pelo sol da tarde, esqueci a brisa fria que soprava do lago e esqueci as vozes tímidas das crianças ao longe e dos olhares dos transeuntes. O pingente caiu das minhas mãos. E, mesmo assim, o beijo seguiu em frente.

O sangue pulsou nos meus ouvidos. Meus dedos se retorceram dentro dos sapatos. E, mesmo assim, o beijo seguiu em frente.

Por fim, ele me soltou e olhei nos olhos dele, chocada. Estava assustada com aquele ardor repentino. Saíra do nada e voltara para o nada. Era como se uma outra pessoa vivesse dentro de Luke, uma pessoa violentamente passional, que era mantida sob controle com uma precisão fria. Por um segundo, ele se deixara escapar e se mostrara para mim. Tive a sensação de estar com a boca inchada. Ele olhava para o lago. Fechei a boca e tentei me recompor. Ele se voltou para trás e sorriu. O homem de precisão fria estava de volta. Fosse qual fosse a batalha que havia travado consigo mesmo, o fato era que a tinha ganhado. Ele se abaixou e pegou o diamante no chão.

– É mesmo, tenho que pôr esta bugiganga no seguro – comentou rapidamente. – Vamos, vou levar você de volta.

Pegou-me fraternalmente pelo braço. Suas mãos estavam quentes. Eu não consegui falar. E o segui, confusa. Como ele podia mudar daquela maneira? Olhei-o de soslaio, mas ele continuou com os olhos voltados para a frente.

Quando entrei em casa, mamãe me esperava. Logo percebi que estava furiosa. Estava empertigada na poltrona com as mãos fortemente cerradas, mas, quando falou, pareceu tão bem-disposta que achei que talvez estivesse furiosa com papai.

– Onde você esteve? – perguntou.

– No parque, com Anita e Pushpa – respondi, nervosa.

Tinha medo quando via mamãe daquele jeito. Parecia um vulcão a ponto de entrar em erupção e eu estava tão perto que podia sentir a lufada de vapor quente e o cheiro cáustico de fumaça.

– Não minta pra mim! – ela esbravejou, levantando-se da poltrona de supetão e avançando com passos largos e rápidos em minha direção. Por alguns segundos, só conseguia me perguntar o que tinha acontecido com a artrite dela. Parecia milagrosamente curada. Colocou-se à minha frente, bufando. – Onde você esteve? – repetiu. – E nem pense em mentir.

Hesitei, apavorada. Já fazia tempo que não a via tão furiosa. A última vez tinha sido quando suspeitou de que papai flertava com as moças malaias que moravam na casa ao lado, enquanto levantava pesos no quintal...

– Bem, tenho me encontrado com um homem...

– Sim, eu sei. Um chinês bastardo. Todo mundo no parque viu quando você o beijou como uma prostituta em plena luz do dia.

– Não foi assim...

– Como você ousa envergonhar o nome da nossa família desse jeito? Foi a última vez que você viu esse bastardo amarelo. Qual rapaz ceilonense vai te querer se você continuar com essa vergonha? É isso que está querendo com esse comportamento?

– Eu o amo. – Ainda não estava segura disso até dizer as palavras, mas agora estava tão certa como estava certa da minha menstruação. Eu o amava. Desde que o havia conhecido, as flores brotavam no meu coração.

Ela ficou tão furiosa que quis me espancar. Vi isso nos lábios apertados, mas, no fim, se aquietou para respirar e abrandar a fúria. Depois fui esbofeteada tão duramente que quase voei. Nunca deixei de me surpreender com a força daquelas mãos. Ela me olhou estatelada com uma expressão de nojo.

– Você só tem dezenove anos. Não se atreva a me enfrentar. Vou trancá-la no quarto e deixá-la sem comida enquanto persistir nessa criancice absurda. O que acha que o chinês quer de você, hein? Amor? Aha! Você não passa de uma garota estúpida e teimosa. Ele também a ama?

Fiquei pensando. O fato é que ele nunca tinha dito que me amava.

– Sim, pensei nisso também. E quem é afinal esse bastardo sorrateiro?

Eu disse o nome dele.

Mamãe deu um passo atrás em estado de choque.

– Quem? – insistiu.

Repeti o nome dele. Ela se afastou rapidamente para dissimular o que expressava no rosto. Foi até a janela e disse, de costas para mim:

– Conte tudo, desde o começo.

Então, contei tudo. Comecei pelo sorvete e terminei no diamante. Ela pediu para vê-lo. Tirei-o da minha bolsinha bordada, e ela o pôs contra a luz e ficou examinando por um bom tempo.

– Levante-se – ela ordenou. – Vá fazer um pouco de chá. Meus joelhos doem demais quando faz tempo ruim.

Tomamos o chá na sala.

– A única maneira de esse homem tê-la é se casando. Você não o encontrará mais no parque nem sairá mais com ele sem uma companhia. Quero que o traga para jantar aqui e nos sentaremos como adultos para decidirmos juntos o seu futuro.

Naquela noite, mamãe contou tudo para o meu pai. Ele empalideceu e deu um passo para trás.

– Você sabe quem é esse homem? – perguntou para mamãe com um ar de incredulidade. E, sem esperar pela resposta, gritou: – É um dos homens mais ricos deste país!

– Sei disso – ela disse, quase sem conseguir abafar a excitação da voz. – Ele comprou uma casa para ela – acrescentou com os olhos faiscando.

– Vocês duas estão malucas? Esse homem é um tubarão. Vai usar a nossa filha e se descartar dela quando se cansar.

– Não, se as coisas forem feitas do meu jeito – disse mamãe com um tom duro e frio.

– Ele é corrupto e perigoso. Dimple não pode se envolver com esse cara. Sem falar que ela tem que entrar na universidade. Não vou permitir isso.

– A sua querida Dimple já está envolvida. Ela me disse que ama esse homem corrupto e perigoso. O que posso fazer? Não fui eu que fui vista sendo beijada no parque – ela disse de forma zombeteira.

– Vou proibi-la – disse papai. – Só se casará com esse homem se passar por cima do meu cadáver.

– Agora é tarde demais.

– O que você quer dizer? – ele perguntou, confuso.

– Eles já fizeram tudo – ela disse secamente.

– O QUÊ?

– Sim, já não é hora de conversarmos sobre o futuro como adultos?

Papai afundou no sofá totalmente vencido.

– Ela vai se arrepender disso – sussurrou com os braços largados, derrotados. Então o pensamento de que um homem desfrutara da sua filha o fez enterrar a cabeça nas mãos. Lamentou-se baixinho. – Esses monstros japoneses. Primeiro levaram a minha Mohini, e agora, a minha filha.

Mamãe soltou um longo suspiro.

– Pare com isso, você não precisa se comportar como se nossa filha estivesse morta. Ela podia ter feito muito pior. Além disso, ele é só metade japonês.

– Não, mulher gananciosa, ela *não* podia ter feito muito pior. Ele vai comer vocês duas vivas e depois vai cuspi-las, e terei que ficar sentado aqui, assistindo a tudo isso acontecer.

A voz dele soou com tanta angústia que me deu vontade de correr até a sala para confortá-lo. Eu queria dizer para ele que não tinha acontecido nada. Queria dizer que a filha dele continuava imaculada. Ele só precisava de uma frase: papai, não fizemos nada. Ainda estava em tempo de falar, mas, se falasse, perderia Luke. Papai estava errado na avaliação que tinha feito. Com o tempo, veria o quanto se enganara a respeito de Luke.

Então Luke veio jantar.

Trouxe uma caixa enorme de chocolates para mamãe. Amarrada em fita e importada. A visão da caixa repleta de chocolates cremosos e da fita de veludo derreteu o coração dela. Ela colocou Luke na cabeceira da mesa oposta à do meu pai. Nunca a tinha visto tão animada e tão sociável como naquela noite. Na verdade, nunca havia pensado que ela seria capaz de brilhar daquela maneira. Desempenhou magnificamente o papel de anfitriã. Tudo impecável, a comida, a louça, os assuntos que introduzia com um sorriso, o vestido discreto e elegante e o total controle da situação. Luke foi encantador e educado, mas notei que não se impressionou com mamãe. Fiquei intimamente feliz por ver que ele estava acima das maquinações dela.

Ele olhava para a cena toda como se fosse uma peça divertida, e mamãe, a atriz principal. Os olhos atentos dele não perdiam nada.

Papai estava impassível, praticamente mudo. Parecia impotente e arrasado por trás dos óculos. Eu já estava começando a pensar que não estávamos à altura dos gostos de Luke, quando ele me olhou.

– Que flores mais lindas – ele sussurrou.

Ruborizei, feliz por ele ter reparado no meu artesanato, mas abaixei os olhos quando vi o olhar fulminante de mamãe. Eu tinha um papel a desempenhar. O da noiva tímida.

– Então quais são suas intenções com nossa filha? – ela perguntou depois que Bella trouxe a sobremesa. Onde mamãe tinha aprendido a fazer uma musse de limão como aquela? Fez-se silêncio ao redor. Papai descansou a colher e se inclinou para a frente. A mão de Luke parou no ar.

– As melhores e as mais honradas possíveis – ele respondeu.

Mamãe sorriu.

– Claro, nunca duvidei de suas boas intenções, mas vale a pena perguntar os motivos dos pretendentes de nossa filha. Afinal, ela é muito jovem e *muito* inocente – rezei para que ela parasse, e ela parou.

Os olhos de Luke se anuviaram.

– Eu sei. A inocência dela foi o que primeiro me chamou a atenção – ele disse com tanta suavidade que tive de me concentrar para ouvir. Depois elogiou a musse de limão da minha mãe. – Absolutamente deliciosa – acrescentou. Pediu a mamãe que desse a receita para a cozinheira dele.

Ela sorriu toda orgulhosa. Depois que Luke saiu, mamãe e papai brigaram mais uma vez. Ela disse que ele tinha se portado como um idiota.

– Uma tábua de passar conversaria muito mais – zombou.

Papai acusou-a de lamber as botas de Luke.

– Cuidado – disse –, as botas dele estão cheias de pedaços de entranhas de muita gente.

Mamãe se limitou a lançar um olhar de puro veneno e abriu a caixa de chocolates, agora com uma fisionomia gulosa, como se tivesse esquecido papai e o sofrimento dele também. Furioso, ele investiu contra ela com uma máscara de ira no rosto e golpeou violentamente a caixa de chocolates.

Os chocolates voaram pelos ares. Papeizinhos dourados flutuaram em volta de mamãe.

– Você é uma puta gananciosa. Será que não vê o que está fazendo? Está vendendo a filha por uma caixa de chocolates – ele sibilou.

A expressão de choque no rosto da minha mãe começou a se transformar. Logo estava rindo de maneira zombeteira e superior. Papai esmurrou a parede, completamente frustrado, e saiu de casa com a mão sangrando e as risadas de mamãe nos ouvidos. Ela nem se deu ao trabalho de olhar o pequeno estrago que o soco tinha deixado na parede, parecendo imune à raiva e aos insultos dele. Estava literalmente extasiada com a perspectiva de um genro rico – na verdade, um dos homens mais ricos da Malásia. Ajudei a catar os chocolates no chão. Ela os comeu até se fartar, começando por um que era recheado de creme de morango.

    Levei Luke para conhecer vovó, e eles se entrosaram. Fiquei aliviada quando percebi que ela gostou dele. Com papai, tinha sido um verdadeiro pesadelo. Ele continuou a se opor ao casamento. Sempre que ficávamos a sós, ele me avisava com um ar de tristeza:

    – Você vai se arrepender, Dimple.

    E nada que eu dissesse ou fizesse mudava a posição dele. Vovó me disse que a coisa ia melhorar quando os filhos nascessem. Ele ia mudar quando visse os netinhos. Ela jogou xadrez chinês com Luke. Notei que trapaceava porque sabia muito bem como jogava, mas trapaceava com tanta maestria que acho que Luke nem percebeu. Ela ganhou quase todas as partidas. Como um bom desportista, ele aceitou a derrota. Interessou-se pela doença dela e se comprometeu a consultar alguns especialistas renomados para tentar aliviar seu sofrimento. Acho que gostou da vovó.

    Um sábado, Luke levou a mim e a Bella ao shopping. Os olhos de mamãe brilharam quando saímos. Ele odeia fazer compras e então deu quinhentos *ringgit* para cada uma de nós e pediu que o encontrássemos uma hora depois na cafeteria do primeiro piso. Fez um carinho no meu nariz.

    – Compre um vestido – disse com uma piscadela e se retirou do prédio rumo ao ar condicionado do carro.

    Comprei um vestido branco. Era um pouco curto, mas Bella disse que vestia bem. Era acompanhado por um casaquinho que bem poderia ser um modelo criado por Chanel. Em outra loja, comprei um par de sapatos castanho-dourado. Bella comprou um ousado vestido vermelho com alças e um estojo de batom vermelho. Resolvemos sair vestidas com as novas aquisições. Achei que Bella estava simplesmente deslumbrante e me perguntei se Luke não a acharia mais bonita que eu. Estava muito sexy com todos os seus cachos naquele vestido vermelho.

    Ela apoiou os cotovelos na mesa da cafeteria, e os magníficos cachos penderam para a frente. Foi exatamente nessa hora que Luke chegou. Ele a olhou de cima a baixo e riu.

    – Quando você crescer, você vai comer os homens, não vai? – brincou. Depois, voltou-se para mim. – Você está estonteante.

Adorei o vestido. A pureza combina com você – disse isso com tanta convicção que parei de pensar em parecer sexy.

Acho que Luke não gosta de garotas insinuantes. Se dependesse dele, eu sempre usaria branco.

– Hoje você está parecendo uma flor – ele disse depois que o garçom anotou os pedidos, e isso fez Bella bufar entediada e sair para o toalete. Ele observou enquanto ela saía e notei como a acompanhava com os olhos. Mostrou-se um tanto entretido por ela. – Ela é sempre assim? – quis saber.

– Sempre – falei, me perguntando com uma patética insegurança se ele achava a minha irmã atraente. Acho os homens tão imprevisíveis, uma verdadeira folha em branco. Eu não sabia tanta coisa a respeito dele...

Foi escolhida uma data auspiciosa para o meu casamento. Mamãe queria uma cerimônia pomposa, papai nem queria o casamento, e Luke parecia não ligar para as formalidades. Ele queria que eu vestisse um sari branco, mas mamãe quase teve um ataque.

– O quê? – ela protestou. – Minha filha usar a cor da viuvez no dia do casamento dela? Vamos virar chacota na boca de toda a comunidade ceilonense da Malásia.

Depois disso, ela encomendou o meu sari lá em Benares, tecido por um garotinho moreno num quartinho sem janelas das cinco da manhã até a meia-noite. Ele teve de usar uma agulha fina e uma grande quantidade de fios dourados para confeccionar quase seis metros do refinado brocado que usei apenas uma vez na vida. Para combinar, uma blusa vermelho-sangue.

O sari chegou embrulhado em papel de seda, e mamãe ficou radiante com o volume da encomenda. Para ela, um sari azul com um deslumbrante brocado, para Bella, um sari cor de açafrão, uma cor que mamãe achava que combinava mais com a filha. Ela também havia encomendado dois conjuntos de *dhotis* em tonalidade creme para papai e Nash. Com finos bordados na gola alta Nehru, na longa e esvoaçante bainha da túnica e na bainha da calça. As confirmações para os convites escritos em ouro à mão já estavam chegando. Escolheu-se o Hilton Hotel para a recepção. Uma irretocável eurasiana de blazer e pasta de couro de crocodilo veio ver a minha mãe.

De dentro da pasta de couro, saíram amostras de tecidos, listas de preços, etiquetas coloridas e uma planta do espaço físico. Ela mostrou uma lista dos melhores cantores de casamento, esboços de bolos de casamento e floriculturas especializadas em arranjos de flores para recepções. Muito sutilmente, vetou o cor-de-rosa que mamãe tinha escolhido como predominante.

– Pêssego e pera com um toque de lima – ela disse com um sorriso triunfante nos lábios cor de vinho que fez mamãe ceder.

Luke mandou as joias que seriam usadas por mim no dia do casamento. Os olhos de mamãe se acenderam quando o motorista dele chegou com uma fileira de caixas de cetim abarrotadas de gargantilhas, correntes, anéis, brincos e pulseiras. Todas incrustadas de diamantes. Suspirei. Um dia, terei de arrumar coragem para lhe dizer que não gosto de diamantes. Talvez um dia lhe diga que prefiro esmeraldas e peridotos.

Luke tinha planejado a lua de mel. Mantinha o lugar em segredo.

Na véspera do casamento, não podia haver mais excitação em volta. A casa estava entupida de arranjos de flores, folhas de bananeira recheadas de arroz, incenso e potes de prata com água benta, lamparinas e mulheres de meia-idade. Não paravam de tagarelar. Vestidas em vistosos saris, com sugestões, ideias e opiniões de como fazer as coisas de forma mais adequada, elas constituíam uma força considerável. Elas ocupavam a cozinha, a sala, os quartos e, juro, até mesmo os banheiros. Quanto mais gordas, mais davam ordens. O meu sari estava dependurado no armário e a mala da lua de mel, preparada para partir. Com roupas para o frio, luvas, uma boina, meias grossas e botas de inverno. Luke disse que compraríamos o resto no estrangeiro.

Eu também tinha adquirido uma camisola de seda. Escorregava por entre os meus dedos deliciosamente fria e leve como o vento. Corei só de pensar na reação de Luke. Era do mais puro branco, mas estava bem longe da pureza. Eu sabia que a tinha comprado para ver o estranho que mora dentro de Luke. Aquele que eu vislumbrara por pouco tempo lá no lago do parque. Ele devia ser um sujeito excitante e me fazia sentir coisas obscuras dentro de mim. Confesso que desejava tê-lo com o corpo rijo comprimido outra vez contra o meu até me sentir integrada no corpo dele. Até me sentir misturada naquele peito e entrando naquele corpo. Uma vez dentro dele, eu realmente poderia conhecê-lo. E depois poderia provar de uma vez por todas que o meu pai estava errado. Afinal, já se enganara muitas vezes na vida. Todos os contratos que fazia e davam errado se deviam a uma avaliação errada de quem tinha como sócio.

Depois de todos aqueles dias febris de planejamentos e espera, meu casamento passou na frente dos meus olhos como um filme rodado em velocidade máxima. Lembro que mamãe estava resplandecente e sorria de orgulho no seu sari de brocado azul-marinho, e que aquelas mulheres vestidas em diversas cores que tinham desdenhado da etnia de Luke se viam frustradas perante a riqueza dele. A panela borbulhante de comentários maliciosos se rompeu por conta da própria inveja delas. Meu pai chorava dentro de um bonito *dhoti*. Lágrimas escapavam do canto dos olhos e escorriam pelo rosto dele, e as fofoqueiras pensavam que eram lágrimas de felicidade. Tia Anna estava em algum lugar atrás de uma pilastra. Vestia um sari verde com bordas douradas e tinha rosas vermelhas nos cabelos e um sorriso triste. Eu sabia que ela estava preocupada comigo. Com medo de que eu fosse mastigada por um monstro chamado Luke. Lembro que depois caminhei até uma plataforma elevada onde Luke me aguardava e que olhei nos olhos dele cheios de amor e me assegurei de que tinha tomado a decisão certa.

– Eu te amo – ele murmurou no meu ouvido. Ah, ele me ama. Guardarei esse momento para sempre. Lembro ainda que empurrei uma variedade de pratos para dentro do meu estômago revolto e depois nos vejo correndo até um carro aberto enquanto somos bombardeados por uma chuva de arroz colorido.

– Feliz? – disse Luke. O sorriso dele era puro deleite, e isso fez com que me sentisse como uma criança.

– Muito – disse.

Londres era linda, mas muito fria. As árvores estavam desfolhadas, e transeuntes encolhidos em casacos grossos e escuros andavam apressados pelas ruas. Os ingleses têm rostos brancos e compridos e são bem diferentes de quando fazem turismo na Malásia, ostentando um bronzeado e bonitas mechas douradas nos cabelos. Nas paradas de ônibus, não desperdiçam tempo observando uns aos outros com a curiosidade dos malásios. Enterram o nariz nos livros que carregam para todo canto a que vão. Esse é um hábito maravilhoso.

Ficamos hospedados no Claridges. Oooooh, que luxo. Funcionários de libré com narizes longos. No saguão do hotel, uma árvore de Natal decorada com sininhos dourados e prateados e iluminada por lâmpadas pequeninas que piscavam. Eu tinha medo de me aventurar pelos seus amplos recintos sem a companhia de Luke. Era como estar vivendo uma página de um romance de Henry James. Tão antigo, tão inglês, tão sério.

– Sim, madame, claro, madame – diziam com o típico sotaque arrogante, mas eu sabia que não era aceita, porque me olhavam com olhos inexpressivos e frios, se sentindo superiores.

Fomos jantar num lugar maravilhoso chamado La Vie en Rose. Luke pediu champanhe. Fiquei de pilequinho com milhares de bolhas arrebentando dentro da boca, mas detestei caviar. Para gostar disso, é preciso um gosto apurado. Prefiro um prato de macarrão de Penang ou uma porção de *laksa*. A musse de chocolate da sobremesa estava divina. Fiquei me perguntando por que não tínhamos algo assim na Malásia. Seguramente todo dia comeria uma musse como aquela.

Depois da sobremesa, Luke tomou um conhaque numa taça em forma de balão. Ele tinha se mantido muito calado durante o jantar. Sorriu bastante, se recostou na cadeira, comeu muito pouco e me olhava com tanta intensidade, que me senti partida por dentro. Não sei dizer o que estava pensando. Luke pagou a conta.

– Vamos – disse, me pegou pelo braço para que eu não caísse e acenou para um táxi que nos levou até as margens do rio.

Caminhamos em silêncio pelas margens do negro rio, ouvindo o rumor da água que batia nas pedras da beirada. Foi lindo. Um vento frio fustigava o meu rosto e congelava os meus pés, mas nada obscurecia a beleza das luzes suavemente amarelas refletidas pelas lâmpadas dos postes da rua. De vez em quando, passava um barco. O frio ficou mais forte, e Luke me abraçou, puxando o meu corpo contra o dele. Senti o calor do seu corpo, senti o seu cheiro.

Eu o amei tanto naquela noite que chegou a doer.

– Vamos voltar para o hotel – sussurrei. Não podia esperar mais para me deitar ao lado dele. Para ser dele.

No quarto do hotel, me senti mais uma vez intimidada. Por um momento, pensei em vestir a camisola de seda que estava na mala, mas ruborizei inteirinha só de pensar nisso. Resolvi deixar para o outro dia. Uma garrafa de champanhe dentro de um balde de gelo e uma tigela grande de morangos maduros estavam em cima de uma mesa de vidro. Eu me apoiei numa coluna e fiquei observando Luke pegar a garrafa. Ergueu as sobrancelhas numa pergunta muda.

Balancei a cabeça. Já tinha perdido a euforia do champanhe durante a caminhada ao longo da margem do rio, e tudo ficaria mais fácil com a ousadia irresponsável que espumou daquela garrafa de champanhe. Depois de um suave "pop", seguiu-se um delicioso chiado, e Luke estendeu uma taça borbulhante para mim.

Lembro que peguei a taça e ri toda feliz. Nossos olhos se encontraram, e o riso morreu na minha garganta. O estranho estava bem a minha frente, me olhando por intermédio do rosto de Luke.

– A nós – disse suavemente o estranho, e depois se foi num piscar de olhos, e eu e Luke bebemos o champanhe e caímos na cama por entre um emaranhado de pernas, braços e rostos.

Por um horrendo momento, pensei na minha mãe de pé na cama e com as mãos nos quadris. Claro que desaprovaria aquele tipo de comportamento.

– Apague a luz – falei depressa.

O quarto banhado pelas luzes das árvores natalinas lá de fora girou quando fechei os olhos. Lembro-me de lábios, e de olhos, e de pele parecida com seda pura, e de uma voz extremamente emocionada que às vezes chamava pelo meu nome. Depois de um momento de dor seguido de carinhos, um ritmo. Quando acabou, fechei os olhos e adormeci, aninhada em braços fortes e quentes. Lá fora, o frio gelado inglês farfalhava nas árvores, mas eu estava a salvo.

Acordei no meio da noite com a boca seca e a cabeça latejando. Levantei cambaleando da cama e fui beber água. Ooh, minha cabeça. Como doía! Peguei aspirina no banheiro. Tomei dois comprimidos e, ao olhar no espelho, Luke estava lá. Olhava para mim e olhei para ele, embaraçada com minha nudez.

– Minha Dimple – ele disse de maneira tão possessiva, que um arrepio percorreu a minha espinha.

Finalmente, eu pertencia a ele. Fizemos amor novamente. Dessa vez, lembro-me de tudo. Lembro-me de cada beijo, de cada investida, de cada suspiro, de cada gemido e de quando o meu corpo se tornou incrivelmente líquido e fechei os olhos, e vi um clarão vermelho como se um milhão de morangos tivessem se juntado para fazer um muro que atravessava os meus olhos.

Duas semanas depois, voamos de volta com as malas carregadas de cintos Gucci, perfumes franceses, couro italiano, presentes magnificamente embrulhados e uma montanha de chocolates. Percorri o amplo interior da minha nova casa e me senti intimidada. Não parecia minha. Era tão grande. Em vez de uma casinha branca, agora eu tinha um piso de mármore negro polido ao extremo, um teto pintado com refinamento e uma mobília tão cara que me dava medo só de pensar que podia arruiná-la. Na manhã seguinte, andei pela casa e tive a ideia de chamar Amu para morar comigo. Ela me faria companhia e juntas cuidaríamos das tarefas domésticas. E assim Amu veio ficar conosco.

– Isso não é uma casa. É um palácio – disse, admirada.

Ela nunca tinha visto nada igual na vida. A pobrezinha sempre fora muito pobre. Mostrei a máquina de lavar, e ela riu como uma criancinha.

– Esta caixa branca lava roupas? – perguntou, em dúvida.

– Lava, sim – respondi. – E também seca.

Ela olhou atentamente para os botões e para os marcadores da máquina e depois disse que não utilizaria aquilo.

– Só preciso de um tanque e de baldes para mostrar como se lava roupa – declarou.

Mostrei todos os quartos e disse que podia escolher um deles, mas ela preferiu se acomodar no quartinho ao lado da cozinha. Disse que se sentia mais confortável ali. Disse que podia ver o meu quiosque da janela e que se contentava com isso.

Sentei-me na beira da cama e observei enquanto Amu montava um altar e se aprazia em preenchê-lo com velhas gravuras emolduradas de Muruga, Ganesha e Lakshmi. Ela havia encontrado um novo profeta: Sai Baba. Com um sorriso gentil e vestindo uma túnica laranja, ele transforma areia em doces e traz os devotos de volta da morte. Ela acendeu uma pequena lamparina na frente da fotografia dele. Tirou de dentro de um saco de plástico rasgado cinco saris desbotados e algumas camisetas brancas de sari e arrumou tudo no armário.

Depois tomamos um chá à sombra de uma frondosa mangueira. Fiquei ali enquanto ouvia aquela voz familiar recontando as histórias dos terríveis primos e me senti reconfortada novamente. Eu estava de volta ao meu lugar, ao lado da mulher que amara durante tantos anos como se fosse uma tia. Ou melhor, como se fosse uma mãe.

Um dia, Luke chegou do trabalho mais cedo e nos flagrou conversando alegremente enquanto políamos as balaustradas. Ele ficou literalmente paralisado.

– O que está fazendo? – perguntou baixinho.

Uma nota de espanto soou em sua voz. Nós duas paramos o trabalho e olhamos para ele. Era óbvio que estava furioso, mas não entendi por quê.

– Estamos polindo as balaustradas – disse, me perguntando se precisavam de uma cera especial ou algo assim. Afinal, como poderia saber?

Ele se aproximou. Pegou minhas mãos e examinou-as.

– Não quero que você faça o trabalho dos criados – disse em voz baixa.

Amu congelou ao meu lado. Ele simplesmente a ignorou. Eu me senti embaraçada e ferida. Ferida, por ela, e embaraçada, por ele me repreender na frente dela. Minha pele foi esquentando debaixo daquele olhar gelado. Balancei lentamente a cabeça, e ele se virou de costas e entrou no estúdio sem falar mais nada. Fiquei tão chocada, que me limitei a continuar no mesmo lugar, olhando para a porta fechada, até que senti a palma fina e áspera da mão de Amu na minha mão.

– Os homens agem assim – ela disse, olhando dentro dos meus miseráveis olhos. – Ele está certo. Olhe só o estado das minhas mãos. Eu posso limpar a balaustrada sozinha. Durante toda a vida, fiz muito mais coisas do que faço nesta casa. Agora vá. Se lave e vá até ele.

Subi a escada, lavei as mãos e vi minha cara confusa e surpresa no espelho. Depois desci a escada e bati à porta do estúdio dele. Estava sentado na cadeira giratória.

– Venha aqui – ele disse.

Caminhei e me sentei no colo dele. Ele pegou minhas mãos e beijou meus dedos um por um.

– Sei que você quer ajudar Amu, mas não quero que faça as tarefas domésticas. Não quero que estrague suas lindas mãos. Se você quiser ajudar a Amu, contrate uma outra empregada que venha três vezes por semana para fazer o trabalho pesado.

Balancei a cabeça.

– Está bem – disse, louca para que a raiva dele passasse. Louca para que aquele ligeiro tom de ameaça na voz dele voltasse para o lugar de onde tinha vindo. Louca para que ele sorrisse e perguntasse, com sua voz habitual: "O que temos para o jantar?"

Vez por outra, mamãe vinha me visitar nessa minha casa enorme. Geralmente nos sentávamos para tomar um chá, depois lhe dava o dinheiro que me pedia, e ela ia embora, mas um dia chegou aqui perturbada e frustrada. O problema era mais uma vez Nash. Enquanto conversávamos, devo ter falado alguma coisa que a deixou aborrecida porque, sem mais nem menos, ergueu a mão para me bater. O tapa não se consumou porque de repente Luke a agarrou com firmeza pelo punho.

– Agora ela é minha mulher. Se ousar tocá-la, você nunca mais verá sua filha nem será avó de nenhum dos filhos dela – disse com um tom amável.

Olhei para ele e lá estava o estranho. Com olhos frios e duros e um pequeno músculo pulsando feroz no rosto. E mais uma vez me apaixonei pelo estranho. Ninguém, a não ser vovó Lakshmi e às vezes papai, tinha me defendido assim.

Eu me senti como o deus que dorme tranquilamente sob a crista de uma gigantesca serpente de muitas cabeças. Ele era o meu escudo. Meus olhos se voltaram para minha mãe. O rosto dela estava vermelho de raiva. Até podia ouvir o pensamento dela: *ela foi primeiro a minha filha*. Minha mãe poderia ter levado na esportiva, poderia não ter levado a sério, mas o orgulho a fez abrir um sorriso de escárnio na boca e, quando viu meu rosto radiante de amor, o ar de deboche se transformou em asco. Ela se desvencilhou de Luke, cuspiu nos meus pés e se retirou com altivez.

    Luke veio ao meu encontro e abraçou o meu corpo trêmulo. Mais uma vez, quis entrar pelo peito dele, ouvir os pensamentos dele, ver o que ele via e ser uma parte dele. Imaginei que ele me soltava e que via o meu corpo cair sem elasticidade no chão. Será que ele sabia que eu já estava dentro dele? Que era uma parte dele? As palavras de uma canção que um dia me pareceu ridícula e sentimentalista vieram a minha mente:

> *Você não vê meu coração se tornar hena?*
> *Só para decorar a sola dos seus pés?*

    A mangueira do jardim floresceu. Era lindo de se ver. Amu pendurou uma rede debaixo e toda tarde cochilava ali. Eu a olhava do meu quiosque, e ela parecia invejavelmente em paz.

    Foi nessa ocasião que fiz uma visita ao tio Sevenese no quarto de pensão onde ele morava. Era um lugar horrível; quatro lances de uma escada suja de ferro e depois até o fim de um corredor fedorento e escuro onde ficava a porta azul do quarto. Estava subindo a escada, tomando cuidado para não tocar no corrimão engordurado, quando vi uma mulher sair do quarto dele. Seus cabelos balançavam e se poderia dizer que era atraente. Ela vestia uma calça branca muito justa e sapatos brancos de salto alto e fino. Os saltos fizeram barulho quando pisaram nos degraus de metal.

    De repente, não quis vê-la cara a cara. Não fazia ideia do que poderia ver naquele rosto. Rapidamente dei meia-volta e desci a escada. Fiquei escondida numa velha cafeteria chinesa, onde um ventilador cansado girava no teto e chineses idosos tomavam café e comiam torradas com *kaya*, alguns sentados e outros agachados em banquinhos de três pernas. Pedi uma xícara de café e inexplicavelmente me senti triste, lembrando-me de quando tio Sevenese me contou que costumava esperar do lado de fora da padaria para roubar bastõezinhos de *kaya*. Naquela época, não eram verdes e sim marrons alaranjados, e ele sempre abria um bastãozinho, enfiava a língua dentro e lambia a doce mistura de leite de coco com gemas de ovos até a última gota.

No meu tempo de menina, o meu tio era um herói montado num elefante branco que nunca fazia nada de errado, mas agora o herói tinha uma vida solitária num quartinho de pensão com prostitutas espalhafatosas que saíam de lá em roupas escandalosas às onze da manhã.

Passado algum tempo, voltei para a escada. Ele abriu a porta de olhos sonolentos e resmungou alguma coisa quando me viu. Afastou-se da porta, deixando-a aberta. Entrei.

– Bom-dia – disse calorosamente, tentando não olhar para a cama desfeita.

Parecia que ele estava com uma terrível ressaca. Tirei de um saco de papel pardo os maços de cigarro que tinha comprado na cafeteria lá embaixo e coloquei em cima da mesa de cabeceira. Ele ligou uma chaleira elétrica.

– Como está indo? – grasnou, barbado e com os olhos rodeados de olheiras escuras.

– Nada mal – eu disse.

– Ótimo. Como está seu pai?

– Ora, muito bem. Só que não fala mais comigo.

Ele se virou de onde estava fazendo o café.

– Quer um?

– Não, acabei de tomar lá embaixo – respondi automaticamente, ruborizando por me lembrar do que tinha acontecido.

Meu tio me olhou com um sorriso maroto. Sabia que eu tinha visto a prostituta. Ele continuava sendo uma criança que gostava de chocar as pessoas. Acendeu um cigarro.

– E como vai o seu marido? – Soou um tom novo na voz. Não gostei.

– Ótimo – falei.

– Você ainda não me deu a data e o horário do nascimento dele para eu fazer um mapa – me repreendeu, olhando para a chaleira por entre uma cortina de fumaça.

– É mesmo, sempre me esqueço – menti, sabendo muito bem que não queria lhe dar aqueles detalhes astrológicos. Talvez pelo temor do que pudesse encontrar. – Comprei alguns cigarros para o senhor – disse rapidamente, tentando mudar de assunto.

– Obrigado. – Ele me olhou com um ar especulativo. – Por que você não quer que eu faça o mapa dele? – quis saber.
– Não é que não queira que faça o mapa de Luke. Só que...
– Tive um sonho com vocês...
– Ora, e como foi?
– Vocês estavam caminhando por um campo e notei que você não tinha sombra. Depois a sua sombra fugiu de você.
– Ugh. Por que o senhor tem sonhos assim? Eles me arrepiam os cabelos. O que significa esse sonho? – perguntei apavorada, mas desejando varrer as superstições absurdas da minha vida nova e feliz.

Tio Sevenese e seus sonhos não tinham lugar na minha mansão com candelabros de cristal, tetos com imagens renascentistas e compartimentos que exalavam perfume. Comecei a me arrepender da visita. Devia ter ido embora tão logo vi a prostituta. Então me senti cruel pela bestialidade de tais pensamentos. Esquadrinhei aquele quarto miserável. Lá estava o tio que eu amava de todo coração.

– Por que o senhor não me deixa ajudá-lo?
– Porque você só pode me dar coisas materiais das quais não preciso e que não fariam bem algum a minha alma. Você acha que eu seria mais feliz numa casa com piso de mármore negro?
– Então o que esse seu sonho significa?
– Não sei. Só consigo saber quando já é muito tarde, mas todos os meus sonhos são avisos de mau augúrio.

Suspirei.
– Tenho que ir, mas deixei algum dinheiro na mesa, está bem?
– Obrigado, mas não se esqueça de trazer os dados do seu amado na próxima vez que vier aqui.
– Está bem – concordei aborrecida, com o meu bom humor completamente arruinado.

Onde estavam aqueles tempos em que conversávamos durante horas noite adentro depois que todos tinham ido dormir? Não havia sobrado nada, não havia nada a ser falado. Eu sabia que era por minha culpa. Eu morria de medo de que ele pudesse se aproximar e destruir as frágeis asas da minha felicidade. Nunca tinha sido tão feliz na vida e sabia que ele tinha o poder de destruir isso. Eu tinha certeza de que ele podia.

Sabia que tudo era bom demais para ser verdade, mas a ilusão de felicidade tinha de ser protegida a qualquer preço. Decidi deixar de ver tio Sevenese por algum tempo.

Três meses depois, Luke ficou eufórico quando lhe comuniquei que estava grávida. Se fosse menina, eu queria que se chamasse Nisha. Havia muito tempo, vovó Lakshmi quis me dar esse nome e queria agradá-la chamando sua bisneta de Nisha. Eu queria que ela fosse linda como a lua cheia. Espalhei fotos de Elizabeth Taylor pelo quarto para que a beleza dela fosse a primeira coisa que visse ao me levantar e a última antes de me deitar.

Comecei a enjoar o dia inteiro. Vovó Lakshmi me aconselhou a tomar suco de gengibre. Luke me trazia flores embrulhadas em papel prateado e não me permitia fazer nenhum esforço.

Uma noite, eu estava quieta na cama, e Luke se encostou ao meu lado e começou a contar o passado dele. Perdera a mãe aos três anos de idade. Ela era uma jovem chinesa que foi estuprada pelos japoneses e depois abandonada para que morresse; acabou sobrevivendo, e ele nasceu, mas depois ela faleceu desnutrida nos degraus de um orfanato católico. As freiras abriram a porta pela manhã e se depararam com uma criança que chorava ao lado do corpo frio da mãe. O menino estava com o corpinho coberto de feridas e com a barriga inchada de vermes.

O nome dele foi inspirado na freira que o tinha encontrado, a irmã Steadman, e elas o criaram como a um cristão, se bem que ele continuou firme em sua crença budista e estranhamente ligado às coisas japonesas. A força de sua vontade foi que o manteve firme. Chorei quando me contou como o pequeno Luke acordava no meio da noite e deixava o conforto da cama para se enfiar entre duas prateleiras debaixo de um armário. Durante mais ou menos um ano, toda manhã, as freiras o encontravam encolhido entre aquelas duas superfícies duras. Imaginei Luke como uma criança barriguda cheia de vermes e com membros descarnados e me perguntei se, naquela época, ele tinha os olhos opacos.

Os meses se passaram com muita lentidão. Todo dia, o meu corpo mudava. Eu me deitava no piso frio da sala e ficava olhando as pinturas do teto. Não estava certa se gostava de ser observada o tempo todo por elas. O artista tinha criado aquela gente toda não só para parecer viva, mas também para estar presente, como se fosse uma outra raça que vivia em outra dimensão, ali no verniz do meu teto. Depois que apagava as luzes e subia a escada, eles desciam lá de cima e atacavam a geladeira. Eu os observava por um breve intervalo e tinha a impressão de que aqueles semblantes se transformavam. Na maior parte do tempo, eles se mostravam indiferentes, mas às vezes, só às vezes, parecia que se divertiam com o movimento lá em casa. Quanto mais olhava para aquelas caras estrangeiras, de narizes romanos e expressões vagamente presunçosas e mimadas, mais tinha vontade de pegar um pincel e borrar aquela porcaria toda de branco. Mas Luke gosta daquilo. Ele tem orgulho daquele teto. Diz que é uma obra de arte.

Acredito que tudo isso era produto do meu enfado. Não tinha nada para fazer o dia todo a não ser esperar pela volta de Luke. Sentia falta das amigas que deixei de ver. Já tinha feito compras que poderiam durar por uma vida inteira e, é claro, estava proibida de sair sozinha de tarde pelo temor de um possível sequestro, estupro ou assassinato. Também proibida de sujar as mãos com tarefas domésticas ou com jardinagem, eu era uma esposa totalmente inútil. Quando o bebê chegaria?

Entrei no estúdio de Luke e ele estava de pé na frente da janela, de costas para mim. Empertigado. Perdido de mim. Perdido de tudo que não fosse a música que o envolvia, um lamento assombrado de uma amante japonesa:

> Misture o veneno para mim
> Pois desejo me unir às almas dos mortos
> Desprezada como sou
> Prazeroso é o caminho do paraíso

Era aquela súplica na voz da mulher acompanhada de flautas que o deixava tranquilo e absorto. Olhando-o ali de pé, tive certeza de que ele estava triste por dentro. Em algum lugar profundo, onde eu não podia tocar. Uma região que escapava como um tentáculo teimoso que se recusava a aceitar a vontade de ferro do amo. Pouco a pouco, começava a entender o desejo do tio Sevenese por lábios frios, pois agora eu também ansiava pelos lábios frios e distantes do meu marido.

– Luke – chamei baixinho.

Vi o pobre garotinho barrigudo emergir do chão, tirar as roupas rasgadas da orfandade e vestir a jaqueta azul-marinho e a calça que Amu tinha passado no dia anterior. Ele deixou a janela de lado e me olhou lá dos seus trajes elegantes.

– Já está de volta – ele disse com um sorriso.

– Sim. – Caminhei para os braços abertos dele. Entre nós, o bebê. Eu o amava perdidamente.

– O que você comprou? – ele perguntou com indulgência, acariciando minha barriga.

Fazia frio, mas o ambiente estava iluminado pelas cores do pôr do sol. Atrás dele, o sol se punha intensamente vermelho.

– Um presente – eu disse, tentando olhar nos olhos dele. Dentro dos olhos, por trás dos olhos.

Ele ergueu uma sobrancelha, com um olhar oblíquo de curiosidade.

– Onde está?

Saí do estúdio e voltei com uma caixa comprida e escura. Ele rasgou o papel verde do embrulho, abriu a caixa, olhou lá dentro e me fitou com uma interrogação divertida.

– Por que ficaria feliz em ter uma bengala agora? – ele perguntou, tirando-a de dentro da caixa.

– No passado, a bengala registrava o tempo rodado de uma pessoa. Esta é feita de bistorta e o cabo é de marfim – expliquei com um ar de repreensão fingida.

– Hummm, é refinada – ele disse, examinando os delicados detalhes da cabeça de cão terrier que formava o cabo. – Onde a conseguiu? – Alisou a madeira de uma tonalidade escura que parecia mergulhada em sangue de cobra por séculos.

– Isso é segredo – tentei soar o mais misteriosa possível.

Ele sorriu sem sair da ilha de gelo.

– Ficará guardada comigo para sempre.

E o amei, mesmo sentindo que crescia a distância entre nós dois.

Naquela noite, sonhei que recebia a visita do sr. Vellapan, o médico da família. Ele se juntava a mim no quiosque. Fazia muito calor, e ele estava descalço.

– É muito ruim? – perguntei.
– As notícias não são boas, estou temeroso – ele disse.
– Qual é a extensão da gravidade?
Ele sacudiu a cabeça.
– Você não passa deste fim de semana – respondeu.
– O quê? – eu disse. – Não terei nem mesmo uma chance de me despedir das pessoas?
– Não – ele disse, e acordei.

Luke dormia a sono solto. Eu me aconcheguei em seu corpo e fiquei um tempão ouvindo sua respiração. Não sabia tanta coisa dele. Ele não era meu. O que você está escondendo de mim, Luke?

Admito que fiquei ouvindo de propósito por trás da porta para espionar. Fui instigada pelo Deus Cochichador. Talvez tivesse sido melhor não ter feito isso porque nunca mais seria feliz. Hoje sei que a felicidade só é preservada pelos ignorantes, pelos ingênuos, pelos que não enxergam ou preferem não enxergar que a vida, que tudo na vida está cheio de sofrimento. Por trás de cada palavra gentil, se oculta um mau pensamento. O amor fenecia na cama de casal no andar de cima.

– O que você comeu? – ele perguntou ao telefone e entendi na mesma hora. *Ele tem uma amante.*

Ele tem uma amante.

O pensamento golpeou o meu cérebro com tanta velocidade e com tal impacto que eu realmente cambaleei. O sangue subiu à cabeça, e o corredor no lado de fora do estúdio de Luke começou a girar. Ele tinha outra. Mas ontem mesmo estava apaixonado por mim. Então é verdade que o amor não tem coração e que tem de voar de um coração para o outro.

Tola. Louca, estúpida e tola. *Você acreditou mesmo que podia segurá-lo?*

Um homem como ele.

– Está bem, então te encontro às nove da noite – ele disse antes de desligar o telefone.

A voz não soou terna nem voluptuosa, como lhe era peculiar, mas ia se encontrar com ela no dia seguinte, às nove. Às nove. Quando supostamente estaria em reunião de diretoria.

O bebê deu um chute. Forte.

Os joelhos amoleceram e caí no chão. Um gemido escapou dos meus lábios, mas ele não ouviu. Já estava falando com outra pessoa ao telefone com um tom estritamente profissional.

– Contrate alguém para eliminar o idiota – ordenou da mesma forma com que me sentia, fria, estatelada, destroçada do lado de fora da porta.

Então fui tomada pelo pânico. Eu tinha de sair dali. Fui ficando paranoica ali do outro lado da porta. Claro que, a qualquer momento, ele poderia abri-la. Comecei a engatinhar para sair dali.

Os criados. Não podiam me ver daquele jeito. Ele tinha uma amante. Minhas mãos tremiam. Já me sentia desfalecendo. Eu tinha sido avisada. Um leopardo nunca muda de pintas. Quem seria ela? Como seria ela? Quantos anos ela teria? Havia quanto tempo eles tinham um caso? Engatinhava de forma desajeitada, com a cabeça girando. Não queria que Amu me visse daquele jeito. Subi a escada, me agarrando desesperadamente à balaustrada. Eu me odiava e odiava aquela coisa horrível dentro de mim que me tornara repulsiva. Muito feia. Não era de espantar que minha própria mãe me odiasse com tamanha e inexplicável ferocidade. Então um pequeno e último pensamento cruzou a minha mente. E se tudo não tivesse passado de um mal-entendido? A esperança verteu em minhas veias como pequenas bolhas que não matam. Eferversceram no meu sangue como Coca-cola. *E se tivesse me enganado?* Sentei-me pesadamente na cama. A movimentação na minha barriga abrandou, e as batidas no meu coração se aquietaram. Ergui a cabeça, e ele estava no quarto.

Olhei para ele como se fosse um fantasma.

– Querida, você está bem? – ele perguntou com um tom preocupado.

– Sim, acho que sim – respondi com os lábios anestesiados.

Olhei naqueles olhos vazios, e ele se assustou com a minha palidez.

– Tem certeza? Você está um pouco pálida.

Balancei a cabeça e sorri da melhor maneira que pude.

– Está tudo bem com o bebê?

Balancei a cabeça novamente, esticando ainda mais os meus lábios.

A ansiedade se dissipou, e ele sorriu.
— Só vou tomar um banho antes do jantar.
No dia seguinte, eu o seguiria. Precisava saber quem o esperava às nove horas.
Tive uma noite péssima e acordei convicta da traição. Não houve intervalo algum entre o dormir e o acordar. Ainda estava escuro lá fora e faltava algum tempo para o sol irromper em cima dos pinheiros. O ar estava deliciosamente fresco. Fiquei curiosa em relação ao que ela teria comido na noite anterior. Bolo, arroz com frango, macarrão, *nasi lemak*, *satay*, *mee goreng*, carne de porco ao mel. Eram inúmeras as possibilidades, devido à variedade da culinária da Malásia. Ela tanto podia ser chinesa, indiana ou malaia, como sique, eurasiana ou uma mistura de qualquer dessas etnias.
Minha cabeça começou a pesar e doer. Meu rosto se mostrou manchado e inchado no espelho. Eu estava um trapo. Por alguma razão incompreensível para mim, não estava sentindo raiva dele. Estava furiosa com ela. Voltei para cama e lá fiquei até ouvir os ruídos do despertar da casa. Música, descarga nos banheiros, barulho de panelas na cozinha.
O ronco do motor do Mercedes de Luke se afastou. Depois de uma leve batida à porta, Amu entrou no quarto. Trazia uma pequena bandeja nas suas mãos ossudas.
— Levanta e vai escovar os dentes — ela ordenou com ares de chefe, enquanto colocava a bandeja na pequena mesa ao lado da cama.
O aroma do meu café da manhã preferido inundou o quarto. Dois bolinhos de arroz cobertos com uma calda açucarada de leite de coco e com as extremidades perfeitamente crocantes. Olhei para aqueles bolinhos redondos e macios, e eles retribuíram o olhar, cintilando tanta perfeição com timidez que me deu vontade de vomitar.
— Qual é o problema? — perguntou Amu. Com o rosto sulcado de rugas. Com os olhos me devassando como agulhas.
Oh, Amu, eu queria tanto dizer que ele está tendo um caso. E que estes dois bolinhos estão sorrindo para mim...
— Nenhum — disse.
— Então, coma antes que os bolinhos esfriem. Vou lá ao mercado e a vejo mais tarde.

Ela me observou atentamente enquanto eu balançava a cabeça e sorria. Por um instante, achei que ia dizer mais alguma coisa, mas ela mudou de ideia, sacudiu a cabeça e saiu. Fiquei olhando os bolinhos até ouvir Kuna, o nosso chofer, sair com o carro, com Amu no banco traseiro. Só então saí da cama. Fui carregada pelos meus pés no chão frio. A luz do sol brilhava silenciosamente na casa, esperando para ver o que eu faria. Abri a porta e entrei no quarto dele. Parecia um freezer. Desliguei o ar-condicionado, e o quarto foi tomado pelo silêncio.

Fiz uma autocrítica com olhos frios e desaprovadores. Eu tinha me tornado uma intrusa. Olhei ao redor daquele quarto familiar com uma nova percepção. Tudo parecia diferente. As camisas que eu tinha comprado riam de minha estupidez; os lenços que tinha passado a ferro com tanto cuidado riam disfarçadamente nos cantos. Abri um armário, uma gaveta, uma pequena cômoda e continuei fuçando, pegando as coisas que ele vestia e usava. Eu me sentia atordoada e com uma dor vazia dentro de mim. Eu era um buraco com um bebê. Ele se agarrava ao nada. Como aqueles maravilhosos ovos de chocolate ingleses com um bonequinho de plástico dentro. A cama desfeita exibia os vincos desavergonhados dos lençóis. Ela se deitara com meu marido pela noite inteira. Fiquei no meio da cama. A casa ouviu, e as quatro paredes do quarto testemunharam, quando comecei a gritar. E gritei até ficar rouca.

Lá fora, o tempo estava virando. Nuvens cinzentas se agrupavam, e o quarto escurecia. Gotas pesadas de chuva desabaram no telhado da casa. Exausta, me encolhi como uma trouxa na cama. Eu não podia entregá-lo para aquela mulher. Ele era muito precioso para ser entregue a uma prostituta de rua. Eu o amava muito para desistir dele. Estiquei meu corpo de forma desajeitada e continuei deitada de barriga para cima naqueles frios lençóis. Eu o faria se apaixonar outra vez. Existem alguns feiticeiros, os *bomohs*, a quem você pode recorrer se quiser ter alguém sob o seu domínio. Sim, faria isso. Resolvi que seria a única maneira de tê-lo para sempre.

De repente, Amu surgiu à soleira da porta do quarto. Estava confusa e horrorizada. Ela teria me chamado? Eu não tinha ouvido nada. Seus olhos escuros transpareciam pena. Quando olhei no rosto piedoso de Amu, meus lábios tremeram, meus olhos se encheram de lágrimas, e meu coração queimou uma dor que me fez gritar histericamente. Abri a boca e urrei. Ela subiu na cama e puxou a minha cabeça contra a flacidez de seus seios. Sem que ninguém precisasse lhe dizer, sabia que havia alguma coisa errada entre o patrão e a patroa. Senti minha testa pressionada no osso do seu peito. Ela me embalou com doçura. Dos seus lábios, não saiu uma única palavra. Nenhuma história sobre a tia ardilosa e o primo malvado. Ela me embalou até o rio de lágrimas passar.

– O peixe e a carne – eu lembrei com a voz embargada.

Visualizei as sacolas de plástico repletas de produtos do mercado na mesa da cozinha. Vi as asas brilhantes das moscas negras que flutuavam como carpideiras fiéis frente à morte. Ela balançou a cabeça e saiu em silêncio. Naquele momento, a amei como nunca amara na vida.

Os meus membros ainda estavam sob o meu comando. Saí da cama e telefonei para uma locadora de carros. A madame quer pagar com cartão de crédito ou com dinheiro vivo? Com dinheiro, por favor. Duas da tarde, combinado.

O carro chegou às duas. Ficou estacionado na sombra de uma árvore da calçada, próxima da entrada da nossa casa.

Luke voltou às seis e meia. Parecia animado.

– O dia foi bom? – perguntei.

– Ótimo. E o seu?

– Sensacional. O bebê está ótimo.

Ele chegou mais perto e me beijou na parte que mais gostava, a têmpora esquerda. Fez isso com lábios frios e familiares. Judas. Como era fácil mentir para mim! Eu o olhei, e meus olhos se molharam com lágrimas de horror. Escorreram rapidamente pelo meu rosto.

Ele ficou assustado.

– O que foi? Algum problema? – perguntou, preocupado.

– São os hormônios – expliquei com um sorriso aguado. Não havia motivo para preocupações.

– Verdade? – Ele se mostrou inseguro.

– Sim, verdade. A que horas você vai sair para a reunião?

– Às nove, mas posso cancelar a reunião se você não estiver se sentindo bem.

Fiquei abismada com ele. Com a absoluta frieza daquele homem. Com a cara de pau de ficar ali fingindo que estava sinceramente preocupado e sem um fiapo sequer de culpa.
– Não precisa, estou perfeitamente bem. Talvez só cansada. Pode ir. – Minha voz teria soado tão artificial como achei que soara? De qualquer forma, ele pareceu convencido. – Vou descansar um pouco. Se eu não estiver acordada quando você sair...
Ele entendeu de imediato. Aproximou-se e beijou-me com ternura nos lábios.
– Está bem, descanse um pouco. – Havia um esboço de sorriso gentil nos lábios dele.
Retribuí o sorriso. Bastardo. Como pode ser tão insensível? Levantei-me da poltrona com todo o cuidado. Não queria parecer desengonçada. Claro que ela devia ser graciosa e magra, mas eu tinha planos para aquela mulher. Nada menos que a cabeça dela dentro de um prato. Senti os olhos dele me observando enquanto me retirava. Cheguei ao meu quarto, tranquei a porta e me sentei na cama para esperar. Quando o ouvi fechando a porta do seu quarto quase sem fazer barulho, saí do meu e desci a escada.
Desci a alameda lá de casa com o coração disparado no peito. E se ele estivesse na janela do quarto e me visse? Diria simplesmente que precisava caminhar para clarear as ideias. Quando saí pelo portão, o sol já tinha se posto por trás das árvores, e o dia findava acaju e dourado. A janela dele estava acesa e vazia. Ele ainda estava no chuveiro. Desci a escada que levava à rua principal. No final da calçada, estava o carro azul-escuro que eu tinha alugado. Entrei tremendo no carro. Estava escurecendo. Fiquei à espera.
Não demorou muito e o carro dele passou. Por um segundo, paralisei de medo. Depois, como se fossem entidades separadas, minhas mãos e minhas pernas assumiram o controle. A ignição girou, e o motor arrancou. O acelerador foi pressionado. Foi fácil acompanhá-lo. Eu o segui até uma região onde os shoppings brotavam da terra como gigantes recém-acordados. Ele parou na frente de uma farmácia chinesa. Em cima da farmácia, mais dois andares: no primeiro, um cabeleireiro; no segundo, um cartaz oferecia Garotas Douradas como acompanhantes. Ao lado da farmácia chine-

sa, havia uma entrada que dava numa escada estreita protegida por um portão de ferro. O portão se abriu enquanto eu observava e saiu uma jovem incrivelmente bonita que vestia um longo *cheongsam* com brotos de bambu, bordados em linha dourada. Pernas perfeitas se insinuavam pelos cortes da roupa, e os cabelos à altura dos ombros emolduravam um rosto oval e sorridente. A estonteante jovem acenou para o homem na farmácia chinesa que, por sua vez, não acenou de volta. Ela deu mais alguns passos pela rua e entrou no carro de Luke, sentando-se ao lado dele. Ele deu partida no carro, sem olhar para trás.

Continuei parada, agarrada ao volante do carro, não sei se por uma hora ou por dez minutos. O tempo não importava mais. Os carros passavam. Outras garotas de saia justa desceram a escada e entraram em carros luxuosos e às vezes em táxis. E eu continuava sentada, olhando. Por fim, um vendedor ambulante de macarrão passou pelo meu carro. Tocou a sineta da bicicleta tão perto da minha janela que me fez sair de um sonho silencioso.

Liguei o carro e fui direto para casa. A certa altura, senti um fiapo de dor lá dentro do meu corpo anestesiado. Começou no lado esquerdo do estômago e se propagou como uma gota de tinta azul num pote de leite. Crescendo e crescendo. Logo notei que a tinta inundava o pote, mas eu já estava quase entrando na minha rua. Como consegui chegar é um mistério que se oculta nos poderes do inconsciente. Ele me levou de volta para casa.

Estacionei o carro e saí andando. A dor crescia e crescia. Agarrei a minha barriga e caí no chão, indefesa. Mais do que tudo, ele não devia saber que eu tinha saído de casa e que o tinha visto. Fui de gatinhas até a casa. Na minha mente delirante, uma garota em trajes de adulto escorregava para dentro de um carro brilhante. Acenava para mim. O homem da farmácia olhava com indiferença. Mas você diria que ele não aprovava aquilo.

Cheguei à porta de entrada de joelhos. Toquei a campainha e me dobrei como uma bola, com uma dor insuportável. Na minha cabeça, a garota acenava. Na minha barriga, alguma coisa queria rasgá-la. A porta se abriu. Amu caiu de joelhos. Quase não pude ver o rosto dela, mas as mãos se apressaram em amparar o meu rosto. Depois as estrelas abaixaram e me envolveram em escuridão. Uma escuridão maravilhosa.

Acordei dentro de um veículo em movimento, mas a deusa da morte sentiu pena de mim e me jogou de volta à escuridão maravilhosa onde moravam as estrelas. Lembro-me do vento apressado atravessando os meus pés e das luzes por cima da minha cabeça. As luzes também aceleravam. Lembro-me de um som elétrico nos meus ouvidos. Som de urgência. Lembro-me de ter ouvido a voz de Luke. A voz dele não soava mais com frieza. Bem feito para ele, pensei, aprisionada em meu mundo preto e vermelho. Ele parecia furioso e exigente. Parecia longe e indistinto.

A garota vestida no *cheongsam* preto com bordado dourado acenava para mim. Ela estampava um lindo sorriso de juventude e beleza. O homem da farmácia chinesa sorria de forma zombeteira. Ele também não gostava de mim. A garota riu, e ele soltou uma gargalhada. Eu tinha me enganado. Ele não a desaprovava, os dois estavam unidos. Eu ouvia de longe as risadas de ambos. Em meio a um ruído débil, senti uma outra pontada de dor. Puro branco e, depois, puro negro. Abençoada seja a escuridão...

Eu a chamei de Nisha. Olho para ela tomada de admiração. Ela agita as mãozinhas e as perninhas e balbucia feliz. Como uma coisinha tão frágil e indefesa pode ser tão poderosa? É nela que me abrigo quando a dor se torna insuportável. Diante do brilho do sorriso dela, a dor foge como uma cobra covarde.

Luke ainda está dormindo no quarto dele. Acho que dei um susto nele. Seus olhos frios estão surpreendentemente preocupados. Ele me olha de maneira protetora e carinhosa, mas estou marcada para sempre pela garota que acena. Ontem fui lá no estúdio e fucei as gavetas dele. Claro que não encontrei nada. Mas hoje vasculhei o carro e encontrei uma foto dela. No quarto de um hotel. A beleza é tanta que pula para fora da fotografia e faz minhas mãos tremerem. São os olhos dela. Existe alguma coisa neles assustadoramente atemporal. São como um lago na escuridão. Inesquecível, misterioso e cheio de sonhos.

Pode um lago sorrir? Talvez na escuridão.

Ela se encrespa dentro de uma camiseta comprida, numa piscina ensolarada. Aquilo não é gente, é um vaso de tentação irresistível. Como ficaria dormindo de barriga para baixo com a cabeça encaixada na curva do pescoço dele? O cabelo dela está molhado. Ela sorri despreocupadamente. Há alguma coisa aterradora e inocente no seu sorrido congelado. Reconheço neste sorriso uma necessidade intensa de ser amada. Ela está apaixonada por ele. O desejo brilha neste rosto sem maquiagem como o orvalho sobre a grama.

Gostaria de citar uma máxima de Terrence Diggory para ela: "O desejo é definido como uma busca de algo que já está perdido." Gostaria de dizer para ela que aquilo que, no princípio, aparece bem claro se dissipa como o passado aparece agora, da mesma forma como o agora se dissipará no futuro. Ela não é justa nem honesta, mas tenho a resposta que ela não tem.

– Quem me substituirá?

Dois anos antes, eu era a visão de olhos orvalhados que aparecia na fotografia, mas com diferenças mágicas. Parece que ela fuma. Sim, vejo um maço de cigarros mentolados ao fundo. Mas, depois de tudo dito e feito, tal sofisticação não será levada em conta. O tempo está correndo. O sonho dela vai acabar. Como não acabaria depois de dez, cinco ou dois anos? Quem a substituirá?

Em cima da mesa de cabeceira ao fundo, uma carteira que dei de presente no aniversário dele dois anos atrás. Ao lado da carteira, um molho de chaves, uma delas abre a porta de entrada da nossa casa. Jogados no encosto de uma grande poltrona, um jeans – dela – e a calça dele. Uma toalha largada negligentemente no assento da poltrona. Já foi usada. É uma comunhão de perfumes e tímidos pensamentos. Só a ponta de uma cama de casal está à vista. Com lençóis amarfanhados. Ah... Testemunhei o ninho de amor do casal. Vi um sutiã preto em cima da calça dele. Viverei por muitos anos com esse pedaço do quarto deles. Passarão dias, semanas, meses e anos e, quando olhar nuvens imóveis a distância pela janela, estarei de volta ao ninho de amor deles. Estarei sempre lá, dia e noite, e verei o sutiã de outra mulher em cima da calça do meu marido.

Da mesquita da rua, um mulá entoa preces para Alá por meio de um alto-falante. A voz intensa do líder religioso ressoa e ecoa na escuridão:

– *Allah-o-Akbar, Allah-o-Akbar.*

Sempre gostei da sonoridade dessas preces. Quando criança, costumava ouvi-las de forma tão tangível que era capaz de tocá-las como se fossem construções mágicas no ar. Olhava as janelas e subia os degraus de uma escada feita dessas sonoridades mágicas até atingir o ponto mais alto onde... Não, esses dias já se foram. Coloquei a fotografia no mesmo lugar onde a tinha achado. Amu está cantando para Nisha. Ela é um bebê tão bonzinho...

Fui ver tio Sevenese. Eu lhe pedi o nome de um bom *bomoh*. Um homem que seja capaz de lançar um feitiço para mim. A foto me diz que ela é perigosa. Uma mulher apaixonada sempre anseia por mais. Uma prostituta só quer o que está dentro da carteira do homem. Uma mulher apaixonada quer saber o que tem dentro do coração do homem. Quer saber se o retrato dela está gravado nas paredes do coração dele.

Lakshmnan

Está caindo uma chuva fina nesta manhã. Agora cai lá dentro da minha cabeça. Toc. Toc. Toc. Como uma criança batendo no vidro de uma janela. Ahhh, como estou cansado. Logo farei cinquenta anos, mas parece que tenho cem. Sinto dores na mão que sobem até o ombro e às vezes, quando me deito insone na cama ao lado da minha mulher e ouço a respiração dela, as batidas do meu coração falham. Ele também está cansado. Tudo que almeja é parar.

Sonho com ela. Ela me traz um cesto de flores e frutas. Ela brilha nos seus catorze anos. Como a invejo!

– Leve-me com você, Mohini – imploro, mas ela apenas toca os meus lábios com mãos frias e diz que devo ter paciência. – Quantos anos mais de culpa? – pergunto, mas ela balança a cabeça e diz que não sabe.

– Foi um acidente. – Todo mundo se descartou a salvo em casulos de sofrimento sem culpa. Não eu. Fui eu que causei o acidente. Foi culpa minha. Fui o tolo que escorregou e caiu no buraco que a manteria a salvo.

Pois o homem mata aquilo que ele ama. Embora ele continue vivo.

Sim, ele não morre, mas de que forma ele vive. Oh, Deus, de que forma ele vive...

Faz muitos anos que li a respeito de Ibn Battutta, um conhecido viajante árabe que viveu no século catorze. Ele escreveu que o sultão de Mul-Jawa participava de uma audiência quando viu um homem se levantar com um punhal parecido com um cortador de páginas de livro na mão e proferir um longo discurso em uma língua estrangeira. Depois, o homem agarrou o punhal com as duas mãos e cortou a própria garganta de tal maneira que a cabeça tombou no chão. Rindo, o sultão declarou:

– Eles fazem isso voluntariamente por amor a nós.

É isso que tenho feito. Tenho me mutilado por amor à minha irmã.

Achei que nunca mais falaria dela, mas, depois de todos esses anos de silêncio, agora sinto que preciso falar. Nós dois passamos nove meses perdidos em algum lugar dentro da nossa mãe, olhando um para o outro, compartilhando recursos, espaço, líquidos e risos. Sim, risos. Minha irmã fazia o meu coração rir. Sem dizer uma só palavra, fazia o mundo inteiro brilhar e girar. Nunca precisávamos falar. Por que alguém iria falar com a própria mão ou a perna ou a cabeça? Ela era uma parte de mim. Quando aqueles japoneses bastardos a levaram, arrancaram uma parte necessária de mim. Muitas vezes, eu fechava os olhos e, quando via o rosto dela, a saudade era insuportável. A saudade me fazia querer gritar e chorar. Não chorei. Nem gritei. Só destruí.

No início, eu simplesmente açoitava e esmagava os que estavam próximos de mim, soltando fogo pelas ventas e reduzindo a pó tudo que encontrava pela frente. Cultivei um prazer sobrenatural em fomentar brigas, em ver o medo crescer nos olhos dos meus irmãos, mas isso não era o bastante. Nem mesmo pisar no coração de mamãe tão repleto de amor por mim foi o bastante. Eu também tinha de me destruir. Como poderia ter sucesso e ser rico e feliz depois de ter matado minha própria irmã? Vez por outra, eu me pergunto que tipo de deus me castigou com aquela dor de cabeça durante as provas finais. Teria sido a primeira tentativa do sr. Lakshmnan de sabotar a si próprio? Será que o punhal que mais parece um cortador de páginas tinha feito o seu trabalho horrível?

Sei que Dimple se surpreendeu quando lhe pedi para participar de sua trilha de sonhos. Até porque, já havia me recusado milhares de vezes antes.

– Por que só agora, papai? – ela perguntou, espantada.

Simplesmente porque agora o fogo furioso que ardia dentro de mim se consumiu, e as brasas alaranjadas viraram cinzas. Porque agora Nisha precisa ouvir o meu lado, pois também há o meu lado, e sobretudo porque já é hora de encarar e admitir os meus erros.

Às vezes a minha cabeça decepada olha para o meu corpo sem cabeça e se choca com as coisas estúpidas e inacreditáveis que ele já fez. Muita coisa foi destruída, mas eu me mutilei voluntariamente por amor a ela.

O pior dano foi feito em Cingapura, onde aprimorei os meus vícios. Mamãe conhecia a boa família que me hospedou. Eles tinham um filho, Ganesha, dois anos mais velho que eu, e uma filha da idade de Anna que se chamava Aruna. Acho que ela me odiou à primeira vista. Fazia caras de enfado e comentários sarcásticos que certamente eram dirigidos a mim, ainda que fossem generalizações. A mãe dela sempre passava as minhas camisas e, uma vez, estava apressada para sair e pediu à filha que fizesse isso. A garota pegou a minha camisa com um ar enfastiado, mas arranquei-a da mão dela.

– Não precisa se incomodar – disse de forma rude, enquanto virava de costas.

Naquela noite, a porta do meu quarto se abriu, e ela entrou à meia-luz. Só estava de combinação, e a seda delineava os seios. Fiquei espantado e não consegui tirar os olhos daqueles seios. Ela chegou bem perto e toquei neles. Eram grandes e macios. Nunca tinha estado tão próximo de um corpo feminino. Ela se jogou com avidez em cima de mim. Naquela noite, fiz amor inúmeras vezes enquanto ela gemia e se mexia em meus braços. Aruna não disse uma só palavra. Saiu do quarto antes do amanhecer, deixando atrás o aroma pungente da paixão. Abri as janelas e fumei um cigarro. Esquecera-me por um momento de Mohini, mas a culpa retornou.

Durante o café da manhã, a garota continuou calada. Não me olhou nos olhos. Deixou de lado os comentários sarcásticos e as expressões de enfado. De noite, apareceu novamente. Fiz amor com ela outra vez. Quando saiu antes do amanhecer, já era familiar ao meu corpo. Abri as janelas e deixei o aroma dela sair.

Estabelecemos um padrão. Quanto menos olhava para os olhos dela, mais a silhueta nua dela aparecia. Uma vez ou outra, não vinha. Nessas noites, eu fumava até adormecer.

Até que um dia ela sussurrou no meu ouvido:
– Estou grávida.

Como eu era ingênuo naquela época! Sinceramente essa hipótese não tinha passado pela minha cabeça febril e recuei com um horror súbito. Ela me puxou e se agarrou em mim com desespero.

– Case-se comigo, por favor – implorou.

Naquela noite, não fizemos amor. Ela saiu chorando. Continuei sentado na cama, literalmente paralisado. Eu não gostava dela, não a amava. Para mim, ela era como um sonho ou um fantasma que só aparece à noite. De que realmente me lembro? Lembro-me da língua aveludada lambendo as minhas costas, dos lábios macios nos meus olhos fechados, da combinação alisando o meu corpo e do turbilhão escuro onde a minha culpa desaparecia. E, claro, do cheiro dela... de açafrão-da-índia, molhado. Não consegui pegar no sono e então pulei da janela e fui até uma barraca de comida em Jalan Serrangon que ficava aberta a noite toda e que eu frequentava. Sob a luz amarela da lâmpada a gás, a face ébano de Vellu se abriu num largo sorriso.

– Alô, professor – ele disse, alegremente.

Sorri desanimado e despenquei abatido em cima do banco de madeira. Sem fazer perguntas, ele pôs uma xícara embaçada de chá à minha frente. E voltou para o trabalho de resfriamento de chá, despejando-o sucessivamente de uma caneca para outra. Passei algum tempo observando o líquido espumante habilmente distribuído entre as duas canecas assumindo a aparência de uma pluma de avestruz e depois virei a cabeça para olhar a noite. Um gato de rua miou aos meus pés, e um cachorro sarnento fuçou o lixo no esgoto. Fiquei a noite toda na barraca de Vellu, assistindo à procissão de gente que aparecia para tomar chá.

Primeiro os frequentadores do cinema que falavam alto e animadamente, depois os alunos jovens e displicentes de uma escola superior das cercanias e, mais tarde, as prostitutas e seus cafetões, dois policiais que faziam ronda na área e ainda um bando alucinado de deslumbrantes travestis. Eles me olharam com um ar atrevido. À medida que a noite avançava e se fechava em si mesma, as pessoas se mostravam cada vez mais estranhas, até que por fim chegaram os lixeiros. Eu me levantei e fui embora.

No café da manhã, comuniquei as boas-novas para o pai dela. Falei que tinha encontrado um canto na casa de alguns amigos que ficava mais perto da escola onde eu lecionava. Não olhei para ela. Fiz a mala, parti antes que a noite caísse e aluguei um quarto numa pensão miserável e barata no bairro chinês. Uma semana depois, estava lavando as meias na pia, quando o irmão dela chegou para falar comigo.

– Aruna está morta – ele disse.

A silhueta seminua de Aruna luziu no meu cérebro semiapagado com olhos acesos de paixão.

– O quê? – eu disse.

– Aruna está morta – ele repetiu com um rosto zonzo.

Lembrei-me de quando ela jogava a cabeça para trás e esticava o pescoço o máximo que podia, enquanto se arqueava sobre o meu corpo como uma poderosa escultura grega. Aruna tinha a cor da terra.

– Ela se suicidou. – A voz rouca dele soou com um sussurro incrédulo. – Simplesmente entrou pelo mar e foi caminhando até se afogar.

Eu a vi se afastando, se afastando, mas não era uma imagem dolorosa. Tragédia. Clitemnestra está morta. Nunca mais dançará à meia-luz.

Fui ao funeral dela. Olhei os olhos abatidos do pai e o desespero da mãe com a gentileza de um impostor assassino, mas depois olhei para dentro do caixão e a vi estirada na minha cama com as coxas enroscadas no meu travesseiro, me olhando com olhos negros e tristes. Não havia como mentir para aqueles olhos.

– Durma, Clitemnestra. Durma. Pois é melhor me lembrar de você à meia-luz – murmurei para aquele rosto trágico.

Congelei por fora. O meu filho estava morto. E não havia ninguém para chorar por ele. Voltei para o meu quarto e neguei para ela um lugar na minha mente onde pudesse descansar em paz. Ela se tornou transparente. Adeus, Clitemnestra. Você sabe que nunca a amei.

E foi por mero acidente, por intermédio de um amigo de um amigo meu, que topei com a minha nova amante. Costuma-se dizer que o que vai volta. E, dessa vez, era a minha vez de cair nos braços sedosos de uma amante desalmada. *Mahjong*. Aos meus ouvidos, o nome dela soa como um milagre. Ela estala para mim. É uma linguagem secreta. Um comando erótico. Você nunca poderá entender porque não recebeu o chamado daqueles lábios vermelhos de vinil. Com um único estalo, um único clique, meus planos grandiosos, meus compromissos marcados, minha comida quase pronta, minha mulher doentia, meu cão que late, meus vizinhos encrenqueiros, tudo isso se dissolve no nada. Agarro aqueles tabletes frios e me torno um rei, e mais, me esqueço até da minha irmã morta. Fico deitado ao lado dessa amante até de manhã.

Vou lhe revelar o verdadeiro segredo sobre nós, os jogadores compulsivos. *Nós não queremos vencer.*

Sei que, se continuar perdendo, haverá uma razão para seguir em frente. Uma grande vitória implicaria o intolerável: retirar-me da mesa quando ainda havia dinheiro para gastar com a minha amante sedosa.

Sim, é verdade que casei com Rani para investir na minha amante. E, ao longo de todos esses anos, tenho permanecido fiel às solicitações possessivas e irracionais da minha amante, mesmo quando estas solicitações trazem dor e pobreza à minha família. Tenho sido um péssimo pai. Um pai completamente irresponsável.

Eu sabia que aquelas coisas caras no quarto de Nash eram roubadas, assim como sabia que Rani envenenava Bella contra a minha própria família. O mais amargo de engolir era que eu sabia que a cadela espancava a pobre Dimple, mas no fim eu sempre voltava para minha amante porque a culpa era insuportável. Ela era o meu ópio. Era uma promessa de esquecimento. Agora a morte está mais perto. Assumo a coragem. Não temo. Meu pai me espera no outro lado.

Logo depois que me casei, o meu luto sem fim por Mohini irritava a minha mulher.

– Pelo amor de Deus – ela exclamava –, não dá nem para contar o número de famílias que perderam entes queridos durante as guerras. Aposto que não agiam da maneira ridícula com que você age. É só uma garota morta, Lakshmnan. A vida continua. – Mas o tempo a fez se enfurecer muito mais e se tornar muito mais ciumenta, achando que minha irmã morta era muito mais real para mim do que ela. – Como ousa me insultar desse jeito? – gritava.

Nunca contei para ninguém, mas vi o que os japoneses fazem com as mulheres que eles desejam. E essa visão me assombra até quando estou dormindo.

Isso se deu um dia em que eu estava na floresta caçando com Udong, o meu amigo aborígine. Soldados japoneses na floresta são como lutadores de sumô no balé. Eles pisam para lá de pesado. O estrondo deles pode ser ouvido a quilômetros de distância. Era um sábado e olhamos tudo de uma clareira. Ficamos atrás de uma moita e vimos os bastardos com uma chinesa. Talvez fosse uma mensageira comunista enfrentando a selva por uma causa. Como abusaram dela!

Oh, Deus, não consigo nem descrever o que fizeram com ela.

No final, ela não era mais humana. Ofegava no chão coberta pelos próprios excrementos e sangrando abundantemente quando um deles cortou a garganta dela. Um outro cortou um dos seios e enfiou na boca como se fosse comer. Eles acharam a cena hilária e começaram a gargalhar, enquanto arrumavam as calças e saíam se gabando daquela forma assassina de ser.

Saímos do esconderijo quando aquelas vozes ásperas e guturais já não eram mais ouvidas e paralisamos sem poder acreditar, uma mulher de pernas nuas e retorcidas e um rosto crispado com um pedaço sangrento de carne enfiado na boca. Tudo estava mortalmente silencioso, como se a própria brutalidade da selva que se alimenta diariamente de si mesma tivesse visto a cruel carnificina e se chocado. Até hoje, vejo aquela mulher. Vejo o ódio mudo do seu rosto.

Ela continuou no mesmo lugar como um aviso, um escárnio para os comunistas. Temendo represálias e não querendo nos envolver na guerra entre japoneses e comunistas, não contamos nada para ninguém e guardamos em segredo a imagem daquele ódio mudo. Nos meus pesadelos, não é o corpo da mensageira comunista que está diante de nós, é o corpo de Mohini com as pernas nuas e retorcidas, com um pedaço sangrento de carne na boca, olhando com um ódio mudo.

Fui inimaginavelmente injusto com Dimple, mas talvez ela me perdoe um dia porque minha cabeça rolou já faz muito tempo. Observo e vejo as sombras da infelicidade nos olhos dela. Sempre soube que ela seria infeliz ao lado dele, sempre soube que ele a quebraria. Sobretudo porque as mulheres não passam de brinquedinhos e de possessões para homens como ele. Aquele cara devia ter se casado com Bella. Ela é durona. Sabe o que fazer com homens assim.

Eu devia ter procurado uma razão para as sombras nos olhos da minha filha. Eu devia confrontar aquele cara. É meu direito, é meu dever de pai, mas o meu genro é esperto. Isso é o amarelo que ele tem no sangue. Se há séculos eles subornam até os próprios deuses com varinhas e comidinhas doces, por que não subornar um sogro idiota? Ele me subornou com o casarão onde moro agora. Calou a minha boca com o doce cimento que construiu esta casa.

Aruna se senta onírica e fantasmagórica ao pé da minha cama, de combinação e de olhos vazios e abertos, mas de boca fechada. Ela me observa. Sem dúvida isso só se passa na minha cabeça, mas nem por isso afasto a ideia de que ela vive no pé da minha cama.

Parte 5

O coração da serpente

Dimple

Tio Sevenese me deu o endereço. A princípio se recusou, mas ficou tocado com minhas súplicas e meus olhos inchados. Fui ver Ramesh, o segundo filho do encantador de serpentes. Ele tinha aprendido a perigosa arte com o pai, meditara nos cemitérios e se habilitara a expulsar espíritos indesejáveis e vender poderosos encantamentos, desde que recebesse uma recompensa financeira. Durante o dia, era visto nas roupas de enfermeiro de um hospital, casado pela segunda vez, sem filhos e vinculado a um rumor de que sua primeira mulher tinha enlouquecido.

Fui até Sepang dirigindo. Era uma região muito pobre. Casinhas de madeira enfileiradas na rua. Um grupo de jovens olhou para a minha BMW com um misto de admiração e inveja. Foi fácil encontrar a casa de Ramesh. No jardim, havia uma grande estátua de Mariaman, o deus da cerveja e dos charutos. Uma mulher ressequida e esquálida com omoplatas proeminentes atendeu ao meu chamado à porta. Sua cara amassada de morcego não se mostraria agradável para nenhum ser humano. Notei que minha roupa e minha figura a impressionaram.

– Está procurando por ele? – ela perguntou.

– Sim – respondi.

Ela me fez entrar. Era uma casa pequena de madeira com uma mobília surrada e esparsa. Um ventilador girava no teto, mas o lugar parecia muito mais deserto que habitado.

– Sente-se, por favor. – A mulher indicou uma das cadeiras perto da porta. – Vou chamar meu marido.

Sorri agradecida, e ela sumiu atrás de uma cortina de contas. Alguns minutos depois, um homem afastou os fios de conta da cortina e irrompeu na salinha. Estava de camiseta branca e calça cáqui. Ele fez a sala se encolher em proporção claustrofóbica, pois tinha um rosto de pantera caçadora. Faminta, negra, exalando um perigoso cheiro de macho. As partes brancas dos olhos brilhavam de dar medo. Sorriu ligeiramente e uniu as palmas das mãos na forma tradicional e educada de cumprimento indiano.

– *Namasté* – disse.

A voz denotava grande cultura. Isso foi tão inesperado que me levantei abruptamente para retribuir o cumprimento. Ele pediu que me sentasse. Sentei-me, e ele foi até uma cadeira um pouco mais distante de mim.

– O que posso fazer por você? – perguntou com polidez.

Ele não piscava. Desconcertada, tive a impressão de que podia ver dentro de mim. Tive a sensação de que já sabia o motivo da minha presença ali.

– Eu sou a sobrinha do Sevenese que brincava com você quando era criança – expliquei rapidamente.

Por uma fração de segundo, ele contraiu o corpo ágil, e os olhos faiscaram como se atingido por um sopro inesperado. Isso logo passou. Talvez eu tivesse imaginado. Talvez.

– Claro, me lembro do seu tio. Costumava brincar comigo... e com o meu irmão.

Não, eu não tinha imaginado. Comecei a pensar que ele havia guardado alguma mágoa do meu tio. Não devia ter ido. Não devia ter falado que éramos parentes.

Mas, de repente, ele abriu um sorriso largo. Com dentes estragados. Um defeito que me deixou relaxada.

– Meu marido tem outra. Você pode me ajudar a tê-lo de volta?

Ele balançou a cabeça. Mais uma vez me fez evocar uma pantera.

– Venha – disse enquanto levantava e indicava o caminho por entre a cortina de contas.

A cortina dava para um lugar sem janelas e sombrio. Ele virou à direita, afastou uma cortina verde e entrou num quartinho abafado que cheirava a incenso e cânfora. Um altar esquisito pouco acima do chão sustentava uma estátua grande de um deus, ou semideus, que para mim era desconhecido. Pequenas lamparinas ardiam e faziam um círculo ao redor da estátua. Aos pés dela, oferendas de galinha cozida, frutas, uma garrafa de cerveja e bandejas de flores. Era um deus com uma cara horrível, uma língua comprida e vermelha, olhos protuberantes que olhavam fixamente para frente e uma boca que escancarava um berro terrível de fúria. Do buraco da garganta, escorria uma tinta vermelha. No chão, ao lado do altar, um punhal curvo e um crânio humano por perto. Ambos brilhavam ameaçadoramente na luz tremeluzente das lamparinas. Eu me perguntei se era o mesmo crânio que tio Sevenese tinha dito que pertencia a Raja.

Ramesh pediu que me sentasse e depois se sentou. De pernas cruzadas, ele parecia se sentir mais confortável do que na cadeira da sala.

– Ela é bonita, a amante dele, muito bonita – disse. Acendeu uma outra vareta de incenso e a enfiou na polpa macia de uma banana. – Ele tem duas linhas profundas que correm verticalmente pelo rosto do nariz até a boca?

– Sim – respondi com sofreguidão, querendo acreditar naquele extraordinário poder exercido com tanta casualidade, sem pompa nem necessidade de drama.

Ele colocou leite dentro de uma tigela.

– Seu marido não é quem você pensa que é – pronunciou, olhando diretamente nos meus olhos. – Ele tem muitos segredos. Tem cara de homem e coração de serpente. Não fique com ele. Ele pode destruí-la.

– Mas eu o amo. Isso é coisa dela. Ele mudou quando ela entrou na vida dele – argumentei, desesperada. – Antes do aparecimento dela, ele construiu um quiosque só para mim. Gostava de me dar narcisos porque nós dois sabíamos que na linguagem das flores eles representam amor eterno.

Ele me olhou fixamente.

– Está enganada a respeito dele, mas farei o que você pede.

Senti uma pontada de medo. De repente, desobedecer à pantera pareceu fatal. Se ao menos ele tivesse me persuadido um pouco mais... Porém, o rápido esboço que fez denotava um desencantamento. O desencantamento só vem com um conhecimento maior.

– Vou pôr a doença dele no leite, e Deus irá bebê-la.

– O que você insinuou quando disse que ele tem coração de serpente?

Ele esboçou um sorriso com um ar de sabedoria.

– Conheço as cobras, e ele é uma delas.

Gelei da cabeça aos pés. Não importava, mesmo assim ficaria com Luke. Ele seria outro homem quando ela se fosse. A mãe de Alexandre, o Grande, dormia em meio às cobras. Não faziam mal a ela. Eu poderia mantê-lo comigo.

– Faça com que ela vá embora – sussurrei, trêmula.

– Você quer feri-la? – ele perguntou suavemente.

– Não – respondi de imediato. – Não, só quero que ela suma. – Então me veio um pensamento à cabeça. Se ela fosse embora, ele poderia procurá-la e não era isso que eu queria. – Espere – gritei. A parte branca dos olhos dele vagou naquele quarto sem janelas perante os meus olhos. – Faça com que ele deixe de amá-la. Faça com que ele tenha medo dela.

Ele assentiu.

– Que assim seja. Vou precisar de alguns ingredientes do armazém. – Levantou-se. A pantera se fez ágil e graciosa. Olhou para mim. – Não demoro mais que vinte minutos. Você pode esperar aqui ou tomar um chá com minha esposa na cozinha.

Tão logo a sombria figura da pantera atravessou a cortina, o quarto assumiu uma aparência sinistra. As sombras nos cantos se fizeram vivas. O crânio sorriu intencionalmente. As lamparinas tremeluziram e as sombras se moveram. Levantei e atravessei a cortina correndo.

O corredor estava escuro e frio. Segui e cheguei a uma cozinha iluminada. Tudo estava limpo e arrumado. A mulher de cara de morcego parou de cortar a metade de um coco em pedacinhos e me olhou.

– Seu marido teve que sair para comprar alguns ingredientes – eu me apressei em explicar. – Ele disse que eu podia tomar um chá com você aqui na cozinha.

Ela limpou as mãos no sarongue e abriu um sorriso. As gengivas e os dentes estavam vermelhos de tanto mascar noz de bétel. A pequena cara de morcego se mostrava amistosa enquanto ela sorria. Encostei-me à porta e fiquei olhando enquanto ela preparava o chá. Ela pôs a água na panela e deixou-a no fogão a gás.

– Meu tio e seu marido brincavam juntos quando eram pequenos – iniciei a conversa.

Ela deu um giro depois de ter colocado uma colher de folhas de chá numa caneca grande de esmalte, e o brilho dos seus olhos redondos deixou transparecer um primeiro sinal de animação.

– É mesmo? Onde? – quis saber.
– Em Kuantan. Eles cresceram juntos.
Ela se sentou abruptamente.
– Meu marido cresceu em Kuantan – repetiu, como se eu tivesse dito algo inacreditável.

Lágrimas súbitas inundaram os olhos e rolaram pela cara amassada da mulher. Olhei para ela, surpresa.

– Oh, não aguento mais isso. Não sabia nem mesmo que ele tinha crescido em Kuantan. Nunca me fala nada e morro de medo dele. Tudo que sei é que a primeira mulher dele se matou. Tomou veneno, e o veneno queimou-a por dentro, e ela agonizou por cinco dias. Eu também não estou entendendo o que anda acontecendo comigo. Estou tão assustada e... olhe só isso.

Soluçou e correu até uma gaveta, de onde tirou uma bolsa preta. Abriu a bolsa, virou-a de cabeça para baixo e a sacudiu com força. Todas as moedas, papéis e documentos e dois pacotinhos azuis despencaram. Ela pegou os dois pacotinhos quadrados e os mostrou para mim.

– É veneno de rato – disse, angustiada. – Carrego pra tudo que é canto. Um dia, vou ingerir isso. Só não sei quando.

Olhei para ela, literalmente chocada. Quando cheguei, e ela abriu a porta, me pareceu um camundongo inofensivo que não tinha nada a ver com aquela lunática que estava diante de mim. Passei a língua pelos lábios com nervosismo. O descontrole dela me incomodava. O marido dela também me incomodava, mas eu queria o Luke. Faria qualquer coisa para tê-lo de volta. Para ter o meu marido de volta, faria o esforço de esperar um pouco mais ao lado daquela mulher estranhamente perturbada.

Soou um barulho na frente da casa, e ela enfiou rapidamente os pacotinhos azuis, as moedas e os papéis na sua bolsa surrada. Foi impressionante a rapidez com que fez isso. Secou os olhos, despejou a água fervente sobre as folhas do chá e tampou a caneca com um movimento fluido. Os passos nem estavam próximos da cozinha, e ela já havia colocado leite condensado e açúcar em duas canecas menores. Sem dizer uma palavra, voltou para a tarefa de cortar as metades de um coco dentro de uma travessa de plástico.

Ramesh surgiu à porta e a fez lançar um olhar rápido, furtivo e cheio de medo e depois voltar para o que estava fazendo. Eu me perguntei o que ele teria feito para que ela estivesse tão aterrorizada, mas achei que ele não me faria mal e, se o fizesse, estava preparada para assumir as consequências dos meus atos.

– Tome o seu chá. Vou começar as orações sozinho. É melhor assim. – Ele se virou e saiu.

A mulher se ergueu do chão onde estava cortando o coco, coou o chá em duas xícaras e me ofereceu uma delas sem me olhar nos olhos.

– Pode tomar na sala, se quiser – se fez de educada.

Já não havia sinal de desespero na voz dela. Soou calma e neutra. A criatura parecida com um morcego estava de volta.

Eu me sentei na sala sem mobília e tomei o chá. A quentura do líquido aquietou os meus pobres nervos. No fundo, temia a coisa sombria que estava para fazer. Algum tempo depois, Ramesh puxou a cortina de contas e se colocou à minha frente com um pacote de pano vermelho na mão. Rapidamente deixei a caneca de chá no chão e peguei o pacote encaroçado com o devido respeito. Com ambas as mãos.

– Mantenha o sal que está aí dentro numa garrafa e espalhe um pouco todo dia debaixo da cama do seu marido até tudo se resolver. Quando ele sair à noite, pegue um punhado do sal, repita o mantra que vou lhe ensinar com toda força que tiver e depois, com a mesma força, ordene que ele volte para casa.

Ele pegou minha mão. A dele era fria e seca. Estudou minha palma por algum tempo. Depois soltou-a e me ensinou o mantra.

Paguei-lhe o que me pareceu uma soma insignificante. Eu mesma quis aumentar o preço, mas ele se recusou.

– Olhe esta casa – disse. – Não preciso de mais.

Peguei o sal e me preparei para sair. Já estava indo, quando reparei que ele me olhava intensamente. Com olhos sombrios e insondáveis, e com um rosto fechado e ininteligível. Parecia uma estátua de mármore grego.

– Seja forte e tenha cuidado, senão ele vencerá.

Balancei a cabeça, agarrada ao pacote, e saí de lá o mais rápido que pude. A experiência tinha acabado com os meus nervos. Entrei em pânico, e o sangue disparou pelo meu corpo. Pensei em recorrer ao tio Sevenese e contar tudo para ele, mas depois desisti.

Parei num armazém e comprei um cacho de bananas. Joguei as bananas no acostamento da estrada e enfiei o pacote vermelho dentro do saco pardo. Eu não queria que Amu visse o pacote vermelho. Ela suspeitaria imediatamente do conteúdo. Sabe muito bem o que os enamorados são capazes de fazer por vingança. Boa parte de mim sentiu vergonha. O que papai diria se me visse salpicando magia debaixo da cama do Luke? O que vovó diria? Não suportei pensar nisso.

Vi que Luke se preparava para sair. Vestiu a camisa de seda branca e cinza. Ele estava encantador. Sorriu para mim e me beijou ternamente na testa.

– Não vou chegar tarde – disse.

Sei que não vai, seu desgraçado com coração de serpente, pensei com meus botões. Agora eu também tinha um segredo. Ele fez com que me sentisse poderosa comparado a sua doce dissimulação. Se ele podia me olhar nos olhos e mentir com a cara mais deslavada, eu também podia.

– Devo esperar por você? – perguntei com um meio sorriso especial.

Ele não via esse sorriso no meu rosto fazia muito tempo e pareceu surpreso.

– Sim – assentiu prontamente.

Talvez eu tenha começado a odiá-lo exatamente naquele segundo. Não sei. Mas há sangue antigo na lâmina do meu machado, e a ideia de viver sem ele é insuportável até hoje. Ouvi o motor do carro sumir no final da alameda e depois subi apressada e enraivecida até o quarto dele e espalhei o sal debaixo da cama enquanto repetia o mantra. Eu o chamei para casa.

Passada uma hora e meia, repeti o procedimento. Lágrimas de raiva desciam pelo meu rosto. Ordenei novamente que ele voltasse para casa.

Trinta minutos depois, repeti a dose. Dessa vez, minha voz ecoou áspera e furiosa. Ordenei que ele voltasse para casa.

– Volte agora! – sibilei cheia de veneno.

Ele voltou em menos de vinte minutos. Ouvi o barulho da Mercedes, admirada. Ramesh realmente dominava o ofício. Tratava-se de uma batalha, e eu seria a vencedora. Tive vontade de rir. A chave girou na fechadura.

– Ora, você voltou cedo – comentei casualmente.

Ele se plantou paralisado no meio do saguão de entrada por um momento, como se estivesse confuso. E me olhou de maneira estranha.

– O que houve? – perguntei.

Uma pequena preocupação passou na minha cabeça. Não desejava vê-lo tão perdido. Simplesmente esperava que ele voltasse para a esposa e a amasse como antes. Eu o olhei, e ele retribuiu o olhar.

– Achei que você podia estar passando mal – ele disse com uma voz incomum. – Achei que podia estar acontecendo alguma coisa errada aqui em casa. Fiquei ansioso e agitado. Está tudo bem?

– Claro que está – falei com um fiapo de voz enquanto me levantava e caminhava para abraçá-lo. Fiquei de coração partido quando o vi assim abatido. Afinal de contas, não o odiava. Ele era a minha vida. – Oh, querido, está tudo bem. Vamos para a cama.

– Foi como se alguma coisa estivesse se arrastando pelas minhas costas por debaixo da minha camisa – ele murmurou consigo mesmo.

Eu o ajudei enquanto ele subia a escada, enfraquecido e bastante atordoado. Na cama, não quis fazer amor. Ele se abraçou a mim como se fosse uma criança assustada com um pesadelo. Ele me assustou. O poder do sal debaixo da cama me apavorou. Ele dizia a mesma frase repetidas vezes com um ar confuso:

– Foi como se alguma coisa estivesse se arrastando pelas minhas costas por debaixo da minha camisa.

Luke parecia um zumbi assustado sem os olhos brilhantes. Eu não queria a responsabilidade de avariar aquele cérebro brilhante. Fiquei acordada durante algumas horas, ouvindo a respiração dele. A certa altura, ele gritou e fez força para respirar. Mexi nele um pouco para despertá-lo e por alguns terríveis segundos ele me olhou apavorado e irreconhecível.

– Está tudo bem – eu o confortei na suave escuridão, fazendo carinho no seu cabelo até que a respiração voltou ao normal, e ele adormeceu no meu colo. Por que desejo de todo coração o azedume dos carinhos dele?

Na manhã seguinte, varri o sal. Recolhi todos os cristais de sal e joguei na privada. Aos meus olhos, Luke continuava apavorado como na noite anterior. Joguei o pano vermelho no lixo e joguei os olhos preocupados de Ramesh em algum canto longínquo da minha mente. Nunca mais tentaria nada parecido com aquilo. Amaria Luke até que o amor acabasse e depois estaria livre. Era a opção que me restara.

Fiz um grande arranjo de flores para me consolar. Um arranjo que ocupava um terço da mesa de jantar. Composto apenas de rosas brancas, teixo e jacintos vermelhos, parecia um arranjo fúnebre com cores tristes, porém ele entrou na sala e disse:

– Dimple, que maravilha! Você realmente tem talento com flores.

Não se deu conta de que rosas brancas significam coração carente de amor e que o teixo representa tristeza e que os jacintos vermelhos expressam a minha dor. Ora, como esperar que um leão como ele conhecesse a gentileza que há nas flores? Deve ter sido a secretária dele que descobriu o significado dos narcisos que ele tinha mandado e das tulipas vermelhas que tinha me trazido. Como eu havia desconfiado.

Ele continuava se encontrando com ela. Eu sentia na minha pele. Incomodava e incomodava, como um tecido áspero. Ela se materializa nos meus sonhos, acenando ao longe. Às vezes ri para mim e balança a cabeça em descrédito.

– Ele não é seu homem – ela diz. – Ele é meu.

Acordo e olho para o meu marido, fascinada. Ele não faz ideia de que eu sei que me ama com a ternura de uma seda sobre minha pele machucada. Ele compra flores aveludadas e caras para mim. Eu o olho sorrindo porque ele não desconfia de que conheço a cara da vadia dele.

Agora quem me preocupa é Nisha.

Amu adora Nisha de verdade. De tarde, elas cochilam juntas na rede. Às vezes chego devagarzinho lá fora para espiar as duas pessoas que mais amo na vida, enquanto dormem debaixo de uma árvore. Eu me consolo com aquele suor nos lábios superiores e até com a respiração e as pequeninas veias desenhadas como janelas entreabertas nas pálpebras delas. Os sentimentos que Amu me desperta são engraçados. Quando a vejo no templo em companhia de outras mulheres velhas, parece frágil e digna de pena. É como se ela tivesse uma vida desperdiçada e acabada, mas quando a vejo com Nisha nos braços, acho que tem uma vida plena e rica.

Bella queria comprar uma casa e prometi ajudá-la com o dinheiro. Claro que Luke não se importaria. Ele que se atrevesse. Ele me deu de aniversário o maior diamante que já vi. Suponho que esteja se saindo muito bem financeiramente. É tão estranho vê-lo completamente cego para minha dor e meu sofrimento. Como alguém pode ser tão cego?

Mamãe veio me ver, atrás de dinheiro. Papai não estava passando bem e parou de trabalhar. Ela precisava de vinte mil *ringgit*.

– Claro, mamãe.

Lá dentro da boca, a língua dela é bem rosada e bem afiada. Move-se dentro da boca como um enérgico alienígena com uma agenda que atua por conta própria. Fico completamente fascinada diante disso. Isso me faz me lembrar do tempo em que tio Sevenese se embebedava tanto que associava mamãe com os macacos gritadores que ele tinha visto na África. Pretos e com língua rosada.

– Se você visse o ritual de acasalamento deles, Dimple, ficaria chocada em ver como se parecem com sua querida mãe quando ela está falando.

Claro que ele estava completamente bêbado quando dizia isso. Mesmo assim...

Alguns dias depois, mamãe estava de volta. Dessa vez, era Nash que tinha problemas com os agiotas. Ela precisava de cinco mil. Dei dez. Sei que Luke detesta mamãe e que às vezes reage mal com grandes retiradas, mas... Foda-se o Luke.

Duas semanas depois, mamãe estava novamente na minha sala. Nash tinha se metido outra vez em encrenca. Pegou quarenta mil *ringgit* "emprestados" do cofre do escritório da firma na noite de sexta-feira, na esperança de dobrá-los no fim de semana nas mesas de roleta-russa em Genting Highlands. Nem é preciso dizer que perdeu tudo. O patrão deu queixa na polícia, e ele foi preso. Mamãe foi vê-lo, e ele estava com os braços cobertos de queimaduras de cigarro e com os olhos arrogantes covardemente amedrontados.

– Foram os policiais que fizeram isso – sussurrou com a boca quase fechada em desespero.

Agarrou a mão de mamãe e pediu histericamente que pagasse aos patrões para que a firma retirasse a queixa. Não precisa dizer mais nada, querida mãe. Fui ao banco com ela e saquei o dinheiro no caixa. Tenho desenvolvido um gosto estranho de dar o dinheiro do Luke para minha mãe. Papai telefonou para agradecer, mas parecia muito quebrado... Eu sabia como ele se sentia.

Agora quero contar uma história para você... uma história esquisita, mas asseguro que é verdadeira. Fica por sua conta decidir se a heroína fez ou não a coisa certa, pois de minha parte temo que tenha cometido um grave erro e já não há mais como voltar atrás.

Essa história aconteceu não faz muito tempo na festa que se deu numa mansão. Sério, a nossa bonita e jovem heroína, cheia de joias e com um ar triunfante, foi observada por um homem admirável em meio à multidão de convidados. Claro que ele não podia ouvir o que ela e um garçom insinuante conversavam, mas não lhe passavam despercebidas nem as menores nuanças daqueles corpos viçosos. Os dois estavam flertando. O homem esquadrinhou atentamente os olhos dela. Era capaz de extrair os pensamentos que iam por trás daqueles olhos. Estavam úmidos e virados para cima, com uma emoção esquiva. Ele já tinha visto aquele olhar? Hummm, talvez. Tentou procurar lá no fundo da memória. O passado parecia agora tão distante. Acima de tudo, era preciso objetividade.

Olhe só. Lá – uma unha vermelha traça um vinco na camisa do garçom. Na frente de toda essa gente! Que vergonha. Ele pensou na delicadeza do pescoço dela. Encaixava-se perfeitamente no círculo feito pelos dedos dele. Sabia disso porque tinha tirado a medida do pescoço dela. E era perfeito. A mente dele se congestionou com a visão da vadia de pernas magras e sedosas enroladas no torso nu do garçom. A nitidez da visão quase lhe tirou o fôlego.

De repente, ele quis ver de frente a realidade nua e crua. Queria ver de uma certa distância os pequenos grunhidos animalescos que ela costumava fazer na cama dele. Talvez tenha se surpreendido com a perversão dos seus próprios pensamentos, mas se consolou, convencendo-se de que era apenas uma experiência. Ele poderia não gostar e isso, é claro, o isentaria de toda a perversão. Ele a viu olhar rapidamente para o garçom com aqueles olhos maravilhosos e aquele meio sorriso que mais parecia um beicinho. Era um olhar que ele reconhecia. O mesmo olhar que um dia havia incendiado o sangue dele e que, à noite, o fez queimar pelo desejo de possuí-la. Ele se agitou desconfortável dentro da calça.

Ela balançou os longos cabelos pretos quase azuis e saiu rebolando. O garçom observou a saída dela.

Aquele homem admirável se levantou e caminhou na direção do garçom. Ela havia escolhido o elenco e agora ele precisava contratá-lo. Chegou bem perto e estalou os dedos. Era um gesto rude, mas o garçom se virou com uma expressão educada e profissional, se bem que com um olhar profundamente ofendido. O sujeito era boa-pinta, mas de um jeito estúpido. O homem sorriu e o chamou com o dedo. O ressentimento empinou os ombros do garçom à medida que se aproximava. Ele tinha um andar efeminado. O homem bem-vestido relaxou.

– Você gostaria de se deitar com minha mulher? – ele perguntou educadamente, com um ar zombeteiro nos olhos gelados.

O garçom se retesou com o choque. Seus olhos se voltaram rapidamente para o salão. Seu gesto de raiva dignificada e de nojo foi espetacular.

– Acho que o senhor está me confundindo com uma outra pessoa. Não faço a menor ideia de quem seja a sua mulher. Eu sou pago aqui para servir *drinques*.

Soou prazer na voz do bastardo.

– É aquela mulher de cabelos longos e pretos – disse o homem com um rosto duro, enquanto se esticava para tirar um longo fio de cabelo preto da jaqueta branca do indignado rapaz.

Ele engoliu em seco.

– Olhe, não quero confusão.

– Ei, relaxe. Eu também não. Só quero espiar.

– O quê?

Os olhos do garçom se arregalaram de espanto.

– Quero espiar você com minha esposa.

– Você é doente – disse o garçom, dando um passo atrás. Obviamente nunca tinha recebido uma proposta igual.

– Pago cinco mil *ringgitt*, se você levar minha mulher para um dos aposentos desta mansão e deixar a porta do banheiro aberta para mim.

– Eu vou perder o meu emprego se for pego.

– Você consegue outro – disse o homem com um ar sério e displicente, enquanto corria o salão com os olhos como se estivesse perdendo o interesse pela conversa.

Quando voltou os olhos gelados para o objeto da atenção da sua esposa, o rapaz travava uma guerra perdida com a ganância. Sim, ganância. Isso que provoca a queda de todo homem.

– Como vai me pagar?

– Em dinheiro, agora.

– Como isso funciona? – perguntou o rapaz, nervoso.

O fato é que aquele homem admirável ainda não tinha pensado em como aquilo tudo funcionaria. Mas já estava tratando de pensar. A porta azul no corredor que dava para a sacada tinha uma suíte que se ligava a um outro quarto de hóspedes. Ele começou a se distanciar daquele monte de gente sofisticada em direção ao jardim. O ar lá fora estava refrescante. O garçom o seguiu como um cachorrinho.

– Leve-a para o quarto com porta azul no corredor do segundo andar e abra as portas do banheiro que liga as duas suítes e deixe pelo menos uma luz acesa – ele instruiu com um tom duro e objetivo enquanto pegava o dinheiro na carteira.

Cinco mil *ringgit* ainda no maço, em notas novinhas recém-saídas do banco, foram contados e passados para o garçom. Por alguma razão, não lhe passou pela cabeça que o rapaz não teria êxito. Ainda que tivesse uma cara de perdedor, também tinha um corpo rijo e olhos cintilantes. Era tudo que ela queria naquela noite.

– E se ela disser não? – perguntou o garçom com timidez.

– Então você entra no quarto ao lado da porta azul e me devolve o dinheiro.

O nosso homem olhou com frieza para o rapaz, a essa altura nervoso e um tanto exaltado, e sorriu. Um sorriso tenso e terrível. O garçom balançou a cabeça, apressado.

– Em todo caso, ela gosta de brutalidade – disse o homem com displicência, quando saiu em busca da esposa. Ela estava saindo do lavabo.

– Querida – falou tão perto do cabelo dela, que pôde sentir o cheiro do xampu. – Surgiu um imprevisto. Tenho que sair, mas mando o motorista de volta para você. Fique e aproveite a festa. Nos vemos em casa. – Beijou o rosto radiante dela.

– Oh, que pena – ela disse baixinho no ouvido direito dele.

– Boa-noite, querida, *divirta-se*.

De repente, ele se mostrou ansioso para ir embora. Que comece o jogo. Ele saiu pela porta de entrada e foi andando pela lateral da casa. Uma espécie de desalento frio tombou nos seus ombros. A excitação inicial esmaecia. Ele se postou por trás de algumas moitas nas proximidades das janelas e ficou observando a festa lá dentro da mansão. Avistou os cabelos soltos em cascata da sua mulher. Ela estava sozinha e olhava para fora de uma das janelas.

Ele paralisou com a visão e amaldiçoou o impulso que o havia levado a preparar uma armadilha, a fim de observá-la sem que ela soubesse, para testar a fidelidade dela. Inesperadamente ela pareceu pequena e desamparada. Então o garçom se colocou ao lado dela. Nosso homem permaneceu nas sombras, com a atenção cravada nela.

– Recuse, recuse, recuse – ele sussurrou baixinho, no meio de uma cerca viva.

Ela continuou olhando para fora da janela, ignorando o insinuante garçom. Nesse momento, ele cogitou em interromper a experiência. Ela era uma mulher inocente. E aí ele a viu dar meia-volta e sorrir para o rapaz. Não, ele precisa ver tudo. Precisa expor o coração traidor que ela tem.

A porta dos fundos estava aberta, e ele atravessou uma cozinha lotada. Estava vestido de maneira apropriada e carregava o ar exato da arrogância, de modo que ninguém o deteve. Subiu a escada às pressas para que nenhum conhecido o abordasse. Passou pela porta azul e entrou no quarto contíguo. Os dois quartos partilhavam um mesmo banheiro. Estavam frios e escuros. A porta contígua estava aberta, e ele cruzou o banheiro e entrou na arena onde encurralaria a linda esposa. Acendeu a lâmpada da cabeceira, e uma piscina de luz dourada incidiu na colcha verde-escura. Os anfitriões os haviam agraciado com uma decoração discreta e simples. Ele a imaginava tomada pela repulsa e reagindo aos gritos: "Pare, tire essas mãos imundas de cima de mim!"

Se ao menos ela passasse no teste. Ela se tornara tão fria e distante depois do nascimento da filha. E a cada ano congelava um pouco mais. Ele deixou o quarto sem fazer barulho para esperar no quarto ao lado. Sentou-se na cama de casal e fumou por mais ou menos vinte minutos. Depois ouviu a porta do outro quarto ser aberta. Alguma coisa tocou em suas costas. Alguém verificava se o seu lado do banheiro estava destrancado. Ele sorriu cinicamente em meio à escuridão. O peixe tinha mordido a isca. Apagou o cigarro e esperou para ver se ela usaria o banheiro antes. Depois empurrou a porta aberta e entrou na escuridão do banheiro. O garçom tinha deixado a porta entreaberta. Ele desfrutava uma visão direta da piscina de luz.

– Você...

– Shhh – ela sussurrou e começou a beijar o garçom.

O sangue começou a pulsar na cabeça do nosso homem. Não era dor o que ele sentia e sim uma excitação estranha. Uma sofreguidão tão indescritível que o assustou. Entrara no mundo secreto da esposa e do garçom. O rapaz tirou o casaquinho bordado de miçangas que ela vestia, e a pele admirada havia tanto tempo pelo nosso homem brilhou sob a luz dourada como marfim polido. Os pequenos seios se comprimiram contra a jaqueta do garçom. E rudemente este a empurrou para cima da cama. Bom rapaz. Tinha prestado atenção no conselho que lhe foi dado. *Ela gosta de brutalidade.* Até então, o homem ignorava o garçom, mas agora avistava uma coisa viva se contorcendo para fora da calça. Isso, isso era o efeito que sua mulher provocava nos homens.

– Por favor, não seja rude. Faça amor comigo com delicadeza – ela sussurrou.

O nosso homem se assombrou na escuridão. Faça amor comigo com delicadeza? O que isso queria dizer?

Depois começou o pesadelo. Ele assistiu em estado de choque a uma mulher tremendamente parecida com a esposa dele e um sujeito que tinha sido pago com o dinheiro dele se meterem um por dentro do outro enquanto se mexiam com tanta doçura que era como se aqueles membros enlaçados pertencessem a uma máquina bem lubrificada. Da garganta dela, não saíam os palavrões, os gritos ásperos de paixão e os grunhidos animalescos que surgiam quando ela estava com ele e sim suspiros tranquilos e arfadas profundas que, sem dúvida, indicavam um imenso prazer. E, quando ela gozou, gozou de maneira suave e elegante. Seu corpo se retesou e a cabeça arqueou para trás, oferecendo um pescoço esguio e branco como um cisne à beira da morte.

– Agora, saia daqui – ela disse baixinho.

O garçom vestiu a calça e saiu apressado. Depois que ele saiu, ela se espreguiçou como uma gata satisfeita. Tirou um cigarro da bolsinha. Recostou-se nos travesseiros no meio daquela piscina de luz dourada e começou a fumar com um ar pensativo. Nosso homem não conseguia se mover. Estava paralisado. Ela o tinha feito de tolo durante todos aqueles anos. Nada tinha sido de verdade. Nem os grunhidos animalescos nem os gritos ásperos.

– Mais forte, mais rápido, mais fundo! – Tudo não passava de fingimento. Ali, no silêncio, passou pela cabeça do homem que, aos poucos, ela vinha transferindo dinheiro e propriedades dele para a família dela. Fizera isso para o irmão desonesto e fizera muitas vezes para a mãe avarenta e, uma vez, até para a irmã. Quem sabe até se não tinha uma conta secreta. Ele tremeu de tanta fúria. Aquela cadela. Cadela fodida. O plano dela era então abandoná-lo.

Acabou esquecendo que ele era que tinha maquinado o encontro com o garçom e que isso era o pé que precisava para ingressar de vez na depravação. Ela então não gostava de verdade de ter sua pele sedosa ardendo vermelha de dor. Não gostava de brutalidade. O fato é que nosso homem havia esquecido que ele, ele próprio, era que a tinha condicionado lenta e sutilmente a ficar ofegando e gritando:

– Mais forte, mais rápido, mais fundo!

Ele queria puni-la e soube, naquele mesmo momento, como faria isso.

Ele a destruiria.

Ela estava apagando o cigarro. As pernas se soltaram, e ele voltou para o quarto ao lado, fechando a porta do banheiro contíguo com muito cuidado. Sem o menor ruído. Ouviu depois a descarga da privada, o papel sendo amassado e a torneira aberta.

A porta foi fechada.

Um pensamento irrompeu na cabeça dele. Queria ver tudo de novo. Ele queria se certificar de que tinha visto tudo de maneira correta. Queria vê-la alva e ofegante debaixo do garçom. A reação dela fora tão inacreditável que parecia um sonho. Claro que nada daquilo havia acontecido! Meu Deus, ele já estava casado com ela havia seis anos. Parecia impossível que nunca tivesse notado aquele lado dela. Sim, ele precisava fazer tudo de novo. Precisava se assegurar de que não imaginara tudo aquilo.

Foi isso que ele disse para si mesmo, mas no fundo sabia que o que queria mesmo era vê-la de novo com um outro. A verdade verdadeira era que ele tinha gostado. Tinha dado o seu próprio sangue e experimentado uma satisfação refinada. Ele não era um homem de estudo, mas ainda assim era capaz de reconhecer o que tinha acontecido. Nenhum homem tem como realmente se defender de uma dor que o aflige. Se alguma coisa se aproxima remotamente de tal defesa é transformar a tortura em prazer. Essa era basicamente a massa que o masoquista assava. Seus olhos se tornaram sílex em seu rosto. Era por culpa dela que ele entrara nesse caminho de espinhos. Ele ainda não estava pronto para aceitar o seu próprio sadismo; o masoquista podia aceitar uma trepada fugidia. E ele não queria continuar nesse caminho terrível. De jeito nenhum. Não, não repetiria a experiência, simplesmente a destituiria, ela e a família inteira dela. Atravessou rapidamente o quarto e saiu, fechando a porta atrás de si. Desceu correndo a escada e saiu pela porta da frente.

Se você quer saber, a parte mais difícil foi ficar sentada na cama sem o meu casaquinho bordado de miçangas enquanto fumava calmamente um cigarro. Fazendo força para não tremer as mãos e sabendo que ele estava espiando lá do outro quarto. E pensando: *Oh, Deus, faça com que ele sinta tanta repulsa de mim, que peça o divórcio.*

Eu vi pela janela quando ele voltava para casa, mas entendi tudo quando aquele garçom começou a me seduzir atrevidamente. Nem precisei ver quando Luke se esgueirou pela escada como uma sombra asquerosa. Deixei o garçom me penetrar, mas tudo mais não passou de uma excelente representação. Sempre quis ser atriz. Hoje sei que devia ter tentado a carreira. Eu o enganei. Senti quando os olhos dele me devoraram, queimando o meu corpo. Destruí uma pureza que lhe era muito cara. Ele detesta coisas sujas. O maior bem que tinha se destroçou bem à frente dos olhos dele. Eu queria que ele me descartasse.

Depois daquilo, eu quis tomar um banho, quis tirar o cheiro do garçom do meu corpo. Estava com as mãos manchadas. Estava com um corpo imundo. Mas não consegui. A imundície dele seria sempre a minha vergonha. Desci a escada, e o garçom já tinha ido embora. Algum tempo depois, o motorista de Luke chegou para me pegar.

Ele estava me esperando no meu quarto. Um suspiro de comoção saiu de uma parte recôndita de mim quando o vi deitado nos lençóis alvos e limpos da minha cama como uma sina sombria à minha espera. Controlei a confusão que havia dentro de mim.

– Oi, querida. A festa estava boa? – ele perguntou com uma voz macia. Uma voz diferente. Estava brincando comigo. Jogando um novo tipo de jogo.

– Foi tudo bem. Achei que você já estava na cama – eu disse com uma voz fraca.

– Mas estou na cama.

Sorri nervosamente e fui até a penteadeira. Sabia que não podia deixar transparecer a minha confusão. Sabia que tinha de agir o mais naturalmente possível. Já estava descalça, e meus passos eram silenciosos no chão frio de mármore. Coloquei a bolsinha na penteadeira e acendi a pequena lâmpada do espelho. Ele olhava para o meu deslumbrante casaquinho bordado de miçangas. Recordando. Sob a luz amarela, devo ter parecido uma caixa de joias de segredos para ele. Dele. A caixa de joias dele. Notei que ele mudou. De repente, se deu conta de que não podia me deixar sair da vida dele.

– Venha aqui – disse com um tom que era mais um chicote.

Era o estranho dentro dele. Luke tinha partido. Estremeci. Mas ele tinha me visto com outro! Por que estava agindo daquela maneira? Onde estava o estranho furioso e frio que devia me expulsar sem dó nem piedade, tirando de minhas mãos destituídas a minha pequena Nisha? Ele agarrou a minha mão trêmula e a levou até os lábios. Os olhos sombrios do estranho olharam nos meus olhos. Aprisionada e indefesa, retribuí o olhar. Como ele pôde querer me ver, a mim, mãe da filha dele, ofegando sordidamente debaixo do corpo de um outro homem? Os olhos imóveis diziam que ele só me puniria quando soubesse como. E agora ele sabia que eu não gostava de brutalidade.

– Sua mão está com um cheiro diferente, um cheiro de sujeira – ele sussurrou.

Soltei minha mão da dele e me afastei.

– Dance para mim, querida.

– Hoje estou um pouco cansada. Quero tomar um banho e ir direto para cama – falei.

Minha voz soou como um chiado. Passei a língua nos lábios ressequidos, e ele pulou da cama como uma pantera e me agarrou pelo braço e me jogou com toda a força na cama. Ricocheteei levemente. Fiquei tão chocada por alguns segundos que nem reagi. Olhei para ele com os olhos arregalados de pavor.

– Muito cansada para dançar? Então que tal alguma coisa um pouco diferente, minha putinha? – ele disse de maneira obscena.

Dos seus lábios duros, emergiu uma criatura sombria e terrível que investiu na minha direção. Logo a reconheci. Dor. Senti aquela coisa sombria me penetrar como um calafrio. Ficará dentro de mim de forma devoradora e maligna e só quando me fizer um buraco amargo e bilioso é que sairá lá de dentro e voará direto para quem mais quero e quem mais próxima está de mim. Nisha. Oh, Deus, o que foi que eu fiz?

Naquela noite, a dor foi bem maior que de costume. Quando abri a boca para protestar e gritar, ele tapou-a com a mão.

– Não faz isso. Vai acordar a menina – disse friamente.

É verdade que a mente pode escapar e flutuar acima do corpo quando não consegue suportar o que está acontecendo. Flutua no alto, olhando para baixo amortecida por inteiro, e pensa em coisas corriqueiras como uma gota de suor na testa golpeada ou se as latas de lixo foram postas fora da casa para o lixeiro. Quando acabou, Luke saiu com uma cara de nojo, a experiência o tinha enojado como também me enojou. Ele sabia que agora corria um diferente fascínio em suas veias. Não o fascínio de se deitar comigo e sim o fascínio de me ver deitada com um estranho muito bem remunerado. Agora ele se excitava em me ver humilhada. Eu o tinha ajudado a encontrar um horror de perversão. Eu estava pagando por ter sujado a mim e a ele.

Durante os meses seguintes, ele fez de tudo para desviar a atenção dessa nova perversidade. Mas não deu certo. Nem mesmo a amante com aquele sorriso despreocupado e as técnicas que ele deve ter lhe ensinado foram capazes de aplacar a nova paixão dele. E ele então se viu obrigado a me vigiar. Talvez eu tivesse um amante. Talvez ele pudesse recriar o truque da festa. Desconhecidos com sorrisos especulativos e olhos levemente insolentes começaram a se aproximar de mim nas festas e nos saguões de hotéis. Em vez de olhar em volta para flagrar a cobiça nos olhos de Luke, eu sorria com tanta frieza, que eles entendiam imediatamente que jamais, jamais, jamais permitiria por livre e espontânea vontade que chegassem perto de mim.

Então, uma noite, entrei no meu quarto e me deparei com toda a parafernália usada pelos fumadores de ópio em cima da mesa. Deixei que minhas mãos alisassem um fabuloso cachimbo de marfim com uma trama de elefantes entalhados. Suspendi a cuba e admirei a lamparina pintada de preto e decorada com desenhos de flores prateadas e acobreadas. Era o meu aniversário. Eu fazia vinte e cinco anos, e esse era o presente que Luke me dava. Como sempre, o melhor para Dimple. Ele sabia que eu sabia como aquelas coisas funcionavam. O tio Sevenese já tinha desvendado o mundo do ópio para mim. Não me era desconhecido que velhos chineses esqueléticos tostavam o ópio na chama da lamparina antes de agitá-lo para inalar o perfume da fumaça. Examinei o pequeno saco de plástico entupido de ópio, me perguntando onde Luke teria conseguido aquela coisa aromática e marrom. Entendi o presente. Ele queria me destruir lentamente. E por que não? As papoulas não significam a libertação de todas as dores? O imperador Shah Jehan não havia misturado ópio ao vinho para desfrutar um êxtase divino? Deixei de lado aquele ótimo presente de aniversário. Lá fora a lua tinha minguado e se tornara um sorriso amarelo na escuridão do céu.

O ópio era uma promessa de sonhos inebriantes. Pensei em Nisha, e o vento soprou no bambuzal.

– Não, não faça isso – suspirou e sussurrou o vento.

– Claro que não – assenti, mas minhas mãos já estavam acendendo a lamparina e preparando uma dose de ópio puro no tubo de vidro.

Uma fumaça azul aromática emergiu do cachimbo e inundou o quarto. Sim, sim, eu sei. Thomas De Quincey também já tinha me avisado, mas era impossível não sucumbir aos sonhos. Diga-me como eu poderia dizer não à fragrância daquela música e à promessa de viver cem anos em uma noite – mesmo consciente de que tudo acabaria no horror de um caixão de pedra por milhares de anos, rastejando pelos esgotos e pelos beijos cancerígenos dos crocodilos. Afinal, o que mais restava senão sonhos?

Vovó está morta. Eu ainda não consigo acreditar nisso.

A casa dela estava cheia de gente. Sentadas ou encostadas nas paredes, as pessoas falavam baixo e entoavam canções de devoção com uma voz antiga e embargada. Eu não sabia que vovó conhecia tanta gente. Acho que era gente conhecida lá no templo. Ninguém chorou, exceto Lalita. Nem eu chorei. Minhas lágrimas estavam trancadas em algum recanto inacessível. Eu tinha feito uma grande embrulhada da minha vida e o que desejava era estar partindo com vovó. Era só Nisha que me prendia aqui. Ela me segurava com as unhas dos seus dedinhos. Eram como pequeninas lâminas cravadas na minha pele, mas todo dia o céu lá fora se tornava mais cinzento, e o ópio, mais doce. Não, no funeral não me vali da fumaça azul do ópio. Seria um insulto sucumbir a ele na última vez que veria vovó. Se ela tivesse ouvido os meus pensamentos, o espírito dela teria sofrido pela minha pobre vida desperdiçada.

Papai era todo esforço em ajudar, mas, a certa altura, me viu e veio se sentar ao meu lado. Ele se encolheu.

– Você deve saber que eu era o preferido dela – ele disse, enquanto olhava para fora da porta, para o lugar onde um dia esteve uma frondosa rambutã. Os novos vizinhos de vovó tiveram de cortá-la quando apareceram rachaduras nas manilhas dos drenos que passavam pelas casas, porque temiam que as raízes também pudessem quebrar as fundações.

– Sei, sim, ela me disse isso muitas vezes.

– Não fui um bom filho, mas a amava. Sofremos juntos na época dos japoneses.

Olhei atentamente para ele. Pobre papai, a percepção dele era muito fraca. Além de ter sido um filho ruim, ele também tinha sido um filho terrível. Partiu o coração dela e agiu exatamente como o inimigo que o vidente da tenda verde havia profetizado que ele se tornaria. Vovó o tinha suportado como uma rocha frente às ondas violentas do mar. Mas já era tarde demais e não dava mais para corrigi-lo.

– Sofremos juntos durante a guerra – ele continuou. – Eu escondi as joias dela no coqueiro. Era o único que tinha coragem para subir lá no topo. Ninguém mais além de mim faria isso por ela. Eu era o homem da casa. Ela recorria a mim para tudo, e eu nunca a deixava na mão. Acordava antes de todo mundo para tirar o leite e levar para os comerciantes. Capinava e pilava os grãos. Fazia tudo para ela. Mamãe tinha suas razões para gostar mais de mim.

Ele tirou os óculos e secou os olhos. Papai, tão querido, tão torturado. Aquela seleção apurada de memórias o deixou arrasado. Ele se levantou de supetão e saiu para o quintal iluminado pelo sol. Nossas vidas estavam todas revoltas e feias. Quando papai sorria, formava uma covinha no queixo. Fazia muitos anos que não a via. Ele passou por Nash sem dizer uma só palavra. Os dois se desrespeitavam mutuamente. Lá fora, ele começou a conversar com Lalita. Quis lavar as roupas que estavam de molho dentro de um grande tanque vermelho.

Tia Lalita sacudiu a cabeça em negativa.

– Não, não, lavarei mais tarde. Não é de hoje que lavo a roupa toda – ela protestou.

– Quero lavar pela última vez as roupas que mamãe vestiu – ele insistiu, tirando a camisa e o relógio.

Colocou o relógio em cima do velho pilão de pedra onde no passado ele e Mohini costumavam pilar o feijão até transformá-lo em pasta. Depois se pôs a lavar. Lembrei que muitos anos antes tia Lalita tinha dito que papai costumava lavar roupa. Ele não se limita a bater a roupa na pedra lisa. Arqueia o corpo todo e com isso as roupas ficam algum tempo no ar, e as gotas de água voam em torno dele, capturando a luz do sol e cintilando como preciosos diamantes. Notei que tia Lalita se manteve por perto para observá-lo e sabia que ela pensava o mesmo que eu. Meu pai é um deus da água.

Na cozinha, tia Anna ajudava a preparar o corpo de vovó, que estava deitado no adorado banco dela. Naquela coisa sólida e inflexível que tanto a encantou quando ela chegou à Malaia. Agora o banco a tinha, morta. Aquele banco sobreviverá a todos nós. Tenho certeza de que sobreviverá a mim. Meu tempo é curto. É verdade que sinto as unhas de Nisha na minha pele, mas ela não tem força o bastante para me manter aqui. Minha vida está se esvaindo. Foi erguido um pano para ocultar a nudez do cadáver, e tia Anna e três outras mulheres lavaram vovó. Mantive a pequena Nisha perto de mim. Ela estava calada. Beijei em cima de sua cabeça e sorri quando ela levantou o rosto para me olhar com grandes olhos questionadores.

Mamãe se levantou bem devagar da cama de vovó, onde estava se recuperando das dores terríveis da artrite. Alguém lhe cedeu uma cadeira porque a rigidez dos seus joelhos a impedia de se sentar de pernas cruzadas no chão como todos os outros. Olhei nos seus olhos amargos. Não se sentiam tristes por vovó. Ela odiou vovó desde o dia em que se casou com papai. Ainda assim, estava lá para prestar as últimas reverências e... esperar pela leitura do testamento.

Lembro que vovó nunca gostou de ser reverenciada, não tinha tempo para isso e debochava quando lhe ofereciam reverência em vez de um sentimento verdadeiro. Ela dava amor e lealdade e esperava receber o mesmo em troca.

– Amor, Dimple, não é só palavra, é profundo sacrifício – ela sempre dizia. – É a disposição de dar até você se aleijar.

Tia Anna foi até a cama de vovó e a segui. Sentou-se na beirada e, quando me viu, deixou escapar um sorriso triste enquanto abria a palma da mão direita. A mão estava com muitos grampos de cabelo, não dos comuns, mas daqueles que vovó usava. Grampos Kee Aa. Na verdade, ninguém mais usa esses grampos. São diferentes dos outros porque têm a forma de um "U". Vovó os usava para segurar o coque.

– Eu sempre me lembrava de mamãe quando via os grampos Kee Aa, mesmo muitos anos depois de ter me mudado desta casa – disse tia Anna. – Nunca mais esquecerei o dia em que tirei todos esses grampos do cabelo dela pela última vez. O corpo dela estava frio, mas os cabelos continuam exatamente como eram no tempo em que eu e Mohini nos revezávamos para penteá-los. Não é engraçado como de repente esses grampos tornam a morte de mamãe insuportável? Pobre mamãe. Todos nós fomos uma grande decepção para ela.

– Oh, tia Anna. Nenhum de vocês a decepcionou. Ela a amava como amava todos os filhos, pelo menos a senhora lhe deu a satisfação de um bom casamento e de uma vida realizada.

– Não, Dimple. Nenhum de nós correspondeu às expectativas dela. Sua mãe tem a mania de chamá-la de aranha sem se dar conta de como a descrição é adequada. No tempo em que o latim era uma língua viva, a palavra aranha significava "estou acima de tudo". E mamãe estava. Ela nos superava em talento, inteligência e grandeza. Tinha habilidade para tudo, era mais astuta que o mais astuto de todos, e nós, seus maravilhosos filhos, no fim, a decepcionamos. Sabe o que ela me disse quando fomos vê-la pela última vez no hospital?

Balancei a cabeça em silêncio.

– Estou sentindo o cheiro da morte no ar... foi o que ela disse. E eu lhe disse estupidamente que era o cheiro do antisséptico.

– Não, Anna, você está sentindo o cheiro do antisséptico porque não chegou sua hora.

Olhei incrédula para tia Anna porque era o mesmo cheiro que eu tinha sentido quando fui com Nisha visitar o vovô. Senti o cheiro da morte no ar e vi a morte em todo canto, mas apertei Nisha contra o meu corpo como se fosse um escudo, e a morte se escondeu. Mantive o ogro encurralado com a florzinha ao meu lado. Enquanto a mantenho perto de mim, o odor do ogro da morte não se mostra tão encantador e convidativo. Tia Anna começou a chorar baixinho e abracei-a. Seus ombros sacudiam de tristeza. Pela janela, vi que Nash fumava com um ar de enfado no seu rosto bonito.

– Posso ficar com um desses grampos? – perguntei.

Ela abriu a palma da mão e peguei um deles. Vou guardá-lo comigo. Tia Anna está certa – o grampo me fará ter uma lembrança mais vívida de vovó. Posso vê-la de pé na frente do espelho, vestida no seu sari branco. Ainda tem muito talco na face e, na boca, estão os grampos que ela usará nos cabelos. São colocados um a um no coque até que ele esteja seguro um pouco acima da nuca. Ela se volta para mim e pergunta:

– Está pronta para ir?

E um dia eu direi...

– Sim.

Após o funeral, fui ver tio Sevenese. O estado dele era lastimável.

– Sonhei com o funeral quando ainda era criança. Tudo exatamente igual. Só hoje sei os nomes dos rostos que não reconheci na ocasião. Vi Lakshmnan e o achei um pouco estranho. No sonho, a única pessoa que se parecia vagamente com alguém era você e achei que você era a Mohini já adulta. Mas hoje, quando a vi com Nisha no colo, o sonho se quebrou.

Olhei-o com um ar infeliz, e ele me estendeu um velho livro de Sartre.

– Leia e simplesmente deixe de *viver a aparência*. Você tem a liberdade de escolha. Não fique com ele, se você não quiser.

No passado, eu pegaria o livro e o leria com avidez. Mas agora...

– Toda esperança se foi... A Mãe do Arroz está morta. Não sobrou ninguém para proteger meus sonhos noturnos, sonhos que no passado eram povoados de ervas aromáticas, musgos verdes, frutas maduras e flores esplendorosas, mas hoje esses sonhos estão pálidos e sufocados no fundo de um lago perdido.

Tio Sevenese calou-se horrorizado com minhas palavras e se recusou a continuar ouvindo. Eu não podia lhe confidenciar o quanto precisava cada vez mais da minha fumaça azul e o quanto gostava cada vez menos dela.

Nisha me disse que havia um ninho de passarinho na mangueira. Disse que podia ouvir os piados dos filhotes da janela do quarto. Fui até lá fora com ela para ouvir, mas, por alguma razão, fiquei angustiada com a frenética insistência dela.

– Espere um pouco – disse amistosamente –, vamos conhecer a nova cafeteria que abriu na cidade.

Nós nos sentamos em uma das mesas cor de siena e notei que toda a decoração seguia esse novo tom terracota. Sem falar nos arranjos incomuns de uma flor também incomum chamada pata-de-canguru. Nunca tinha visto uma flor como aquela. Era linda e negra. Uma flor negra. Como era estranha... e que maravilha eram aquelas pétalas que pareciam chumaços em meio ao verde esmaecido. Tão incomum, tão elegante. Fui até a floricultura e encomendei algumas.

As flores chegaram na quinta-feira e ficaram lindas no vaso de vidro em cima da mesa de café. Nisha achou que pareciam aranhas encolhidas que dormiam na haste. Que criança! Mas vou ensiná-la a amá-las.

Luke não toca mais nela. Talvez agora tenha medo dos monstros que dormem dentro dele. E se ele descobrir que quer se deitar com ela? É disso que tem medo agora, das perversões que pode descobrir dentro de si. Sinto-me triste por Nisha. Ela não consegue entender por que o pai a evita. Não sei o que vai acontecer conosco. Se ao menos ele nos deixasse partir, mas sei que nunca fará isso. Nunca permitirá que eu o abandone. Vai usá-la para me manter aqui.

Fevereiro de 1983. Tio Sevenese está morto. Eu estava à cabeceira do seu leito no hospital quando ele fez um sinal de que queria escrever alguma coisa, os olhos dele refletiam desespero. Coloquei rapidamente papel e caneta em suas mãos. Trêmulo, ele escreveu: *"Eu a vejo. Flores crescem..."* E morreu. Não consigo parar de pensar naquela frase inacabada. O que teria visto que o levou a pedir papel e caneta? Senti-me anestesiada quando subi a escada até o quarto dele lá na pensão, sem deixar de pensar naquela frase. Fiquei muito perturbada por tê-lo perdido.

Eu a vejo. Flores crescem...!

Ajeitei a chave engordurada na fechadurada da porta e abri. O cheiro de quarto trancado era tão horrível que tive vontade de vomitar. Abri uma janelinha na quitinete o máximo que o mecanismo permitiu. Era um quarto sórdido. As rachaduras no linóleo estavam entupidas de gordura e sujeira, e por todo lado se viam cinzas de cigarro. É a última vez que vejo esse quarto, pensei com uma estranha indiferença. Então procurei guardar tudo na memória.

O curioso era que o quarto ainda estava repleto da essência dele, como se ele tivesse descido para tomar um café na rua. Livros de astrologia e mapas astrológicos jaziam espalhados na cama. Ele estava trabalhando em algum mapa quando caiu doente. Sentei-me sobre os lençóis sujos, e a figura daquela prostituta vestida de branco deitada no colchão enquanto fumava um cigarro mentolado irrompeu na minha mente enlutada. Ela nunca saberia que ele morreu. Abri um caderno e vi as anotações que ele tinha feito.

Manter distância / linha da vida curta. Rahu / cobra dentro do lar conjugal. Morte, divórcio, tristeza, tragédia.

Coitado do pobre infeliz cujo mapa astrológico ele estava estudando. Mas, quando virei a folha, vi mapas e dados astrológicos meus e de minha irmã assinalados na parte inferior. As anotações se referiam a uma de nós. A mim ou a Bella.

Em uma das gavetas, encontrei um envelope endereçado a mim. Não o abri, mas pude sentir que lá dentro havia uma fita cassete. Ele tinha gravado uma mensagem para mim. Uma história perdida para a minha trilha de sonhos deixada de lado. Dobrei o envelope com cuidado e o enfiei na bolsa. Ainda está lá. Simplesmente ainda não me sinto pronta para ouvir a fita. Talvez venha a ouvi-la uma noite dessas antes da fumaça azul, para que não me afete tanto.

Foi um funeral breve. Tiveram de carregar o corpo às pressas bem antes da hora fixada para a cremação. Os órgãos internos estavam muito ruins e apodreceram com tanta rapidez que os gases incharam o corpo e o transformaram num enorme balão. Mesmo a distância, podia-se ouvir o chiado dos gases, como se os órgãos estivessem conspirando para explodir. Temendo que o corpo do meu tio explodisse em mil pedaços e eles grudassem nas paredes, os encarregados do funeral se apressaram em retirá-lo dali. Tia

Lalita se inclinou de um modo caridoso sobre o caixão e beijou o rosto dele, apesar do forte fedor de decomposição que exalava e que quase me fez desmaiar. Não era propriamente um cheiro de cadáver, mas de lixo. Até na morte, tio Sevenese se recusou ao conformismo. Nem mesmo dois vidros de colônia abafaram o fedor insuportável de lixo e formol que impossibilitou um funeral digno. Os vapores eram tão desagradáveis que irritaram nossos olhos e levaram duas mulheres a se refugiar na cozinha. Uma senhora encarquilhada, muito velha para se preocupar em ser diplomática, tapou o nariz e a boca com as extremidades do sari. Achei que era hora de tia Lalita pegar uma foto emoldurada em preto e branco do tio Sevenese para se juntar ao vovô, à vovó e a Mohini. Senti frio. Senti frio o dia inteiro. Era a fumaça azul.

Tia Lalita veio nos visitar. Ela passa a maior parte do tempo no jardim, conversando com Nisha, como se também tivesse seis anos. Durante horas e horas, olham os peixes e observam as libélulas com retalhos verdes e turquesa esmaltados no abdômen comprido que planam sobre a água parada do laguinho. Ela contou para Nisha o que havia me contado quando eu era criança. Disse que as libélulas costumam coser os bicos das galinhas malvadas que estão dormindo. Os olhos de Nisha se tornaram lagos translúcidos de admiração.

– De verdade? – perguntou minha filha, prendendo a respiração.

Olhar as duas é como olhar o tempo que se passou. Eu me sentava à sombra com tia Lalita para observar as libélulas que voavam para trás e para a frente no quintal da casa da vovó. Virava a cabeça para ver vovó sentada no banco nos observando pela janela da mesma forma como as observo agora.

Papai deve estar passando por maus bocados. Foi levado às pressas para o hospital com fortes dores no peito. Os médicos lhe deram algumas pílulas, mas ele jogou tudo fora quando saiu de lá. Pobre papai, eu conheço a dor dele. Procura o mesmo esquecimento que procuro.

Nisha está tendo problemas na escola com uma menina briguenta chamada Angela Chan, que deixa marcas de unha com forma de lua crescente nos braços dela. Terei de me ver com a mãe da menina.

Já lhe falei dos meus sonhos horrivelmente maravilhosos? Vêm da fumaça azul. Neles, há um homem bonito dentro de uma caixa de vidro resistente. Os membros são longos e torneados, e o cabelo encaracolado pende suavemente nos ombros fortes. Apesar de um rosto enevoado, posso captar a beleza dele. Sei que, quando sair daquela caixa resistente, será bem mais bonito do que imagino. Os olhos têm a mesma tristeza dos meus no retrato lá de baixo, mas estou convicta de que ele me ama. Eu sei que ele sempre me amou.

Durante anos, tem me olhado com um desejo profundo, mas agora se mostra impaciente, querendo me sentir, querendo me preencher, querendo me fazer una com ele. Não sei quando isso vai acontecer, só sei que, de uns tempos para cá, ele começou a cortar o vidro. Como não tem instrumentos, usa as próprias unhas. Os dedos sangram, e as paredes de vidro já estão cobertas de sangue, mas ele é incansável. O amor dele é realmente profundo. Arranha o vidro dia e noite. Um dia, sairá da caixa e estarei esperando por ele. Será um dia especial porque vou beijá-lo. Gosto da curva que a boca dele faz. Anseio pelo dia em que terei esse corpo elástico comprimido contra o meu e essa boca cobrindo a minha. Na hora em que doarei minha vida à morte. A morte é um homem muito bonito.

Parte 6

O resto são mentiras
Julho, 2001

Luke

Reduzido por uma doença agourenta a este estado onde os ossos parecem querer perfurar a pele, já não me atrevo a fechar os olhos. Febril, vigio a porta dia e noite. Neste quarto frio de hospital, onde tubos amarelos emergem tristemente do meu corpo imprestável em direção às máquinas, sei que a morte virá me recolher cedo. Logo. Minha respiração se faz oca e estridente neste quarto silencioso. Mãos invisíveis já começaram a me empacotar com um pano amarelo e encerado. Estou pronto para minha jornada.

Viro a cabeça para olhar a minha filha. Está sentada numa cadeira preta cromada ao lado do meu leito como se fosse um ratinho. Mas, se ela é um ratinho, certamente isso se deu por obra minha. Fiz da linda filha de Dimple uma pessoa inconsequente e submissa. Foi a coisa mais cruel que fiz, mas, em minha defesa, só posso dizer que nunca tive a intenção de feri-la. Ainda que não tenha sido fácil. Foram precisos muitos anos e muitas mentiras para isso se completar. Ela se senta ali, inocente em relação ao meu terrível engodo. Se soubesse, me odiaria. Ela se inclina para a frente a fim de segurar a minha mão. A mão da pobre criança está gelada.

– Nisha – murmuro de boca seca. Já quase desmaiado. O fim se aproxima.

Obediente, ela chega mais perto. Tão perto, que inala o f da carne em decomposição. Uma putrefação interna mexe u... dedo negro comprido; um dia, você também, ele avisa ao meu enfadonho ratinho. Escuto quando ela engole em seco.

– Perdão – sussurro, as palavras lutam para sair. Restou tão pouco de mim.

– Por quê? – ela grita, sem fazer ideia do passado.

Um "acidente" e um conveniente ataque de amnésia há dezesseis anos é que devem ser responsabilizados. Acho que me aproveitei disso para recriar o mundo para ela. Enfeitei esse mundo com mentiras confortáveis. Resolvi que ela nunca ficaria sabendo da verdade trágica. Ela nunca veria o sangue nas minhas mãos.

No rosto de Nisha, vejo os olhos de Dimple, mas a garota não tem o charme da mãe. Oh, remorso, remorso. Errei demais com ambas, mas hoje vou endireitar isso. Eu lhe darei a chave. Deixarei que conheça o meu terrível segredo, deixarei que conheça essa coisa deformada, enroscada e dependurada com inquietude no meu pescoço. A chave que aprisionou os sonhos da minha querida Dimple.

É preciso que se diga que amei perdidamente a minha pobre esposa.

Uma dor suave se faz no meu peito, e a respiração se prende na minha garganta. Nisha me olha subitamente amedrontada. Ela sai correndo do quarto com os saltos gritando sobre o assoalho encerado, atrás de um médico, uma enfermeira, um funcionário, alguém, qualquer um que possa ajudar...

Nisha

Não havia paz na boca aberta e nos olhos vidrados do meu pai quando voltei com uma enfermeira. Ele morreu como tinha vivido. Olhei assustada, sem compreender como aquelas brasas de carvão que ardiam nas rugas podiam ter se extinguido para se tornar um denso e negro mármore falecido. Tal como o piso de mármore negro que se estende nos meus pesadelos sem nunca findar. O encerado reflete o rosto de uma criança. Um rostinho contorcido de horror e de choque. Sem dúvida, um outro fragmento da memória antiga, esquecida pela serpente devoradora de memória que engoliu a minha infância. Ela serpenteia e sussurra, gotejando nos meus sonhos:

– Acredite em mim. As memórias estão mais seguras dentro da minha barriga.

Eu me afundo pouco a pouco ao lado do corpo imóvel do meu pai e me vejo perplexa no pequeno espelho da parede. O sangue de muitas raças impregna o meu rosto de olhos misteriosos, ossos faciais bem marcados e uma boca pequena e caprichada que quase se lamenta por repartir o mesmo espaço com meus olhos exóticos. Uma boca que sabe aquilo que os homens não sabem, que as pálpebras que se insinuam entreabertas disfarçam um convite para um coração partido. Parti muitos corações sem querer. Sem saber.

Minhas mãos mimadas descansam no colo do meu vestido marrom, as mesmas mãos que durante vinte e quatro anos nunca conheceram o trabalho. Olhei para a chave que tinha arrancado da mão fechada com força do meu pai. Será que poderia libertar os pedaços de memória que estavam dentro da serpente gulosa? Trazer de volta vozes que pudessem explicar coisas triviais como por que o pingar de uma torneira me assustava tanto. Elas poderiam explicar por que a combinação de vermelho e preto me provoca um medo inexplicável? Deixei o cadáver do meu pai sem olhar para trás.

Lena, a criada, abriu a porta da casa do meu pai. Subi a escada às pressas e entrei abruptamente naquele quarto gelado e entorpecido. Paralisei por um momento debaixo de sombras cor de safira. Eu sentia o cheiro do papai. Ele tinha estado fora daquele quarto durante semanas e ainda assim o cheiro pairava no ar como um fantasma atônito e perdido. Atravessei-o, enfiei a chave no quarto de vestir e girei a fechadura.

O pequeno cômodo acumulava a poeira grossa de muitos anos. As prateleiras estariam de todo vazias se não fosse por uma frágil aranha acastanhada e por uma velha caixa de papelão que indicava em letras verdes que um dia acondicionara uma dúzia de garrafas de *chardonnay* francês.

MANTER ESTE LADO PARA CIMA, apontava uma seta vermelha, sabe-se lá por quantos anos. A fita adesiva envelhecida soltou com facilidade, e uma nuvem de poeira branca emergiu como a neblina de uma montanha.

Toda a minha vida. Toda a minha vida que tinha tanto procurado e não tinha achado. Abri a caixa.

Uma caixa com fitas cassete. Uma caixa repleta de segredos.

Uma caligrafia miúda e infantil por dentro da capa de uma coletânea de poemas de Omar Khayam proclamava o livro como propriedade privada de Dimple Lakshmnan. De onde saíra essa Dimple Lakshmnan? Quem era? Surpreendidas, as traças interromperam o jantar de tinta preta e papel velho.

Investiguei cada fita em minúcias. Cada qual numerada e nomeada com cuidado – LAKSHMI, ANNA, LALITA, SEVENESE, JEYAN, BELLA... Fiquei me perguntando sobre cada uma daquelas pessoas.

O telefone tocou no andar de baixo. Soou um grito entrecortado de Lena. Devia ser do hospital.

– Perdão – ele tinha dito à soleira da morte.

– Não se lamente, papai – murmurei suavemente. – Nunca ansiei tanto alguma coisa como conhecer os segredos que se escondiam nos seus olhos gelados.

A mulher de preto

—Meus pêsames, Nisha – uma mulher sussurrou bem perto dos meus ouvidos, enquanto acariciava minha mão com simpatia. Não a conhecia, mas deve ter sido amiga do meu pai, senão não estaria no funeral dele. Entorpecida da cabeça aos pés, eu a observei enquanto se afastava no seu traje preto e cinza apropriado à ocasião.

Eu queria sair daquele lugar. Queria voltar para o meu apartamento e libertar as vozes aprisionadas nas fitas. Mas as filhas obedientes devem estar presentes até que o corpo deixe a casa. Papai deve ter mesmo conhecido muita gente, porque a casa estava entupida de flores sem perfume. Inclusive um arranjo enorme enviado por um proeminente ministro indonésio. Que estranho esse homem ter mandado flores... Papai não o aprovava. Muito óbvia, ele dizia. Preferia o seu tipo de corrupção mais sutil.

Notei que não havia pata-de-canguru alguma à vista. Fui invadida por uma estranha sensação de *déjà-vu* quando vi essa flor pela primeira vez. Achei que era misteriosamente familiar e muito bonita. Delgada e negra, com ligeiros toques de um verde suave como se não soubesse que era a sua negritude que excitava a atenção e a admiração dos horticultores.

Como eu. Inconsciente por muitos anos de que o meu atrativo especial é a curva inatingível da minha face quando estou dormindo de rosto virado no escuro. Deitados ao meu lado, os homens que passaram por mim se viam inexplicavelmente seduzidos, obcecados pelo mistério que jaz inconquistado como uma tentação. Eles eram tomados pela mesma febre, pela mesma necessidade de me possuir, de chegar aonde os outros ainda não tinham chegado... bem, pelo menos no início.

No início, todos entravam na minha vida de riqueza que luzia esperança e expectativa. Esperança de finalmente fisgar a filha de

Luke Steadman! As possibilidades pareciam sem fim. Dinheiro, poder, conexões... Mas no fim todos partiam exasperados e frustrados pela certeza de que no sombrio hiato entre mim e eles havia um desfiladeiro assustador de profundidade desconhecida.

– Por quê? – gritou amargamente espantado à beira do abismo um dos mais memoráveis desses homens. – Nós nos beijamos, nos chupamos e trepamos, e mesmo assim você age como se estivesse lambendo um selo?

É claro que pedir desculpas só pioraria as coisas. Talvez uma explicação...

– Não posso impedir que esses meus olhos que há muito foram reclamados pelo desespero espelhem um ar de quem lambe um selo quando você faz amor comigo. Você é um mestre na técnica – falei. – Não é você. Sou eu.

Fui gentil ao confortá-lo. Salvei o orgulho dele. Este orgulho precioso, o orgulho masculino.

– Sou eu – insisti com meus longos olhos enevoados levemente orientais, implorando por compreensão. – Tente entender que eu me perdi quando só tinha sete anos de idade. Parece que estava andando pelas listras zebradas de uma travessia de pedestre e saía de uma listra branca para uma listra preta aparentemente inocente quando de repente tropecei e caí. Sumi em algum buraco negro ilimitado, tendo apenas as estrelas por companhia. Até que um dia consegui escalar o buraco e me vi sem memória na cama branca de um quarto branco.

A certa altura, tive de parar com a história das listras zebradas porque eles me olhavam como se eu estivesse me valendo disso para amolecê-los. Por isso, nunca falei nada sobre o estranho de olhos estreitos e de fisionomia preocupada com quem me deparei no quarto branco. Eu o olhei, e ele retribuiu o olhar com um certo desconforto. Tive medo dele. Seus olhos eram distantes e frios.

Ele me chamou de Nisha e disse que era o meu pai, se bem que não me tocou nem me abraçou. Beijos e abraços frenéticos entre pais e filhas talvez sejam coisas dos filmes de Hollywood. Na verdade, o que me passou pela cabeça foi que meu pai não parecia nem um pouco feliz por eu ter escalado o buraco negro onde só tinha as estrelas por companhia. Tive a impressão de que ele se sentiu aliviado por eu não conseguir me lembrar de nada.

Às vezes acho que devia ter dito para aqueles homens esperançosos que o meu pai quase nunca me tocava. Cresci sozinha entre os criados. Se tivesse falado, talvez tivessem entendido aquele abismo sem ponte na cama.

Se naquele dia não tivesse olhado no espelho lá da cama branca do quarto branco e visto os mesmos olhos estreitos que ele tinha no seu rosto tenso, eu não teria acreditado que era filha dele. Como ele poderia ter soprado a vida em mim se tinha um sopro gelado? Os olhos dele eram tão distantes... Mas disse que me amava e mobiliou a minha vida solitária com o que havia de melhor. Já que era rico, muito rico e importante. E poderoso.

Continuei no quarto branco por mais alguns dias e depois ele amavelmente me fez entrar dentro de um carro enorme e me levou para uma casa muito grande. Fazia muito frio dentro daquela casa. Comecei a tremer e ele desligou o ar-condicionado e me mostrou um estranho quarto cor-de-rosa que tive certeza de que nunca tinha visto.

– É seu quarto. – Os olhos negros dele me olharam bem de perto.

Olhei ao redor daquele quarto de menina onde tudo parecia novo e cheirava a novo. As roupas dependuradas no armário ainda estavam com as etiquetas. Na parte inferior, sapatos caros com laços cintilantes reluziam de felicidade sem nenhuma mancha desonrosa nas solas.

– Você não se lembra de nada? – ele perguntou com tato. Não com esperança, mas sim com tato. Meneei a cabeça em negativa. Com tanta força que doeu. Ainda havia uma cicatriz vermelha na parte da cabeça que foi atingida quando caí lá nas listras da zebra.

– Não tenho mãe? – perguntei timidamente, já que estava com medo do estranho.

– Não – ele replicou com um ar triste, foi o que achei na hora, mas talvez estivesse errada. Afinal, eu era apenas uma criança. Não sabia nada sobre pais que fingem. Ele me mostrou uma pequena fotografia. A mulher da foto tinha olhos tristes. Olhos que fizeram com que me sentisse sozinha.

– Sua mamãe morreu no parto – acrescentou. – A pobrezinha sangrou até morrer.

Quer dizer que era por minha culpa que a mulher triste da fotografia tinha morrido. Eu quis então ter os mesmos olhos da minha mãe. Mas tinha os dele. Frios e distantes. Eu quis chorar, mas não na frente do estranho. Logo que ele saiu do quarto, me deitei na cama nova e caí em prantos.

Muitas vezes, quis saber do meu pai a respeito de todos aqueles anos perdidos, porém, quanto mais detalhes ele descrevia, mais me convencia de que mentia. Escondia algum segredo de mim. Um segredo cujo horror o obrigava a inventar um passado para mim. Agora eu queria aqueles anos de volta. Uma ausência que arruinou a minha vida. Eu sabia que as vozes nas fitas guardavam muitos segredos. Por isso, o meu pai as havia escondido durante tantos anos.

Olhei para todos os arranjos de flores em volta e não havia em nenhum deles uma única pata-de-canguru. Talvez fossem caras demais para ser desperdiçadas em coroas funerárias. Talvez sejam reservadas para casas de ricos e famosos. Papai era muito rico, mas odiava patas-de-canguru. Ele as odiava com paixão. Da mesma forma com que odeio a mistura de vermelho e preto. Por alguma razão, essas pétalas negras abalavam os nervos dele. Era interessante vê-lo fingir que as aracnídeas pétalas enroladas daquelas flores não o incomodavam. A primeira vez que coloquei um arranjo delas lá em casa foi como se ele tivesse visto um punhado de serpentes negras em cada haste de flor.

– O senhor está bem, papai?

– Claro, claro, claro que sim. Só estou um pouco cansado hoje.

Ele me olhou em seguida. Com muita atenção. Como se fosse eu que estivesse escondendo alguma coisa assombrosa dele. Como se fosse eu que tivesse comprado um armário cheio de roupas novas, como se fosse eu que tivesse pintado o quarto com uma irreconhecível e suave tinta cor-de-rosa e tivesse contado para ele uma caixa cheia de mentiras. Eu o olhei com interesse. Até então, não o conhecia, o meu próprio pai. Ele nunca tinha me tocado. Nunca tinha se aproximado o bastante de mim para que pudesse tocá-lo. Eu não conhecia os segredos dele. E ele guardava tantos... Segredos que ardiam como uma pira funerária nos seus olhos frios e estreitos.

– Lembrou-se de alguma coisa hoje? – ele perguntou abruptamente.

Eu o olhei ainda mais surpresa.

– Não, por quê?

– Por nada. É só curiosidade – ele mentiu com um sorriso político. Sorriso de pai desonesto.

Voltei os olhos para uma mulher que acabara de entrar. Estava vestida de luto, com um trágico esplendor, vestida de preto da cabeça aos pés. Como uma talentosa estilista japonesa. Era estonteantemente bonita. Nunca a tinha visto. Os lábios dela eram bem vermelhos. Contraí ligeiramente os dedos ao vê-los.

Preto e vermelho. Preto e vermelho. Como essas cores pintavam os pesadelos que me atormentavam! Os olhos da mulher passearam pela sala de papai, detendo-se no caixão em cima de uma mesa comprida. Aninhado em frio cetim, amarelo e imóvel, ele esperava pelo momento em que seu corpo alimentaria a besta faminta do crematório.

De repente, a estranha bonita se dirigiu até o caixão em passos curtos e femininos. Jogou-se dramaticamente sobre o corpo imóvel e se pôs a soluçar. Dei um passo para trás um pouco surpresa.

Um outro segredinho do meu pai vinha à tona em busca de pagamento.

A assistência lúgubre notou imediatamente o valor da curiosidade daquela mulher. Cravaram os olhos em cima de mim de modo velado, mas não dei atenção. Por um momento, a visão daquela figura negra espraiada em cima do esquálido cadáver me fez evocar a imagem de uma aranha negra curvada sobre o corpo indefeso do macho para devorá-lo. Mas, se aquilo era apenas um bom desempenho, dificilmente atingiria o alvo. Mesmo morto, Luke Steadman não era um macho indefeso. Meu querido, querido pai. Verdadeiro até no verdadeiro final. Frio e seguramente imune a teias sedosas.

A mulher não estava no testamento dele.

O breve testamento de papai não faz menção a ninguém além de mim. A filha dele. A única a quem ele deu a chave. A única de quem guardou segredos. Como se tivesse ouvido os meus rudes pensamentos, a mulher ergueu a cabeça, e nossos olhos se encontraram. Havia um certo quê de abandono no vermelho rubro do seu batom. Pobre criatura. Senti meu peito um tanto derretido. Não consegui evitar. Sei muito bem o que significa ser abandonada.

    Minha pobre mãe me expelira para o mundo e depois sangrara até morrer. Então, meu pai ofereceu aquele corpo sem sangue para alimentar a besta de saliva alaranjada do crematório e fui deixada com ele. E ele, ele me deixava coisas em cima da mesa do lado de fora do meu quarto antes de sair para o trabalho – brinquedos quando eu era criança e joias depois que cresci. A verdade nua e crua era que ele deixava essas coisas do lado de fora do meu quarto para impedir que eu buscasse os braços dele ou o beijasse como qualquer filha faria. E, para anular qualquer possibilidade de um abraço indesejável quando chegasse em casa, o meu pai distante telefonava antes para saber se eu queria um novo presente.

    Ele se resguardava atrás de um muro de expressões educadas: *por favor, com licença, obrigado*. Todos o consideravam um pai impecável. Alguns até me invejavam pelo amor perfeito e terno que imaginavam haver entre mim e papai. Todos o colocavam num pedestal como se ele fosse um exemplo. Só eu ficava atrás do muro intransponível que ele tinha erguido entre nós e chorava em silêncio. Horrorizada pela terrível perfeição daquele muro e pela surpreendente quantidade de detalhes de que ele se cercava para se manter distante. Se ao menos me amasse um pouquinho... Mas ele nunca me amou. Um bebê macaco morre quando lhe é negado o calor materno. Ainda bem que não sou um bebê macaco...

    Fiz um sinal com a cabeça, e os presentes se movimentaram como bonecos obedientes. Agora eu era a patroa. Única herdeira do resgate do rei. Retiraram aquela boca vermelha abandonada de cima do cadáver embebido em colônia, e ela foi conduzida em prantos até um canto. Muito gentil, muito curioso.

    Depois, carregaram o caixão nos ombros. Ninguém chorou, exceto a mulher de preto com lábios vermelho-sangue. Todos começaram a sair e me aproximei da mulher que se rasgava em pranto. De perto, não era tão jovem. Talvez tivesse uns trinta anos ou quem sabe até quarenta. Mas os olhos eram brilhantes. Grandes e aquosos. Como a superfície cintilante de um lago tranquilo sob o luar. Ela também guardava muitos segredos, e certamente alguns eram meus.

Eu a convidei para me acompanhar até o estúdio do meu pai, onde estaríamos longe dos olhares curiosos. Ela me seguiu em silêncio. Será que já conhecia a casa? Lá no estúdio, voltei-me para ela.

– Eu sou Rosette e estou feliz por finalmente conhecê-la, Nisha – ela disse com um tom tranquilo. Estranhamente, a voz combinava com os olhos. Cultivada para fluir clara e líquida como o mel.

– Aceita beber alguma coisa? – perguntei de forma automática.

– Tia Maria com gelo, por favor. – Sangrou um sorriso nos lábios vermelhos. Vermelhos demais.

Fui até o armário das bebidas. Hum, hum, papai tinha um bom estoque de Tia Maria. De repente, me veio à mente a imagem de corpos trançados e unidos no leito do hospital. Um cadáver amarelo e encovado e aquela criatura linda e misteriosa. Sacudi a cabeça para repelir a visão repugnante de uma cópula entre eles dois. Afinal, o que estava acontecendo comigo?

– Você conhecia bem o meu pai?

Ela inspirou profundamente.

– Muito.

Era uma mulher suave e feminina. E reservada. Era a mulher do meu pai.

– E o conhecia há muito tempo? – persisti.

– Há vinte e cinco anos – ela respondeu rapidamente.

Minha cabeça girou.

– Você conheceu minha mãe? – As palavras escapuliram da minha boca antes que pudesse impedi-las.

Algo emergiu do lago tranquilo e enluarado daquele rosto bonito e maquiado com esmero. Estava vivo e coberto de remorso. A criatura repugnante do lago me olhou com tristeza por alguns segundos e deslizou de volta às águas brilhantes. Seu rosto se fez outra vez impassível.

– Não. – Ela balançou a cabeça em negativa.

O mel da voz se tornou um sedimento fosco e empedrado. Tinha mentido. Que sentido havia em ser leal a um homem morto? Ainda havia o aluguel a ser pago e roupas em diferentes tonalidades de negro a serem compradas. Concentrei-me na tarefa de servir uma dose de Tia Maria com gelo. Do lado de fora do meu crânio, o tique-taque de um relógio ecoava em meio ao silêncio.

– Você não foi citada no testamento do meu pai – falei casualmente e ouvi com nitidez quando o silêncio a abraçou.

O tique-taque do relógio seguia com extrema precisão. Deixei passar alguns segundos antes de me virar com um meio sorriso e lhe estender a bebida.

Ainda exalando a colônia do morto, Rosette pegou o copo gelado. Coitada, pegou o copo em total desamparo. O olhar de abandono retornou. Oh, querida, era verdade, o aluguel precisava ser pago. Enquanto a observava, lágrimas se aglutinaram nos seus adoráveis olhos tristes e escorreram por um rosto empalidecido.

– Aquele bastardo – insultou bem baixinho e depois afundou no sofá às suas costas.

Ficou pequenina e muito branca naquele sofá escuro do meu pai. Gostei um pouquinho mais dela.

– Acho que sou a única herdeira no testamento dele. Não foram citados nem os criados que trabalharam para ele por tanto tempo que nem consigo lembrar. Eu mesma lhes darei alguma coisa em nome dele. – Fiz uma pequena pausa. – O fato é que não conheci meu pai muito bem e também não conheci minha mãe. Se você puder me ajudar de alguma forma a preencher as lacunas, terei prazer em ajudá-la financeiramente.

A criatura do lago se ondulou na quietude escura das águas. Talvez se dando conta de que estava diante de uma nova fonte de pão e manteiga dali por diante. Eu teria saboreado o poder? Ela certamente reconheceu tal poder e lhe fez uma reverência. E riu de repente. Um riso amargo. O riso de uma mulher que nunca tinha controlado o seu próprio destino.

– Algumas coisas devem ser deixadas no escuro. Não são memórias do tipo que você procura. Podem destruí-la. Por que acha que ele escondeu essas coisas? Está realmente certa de que quer conhecê-las?

– Claro – retruquei na mesma hora, surpreendida com a convicção firme da minha voz.

– Ele lhe deu a chave?

Olhei para ela, admirada. Sabia até da chave?

– Sim – disse, surpresa pela intimidade que havia entre aquela mulher elegante e o meu pai.

Os lábios vermelhos sorriram. Eu realmente não tolerava aquele vermelho-sangue. Aquela cor era como uma faca no meu olho. Ela terminou a bebida e se pôs de pé à minha frente. Nos seus olhos, a consciência de que dali em diante só havia velhice e morte, e um arrependimento melancólico pelas escolhas erradas. Até eu teria dito que papai era uma péssima escolha.

– Nos vemos depois que você ouvir as fitas. – Ela foi até a escrivaninha do meu pai e anotou seu telefone e endereço num papelzinho. – Até mais, Nisha. – A porta se fechou.

Peguei o papel. Ela morava em Bangsar, não muito longe. A caligrafia era feminina e misteriosamente convidativa. Fiquei me perguntando sobre as origens dela. Tinha a pele fina e clara de uma certa classe de mulheres árabes. Aquelas cujos guarda-costas esperam do lado de fora da cabine de vestir do Empório Armani.

Rasguei o endereço e fui para casa.

O apartamento estava abafado. As delicadas rosas cor-de-rosa na mesa de café tinham murchado. Algumas pétalas jaziam rosadas debaixo do arranjo. O tempo passa. A morte espreita em todo canto.

Ignorei as chamadas mudas do telefone, liguei o ar-condicionado, e um ar frio e seco se impôs ao redor. Liguei o gravador ainda com o vestido de luto e fechei os meus olhos cansados. A voz de alguém chamada Lakshmi encheu a sala fria das sombras de um passado desconhecido.

Na manhã seguinte, acordei cercada de fitas cassete e assustada pelo toque da campainha na porta.

– Entrega de sedex – soou uma voz masculina no interfone.

Assinei o recebimento do sedex enviado pelos procuradores do meu pai. Eles precisavam me ver imediatamente para tratarmos de um assunto de suma importância. Telefonei para a firma De Cruz, Rajan & Rahim e marquei uma reunião com um dos sócios.

O sr. De Cruz me recebeu envelopando a minha mão na mão grande e vigorosa dele. O sangue português de suas veias era visível no nariz empinado, na face orgulhosa e na atitude condescendente em relação aos "locais". Seus cabelos fartos e lustrosos eram como prata polida numa caveira bem cuidada. Seus olhos brilhavam dentro de cavernosas fossas com a gula implacável que fizera a fama dos seus ancestrais. Havia alguma coisa profundamente doentia naquele homem. Imaginei que debaixo da pele se contorcia uma criatura bem diferente.

Já o conhecia de um jantar na Bolsa de Valores. Ele tinha sorrido de forma encantadora, mas não apresentou a jovem alta de olhos inexpressivos que o acompanhava. Achei que era arrogante e tinha orgulho da sua habilidade em manipular palavras como todos os advogados que conheço. Mantinha as palavras na boca e só as deixava sair na hora exata, acrescidas da inflexão certa. E como isso o enriquecera.

— Lamento pelo seu pai — me deu as condolências com uma voz de barítono. Não pude deixar de me impressionar. Era realmente um dom soar com toda sinceridade em plena situação.

— Muito obrigada. E também obrigada pelas flores — falei automaticamente.

Ele assentiu com um ar sábio. Com as palavras guardadas na boca à espera do momento certo. Fez um sinal para que eu me sentasse. O escritório era grande e frio. Em um dos cantos, se via um bar bem estocado. Já tinha ouvido rumores de que ele bebia. Muito. No Selangor Clube.

De Cruz se deixou cair numa grande cadeira de couro atrás da mesa. Fez uma breve pausa enquanto estudava a minha figura sentada à frente. Imaginei os pensamentos dele: *Se ela se cuidasse mais, seria muito mais bonita.* Depois, deixou que as palavras guardadas na boca saíssem para assustar a coitada que não sabia se cuidar. Não tinha sido culpa dele. Não tinha sido ele que fizera todos aqueles péssimos investimentos que levaram o pai dela à bancarrota enquanto morria no hospital. Era culpa da economia. A droga de economia que havia desmoronado depois daquele fiasco com George Soros que desvalorizou o *ringgit* e destruiu o preço das ações como um soco num castelo de cartas.

Ouvi aturdida enquanto o sr. De Cruz desatava todas as palavras certas para explicar a quebra da Bolsa de Valores e as inevitáveis perdas decorrentes dos investimentos de alto risco que papai tinha feito. Disse basicamente que não sobrara nada do testamento a não ser uma dívida enorme. Na verdade, até o meu apartamento de luxo teria de ser descartado.

— Você tem joias que possa vender?

Olhei para ele horrorizada.
- Mas papai era multimilionário! Como isso é possível?
O sr. De Cruz deu de ombros com eloquência.
- A economia, como já disse. Investimentos malfeitos. Contratos insatisfatórios... - Saiu de sua boca em movimento tudo quanto é tipo de palavra esclarecedora. - Talvez até fraude, gente não confiável...
- Enfim, praticamente virei uma sem-teto.
- Não de todo.
O sr. De Cruz deixou escapar um enigmático sorriso desconfortavelmente culpado. Olhei para ele, ansiosa. O sorriso se abriu, eliminando aquela incômoda presença. Nenhum advogado que se preze sofreria por muito tempo com algo parecido com culpa.
- Bem, sua mãe lhe deixou uma casa. Você teria de assumi-la ao completar vinte e um anos, mas estava bem instalada no seu apartamento, e seu pai não quis aborrecê-la com a manutenção de uma casa velha. Mas agora as circunstâncias mudaram e talvez seja melhor dar uma olhada nessa herança.
- Minha mãe me deixou uma casa? - repeti com um ar estúpido.
- Sim, uma casa em Ampang. Naturalmente a casa em si deve estar em estado lamentável, mas o terreno é outro caso... Levando em conta a localização, pode-se dizer que você está sentada em cima de uma pilha de dinheiro. A venda do terreno acabará com todos os seus problemas, e claro que esta firma está qualificada para resolver essas coisas para você.
Ele dispôs os lábios de forma negociadora e abriu um arquivo que tinha à frente.
Eu teria de ser avisada sobre a casa quando fiz vinte e um anos, mas o sr. De Cruz sonegara a informação a pedido do meu pai.
- Quem vem pagando o imposto territorial da propriedade? - perguntei.
- Uma herança deixada por sua bisavó faz o pagamento automático dos impostos, mas essa herança já está quase no fim. Há também uma carta lacrada que o seu pai deixou para ser entregue a você depois da morte dele. Aqui estão as chaves e o endereço da

propriedade. – Ele estendeu um molho de chaves, a escritura da propriedade e a misteriosa carta lacrada.

    Eu estava literalmente muda. Mamãe havia me deixado uma casa, e ele me sonegara essa informação por todos aqueles anos. As palavras continuavam saindo da boca do homem e de repente me levantei. Ele parou de falar.

    – Muito obrigada – disse educadamente e saí pela porta lustrada.

    Lá fora do prédio, o calor abafado da tarde me golpeou como uma lufada de vento. Tudo que eu tinha como certo fenecera no dia anterior. A casa que eu pensava que era minha deixara de ser, e a montanha de dinheiro simplesmente evaporara. Mas nada me importava mais do que as chaves que tinha em mãos e a casa. Andei ao longo da rua até chegar ao bar Cherry Lounge. Minhas têmporas latejavam, e um desejo louco de rir se agitava para escapulir da minha boca. Eu estava pobre. Que piada! Uma vida inteira de riqueza acabara de me deixar desamparada. Um diploma de ciências sociais que me superqualificava para a função de secretária e me subqualificava para tudo mais. Era impossível conceber que a imensa riqueza do meu pai se reduzira a uma casa caindo aos pedaços em Ampang. Lembrei-me dos muitos políticos que iam ao encontro dele de braços abertos e davam tapinhas nas suas costas.

    – Ótimo. Ótimo. Sei que sempre posso contar com Luke – diziam.

    Como aquilo era possível? Fui tomada pela convicção de que papai tinha sido ludibriado e roubado sem saber de nada, enquanto agonizava no hospital. Ele era muito astuto, ardiloso demais para perder todos os milhões em imóveis, ações e contas secretas. Só podia ter sido uma negociata desonesta. Mas só pensar em destrinchar o império dele me fez tremer nas bases. Os homens que teriam feito desaparecer aquelas somas colossais ocupavam cargos altíssimos e até mesmo o meu pai os tratava com muito cuidado e a uma certa distância.

    Entrei no Cherry Lounge e, depois de pedir um uísque duplo para um *bartender* curioso, achei um cantinho escuro para me esconder. Recostei-me no banco. É possível uma vida mudar em uma única tarde? Claro que é. Puxei a cortina pesada da janela. Estava chovendo lá fora. Isso me impediria de ver a casa naquela tarde, e o adiamento foi um alívio. Aquela casa era mais do que uma casa. Senti a magia dela assim que De Cruz deixou isso escapulir da boca. Tirei os sapatos, me sentei sobre as pernas cruzadas e abri a carta.

– Vamos ver que surpresas novas você tem para mim, meu querido pai.

A caligrafia, no entanto, não era do meu pai. Desdobrei as pernas e me sentei ereta. Era uma letra feminina endereçada ao meu pai e não a mim. Perdi a vontade de lê-la naquele tipo de lugar, mas os meus olhos curiosos se moveram até o alto da folha:

Querido Luke,
Meu último desejo é que Nisha fique com as fitas. São apenas memórias das pessoas que amei muito durante toda a minha vida. São fitas que não têm o poder de o ferir. Você pode fazer o que quiser com os diários que deixo. Se um dia você me amou, atenderá a este meu último desejo. Só quero que minha filha saiba que ela descende de uma linha orgulhosa de gente maravilhosa. Nenhum deles foi fraco como eu. Ela precisa saber que não tem do que se envergonhar.

Debaixo da pele de Nisha encontram-se bons ancestrais. Eles estão nas mãos, no rosto e nas sombras dela, cruzando o caminho com felicidade ou tristeza. Ela precisa saber que, quando abre a geladeira nos dias de calor para se refrescar, eles são o vapor no hálito dela. Eles são ela. Eu quero que ela os conheça como os conheci. Ela precisa saber que eles caminharam nesta terra como pessoas bem mais fortes e mais corajosas que eu e que por isso sobreviveram.

Fui fraca e patética porque esqueci que o amor vem e vai como a tinta que tinge uma roupa. Confundi amor com roupa. A família é a roupa. Deixe-a vestir a família dela com orgulho.

Por favor, Luke. Entregue as fitas para ela.

A carta estava assinada por Dimple. Então mamãe se chamava Dimple Lakshmnan. E não Selina Das, como indicava a certidão de nascimento que papai me mostrou. Então não morreu quando nasci. E tinha me conhecido. *E eu a tinha conhecido.* Lá fora os pingos grossos da chuva se projetavam contra o vidro embaçado da janela e escorriam apressados, gordos e transparentes como vermes.

– Como você era mentiroso, papai!

Mesmo a uma certa distância, eu sabia que era aquela casa. Parei o carro e saltei. O nome da residência, Lara, estava obscurecido pelo mato que tomara o portão e o muro de tijolinhos vermelhos que a circundava. Três garotos passaram por mim de bicicleta.

– Não vai entrar nessa casa, vai? – perguntou um deles com curiosidade.

– É mal-assombrada, sabia? – um outro acrescentou prontamente.

– Uma mulher morreu lá dentro – todos gritaram de olhos arregalados. – Foi horrível. Tinha sangue por todo lado. Ninguém que entra aí consegue voltar – eles avisaram, absorvidos pela tarefa de assustar a estranha.

– Esta casa é minha – disse enquanto olhava pela grade do portão uma refrescante alameda ladeada de coníferas.

Os garotos me olharam boquiabertos enquanto eu enfiava a chave na fechadura do portão. Ao ouvirem o ruído metálico da chave, eles saíram voando nas bicicletas com olhares rápidos para trás.

O portão se abriu com um barulho enferrujado e um eco sombrio. *Já estive aqui.* À medida que subia a refrescante alameda, uma sensação de perda se instalava em mim. Perda de quê? As coníferas que me ladeavam eram muros verde-escuros de silêncio. Estacionei o carro junto à casa. As trepadeiras cobriam a maior parte da frente da casa e se elevavam até o teto vermelho. O estado lamentável do terreno mostrava que tinha perdido a batalha para o capim e as ervas daninhas muitos anos antes. Galhos de roseira errantes abundavam e se disseminavam por entre o caos de espinhos. A imagem do todo era fantasmagórica e melancólica.

Nem por isso a casa deixou de me atrair, cada janela sombria era como um olho que implorava e piscava para mim. A estátua de um menino debaixo de uma árvore parcialmente escondida pelo mato tinha nas mãos alguma coisa que parecia uma oferenda, mas o musgo a ocultava. Passei por duas estátuas de leões ferozes postados à entrada e destranquei o portão de ébano. Ele se abriu suavemente. Era um convite.

Parei no centro de um enorme saguão e sorri. O primeiro sorriso sincero desde a morte do meu pai. O lugar estava tomado por uma espessa camada de poeira e teias de aranha, mas eu finalmente estava em casa. Nem precisei olhar para cima para saber que o teto era coberto de pinturas que retratavam personagens do passado, vestidos com esplendor. Olhei para o alto e reparei que nem a grossa espuma das teias de aranha conseguira danificar as pinturas. Por uma janela quebrada, um passarinho entrou batendo as asas na casa e rompeu o silêncio. Pousou na balaustrada e me olhou com curiosidade. Na mesma balaustrada que brilhava no passado com um polimento impecável. Soube disso com a mesma clareza com que sabia da cor do piso onde meus pés pisavam. Desenhei com o pé direito um arco no chão, afastando camadas de folhas secas, galhinhos, cocô de passarinho e a poeira acumulada pelos anos, e o meu reflexo surgiu na superfície lisa e negra. Ah, enfim, o piso de mármore negro dos meus pesadelos.

Lagartixas perturbadas pela zoeira imprevista dispararam pelo teto, passando por cima das mãos roliças de donzelas e querubins que brincavam pelas nuvens. Os meus passos ecoavam de um modo feérico, mas me sentia acolhida com prazer, como se aquela gente congelada estivesse me aguardando.

Quanto mais olhava em volta, mais me parecia que os moradores da casa tinham saído com a intenção de voltar logo. Avistei em cima de um piano de cauda um vaso bojudo com galhos secos, uma fruteira coberta de sementes de fruta bolorentas e garrafas de cristal ainda com bebida dentro. Desviei os olhos para as fotografias encardidas dos porta-retratos também dispostos sobre o piano. E lá estava eu com a linda mulher que habitava os meus sonhos. O rosto que escapara da serpente devoradora de memórias. Quem era ela? Dimple Lakshmnan? Se ela era a minha falecida mãe, então a mulher na foto que papai me mostrou não passava de mais uma mentira.

Vi uma pequena pilha de revistas sobre uma deslumbrante mesinha de centro com tampo de mármore. A de cima estava datada: agosto de 1984. O mesmo mês e ano em que caí no buraco negro. Que engraçado...

Na parede ao fundo, havia um quadro ricamente emoldurado e coberto de poeira. Subi numa cadeira e limpei a parte central da tela com o meu lenço de bolso. Surgiu o colo de uma mulher. Um pouco mais acima, um rosto. Uma mulher bonita me olhou com olhos tristes e tive certeza de que era a minha mãe, Dimple Lakshmnan. Limpei o quadro inteiro, desci da cadeira e me afastei um pouco para admirá-lo. De repente, senti que não estava mais sozinha. Como se todos os mortos da linhagem de mamãe estivessem comigo. Pela primeira vez, desde que tinha escalado o buraco negro e passado a não conhecer mais ninguém, deixei de me sentir sozinha.

Afastei-me do retrato aquecida e misteriosamente feliz e subi a escada de mármore. Tive uma vaga visão de uma garotinha caindo. Parei e minha mão se ergueu por instinto até a cabeça. Até tocar uma pequena cicatriz prateada. Eu tinha caído daquela escada; claro, era isso. Tropecei num degrau e gritei: "Mamãe, mamãe." O tombo não tinha acontecido da forma como papai descreveu. Não tinha acontecido quando eu atravessava as listras zebradas no asfalto da rua.

Por alguma razão inominável, meu pai me arrancara daquela casa onde eu vivia com minha mãe. Ele deixou para trás tudo que me era familiar e produziu um ambiente inteiramente novo para mim. E, como não tinha retirado nada da casa, era como se alguém tivesse saído para comprar leite e nunca mais voltado. Agora eu entendia por que ele não tinha levado nada. Para que nada pudesse estimular a minha memória. Ele sempre teve medo das minhas lembranças.

Cheguei ao segundo piso e abri o primeiro quarto à esquerda. Tive imediatamente a visão de uma menininha deitada de bruços na cama e desenhando. Aquele era o meu verdadeiro quarto e não o outro quarto cor-de-rosa onde papai me colocou quando deixei o hospital. Reconheci as cortinas azuis estampadas de girassóis amarelos. Já estavam cinzentas pelo desgaste dos anos, mas antes ondulavam com a brisa. Azuis com brilhantes girassóis amarelos. Mamãe era que tinha escolhido.

Curiosa, abri um armário e fui atingida por um inesperado cheiro de cânfora. Lá dentro, um magnífico vestuário de uma menina de sete anos. Que vestidos! E em perfeitas condições! Fui atraída por um par de sandálias vermelhas com laços cor-de-rosa em cima. Fechei os olhos e tentei forçar a memória, mas... nada.

– Logo – me fiz uma promessa. – Logo recordarei de tudo.

Alisei as roupas e fiquei surpresa com o bom estado de conservação, mesmo depois de todos aqueles anos. Ouvi ruídos de alguma coisa correndo por detrás da cama. Ratos. As portas do armário deviam ser muito seguras.

De repente, me vi em meio a um jardim, nas proximidades de um laguinho com muitas carpas vermelhas e douradas. A visão se foi com a mesma velocidade com que surgiu. Corri até a janela. No meio do quintal tomado pelo mato, estava um lago sujo e sombrio, como um olho ambíguo do jardim. Tive a impressão de que me olhava como se me culpando de negligência pelas suas águas nodosas. Saí do meu velho quarto e caminhei ao longo de uma galeria sinuosa, cuja vista dava para o saguão do andar de baixo. Abri uma outra porta e engoli em seco.

A decoração do quarto era igual à do quarto do meu pai na outra casa; tudo igual. A coisa estava se tornando cada vez mais curiosa. Papai, mamãe e eu tínhamos vivido naquela casa! Alguma coisa tinha acontecido que o levou a me tirar de lá, deixando tudo para trás. A visão do quarto fez a minha carne formigar. Cruzei aquele espaço espartano e abri a porta que o ligava a um outro quarto.

As cortinas estavam cerradas. A escuridão em volta era agradável, e o silêncio me fez ouvir minha própria respiração. Fui sendo tomada aos poucos e quase que de maneira imperceptível pela sensação de que não estava sozinha. Era como adormecer na praia e acordar com o suave bater das ondas nos pés. Eu me senti segura e protegida, como se alguém amado e querido estivesse ao meu lado. A sensação era forte e me fez rodear uma cama grande para olhar por trás das cortinas. Claro que não havia ninguém. Abri as cortinas, e o sol da tarde entrou curioso pelo quarto, deixando pontos mágicos de poeira no ar e expulsando a misteriosa presença. Tive uma inexplicável sensação de perda. Passei pela cama de casal ainda benfeita e coberta por uma inevitável camada de pó e abri as portas entalhadas de um armário embutido. Araras e mais araras de roupas refinadas e surpreendentemente conservadas se revelaram aos meus olhos. Os opulentos anos 1970 em toda a sua glória, com bordados e contas e cores vivas dependurados à frente. Achei que havia reconhecido um vestido azul e verde combinado com uma gargantilha de pedrarias. Tive a impressão de me lembrar de mim mesma dizendo: "Que lindo, mamãe." Fechei os olhos e vi uma silhueta esguia a girar e a girar com muita graça no seu vestido cortado em viés, como se fosse uma deslumbrante borboleta a voar. Era ela. Dimple Lakshmnan, mamãe.

Tirei o vestido do cabide com cuidado e coloquei-o contra o meu corpo na frente de um espelho no final do quarto. Minha mãe devia ter as mesmas medidas que eu. Despi a camiseta e o jeans e deixei o vestido escorregar pela cabeça. Cheirava a naftalina e era frio na minha pele. Ajeitei o cetim nos meus quadris. Era um vestido lindo.

Como se hipnotizada, bati o pó acumulado no assento da penteadeira e me sentei. Limpei o espelho com um lenço de papel e examinei a coleção de cosméticos em cima da penteadeira. Destampei um estojo azul de batom. Rosado. Exalava um forte odor de graxa, mas parecia bem macio. Christian Dior e ainda excelente para o uso. Girei o estojo e apliquei o batom nos lábios. Depois passei nas pálpebras uma camada de sombra azul-turquesa que fazia furor nos anos 1970. Coloquei-me à frente do espelho e sob a luz do sol uma mulher ridícula de olhos delineados com um azul luminoso e de batom nos lábios olhou para mim. Eu me senti triste. Tão incomensuravelmente triste, que fechei as cortinas e me afundei sem o mínimo cuidado na cama poeirenta. Foi quando me dei conta de que o quarto assumia uma outra dimensão com as cortinas fechadas. Fui tomada outra vez pela sensação de que alguém muito querido estava por perto. E, quando voltei os olhos para o espelho, lá estava a mulher do quadro do primeiro andar. Eu estava linda na penumbra, linda como minha mãe. Não era nada parecida com meu pai. Fiquei olhando fixamente para o espelho, encantada com minha própria imagem, até notar que a imagem refletida não era mais a minha e sim uma cena do passado.

Mamãe estava no andar de baixo com esse mesmo vestido. Pronta para uma festa. Vi claramente o salão romanesco com imponentes arranjos de flores e grandes fruteiras de cristal com muitas frutas, o candelabro de cristal, as lâmpadas, as balaustradas, o canapé vitoriano de cor creme, a mesa de jantar de ébano, o nicho de sofás – tudo polido e novo, sem poeira, sem sujeira e sem cocô de animais. E era um salão resplandecente. Mamãe fazia um arranjo de flores na sala de jantar e chorava baixinho enquanto esperava pela chegada de papai.

Pique, pique, pique, lá ia ela com a tesoura. Era um arranjo para a mesa de jantar. Rosas vermelhas junto a patas-de-canguru.

– Por que você está chorando, mamãe?

A lembrança se esvaneceu e me flagrei mirando a minha imagem sutilmente alterada no espelho. Desci a escada vestida com a roupa de mamãe. Não só parecia diferente como me sentia diferente. Eu me sentia em casa com o ar suave e tranquilo, mas logo anoiteceria e não havia eletricidade nem gás. Vi nos lados da escada estátuas de ébano de um menino mouro de candelabro na mão cobertas de poeira e teias de aranha e comecei a procurar velas na cozinha.

A geladeira estava vazia, mas os armários ainda guardavam comida enlatada. Pacotes de macarrão instantâneo, latas de leite em pó, latas de sardinha e caixas de cereais vazias viradas pelos ratos e vidros e mais vidros de compota de manga. Em outro armário, havia um vidro de mel silvestre separado por uma base sólida dourada e um espesso líquido marrom-escuro. Encontrei as velas. Depois vi um molho de chaves. Uma delas se encaixou na porta dos fundos. Empurrei com força, e a porta se abriu para a tarde que caía. O sol se punha por trás do alto muro de tijolinhos que circundava o jardim. Saí da cozinha à meia-luz e percorri um caminho curto de pedras quase que inteiramente tomado pelo mato nos dois lados. O jardim estava silencioso. Maravilhosamente silencioso. O rumor do tráfego na rua soava longínquo, e a chegada da noite começava a vestir as árvores e o solo de sutis tonalidades purpúreas. Experimentei em meio ao abandono e à completa solidão daquele jardim murado o inefável prazer de ter deixado o mundo para trás e descoberto um fabuloso segredo.

O que é o paraíso senão um jardim murado?

Atravessei uma pequena horta havia muito invadida pelo capim e as ervas daninhas. Varas de bétula desbotadas enfiadas em círculo na terra se erguiam atadas pelo topo como esqueletos de barracas indígenas de peles-vermelhas. Verduras e legumes trepadores tinham se sustentado naquelas varas no passado. E agora o topo de cada um dos esqueletos de barraca estava salpicado de lesmas verdes e cinzentas que se enroscavam felizes por estarem quietinhas acima daquela vegetação confusa e selvagem. As flores de uma frondosa mangueira próxima ao muro de tijolinhos se transformavam em pequenos frutos verdes. Calombos verdes e duros agrupados e dependurados até bem perto do chão. Uma rede rasgada também estava dependurada na mangueira. Lembrei-me da rede ainda nova balançando lentamente à sombra da árvore. Alguém estava dentro dela. Ouvi um risinho e um gritinho em meio a uma brisa suave:

– Mais rápido!

Olhei ao redor, mas não havia ninguém. De repente, o caminho de pedra terminou e me vi de pé frente a uma fonte cheia de musgo. Ali só restara um laguinho salobro com uma estátua de Netuno coberta de musgo. Ao lado, florescia um pequeno arbusto, e uma única flor de branco róseo quase tão grande quanto um pequeno repolho pendia pesadamente de um galho. Eu me inclinei para sentir o cheiro da flor e tive uma rápida visão de mim mesma inclinada sobre o lago e vendo um outro rosto na água límpida. Um rosto escuro, triangular e sorridente. A visão se foi com a mesma rapidez com que surgiu. Agora o lago estava extinto. Um sapo marrom me encarou com desconfiança. Continuei caminhando pelo jardim.

Lá no final, quase inteiramente escondida pelas trepadeiras, apareceu uma pequena cabana de madeira. Telhas alaranjadas ainda encaixadas no telhado se ocultavam debaixo de folhas largas e brilhantes de hera em formato de coração. As folhas cobriam quase toda a entrada e ameaçavam derrubar o telhado com um excesso de peso e um abundante crescimento. Afastei um pouco a folhagem, me acocorei à porta da cabana e olhei lá dentro. Vislumbrei por entre a penumbra uma mesa, uma cadeira e algo que parecia ser uma cama pequena ou um banco. Achei perigoso entrar lá dentro. Podia ter cobras à espreita. Tive a impressão de ter visto um dedo luzindo de ouro na escuridão e, em meio às sombras, o mesmo rosto triangular que se abrira com um sorriso no lago.

Era um semblante velho de olhos gentis. Com algo memorável, minúsculas tatuagens em pontinhos verde-escuros e pequeninos losangos igualmente esverdeados que começavam na testa, bem no meio de cada sobrancelha, e desciam como uma constelação de estrelas pelas têmporas até a parte baixa do canto dos olhos e a parte alta da face. Uma criança ria sem parar. A velha senhora fazia cócegas na barriga dela. Estiquei-me para olhar mais à frente das sombras, mas nada se moveu. Talvez a senhora com anel de ouro e a criança risonha tivessem assado biscoitos para o chá porque se desintegraram na penumbra da cabana como farelos de biscoito mergulhados numa xícara de chá. Estava muito escuro. Levantei-me e fiz o percurso de volta lentamente, retraçando os meus passos até o lago. A tatuagem. Quem era aquela senhora? De repente, me veio à mente. Minha querida e amada Amu.

De volta à cozinha, tranquei a porta e fiquei à soleira para me acostumar com a escuridão lá de dentro, então acendi uma vela e voltei com ela para o saguão, a caixa na outra mão. Coloquei as velas uma a uma nos candelabros. Limpei a camada grossa de poeira, afastei as teias e acendi todas as velas.

Iluminados, os meninos mouros pareciam maiores e os rostinhos negros brilhavam como pedras lisas sob o luar. Eles projetavam pequenas luzes amarelas que dançavam nas paredes e faziam misteriosas sombras pelos cantos. Não me lembrava daquelas expressões ligeiramente espantadas, mas sabia, com toda a certeza, que se chamavam Salib e Rehman. Eu tinha a mesma altura deles no passado. A luz das velas despertou o teto. Tanto as ninfas rechonchudas como as mulheres de olhar tímido e os homens de proporções perfeitas e cabelos cacheados estavam vivos. A casa com tudo o que havia nela tinha estado o tempo todo à minha espera. Talvez *fosse* assombrada, mas me sentia segura e sem medo lá dentro. Eu me senti em casa e muito mais confortável do que no meu luxuoso apartamento em Damansara, mas os cantos do salão escureceram e me dei conta de que, embora não quisesse, era melhor sair de lá porque um delicado ruído de patinhas sobre o piso de mármore se fazia cada vez mais atrevido. Como não queria estreitar relações com os ratos que aparentemente viviam na minha casa, tirei o vestido da minha mãe, apaguei todas as velas, tranquei a porta e saí com o coração apertado. Como se tivesse deixado algo muito importante para trás.

Já eram duas da madrugada, quando desliguei o gravador. Lá fora uma tempestade uivava desconsolada. Batia na porta da varanda como um espírito furioso, desesperado para entrar. Olhei as coisas luxuosas do meu apartamento e não me lamentei por elas. Não sentiria a perda daquelas coisas. Não tinha colocado o meu coração nelas. Quanto mais cara a realização, mais expectativa se tem. Tudo estava diferente na semana anterior. E em uma semana ou mais eu seria como qualquer outra pessoa. Teria de ir à luta e me tornar uma secretária em algum lugar. Compraria minhas roupas nas lojas de departamento, cozinharia a minha própria comida e cuidaria sozinha da limpeza. Dei de ombros com displicência.

O que importava era descobrir o mistério sem-fim que cercava a minha mãe, solucionar o quebra-cabeça do piso de mármore negro que tremeluzia nos meus sonhos, desvendar por que o gotejar de uma torneira me dava um frio na espinha e por que a combinação das cores preto e vermelho me incomodava tanto. Emoções intensas brotavam de dentro de mim. Se de um lado achava que me lembrava da bisavó Lakshmi, de outro me era difícil ligar a Lakshmi vibrante e jovem das fitas com a velha de cabelos brancos de quem me lembrava vagamente. A velha infeliz na poltrona também era aquela outra que trapaceava no xadrez chinês?

Eu tinha estado tão envolvida em ouvir a fita da história de Ayah que acabei me esquecendo de jantar. Minha empregada havia deixado diversos pratos em recipientes cobertos na cozinha e de repente percebi que estava faminta. Sentei-me e comi como uma louca.

E subitamente parei. Por que estava agindo daquele jeito? Por que a gula, por que a pressa? A imagem de um garoto vomitando em cima da própria comida veio à minha mente.

– Estou sentindo o gosto da comida que ela está comendo! – grita Laksmnan como um selvagem para a velha de cabelos grisalhos e de olhos traídos. Nada disso, naquela época Lakshmi devia ter cabelos negros lindos e lisos e olhos furiosos e audazes. Afastei o meu prato.

Entrei inquieta pela sala em direção à varanda. No mesmo instante, os ventos fortes açoitaram o meu cabelo e levantaram a minha roupa. O que eu queria era estar na casa da minha mãe. Na minha casa. O vento soprou a chuva diretamente no meu rosto e senti um cheiro selvagem e molhado. Relâmpagos e trovoadas estouraram nos arredores. Aquelas vozes na minha cabeça clamavam por espaço, por atenção. Por fim, já com muito, muito frio, voltei para dentro de casa.

Saí do banho quente exausta e sequei o cabelo na frente do espelho. Já eram quatro da madrugada. No dia seguinte, voltaria para Lara. Eu queria providenciar logo a mudança. Desliguei o secador de cabelo e me vi surpreendida. Olhei para os meus cintilantes olhos verdes. Nefertiti estava morta, mas deixara seus olhos em mim. Notei que o ar distante dos meus olhos se dissipara e que no seu lugar brilhava uma excitação selvagem que me fazia parecer insana. Sorri para minha imagem no espelho e até o meu sorriso estava diferente.

– Agora vá dormir para estar novinha em folha de manhã e ir até a nova casa – eu disse para a moça radiante refletida no espelho.

Então me deitei debaixo das cobertas e comecei a ouvir a tempestade lá fora. Fiquei dando voltas na cama e por fim me levantei, acendi a luz, liguei o gravador e apertei a tecla PLAY.

Ratha

Mandei uma carta para Nisha, para aquele endereço do pai dela, explicando que eu era parente do lado materno dela. Ressaltei que tinha sido impossível fazer contato enquanto o pai estava vivo porque ele havia proibido que se fizesse isso tanto com ele como com ela. Eu também disse que tinha lido a notícia do falecimento dele no jornal e que queria falar com ela, e que ela podia me telefonar se quisesse me ver.

Ela chegou aqui e foi com minha filha para o lugar de que mais gosto na casa. A minha grande cozinha. Ela é muito bonita. Fez um cumprimento carinhoso enquanto notava o lado retorcido do meu rosto e meus cabelos brancos e ralos. Eu sei que sou uma gárgula humana.

– Sente-se, Nisha – disse com meu sorriso torto. – Aceita um chá? – acrescentei.

– Aceito, sim, muito obrigada – ela disse.

A voz era elegante e refinada. Tinha o equilíbrio e o porte de Luke. Gostei dela.

Coloquei uma cestinha de ovos à frente, dizendo:

– Pode se servir.

Ela me olhou por um segundo com um olhar inexpressivo, mas ouvi o que estava pensando: oh, não, essa velhinha querida tem mais gordura no cérebro que proteína.

Peguei um ovo com os olhos cheios de alegria, bati a casca contra um prato e o parti com a mão. Lá de dentro, não deslizou nem clara nem gema. O ovo era um bolinho de amêndoas e creme. E a casca era de açúcar colorido.

Ela também começou a rir. Claro, só podia ser coisa de Ratha, a senhora do açúcar. Hoje ela fez uma coisinha simples. Fez alguns ovos.

– Isso é um dom – disse Nisha com o bolinho na mão. E o mordeu com dentes alvos e pequenos enquanto a boca dizia que estava uma delícia. – Um dom brilhante e maravilhoso – concluiu.
Sentei-me à frente dela.
– Sou Ratha, sua tia-avó, e quero que você saiba que Dimple, sua mãe, transformou a minha vida. Estou velha e logo não estarei mais aqui, mas gostaria que você soubesse o que ela fez por mim muito tempo atrás. Foi a pessoa mais atenciosa e humana que já conheci. Entrou na minha vida há vinte anos. Eu estava sozinha, confeitando um bolo, quando ouvi alguém chamar à porta. Do outro lado, estava a sua mãe. Devia ter quantos anos? Talvez quinze. Ela também era muito bonita.
"'Preciso falar urgentemente com a senhora', foi o que ela disse.
"'Entre', fui pega de surpresa e a fiz entrar. O normal é que tivesse batido a porta na cara dela, já que realmente queria distância da família do meu ex-marido. Achava que todos eram mentirosos e ladrões. Todos caçadores cruéis. Mas naquela criança sempre houve algo inocente, machucado. Quando estive na casa deles, notei que a mãe sempre a tratava mal. Por isso, quis ajudá-la e nem desconfiei de que ela estava na minha casa para me ajudar. Eu ofereci suco, mas ela recusou.
"'Por que a senhora não ama a vovó?', ela perguntou de cara.
"'Bem, é uma longa história', disse sem a menor intenção de despejar tudo no ouvido de uma menina, mas de repente estava pondo tudo para fora. Comecei do iniciozinho, quando Rani, a mãe dela, apareceu lá em casa, em Seremban, se desmanchando em sorrisos procurando uma noiva. Veja só, Rani mentiu para mim e para minha tia. Ela nos mostrou uma foto de Lakshmnan, o marido dela, e disse que o meu pretendente era muito parecido.
"'São irmãos', foi o que disse a gananciosa, pensando na comissão dela. São tão parecidos, que às vezes as pessoas confundem um com o outro.
"Olhei para a fotografia e desejei demais o seu avô. Sim, foi assim... passou pela cabeça daquela mulher cruel que o marido dela era o homem dos meus sonhos. Ela sabia. Sempre soube. Ela sabia que parafuso girar.

"'Me dê o seu dote para ajudar o Lakshmnan', foi o que ela disse.

"Como poderia recusar? Ela sabia. Sempre soube. Mas o que ela não pensou é que um dia o Lakshmnan dela poderia virar a cabeça e me notar. Ela se divertia com a ideia de que aquele pobre rato que vivia na casa nutria uma paixão secreta pelo marido dela. Achou que podia me atormentar com a boa sorte que tinha. Achou que podia continuar mandando o marido buscar os chinelos dela no quarto porque a artrite a impedia de andar. Achou que podia debochar de mim só para se divertir. Mas não contava com um simples olhar que lhe mostrou como era fina a corda que usava para mantê-lo com ela.

"Enfim, a princípio concordei com o casamento e aguardei o dia do primeiro encontro. Uma semana depois, conheci o meu pretendente, ao vivo. Lakshmnan e meu noivo eram tão diferentes quanto a noite e o dia. Olhei para aquele homem repulsivo na sala da minha tia, completamente chocada. Devia ter interrompido na mesma hora os arranjos matrimoniais, mas as pessoas, as flores, os saris, as joias e a cerimônia... eu me perdi no meio daquilo tudo, e minha garganta se fechou. Fiquei atordoada. Como não podia ter o seu avô, eu me perdi no trabalho. Trabalhava todo dia, desde a hora em que acordava até a hora em que caía exausta na cama. Trabalhava o dia inteiro para esquecer a minha terrível omissão. À medida que o dia do casamento se aproximava, o meu desespero aumentava.

"Chorava na cama. O homem dos meus sonhos seria o meu cunhado. Ninguém poderia saber do meu vergonhoso segredo. Como poderia contar para alguém? Toda noite, pegava o meu pobre amor renegado durante o dia e o acarinhava no escuro até dormir. Meu silêncio foi crescendo, crescendo, até ser muito tarde para falar.

"Por fim, chegou o dia do casamento. E foi um desastre. Não havia nada que minhas mãos pudessem fazer, e assim as lágrimas jorraram. Uma represa rompeu dentro de mim, e as lágrimas se recusaram a parar. Escorreram como um rio que fez até a argolinha do lado esquerdo do meu nariz deslizar e cair. Com todas aquelas lágrimas e ninguém me perguntou o que havia de errado. Ninguém abriu a boca para perguntar: 'Qual é o problema, criança?'

Eu teria dito a verdade, se alguém me perguntasse. O casamento seria impedido. Aquilo só estava acontecendo porque eu não tinha mãe. Porque ninguém se preocupava comigo. Só quem é mãe faria essa pergunta.

"E depois fui morar na casa de Lakshmi, sua bisavó. Ela tentou ser gentil comigo, mas eu achava que ela também tinha me enganado. Achava que as duas tinham tramado para me fazer casar com aquele idiota. Eu percebia o desprezo dela por ele. Um desprezo que nunca transpareceu claramente em palavras, mas dava para ver na voz e no jeito dela e era tão sutil, que ninguém notava. Eu não queria me lembrar da trapaça delas e por isso comecei a cozinhar e fazer a limpeza o dia todo. Não parava. Era um alívio limpar debaixo do fogão por entre o caibro e escovar a minha pele até ficar vermelha e esfolada. Ninguém podia me ver escovando a minha barriga. Às vezes se cobria de pústulas e sangrava, mas eu sentia um prazer perverso com a dor que me infligia. Ficava feliz quando examinava a minha pele furiosamente dilacerada lá no banheiro.

"'Um dia, chegou o convite de Rani para jantarmos lá na casa dela. Fomos, e ela disse durante o jantar:

"'Fiquem. Por favor. Fiquem', insistiu muito. 'Adoraria a companhia de vocês.'

"Olhei para o meu marido e ele me olhou tão assustado que assenti timidamente com a cabeça. Foi uma decisão errada, mas o meu louco coração disparou só de pensar que veria Lakshmnan todo dia.

"'Eu só quero olhar para ele', sussurrou meu coração vagabundo para minha vergonha.

"'Você não vê, mas terá que cozinhar muito', retrucou a minha vergonha com um suspiro.

"Eu adorava cozinhar e limpar a casa para ele. Meu coração desabrochava quando ele se sentava à mesa e sorria de admiração pelo que eu tinha feito. Ansiava em silêncio pelas refeições para vê-lo cada vez mais ávido pela comida à mesa. Aí, ele sempre me elogiava...

"Sei que Rani é sua avó, mas ela tem um punho fechado e sujo no lugar do coração. Vi como esse punho se prepara com ódio e veneno. Ela me espionava, mas eu não tinha nada de vergonhoso para esconder. Era tranquila, respeitável e trabalhadora. Até que um dia o seu avô levou uma peça de carne para casa. Deixou-a em cima da mesa, embrulhada numa folha de jornal. Foi como se tivesse me dado um buquê de flores. Eu queria rir de tanta felicidade. Ele nunca tinha agido daquela maneira. Abri o embrulho e vi que era carne de morcego frugívero.

"Comecei a prepará-la na mesma hora. Primeiro banhei em suco de limão e depois bati para que ficasse com a espessura da seda. Em seguida, embrulhei com folha de papaia para que ficasse tenra e derretesse na língua, e ele se assombrasse de desejo por mim depois que saísse da mesa. Trabalhei por horas a fio, fatiando, moendo, pesando, picando e abanando suavemente o fogareiro com folha de palmeira para fazer a panela ferver em carvão incandescente. Claro, o segredo estava nos pedacinhos de manga azeda. Por fim, a minha obra aveludada estava pronta para ser servida.

"Coloquei a refeição na mesa e chamei todo mundo. Ele pôs a carne violácea na boca e o vi suspirar por instinto. Nossos olhos se encontraram, e o desejo ardeu no rosto dele. Mas, enquanto me olhava, notei naquele olhar uma consciência súbita de que aquilo que procurava já estava perdido, da mesma forma com que as ondas devem deixar a beira da praia. Não, aquilo nunca poderia acontecer. Confuso, ele abaixou os olhos para o prato e, como se se lembrando da mulher, olhou para ela abruptamente. Rani o afrontava com os olhos apertados na cara latejante. Lenta e deliberadamente, ela provou a carne que tinha feito o marido suspirar de prazer.

"'Muito salgada', disse contraída e empurrou o prato. Levantou-se de supetão. A cadeira caiu com estardalhaço, e ela se retirou para o quarto. Apenas Jeyan continuou à mesa. Só se ouvia a mastigação dele. Alheio ao turbilhão de emoções que estavam em jogo, ele mastigava. Na realidade, foi a calmaria antes da tempestade, pois de repente ela retornou à mesa como um raio aos gritos esganiçados:

"'Recebi você na minha casa e lhe dei de comer e olhe o que recebo em troca. Saia de minha casa, sua vadia! Um irmão não é o bastante para você?'

"O que eu podia dizer? Claro que queria o marido dela, mas ela já sabia disso antes de ter me convidado para ficar e pegar o meu dinheiro.

"Ela não parou mais de matraquear até que Jeyan encontrou uma acomodação para nós dois, um quartinho em cima da lavanderia chinesa. Eram nove horas da noite quando subimos aquela escada caindo aos pedaços, iluminada apenas por uma lâmpada fraca que pendia do teto. Soltei um grito quando uma ratazana do tamanho de um gato passou na frente do meu pé. Era um quarto minúsculo. Só tinha uma janela e paredes de madeira vazias. Pequenas manchas de tinta descascada em alguns pontos indicavam que o quarto já tinha sido azul-claro. Em um dos cantos, havia um colchão borrado e, no outro, uma mesa de três bancos. A sujeira se espalhava por todo lado. Meu caso de amor acabava. Sumia atrás de um véu como se envergonhado. E comecei então a odiar o meu marido naquele quartinho escuro onde partilhávamos com outras pessoas o mesmo banheiro cuja imundície não dá nem para imaginar. Um ódio que cresceu lentamente e que, a princípio, nem notei, até que de repente o estava odiando. Odiava me deitar à noite na mesma cama e ouvir a respiração dele. Odiava os filhos dele que teria de criar. Era um ódio sólido dentro do meu corpo. Sentia esse ódio dia após dia. Às vezes nem conseguia segurar uma faca na presença dele.

"E dessa maneira esqueci o amor platônico que sentia pelo irmão dele. Acabei me convencendo de que não existia campo algum onde as flores brotam todos os dias. Acabei me convencendo de que o mundo era feio – um campo de corações humanos cruéis que arrebentam de ambição para viver. Os anos se passaram, e as crianças saíram de dentro de mim. Olhava para elas e meu marido estava nos olhos delas. E dessa maneira também desprezei aqueles seres pequeninos. Desprezei como falavam e como comiam. Extraía das crianças qualquer coisa dele e as punia sem dó nem piedade. Levei-as a ter vergonha dos pedacinhos delas que pertenciam a ele. Como o meu ódio e a minha frustração me tornaram cruel!

"Centenas de corvos pousavam em cima dos fios telefônicos e das árvores do lado de fora do nosso quarto miserável. As crianças se acotovelavam na janela para apreciar as fileiras de corpos negros do bico até as garras e os milhares de olhos parecidos com contas que olhavam de volta. Aquela organização infindável de negritude soava a ameaça. De vez em quando, eu tinha pesadelos com os corvos se jogando contra o vidro da janela e espalhando cacos de vidro por toda parte e depois pousando nas crianças. Bicavam o rosto e arrancavam pedacinhos dos corpos assustados das crianças, enquanto eu e meu marido assistíamos calmamente sentados. Já estava enlouquecendo naquele quarto.

"Toda noite, ouvia a voz de Maya murmurando no meu ouvido enquanto meu marido e as crianças dormiam. Maya era a tataraneta de um cozinheiro da época dourada do Império Mughal, e cresci no colo dela. Passei minha infância implorando e ouvindo histórias sobre os excessos cometidos na corte, excessos cometidos em recintos privados e sombrios onde só a família, os eunucos e os servos podiam entrar. Ela sussurrava nos meus ávidos ouvidos as histórias não escritas e passadas oralmente através das gerações. Conhecia intrigas da corte que nunca vieram a público, paixões volúveis, ciúmes horrendos e outros excessos difíceis de se imaginar, sem falar dos incestos na realeza e dos casos de crueldade levada ao extremo.

"'Existem coisas que ninguém, a não ser os eunucos e os servos, pode testemunhar', me disse a velha mulher sem filhos um dia. Na ocasião, não me dei conta, mas foi no colo dela que aprendi a arte da crueldade refinada. Uma crueldade que descansa dentro de mim em silêncio.

"Era o aniversário do meu marido. Acordei cedo. O céu estava dourado, e uma bruma se dependurava no ar. As crianças ainda dormiam, e a mão do meu marido descansava na minha barriga. Um pensamento cruzou a minha cabeça como um raio: *Será que ele já está acordado?* Meu pobre coração. Eu tinha passado anos sem pensar em Lakshmnan; debaixo da mão pesada do meu marido e dos lençóis emaranhados, o pensamento me fez mal na mesma hora.

"Saí da cama e do quartinho perturbada, desci a escada passando por cima de ratazanas grandes como gatos e fiquei lá fora para tomar o ar frio da manhã. Lembrei-me de outros tempos. Lembrei-me de quando tirava as camisas de Lakshmnan do cesto de roupas sujas e esfregava no meu rosto para sentir um perfume de sândalo. Desejei tocar o rosto dele. De repente, senti tanta saudade dele, que as lágrimas queimaram os meus olhos, e uma estranha dor se apossou do meu coração. Resolvi assar um bolo. Fui até o armazém da rua e, sem me importar, gastei o dinheiro que estava economizando para comprar uma casa em açúcar de confeiteiro, amêndoas, anilina, ovos, manteiga de cacau e farinha de trigo. Em casa, depositei tudo na mesa e comecei a trabalhar. Não foi fácil colocar o bolo no formato que eu queria, um ovo ligeiramente quadrado. Sabia exatamente o que queria fazer. Era de manhã cedo, e as crianças desenhavam tranquilamente no canto do quarto.

"Eu cantarolava enquanto trabalhava. As crianças me olhavam, surpresas. Nunca tinham me ouvido cantarolar desde que tinham nascido. Depois de ter assado o bolo, aparei as arestas e coloquei-o numa travessa limpa. A pasta de açúcar atingiu a coloração marrom-escura que eu queria e trabalhei a massa até ficar macia e elástica. Estiquei-a com cuidado até ficar parecida com um delicado pano e cobri com ela o bolo na forma de um ovo ligeiramente quadrado que já estava assado. Cortei círculos do tamanho de uma moeda de cinco centavos, extraídos de uma das camadas de uma cebola e tingi de preto. A cebola é boa porque é curvada e tem o mesmo brilho dos olhos humanos. Depois moldei mais pasta de açúcar no ovo com cobertura, exatamente como a velha senhora tinha me ensinado, e me surpreendi com a semelhança que obtive. Estava bem parecido com ele!

"Eu tinha aprendido mesmo a minha arte. Misturei anilina com um pouco de mel e despejei em torno do bolo moldado. Entalhei as peças de cebola tingidas até ficarem iguais aos círculos inexpressivos dos olhos ovais que ele tinha e fiz os dentes com açúcar branco, vitrificando com cuidado para obter a aparência de dentes esmaltados. Apliquei finos fios de caramelo para se assemelharem a sobrancelhas e modelei as narinas um pouco largas dele, e depois recuei para admirar o meu trabalho. Um trabalho que me exigira cinco horas, mas o produto final ultrapassava bastante o que eu tinha imaginado.

"Satisfeita, coloquei o bolo no centro da mesa e me sentei para esperar o meu marido. Justamente como tinha previsto, ele entrou pela porta e se voltou com olhos sinceros para a minha obra-prima rodeada pelas crianças e por mim. Coitado. Ele se sentiu visivelmente chocado com a visão da sua própria cabeça descansando confortavelmente em cima de uma calda de sangue. Que momento! Até as crianças reconheceram aquela cabeça.

"'Papai', elas gritaram com vozes infantis.

"'Sim, é o papai', me mostrei extremamente satisfeita por terem reconhecido o meu trabalho. Depois, dei a faca para ele. 'Feliz aniversário', disse, com as crianças repetindo em coro.

"Ele ficou tão chocado que se limitou a olhar horrorizado para o próprio rosto na travessa. Abriu uma boca de terror. Era uma vingança ao melhor estilo da tradição Mughal. Era a primeira vez que o pobre Jeyan percebia que era odiado por mim. Até então, mantinha esse ódio guardado dentro de mim e me senti libertada por saber que finalmente ele sabia. Uma liberdade como o cheiro do café da manhã. Uma liberdade que me despertou. Meu cérebro abriu um bocejo largo e se espreguiçou.

"Agora eu podia odiá-lo abertamente. Como ele se recusou a pegar a faca da minha mão, cortei o bolo bem em cima do nariz. Ele não tocou no bolo, mas eu e as crianças nos fartamos durante dias. As crianças mergulhavam os dedos no sangue viscoso sob a cabeça e lambiam com gula. Retiravam os dentes de açúcar com seus dedinhos e os colocavam na boquinha macia para seus dentinhos de leite mastigarem. A língua rosada foi puxada para fora e disputada por elas. Ele assistiu a tudo sofrendo, com uma expressão inesperada de medo.

"Então, um dia, tomei coragem e pedi que ele nos deixasse.

"No dia em que ele saiu, passei horas trabalhando de joelhos para tirar o cheiro dele da minha vida. No início, foi muito difícil, mas enfrentei. A cada ano, trabalhava cada vez mais na minha escola de decoração de bolos. As crianças cresciam saudáveis, mas ambas se sentiam aterrorizadas comigo. Nós nos mudamos para uma casa muito maior, mas por dentro eu estava infeliz.

"Meu marido tinha se transformado num velho beberrão.

"De vez em quando, eu o via de olhos vermelhos no lugar onde os trabalhadores pobres se reúnem para se embebedar com uma aguardente barata feita de arroz, coco e até capim. Uma vez, ele estava falando sozinho e esbarrou em mim. Não me reconheceu. Olhei para aquela criatura patética que voltava cambaleante para um quartinho sujo e não senti um pingo de remorso. Entenda bem, eu tinha me tornado uma mulher dura e fria. Nada me tocava. Nem mesmo a minha própria infelicidade.

"Então, um dia, a Dimple, sua mãe, veio me ver. Veio de ônibus e, como parou no ponto errado, andou um bom trecho debaixo do sol até chegar aqui em casa. Estava com o rosto afogueado e carregava uma sacola de plástico com um gravador.

"'Conte o seu lado da história', ela disse.

"Nunca ninguém tinha querido ouvir o meu lado da história. Nunca ninguém tinha querido saber por que eu não gostava da minha sogra. Então contei tudo. Disse que odiava a sua avó porque era a única, dentre todos os outros, que realmente sabia o que era casar com um homem que causa repugnância pela estupidez, cegueira, obtusidade e ignorância natas. Era a única que devia ter entendido e mesmo assim me fez casar com ele. Não se preocupou nem um pouco comigo. Tudo não passou de uma encenação, toda aquela maravilhosa delicadeza. No final das contas, ela só amava quem era do seu próprio sangue.

"Depois que despejei na máquina giradora de Dimple tudo aquilo que eu tinha guardado de maneira biliosa por tanto tempo, de repente, nada daquilo tinha mais importância. Tanto ódio, para quê? 'Que se dane', gritou o meu coração como se estivesse voando livre do meu corpo. O que é que aquele ódio que carreguei por tantos anos tinha feito comigo? Quem é que tinha ferido com o meu ódio senão a mim mesma e às minhas pobres filhas? Só podia estar louca por ter passado tantos anos com algo que não levava a lugar nenhum. Deixei o ódio se dissipar. Ódio pelo meu marido, pela mãe dele, pela mulher de Lakshmnan e pelo meu desprezo cínico por todo mundo.

"De repente, vi novamente o meu amor no rostinho da sua mãe. Lakshmnan se personificara mais uma vez. O tempo retrocedeu. O passado chamou e voltei no tempo. Eu ainda o amava. Suponho que sempre o amarei. Um desejo fracassado nunca é o fim do desejo e sim a garantia da perpetuação dele. Eu me sentei com ela para uma xícara de chá e era como se estivesse conversando com Lakshmnan. Foi uma coisa muito esquisita. Depois de ter me despedido dela, fechei a porta e ri até a minha barriga doer. Sim, tenho que agradecer a ela. Eu me dei conta de que minhas filhas eram uma parte de mim. Quando chegaram em casa naquele dia, abracei os corpos tesos das minhas filhas e os mantive colados ao meu e chorei. Confusas e amedrontadas, elas tentaram me confortar e foi como se as tivesse descoberto. Foi isso que sua mãe fez para mim. Ela me ajudou a me reencontrar comigo mesma. Ela me fez ver a imagem de Lakshmnan outra vez. Parou de chover no meu mundo.

"Naquela noite, abri uma caixa que estava guardada no fundo do armário da minha alma e peguei a foto daquele instante colorido em que ele colocou um pedaço de carne violeta na boca. Daquele instante em que me olhou para ver se seria retribuído no olhar. Daquele instante de surpresa e desejo ardente. Daquele instante em que os raios de sol inundaram a sala com o prateado do luar. Hoje essa foto está no meu velho coração como um tesouro e ali ficará até eu morrer. Depois fiquei sabendo que ele tinha morrido, e a foto, em vez de se desbotar, se tornou mais viva. Talvez nos reencontremos em alguma outra vida para formar o casal que esta vida nos negou.

"Agora, querida Nisha, a razão de ter lhe contado tudo isso é porque sua mãe me ligou alguns dias depois da gravação para me dizer que a fita usada para gravar a minha história tinha sido mastigada pelo gravador. Ela disse que voltaria para fazer outra gravação, mas nunca voltou. Ela nunca precisou de explicações. Mas, como soube que estava guardando as histórias para você, achei que isso era uma coisa que podia fazer por ela. Achei que podia lhe dizer pessoalmente o que estava gravado na fita magnética."

Nisha

Olhei em volta do saguão com uma felicidade imensa. A casa estava em completo silêncio. Não ouvi nem mesmo o tique-taque e o badalo do velho relógio do vovô. Eu o consertaria depois, agora só queria sentir a casa.

Uma equipe de mulheres robustas já tinha eliminado as teias de aranha dos tetos, polido o piso de mármore de maneira exemplar e restituído o brilho das balaustradas entalhadas. O retrato a óleo de mamãe estava restaurado e exibia uma beleza misteriosa e deslumbrante. Havia água nas torneiras, e as lâmpadas atendiam ao comando dos interruptores. A rede rompida na parte externa da casa já tinha sido substituída por uma nova, e o laguinho estava dragado e cheio de peixes vermelhos e flamejantes. Os homens tinham retirado e queimado todo o mato no fundo do jardim. E também haviam restaurado o pequeno quiosque e lhe devolvido a cor original, um branco puro.

A maior parte dos utensílios velhos da cozinha fora descartada em troca de itens mais modernos: uma geladeira que funcionava, um micro-ondas e uma máquina de lavar que não recebeu a aprovação de Amu. Ah, já ia me esquecendo de dizer que encontrei Amu. Não foi fácil, mas lá no templo de Ganesha um cego me guiou até um sacerdote de um *ashram* que por sua vez me guiou até um primo invejoso que tentou me desviar da trilha, mas tracei novamente os meus passos e a encontrei. Ela estava pedindo esmolas num mercado noturno, sobrevivendo de formigas saúvas que tirava de cima de lagartos mortos e da carne podre que os feirantes jogavam fora. Estava sem dentes, com as mãos encarquilhadas estendidas, e com os pés sujos e fedendo a lixo, mas eu soube na mesma hora o que havia dentro do adorável círculo daqueles braços.

– Dimple – ela disse em um momento de confusão.

– Não, sou eu, Nisha – falei e comecei a chorar incontrolavelmente. E foi assim que a trouxe para a casa dela.

Oficialmente eu estava de todo falida, mas isso não me importava. Minhas necessidades eram pequenas. Nada me parecia mais importante que devolver o antigo esplendor para a casa. Muitas vezes, andava lá dentro com tanta admiração, que mal podia acreditar, apenas tocava nas coisas. Eu deslizava os dedos nas superfícies lisas e brilhantes ainda espantada pelas muitas vezes que tinha passado pela rua principal sem sequer imaginar que, se virasse à esquerda, chegaria à minha própria casa. Uma casa cheia de surpresas e de incalculáveis tesouros. Mal podia acreditar que era minha. E aí me voltava para usufruir o retrato de mamãe e me deparava com um sorriso triste.

Estava determinada a encontrar meus parentes. O encontro com Ratha me despertara essa vontade. Procurei na lista telefônica e só havia uma Bella Lakshmnan. Disquei o número.

– Alô – atendeu uma voz estridente.

– Alô. Meu nome é Nisha Steadman – eu disse.

Fez-se um instante de silêncio, seguido por um grito que quase estourou os meus tímpanos. Afastei o telefone e ouvi uma outra voz abrupta e forte:

– Pois não, em que posso ajudá-la?

– Olá. Meu nome é Nisha Steadman. Acho que a senhora deve ser minha parente.

– Nisha? É você?

– Sim, e a senhora é a Bella, a dos cachos maravilhosos, não é? – perguntei, sorrindo.

– Oh, Deus, mal posso acreditar. Por que você não vem aqui? Venha agora.

Segui o caminho indicado até Petaling Jaya. O trânsito estava horrível e cheguei quase ao anoitecer. Estacionei o carro e vi uma mulher alta, de pé como um guerreiro no portão, espiando por entre o dia que escurecia. Comecei a me dirigir para o portão, e ela saiu correndo aos gritos em minha direção:

– Nisha, Nisha, é mesmo você? Depois de todos esses anos... sempre soube que você se lembraria da sua velha avó Rani. Mas olhe só você. É a cara da Dimple. Ela foi uma ótima filha para mim. Eu a amava muito.

Ela me deu um abraço apertado com a força de um urso e agarrou a minha mão direita e encheu-a de beijos.

Uma mulher sensual com lindos cachos que ultrapassavam a cintura surgiu à porta da casa. Tinha o corpo flexível de uma dançarina e usava guizos em torno dos tornozelos. Seus olhos eram grandes e brilhavam no escuro. Sim, aquela era a flor exótica da família. Ao chegar perto, notei rugas finas em volta dos olhos. Ela devia estar com uns quarenta e poucos anos.

– Olá, Nisha. Caramba, como você puxou a Dimple!

– E você tem que agradecer ao pavão – retruquei.

– Ahhh, andou ouvindo minhas fitas. – Ela riu com confiança, colocando-se com dificuldade à minha esquerda, já que vovó monopolizava todo o espaço ao redor, enquanto me conduzia para dentro de uma casa com decoração discreta.

Havia um nicho de sofás velhos e azuis bem defronte da porta de entrada e uns poucos quadros baratos nas paredes que retratavam a vida rural malaia. Uma cristaleira encostada em uma parede exibia bibelôs baratos. Surpreendentemente, a mesa de jantar parecia muito cara e destoava da estranheza daquela decoração.

Vovó Rani secou os olhos com as duas pontas do sari.

– Passei anos rezando por este dia – suspirou. Em seguida, virou-se para a filha e disse: – Prepare um pouco de chá para a menina e traga aquele bolo importado. – Voltou-se novamente para mim e perguntou: – Onde está morando agora?

– Em Lara – respondi.

– Oh, você mora lá sozinha?

– Não, moro com Amu.

– Aquele pano de chão ainda não morreu?

– Mãe, não fale essas coisas horríveis – disse Bella, balançando a cabeça com desânimo.

– Então, como vai a senhora? – perguntei para minha avó.

– Mal, mal, muito mal.

Ora, não mudou nada, eu quis dizer, mas não disse. Achei melhor dizer:

– Oh, lamento muito ouvir isso.

Bella saiu para fazer o chá e cortar o bolo importado. Enquanto se afastava, vovó Rani a observava com olhos desconfiados. Quando se sentiu segura de que Bella não poderia ouvi-la, se inclinou para a frente e cochichou com um tom maligno:

— Você deve saber, ela é prostituta. Por causa dela, nenhum vizinho fala comigo. Por que não me leva para morar com você lá em Lara? Não consigo mais viver aqui. O mundo inteiro ri de mim.

Olhei para aqueles olhos que brilhavam de cobiça e senti pena de Bella. Lembrei-me do que tinha dito nas fitas a respeito da mãe: *Ela é um bem cármico. Um presente venenoso do destino. Uma mãe.* Pude comprovar o quanto a vil mulher à minha frente deve ter maltratado a minha pobre mãe. Dimple era uma flor muito frágil, e aquela mulher, uma cobra enorme. E a jiboia já estava tentando me enredar. Cada vez que eu respirava, ela me enredava e apertava mais e mais até sentir que não havia mais resistência, nenhum obstáculo aos seus músculos fortes. Depois as presas se destravariam para iniciar a tarefa de me engolir inteira.

Tia Bella encostou-se na porta da cozinha.

— A chaleira está fervendo — ela nos informou, empolgada.

— Veja só, ainda lembro que nós duas tomávamos sorvete em Damansara — disse-lhe. — Você sempre pedia castanhas picadas no seu.

— Isso mesmo, você está certa... Ainda gosto de castanhas. Quer dizer que sua memória já voltou todinha?

— Não, só em pedacinhos, mas me lembro de você. Ainda me lembro do cabelo e das roupas lindas que você usava. Chamava atenção de todos os homens.

Vovó Rani bufou.

— Quer saber? Esquece o chá. Vamos tomar um sorvete. Como nos velhos tempos — gritei, impulsivamente.

— Combinado. Então, Damansara — ela assentiu, rindo.

— Damansara — repeti.

— Meninas, estão planejando me deixar sozinha com meus pés inchados e minhas mãos aleijadas? E se eu cair enquanto vocês estão na rua? — soou a chantagem da vovó.

— Por favor, vovó Rani. Prometo não afastar Bella por muito tempo. Fique aí sentadinha porque a gente não demora, está bem?

Bella jogou os cabelos para trás. Ainda era uma mulher sensual.

– Vamos – ela disse. Já dentro do carro, explicou-se. – Olhe, não sou prostituta.
– Sei disso – falei enquanto ligava o carro.
– É a mamãe. Nunca mais foi a mesma depois que assassinou o papai com a língua dela.

Ouvi a última fita, mas a história continua inacabada. Peguei o número do telefone de Rosette em uma gaveta.
– Acabei de ouvir as fitas – disse ao telefone.
Marcamos um encontro. Coloquei o fone no gancho e subi a escada, absorta em meus pensamentos. Aparentemente a misteriosa amante do meu pai estava disponível para uma consulta às seis da tarde. Mas que presentes seriam aceitáveis para tal encontro? Havia prometido à dama uma compensação financeira pela informação, mas isso antes de ter ficado quase sem um tostão furado. Nem tudo, porém, estava perdido. Lá dentro do quarto, abri o cofre na parede e tirei uma caixa incrustada de conchas. Um presente do mar que ganhara quando menina.

Abri aquela caixa com um emaranhado de joias lá dentro – todas as peças que papai havia deixado na mesinha do lado de fora do meu quarto durante anos. Derramei o precioso conteúdo na mesa. Confesso que fui muito descuidada com objetos de beleza tão rara. As pedras brancas faiscaram quando caíram na cama. Os diamantes eram as pedras prediletas do meu pai. Adorava o brilho eterno deles. As pérolas eram mais modestas, e as outras pedras pareciam contas coloridas, mas os duros e frios diamantes tinham um apelo especial para ele. Desembaralhei uma pequena gargantilha de diamantes e ouro branco cuja pedra maior era lapidada ao estilo baguete. Lembrei que papai havia feito um seguro de vinte mil *ringgit* para a gargantilha. Era deslumbrante, oscilando entre os meus dedos. Parecia iminente uma mudança de endereço para a corrente de pedras. Elevei-a até a altura dos olhos.
– Que tal morar em Bangsar e adornar o pescoço de uma prostituta? – sussurrei suavemente.
Deixei a gargantilha cair na cama com displicência e repus as outras peças na casinha de conchas. No andar de baixo, Amu tagarelava sozinha enquanto trabalhava a massa para o nosso jantar simples de *chapatis* e *dahl*.

Foi fácil encontrar a casa de Rosette. Tinha as mesmas figueiras que circundavam Lara. Obviamente, meu pai adúltero tinha uma ligação estreita com elas. Toquei a campainha, e um portão negro eletrônico se abriu sem fazer ruído. Entrei com o carro e estacionei num pórtico coberto ao lado de uma Mercedes esporte. Uma empregada chinesa abriu a porta. Fiquei espantada quando dei uma olhada na casa e percebi o dedo do meu pai. O mesmo piso de mármore negro e as mesmas balaustradas entalhadas, além de dois grandes candelabros de cristal também instalados na casa da prostituta. Papai era visivelmente apaixonado pelo estilo dourado palaciano. Rosette sorriu ao sair languidamente de um grande sofá negro de couro. Aparentava ser um sofá novo e moderno. Certamente não do gosto do meu pai. Ela veio em minha direção de mão estendida.

– Como vai? – A voz era amistosa, e a mão, macia e seca.
– Bem.

Diante de mim, estava a mulher que destruíra a minha mãe. E veja só como se mostrava. Como se mostrava fria e equilibrada ao convidar a filha de quem havia destruído para o seu covil.

– Conhaque, não é? – ela perguntou enquanto se afastava.
– Muito obrigada.
– Se bem me lembro, sem gelo.

Olhou-me de sobrancelha arqueada. Já não se parecia com a jovenzinha que acenava da descrição atormentada de mamãe. Durante sua trajetória, Rosette adquirira um baú inteiro de sofisticação.

Assenti com a cabeça.

– Então o que você gostaria de saber?
– Tudo. Comece do começo – falei enquanto retirava a cintilante gargantilha de um saquinho de veludo.

Coloquei-a sobre o mármore verde-escuro do tampo da mesa. Nada combinaria melhor com a gargantilha do que a escuridão luminosa da superfície do mármore. Aquela mesa, sem dúvida, também uma escolha de papai. Ergui os olhos, e Rosette olhava para as pedras cintilantes com um olhar difícil de se decifrar. Não era exatamente cobiça, nem mesmo felicidade, talvez uma espécie de saudade sombria. Como se estivesse vendo algo longínquo e inatingível no passado. Uma olhadela rápida na vida perdida.

– Como provavelmente você já deve saber, papai estava falido quando morreu. Não restou nada além de minhas joias e da casa que minha mãe me deixou. Achei que você aceitaria esta pequena gargantilha em vez do cheque que lhe prometi.

Rosette se aproximou com os drinques na mão. Não estava bebendo Tia Maria com gelo. Sua bebida parecia chá. Ela me olhou nos olhos e riu.

– Quando se é jovem, o álcool é propício a todas as ocasiões sociais. Na minha idade, só é propício em ocasiões especiais.

– E o funeral do meu pai foi uma ocasião especial?

– Conhecer você foi.

– Afinal, o que está tomando? – perguntei, abalada com a resposta.

– Uma mistura indonésia especial de ervas e raízes. É terrivelmente amarga, mas dizem que mantém a juventude de quem a consome.

Ela devia estar na casa dos quarenta e, mesmo à vontade dentro de casa, não parecia ter mais que trinta. Cirurgia plástica? Não se via nada de "sobrevivente do túnel aerodinâmico" na sua aparência. Notou que estava sendo observada com atenção e riu. Surgiram rugas finas ao redor da boca e dos olhos.

– A juventude é um amigo caprichoso. Você pode enchê-lo de presentes e mesmo assim ele se vai. O verdadeiro amigo é a idade. Fica com você e dá tudo de si até o dia de sua morte. No ano que vem, farei cinquenta anos.

"Todos os meus segredos residem numa pequena aldeia da Indonésia onde vive um velho esquelético que domina uma magia chamada *susuk*, uma magia realmente maravilhosa. Ele modela agulhas douradas de diamante até se tornarem finas a ponto de não se enxergar a olho nu. Depois engarrafa o viço da juventude dentro das finas agulhas e as introduz na pele do cliente. Uma vez debaixo da pele, concedem uma aparência de juventude e indefinível beleza. Uma beleza que não é a soma final de todos os detalhes e que paira acima dela. Completo essa ilusão de beleza com tônicos repugnantes.

"O problema de ter essas agulhas minúsculas sob a pele é que elas precisam ser removidas antes de você morrer ou antes de ser enterrada, caso contrário sua alma ainda ligada à terra pela magia *susuk* vagará para sempre pelos cemitérios e arredores. A maioria das grandes cantoras e atrizes da Malásia se submete a esse tipo de magia. Olhe atentamente para o brilho delas e verá que atrás desse brilho está um rosto comum. Antes de morrer, minhas agulhas serão retiradas e estarei de repente diante do meu envelhecimento. Macabro, não é?"

Ela riu da minha cara surpresa.

– Mas o fato é que você não está aqui para ouvir as complicações da minha alma depois da minha morte. – Agitou as mãos brancas e bem cuidadas à frente, convidando-me a me sentar.

Sentei-me numa poltrona de couro. Grande e confortável, mas resisti à tentação de me aconchegar e relaxar. Queria observar aquela criatura fascinante, que, de maneira esperta, ao mesmo tempo tentava me inspirar piedade e me encantar. Fiquei ereta na poltrona. Tratava-se da mulher que um dia teve o poder de seduzir um homem como o meu pai e destruir minha mãe.

– Bem, por onde começo?

– Comece do começo e termine no fim. Onde conheceu meu pai? O que sabe de importante a respeito de mim e de mamãe?

– Conheci seu pai quando trabalhava na Golden Girls, uma agência de garotas de programa. Na verdade, ele estava com sua mãe e também fui apresentada a ela, mas acho que não se lembrava disso. Eu estava sentada à mesa, ao lado de outras mulheres lindíssimas. Jantava com um amigo do seu pai, mas seu pai foi fisgado logo que me viu. Ele me devorou com os olhos negros. Ao vê-lo ali de pé, senti as marcas dos dentes dele no meu coração. Sua mãe não percebeu nada, nunca desconfiou. Era jovem, inocente, sem nenhum vestígio de corrupção, e estava grávida. Ela o olhava com olhos que brilhavam de felicidade. Nunca deve ter acreditado no homem que morava dentro dele. Era doce e pura, e ele nunca deve ter mostrado para ela aquele lado sombrio que escondia do resto do mundo. Em mim, ele via uma pele branca e, além disso, aceitação e reconhecimento. Eu o compreendia. Desprezível e pervertido, mas ainda assim violentamente atraente. Não havia ternura entre nós. Juntos, fazíamos coisas repugnantes. Coisas que deixariam a sua mãe indignada.

"Nunca achei que tirava alguma coisa de Dimple. O que tirava, ela nunca teria desejado. O deserto precisa de chuva para ser refrescante, ameno e admirado, mas também precisa de sol para não esquecer que é um deserto. Sua mãe era a chuva na vida do seu pai, e eu era o sol. Ela o fazia parecer maravilhoso e revelar tudo de bom que tinha, mas ele precisava de mim. Seja como for, ele me procurou.

"Me telefonou no dia seguinte e a madame Xu, nossa cafetina, agendou um jantar para nós no Shangri-La. Era o melhor hotel do país naquela época. Ele me observou a noite inteira. Nem quis comer porque o faminto estava dentro dele. Sorri e provoquei a besta dentro dele até o momento de irmos para o quarto. O quarto 309 ficará para sempre na minha memória. Ele abriu a porta, entrei na frente dele e, quando me virei, o homem tinha ido embora e só restara a besta.

"Ele tirou um lenço negro de seda do terno, e eu tirei um lenço parecido da bolsa, com um ar sério e sem demonstrar surpresa. A dor pode ser algo requintado, mas o homem casado com sua mãe continuou de pé do lado de fora do quarto. Continuou fiel a ela, enquanto eu e a besta fazíamos nossa coisa. Nada que envolvesse amor, mas uma coisa tão vital, que nem se cogitava perdê-la. Uma coisa que ardeu iluminada por mais de vinte anos até ele morrer. Enquanto estava vivo, nós duas nunca nos encontramos, se bem que vi você crescer. Ficava sentada num dos bancos das praças que você frequentava e observava as suas brincadeiras de longe porque tínhamos uma vida diferente, uma vida paralela, de modo que nunca nos encontramos."

Ela parou de falar e tomou um gole daquele chá indonésio horroroso. Eu estava enfeitiçada. As coisas que saíam da boca daquela mulher não deviam ser verdadeiras, mas, tão logo tomou um gole de chá, uma saraivada de outras palavras saiu de sua boca com uma velocidade intensa. Como um rio caudaloso que provoca fissura na represa, rompendo-a rapidamente e trazendo a enchente. Formaram-se ondas altas e imensas. Pensei até que seria engolfada por aquelas palavras. Rosette olhou nos meus olhos. Com lindos cabelos que dançaram em volta do rosto e pendiam nos ombros.

– Por que está tão surpresa? Imagino que as fitas devem ter tido um efeito chocante. Isso é simplesmente o motivo que levou todos os personagens a fazer as coisas que fizeram.
Balancei a cabeça.
– Quando ouvi as fitas, foi como se estivesse lendo um romance, um passado que não fazia muito sentido, mas, com você aqui na minha frente, tudo se torna subitamente real... bem real. Você torna o meu pai um estranho. Um monstro.
– Não, ele não era um monstro. Ele amava intensamente tanto sua mãe como você.
– Sim, sei disso, tão intensamente que nunca me tocou – retruquei com amargura.
– Pobre Nisha. Não entende que seu pai comeria terra e seria até capaz de morrer por você? Tudo o que fez, fez com você na cabeça. Não sei muito a respeito da infância dele, só sei que não foi aquele quadro romântico que ele contou para sua mãe. Passou por muita coisa brutal, coisas bárbaras que moldaram as perversões dele, mas se recusou a assumir essas perversões até o dia em que me conheceu. Então me tornei o segredo mais bem guardado dele; depois de mim, ele começou a sentir medo de si mesmo. Passou a temer as venenosas flores noturnas que esperavam para florescer dentro dele.
"Luke me disse que uma noite estava tomando chá com Dimple no andar de baixo com as janelas abertas. Soprava uma brisa amena, e as lâmpadas do jardim estavam acesas. O relógio tinha acabado de marcar dez horas. As lâmpadas lá dentro da casa estavam apagadas, e somente as velas das estátuas de ébano no pé da escada continuavam acesas. Sob a luz mortiça, ele se sentia feliz e em paz. Sua mãe era que o fazia se sentir assim. Ele olhou para o alto e viu você descendo as escadas de cabelos despenteados, com uma blusinha curta e branca bem acima das calcinhas brancas e esfregando os olhinhos sonolentos com as costas da mão direita. Você irradiava debaixo da luz das velas. Ele ficou com a boca seca. Um momento de descuido o fez desejá-la. Depois, ele se recompôs e sentiu um profundo desgosto. Dali em diante, começou a se odiar e a ter medo de você. Um segundo de descuido trouxe a ameaça de uma flor noturna que tentou se abrir dentro dele com líquidos

terríveis. Daquela noite em diante, ele se recusou a tocar na pele macia da filha. Ele queria ser pai e não o que a vileza daquela flor reivindicava. Ele queria ser puro para você."

Olhei para ela em estado de choque, mas ela me fitou com olhos inexpressivos. Deixei de lado o meu conhaque intocado e me levantei. Fui até a janela e olhei para fora.

– Você não tem nada de bom que possa dizer sobre o meu pai? – ouvi a minha voz perguntar.

– Seu pai amava você – ela disse.

– É claro, era um pedófilo.

– Poderia ter sido, se não fosse você. Seja gentil com a memória dele. Você tem sorte. Não tem compulsões sombrias que ficam dia e noite dentro de você, sussurrando ordens para que faça coisas que tem vergonha de admitir. Só depois da morte de sua mãe foi que seu pai soube que ela sabia de mim durante todos aqueles anos. Ela escolheu o caminho errado. Se o tivesse confrontado, as coisas teriam sido diferentes. Sob o brilho da luz, até o pior demônio pode parecer ridículo, mas nas sombras se agiganta e adquire proporções inacreditáveis.

"Luke ouviu as fitas pela primeira vez depois que Dimple morreu. À medida que ouvia, as lágrimas rolavam pelo rosto dele. Entendia a crescente frieza e a rejeição dela por ele. E, quando ouviu aquela parte do garçom na festa, ele caiu no chão de tanto remorso. Veja só, quando ela se deixou ser penetrada por aquele jovem garçom, acabou destruindo o homem bom com quem havia se casado. O homem que ficou espiando a sua mãe com o garçom no quarto era o outro que *eu* mantinha nos meus braços. Aquele mesmo que o romantismo da sua mãe a fez pensar de maneira errada que precisava conhecer.

"Ele estava furioso e inquieto quando se encontrou comigo naquela mesma noite. Andava de um lado para o outro como um tigre enjaulado e me olhava com olhos frios. E foi deliberadamente cruel quando me tomou nos braços, negando a nós dois qualquer tipo de prazer. Em seguida, tomou duas doses duplas de uísque. Foi para casa e, a partir daí, passou a odiá-la com toda a frieza. Começou a procurar formas de destruí-la.

"Uma noite, ele chegou em casa e viu o resultado da sua obra. Ela ainda não estava morta. Ela o olhou com um ar patético de animal, e ele se deu conta de que tudo aquilo era obra dele. Mesmo depois da retirada do corpo, o espírito sofredor dela permaneceu na casa. Ele não conseguiu mais suportar a dor de estar entre as coisas que ela havia usado e tocado ou onde se deitara. Em todos os lugares para onde olhava, ela estava. Ele via sua mãe até nos olhos dos criados. Era impossível dormir. Ele então fechou a casa com tudo dentro. Não levou nada, a não ser os papéis que estavam no estúdio dele e que não tinham qualquer ligação nem com ela nem com as preciosas fitas dela.

"Trancou as fitas num pequeno armário do quarto de vestir da casa nova e ali permaneceram, até que você as encontrou após a morte dele. Ele não queria que você se lembrasse dela no meio de uma poça de sangue, de boca aberta e arfando como um peixe fora d'água. Não queria que você se lembrasse dos olhos dela e perguntasse: *E agora, está satisfeito?*

"Mesmo depois de muitos anos, uma garrafa de *chardonnay*, um arranjo de flores sofisticado ou um vestido longo e negro em alguma vitrine gritavam essa pergunta para ele. Foi um tempo em que a única felicidade que ele tinha era limpar o passado para você. Aproveitou que você estava no hospital e mudou o seu mundo de maneira mágica. Matriculou-a numa escola nova, dispensou todos os criados e afastou os parentes de forma brutal... uma tarefa que aliás sentiu um grande prazer em fazer. Ele odiava a sua avó Rani.

"Comprou uma casa nova e lhe deu um novo quarto e uma nova vida. É difícil perdoá-lo porque ele não quis que você se lembrasse de Dimple daquela maneira? É difícil acreditar que ele a amava tanto que não queria que você sofresse como ele sofria? Ele sempre quis falar com você a respeito da herança e do passado, mas, quanto mais deixava para depois, mais difícil se tornava. Ele vivia estipulando datas.

"'Quando ela fizer dezoito anos', ele me disse. Aí você fez dezoito anos e ele disse: 'Quando ela fizer vinte e um.' Depois, é lógico, ele ficou doente e disse: 'Quando eu morrer.'"

– Eu gostaria de ter sabido disso mais cedo, quando ele ainda estava vivo. Sempre achei que ele não me amava – eu disse bem devagar.

– Nada escapa da verdade – disse Rosette com tristeza.

Fui até o lugar onde estava sentada aquela mulher preservada e sem nada a ser reparado. A pele era espantosamente branca. Ela ergueu a cabeça, e seus olhos estavam grandes e cheios de uma suave escuridão. Eu me perguntei sobre o que meu pai tinha visto naqueles olhos. O que teria visto cujo poder acordou o monstro que dormia dentro dele? E pensar que aquela mulher tinha sentido a mordida dos dentes de papai no seu coração quando o viu pela primeira vez... Como é misteriosa e complicada a vida das outras pessoas... Como é incompreensível!

Eu e Rosette simplesmente nos entreolhamos durante alguns minutos, cada qual perdida em seus próprios pensamentos. Depois, inclinei-me e abracei-a.

– Muito obrigada pelo possível conforto que você tenha dado para o meu pai – falei baixinho.

Uma sombra triste e fantasmagórica cruzou os olhos de Rosette. Ela abaixou os olhos e a cabeça. Os lindos cabelos sedosos que tinham despertado a minha admiração se projetaram para a frente, escondendo o rosto dela. Em algum recanto dentro de mim, aflorou uma vontade enorme de acariciar aquela cabeça sedosa e machucada. Levantei a mão e deslizei-a ao lado da cabeça dela. Os cabelos eram realmente macios. Rosette se esfregou suavemente na minha mão como um desavergonhado gato preto e branco faria. Nunca poderia ser amiga dela. Nunca. Até então, eu tinha uma imagem mesquinha daquela mulher entrelaçada com meu pai.

– Muito obrigada – suspirou Rosette. – Embora seja uma prostituta, amei seu pai.

– Pelo menos, viveu a vida de forma a reconhecer cada "se" com que se deparou – eu disse de cabeça baixa.

Depois virei de costas e saí. Sabia que nunca mais voltaria àquela jaula dourada onde morava um gato preto e branco solitário.

Acordei no meio daquela noite sem nenhuma razão aparente. Continuei deitada por alguns segundos, confusa e estranhamente inquieta. Não tinha tido pesadelos e não estava com sede. E de repente me lembrei de uma outra ocasião em que acordei sem motivo algum.

Eu me vi escapulindo da cama, depois de ter afastado as cobertas, e saindo ao encontro de mamãe. Ela sempre sabia o que fazer em momentos como esse. Eu me aninhava ao seu lado e ela tirava de debaixo da cama as aventuras de Hanuman, o deus macaco.

Eu me vejo andando até o quarto de mamãe como se estivesse num filme. A casa inteira está em silêncio. Agarro a balaustrada fria e, ao olhar para baixo, descortino o salão com muitas sombras e cantos escuros. O saguão lá embaixo está escuro, salvo o brilho suave de uma lâmpada que fica acesa a noite toda. Isso significa que papai ainda não chegou em casa. Meus pés descalços não fazem barulho no frio piso de mármore. A porta do quarto de mamãe está fechada. Amu e o motorista já estão dormindo nos seus quartos. Eu me vejo pequena e de cabelos soltos à altura do ombro, enquanto paro na frente da porta da minha mãe antes de girar a maçaneta. A porta se abre e de repente estou completamente desperta. De alguma forma, o quarto parece diferente. A lâmpada ao lado da cama está acesa. O quarto está silencioso e parado, a não ser pelo ruído de gotas caindo. Um ruído suave e molhado. Ploft... ploft.

Como os pingos de uma torneira.

Mamãe está dormindo na pequena mesa perto da cama. Está debruçada na mesa com o rosto virado para o outro lado. Estava tão cansada, que adormeceu na mesa.

– Mamãe – digo suavemente.

O quarto está frio e silencioso e um pouco enfumaçado. Sinto um aroma adocicado que não reconheço. Está acontecendo alguma coisa esquisita, alguma coisa que não consigo distinguir e que arrepia os pelos do meu braço e seca a minha garganta. Viro-me de costas para sair. Vejo mamãe amanhã. É melhor. De manhã, as coisas sempre parecem melhores. Aí escuto outra vez o ruído de uma gota grossa que cai. Ploft. Viro-me lentamente e caminho em direção à figura adormecida de mamãe. Ela está de camisola azul. Vejo estranhos cachimbos e outras coisas que nunca vi na mesa onde está dormindo. Chego mais perto e mais perto.

– Oh, mamãe. – Minha voz soa um sussurro perdido.

Chego mais perto e mais perto e depois, em vez de me virar para olhá-la, dou mais dois passos e ultrapasso aquela figura profundamente adormecida. Se der mais um passo à frente, dou de cara com a cama da mamãe e então sou forçada a dar meia-volta. Viro-me bem devagar. Por alguma razão secreta que nem eu mesma entendo, fecho os olhos. Respiro fundo e abro os olhos aos poucos.

Olho diretamente nos olhos da minha mãe. Eles me olham, mas me atravessam. Os olhos dela estão vidrados, e a boca se abre e se fecha como a de um peixe. A linda espada japonesa toda entalhada que sempre vejo dependurada no estúdio de papai está enterrada na barriga da minha mãe.

– *Hara kiri. Hara kiri. Hara kiri* – entoa Angela Chan, a encrenqueira da minha sala de aula, com uma voz debochada e ritmada.

Minha cabeça começa a girar.

– *Ring a ring a roses** – ela canta com uma voz desagradável na minha cabeça. – Sua garota estúpida, não devia ter contado – sibila com uma voz cruel.

Sacudo a cabeça, e a voz desaparece, e mais uma vez estou olhando para os olhos vidrados da mamãe. Então, de repente, minha cabeça é invadida por uma profusão de cantigas de roda cantadas com vozes debochadas. Povoam minha cabeça como um zumbido de um milhão de abelhas que não deixam espaço para nenhum pensamento.

Wee Willie Winkie corre pela cidade como um furacão. De cima para baixo, apenas de camisolão. Bate nas janelas, grita pela fechadura. Já são oito horas e as crianças estão dormindo na noite escura. Pobre Wee Willie Winkie com seus pés descalços.

O pombo diz cucucurucu, o que posso fazer?

Onde você está indo assim tão alto? Vou tirar as teias de aranha do céu.

Posso ir com você? Sim, daqui a pouco.

Maria Maria completamente ao contrário. E assustou a srta. Muffet. Sapateiro, sapateiro, remenda o meu sapato. O velho rei Cole era uma boa alma. E uma boa velha alma ele era. Eu vejo a lua, e a lua me vê. Deus abençoa a lua, e a lua me abençoa.

---

* Canção de roda inglesa cantada pelas crianças durante a peste negra. (N. do T.)

De repente, os versos sem sentido das canções de roda cessam. Silêncio.

Mamãe cometeu *hara kiri*. Será que papai ficará orgulhoso? Ele sempre disse que só os samurais corajosos cometem o *hara kiri* da maneira certa, terminam o trabalho por conta própria. Dou dois passos e chego mais perto da mamãe. Estico a mão e toco no cabelo dela. Suave. A boca se abre e se fecha.

– Mamãe – sussurro –, você está sangrando até morrer porque não teve forças para acabar o trabalho direito. – O sangue flui rapidamente da ferida e desce pela mão dela, escorre pelo dedo médio e pinga numa piscina vermelha no chão preto.

Vermelho e preto. Vermelho e preto.

Fico paralisada e olho uma gota de sangue que se equilibra no dedo dela, e depois, como em câmera lenta, pinga no chão. Assisto à graciosa trajetória da gota, até que se espatifa na poça vermelha e desaparece em meio a um líquido espesso, e só então começo a gritar.

Puxo o meu cabelo e, soluçando, me apresso para pegar o telefone ao lado da cama. Não consigo me lembrar de como discar 190. Meus dedos ficam presos no discador, e o fone cai de minha mão viscosa. Corro para fora do quarto aos gritos:

– Mamãe, mamãe, MAMÃE! – urro histericamente.

Vejo papai lá embaixo da escada, com o pé no primeiro degrau. Acaba de chegar em casa. Vestido na sua melhor camisa *batik*, que ele só usa quando vai jantar com gente importante. O sorriso paralisa em seu rosto quando ele me vê.

Eu me arremeto de encontro a ele.

– Socorro, papai, socorro! – grito como uma louca.

No topo da escada, está um ganso com uma cara amarrada e séria e de pescoço preto. Ah, ah, eu o reconheço. É o ganso Goosey Goosey que sobe e desce a escada do quarto de sua dama. Deve ter me confundido com o homem que não reza porque pegou minha perna esquerda e me derrubou escada abaixo. Tropeço.

E voo pelos degraus em direção ao meu assustado pai. Vou trombando o corpo pelos degraus de mármore. Não sinto dor. Estou rolando. Imagens passam por mim. Vejo o meu rosto aterrorizado refletido no chão de mármore. Vejo os olhos inquisitivos de mamãe no teto, seu sorriso morre e se enclausura na bolha que ela sopra, e, no pé da escada, a cara apavorada de meu pai que corre em minha direção, seu sorriso dói e se vai. Depois, somente escuridão. O buraco negro me pega.

– *Agora você não tem mais memórias* – ele diz com uma voz macia.

Ele era um amigo. Ele cuidou de mim. Ele me deu uma serpente devoradora de memória como companhia.

Parte 7

Alguém que amei

Nisha

Estou deitada em silêncio no escuro, assistindo às minhas memórias, uma a uma, como uma pilha de filmes antigos encontrados no velho sótão, até o romper da madrugada do lado de fora da janela. Por volta das cinco da manhã, tive certeza de que meu pai me amava. Agora o compreendia um pouco mais. Nem todos os vasos são feitos com perfeito esmero. Tio Sevenese tinha ensinado isso para mamãe. Enterrei a cara no travesseiro e chorei baixinho por aquilo que poderia ter sido.

– Eu realmente o amava. Gostaria que você tivesse me contado. Eu teria entendido.

Dirigi até Kuantan. Estacionei na rua principal e andei até o beco sem saída da minha bisavó Lakshmi. As lembranças fluíam de volta. Bati à porta, e Lalita, minha tia-avó, apareceu. Ela me acolheu nos seus braços fracos, estava tão velha, que quase não a reconheci. Seus olhos embaçados se banharam de lágrimas.

– Entre. Entre. Você está exatamente igual a sua mãe. – Riu em meio aos soluços. – Ainda se lembra de mim?

– Um pouquinho – respondi.

Ela era a única sobrevivente. Os outros estavam mortos. Faziam uma longa fileira de fotografias em preto e branco com guirlandas de flores artificiais.

– Não importa – ela disse. – Naquela época, você só era uma menininha. Minha mãe sempre dizia: "Lalita, um dia essa menina será escritora." Você é escritora?

– Não.

– E por que não? O seu sonho era esse. Você costumava escrever coisas lindas sobre aquele seu pai terrível. Acho que eu não devia criticar os mortos. Sua mãe era muito bonita. Sabia que seu pai se apaixonou por ela à primeira vista?

Assenti com a cabeça.

– Quer uma cocada? É macia. Boa para quem não tem dentes.

– Sim, obrigada – disse sorrindo.

Ela era adorável, tal como mamãe descrevera. Tão inocente.

– Ah, espere só um minuto. Sua bisavó deixou uma coisa para você.

Ela desapareceu atrás de uma cortina e voltou com um bracelete que colocou com cuidado na minha mão estendida. Eu o examinei. Tinha um lugar no meu passado de linhas inacabadas. Fechei os olhos enquanto passava os dedos pelas frias pedras do bracelete e afastei a sombra da memória. Logo depois, ouvi a voz da minha mãe:

– E naquele dia vovó Lakshmi disse para o vovô: "Leve Dimple com você. Não saia de perto e veja se ele não substitui essas pedras por outras pedras menos valiosas. Esses joalheiros são uns espertalhões, todos eles."

"Sacolejando no meio da barra da bicicleta de vovô, cujas mangas longas e brancas faziam um casulo em volta de mim, lá fomos nós em disparada. O joalheiro trabalhava num lugar escuro. Fazia o serviço dele perto de uma pequena chama azul. Entregamos as joias de vovó e ficamos esperando de braços cruzados, enquanto o joalheiro trabalhava na sua mesa de madeira com um conjunto de instrumentos pontudos. Lembro que tive vontade de tomar sorvete, mas vovô me disse que tínhamos de ficar ali até o joalheiro terminar."

A voz de mamãe desvaneceu e abri os olhos.

– De onde vieram essas pedras? – perguntei.

– Certa vez, meu irmão Lakshmnan e o sultão de Pahang partilharam a mesma mesa de jogo, e o sultão perdeu. Ele fez o pagamento com a joia. Ninguém ousaria discutir com um sultão, e meu irmão aceitou na esperança de vendê-la rapidamente, mas mamãe viu a joia e pegou para ela. Reconheceu na mesma hora o valor das pedras.

– Então o vovô realmente ganhou essas opalas na mesa de jogo? – disse enquanto examinava as cintilações em várias tonalidades de amarelo e verde das pedras.

Agora eu tinha alguma coisa do meu avô. Eu me aproximei do retrato dele. Era um homem muito bonito, mas na minha mente sua linda cabeça rolou pelo chão. Repeli a imagem.

– Muito obrigada. Muito obrigada por isso. Posso ver a estatueta de Kuan Yin? – perguntei.
– Como você sabe dela?
– Ouvi todas as fitas da mamãe. A senhora é que falou de Kuan Yin, lembra?

A estatueta emergiu das profundezas escuras de uma cristaleira por trás de pássaros feitos de limpadores de cachimbos e de um belíssimo coral branco que vovô tinha roubado do mar. Era maravilhosa. Admirada, passei a mão por cima do jade e notei que já não exibia o brilho verde-escuro descrito nas fitas e sim um verde-pálido.

– Não devia ser verde-escuro?
– Sim, já faz muito tempo que tinha um verde-escuro glorioso, quando saiu da caixa pela primeira vez, mas, desde então, a cada ano desbota um pouco. – O sorriso de minha tia-avó mostrou a poeira da idade.

O jade estava mudando de cor.
– Você sabe...?
– Sei, sim. Devolvê-la.

Levei a estatueta para um templo chinês de Kuantan. Tão logo entrei na escuridão lá de dentro, uma porta vermelha se abriu e por ela saiu uma sacerdotisa vestida de branco. Olhou em volta e, quando me viu, se aproximou. Fixou os olhos no embrulho de pano na minha mão.

– Você a trouxe de volta. Sonhei na noite passada que ela estava voltando para o templo.

Impressionada, entreguei o embrulho, e ela o desembrulhou com reverência.

– Oh, veja só a cor. Deve ter trazido muita má sorte para a mulher que ficou com ela. Era sua mãe? – ela perguntou, olhando-me.

– Não, era minha avó. E sim, a estatueta trouxe uma terrível má sorte para nossa família.

– Sinto muito. Esse tipo de estatueta contém energias poderosas. Precisam de preces e pensamentos puros, senão destroem a vida de quem as mantém. Agora vai recuperar a antiga cor porque voltou para o lugar dela.

Já era quase noite. O sol era uma bola líquida de sangue no horizonte e fiquei por algum tempo debaixo de uma árvore frondosa. Kuantan era uma região pequena. Encontrei os lugares descritos nas fitas e fiquei feliz por ver que os anos não haviam mudado nada. Entrei num shopping recém-construído. Tinha algo a fazer. Andei sem destino lá dentro, até me ver diante de uma pequena butique. Minha hesitação era quase imperceptível. Entrei na loja e fiquei zanzando em meio a araras e prateleiras. O que eu queria mesmo era aquilo que o manequim da vitrine vestia, mas só precisava de um pouco de coragem. Coragem para pedir que as entediadas vendedoras despissem o manequim para que eu pudesse experimentar a roupa. Algum tempo depois, parei de fingir interesse pelas outras roupas. Eu tinha de fazer. Eu tinha de falar.

– Por favor, você pode pegar o vestido que está na vitrine?

A fisionomia da vendedora refletiu os meus pensamentos: se eu pegar aquela droga, é melhor que você compre.

– Qual? – ela perguntou com polidez.

– Aquele vermelho e preto.

– É muito bonito, mas é bom que saiba que ele custa duzentos *ringgit*.

Não contestei, e ela pegou o vestido. Pareceu ainda mais curto na minúscula cabine.

– Uhh, evidenciou suas lindas pernas, ahhh – comentou a vendedora de maneira exagerada, enquanto enfiava a cabeça pela cortina da cabine. – Ula la, como está sexy – aprovou novamente. Era óbvio que não queria ter o trabalho de levar o vestido de volta para a vitrine.

Fiquei surpresa quando me dei conta de que a aversão que sentia pelo vermelho e preto se dissipara e que agora apenas o tamanho curto do vestido, muito curto aliás, me incomodava.

– Tênis não combinam com ele – disse a vendedora enquanto pegava um par de sandálias pretas amarradas no tornozelo.

Enfiei o jeans, a camiseta e os tênis na sacola de plástico oferecida pela moça, paguei pelo vestido e as sandálias e saí da loja. Enquanto passava pelas outras lojas, olhava com surpresa para a minha imagem refletida no vidro das vitrines. Uma aparência alta e elegante. Estava de fato irreconhecível. A despeito do meu ódio pelo vermelho, o vermelho me amava. Combinava demais comigo e prometia uma convivência longa e feliz.

Vermelho e preto, pensei, era uma combinação soberba.

Um dia, observava Amu que descansava na rede e resolvi que tentaria escrever. Às vezes escrevia lá dentro do quiosque e outras vezes no quarto dela, mas sempre acompanhada pelos espíritos que viviam na caixa da mamãe. As vozes do passado sobrevoavam inebriantes lagos africanos como nuvens róseas de flamingos. Cada qual impondo a própria vontade aos berros. Cada qual solicitando a adição de uma outra silhueta rosada no cenário da minha história.

Sussurravam coisas no meu ouvido, e eu escrevia com a mesma rapidez com que falavam. Às vezes se mostravam zangados, outras vezes, felizes, e vez por outra não cabiam de remorso. Eu escutava toda aquela tristeza e me dava conta de que minha mãe tinha registrado a dor de todos eles porque sabia que um dia a filha dela se libertaria dessas dores. As noites pareciam voar cada vez com mais rapidez. Eu virava a cabeça e outra vez estava escuro lá fora. Amu já estava acendendo a lamparina do altar no primeiro andar, e os fiéis garotos mouros ofereciam uma luz tremeluzente.

– Vem comer – chamava Amu.

Até que chegou o dia em que escrevi a última página. Eu me recostei na escuridão do quarto, mas alguma coisa me fez pegar a fita que mamãe tinha encontrado no quarto do tio Sevenese após a morte dele. Coloquei a fita no gravador e apertei a tecla PLAY.

Então, disse um outro com um longo suspiro afogado:
"Minha argila do longo esquecimento está seca;
Mas me preencha com o antigo sumo familiar,
Que os meus pensamentos logo irei recobrar!"

"Vagabundo como sou, sussurrei isso nos seus ouvidos, e hoje você me trouxe um excelente saquê japonês. Faço uma brincadeira a respeito de um amante secreto, e você fica vermelha como um pimentão. Claro, não é um amante que você tem. É um espinho no seu peito. Você não vai me falar sobre a natureza do espinho. Querida, ai, querida Dimple, você é e sempre será a minha sobrinha favorita, mas dói amar uma criatura tragicamente triste e desorientada. Eu tenho estudado os seus mapas, e a serpente Rahu está na sua casa do casamento. Você não foi avisada sobre o homem com quem se casou? Não confio nele. Veste um sorriso como veste

as próprias roupas, com facilidade e displicência. Eu também tenho estudado os mapas dele e não gosto do que vejo.
"Ele será uma víbora no seu peito.
"Já lhe falei sobre a víbora no peito de Raja? Ele morreu cerca de três meses depois da morte de Mohini, em decorrência de uma picada letal. Aquela extraordinária serpente o picou. Sempre me lembro dele como o herói destemido de um mundo antigo que um dia teve a ideia de conservar uma grande e oleosa serpente como caçadora de ratos. Ele se deitava na relva com o corpo bronzeado debaixo do luar, e todos os segredos dele se tornavam vivos. Nunca me esqueço de um momento em que ele disse 'observe-me', se aproximou daquela ameaça negra e sinuosa e fez carinho nela como se fosse um brinquedo. Lembra a resposta dele quando perguntei: 'Um encantador de serpentes pode ser picado por suas serpentes?'
"'Sim, quando ele quer ser picado', foi como respondeu.
"Muitas vezes, penso que existe uma imagem-espelho dentro de mim. Um cara arrojado e insensato que faz tudo que tenho medo de fazer. Ele vive comigo há muitos anos e me disse que tem um irmão velho e furioso que vive dentro do seu marido. Eu me pergunto se algum dia você o viu escondido dentro dele. Talvez não tenha visto. São uns bastardos espertos. Quando eu grito não, não, não, ele grita vai, vai, vai, com um brilho cruel nos olhos. Quando o galo canta lá fora e me preparo para voltar para casa, é ele que dá uma piscadela saliente para a mulher sensual que está no bar e diz de modo inconsequente com uma voz arrastada: 'Você vai desperdiçar essa escultura?'
"Acordo em meio à luminosidade forte da manhã com a cabeça no travesseiro amarrotado, tentando agarrar uma lembrança impossível e chafurdada em geleia, e me vem um grato pensamento: *Graças a Deus, deixei a carteira na recepção.* De vez em quando, afasto o copo uma ou duas vezes e, já bêbado, digo: 'Chega.'
"Ele acende um outro cigarro, ergue a mão e pede outro uísque.
"'Puro', diz para o *bartender*. E depois me carrega para um beco escuro onde nem táxis entram. Uma garota se desencosta do muro e passa o dedo indicador na minha cara. Ela me conhece. Já me conhece de uma outra vez.
"Na Tailândia, pode-se comprar qualquer coisa. É fácil e sempre comprei muita coisa durante a vida. Como você é minha sobri-

nha e não estou completamente bêbado, não é próprio nem necessário enumerar tudo que já comprei, mas devo dizer que a heroína faz parte dessa lista. Não sei por quê, mas algo nesse meu cérebro alcoolizado me diz que minha experiência é relevante para você. Pois bem, eu estava sentado na cama do meu quarto de hotel e observava a seringa, a agulha e o líquido marrom lá dentro. Examinava a mim mesmo em detalhes. Aquilo seria uma outra experiência adicionada às minhas memoráveis esquisitices ou um vício que se tornaria o meu senhor? Nunca dissera não para coisa alguma, mas a heroína é uma engrenagem do diabo. Você entra nela e depois sai irreconhecível. Claro que o meu temperamento compulsivo me jogaria sem hesitação na garganta do vício. Meu Deus, eu vou sair dessa máquina esquálido, enlameado, todo vomitado e de olhos esbugalhados. Já tinha visto tipos iguais nas estações da ferrovia, um olhar numa cara imunda alheio a tudo que não fosse uma outra dose. Seria esse o meu destino?

"Hesitei, mas no fim sucumbi à fraqueza. A perspectiva de uma vida estagnada não fez frente a minha compulsão por uma nova experiência, pela autodestruição. Amarrei a parte de cima do braço com um cinto e depois procurei e encontrei facilmente uma veia. Os inspetores sanitários sabem como encontrá-las. Enfiei a agulha e fechei os olhos. Uma quentura foi imediatamente seguida por uma paz que eu nunca tinha conhecido. Todos os problemas da vida perderam importância. Eu me deixei cair no abismo. Aconchegante, escuro, macio e de maravilhas indescritíveis. Caí e caí e cairia mais fundo se não fosse pelo rosto que surgiu à minha frente. Katub Minar, minha gata havia muito falecida, olhava atentamente dentro dos meus olhos. A única fêmea que amei de todo coração. Talvez tenha sido a única de corpo quente e lábios frios com quem já estive. Então... se tivesse encontrado uma mulher assim, teria me entregado a ela como um líder babuíno que, com paciência e avidez, estica os membros relaxados no chão e espera pela sedução da fêmea dominante.

"A gata miou piedosamente como se em sofrimento. Meus membros pesados pela droga adormeceram. De repente, Mohini apareceu. Espantado, olhei fixamente para ela. Eu a tinha ouvido depois da morte dela, mas ainda não a tinha visto. Ela se plantou na minha frente tão sólida e real como a cama onde eu estava deitado. Seus olhos verdes cintilaram de lágrimas. E aí começaram as cores. Muitas cores, as mais deslumbrantes cores apareciam e desapareciam em torno dela. Cores com um brilho que nunca tinha visto, cores que só imaginava nas libélulas e nas carpas douradas. Senti uma dor diferente, a dor da perda. Não conseguia me livrar daquelas imagens. Elas se fundiam e se tornavam únicas, me impossibilitando de mandá-las embora. Fiquei banhado de vergonha.

"Ela esticou o braço e pôs a mão na minha cabeça, me fazendo sentir o calor daquela pele. Será que estou morto? Achei isso possível e tentei mexer um pouco a cabeça, enquanto ela alisava amavelmente a minha face. Cores inefáveis afloravam e se moviam ao fundo. Ouvi os hinos religiosos que os velhos cantam nos funerais. Não eram vozes que vinham de fora, mas de dentro da minha cabeça. Músicas que sempre odiei, músicas que parecem um bando de gaivotas agitadas que se esganiçam enquanto bicam os olhos dos marinheiros mortos. Senti uma pressão forte no peito. Olhei nos olhos da minha falecida irmã. Já tinha esquecido o quão verdes eram. De repente, ela sorriu e logo ouvi uma barulheira, como se estivesse muito próximo dos trilhos na passagem de um trem.

"A pressão no meu peito se desfez. As cores sumiram e Mohini também. Lá fora já estava escuro. Ouvi o ruído das barracas de alimento na rua lá embaixo. Ruído de pratos e travessas, e a voz rude e mal-educada dos comerciantes. Pela janela aberta, entrou o odor singelo de ingredientes comuns: alho, cebola e carne na fritura. Fiquei com fome. A seringa ainda estava no meu braço com um pouco de sangue dentro. Puxei a agulha e olhei aquele sangue escuro com curiosidade. Nunca mais repeti a experiência. Devo isso a Mohini.

"Balzac disse: 'Um tio é um cachorro feliz por natureza.' Eu sou um palhaço que dança na beira de um abismo, mas mesmo assim quero lhe dizer o seguinte, já sabendo que tal como eu, você não ouvirá: não entre na máquina porque você sairá de um jeito que ninguém poderá ajudá-la.

"Não faça isso, Dimple.

"Estive nas mãos do cirurgião-médico que disse o seguinte: 'O quê? Como você ainda está vivo?'

"Ele não conseguiu acreditar que um corpo tão maltratado podia ter sobrevivido. Mas você não sobreviverá à máquina. Abandone esse homem. Deixe a serpente na selva. E deixe a criança na selva porque a serpente não vai ferir a própria filha. Nisha tem um bom mapa. Fará coisas boas na vida. Por ora, salve-se, querida Dimple. Vejo coisas ruins no seu mapa, e à noite os demônios me mandam sonhos cheios de sangue. Sonhos onde estou novamente com sete anos de idade e me escondo atrás das moitas para ver a mãe de Ak Kow estripar um porco. Pânico, gritos de terror, sangue como se jorrando de uma fonte e um fedor inconfundível. Nos meus sonhos, você caminha em meio a uma chuva de sangue. Eu grito e você se vira e sorri sem medo com os dentes vermelhos de sangue. Temo pelo seu futuro. Ele está delineado em sangue. Abandone-o, Dimple.

"Abandone-o. Por favor, abandone-o."

A voz de Sevenese se calou e só restou o ruído da fita girando no gravador.

Amu terminava as preces noturnas no andar de baixo e badalava um pequeno sino. Fecho os olhos. Nas sombras avermelhadas de minhas pálpebras, vejo tio Sevenese de peito nu e vestindo uma *veshti* branca no meio de um deserto. As noites do deserto ressaltam a pele do meu tio com um brilho azulado. A areia cintila, mas aqui e ali se veem pássaros mortos de bicos abertos e suas gargantas com minúsculas tempestades de areia. Ele se vira e sorri para mim. Um sorriso familiar.

– Olhe – diz, apontando para o céu. – Essa é uma vaidade da noite do deserto, um sem-fim de estrelas que enfeitam seus cabelos de corvo. Não é a coisa mais esplendorosa que você já viu?

Abri os olhos para um quarto mergulhado na penumbra e de repente eu soube. Soube que tio Sevenese tinha feito de tudo para escrever para minha atormentada mãe quando estava no leito de morte. Como se tivesse sussurrado no meu ouvido, soube o que estava escrito na mensagem inacabada. Estirado no leito de hospital, inchado além da conta e sem poder falar, no seu devaneio moribundo, ele quis dizer: *"Eu a vi. Flores crescem sob os pés dela, mas ela não está morta. Os anos não encolheram a Mãe do Arroz. Ela é vívida e mágica. Deixe de se desesperar e chame-a, e verá que ela chegará com um arco-íris de sonhos nas mãos."*

Lá fora, as folhas de índigo farfalhavam ao vento, e o velho bambuzal cantava no fundo do jardim.

Este livro foi impresso na Editora JPA Ltda.,
Av. Brasil, 10.600 – Rio de Janeiro – RJ,
para a Editora Rocco Ltda.